GARY SHTEYNGART wurde 1972 als Sohn jüdischer Eltern in Leningrad, dem heutigen St. Petersburg, geboren und kam im Alter von sieben Jahren in die USA. Seine vielfach preisgekrönten Werke werden in dreißig Ländern veröffentlicht und stehen regelmäßig auf den Bestsellerlisten. *Super Sad True Love Story* gehört zu den bekanntesten Romanen des New Yorker Kultautors.

Super Sad True Love Story in der Presse:

»George Orwell trifft Woody Allen.« *Welt am Sonntag*

»Gary Shteyngart gilt als Spezialist des liebevoll Absurden, als ein Meister der Satire, der sich in überbordendem erzählerischem Einfallsreichtum austobt.« *Die Zeit*

»Zum Schreien komisch. Wenn es nicht so realistisch wäre.« *ZDF Aspekte*

»Shteyngart hat eine leichtfüßige Antiutopie geschrieben – die Romanrealität ist unserer Wirklichkeit zum Verwechseln ähnlich.« *Neue Zürcher Zeitung*

Außerdem von Gary Shteyngart lieferbar:
Willkommen in Lake Success. Roman
Landpartie. Roman

Gary Shteyngart

SUPER SAD TRUE LOVE STORY

ROMAN

Aus dem Englischen von
Ingo Herzke

 PENGUIN VERLAG

Die Originalausgabe erschien 2010
unter dem Titel *Super Sad True Love Story*
bei Penguin Random House, New York.

Penguin Random House Verlagsgruppe FSC® N001967

1. Auflage 2022
Copyright © 2010 der Originalausgabe by Gary Shteyngart
Copyright © 2011 der deutschen Übersetzung by
Rowohlt Verlag GmbH, Reinbek bei Hamburg
Copyright © 2022 dieser Ausgabe by Penguin Verlag
in der Penguin Random House Verlagsgruppe GmbH,
Neumarkter Straße 28, 81673 München
This translation published by arrangement with Random House,
an imprint and division of Penguin Random House LLC
Die Zitate aus *Drei Jahre* von Anton Tschechow auf S. 51 f. und S. 426 f.
stammen aus der Übersetzung von Marianne Wiebe,
die aus Milan Kunderas *Die unerträgliche Leichtigkeit des Seins* auf S. 384 f.
aus der Übersetzung von Susanna Roth.
Umschlaggestaltung: Sabine Kwauka nach einem Entwurf von
Rodrigo Corral Design
Gesamtherstellung: GGP Media GmbH, Pößneck
Printed in Germany
ISBN 978-3-328-10857-3
www.penguin-verlag.de

SUPER SAD TRUE LOVE STORY

GEH NICHT GELASSEN
Aus dem Tagebuch des Lenny Abramov

1. Juni
Rom – New York

Liebstes Tagebuch,

heute habe ich eine wichtige Entscheidung getroffen: *Ich werde niemals sterben.*

Um mich herum werden andere sterben. Von ihrer Persönlichkeit wird nichts überdauern. Sie werden genullt, ihr Licht wird ausgeknipst werden. Ihr Leben, ihr gesamtes Sein, wird auf marmornen Hochglanzgrabsteinen falsch summiert («ihr Stern leuchtete hell», «werden Dich nie vergessen», «er hörte gern Jazz»), und irgendwann werden auch diese vom Meer überflutet oder von einem genmanipulierten Truthahn der Zukunft in Stücke gehackt sein.

Lass dir nicht weismachen, das Leben sei eine Reise. Bei einer Reise kommt man *irgendwo* an. Wenn ich die Linie 6 nehme und zu meiner Sozialtherapeutin fahre, ist *das* eine Reise. Wenn ich in diesem klapprigen UnitedContinentalDeltamerican-Flieger, der sich gerade vibrierend über den Atlantik quält, den Piloten anflehen würde, zu wenden und direkt nach Rom zurückzusteuern, in die wankelmütigen Arme von Eunice Park, wäre *das* eine Reise.

Aber Moment mal. Da ist noch mehr, oder? Unser Erbe. Wir sterben nicht, denn unsere Nachkommen leben weiter. Die rituelle Weitergabe des Erbgutes, Mamas Korkenzieherlocken, Großvaters Unterlippe, *ah buh-lieve thuh chil'ren ah our future.* Ich zitiere hier aus «The Greatest Love of

All», dem neunten Stück auf der Debüt-LP von Whitney Houston, der Popdiva der Achtziger.

Totaler Quatsch. Kinder sind nur im allerengsten, transitiven Sinn unsere Zukunft. Sie sind es nur so lange, bis sie selbst ins Gras beißen. Die nächste Zeile des Songs fordert den Hörer dazu auf, «ihnen viel beizubringen und sie dann vorausgehen zu lassen», also das eigene Selbst zugunsten der zukünftigen Generationen aufzugeben. Wenn man sagt: «Ich lebe für meine Kinder», gibt man im Grunde zu, dass man in Kürze tot sein wird, dass das eigene Leben praktisch schon gelaufen ist. «Ich sterbe nach und nach für meine Kinder» wäre treffender.

Was sind unsere Kinder überhaupt? Entzückend und unverbraucht in ihrer Jugend; der Sterblichkeit gegenüber blind; wälzen sich, darin Eunice Park nicht unähnlich, mit ihren Alabasterbeinen durchs hohe Gras; Rehkitze, anmutige Rehkitze, alle miteinander, strahlend in ihrer verträumten Künstlichkeit, eins mit der oberflächlich simplen Natur ihrer Welt.

Und dann, nicht mal ein Jahrhundert später, sabbern sie in einem Hospiz in Arizona eine arme mexikanische Altenpflegerin voll.

Genullt. Wusstest du, liebes Tagebuch, dass jeder friedliche, natürliche Tod im Alter von 81 Jahren eine unvergleichliche Tragödie darstellt? Jeden Tag fallen Menschen, Individuen – *Amerikaner*, falls dir das nähergeht – auf dem Schlachtfeld Gesicht voran in den Staub und stehen nie wieder auf. Existieren nie wieder. Komplexe Charaktere, in deren Großhirnrinde schillernde Welten schweben, ganze Universen, die unsere Schafe hütenden, Feigen essenden, analogen Vorfahren zu Boden gestreckt hätten. All diese Leute sind kleine Gottheiten, Gefäße der Liebe, Lebensspender, unbesungene Genies, Helden der Arbeit, die morgens um sechs Uhr fünfzehn aufstehen, um die Kaffeemaschine anzuwerfen, und stumme Gebete sprechen, damit sie den nächsten Tag noch erleben und auch noch den übernächsten und Sarahs Examensfeier, und dann …

Genullt.

Aber nicht mit mir, liebes Tagebuch. Glückliches Tagebuch. Unwürdiges Tagebuch. Von diesem Tage an wirst du einen nervösen, durchschnittlichen Mann von ein Meter fünfundsiebzig Körpergröße, 73 Kilogramm Körpergewicht und einem nicht ganz ungefährlichen Body-Mass-Index von 23,9 auf seinem bisher größten Abenteuer begleiten. Warum «von diesem Tage an»? Weil ich gestern Eunice Park kennengelernt habe und sie mich für immer und ewig durchhalten lassen wird. Schau mich gut an, Tagebuch. Was siehst du? Einen schmächtigen Mann mit grauem Gesicht, eingefallen wie eine alte Festung, mit eigenartig feuchten Augen, riesiger glänzender Stirn, auf der ein Dutzend Höhlenmenschen hübsche Zeichnungen hätten hinterlassen können, einer Sichelnase, die über winzigen Kräusellippen thront, und, am Hinterkopf, einer immer größer werdenden Kahlstelle exakt in der Form des Bundesstaates Ohio, dessen Hauptstadt Columbus ein dunkelbrauner Leberfleck markiert. *Schmächtig.* Mein Fluch, in jeder Hinsicht. Ein gewöhnlicher Körper in einer Welt, in der man einen ungewöhnlichen braucht. Ein Körper im kalendarischen Alter von neununddreißig Jahren, schon angegriffen von zu viel LDL-Cholesterin, zu viel ACTH, zu viel von allem, was das Herz gefährdet, die Leber belastet, die Hoffnungen zerstört. Vor einer Woche, bevor Eunice mir neuen Grund zu leben schenkte, hättest du mich nicht bemerkt, Tagebuch. Vor einer Woche existierte ich nicht. Vor einer Woche sprach ich in einem Restaurant in Turin einen potentiellen Klienten an, eine klassisch gutaussehende Vermögende Privatperson. Er sah von seinem winterlichen *Bollito misto* auf, schaute an mir vorbei, senkte den Blick wieder zum gekochten Liebesakt der sieben Fleischsorten und sieben Gemüsesaucen auf seinem Teller, sah dann wieder hoch und *erneut* an mir vorbei – schon klar: Wenn ein Mitglied der oberen Schichten mich überhaupt nur wahrnehmen soll, muss ich mindestens einen tanzenden Elch mit einem flammenden Pfeil treffen oder mir von einem Staatsoberhaupt in die Hoden treten lassen.

Und dennoch wird Lenny Abramov, demütiger Tagebuchschreiber, winzige Nichtigkeit, ewig leben. Die Technologien beherrschen wir fast schon. Als Koordinator der Öffentlichkeitsarbeit Lebensfreunde (Ebene G) in der Abteilung Posthumane Dienstleistungen der Staatling-Wapachung Corporation, werde ich als Erster davon profitieren. Ich muss mich nur gut führen und an mich glauben. Muss mich von Transfetten und Fusel fernhalten. Jede Menge grünen Tee und alkalisiertes Wasser trinken und mein Genom den richtigen Leuten zur Verfügung stellen. Ich muss meine schrumpfende Leber wieder wachsen lassen, mein gesamtes Blut durch «SmartBlood» ersetzen und mir ein sicheres und warmes (aber nicht zu warmes) Plätzchen suchen, wo ich sowohl das Wüten der Jahreszeiten als auch die Massenvernichtungen aussitzen kann. Und wenn die Erde vergeht, was sie sicher tun wird, dann verlasse ich sie und begebe mich auf eine neue Erde, mit mehr Grün, aber weniger Allergenen; und wenn mein Intellekt in etwa 10^{32} Jahren voll erblüht, während unser Universum sich wieder zusammenfaltet, dann wird meine Persönlichkeit durch ein Schwarzes Loch in eine Dimension unvorstellbarer Wunder gleiten, wo all die Dinge, die mich hier auf der Erde 1.0 am Leben gehalten haben – *Tortelli lucchese*, Pistazieneis, das Frühwerk von *Velvet Underground*, glatte, gebräunte Haut, die sich über den barock gebauten Hinterbacken einer Zwanzigjährigen spannt –, mir so lachhaft und kindisch vorkommen werden wie Bauklötze, Babynahrung und «Alle Vögel fliegen hoch».

Richtig: Ich werde niemals sterben, *caro diario*. Nie, nie, nie, nie. Und wenn du mir nicht glaubst, fahr zur Hölle.

Gestern war mein letzter Tag in Rom. Gegen elf aufgestanden, einen *caffè macchiato* in der Bar, in der es die besten Honig-Hefezöpfe gibt, aus dem Fenster schrie mich der antiamerikanische zehnjährige Nachbarsjunge an – «Nix global! Niemals!» –, das schlechte, mir wie ein warmes Handtuch um den Nacken geschlungene Gewissen, weil ich nicht noch in letzter Minute bei der Arbeit war, mein Äppärät summte vor Kontakten, Daten, Bildern, Projektionen, Karten, Einkommen, Schall und Wahn. Wieder ein Tag frühsommerlichen Schlenderns, ich ließ mein Schicksal von den Straßen lenken, die mich in ofenwarmer ewiger Umarmung wiegten.

Und landete, wo ich immer lande. Am allerschönsten Bauwerk Europas. Dem Pantheon. Die idealen Proportionen der Rotunde; das Gewicht der Kuppel, die sich über unseren Schultern erhebt, von eisiger mathematischer Präzision in der Schwebe gehalten; ihr Auge, durch das Regen oder sengendes römisches Sonnenlicht hereinkommt; die Kühle und der Schatten, die trotzdem darin herrschen. Nichts kann das Pantheon in seiner Wirkung schmälern! Nicht die kitschige religiöse Umgestaltung (offiziell ist es heute eine Kirche). Nicht die aufgeblasenen, abgebrannten Amerikaner, die sich fett und schutzsuchend unterm Säulenvorbau drängen. Nicht die Bewohner des heutigen Italiens, die davor streiten und schmeicheln, die Jungs, die darauf aus sind, Mädchen zu bespringen, die Mopeds, die unter haarigen Beinen brummen, die Großfamilien, die mehrere Generationen umfassen und vor pickligem Leben überschäumen. Nein, dies ist der großartigste Grabstein, der für ein Menschengeschlecht je errichtet wurde. Sobald ich die Erde überlebt habe und ihrem vertrauten Mutterbauch enteile, werde ich die Erinnerung an dieses Bauwerk mit mir nehmen. Ich werde es in Nullen und Einsen codieren und durchs Universum senden. Sehet, was der primitive Mensch erschaffen hat! Erkennet sein erstes Streben nach Unsterblichkeit, seine Disziplin, seine Selbstlosigkeit.

Mein letzter Tag in Rom. Ich trank meinen Macchiato. Ich kaufte ein teures Deodorant, vielleicht im Vorgefühl der Liebe. Ich gönnte mir ein dreistündiges entspanntes Masturbationsnickerchen im unfassbaren Leuchten meiner sonnenbelagerten Wohnung. Und dann, auf einer Party meiner Freundin Fabrizia, begegnete ich Eunice –

Halt, nein. Das ist nicht ganz richtig. Die Reihenfolge stimmt nicht. Ich lüge dich an, Tagebuch. Ich bin gerade mal auf Seite 12, und schon lüge ich. Vor Fabrizias Party geschah etwas Furchtbares. So furchtbar, dass ich nicht darüber schreiben möchte, denn du sollst doch ein *positives* Tagebuch sein.

Ich ging zur amerikanischen Botschaft.

Das war nicht meine Idee gewesen. Sandi, ein Freund von mir, hatte mir Folgendes erzählt: Wer mehr als 250 Tage im Ausland verbringt und sich nicht bei *Welcome Back, Partner* – dem offiziellen Rückkehrprogramm für US-Bürger – registrieren lässt, kann gleich am New Yorker Flughafen wegen Landesverrat verhaftet und in eine «sichere Beobachtungseinrichtung» im Hinterland gebracht werden, was immer das auch sein mag.

Sandi weiß wirklich *alles* – er arbeitet in der Modebranche –, darum hatte ich beschlossen, seinen lebhaft und koffeinbefeuert vorgetragenen Ratschlag zu befolgen und in die Via Veneto zu gehen, wo die Vertretung unseres Landes in einem cremefarbenen Palazzo hinter einem jüngst ausgehobenen Wassergraben residiert. Aber nicht mehr lange, darf ich wohl hinzufügen. Laut Sandi hat das mittellose Außenministerium das ganze Gebäude gerade an StatoilHydro verkauft, die staatliche norwegische Ölgesellschaft, und als ich in der Via Veneto ankam, hatte man die Bäume und Sträucher des gewaltigen Anwesens bereits zu länglichen, agnostischen Formen zurechtgestutzt, wie es den neuen Besitzern halt gefiel. Gepanzerte Umzugslaster umstanden das Gelände, und von innen hörte man den Lärm massenhaften Aktenschredderns.

Vor der Visaabteilung des Konsulats gab es fast gar keine Warteschlange: Nur ein paar äußerst traurige und abgerissene albanische Gestalten wollten weiterhin in die Staaten auswandern, und diese wenigen wurden noch zusätzlich von einem Poster abgeschreckt, auf dem ein tapferer kleiner Otter mit Sombrero in ein vollgestopftes Schlauchboot zu springen versucht, darüber der Slogan: «Das Boot ist voll, Amigo.»

In einem improvisierten Sicherheitskäfig saß ein älterer Mann hinter Plexiglas und schrie mir unverständliche Dinge zu, während ich mit meinem Pass vor ihm herumwedelte. Endlich tauchte eine kompetente Filipina auf – unverzichtbar in diesen Breiten – und winkte mich durch einen vollgerümpelten Flur zur Nachbildung eines ausgeblichenen Highschool-Klassenzimmers, das rundum mit dem Werbemotiv des *Welcome Back, Partner*-Programms ausstaffiert war. Der mexikanische Otter vom «Das Boot ist voll»-Plakat hatte sich amerikanisiert (statt eines Sombreros trug er ein rot-weiß-blaues Tuch um den stark behaarten kleinen Hals) und hockte auf einem dämlich aussehenden Pferd, mit dem er auf eine feurig aufgehende, wahrscheinlich asiatische Sonne zugaloppierte.

Ein halbes Dutzend meiner Mitbürger saß an zerkratzten Schultischen und murmelte leise in ihre Äppäräte. Auf einem freien Stuhl lag eine leblose Kabelschnecke, und auf einem Hinweisschild stand: OHRHÖRER INS OHR STECKEN, DEN MITGEBRACHTEN ÄPPÄRÄT AUF DEN TISCH LEGEN UND ALLE SICHERHEITSEINSTELLUNGEN DEAKTIVIEREN. Ich tat wie geheißen. Eine elektronische Version von John Cougar Mellencamps «Pink Houses» *(«Ain't that America, somethin' to see, baby!»)* dröhnte mir ins Ohr, und dann erschien auf dem Display meines Äppäräts eine gepixelte Version des tapferen kleinen Otters, der auf seinem Rücken die Buchstaben ARR schleppte, bevor sie von einem schimmernden Schriftzug überblendet wurden: Amerikanische Restaurationsregierung.

Der Otter stellte sich auf die Hinterbeine und klopfte sich demonstrativ den Staub vom Fell. «Hi, Partner!», sagte er mit vor karnevalesker Liebenswürdigkeit triefender Stimme. «Ich heiße Jeffrey Otter, und ich *wette*, wir werden Freunde.»

Ein Gefühl des Verlusts und Alleinseins überwältigte mich. «Hi», sagte ich. «Hi, Jeffrey.»

«Selber hi!», sagte der Otter. «Ich werde Ihnen jetzt ein paar freundliche Fragen stellen, nur zu statistischen Zwecken. Wenn Sie eine davon nicht beantworten wollen, sagen Sie bloß: ‹Diese Frage möchte ich nicht beantworten.› Nicht vergessen: Ich will Ihnen *helfen*! Also los. Fangen wir ganz einfach an. Name und Sozialversicherungsnummer?»

Ich sah mich um. Menschen flüsterten ihren Ottern dringliche Informationen zu. «Leonard oder Lenny Abramov», murmelte ich und ließ meine Sozialversicherungsnummer folgen.

«Hi, Leonard oder Lenny Abramov, 205-32-8714. Im Namen der Amerikanischen Restaurationsregierung würde ich Sie gerne wieder in den *neuen* Vereinigten Staaten von Amerika willkommen heißen. Sieh dich vor, Welt! Jetzt hält uns nichts mehr auf!» Einige Takte von McFaddens und Whiteheads Disco-Hit «Ain't No Stoppin' Us Now» schallten mir laut ins Ohr. «Und jetzt erzählen Sie mal, Lenny. Aus welchem Grund haben Sie unser Land verlassen? Arbeit oder Vergnügen?»

«Arbeit», sagte ich.

«Und in welcher Branche sind Sie tätig, Leonard oder Lenny Abramov?»

«Ähm, Unbeschränkte Lebensverlängerung.»

«Sie haben ‹Unbedingte Penisverlängerung› gesagt. Ist das korrekt?»

«*Unbeschränkte Lebens*verlängerung», wiederholte ich.

«Und wo in etwa ist Ihre Bonität angesiedelt, Leonard oder Lenny, auf einer Skala mit dem Höchstwert 1600?»

«1520.»

«Das ist ziemlich gut. Sie wissen anscheinend, wie man sein Geld zusammenhält. Sie haben Geld auf der Bank, Sie arbeiten in der ‹Unbedingten Penisverlängerung›. Jetzt *muss* ich einfach fragen: Sind Sie Mitglied der Überparteilichen Partei? Und wenn ja, würden Sie gern unseren neuen wöchentlichen Äppärät-Stream empfangen, ‹Jetzt hält uns nichts mehr auf!›? Darin finden sich alle möglichen tollen Tipps, wie man sich wieder ans Leben in diesen Vereinigten Staaten gewöhnt und wie man am meisten für sein Geld bekommt.»

«Ich bin kein Mitglied der Überparteilichen, aber den Stream würde ich gerne abonnieren.» Ich bemühte mich, versöhnlich zu klingen.

«Okey-Dokey! Sie stehen auf der Liste. Sagen Sie mal,

Leonard oder Lenny, haben Sie während Ihres Auslandsaufenthaltes irgendwelche netten *Ausländer* kennengelernt?»

«Ja», sagte ich.

«Und was waren das für Leute?»

«So, hm, Italiener.»

«Sie haben ‹Somalier› gesagt.»

«Italiener», sagte ich.

«Sie haben ‹Somalier› gesagt», beharrte der Otter. «Sie wissen ja, Amerikaner fühlen sich im Ausland manchmal einsam. Passiert dauernd! Darum verlasse *ich* nie meine schöne Heimat. Wozu auch? Sagen Sie mir, nur der Statistik wegen, hatten Sie während Ihres Auslandsaufenthaltes irgendwelche intimen Beziehungen zu *Nicht*-Amerikanern?»

Ich starrte den Otter an, meine Hände zitterten unterm Tisch. Bekam jeder diese Frage gestellt? Ich wollte nicht in eine «sichere Beobachtungseinrichtung» im Hinterland gesteckt werden, nur weil ich auf Fabrizia gelegen und versucht hatte, in ihr meine Einsamkeit und Minderwertigkeitsgefühle zu versenken. «Ja», sagte ich. «Aber bloß mit einer. Ein paarmal haben wir es miteinander gemacht.»

«Und wie lautet der vollständige Name dieser *Nicht*-Amerikanerin? Zuerst den Nachnamen bitte.»

Ich hörte einen Kerl, der ein paar Tische vor mir saß und Teile seines kantigen Anglo-Gesichts hinter einer dichten Mähne versteckte, italienische Namen in seinen Äppärät hauchen.

«Ich warte immer noch auf den Namen, Leonard oder Lenny», sagte der Otter.

«De Salva, Fabrizia», flüsterte ich.

«Sie sagten ‹De Salva –›» Der Otter erstarrte mitten im Namen, und mein Äppärät fing an, die typischen Geräusche für «heftiges Nachdenken» von sich zu geben, ein Rädchen drehte sich verzweifelt in der Hartplastikhülle, die uralten Schaltkreise waren vom Otter und seinem Getue völlig überfordert. Die Worte FEHLERCODE IT/FC-GS/ ZUGRIFF VERWEIGERT erschienen auf dem Display. Ich stand auf und ging zurück zum Sicherheitskäfig vorn. «Entschuldigen Sie», sagte ich in die Sprechöffnung. «Mein Äppärät ist abgestürzt. Der Otter spricht nicht mehr mit mir. Könnten Sie wohl die nette Dame von den Philippinen nochmal zu mir schicken?»

Der Alte auf seinem Posten knarzte mir Unverständliches zu, die Sterne und Streifen an seinem Revers zitterten. Ich verstand die Worte «warten» und «Servicemitarbeiter».

Eine Stunde verging im bürokratischen Takt. Möbelpacker trugen eine mannshohe Statue unseres *E Pluribus Unum*-Nationaladlers und einen Esstisch, dem drei Beine fehlten, aus dem Gebäude. Schließlich kam eine ältere Weiße in riesigen Gesundheitsschuhen den Korridor entlanggeklackert. Sie hatte eine prächtige dreistufige Nase, römischer als jeder Zinken, der je einem Menschen an den Ufern des Tibers gewachsen ist, und trug die Sorte rosarote Monsterbrille, bei der ich gleich an Freundlichkeit und progressive geistige Gesundheit denken muss. Schmale Lippen bebten vom täglichen Kontakt mit dem wahren Leben, und in den Ohrläppchen hingen Silberringe, die eine Nummer zu groß waren.

Erscheinung und Gesichtszüge erinnerten mich an Nettie Fine, eine Frau, die ich seit meinem Highschool-Abschluss nicht mehr gesehen hatte. Sie war der erste Mensch, der meine Eltern am Flughafen begrüßt hatte, nachdem sie vor vier Jahrzehnten auf der Suche nach Geld und Gott von Moskau in die Vereinigten Staaten geflogen waren. Sie war ihre junge amerikanische Mama gewesen, die Ehrenamtliche von der Synagoge, die ihnen Latkes brachte, Englischunterricht vermittelte, gebrauchte Möbel besorgte.

Tatsächlich, Netties Mann hatte in Washington im Außenministerium gearbeitet. Ebenso tatsächlich hatte meine Mutter mir kurz vor meiner Abreise nach Rom erzählt, er sei inzwischen in eine gewisse europäische Hauptstadt versetzt worden ...

«Mrs. Fine?», fragte ich. «Sind Sie etwa Nettie Fine, Ma'am?»

Ma'am? Ich hatte zwar als Kind gelernt, Nettie Fine zu verehren, aber in Wirklichkeit hatte ich Angst vor ihr. Sie hatte meine Familie im Nacktzustand gesehen, unübertroffen arm und schwach (meine Eltern besaßen bei ihrer Einreise in die USA zusammen nur einen Satz Unterwäsche). Dabei hatte diese Frau, dieser freundliche Vogel gemäßigter Breiten, mir immer nur bedingungslose Liebe geschenkt, eine Liebe, die in Wellen über mir zusammenschlug und mich matt und erschöpft zurückließ, da ich gegen eine Unterströmung ankämpfen musste, deren Ursprung mir nicht ganz klar war. Jetzt schlang sie die Arme um mich und schrie mich an, warum ich sie nicht längst einmal besucht hätte und wieso ich auf einmal so alt aussähe («Aber ich bin fast vierzig, Mrs. Fine» – «Ach, Leonard, wo geht die Zeit bloß hin?»), und zeigte weitere Anzeichen fröhlicher jüdischer Hysterie.

Wie sich herausstellte, arbeitete sie für das Außenministerium als freie Beraterin im *Welcome Back, Partner*-Programm.

«Aber damit wir uns nicht missverstehen», betonte sie, «ich mache nur Kundenbetreuung. Ich beantworte Fragen, ich stelle keine. Das macht alles die Amerikanische Restaurationsregierung.» Dann beugte sie sich vor und sprach mit gesenkter Stimme weiter, ihr Artischockenatem streifte sacht mein Gesicht: «Ach, was ist uns bloß *widerfahren*, Lenny? Ich kriege Berichte auf den Schreibtisch, die bringen mich zum Heulen. Die Chinesen und die Europäer wollen sich von uns abkoppeln. Ich weiß nicht genau, was das bedeuten soll, aber gut kann es kaum sein, oder? Und wir werden alle Einwanderer mit schwacher Bonität deportieren. Und unsere armen Jungs werden in Venezuela *massakriert*. Diesmal, fürchte ich, kriegen wir den Kopf nicht aus der Schlinge!»

«Ach was, das wird schon wieder, Mrs. Fine», sagte ich. «Es gibt immer noch nur *ein* Amerika.»

«Und dieser zwielichtige Rubenstein. Ist das zu glauben, dass er einer von uns ist?»

«Von uns?»

Kaum hörbares Flüstern: «Ein *Jude*.»

«Meine Eltern finden Rubenstein toll», erklärte ich hinsichtlich unseres herrischen, aber unglückseligen Verteidigungsministers. «Die sitzen den ganzen Tag zu Hause und gucken FoxLiberty-Prime und FoxLiberty-Ultra.»

Mrs. Fine zog ein angewidertes Gesicht. Sie hatte dabei geholfen, meine Eltern ins amerikanische Gesellschaftskontinuum einzuführen, hatte ihnen beigebracht, mit Mundwasser zu gurgeln und Schweißflecken auszuwaschen, doch letztendlich war sie von ihrem angeborenen sowjetjüdischen Konservatismus immer abgestoßen gewesen.

Sie kannte mich seit meiner Geburt, als die ganze Abramov-Mischpoke in einer übervollen Gartenwohnung in Queens lebte, die heute nur noch nostalgische Gefühle weckt, aber damals ein armseliges und kümmerliches Loch gewesen sein muss. Mein Vater hatte in einem Regierungslabor draußen auf Long Island einen Hausmeisterjob, der die ersten zehn Jahre meines Lebens das Dosenfleisch auf den Tisch brachte. Zur Feier meiner Geburt wurde meine Mutter von einer bloßen Tippse zur echten Sekretärin in der Genossenschaftsbank befördert, wo sie trotz fehlender

Englischkenntnisse tapfer schuftete, und auf einmal waren wir auf dem besten Weg in die untere Mittelschicht. Damals fuhren meine Eltern mich immer in ihrem rostigen Chevrolet Malibu Classic durch noch ärmere Stadtviertel, damit wir einerseits über die komischen, abgerissenen, braunhäutigen Leute lachen konnten, die da in Sandalen herumhuschten, und andererseits wichtige Lektionen darüber lernten, was Scheitern in Amerika bedeutete. Nachdem meine Eltern Mrs. Fine von diesen Ausflügen nach Corona und in die sichereren Gegenden von Bedford-Stuyvesant erzählt hatten, begannen sich ihre und meine Familie zu entzweien. Ich weiß noch, wie meine Eltern «grausam» im Englisch-Russisch-Wörterbuch nachschlugen und schockiert waren, dass unsere amerikanische Mama uns für genau das hielt.

«Erzähl mir alles!», sagte Nettie Fine. «Was hast du so in Rom getrieben?»

«Ich arbeite in der Kreativwirtschaft», sagte ich stolz. «Unbeschränkte Lebensverlängerung. Wir werden Menschen helfen, ewig zu leben. Ich bin auf der Suche nach europäischen VPPs – also Vermögenden Privatpersonen –, die unsere Klienten werden sollen. Wir nennen sie ‹Lebensfreunde›.»

«Meine Güte!» Mrs. Fine hatte offensichtlich keinen Schimmer, wovon ich redete, doch diese Mutter von drei höflichen Absolventen der University of Pennsylvania konnte nichts als lächeln und ermutigen, ermutigen und lächeln. «Das klingt doch nach – nach etwas!»

«Ist es auch», sagte ich. «Aber ich glaube, ich stecke hier ein bisschen in Schwierigkeiten.» Ich erklärte ihr das Problem, das ich gerade mit *Welcome Back, Partner* hatte. «Vielleicht glaubt der Otter, dass ich mit Somaliern befreundet bin. Dabei habe ich ‹So Italienern› gesagt.»

«Zeig mal deinen Äppärät», forderte sie mich auf. Sie

schob die Brille hoch, sodass die Anfang-Sechzig-Falten sichtbar wurden, die ihr Gesicht genau so aussehen ließen, wie es schon am Tag ihrer Geburt angelegt gewesen war – ein Trost für jedermann. «FEHLERCODE IT/FC-GS/ ZUGRIFF VERWEIGERT», sagte sie seufzend. «Auweia, Freundchen. Du bist kaltgestellt.»

«Aber wieso?», rief ich. «Was habe ich getan?»

«Sschhht», sagte sie. «Ich werde deinen Äppärät neu starten. Versuchen wir es mit *Welcome Back, Partner* noch mal.»

Etliche Anläufe wurden unternommen, aber immer wieder erschien der erstarrte Otter mit der Fehlermeldung. «Wann ist denn das passiert?», fragte sie. «Was hat dieses *Etwas* dich zuletzt gefragt?»

Ich zögerte, denn jetzt kam ich mir vor der Retterin meiner Familie noch nackter vor. «Er wollte den Namen der Italienerin wissen, mit der ich ein Verhältnis hatte», sagte ich.

«Gehen wir mal ein paar Schritte zurück», sagte Nettie, ganz die Problemlöserin. «Als der Otter dich aufgefordert hat, das ‹Jetzt hält uns nichts mehr auf!›-Ding zu abonnieren, hast du es gemacht?»

«Ja, habe ich.»

«Gut. Und wie sieht es mit deiner Bonität aus?» Ich nannte ihr die Punktzahl. «Schön. Ich würde mir an deiner Stelle keine Sorgen machen. Wenn du am JFK angehalten wirst, gibst du ihnen meine Kontaktdaten und sagst, sie sollen *sofort* mit mir in Verbindung treten.» Sie gab ihre Koordinaten in meinen Äppärät ein. Als sie mich umarmte, spürte sie, wie meine Knie vor Angst schlotterten. «Ach, Schätzchen», sagte sie, und eine warme Stammesträne tropfte von ihrem Gesicht auf meines. «Mach dir keine Sorgen. Das kommt schon in Ordnung. Ein Mann wie du. Kreativwirtschaft. Ich hoffe nur, mit der Bonität deiner Eltern sieht es gut aus. Da sind sie den ganzen Weg nach Amerika gekommen, und wofür? *Wofür?*»

Aber ich machte mir Sorgen. Wie auch nicht? Kaltgestellt von einem Scheißotter. Herrgott. Ich nahm mir vor, mich zu beruhigen, die letzten zwanzig Stunden meines einjährigen europäischen Idylls zu genießen und mich womöglich mit saurem Montepulciano heftig zu betrinken.

Mein letzter Abend in Rom, Tagebuch, begann wie üblich. Wieder mal eine halbherzige Orgie bei Fabrizia, der Frau, mit der ich ein Verhältnis hatte. Ich bin dieser Orgien nicht wirklich müde. Wie jeder New Yorker würde ich für Immobilien alles tun, und ich liebe diese Ende des 19. Jahrhunderts erbauten Wohnhäuser rund um die riesige, von Palmen bestandene Piazza Vittorio mit dem Blick auf die grünlichen Albaner Berge in sonniger Ferne. An meinem letzten Abend bei Fabrizia kreuzte der erwartbare Haufen Vierzigjähriger auf, reiche Kinder von Cinecittà-Regisseuren, die gelegentlich Drehbücher für die erfolglose RAI schreiben (früher mal Italiens größter Fernsehsender), aber vor allem die schwindenden Vermögen ihrer Eltern vergeuden. Das bewundere ich so an jungen Italienern: das langsame Verkümmern jeglichen Ehrgeizes, die Erkenntnis, dass das Beste bereits weit hinter ihnen liegt. (Eine italienische Whitney Houston hätte vielleicht gesungen: «Ich glaube, die *Eltern* sind unsere Zukunft.») Von ihrem eleganten Niedergang können wir Amerikaner eine Menge lernen.

In Fabrizias Gegenwart werde ich immer schüchtern. Ich weiß genau, sie mag mich nur, weil ich «unterhaltsam» und «witzig» (will sagen: jüdisch) bin und schon eine ganze Weile kein einheimischer Mann mehr ihr Bett gewärmt hat.

Aber da ich sie nun an den Otter der Amerikanischen Restaurationsregierung verraten hatte, sah ich Konsequenzen auf sie zukommen. Die italienische Regierung ist die letzte in Westeuropa, die uns noch in den Hintern kriecht.

Jedenfalls konnte ich mich auf der Party kaum vor Fabrizia retten. Zuerst küssten sie und eine dicke britische Filmemacherin mich abwechselnd auf die Augenlider. Und als sie danach einen dieser ungeheuer wütenden italienischen Äppärät-Chats auf der Couch führte, spreizte sie die Beine, um mir ihren Neonslip zu zeigen, und ihr dichtes mediterranes Schamhaar war deutlich zu sehen. Sie unterbrach ihr geiles Gekreische und rasendes Getippe und sagte auf Englisch zu mir: «Du bist viel dekadenter geworden, seit ich dich kennengelernt habe, Lenny.»

«Ich gebe mir Mühe», stammelte ich.

«Gib dir mehr Mühe», sagte sie. Sie ließ die Beine wieder zusammenklappen, was mich fast umhaute, und ging dann abermals auf ihren Äppärät los. Ich wollte diese aparten vierzigjährigen Brüste noch einmal berühren. Ich machte ein paar langsame hüftkreisende Schritte auf sie zu und klimperte mit den Wimpern (soll heißen, ich zwinkerte heftig), was ein Versuch sein sollte, mit einem Schuss Ostküstenironie ein heißes Cinecittà-Sternchen aus den Sechzigern darzustellen. Fabrizia zwinkerte zurück und steckte sich eine Hand in den Slip. Wenige Minuten später öffneten wir die Tür zu ihrem Schlafzimmer, wo wir auf ihren dreijährigen Sohn stießen, der sich unter einem Kissen versteckte und von einer Rauchwolke aus dem Wohnzimmer umfangen war. «Scheiße», sagte Fabrizia, als sie sah, wie der kleine Asthmatiker übers Bett auf sie zukrabbelte.

«Mamma», flüsterte das Kind. *«Aiutami.»*

«Katia!», schrie sie. *«Puttana!* Sie sollte doch auf ihn aufpassen. Bleib, wo du bist, Lenny.» Sie machte sich auf die

Suche nach dem ukrainischen Kindermädchen, und ihr kleiner Junge stolperte durch den filmreifen Rauch hinterher.

Ich ging in den Flur, der einem wie die Ankunftslounge am Flughafen Fiumicino vorkam: Paare lernten sich kennen, taten sich zusammen, verschwanden in Zimmern, kamen aus den Zimmern wieder heraus, knöpften Blusen und Hemden zu, zurrten Gürtel fest, trennten sich wieder. Ich zog meinen veralteten Äppärät mit der Retro-Walnussoberfläche aus der Tasche, auf dessen staubigem Display immer noch träge Daten blinkten, und versuchte herauszufinden, ob sich irgendwelche Vermögende Privatpersonen im Raum aufhielten – letzte Gelegenheit, neue Klienten für meinen Chef Joshie zu gewinnen, nachdem ich im Lauf eines ganzen Jahres nur *einen* aufgetrieben hatte –, aber kein Gesicht war berühmt genug, um auf meinem Display seinen Niederschlag zu finden. Ein mehr oder weniger bekannter Medienhengst, Künstler aus Bologna, selbst mürrisch und schüchtern, sah seiner Freundin zu, wie sie lachhaft mit einem weniger versierten Menschen flirtete. «Ich arbeite ein bisschen, amüsiere mich ein bisschen», sagte jemand auf Englisch mit starkem Akzent, gefolgt von niedlichem, hohlem Frauenlachen. Eine gerade erst in Italien angekommene junge Amerikanerin, Yogalehrerin für Promis, wurde von einer viel älteren Einheimischen, die ihr immer wieder mit einem langen, lackierten Fingernagel aufs Herz stach und sie persönlich der US-Invasion in Venezuela bezichtigte, zum Weinen gebracht. Ein Bediensteter kam mit einem großen Tablett marinierter Anchovis herein. Ein kahlköpfiger Mann, den alle «Cancer Boy» nannten, trottete niedergeschlagen der afghanischen Prinzessin hinterher, an die er sein Herz verloren hatte. Ein ansatzweise berühmter RAI-Schauspieler wollte mir erzählen, wie er in Chile ein Mädchen aus gutem Hause geschwängert hatte und dann zurück nach Rom geflohen war, ehe die chilenischen Behörden ihn zur Rechenschaft ziehen konnten. Doch als jemand auftauchte, der wie er aus Neapel stammte, sagte er: «Entschuldige uns, Lenny, wir müssen Dialekt sprechen.»

Ich wartete weiter auf meine Fabrizia, knabberte unterdessen an einer Sardelle und hatte das Gefühl, in ganz Rom könnte es keinen notgeileren Neununddreißigjährigen geben – und das will einiges heißen. Vielleicht war meine Gelegenheitsgeliebte während unserer kurzen Trennung einem anderen in die Arme gefallen. Auf mich wartete in New York kein Mädchen, ich war mir nicht mal sicher, ob nach meinem Versagen in Europa überhaupt noch ein *Arbeitsplatz* auf mich wartete, darum wollte ich Fabrizia unbedingt vögeln. Sie war die weichste Frau, die ich je berührt hatte, ihre Muskeln regten sich irgendwo weit unterhalb der Haut wie ein geisterhaftes Getriebe, und ihr Atem ging, wie der ihres Sohnes, flach und angestrengt; wenn sie «die Liebe machte» (wie sie sich ausdrückte), klang sie wie kurz vorm Ersticken.

Ich entdeckte jemanden, der in Rom zum Inventar gehörte, einen alten amerikanischen Bildhauer von kleinem Wuchs und verrottendem Gebiss, der eine beatleske Pilzkopffrisur trug und gerne erwähnte, wie gut er mit einem legendären Schauspieler aus TriBeCa befreundet war, Robert De Niro, den er bloß «Bobby D.» nannte. Schon mehrmals hatte ich seine trunkene Fassfigur in ein Taxi geschoben, den Fahrern seine repräsentative Adresse auf dem Monte Gianicolo genannt und ihnen zwanzig Euro aus meiner eigenen knappen Kasse in die Hand gedrückt.

Fast hätte ich die junge Frau vor ihm gar nicht bemerkt, eine kleine Koreanerin (ich war schon mit zweien zusammen gewesen, beide herrlich verrückt), die ihr Haar zu einem aufreizenden Knoten gebunden hatte, sodass sie ein wenig an eine asiatische Audrey Hepburn erinnerte. Sie hatte volle, glänzende Lippen, eine allerliebste, wenn auch ungewöhnliche Prise Sommersprossen auf der Nase und konnte nicht mehr als knapp vierzig Kilo wiegen – ihre Kompaktheit weckte schlechte Gedanken, die mich zittern ließen. Ich fragte mich beispielsweise, ob ihre Mutter, wahrscheinlich eine winzige, makellose Frau mit einem Sack voll Immigrantenängsten und übler Religiosität, wohl wusste, dass ihre Tochter keine Jungfrau mehr war.

«Ach, da ist ja Lenny», sagte der Bildhauer, als ich ihm die Hand entgegenstreckte. Er war eine Vermögende Privatperson, wenn auch gerade mal so, und ich hatte ihn schon mehrmals umworben. Die junge Koreanerin warf mir einen Blick zu, den ich als ernsthaftes Desinteresse deutete (ihr normaler Gesichtsausdruck war offenbar finsteres Stirnrunzeln), und hielt die Hände zu Fäusten geballt vor sich. Ich dachte bereits, ich hätte ein junges Pärchen gestört, und wollte mich gerade entschuldigen, aber schon fing der Amerikaner mit dem Vorstellen an. «Die liebreizende Eunice Kim aus Fort Lee, New Jersey, zuletzt auf dem Elderbird College, Massachusetts», sagte er in dem ruppigen Brooklynakzent, den er für charmant authentisch hielt. «Euny studiert Kunstgeschichte.»

«Eunice *Park*», verbesserte sie ihn. «Und ich studiere eigentlich nicht Kunstgeschichte. Ich studiere gar nicht mehr.»

Ihre Demut gefiel mir, und ich bekam eine dauerhaft pulsierende Erektion.

«Und das ist Lenny Abraham. Er hilft alten Börsenmaklern, ein bisschen länger zu leben.»

«Ich heiße Abramov», sagte ich mit einem unterwürfigen Diener vor der jungen Dame. Ich bemerkte das Glas tintendunklen sizilianischen Roten in meiner Hand und trank es in einem Zug leer. Auf einmal schwitzte ich mein frisch gewaschenes Hemd und meine hässlichen Schuhe nass. Ich zog meinen Äppärät hervor, schnippte ihn mit einer Geste auf, die vor vielleicht einem Jahrzehnt *en vogue* gewesen war, hielt ihn mir albern vor die Nase, steckte ihn wieder in die Hemdtasche, griff nach einer Flasche in der Nähe und schenkte mir nach. Nun oblag es mir, etwas Beeindruckendes über mich zu sagen. «Ich mache Nanotechnologie und so Zeugs.»

«Als Wissenschaftler?», fragte Eunice Park.

«Eher als Verkäufer», grummelte der amerikanische Bildhauer. Er war berüchtigt dafür, um jede Frau zu wetteifern. Auf der letzten Party hatte er über einen jungen Mailänder Animator triumphiert und sich von Fabrizias neunzehnjähriger Cousine einen blasen lassen. So etwas kam in Rom einer Top-Nachricht gleich.

Der Bildhauer drehte sich halb zu Eunice um und verdeckte mich zum Teil mit seiner breiten Schulter. Ich nahm das als Wink zu verschwinden, doch immer, wenn ich mich absetzen wollte, schaute sie in meine Richtung, warf mir beiläufig einen Rettungsanker hin. Vielleicht hatte sie selbst Angst vor dem Bildhauer und fürchtete, auf Knien in einem schwach beleuchteten Zimmer zu enden.

Ich trank viel und beobachtete die ausladenden Versuche des Bildhauers, die gänzlich unbeeindruckbare Eunice Park zu beeindrucken. «Ich sag also zu ihr: ‹*Contessa*, Sie können in meinem Strandhaus in Apulien wohnen, bis Sie wieder auf die Beine gekommen sind.› Ich habe ja sowieso keine Zeit, an den Strand zu gehen. Die wollen, dass ich so einen Auftrag in Schanghai annehme. Sechs Millionen Yuan für zwei Arbeiten. Wie viel ist das – fünfzig Millionen Dollar? Ich sag zu ihr: ‹Nicht weinen, *contessa*, Sie gewiefte alte Schachtel. Ich war auch schon mal völlig pleite. Keinen *cen-*

tavo in der Tasche. Bin praktisch im Werfthafen von Brooklyn aufgewachsen. Das Erste, woran ich mich erinnere, ist ein Schlag in die Fresse. Bamm!›»

Mir tat der Bildhauer leid, und das nicht nur, weil ich seine Chancen bei Eunice Park pessimistisch einschätzte, sondern auch weil mir aufging, dass er bald tot sein würde. Von einer seiner ehemaligen Geliebten hatte ich erfahren, dass sein fortgeschrittener Diabetes ihn bereits zwei Zehen gekostet hatte, und heftiger Kokainmissbrauch brachte seinen betagten Kreislauf an die Grenzen. In unserer Branche nannten wir solche Leute NK, nicht konservierbar, da die Lebensfunktionen schon so zerrüttet waren, dass sie durch Eingriffe nicht wiederhergestellt werden konnten, und psychische Anzeichen auf eine «extreme Todesbereitschaft/-neigung» schließen ließen. Noch verzweifelter war seine finanzielle Situation: Ich zitiere wörtlich aus meinem Bericht an Chef Joshie: «Jährliches Einkommen 2,24 Mill. Dollar, Yuan-gekoppelt; Verbindlichkeiten, darunter Alimente/Unterhalt, 3,12 Mill. Dollar; investierbare Vermögenswerte (ohne Immobilien) 22 Mill. Nordeuro; Immobilien 5,4 Mill. Dollar, Yuan-gekoppelt; Außenstände insgesamt 12,9 Mill. Dollar, nicht gekoppelt.» Mit anderen Worten: ein Schlamassel.

Warum tat er sich das an? Wieso hielt er sich nicht von Drogen und anspruchsvollen jungen Frauen fern, verbrachte ein Jahrzehnt auf Korfu oder in Chiang Mai, flutete seinen Körper mit Alkalien und Biotechnologie, stoppte die Zufuhr von freien Radikalen, konzentrierte sich ganz auf die Arbeit, stockte sein Aktien-Portfolio auf, trainierte sich den Rettungsring von den Hüften, ließ sich die alternde Bulldoggenvisage von uns richten? Was hielt den Bildhauer hier, in einer Stadt, die sich nur als Erinnerung an die Vergangenheit eignete, was ließ ihn der Jugend nachsteigen, sich auf dicht behaarte Muschis und Teller voller Kohlenhydrate stürzen, warum schwamm er mit dem Strom in Richtung Auslöschung? In diesem hässlichen Körper, hinter den faulenden Zähnen, dem sauren Atem, steckte ein Visionär und Schöpfer, dessen plumpe Arbeiten ich gelegentlich bewunderte.

Während ich den Bildhauer begrub, indem ich hinter den Sargträgern hermarschierte und seine wunderschöne Exfrau misamt den engelsgleichen Zwillingssöhnen tröstete, musterten meine Augen Eunice Park, jung, stoisch, flachbrüstig, die zu den selbstgefälligen Bemerkungen des Bildhauers nickte. Ich wollte die Hand ausstrecken und ihre hohle Brust berühren, die harten kleinen Warzen spüren, die, wie ich mir ausmalte, ihre Liebe zum Ausdruck brachten. Mir fiel auf, dass ihre scharf geschnittene Nase und ihre schmalen Arme leicht mit Feuchtigkeit überzogen waren und dass sie beim Trinken mit mir mithielt, Weingläser von vorbeischwebenden Tabletts nahm und sich ihre zusammengepressten Lippen lila färbten. Sie trug modische Jeans, einen grauen Kaschmirpullover und eine Perlenkette, die sie mindestens zehn Jahre älter wirken ließ. Das einzige Jugendliche an ihr war ein glatter weißer Anhänger – ein Kiesel fast –, der so etwas wie ein brandneuer Miniatur-Äppärät zu sein schien. In einigen wohlhabenden Kreisen der transatlantischen Gesellschaft verschwanden zusehends die Unterschiede zwischen Alt und Jung, in anderen Kreisen lief die Jugend fast nackt herum, aber was war mit Eunice Park? Wollte sie älter oder reicher oder weißer wirken? Warum müssen attraktive Menschen überhaupt jemand anders sein als sie selbst?

Als ich das nächste Mal hinsah, hatte der Bildhauer ihr die schwere Pranke auf die ätherische Schulter gelegt und drückte fest zu. «Chinesinnen sind so zierlich», sagte er.

«So zierlich bin ich gar nicht.»

«Doch!»

«Und ich bin keine Chinesin.»

«Also, Bobby D. und Dick Gere zanken sich auf einer Party. Da kommt Dick zu mir und jammert: ‹Wieso hasst Bobby mich so?› Moment. Wo war ich gerade? Brauchst du noch was zu trinken? Oh! Dass du nach Rom gekommen bist, war die richtige Entscheidung, Mäuschen. New York ist am Ende. Amerika ist Geschichte. Und jetzt, wo diese Arschlöcher am Ruder sind, gehe ich nie wieder zurück. Scheiß-Rubenstein. Scheiß-Überparteiliche. Das ist 1984, Baby. Nicht, dass du die Anspielung verstehen würdest. Vielleicht kann unser Bücherfreund Lenny uns aufklären. Was hast du für ein Glück, dass du mit mir hier sein darfst, Euny. Willst du mich nicht küssen?»

«Nein», sagte Eunice Park. «Nein danke.»

Nein danke. Ein nettes koreanisches Mädchen, Absolventin vom Elderbird College in Massachusetts. Wie gern ich diese vollen Lippen selbst küssen und den schmalen Rest von ihr im Arm halten würde.

«Warum nicht?», rief der Bildhauer. Und weil er schon längst nicht mehr in der Lage war, die kurzfristigen Folgen seiner Handlungen abzuschätzen, rüttelte er sie an der Schulter, bloß ein betrunkenes Schütteln, doch offenbar zu heftig für ihren winzigen Körper. Eunice sah auf, und ich entdeckte in ihren Augen die vertraute Wut eines Erwachsenen, der plötzlich in die Kindheit zurückgeworfen wird. Sie presste sich eine Hand auf den Bauch, als hätte man sie dorthin geboxt, und senkte den Blick. Rotwein war auf ihren teuren Pullover gespritzt. Sie wandte sich zu mir, und ich bemerkte, dass sie sich schämte, nicht für den Bildhauer, sondern für sich selbst.

«Jetzt mal locker bleiben», sagte ich und legte dem Bildhauer die Hand auf den angespannten, feuchten Nacken. «Vielleicht setzen wir uns mal auf die Couch und trinken ein Glas Wasser.»

Eunice rieb sich die Schulter und wich vor uns zurück. Sie sah aus, als würde sie routiniert Tränen unterdrücken.

«Verpiss dich, Lenny», sagte der Bildhauer und schubste mich leicht. Seine Hände waren zweifellos kräftig. «Geh mit deinem Jungbrunnen woanders hausieren.»

«Such dir eine Couch und entspann dich», herrschte ich den Bildhauer an. Ich ging zu Eunice und streckte meinen Arm in ihre Richtung, ohne sie wirklich zu berühren. «Tut mir leid», murmelte ich. «Er trinkt zu viel.»

«Ja, ich trinke zu viel!», rief der Bildhauer. «Vielleicht bin ich sogar ein bisschen besoffen. Aber morgen früh werde ich Kunst erschaffen. Und was wirst du tun, *Leonard*? Irgendwelchen Greisen von den Überparteilichen grünen Tee und geklonte Lebern verticken? Tagebuch schreiben? Lass mich mal raten. ‹Mein Onkel hat mich missbraucht. Ich war drei Sekunden lang heroinabhängig.› Vergiss den Jungbrunnen, Kumpel. Du kannst tausend Jahre alt werden, und es wird trotzdem nichts bedeuten. Mittelmäßige wie du *verdienen* nichts Besseres als Unsterblichkeit. Vertrau diesem Kerl nicht, Eunice. Er ist nicht wie wir. Er ist ein echter Amerikaner. Ein echt cleverer Hund. Er ist der Grund, dass wir in Venezuela einmarschiert sind. Dass sich in den Staaten niemand mehr traut, ‹buh› zu sagen. Er ist keinen Deut besser als Rubenstein. Schau in diese dunklen, unehrlichen Aschkenasenaugen. Kissinger der Zweite.»

Eine Menschentraube hatte sich um uns gebildet. Den berühmten Bildhauer «ausrasten» zu sehen war für die Römer immer ein Quell der Belustigung, und die Stichwörter «Venezuela» und «Rubenstein», langsam und genüsslich anklagend ausgesprochen, konnten selbst einen komatösen

Europäer in Erregung versetzen. Aus dem Wohnzimmer hörte ich Fabrizias Stimme. So sanft wie möglich schob ich die Koreanerin in Richtung Küche, die zum Dienstbotentrakt mit seinem separaten Eingang führte.

Im schwachen Licht einer nackten Glühbirne sah ich das ukrainische Kindermädchen den süßen, dunklen Schopf von Fabrizias Sohn tätscheln, während sie ihm den Inhalator in den Mund bugsierte. Das Kind nahm unser Eindringen kaum überrascht zur Kenntnis, das Kindermädchen wollte gerade «*Che cosa?*» sagen, wir aber marschierten geradewegs an ihr und dem ordentlichen kleinen Stapel von Kleidern und billigen Souvenirs (einer Küchenschürze mit Michelangelos David rittlings auf dem Kolosseum) vorbei, ihrem unmittelbaren Besitz. Als Eunice und ich die laute Marmortreppe hinab liefen, hörten wir Fabrizia und andere die Verfolgung aufnehmen und den Drahtkäfig des Aufzugs nach oben rufen, weil sie unbedingt von uns wissen wollten, was passiert war, was die trunkene Wut des Bildhauers geweckt hatte. «Komm zurück, Lenny», rief Fabrizia. «*Dobbiamo scopare ancora una volta.* Wir müssen nochmal ficken. Noch ein letztes Mal.»

Fabrizia. Die weichste Frau, die ich je berührt hatte. Aber vielleicht *brauchte* ich keine Weichheit mehr. Fabrizia. Ihr von kleinen Haar-Armeen belagerter Leib, ihre von Kohlenhydraten geformten Kurven, nichts als Alte Welt in ihrer sterbenden, nichtelektronischen Körperlichkeit. Und vor mir: Eunice Park. Eine Frau in Nano-Größe, die wahrscheinlich noch nie das Kitzeln des eigenen Schamhaars gespürt hatte, der sowohl Brust als auch Körpergeruch fehlten, die ebenso gut auf dem Display eines Äppäräts wie vor meinen Augen auf der Straße existierte.

Draußen hockte der südländische Mond schwanger und zufrieden auf den hochgereckten Palmwedeln der Piazza

Vittorio. Der übliche Haufen Immigranten schlief nach einem langen Tag körperlicher Arbeit oder brachte gerade die Kinder der jeweiligen Herrschaft ins Bett. Die einzigen Fußgänger waren fesche Italiener, die vom Abendessen nach Hause wankten, das einzige Geräusch das Gemurmel ihrer galligen Gespräche und das elektrisch zischende Klappern der alten Straßenbahn, die den Nordostrand des Platzes befuhr.

Eunice Park und ich gingen weiter. Sie ging, ich hüpfte, denn ich konnte meine Freude darüber nicht verbergen, dass ich der Party gemeinsam mit ihr entkommen war. Ich wollte, dass Eunice mir dankte, weil ich sie vor dem Bildhauer und seinem Todeshauch gerettet hatte. Ich wollte, dass sie mich kennenlernte, damit ich all die furchtbaren Dinge, die er über mich gesagt hatte, entkräften konnte, meine angebliche Gier, meinen schrankenlosen Ehrgeiz, meinen Mangel an Talent, meine fiktive Mitgliedschaft in der Überparteilichen Partei, meine Eroberungspläne für Caracas. Ich wollte ihr erzählen, dass ich selbst in Gefahr war – dass der Otter der Amerikanischen Restaurationsregierung mir Landesverrat unterstellte, weil ich mit einer einzigen mittelalten Italienerin geschlafen hatte.

Ich beäugte Eunice' ruinierten Pullover und den obszön frischen Körper, der darunter verborgen lebte, schwitzte und, wie ich hoffte, auch begehrte. «Ich kenne eine gute Reinigung, die mit Rotweinflecken fertigwird», sagte ich. «So ein Nigerianer eine Straße weiter.» Ich betonte «Nigerianer», um meine Offenheit und Toleranz zu unterstreichen. Lenny Abramov, jedermanns Freund.

«Ich arbeite freiwillig in einer Flüchtlingsunterkunft am Bahnhof», sagte Eunice, was sich wohl auf irgendwas bezog.

«Ehrlich? Das ist ja *phantastisch*!», sagte ich.

«Bist du ein Nerd.» Sie lachte mich grausam aus.

«Was?», fragte ich. «Tut mir leid.» Ich lachte auch, nur für den Fall, dass es ein Witz gewesen war, aber ich war verletzt.

«PPKM», sagte sie. «IGIMGK. ROFLAARP. PRGV. Total PRGV.»

Die Jugend und ihre Abkürzungen. Ich tat, als wüsste ich, wovon sie redet. «Klar», sagte ich. «IWF. PLO. ESL.»

Sie sah mich an, als wäre ich übergeschnappt. «BGM», sagte sie.

«Wer ist das denn?» Ich stellte mir einen großgewachsenen Protestanten vor.

«Das bedeutet ‹Bloß gefickt, Mann›. Dass ich dich bloß verarscht habe.»

«O Mann», sagte ich. «Weiß ich doch. Ehrlich. Was macht mich deiner Einschätzung nach zum Nerd?»

«‹Deiner Einschätzung nach›», äffte sie mich nach. «Wer sagt denn so was? Und wer trägt solche Schuhe? Du siehst aus wie ein Buchhalter.»

«Kann es sein, dass ich da etwas Wut verspüre?», fragte ich. Wohin war das süße, gekränkte koreanische Mädchen von vor drei Minuten hin? Aus irgendeinem Grund drückte ich die Brust raus und stellte mich auf Zehenspitzen, obwohl ich sowieso zwei Handbreit größer war als sie.

Sie fasste meine Hemdmanschette an, besah sie sich dann genauer. «Die ist ja nicht richtig geknöpft», sagte sie, und ehe ich was entgegnen konnte, hatte sie meine Manschette schon auf- und wieder zugeknöpft und zupfte am Ärmel, damit er sich an Oberarm und Schulter weniger beulte. «So», sagte sie. «Jetzt siehst du ein bisschen besser aus.»

Ich wusste nicht, was ich sagen oder machen sollte. Wenn ich mit Menschen meines Alters zu tun habe, weiß

34

ich genau, was ich für einer bin. Körperlich nicht unbedingt attraktiv, aber immerhin gebildet, anständig bezahlt, an vorderster Front von Wissenschaft und Technik beschäftigt (auch wenn ich mich mit meinem Äppärät in etwa so geschickt anstelle wie meine alten eingewanderten Eltern). Doch auf dem Planeten Eunice Park spielten diese Eigenschaften offensichtlich keine Rolle. Ich war irgend so ein steinzeitlicher Trottel. «Danke», sagte ich. «Wüsste nicht, was ich ohne dich täte.»

Sie lächelte mich an, und ich bemerkte die Sorte Grübchen, die ein Gesicht nicht bloß eindellen, sondern ihm unmittelbar Wärme und Charakter verleihen (und in ihrem Fall die Wut ein wenig mildern). «Ich habe Hunger», sagte sie.

Ich muss ausgesehen haben wie der verwirrte Rubenstein auf der Pressekonferenz, nachdem unsere Truppen bei Ciudad Bolívar vernichtend geschlagen wurden. «Was?», fragte ich. «Hunger? Ist es dafür nicht ein bisschen spät?»

«Ähm, nein, Opa», sagte Eunice Park.

Das ließ ich locker abprallen. «Ich kenne so einen Laden an der Via del Governo Vecchio. Heißt ‹da Tonino›. Erstklassige Pasta *cacio e pepe*.»

«Steht auch in meinem *Time-Out*-Führer», sagte das unverschämte Mädchen zu mir. Sie hob ihren äppärätartigen Anhänger an den Mund und bestellte in schockierend tadellosem Italienisch ein Taxi. So eingeschüchtert war ich seit der Highschool nicht mehr. Selbst der Tod, meine schlanke, unermüdliche Nemesis, wirkte matt im Vergleich zur allmächtigen Eunice Park.

Im Taxi setzte ich mich ein Stück von ihr entfernt und redete belangloses Zeug («Ich habe gehört, der Dollar soll mal wieder abgewertet werden ...»). Die Stadt Rom präsentierte sich in lässiger Pracht vor unseren Wagenfenstern, ihrer selbst auf ewig sicher, immer gern bereit, uns Geld aus der Tasche zu ziehen und für ein Foto zu posieren, obwohl sie am Ende nichts und niemanden brauchte. Irgendwann wurde mir klar, dass der Fahrer beschlossen hatte, mich übers Ohr zu hauen, doch ich protestierte nicht gegen seine ausgedehnte Route, vor allem dann nicht mehr, als wir am violett beleuchteten Schildkrötenpanzer des Kolosseums vorbeifuhren, sondern ich sagte mir: *Behalt dies in Erinnerung, Lenny; du musst für irgendwas nostalgische Gefühle entwickeln, sonst findest du nie heraus, was wichtig ist.*

Doch am Ende jenes Abends erinnerte ich mich nur noch an sehr wenig. Sagen wir mal so: Ich trank. Aus Angst (sie war so grausam). Aus Seligkeit (sie war so schön). Ich trank, bis sich mein Mund und meine Zähne dunkelrot färbten und das beißende Aroma meines Atems und Schweißes mein fortgeschrittenes Alter verriet. Und sie trank ebenfalls. Aus einem *mezzo litro* des billigen Hausweins wurde ein *litro*, dann zwei, und dann noch eine Flasche, womöglich ein Sardischer, auf jeden Fall schwerer als Stierblut.

Ungeheure Essensportionen waren nötig, den übermäßigen Alkoholgenuss aufzufangen. Nachdenklich kauten wir auf den Schweinebacken der *Bucatini all'amatriciana* herum, schlürften einen Teller Penne mit scharf gewürzter Aubergine, zerrupften ein Kaninchen, das nahezu in Olivenöl ertrank. Ich wusste, dass ich all das vermissen würde, sobald ich nach New York zurückgekehrt wäre, sogar das schreckliche Neonlicht, das mein Alter bloßstellte – die Falten um die Augen, die eine lange Schnellstraße und die drei Landstraßen, die meine Stirn durchschnitten, Zeugnisse ungezählter schlafloser Nächte voller Sorgen um unerfüllte Freuden und mein sorgsam gehütetes Einkommen, vor allem um meinen Tod. Unser Restaurant wurde von Theaterschauspielern frequentiert, und während ich mit der Gabel in die dicken Hohlkörper der Pasta und die glänzenden Auberginenstücke stach, versuchte ich, mir ihre lauten, Aufmerksamkeit heischenden Stimmen und die lebhaften italienischen Gesten für immer einzuprägen, für mich Sinnbild des lebendigen Kreatürlichen und daher des Lebens selbst.

Ich konzentrierte mich auf die lebendige Kreatur vor mir und wollte ihre Liebe wecken. Ich sprach großspurig und, wie ich hoffe, ehrlich. An Folgendes erinnere ich mich:

Ich sagte ihr, ich wolle Rom nicht mehr verlassen, da ich nun sie kennengelernt hätte.

Sie sagte wieder, ich sei ein Nerd, aber einer, der sie zum Lachen bringe.

Ich sagte, ich wolle mehr als sie nur zum Lachen bringen.

Sie sagte, ich solle dankbar sein für das, was ich hätte.

Ich sagte, sie solle mit mir nach New York ziehen.

Sie sagte, sie sei wahrscheinlich lesbisch.

Ich sagte, dass Arbeit mein Leben sei, es aber auch noch Platz für Liebe gebe.

Sie sagte, Liebe komme *nicht in Frage*.

Ich sagte, meine Eltern seien russische Immigranten und lebten in New York.

Sie sagte, ihre Eltern seien koreanische Immigranten und lebten in Fort Lee, New Jersey.

Ich sagte, mein Vater sei pensionierter Hausmeister, der gern angeln gehe.

Sie sagte, ihr Vater sei Fußtherapeut, der seiner Frau und seinen beiden Töchtern gern mit der Faust ins Gesicht schlage.

«Oh», sagte ich. Eunice Park zuckte die Achseln, entschuldigte sich und ging zur Toilette. Auf meinem Teller hing das kleine tote Herz des Kaninchens aus seinem Brustkorb. Ich legte den Kopf in die Hände und fragte mich, ob ich nicht einfach ein paar Euros auf den Tisch werfen und verschwinden sollte.

Doch bald schon ging ich die efeuumrankte Via Giulia entlang, den Arm um Eunice Parks duftenden, knabenhaften Leib geschlungen. Sie war offenbar bester Laune, liebevoll und anspornend zugleich: versprach mir einen Kuss und tadelte dann mein schlechtes Italienisch. Schüchternheit und Kichern, Sommersprossen im Mondlicht, trunkene, unreife Rufe wie «Halt den *Mund*, Lenny!» oder «Du bist doch blöd!» – das war sie. Mir fiel auf, dass sie ihr Haar aus dem Knoten befreit hatte und dass es dunkel und endlos und dick war wie ein Seil. Sie war vierundzwanzig Jahre alt.

In meine Wohnung passte nicht viel mehr als eine billige Doppelmatratze und ein offener Koffer voller Bücher («Meine Freundinnen am Elderbird, die im Hauptfach Text studierten, nannten die Dinger immer ‹Türstopper›», sagte sie). Wir küssten uns träge, als wäre es nichts, dann heftig, als ob wir es ernst meinten. Es gab Probleme. Eunice Park wollte ihren B H nicht ablegen («Ich habe absolut keine Brust»), und ich war zu betrunken und verschreckt, um eine Erektion zu bekommen. Aber ich wollte ohnehin keinen Geschlechtsverkehr. Ich überredete sie, aus ihrer Hose zu steigen, umfasste die beiden winzigen Kugeln ihrer Hinterbacken mit den Händen und presste meine Lippen in ihre weiche, vitale Möse. «Ach, Lenny», sagte sie ein wenig traurig, denn sie spürte wohl, wie viel ihre Jugend und Frische mir bedeuteten, einem Mann, der im Vorzimmer des Todes zu Hause war, der Licht und Wärme seines kurzen Erdendaseins kaum ertragen konnte. Ich leckte und leckte, atmete den Hauch von etwas Authentischem, Humanem ein und muss irgendwann mit dem Gesicht zwischen ihren

Beinen eingeschlafen sein. Am nächsten Morgen half sie mir, den Koffer neu zu packen, der ohne ihre Hilfe nicht zugehen wollte. «So macht man das nicht», sagte sie, als sie sah, wie ich mir die Zähne putzte. Sie ließ mich die Zunge herausstrecken und fuhr grob mit der Bürste über die dunkelrote Fläche. «So», sagte sie. «Besser.»

Auf der Taxifahrt zum Flughafen spürte ich einen dreifachen Stich: Ich war gleichzeitig glücklich, einsam und bedürftig. Sie hatte verlangt, dass ich mir gründlich Mund und Kinn wusch, um jede Spur von ihr zu beseitigen, aber Eunice Parks alkalisches Aroma hing mir immer noch an der Nasenspitze. Ich schnüffelte in die Luft, um ihre Essenz einzufangen, und dachte schon daran, wie ich sie nach New York locken, sie zu meiner Frau, zu meinem Leben, zu meinem ewigen Leben machen könnte. Ich berührte meine gekonnt geputzten Zähne und tätschelte die grauen Haarbüschel, die aus meinem Hemdkragen ragten und die sie im schwachen Morgenlicht eingehend untersucht hatte. «Süß», hatte sie gesagt. Und dann mit kindlichem Staunen: «Du bist alt, Len.»

Ach, liebes Tagebuch. Meine Jugend ist vergangen, doch die Weisheit des Alters ist noch fern. Warum ist es in dieser Welt so schwer, ein erwachsener Mann zu sein?

MANCHMAL LEBEN IST MIST
Aus Eunice Parks GlobalTeens-Account

1. Juni

Format: Englischer Standardtext Vollanzeige
GLOBALTEENS-SUPERTIPP: *Jetzt zu Images wechseln!*
Weniger Worte = mehr Spaß!!!

EUNI-DIOTIN UNTERWEGS AN GRILLBITCH:
Hi, liebstes Pony!
Was geht, du Möse? Vermisst du deine I-diotin? Willst du
mich ein bisschen lecken? BGM. Ich hab so die Nase voll
davon, mit Mädchen rumzumachen. Übrigens hab ich an
der Ehemaligen-Wand vom Elderbird die Fotos gesehen,
auf denen du deine Zunge in Bryanas, ähm, Ohr steckst.
Du willst doch wohl nicht, dass Gopher eifersüchtig wird?
Der hat schon viel zu viele Dreier geschoben. Mehr Selbst-
achtung, Nutte! Hey – weißt du was? Ich hab in Rom den
allersüßesten Typen kennengelernt. Genau mein Fall, groß,
vom Aussehen her irgendwie germanisch, total edel, aber
kein Arschloch. Giovanna hat uns zusammengebracht, er
arbeitet in Rom für KraftGMFordCredit! Ich soll ihn also auf
der Piazza Navona treffen (weißt du noch, im Image-Semi-
nar? Das ist der mit den ganzen Tritonen), und da sitzt er vor
einem Cappuccino und streamt die Chroniken von Narnia.
Weißt du noch, wie wir die in der Katholischen gestreamt
haben? Richtig süß. Er sah ein bisschen aus wie Gopher,
bloß viel dünner (hahaha). Und er heißt Ben, was ziemlich
schwul klingt, aber er war SO NETT und so klug. Er hat mir
ein paar Caravaggios gezeigt, dann hat er mich ein biss-

chen an den Arsch gefasst, und dann sind wir zu einer von Giovannas Partys und haben rumgemacht. Da haben uns lauter Italienerinnen in Onionskin-Jeans angeglotzt, als ob ich ihnen einen ihrer weißen Männer klauen würde oder so. Das finde ich so was von scheiße. Wenn ich noch einmal das Wort «Mandelaugen» höre, also echt. Jedenfalls BRAU-CHE ICH DEINEN RAT, weil er mich gestern angerufen und gefragt hat, ob ich nächste Woche mit ihm nach Lucca fahren will, und ich hab mich geziert und nein gesagt. Aber morgen rufe ich ihn bestimmt an und sage ja! WAS SOLL ICH TUN? HILFE!!!

PS: Gestern auf einer Party hab ich so einen krassen alten Typen kennengelernt, und wir haben uns total betrunken, und ich hab mich gewissermaßen von ihm lecken lassen. Da war ein noch älterer Typ, ein Bildhauer, der mir an die Hose wollte, da hab ich mir gedacht, na ja, das kleinere Übel. Würg, ich werde schon wie du!!!!!! Er war nett, ein bisschen nerdig, hält sich aber für absolut medien, weil er irgendwas mit Biotech macht. Und er hatte echt eklige Füße, mit Hammerzehen und hinten so einem riesigen Überbein, als ob ihm ein Daumen am Hacken klebt. Ich weiß, ich denke wie mein Vater. Aber außerdem putzt er sich ganz falsch die Zähne, ich musste also einem ERWACHSENEN MANN ZEIGEN, WIE MAN EINE ZAHNBÜRSTE BENUTZT!!!!! Was läuft bloß falsch in meinem Leben, liebstes Pony?

GRILLBITCH AN EUNI-DIOTIN UNTERWEGS:

Hey, liebster Panda!

Okay, ich sag nur so viel: Arschnutte, bist du total krank? Wie alt war der Typ? Wieso hast du seine Füße angefasst? Bist du heimliche Fußlutscherin oder was? Ich schicke dir eine Reinigungsrechnung, ich muss nämlich beim Schreiben gerade KOTZEN. OK, vergiss den Rollatorschieber.

Dieser Ben klingt echt medien, und wenn er in Kredit macht, ist er bestimmt SCHEISSSTINKREICH. Ich wünschte, Gopher könnte einen Job bei KraftGMFord kriegen. Und jetzt der Grillbitch-Praxistipp: Du fährst mit ihm nach Lucca, wo ist das eigentlich genau?, am ersten Tag behandelst du ihn wie ein Stück Scheiße, in der ersten Nacht lässt du dich im Bett HART von ihm rannehmen, den Rest der Zeit bringst du ihn komplett durcheinander. Er wird dir pronto verfallen, vor allem, wenn du ihn an deine ZAUBERMUSCHI lässt!!! Und auf dem Rückweg nach Rom bist du dann richtig nett, damit er zum Schluss einen guten Eindruck hat, aber sich immer noch nicht ganz sicher ist.

So, jetzt kommt, was hier abgeht. So ein Filipino hat in Redondo eine Party geschmissen, Pat Alvarez, kennst du ihn noch aus der Katholischen? Und da taucht Wendy Snatch in Onionskin-Jeans und nippelfreiem Saaami-BH auf und fängt an, sich auf Gophers Schoß zu reiben. Er hat irgendwie versucht, sie wegzuschieben, aber sie sagt, vielleicht möchtest du ja, dass deine Freundin und ich ein bisschen miteinander rumhuren, und dabei PIKST sie ihm praktisch die ganze Zeit ihren Nippel ins Auge, so eine EKLIGE, riesige rosa Weiße-Mädchen-Brustwarze. Gopher guckt mich an, so: Ja, von mir aus könnt ihrs miteinander treiben, oder auch nicht, ist total in Ordnung, macht bloß keine Szene. Und diese ganzen Filippo-Mädels, die gerade an der Irvine Examen gemacht haben, lecken sowieso im Wohnzimmer wie verrückt aneinander rum, um irgendeinen Weißen zu beeindrucken (aber nicht Gopher), also habe ich ihr geteent: ICH GLAUB, EHER NICHT, WENDY SNATCH. Bloß nicht in GROSSBUCHSTABEN, sondern eher so nein danke, und übrigens ist das mein FREUND, an dem du grade rumreibst. Und da geht sie doch glatt KÖRPERLICH auf mich los und TEXTET: «Ach, ich dachte, du wärst Lesbe, weil du auf dem Elderbird warst, ich wusste ja nicht, dass du auch Feminazi bist», und ich so: «Auch wenn ich die größte Lesbe Amerikas wär, dich würde ich selbst mit ner Scheißzange nicht anfassen», und was glaubst du, wo sie am Ende der Party gelandet ist? In der Badewanne, wo Pat Alvarez sie mit drei Freunden in den Arsch gefickt und ihr ins Gesicht gepisst hat, und sie haben alles aufgenommen und am nächsten Tag auf GlobalTeens gestellt. RATE MAL, wie ihr Ranking danach hochging? Charakter 764, Fickfaktor 800+. Was läuft bloß FALSCH bei den Leuten?

2. Juni

CHUNG.WON.PARK AN EUNI-DIOTIN UNTERWEGS:
Eunhee,

gestern gekommen dein Aufnametest. Sally will Brief versteken vor mir. Dein Punkte 158. Sehr niedrig. Damit kannst du nicht mal Jura an Rutgers. Ich sehr entäuscht das du nicht mehr Punkte als lezte mal. Das heist du nicht genug lernen dafür. Ich weiß, manchmal Leben ist Mist, aber du bist vierunzwanzig. Großes Mädchen. Kann dich nicht mehr schieben. Du musst lernen, und wenn du lernst, du darfst nicht anderes machen! Nebenher netten Jungen treffen. Aber dabei du musst immer Vorsicht sein, weil du bist Frau. Nicht Geheimnis weggeben. Gibt es in Rom auch koreanisch Junge? Bitte vergib mein schrecklich Englisch.

Ich Liebe dich,

Mommy

PS: Daddy sagt ich soll nicht sagen Ich Liebe dich, weil ich verwöhne dich und Koreanisch Eltern sagen nicht Liebe dich zu Kindern, aber ich Liebe dich aus tiefem Herzen, also ich sag auch!

EUNI-DIOTIN UNTERWEGS AN CHUNG.WON.PARK:

Mom, überweise bitte zehntausend Yuan-gekoppelte Dollar auf mein AlliedWasteCVSCitigroupCredit-Konto. Ich mache die Aufnahmeprüfung nochmal, wenn ich wieder da bin. Ethel Kim hat bloß 154 Punkte geschafft, und die hat vorher drei Vorbereitungskurse belegt, also was soll's. Ich bin gar nicht so schlecht. Es ist ziemlich schwierig, hier zu arbeiten, man braucht nämlich einen *permesso soggiorno*, das ist so was wie eine Green Card, und Amerikaner können sie hier nicht ausstehen. Sonst müsste ich als Au-pair arbeiten oder so. Ich helfe schon drei Stunden die Woche freiwillig in einem Flüchtlingslager. Hast du Daddy davon erzählt? Nein, in Rom gibt es keine koreanischen Jungs. Rom liegt in Italien. Guck mal auf eine Landkarte.

3. Juni

CHUNG.WON.PARK AN EUNI-DIOTIN UNTERWEGS:

Eunhee,

wo für du glaubst du hast Mommy? Egal welche Ärger du hast du schreibst mir, nicht nur wenn du Geld brauchst. Wenn du Rechtsanwalt, Mommy stolz auf dich und du bittest nicht mehr nach Geld. Dann du bist auch stolz weil du Mommy und Familie hilfst. Familie ist am wichtigsten, wofür sonst GOTT hat uns auf Erde gestellt? Ich große Sorge um dich und Sally. Daddy geht nicht gut. Vieleicht ist alles meine schuld. Ich bete in Kirche extra für dich. Reverend Cho sagt alle jungen Menschen haben besondern eigenen weg.

Kennst du deinen besondern weg? Sag bitte Bescheid, wenn du kennst, sonst wir suchen zusamen. Und behalt Jesu in dein Herzen. Das ist wichtig! Außer dem gibt es koreanisch Jungen überall. Geh in koreanische Kirche, da du triffst welche. Vieleicht verstehst du nicht mein schlechtes Englisch.

Ich Liebe dich,

Mommy

EUNI-DIOTIN UNTERWEGS AN CHUNG.WON.PARK:

Was soll das heißen, Daddy geht es nicht gut? Wenn irgendwas Schlimmes passiert, müssen Sally und du zu Eunhyun ziehen. Mom! Vergiss mal eine Sekunde den bescheuerten Jesu. DAS HIER IST SEHR WICHTIG! Du machst mir echt Angst. Hat er dir oder Sally irgendwas getan? Ich habe gestern achtmal versucht, euch anzurufen, aber ich habe immer nur den AB erreicht. Texte mich auf GlobalTeens an, wenn du das hier liest!

CHUNG.WON.PARK AN EUNI-DIOTIN UNTERWEGS:

Eunhee,

mach dich nicht unwohl. Daddy hat bisschen viel getrunken und wird böse, weil ich gemacht *sundubu* mit schlechte Tofu. Ich hab Sally gesagt, sie soll gehen spazieren, aber sie schläft in Gastzimmer und ich in Keller. Also alles gut! Hast du Überweisung gekommen an AlliedWaste? Guck lieber sicher nochmal nach. Ist viel Geld, also mach mich nicht entäuschen. Du genieß Rom, du gute Studentin an Elderbird, du verdienst es. Aber jetzt dein Leben anfängt erst. Mach kein Fehler mehr! Bleib weg von *miguk*-Jungs. Sie alle haben böse Absicht, sogar die christlichen. Ich bete zu Jesu jeden Tag, dass du so ein Glück finden wie ich nie gefunden, weil ich vieleicht Sünde gemacht gegen GOTT.

Ich habe so viel geschämt. Schreib mehr für Sally. Sie vermiss dich. Du hast große Verantwortung, weil du bist große Schwester. Ich bin sehr traurig, weil du nicht gekriegt Aufnametest-Punkte wie du willst. Du traurig, Mommy traurig. Wenn du weh, Mommy mehr weh.

Mommy

EUNI-DIOTIN UNTERWEGS: Sally! Was geht ab mit Mom und Dad?

SALLYSTAR: Nichts. Er hat sich über das *sundubu* aufgeregt. Was interessiert dich das?

EUNI-DIOTIN UNTERWEGS: Warum bist du sauer auf MICH?

SALLYSTAR: Ich bin nicht sauer. Lass mich in Ruhe. Gibt es in Rom die Saaami-Sommer-BHs?

EUNI-DIOTIN UNTERWEGS: Ja, aber die kosten achtzig Euro.

SALLYSTAR: Wie viel ist das?

EUNI-DIOTIN UNTERWEGS: Viel zu viel. Im Saaami Store an der Elizabeth Street kriegst du sie viel billiger, oder du bestellst einfach bei TeenyBopper. Wieso willst du einen BH tragen, bei dem jeder deine Nippel sehen kann? Und überhaupt, ich dachte, du machst dir nichts aus Mode.

SALLYSTAR: Die trägt jeder. Sogar in Fort Lee.

EUNI-DIOTIN UNTERWEGS: Wer denn in Fort Lee?

SALLYSTAR: Grace Lees Schwester.

EUNI-DIOTIN UNTERWEGS: Boni? Die dumme Kuh.

EUNI-DIOTIN UNTERWEGS: Sally, hat Dad dich geschlagen?

SALLYSTAR: Er sagt, er vermisst Kalifornien. Seine Sprechstunde war die ganze Woche leer. Alle Koreaner in New Jersey haben schon Fußtherapeuten. Mom benimmt sich wie auf Raumpatrouille.

EUNI-DIOTIN UNTERWEGS: Na gut, dann antworte eben nicht auf meine Frage. Danke, dass du mein Test-Ergebnis versteckt hast.

SALLYSTAR: Mom hat es ja doch gefunden. Was geht ab?

EUNI-DIOTIN UNTERWEGS: Ich hab hier einen süßen Weißen kennengelernt. Arbeitet für KraftGMFord.

SALLYSTAR: Mit Koreanern zusammen sein ist einfacher. Für die Familien und so.

EUNI-DIOTIN UNTERWEGS: Vielen Dank, Mom.

SALLYSTAR: Ich sag's ja bloß.

EUNI-DIOTIN UNTERWEGS: Klar, vielleicht komme ich mit einem Koreaner zusammen, so einem wie Dad. Das nennt man dann «Wiederholungsmuster».

SALLYSTAR: Egal. Schröpf ihn ordentlich. Ich muss um eins zu einem Treffen.

EUNI-DIOTIN UNTERWEGS: Was für ein Treffen?

SALLYSTAR: Columbia-Tsinghua-Protestmeeting gegen die ARR. In einer Woche fahren wir nach Washington.

EUNI-DIOTIN UNTERWEGS: Was ist denn die ARR?

SALLYSTAR: Amerikanische Restaurationsregierung. Die Überparteilichen. Streamst du etwa nie Nachrichten?

EUNI-DIOTIN UNTERWEGS: Du bist WIRKLICH sauer auf mich.

EUNI-DIOTIN UNTERWEGS: Sally, du musst nicht bei Mom und Dad wohnen bleiben. Du kannst ein Zimmer im Barnard-Wohnheim kriegen. Du kannst dir ein bezahltes Praktikum oder einen Job in einem Laden besorgen. Ich will nicht, dass du politisch wirst. Lass uns doch einfach bloß das Leben genießen.

EUNI-DIOTIN UNTERWEGS: Sally? Hallo? Möchtest du, dass ich nach Hause komme? Wenn du willst, fliege ich morgen zurück. Ich kümmere mich um Mom.

EUNI-DIOTIN UNTERWEGS: Sally, bitte sei nicht sauer auf

mich. Tut mir leid, dass ich nicht da bin, wenn du und Mommy mich braucht. Ich bin echt eine Versagerin.

EUNI-DIOTIN UNTERWEGS: Sally? Hallo? Du bist wahrscheinlich los. Nach eurer Zeit ist es jetzt eins.

EUNI-DIOTIN UNTERWEGS: Sally, ich liebe dich.

4. Juni

LEONARDO DABRAMOVINCI AN EUNI-DIOTIN UNTERWEGS:

Ah, hallo. Hier ist Lenny Abramov. Vielleicht erinnerst du dich an mich von unserer kurzen Begegnung in Rom. Danke fürs Zähneputzen! Hihi. Also, bin grad wieder in die VS von A zurückgekehrt. Ich trainiere mich im Abkürzen. In Rom hast du IGIMGK gesagt, glaube ich. Heißt das «Ich glaub, ich muss gleich kotzen»? Siehst du, so alt bin ich noch gar nicht. Egal, ich habe an dich gedacht. Kommst du irgendwann in nächster Zeit nach New York? Dann hast du eine Bleibe. Ich habe hier eine nette Wohnung, 70 Quadratmeter, Balkon, Blick auf Downtown. Mit «da Tonino» kann ich zwar nicht mithalten, aber ich mach dir echt starke gebratene Auberginen. Ich kann sogar auf der Couch schlafen, wenn du willst. Ruf mich jederzeit an oder schreib mir. Es war richtig, richtig, RICHTIG toll, dich kennenzulernen. Während ich das hier schreibe, lerne ich die Sternbilder deiner Sommersprossen auswendig (ich hoffe, das ist dir nicht unangenehm).

Alles Liebe,
Leonard

DER OTTER SCHLÄGT ZURÜCK
Aus dem Tagebuch des Lenny Abramov

4. Juni
New York

Liebstes Tagebuch,

gesehen habe ich den dicken Mann in der First Class Lounge am Flughafen Fiumicino. Die haben da ein spezielles Terminal für Flüge in die Vereinigten Staaten und den SicherheitsStaat Israel, das heruntergekommenste Terminal des römischen Flughafens insgesamt, wo im Grunde jeder Nichtpassagier entweder eine Waffe trägt oder dir irgendeinen Scanner entgegenstreckt. Für die Economy-Class-Passagiere gibt es nicht mal mehr Sitze an den Flugsteigen, weil man sie im Stehen besser scannen, ihnen in Hautfalten strahlen und sie wie eine Sechshundert-Watt-Birne aufleuchten lassen kann. Na egal, in der First Class Lounge ist das Leben entschieden angenehmer, und da bin ich hin, um vielleicht in letzter Minute noch Vermögende Privatpersonen zu finden, potenzielle Lebensfreunde, die womöglich für unser Produkt zu interessieren wären. Ich sah mich schon ins Büro von Chef Joshie spazieren und sagen: «Guck dir das an! Selbst auf der Reise sucht dein Lenny noch nach Klienten. Ich bin wie ein Arzt: immer im Dienst!»

Allerdings sind First Class Lounges auch nicht mehr, was sie mal waren. Die meisten asiatischen VPPs fliegen heutzutage Privatmaschinen, aber mein Äppärät machte immerhin ein paar registrierfähige Gesichter aus – einen früheren Pornostar und einen aalglatten Typen aus Mumbai, der gerade dabei war, sein erstes weltweites Konsumimperium aufzubauen. Sie hatten beide ordentlich Geld, wenn auch nicht die zwanzig Millionen Nordeuro flüssiges Kapital, nach denen ich Ausschau halte, aber da saß noch ein Typ, der *überhaupt keinen* Ausschlag auf meinem Äppärät erzeugte. Ich meine, er war gar nicht da. Er selbst hatte keinen Äppärät, oder wenn doch, dann war der nicht auf Sozialmodus gestellt, oder vielleicht hatte er irgendeinen jungen russischen Hacker dafür bezahlt, jede Übertragung zu blockieren. Und er sah wie ein Nobody aus. So wie Leute heute eigentlich nicht mehr aussehen. Nicht bloß unvollkommen, sondern schlimm. Ein fetter Kerl mit tief in den Höhlen liegenden Augen, eingefallenem Kinn, schlaffen, staubigen Haaren, einem T-Shirt, das fast den Blick auf seine großen Brüste freigab, und einem widerlichen Zelt an der Stelle, wo man sein Geschlechtsteil vermuten durfte. Niemand außer mir sah ihn an (und ich auch nicht länger als eine Minute), weil er am Rand der Gesellschaft stand, weil er keinerlei Rang oder Stellung hatte, weil er NK oder «nicht konservierbar» war, weil er hier bei den echten VPPs in der First Class Lounge nichts zu suchen hatte. Im Rückblick möchte ich ihm jetzt Heldenmut zuschreiben; ich möchte ihm ein dickes Buch in die Hand drücken und eine noch dickere Lesebrille auf die Nase setzen. Ich möchte, dass er aussieht wie Benjamin Franklin. Aber ich habe dir die Wahrheit versprochen, liebes Tagebuch. Und die Wahrheit ist: Kaum hatte ich ihn gesehen, *hatte ich Angst.*

Der nicht konservierbare Dicke starrte mit im Schritt gefalteten Händen aus dem Fenster, und sein Kopf bewegte sich zufrieden hin und her, als wäre er ein halb untergetauchtes Krokodil, das einen Sonnentag genießt. Blind für uns andere, betrachtete er mit begeisterter Hingabe die schnittigen, neuen delphinnasigen Flugzeuge der China Southern Airlines, die an unseren 737er Boeings von UnitedContinentalDeltamerican, an denen die Farbe abblätterte, und den ebenso verrottenden El-Al-Maschinen vorbeirollten.

Als wir nach dreistündiger Verzögerung wegen technischer Probleme endlich an Bord konnten, kam ein junger Mann in legerer Geschäftskleidung den Gang entlang und nahm uns alle auf Video auf, wobei er wiederholt den Dicken ins Visier nahm, der errötete und sich abwandte. Mir tippte der Mann auf die Schulter und bat mich mit gedehntem südenglischem Akzent, *direkt* in seine uralte, unförmige Kamera zu schauen. «Warum?», fragte ich. Das bisschen Aufmüpfigkeit reichte ihm anscheinend, er ging weiter.

Als wir in der Luft waren, versuchte ich den Videofilmer, den Otter und den Dicken aus meinen Gedanken zu streichen. Auf dem Rückweg von der Toilette nahm ich Fatty bloß noch als pastellfarbenen Fleck in der Ecke wahr, eine vom Sonnenschein höherer Luftschichten liebkoste Gestalt. Ich zog einen abgegriffenen Band mit Tschechows Erzählungen aus dem Handgepäck (könnte ich ihn doch auf Russisch lesen wie meine Eltern) und blätterte zu der Novelle *Drei Jahre* vor, der Geschichte des unattraktiven, aber anständigen Laptew, Sohn eines reichen Moskauer Kaufmanns, der sich in die schöne und viel jüngere Julija verliebt. Ich hoffte, einige Ratschläge zu finden, wie ich Eunice weiter verführen und die Schönheitskluft zwischen uns überwinden könnte. An einer Stelle der Novelle hält Laptew um Julijas Hand an, und zunächst weist sie ihn ab, doch dann überlegt sie es sich anders. Besonders hilfreich fand ich diese Stelle:

[Die attraktive Julija] quälte sich, war verzagt und redete sich jetzt ein, dass sie einen anständigen, guten und sie liebenden Menschen nicht deswegen zurückweisen könne, *weil er nicht gut aussah* [Hervorhebung von mir], besonders wenn sich ihr mit dieser Heirat die Möglichkeit böte, ihr Leben, ihr trauriges, monotones und müßiges Leben zu ändern, bei dem *die Jugend verging und die Zukunft nichts Besseres versprach* [Hervorhebung von mir] – ihn unter diesen Umständen zurückzuweisen wäre unbesonnen, eine Laune, eine Schrulle, für die sogar Gott sie strafen könnte.

Allein aus dieser Passage entwickelte ich eine dreiteilige Schlussfolgerung:

Punkt eins: Ich wusste, dass Eunice nicht an Gott glaubte und ihre katholische Erziehung beklagte; also wäre es sinnlos, sich auf diesen Gott und seine ewigen Strafen zu berufen, um sie für mich einzunehmen, *allerdings* war ich, ganz ähnlich wie Laptew, tatsächlich dieser «anständige, gute und sie liebende Mensch».

Punkt zwei: Das Leben, das Eunice in Rom führte, schien mir trotz der Sinnlichkeit und Schönheit der Stadt ebenso «traurig, monoton» und ganz gewiss «müßig» zu sein (ich wusste zwar, dass sie ein paar Stunden die Woche freiwillige Sozialarbeit für irgendwelche Algerier leistete, und das war auch unglaublich nett, aber sicher keine richtige Arbeit). Auch wenn ich nicht aus reicher Familie wie Tschechows Laptew stamme, dürfte meine jährliche Kaufkraft von zweihunderttausend Yuan Eunice in Konsumfragen zu denken geben und «ihr Leben» womöglich «ändern».

Punkt drei: Nichtsdestoweniger würden allein monetäre Gesichtspunkte nicht ausreichen, ihre Liebe zu mir zu wecken. Dass ihre «Jugend verging und die Zukunft nichts Besseres versprach», sagte Tschechow über seine Julija. Wie konnte ich mir diese Tatsache hinsichtlich Eunice zunutze machen? Wie konnte ich sie dazu überlisten, ihre Jugend mit meiner Hinfälligkeit unter einen Hut zu bringen? Im Russland des neunzehnten Jahrhunderts war das offensichtlich viel einfacher gewesen.

Ich merkte, dass einige First-Class-Passagiere mich anstarrten, weil ich ein Buch aufgeschlagen hatte. «Alter, das Ding stinkt wie nasse Socken», sagte der Jungspund neben mir, ein hohes Tier im Kreditmanagement von KraftGM-Ford. Rasch verstaute ich Tschechow wieder im Handgepäck und stopfte ihn tief ins Gepäckfach über dem Sitz. Während die Passagiere sich erneut ihren flackernden Displays zuwandten, zog ich meinen eigenen Äppärät hervor und fing an, laut darauf herumzutippen, um zu zeigen, wie sehr ich alles Digitale schätzte, wobei ich in die wabernde Höhle um mich herum, auf die weinbetäubten, in ihr individuelles elektronisches Leben versunkenen Geschäftsreisenden heimlich nervöse Blicke warf. Inzwischen war der junge Mann in legerer Geschäftskleidung mit der Videokamera wieder aufgetaucht, stand einfach vorn im Gang und filmte den Dicken, ein Zug dumpfer, zorniger Freude umspielte seinen Mund (seine Beute hatte den Kopf in einem Kissen vergraben und schlief entweder oder tat nur so).

Ich suchte nach Spuren von Eunice Park. Meine Geliebte war im Vergleich zum Rest ihrer Generation eher schüchtern, ihr digitaler Fußabdruck klein. Ich musste auf Umwegen zu ihr vordringen, über ihre Schwester Sally und ihren Vater, Dr. Sam Park, den gewalttätigen Fußtherapeuten. Ich bearbeitete meinen urtümlichen, überhitzten Äppärät und richtete einen indischen Satelliten auf Südkalifornien, auf ihren Geburtsort. Ich zoomte mich an *Haciendas* mit leuchtend roten Dachziegeln im Süden von Los Angeles heran, Reihen um Reihen von $280\,m^2$-Rechtecken, deren einziges aus der Luft erkennbares Unterscheidungsmerkmal die winzigen Silberpünktchen waren, die auf eine Dach-Klimaanlage schließen ließen. All diese Wohneinheiten gingen auf den türkisen Halbkreis eines Swimmingpools hinaus, an dem die grauen Kreise zweier unglückseliger Palmen Wache schoben, die einzige Flora des gesamten Wohngebiets. In einem dieser Häuser hatte Eunice Park laufen und sprechen, verführen und verachten gelernt; hier wurden ihre Arme stark und ihre Haare dicht; hier verdrängte das kalifornische Englisch das im Haus gesprochene Koreanisch; hier plante sie ihre unmögliche Flucht ans Elderbird College an der Ostküste, in die Straßen Roms, auf die notgeilen Midlife-Partys an der Piazza Vittorio und, so hoffte ich, in meine Arme.

Dann suchte ich nach dem neuen Heim von Dr. Park und seiner Frau, einem im holländischen Kolonialstil erbauten, mit einem klaffenden Schornstein bestückten Quader, der in etwas unbeholfenem 45-Grad-Winkel in einer mit atlantischem Schnee gefüllten Mulde abgesetzt war. Das kalifornische Haus, das sie zurückgelassen hatten, war 2,4 Millionen nicht an den Yuan gekoppelte Dollar wert, das neue, viel kleinere in New Jersey nur 1,41 Millionen. Ich witterte die Minderung des väterlichen Einkommens und wollte mehr wissen.

Mein Retro-Äppärät mahlte mühselig Daten, die mir verrieten, dass es mit ihrem Vater geschäftlich bergab ging. Ein Diagramm zeigte das jeweilige Einkommen der letzten achtzehn Monate; die Summen in Yuan nahmen seit dem Umzug nach New Jersey, der sich als Fehler erwiesen hatte, stetig ab – im Juli betrug es nach Abzug aller Ausgaben nur noch achttausend Yuan, ungefähr die Hälfte von meinem, und ich hatte keine vierköpfige Familie zu ernähren.

Über die Mutter gab es keine Daten, sie gehörte ausschließlich ins Haus, über Sally, die Jüngste, dagegen ein ganzes Meer. Aus ihrem Profil erfuhr ich, dass sie schwerer

war als Eunice – ihr Gewicht manifestierte sich in den Paus-
backen und den sanften Kurven ihrer Arme und Brüste.
Doch der LDL-Cholesterinspiegel lag weit unterhalb der
Norm, und der HDL-Anteil war so viel höher, dass sich ein
unerhört gutes Verhältnis ergab. Selbst bei ihrem Körpergewicht konnte sie 120 Jahre alt werden, wenn sie an ihren
Essgewohnheiten festhielt und brav Morgengymnastik
betrieb. Nachdem ich mir ein Bild von ihrer Gesundheit
gemacht hatte, untersuchte ich ihr Konsumverhalten und
bekam dabei auch einen Eindruck von Eunice. Die Park-
Schwestern mochten XS-Blusen in strengem Business-
Look, schlichte graue Pullover, die sich nur durch Herkunft
und Preis auszeichneten, Perlenohrringe, Kindersocken für
hundert Dollar (so klein waren ihre Füße), Slips in Form
von Geschenkschleifen, Schweizer Schokolade aus diversen
Delis und Schuhe, Schuhe, Schuhe. Ich sah ihren Konten-
stand bei der AlliedWasteCVSCitigroup steigen und fallen
wie die Brust eines lebenden, atmenden Tiers. Am einen
Rand bemerkte ich Links zu etwas, das «AssLuxury» hieß,
sowie zu verschiedenen Boutiquen in L.A. und New York,
am anderen Rand zum AlliedWaste-Konto ihrer Eltern,
und ich stellte fest, dass ihre hübsche kleine Immigranten-
Schatztruhe stetig und bedrohlich leerer wurde. Ich sah
die Familie Park als Ganzes und wollte sie vor sich selbst
retten, vor der idiotischen Konsumkultur, die sie langsam
ausbluten ließ. Ich wollte ihnen Rat bieten und beweisen,
dass man mir – selbst Immigrantensohn – vertrauen durfte.
  Als Nächstes schaute ich mir die sozialen Netzwerke an.
Fotos zogen vor meinen Augen vorbei, die meisten von Sally und ihren Freunden. Junge Asiaten, die sich verstohlen
mit mexikanischem Bier betranken, gutaussehende Jungen
und Mädchen in ordentlichen Baumwoll-Sweatshirts, die
der Äppärätlinse zwei Finger zum Siegeszeichen hinstreck-

ten, im Hintergrund ein Klavier mit Zierdeckchen und ein Schäferidyll: golden eingefasst, Jesus in glückseligem freiem Fall. Jungs, die sich auf dem breiten Elternbett balgten, Jeans über Jeans über Jeans. Aneinandergekuschelte Mädchen, gebannt auf einen Äpparät starrend, ernsthafte Versuche, zu lachen, spontan zu sein, auf dezente weibliche Art herumzualbern. Schwester Sally, aus deren Gesicht verletzte Freundlichkeit sprach, die Arme um ein ebenso kräftig gebautes Mädchen in katholischer Schuluniform geschlungen, das ihr mit einer Hand kindische Hörner verpasste, und da, am Ende einer Revuegirlreihe von zehn verzweifelt grinsenden College-Absolventinnen, meine Eunice, die kühl ein gepflastertes kalifornisches Hinterhofstück mit wackligem Hundetor betrachtete und mühevoll die Wangenmuskeln hob, um das erforderliche strahlende Dreiviertellächeln hinzubekommen.

Ich schloss die Augen und ließ das Foto in mein rasch sich füllendes Eunice-Archiv gleiten. Doch dann sah ich noch einmal hin. Es war gar nicht ihr so herrlich falsches Lächeln, das mich gefesselt hatte. Da war noch etwas anderes. Sie hatte sich von der Äpparätlinse abgewandt, und eine Hand hing für immer festgefroren in der Luft, da sie sich schnell eine Sonnenbrille aufsetzen wollte. Ich vergrößerte das Bild um 800 Prozent und zoomte auf das von der Kamera entfernte Auge. Darunter und daneben bemerkte ich etwas, das wie die schwarzledrige Nachwirkung geplatzter Blutgefäße aussah. Ich zoomte mich näher heran und wieder weg, versuchte den Makel auf einem Gesicht zu entziffern, das keinen Makel duldete, und erkannte nach und nach den Abdruck zweier, nein, dreier Finger – Daumen, Zeigefinger, Mittelfinger –, mit denen ihr ins Gesicht geschlagen worden war.

Okay. Stopp. Genug der Detektivarbeit. Genug der Besessenheit. Genug der Versuche, sich als Retter eines geprügelten Mädchens aufzuspielen. Wollen mal sehen, ob ich drei Seiten schreiben kann, ohne Eunice Park auch nur einmal zu erwähnen. Mal sehen, ob ich über etwas anderes als mein Herz schreiben kann.

Denn als das Fahrgestell der Maschine in New York endlich den Asphalt küsste, hätte ich die Panzer und gepanzerten Truppentransporter beinahe nicht bemerkt, die da auf den Inseln sonnenverbrannten Grases zwischen den Landebahnen hockten. Hätte fast die Soldaten in ihren schlammigen Stiefeln übersehen, die neben unserem Flugzeug herrannten, als wir bebend vorzeitig zum Stehen kamen und die besorgte Stimme des Piloten im Lautsprecher von knisterndem elektronischem Zischen übertönt wurde.

Unsere Maschine war von dem umstellt, was als Armee der Vereinigten Staaten durchging. Bald hörten wir es am Einstieg klopfen, hörten die Flugbegleiterinnen losstürzen, um die Tür auf das drängende militärische Gebrüll von draußen hin zu öffnen. «Was soll der Scheiß?», fragte ich den Jungspund neben mir, aber er legte bloß den Finger an die Lippen und wandte sich ab, als würde auch ich den Gestank einer Erzählungssammlung ausdünsten.

Sie waren in der First-Class-Kabine. An die neun Männer in verdreckten Tarnuniformen, meist Mitte dreißig (zu alt für den Einsatz in Venezuela, nahm ich an), Schweißflecken unter den Achseln, Wasserflaschen hier und da an die kugelsicheren Westen geheftet, M-16-Gewehre vorm Oberkörper, kein Lächeln, keine Worte. Sie scannten uns drei unendliche Minuten lang mit ihren großen braunen Einsatz-Äppäräten. Das amerikanische Passagierkontingent schwieg so lange trotzig, wohingegen die Italiener an Bord mit wütendem Nachdruck zu reden anfingen. Und dann ging es los. Sie packten ihn an beiden Armen und versuchten, ihn auf die Füße zu zerren, doch seine gewaltige Körpermasse protestierte träge. Die amerikanischen Passagiere wandten sich sofort ab, doch die Italiener riefen schon: «*Que barbarico!*», und: «*A cosa serve?*»

Die Angst des hässlichen Dicken rollte in fauligen Wellen durch die Kabine. Wir spürten sie, noch ehe wir seine Stimme hörten, die wie der Rest von ihm nicht dem Standard unserer Zeit entsprach: Sie war schwach, hilflos, verachtenswert. «Was habe ich denn getan?», stammelte er. «Schaut in meine Brieftasche. Ich bin ein Überparteilicher. Schaut in meine Brieftasche. Ich habe ein First-Class-Ticket. Alles, was der Biber wissen wollte, habe ich ihm gesagt.»

Ich warf einen Seitenblick auf die Peiniger des Dicken, die ihn, Finger am Abzug, gleichmütig umringten. Ihre Uniformen waren mit hastig gefertigten Abzeichen versehen, einem Schwert über der Krone der Freiheitsstatue, dem Kennzeichen der New Yorker Nationalgarde, glaube ich. Dennoch hatte ich das Gefühl, diese ländlichen Weißen kamen nicht mal *aus der Nähe* von New York. Sie waren langsam und unbeholfen, sahen müde aus, als hätte ihnen jemand in die Pupille gepikst und die Augen schwarz umrandet. «Ihren Äppärät», sagte einer von ihnen zum Dicken.

«Habe ich zu Hause gelassen», flüsterte der Mann hörbar, und wir wussten alle, dass er log. Als die Soldaten ihn schließlich aus dem Sitz zerrten, drang das eingerostete Gewimmer eines Erwachsenen durch die Kabine. Ich drehte mich um und sah seine ausgebeulte, schlecht sitzende Hose, zu weit für seine eigenartig kleinen Beine. Und das war das Letzte, was ich von dem kriminellen Passagier des Flugs UnitedContinentalDeltamerican 023 nach New York sah, irgenwie hatten die Soldaten ihn zum Schweigen gebracht, und wir hörten nur noch das Platschen seiner Mokassins zwischen dem steten Stampfen ihrer Stiefel.

Noch war es nicht vorbei. Während die Italiener zornig über den Zustand unserer geplagten Nation herzogen und den Namen des *macellaio* oder «Schlachters» Rubenstein murmelten, der mit blutverschmierter Visage und erhobenem Hackbeil als Plakat an jeder römischen Straßenecke hing, betrat eine zweite Gruppe Soldaten unsere Kabine. «US-Bürger, die Hände heben», wurde uns befohlen.

Die Kopflehne drückte kalt an meinen kahlen Fleck in Ohioform. Was hatte ich getan? Hätte ich den Mund halten sollen, als der Otter mich nach Fabrizias Namen fragte? Hätte ich sagen sollen: «Diese Frage möchte ich nicht beantworten», wie es nach seiner Aussage mein Recht gewesen wäre? War ich *zu* willfährig gewesen? Hatte ich noch Zeit, auf Nettie Fines Kontaktdaten in meinem Äppärät zurückzugreifen, um sie den Nationalgardisten zu präsentieren? Würden sie auch mich aus dem Flugzeug zerren? Meine Eltern waren in der ehemaligen Sowjetunion geboren, und meine Großmutter hatte Stalins letzte Jahre überlebt, wenn auch nur knapp, doch mir selber fehlt der genetische Instinkt für den richtigen Umgang mit ungezügelter Macht. Vor überlegener Gewalt knicke ich sofort ein. Als meine Hand also ihre lange Reise aus dem Schoß in die angstgeschwängerte Kabinenluft antrat, wollte ich meine Eltern bei mir haben. Ich wollte die Hand meiner Mutter im Nacken spüren, die kühle Berührung, die mich als Kind immer beruhigt hatte. Ich wollte meine Eltern laut Russisch reden hören, denn das war für mich immer die Sprache gerissener Unterordnung. Ich wollte, dass wir diesem Problem gemeinsam ins Auge sahen, denn was wäre, wenn man mich als Verräter erschoss und meine Eltern es von einem Nachbarn, aus dem Polizeibericht, durch den kartoffelgesichtigen Nachrichtensprecher ihres Lieblingssenders FoxLiberty-Ultra erfuhren? «Ich liebe euch», flüsterte ich in Richtung Long Island, wo meine Eltern leben. Mit Hilfe der Satellitenkamera meiner Vorstellungskraft zoomte ich mich an das gewellte grüne Dach ihres bescheidenen Cape-Cod-Häuschens heran, über dessen ebenso winzigem grünem Arbeiterklassengarten die Taxierung in Yuan schwebte.

Und dann wollte ich Eunice neben mir, damit wir diese letzten Augenblicke teilen konnten. Ich wollte ihre jugendliche Machtlosigkeit spüren, indem ich, die Hand auf ihrem knochigen Knie, die Furcht aus ihr herausstreichelte und sie wissen ließ, dass nur ich in der Lage war, ihr Sicherheit zu bieten.

Neun von uns hoben die Hand. Die Amerikaner. «Holen Sie Ihre Äppäräte heraus.» Wir taten wie geheißen. Keine Fragen. Wie ein verschämter Welpe, der zeigt, wo er seinen Zwinger besudelt hat, hielt ich ihnen mein Gerät in besonders unterwürfiger Geste hin. Die Daten meines Äppäräts wurden von einem jungen Mann, dem unterm langen grünen Mützenschirm das Gesicht zu fehlen schien, auf dessen Militäräppärät gezogen. Nur seine Arme konnte ich sehen, sehnig muskulös, rasenmäherstark. Er legte den Kopf schräg, seufzte, sah dann auf die Uhr. «Okay, Leute, gehen wir!», brüllte er.

Die First Class ging in großer Hast von Bord. Wir rannten die Treppe hinunter auf die rissige Landebahn des JFK, die unter den Armadas von gepanzerten Armeetransportern und wild kurvenden Gepäckwagen erzitterte. Die Sommerhitze strich über meinen feuchten Rücken und gab mir das Gefühl, an meinem ganzen Leib wäre gerade ein Feuer gelöscht worden. Ich zog meinen US-Reisepass hervor und hielt ihn in der Hand, befingerte den geprägten goldenen Adler und hoffte noch immer, dass er weiterhin etwas bedeutete. Ich weiß noch, wie meine Eltern von ihrem *Glück* redeten, dass sie die Sowjetunion verlassen und nach Amerika gegangen waren. O Gott, dachte ich, lass dieses Glück immer noch in der Neuen Welt zu finden sein.

«Bitte warten Sie unterm ‹Sicherheitsschuppen›», schluchzte eine der Flugbegleiterinnen in unsere Richtung. Wir steuerten auf einen seltsamen Auswuchs zu, der inmitten einer Szenerie trister, maroder Terminals lag – sie waren übereinandergestapelt wie die Hütten eines grauen Slums in Lagos. Wir betrachteten die müden Gebäude eines vorzeitig gealterten Landes; in der Ferne, weit weg von den Panzern und Truppentransportern, ragten Kräne über dem halbfertigen futuristischen Frachtterminal-Komplex der China Southern Airlines auf. Ein Panzer rollte auf uns zu, und wir neun First-Class-Amerikaner hoben instinktiv die Hände hoch. Der Panzer blieb abrupt stehen; ein einzelner Soldat in T-Shirt und Shorts schwang sich aus der Luke und stellte ein Hinweisschild daneben, schwarze Lettern auf orangerotem Hintergrund:

ES IST VERBOTEN, DIE EXISTENZ DIESES FAHRZEUGS (DES «OBJEKTS») ZUR KENNTNIS ZU NEHMEN, BEVOR MAN 1 KM VOM SICHERHEITSRADIUS DES JOHN F. KENNEDY INTERNATIONAL AIRPORT ENTFERNT IST. INDEM SIE DIESES SCHILD LESEN, LEUGNEN SIE DIE EXISTENZ DES OBJEKTS UND STIMMEN DIESER VEREINBARUNG ZU.
AMERIKANISCHE RESTAURATIONSREGIERUNG, SICHERHEITSDIREKTIVE IX-2.11 «GEMEINSAM WERDEN WIR DIE WELT VERBLÜFFEN!»

Die Italiener, davon überzeugt, das Schlimmste hinter sich zu haben, redeten bereits über die zurückliegenden zehn Minuten, als hätten sie ein spannendes geopolitisches Abenteuer erlebt; die Frauen unter ihnen tauschten sich über Handtaschenläden in Nolita aus, wo sie vom schwachen Dollar besonders profitieren konnten. Und dann fiel mir auf, dass der Angstgeruch des Dicken mir gar nicht aus der Nase gewichen, sondern zwischen meine borstendicken Nasenhaare eingesickert war, an denen Eunice, «Uh, wie oberfies» flüsternd, in meinem römischen Bett so zögerlich gezupft hatte. Und ehe ich recht begriff, was geschehen war, saß ich schon auf dem Boden des Sicherheitsschuppens, die Beine nutzlos ausgestreckt, die Arme in der neuen amerikanischen Luft herumstochernd, als wäre ich ein Schlafwandler oder ein Sportler bei seinen Dehnübungen. Mein Pass war mir aus der Hand gefallen. Die Italiener sagten etwas Mitfühlendes in meine Richtung. Für Krankheit hatte es ein Gespür, dieses freundliche uralte Volk. Die Geräusche, die Eunice «texten» nannte, drangen aus meinem Mund, doch selbst mit dem Ohr an meinen Lippen hätte man kein Wort von dem verstanden, was ich sagte.

DER EINZIGE MANN FÜR MICH
Aus Eunice Parks GlobalTeens-Account

5. Juni

Format: Englischer Standardtext Vollanzeige
GLOBALTEENS-SUPERTIPP: *Studie der Harvard-Mode-akademie weist nach, dass ausgedehntes Tippen Hand-gelenke breit und unattraktiv werden lässt. Bleib für immer GlobalTeen – jetzt sofort zu Images wechseln!*

EUNI-DIOTIN UNTERWEGS AN GRILLBITCH:
Liebstes Pony!

Sgeht ab, Schlampe? Ich wär echt froh, wenn du jetzt hier wärst. Ich brauche wen, mit dem ich texten kann, und Teens bringt's da einfach nicht. Bin so verwirrt. Mit Ben (dem Kredittypen) bin ich nach Lucca gefahren, und er war su-pernett, hat jedes Essen und auch das phantastische Hotel-zimmer bezahlt, ist mit mir um den alten Stadtwall spaziert und dann in so eine unfassbar gute Osteria rein, wo ihn alle kannten und unser Wein 200 Euro gekostet hat. Die ganze Zeit hab ich gedacht, doch, er wäre der perfekte Freund, und ich war richtig scharf auf seinen schlanken Körper. Aber dann hab ich auf einmal ohne jeden Grund gesagt, dass sei-ne Füße riechen oder dass er schielt oder dass seine Haa-re weniger werden (was TOTAL gelogen war), und dann wurde er komplett intro, fuhr den Kommunikationszugang an seinem Äppärät runter, sodass ich überhaupt nicht mehr wusste, wo er mit seinen Gedanken war, und starrte bloß in die Gegend. Getan haben wir es natürlich trotzdem. Und es war auch ganz OK. Aber gleich hinterher hab ich eine fette

Panikattacke gekriegt, mit Heulen und so, und er hat versucht, mich zu trösten, hat zu mir gesagt, ich sähe nuttig aus und mein Fickfaktor sei 800+ (was ABSOLUT nicht stimmt, ich kann nämlich in ganz Rom keinen Friseur finden, der mit asiatischem Haar umgehen kann), aber er konnte mich nicht aufmuntern. Ich schäme mich so. Hab das Gefühl, dass ich es nicht verdiene, mit jemandem wie Ben zusammen zu sein, und immer wenn wir zusammen spazieren gegangen sind oder so, hab ich mir ein wunderschönes Supermodel an seiner Seite vorgestellt, oder so eine Medienhure, richtig schlau, aber sexy. Jemanden, den er wirklich verdient, anders als so ein gestörtes Mädchen wie mich.

Ich hab noch ein GlobalTeens von meiner Mom gekriegt, wo im Wesentlichen drinstand, dass mein Vater wieder losgelegt hat. Sally musste oben im Gästezimmer schlafen und Mom im Keller, denn wenn er richtig betrunken ist, kann er keine Treppen mehr gehen, oder jedenfalls hört man ihn dann früh genug.

Ich wollte von Sally wissen, was los ist, aber sie hat bloß so was Lahmes geantwortet – dass Mom das Tofu verbockt hat und Dads Praxis leer ist, als wäre Mom schuld, oder die Patienten, auf jeden Fall nicht Dad. Ich hab jedenfalls schon nach billigen Flugtickets geschaut, denn so gern ich das Geld des Arschlochs hier ausgebe, weiß ich doch, dass ich verantwortlich dafür bin, was mit Sally und Mom passiert.

Ich glaube, ein bisschen verliebe ich mich in Ben, aber ich weiß auch, das führt zu nichts, weil irgendwas in meinem kranken Hirn denkt, dass mein Vater auf immer der einzige Mann für mich sein wird. Wenn ich mit Ben irgendwas Wunderbares erlebe, denke ich an all die schönen Sachen, die DAD gemacht hat, und fange an, ihn zu VERMISSEN. Zum Beispiel hat er doch immer armen Mexikanern geholfen, als er noch die Praxis in Kalifornien hatte, und wenn sie nicht krankenversichert waren, das waren sie ja praktisch nie, dann hat er ihre Füße umsonst behandelt. Ich meine, vielleicht bin ich ja eine schlechte Tochter, weil ich ihn im Stich gelassen habe und bis nach Europa abgehauen bin? O Gott, tut mir leid, dieser ganze Text-Ausfluss. Hey, weißt du noch, wie du damals in Long Beach immer bei mir übernachtet hast? Und meine Mom uns am nächsten Morgen um sieben geweckt hat, indem sie «liiireo-na! liiireo-na! Morgenstund Gold in Mund!» schrie? Liebstes Pony, ich vermisse dich so sehr.

GRILLBITCH AN EUNI-DIOTIN UNTERWEGS:

Mein lieber Panda,

sgeht ab, Bitch? Hab deine Message grad in dem Moment gekriegt, als ich vor JuicyPussy in Topanga aus dem Auto stieg, und ich war die ganze Zeit echt traurig. Eine der Verkäuferinnen hat mich sogar angetextet, ob alles okay mit mir sei, und ich sage: «Ich denke bloß nach», und sie so: «Warum das denn?»

Ich weiß nicht, was ich dir antworten soll. Eltern können einen ziemlich enttäuschen, aber sie sind die einzigen Eltern, die wir haben. Ich meine, wir müssen sie irgendwie respektieren, egal, was passiert, und wenn sie uns verletzen, müssen wir eben versuchen, ihnen aus dem Weg zu gehen, und sie noch zehnmal liebevoller behandeln als sonst. Ich wünschte, du hättest einen älteren Bruder, so wie ich, der kriegt nämlich bei uns alles ab. Es muss echt scheiße sein, die ältere Schwester in einer Familie nur aus Frauen zu sein.

Was jedenfalls Ben angeht, finde ich, du machst apsolut alles richtig! Er weiß ja nicht, dass es bloß an deiner inneren Zerrissenheit liegt, er hält dich einfach für eine echt taffe Nutte und glaubt, er muss sich super anstrengen, um dich rumzukriegen. Ist sein Schwanz so ein bisschen nach unten und zur Seite gebogen? Der von Gopher ist nämlich so, und ich hab mich gefragt, ob das bei allen weißen Jungs so ist, so krumm. Merkst du, was ich für eine Jungfrau bin? Haha.

Du weißt ja, du kannst mich Tag und Nacht antexten. Ich weiß sowieso die meiste Zeit nicht, was ich eigentlich tue, aber ich bin so froh, dass wir einander alles erzählen können, manchmal scheint mir die Welt nämlich so – ich weiß auch nicht, ich kann das überhaupt nicht beschreiben. Als ob ich rumschwebe, und kaum kommt mir jemand nahe, oder ich irgendjemandem, dann kriege ich bloß noch RAUSCHEN rein. Manchmal texten mich Leute an, und ich starre ihnen auf den Mund und denke: WAS? Was willst du mir sagen? Wie soll ich da zurücktexten, und spielt es überhaupt eine Rolle, was da rauskommt? Ich meine, du hast immerhin den Arsch hochgekriegt und bist nach ROM gegangen! Wer macht so was schon? Übrigens, gibt es in Italien diese durchsichtigen Aufschnapp-Slips namens TotalSurrender? Ich glaube, sie kommen aus Mailand, aber ich kann sie weder bei TeenyBoppers noch bei AssLuxury finden. Wenn es die in Marine gibt, dann hättest du echt was gut bei mir. Du kennst ja meine Größe, Schlampe. Ich vermisse dich auch so, liebster Panda. Komm zurück ins sonnige Kalifornien! Ich glaube, von der Pille kriege ich so ein Jucken im Schritt. Was soll DAS denn?

7. Juni

CHUNG.WON.PARK AN EUNI-DIOTIN UNTERWEGS:
Eunhee,

wie geht es dir heute. Ich hoffe du machst dir nicht sorgen. Ist nett, das du schreibst Sally. Kleine Schwester immer aufschauen zu große Schwester. Daddy und ich sind zur Kirche und haben gesprochen zusamen mit Reverend Cho. Ich habe entschuldigen Daddy, das ich immer bedenke nie wie er hart arbeitet und muss alles immer perfekt haben, vor allem sein Lieblingsessen *sundubu*! ☺ Daddy versprochen, wenn er nicht gut fühlt, ZUERST wir beten zusamen das GOTT uns leitet, DANN er schlagen. Dann liest Reverend Cho uns aus Heiliger Schrift wo steht Frau ist untertan Mann. Er sagt, Mann ist Kopf und Frau ist Arm oder Bein. Außer dem wir beten zusamen und ich schließe besonders dich und Sally ein weil du und Schwester alles was haben Daddy und ich. Sonst wir hätten Korea nie verlassen was jetzt ist reicher als Amerika und hat nicht so viel politisch Problem, aber wie können wir das wissen, als wir weg sind? Jetzt wir sehen sogar in Fort Lee Panzer auf Center Avenue. Mich sehr erschrecken, wie in Korea 1980 vor langer Zeit bei Unruhen in Gwangju wo viele Menschen gestorben. Ich hoffe, Sally passiert nichts in Manhattan.

Darum, weil wir alles zurücklassen für euch, du hast jetzt großes Verantwortung für Mommy und Daddy und Schwester. ☺

Ich habe gerade gelernt wie man macht Smilie. Gefällt dir? Haha. Mach, dass ich stolz für dich, und erwarte von dir wie früher.

Ich Liebe dich immer.

Mommy

EUNI-DIOTIN UNTERWEGS AN CHUNG.WON.PARK:

Mom, wieso kommst du mich nicht mit Sally hier in Rom besuchen? Sie kann doch die Sommerkurse nächstes Jahr belegen. Wir nehmen uns eine größere Wohnung, und ich zeige euch die Stadt. Du brauchst mal eine Auszeit von Daddy. Es gibt hier eine christliche (nicht katholische) Kirche, wo Gottesdienste auf Koreanisch abgehalten werden, und wir können köstlich essen und es uns einfach gutgehen lassen. Vielleicht kann ich mich dann auch besser konzentrieren, wenn ich weiß, dass ihr in Sicherheit seid, und beim nächsten Aufnahmetest besser abschneiden.

Alles Liebe,

Eunice

EUNI-DIOTIN UNTERWEGS: Sally, willst du TotalSurrender-Höschen haben? Das sind so durchsichtige Aufschnapp-Dinger, wie sie diese polnische Pornoqueen auf AssDoctor anhat.

SALLYSTAR: Die mit den falschen Hüften?

EUNI-DIOTIN UNTERWEGS: Ich glaube, ja. Aus irgendeinem Grund krieg ich AssDoctor auf meinem Äppärät nicht rein. In Italien funktioniert einfach gar nichts.

SALLYSTAR: Die sind durchsichtig, damit man sie unter Onionskins tragen kann.

EUNI-DIOTIN UNTERWEGS: Und wieso soll man sie nicht unter normalen Jeans anziehen? So muss man nicht «das Geheimnis weggeben», wie Mom immer sagt.

SALLYSTAR: Hahaha. Kwan sagt, manche erst kürzlich angekommenen Koreanerinnen in LA wollen nicht mal Kondome nehmen, damit ihre Lover denken, sie wären noch Jungfrau. Dabei sind sie schon 28 oder so! Längst übers Verfallsdatum!

EUNI-DIOTIN UNTERWEGS: KRANK. Aber versteh ich trotzdem nicht ganz. Jedenfalls klingt es, als ob es dir bessergeht. Alles in Ordnung?

SALLYSTAR: Ich glaube, Dad geht es besser. Er ist neulich in die Dusche gekommen, um mit mir zu singen.

EUNI-DIOTIN UNTERWEGS: UNTER DER DUSCHE?

SALLYSTAR: Nein, der Vorhang war zu. O Mann!

EUNI-DIOTIN UNTERWEGS: Aber das ist bloß ein Plastik-vorhang.

SALLYSTAR: Kriegst du die TotalSurrender in Italien bil-liger? Du kennst ja meine Größe. Ehrlich gesagt, bin ich eine Größe fetter geworden. Fies!

EUNI-DIOTIN UNTERWEGS: Dann iss eben nicht so viel! Und lass Daddy nicht in die Dusche kommen.

SALLYSTAR: Er war nicht IN der Dusche. Es ist nett, mit ihm zu singen. Wir haben «Christenschwester» gesungen und die Titelmelodie von «Kieferchirurg Lee Dong Hee». Weißt du noch, wie Daddy immer über die Serie geschimpft hat? Wie hieß noch dieser *noraebang*, wo wir immer hin sind?

EUNI-DIOTIN UNTERWEGS: Soundso am Olympic Boule-vard. Du solltest diesen Sommer nach Rom kommen.

SALLYSTAR: Kann nicht. Kurse. Und nächste Woche fahren wir nach Washington, und es wird den ganzen Sommer Pro-testaktionen geben.

EUNI-DIOTIN UNTERWEGS: Mommy sagt, sie hat einen Panzer in Ft. Lee gesehen. Mal im Ernst, Sally. Werd nicht politisch. Komm nach Rom! Hier gibt es so ein riesiges Out-let-Zentrum, bloß zwanzig Minuten Fahrt, da haben sie die Herbstkollektion von Saaami und die Sommersachen von JuicyPussy, und alles mindestens 80 % billiger.

SALLYSTAR: Ich dachte, der Dollar ist nichts mehr wert.

EUNI-DIOTIN UNTERWEGS: Man spart trotzdem noch was. Hallo? 80 % billiger. Rechne mal nach, du Nerd!

SALLYSTAR: Kann nicht kommen. Muss auf Mommy auf-passen.

EUNI-DIOTIN UNTERWEGS: Bring sie doch mit!

SALLYSTAR: Eunice, wieso meinst du, du kannst einfach alles an dich reißen und alles ändern und alle glücklich ma-chen? So läuft das nicht.

EUNI-DIOTIN UNTERWEGS: Was soll ich denn sonst machen? Zu Jesu beten, dass er «Daddys Herz wandelt»?

SALLYSTAR: Du weißt genau, dass ich Reverend Cho nicht leiden kann, aber das eine, was ich in der Kirche gelernt habe, ist Demut. Es ist, wie es ist. Meine Eltern sind meine Eltern. Und ich sollte einfach meine Grenzen akzeptieren und das Beste aus dem machen, was Gott mir gegeben hat. Wenn dir dieser Glaube abgeht, machst du dich bloß unglücklich.

EUNI-DIOTIN UNTERWEGS: Mit anderen Worten: Gib einfach alles auf und lass dir von Jesu den Weg zeigen. Übrigens BIN ich schon unglücklich.

SALLYSTAR: Ich hab überhaupt nichts aufgegeben. Ich werde Kardiologin und so viel Geld verdienen, dass Daddy sich zur Ruhe setzen kann und sich keine Gedanken mehr über weiße Stinkfüße machen muss. Und dann wird es uns als Familie vielleicht ein bisschen bessergehen.

EUNI-DIOTIN UNTERWEGS: Ja, sicher, das löst bestimmt alle Probleme.

SALLYSTAR: Danke, dass du meine Träume so unterstützt. Du bist genau wie Dad und merkst es nicht mal. Bleib bloß in Rom. Zwei von eurer Sorte kann ich hier nicht brauchen.

EUNI-DIOTIN UNTERWEGS: Das habe ich nicht so gemeint.

SALLYSTAR: Auch egal.

EUNI-DIOTIN UNTERWEGS: Ich bin sehr stolz auf dich.

EUNI-DIOTIN UNTERWEGS: Die Gestörte bin ich, weißt du doch.

EUNI-DIOTIN UNTERWEGS: Bist du noch da? Ich besorg dir die TotalSurrender-Slips, aber um den nippelfreien BH musst du dich selbst kümmern.

EUNI-DIOTIN UNTERWEGS: Sally! Du weißt doch, das

macht mich echt traurig, wenn du dich einfach so aus-klinkst.

EUNI-DIOTIN UNTERWEGS: Und du weißt auch, ich würde alles tun, um dich und Mom glücklich zu machen. Vielleicht werde ich TATSÄCHLICH Jura studieren und im High-End-Konsum arbeiten, und dann können wir Mommy eine eige-ne Wohnung in Manhattan kaufen, wo sie in Sicherheit ist.

EUNI-DIOTIN UNTERWEGS: Ich komme nach Hause, Sally. Hallo? Sobald ich ein billiges Flugticket kriege, komme ich nach Hause.

TRUGSCHLUSS DER BLOSSEN EXISTENZ
Aus dem Tagebuch des Lenny Abramov

6. Juni

Liebes Tagebuch,

hier eine Nachricht von Joshie, die gleich nach meinem Martyrium am J F K auf meinem Äpparät erschienen ist:

LIEBES RHESUSÄFFCHEN, SCHON
WIEDER DA? JEDE MENGE POSITIVE
VERÄNDERUNGEN UND KÜRZUNGEN
HIER; BLEIB IN ROM, SOLANGE DU
NÖTIG FINDEST; ZUKÜNFTIGES
GEHALT + BESCHÄFTIGUNG = LASS UNS
REDEN.

Was zum Teufel sollte das bedeuten? Wollte Joshie Goldmann, mein Arbeitgeber und Ersatzpapa, mich feuern? Hatte er mich bloß nach Europa geschickt, um mich aus dem Weg zu schaffen?

Ich habe immer noch ein altes Notizheft mit Ringbindung aus meiner Schulzeit, das ich schon lange unbedingt mal benutzen wollte. Also riss ich ein richtiges Blatt Papier heraus, legte es auf meinen Couchtisch und schrieb Folgendes von Hand darauf:

STRATEGIE FÜR KURZFRISTIGES
ÜBERLEBEN UND
DANN UNSTERBLICHKEIT,
ENTWORFEN NACH

EUROPÄISCHEM FIASKO UND RÜCKKEHR NACH NEW YORK

VON LENNY ABRAMOV, B.A., M.B.A.

1. Sich für Joshie ins Zeug legen: Zeig, dass es am Arbeitsplatz auf dich ankommt, dass du nicht bloß Lehrers Liebling, sondern kreativer Kopf und Ideen-Lieferant bist; such Ausreden für schwache Leistung in Europa; bewirke Gehaltserhöhung; gib weniger aus; spare Geld für erste Dechronifizierungsbehandlung; verdopple eigene Lebenserwartung innerhalb von 20 Jahren und steigere dann exponentiell weiter, bis du genug Dynamik gewinnst, Unbeschränkte Lebensverlängerung zu erreichen.

2. Sich von Joshie beschützen lassen: Beschwöre väterliche Bindung als Reaktion auf politische Situation. Sprich über das, was im Flugzeug passiert ist; ruf jüdische Gefühle von Schrecken und Ungerechtigkeit wach.

3. Eunice lieben: Auch wenn sie weit weg ist, gilt es zu versuchen, sie als potenzielle Partnerin zu sehen; meditiere über ihre Sommersprossen und gib dir selbst das Gefühl, von ihr geliebt zu werden, damit dein Stresspegel sinkt und du dich weniger einsam fühlst. Mehre dein Glück durch die Möglichkeit ihrer süßen Gegenwart!!! Und dann bitte sie, nach New York zu kommen, und lass sie in kurzer Folge deine widerstrebende Geliebte, zurückhaltende Gefährtin, hübsche junge Ehefrau werden.

4. Sich um Freunde kümmern: Triff dich mit ihnen, gleich nachdem du mit Joshie gesprochen hast, und versuch, das Gemeinschaftsgefühl mit den besten Freunden Noah und Vishnu wiederzubeleben.

5. Nett zu den Eltern sein (in gewissem Rahmen): Sie waren vielleicht gemein zu dir, aber sie repräsentieren deine Vergangenheit, dein Wesen. 5a) Gemeinsamkeiten mit Eltern suchen: Sie sind in einer Diktatur aufgewachsen, vielleicht lebst auch du bald in einer!!!
6. Feiere, was du hast: Du bist nicht so schlimm dran wie andere Leute. Denk an den armen Dicken im Flugzeug (wo steckt er jetzt? Was machen sie mit ihm?) und schätze dich vergleichsweise glücklich.

Ich faltete das Blatt zusammen und steckte es in meine Brieftasche, um es rasch konsultieren zu können. «Und jetzt», sagte ich mir, «setzt du es um!»

Zunächst feierte ich das, was ich hatte (Punkt 6). Ich fing mit den 70 Quadratmetern Manhattan an, die mir gehören. Ich wohne in der letzten Mittelschichtshochburg in der Innenstadt, weit oben auf einer Stufenpyramide aus rotem Backstein, die eine jüdische Textilarbeitergewerkschaft am Ufer des East River errichtet hat, als Juden ihr Geld noch mit dem Nähen von Kleidern verdienten. Man kann sagen, was man will, aber diese hässlichen Genossenschaftsbauten stecken voller authentischer alter Menschen, die wirkliche Geschichten zu erzählen haben (auch wenn man diesen mäandernden Geschichten oft nur schwer folgen kann; wer zum Henker war zum Beispiel dieser «Dillinger»?).

Dann feierte ich meine Bücherwand. Ich zählte die Bände in meinem sechs Meter langen Bücherregal der Klassischen Moderne, um mich zu vergewissern, dass mein Untermieter keinen davon verstellt oder zum Feueranzünden verwendet hatte. «Ihr seid mein Heiligtum», sagte ich zu den Büchern. «Außer mir schert sich niemand mehr um euch. Aber ich werde euch für immer bei mir behalten. Und eines Tages werde ich dafür sorgen, dass ihr wieder wichtig werdet.» Die furchtbare Verleumdung der jungen Generation kam mir in den Sinn: dass Bücher *stinken*. Und doch beschloss ich, im Vorgriff auf die mögliche Ankunft Eunice Parks auf Nummer sicher zu gehen, und sprühte ein wenig Wildblumen-Raumspray in die Nähe der Bücher, wedelte die zerstäubte Flüssigkeit zu ihnen hin. Dann feierte ich meine übrigen Besitztümer, die modularen Designermöbel, die elegante Unterhaltungselektronik, die Kommode aus den 1950ern im Stil Le Corbusiers, die mit Andenken an frühere Beziehungen vollgestopft war, darunter einige ziemlich gewagte, die nach unteren Körperregionen dufteten, und andere, die von jener Melancholie, die ich tatsächlich langsam abstreifen musste, nur so trieften. Ich feierte den schwierig aufzubauenden Balkontisch (ein Bein war immer noch zu kurz) und trank im Freien einen ziemlich schlechten nicht römischen Kaffee, während ich auf die geschäftige Skyline von Downtown ungefähr zwanzig Straßen weiter blickte, wo Militär- und Zivilhubschrauber um die überkandidelte Spitze des «Freedom Tower» und das ganze andere glitzernde Gedöns herumkurvten. Ich feierte die flachen Sozialwohnungsbauten in meiner unmittelbaren Nachbarschaft, die sogenannten Vladeck Houses, die in solidarischer Backsteinverkleidung neben meiner Eigentümergemeinschaft stehen, nicht direkt stolz auf sich, eher resigniert und von ihrer Notwendigkeit überzeugt, und deren Tausende von Bewohnern für die Wärme und, wenn ich spekulieren darf, für die Liebe des Sommers gerüstet sind. Selbst aus dreißig Metern Entfernung kann ich hinter den zerfledderten puertoricanischen Flaggen gelegentlich ihre schmerzlichen Liebesschreie hören und manchmal auch ihr wütendes Gebrüll.

Mit Liebe im Herzen beschloss ich, die Jahreszeit zu

feiern. Für mich manifestiert sich der Übergang von Mai zu Juni im radikalen Wechsel von Kniestrümpfen zu Socken. Ich zog eine weiße Leinenhose und ein gepunktetes Hemd von Penguin zu bequemen malaysischen Mokassins an, sodass ich den vielen Neunzigjährigen in meinem Wohnhaus mühelos glich. Es ist Teil einer NGRG – einer «Natürlich gewachsenen Ruhestands-Gemeinschaft» –, einer Art Klein Florida für Menschen, die zu gebrechlich oder zu arm sind, um rechtzeitig vor dem Ableben nach Boca Raton überzusiedeln. Unten vorm Fahrstuhl, umgeben von verdorrten älteren Mitbürgern in motorisierten Rollstühlen und deren jamaikanischen Pflegekräften, studierte ich die tägliche Opferliste. Allein in den letzten beiden Tagen hatte es fünf Einwohner der NGRG dahingerafft. Die Frau, die über mir gewohnt hatte, die über achtzigjährige Naomi Margolis in Wohnung E-709, war nun tot, und ihr Sohn David Margolis lud die gemischte Nachbarschaft ein – junge Medien- und Kreditkarrieristen, alternde, verwitwete sozialistische Näherinnen sowie die ständig wachsende Gemeinde orthodoxer Juden –, in seinem Haus in Teaneck, New Jersey, «ihrer zu gedenken». Ich bewunderte Mrs. Margolis, weil sie so lange gelebt hatte, doch wenn man erst mal den Gedanken akzeptiert, dass eine Erinnerung einen Menschen gewissermaßen ersetzen kann, kann man die Unbeschränkte Lebensverlängerung gleich mit vergessen. Man kann wohl sagen, dass ich Mrs. Margolis gleichzeitig bewunderte und *hasste*. Weil sie das Leben aufgegeben hatte, weil sie bereit gewesen war, ihren verdorrten Körper von brandenden Wellen hinwegspülen zu lassen. Vielleicht hasste ich die Alten in meinem Haus auch allesamt und wünschte, sie würden endlich verschwinden, damit ich mich auf meinen eigenen Kampf gegen die Sterblichkeit konzentrieren konnte.

In meinem trendigen Altmänneraufzug schlenderte

ich mit leichtfüßiger Eleganz die Grand Street entlang in Richtung East River Park und trat mit tiefsinnigem «Oj» auf jede Bordsteinkante, dem in meiner Nachbarschaft allgegenwärtigen Gruß. Ich setzte mich auf meine Lieblingsbank gleich neben einem der untersetzten, spreizfüßigen Sockel der Williamsburg Bridge und bemerkte, dass ein Teil dieses Bauwerks aufgestapelten Milchflaschenkisten ähnlich sieht. Ich feierte die minderjährigen Mütter aus den Vladeck Houses, die sich um die Wehwehchen ihrer Kinder kümmerten («Mommy, eine Biene hat mich angestupst!»). Ich genoss es, aus dem Mund dieser Kinder tatsächlich *gesprochene* Sprache zu hören. Verstiegene Verben, explosive Substantive, herrlich verhaspelte Pronomina. Sprache, keine Daten. Wie lange würde es noch dauern, bis sich diese Kinder ins konzentrierte Klickklack der Äppärätwelt zurückzogen, die ihre Mütter und die abwesenden Väter bereits aufgesogen hatte?

Dann entdeckte ich eine gesund aussehende alte Chinesin, die ebenfalls zu feiern war, und folgte ihr in einer Geschwindigkeit von etwa hundert Metern in der Stunde die Grand Street und dann den East Broadway entlang, sah ihr dabei zu, wie sie exotische Knollen befühlte und silbrige Fische hin und her klatschte. Sie kaufte mit vorstädtischer Hingabe alles, was sie in die Finger bekam, und rannte nach jedem Erwerb auf die andere Straßenseite, um sich neben einen der hölzernen Telegraphenmasten zu stellen, die jetzt die Straßen säumten.

Mein Modefreund Sandi hatte mir in Rom von den Kreditmasten erzählt und von ihrem coolen Retro-Design geschwärmt, vom eigens mit Astlöchern versehenen Holz und den bunten Lichterketten, die anstelle von Telefonleitungen zwischen den Masten hingen. Das altmodische Erscheinungsbild der Pfähle sollte offenbar an eine stabilere

Phase unserer Nationalgeschichte erinnern, abgesehen von der kleinen LED-Anzeige auf Augenhöhe, die die Bonität von jedem anzeigte, der vorbeiging. An der Spitze der Masten flatterten ARR-Transparente in mehreren Sprachen. Wo der East Broadway durch Chinatown führte, stand auf Englisch und Chinesisch «Amerika feiert seine Verschwender!», darüber die Zeichnung einer geizigen Ameise, die fröhlich auf einen Berg bunt eingepackter Weihnachtsgeschenke zurennt. An den Latino-Abschnitten der Madison Street war auf Englisch und Spanisch zu lesen: «Heb dir was für schlechte Tage auf, *huevón*!» Darunter ein stirnrunzelnder Grashüpfer im Zoot Suit, der seine leeren Taschen vorzeigt. Im Wechsel waren Transparente in allen drei Sprachen aufgehängt:

Das Boot ist voll
Schützt euch vor Deportation
Latinos, spart!
Chinesen, gebt Geld aus!
Haltet eure Bonität IMMER im Rahmen
AMERIKANISCHE RESTAURATIONSREGIERUNG
«GEMEINSAM WERDEN WIR DIE WELT
VERBLÜFFEN!»

Ich verspürte ein flüchtiges liberales Schaudern angesichts dieser eklatanten Stereotypisierung ganzer Ethnien, aber mich ergriff auch ein voyeuristisches Interesse an der Bonität der Passanten. Die alte Chinesin lag bei anständigen 1400 Punkten, doch bei anderen wie den jungen Latina-Müttern und sogar einem liederlichen chassidischen Teenager, der die Straße entlanghechelte, blinkten rote Zahlen unter 900 auf, und ich machte mir Sorgen um sie. Ich ging an einem der Masten vorbei, ließ ihn Daten aus meinem

Äppärät ziehen und sah meine eigene Punktzahl – beeindruckende 1520. Doch daneben blinkte ein rotes Sternchen.

Hatte der Otter mich immer noch kaltgestellt?

Ich schickte Nettie Fine eine GlobalTeens-Nachricht, doch als Antwort kam bloß ein verstörendes «EMPFÄNGER GELÖSCHT». Was mochte das bedeuten? Niemand wird überhaupt *jemals* aus GlobalTeens gelöscht. Ich versuchte, sie mit GlobalTrace aufzuspüren, doch die Antwort war noch beängstigender: «EMPFÄNGER UNAUFFINDBAR/INAKTIV». Welcher Mensch konnte auf diesem Planeten *nicht* gefunden werden?

In Rom hatte ich mich mit Sandi oft zum Mittagessen bei da Tonino getroffen, und wir hatten uns darüber unterhalten, was wir von Manhattan am meisten vermissten. Bei mir waren es die mit Schweinefleisch und Frühlingszwiebeln gefüllten frittierten Teigtaschen an der Eldridge Street, bei ihm die herrischen älteren schwarzen Frauen im Gaswerk oder Arbeitsamt, die ihn «Schätzchen» oder «Süßer» oder gar «Baby» nannten. Er meinte, das habe mit Schwulsein nichts zu tun, vielmehr hätten diese farbigen Frauen auf ihn eine beruhigende und entspannende Wirkung, als würde ihm auf einmal die mütterliche Liebe einer Wildfremden zufliegen.

Ich glaube, genau das wollte ich in dem Moment auch, da Nettie Fine «INAKTIV» war, mich von Eunice sechs Zeitzonen trennten, die Kreditmasten jeden Menschen auf eine mehrstellige Zahl reduzierten, ein unschuldiger Dicker aus einem Flugzeug gezerrt wurde und Joshie mir mitteilte, über «zukünftiges Gehalt + Beschäftigung = lass uns reden»: Ich wollte ein bisschen mütterliche Liebe.

Ich stapfte den Ostteil der Grand Street auf und ab und versuchte mich zu orientieren, meine frühere Vertrautheit mit der Gegend wiederzuerlangen. Es waren aber nicht bloß die Kreditmasten. Noch mehr hatte sich verändert, seit ich vor einem Jahr nach Rom gegangen war. Es gab zwar noch die ganzen armseligen Geschäfte aus meiner Erinnerung, Läden, die mit vergammeltem Linoleum ausgekleidet waren, «A-OK Pizza Shack» oder so ähnlich hießen und von armen Schluckern frequentiert wurden, die auf der Tastatur eines alten Computers herumhackten und sich dabei das Gesicht mit Pizza-Ölen vollschmierten, Lokale, in deren Ecke eine stockfleckige zehnbändige Ausgabe des *Neuen Lexikons der Populärwissenschaft* aus dem Jahr 1988 auf lesekundige Gäste wartete. Doch die Bevölkerung wirkte zielloser als früher, arbeitslose Männer stolperten über den von Hühnerknochen übersäten Bürgersteig, als hätten sie einen halben Liter Ethanol und nicht bloß ein paar Flaschen *Negra Modelo* getrunken, und ihre Gesichter waren derart von depressiven Stimmungslagen abgestumpft, wie ich es eigentlich nur von meinem Vater kenne. Eine engelsgleiche Siebenjährige mit Zöpfen brüllte in ihren Äppärät: «Das nächste Mal, wenn ich ihren Arsch zu fassen kriege, haue ich der Niggerschlampe eine rein!» Eine alte Jüdin aus meiner Wohnanlage war auf den sonnenheißen Asphalt gefallen, und ihre Freunde hatten sich schützend um sie geschart, während sie sich auf dem Rücken im Kreis drehte wie eine Schildkröte. Am Stacheldrahtverhau, der ein gescheitertes Luxusapartment-Bauprojekt umgab, zog ein Betrunkener in rüschenbesetztem Guayabera-Hemd die Hose herunter und begann sich zu erleichtern. Ich hatte genau diesen Herrn schon früher öffentlich scheißen sehen, doch seine schmerzverzerrte Miene, die Art und Weise, wie er sich jetzt dabei die nackten Hinterbacken rieb, als wärmte ihn die Junisonne nicht genügend, das abgestumpfte Grunzen, das er in den wolkenstreifigen Hafenhimmel unserer

Stadt emporschickte: All das gab mir das Gefühl, meine heimatliche Straße entglitte mir, stürzte in den East River, in eine neu entstandene Zeitfalte, in der wir alle unsere Hosen fallen ließen und wütend auf unsere Mutter Erde kackten.

Ein gepanzerter Einsatzwagen mit dem Abzeichen der New Yorker Nationalgarde parkte über einem mannsgroßen Schlagloch auf der verkehrsreichen Kreuzung von Essex Street und Delancey Street, das auf dem Dach montierte Browning-M2-Maschinengewehr drehte sich im 180-Grad-Radius hin und her, wie ein verlangsamtes Metronom vor der belebten, aber friedlichen Straßenszene der Lower East Side. Der gesamte Verkehr auf der Delancey Street war zum Erliegen gekommen. Stummer Verkehr, denn niemand wagte, die Hupe gegen ein Militärfahrzeug zu erheben. Die Straßenecke um mich her leerte sich, bis ich allein und idiotisch in den Gewehrlauf starrte. Panisch hob ich die Hände und befahl meinen Füßen, Reißaus zu nehmen.

Die Feierlaune war mir vergällt. Ich zog die handgeschriebene Liste aus der Tasche und beschloss, sofort Punkt 2 umzusetzen (sich von Joshie beschützen lassen). Vor einem kürzlich geschlossenen Etablissement an der Bowery, das süße Brötchen und heiße Getränke feilgeboten und «Povertea» geheißen hatte, fand ich ein Taxi und dirigierte es in Richtung Upper East Side, zur Festung meines Zweitvaters.

Die Abteilung Posthumane Dienstleistungen der Staatling-Wapachung Corporation hat ihren Sitz in einer im maurischen Stil erbauten ehemaligen Synagoge unweit der Fifth Avenue, ein müde wirkendes, mit Arabesken, überkandidelten Strebepfeilern und anderem Mist überfrachtetes Gebäude, das an einen minder talentierten Gaudí denken lässt. Joshie hat es für schlappe 80 000 Dollar ersteigert, nachdem die Gemeinde sich vor Jahren auf irgendein jüdisches Schneeballsystem eingelassen hatte und pleitegegangen war.

Das Erste, was mir bei meiner Rückkehr auffiel, war der vertraute Geruch. Die exzessive Verwendung eines bestimmten hypoallergenen biologischen Raumsprays wird bei den Posthumanen Dienstleistungen gern gesehen, denn der Duft der Unsterblichkeit ist komplex. Die Nahrungszusätze, die Speisevorschriften, das ständige Abgeben von Blut- und Hautproben zu verschiedensten physikalischen Untersuchungen, die Angst vor den metallischen Bestandteilen der meisten handelsüblichen Deos, all das ergibt eine eigenwillige Bandbreite postmortaler Aromen, von denen «Sardinenatem» noch der gutartigste ist.

Von ein, zwei Ausnahmen abgesehen, habe ich seit meinem dreißigsten Geburtstag keine Freundschaften mehr am Arbeitsplatz geschlossen. Es ist nicht leicht, sich mit Zweiundzwanzigjährigen anzufreunden, die über ihre Nüchternblutzuckerwerte jammern oder einen GroupTeen mit ihrem Adrenalinindex und einem Smiley dahinter herumschicken. Wenn auf der Toilettenwand der Spruch «Lenny Abramovs Insulinwerte sind Schrott» steht, lässt sich eine gewisse Boshaftigkeit nicht leugnen, die ihrerseits den stressabhängigen Cortisolspiegel erhöht und den Zelltod beschleunigt.

Aber als ich durch den Eingang trat, erwartete ich immerhin, *irgendjemanden* zu erkennen. Das vergoldete Hauptheiligtum der Synagoge war voller junger Männer und Frauen, die sich mit wütender postakademischer Achtlosigkeit gekleidet hatten, doch sie alle sandten von irgendwoher zwischen ihren Augen die Botschaft aus, dass sie den erwähnten Whitney-Houston-Song verkörperten, dass sie, die Kinder, *de facto* die Zukunft waren. Die Abteilung Posthumane Dienstleistungen beschäftigte genug Menschen, um die ursprünglichen zwölf Stämme Israels wiederzubeleben, die man, wie praktisch, auf den Buntglasfenstern des Heiligtums abgebildet hatte. Doch wie stumpf sahen wir in dem meeresblauen Leuchten aus.

Der Schrein, in dem normalerweise die Tora-Rollen aufbewahrt werden, war entfernt worden, und an seiner Stelle hingen fünf riesige Fallblatt-Anzeigetafeln der Firma Solari, die Joshie aus verschiedenen italienischen Bahnhöfen gerettet hatte. Doch statt der *arrivi* und *partenze* der Züge, die am Bahnhof von Florenz oder Mailand ankommen und abfahren, standen auf den Tafeln die Namen der Angestellten neben den neusten medizinischen Messwerten, Methylierung und Homocystein, Testosteron und Östrogen, Nüchterninsulin und Triglyzeride und, am allerwichtigsten, den «Stimmungs- + Stressindikatoren», die eigentlich immer «positiv/kreativ/bringt sich ein» lauteten, aber bei ausreichender Datenfütterung durch konkurrierende Kollegen auch zu «echt launische Zicke heute» oder «diesen Monat ohne Teamgeist» umspringen konnten. An diesem Tag nun flappten die schwarzweißen Fallblätter mit den wechselnden Ziffern und Buchstaben wie verrückt hin und her – ein surrendes Ticker-ticker-ticker-ticker – und bildeten neue Wörter und Zahlen: Der unglückselige Aiden M. wurde von «verkraftet Verlust eines geliebten Menschen» über «lässt berufliche Leistung von Privatleben schmälern» zu «bringt sich nicht ein» herabgestuft. Verstörend auch, dass neben den Namen vieler meiner ehemaligen Kollegen, darunter auch der meines russischen Landsmanns, des brillanten, manisch-depressiven Vasily Greenbaum, die gefürchtete Zeile ZUG FÄLLT AUS stand.

Was mich anging: Ich war nicht einmal aufgeführt.

Ich baute mich in der Mitte des Heiligtums auf, direkt

unter den Anzeigetafeln, und versuchte mich ins leise Gebrabbel um mich herum einzufügen. «Hi», sagte ich. Und breitete die Arme aus: «Lenny Abramov!» Doch die neue schallgedämpfte Holzvertäfelung schluckte meine Worte, während junge Menschen in verschiedenen Gruppierungen, manche Arm in Arm wie bei einer zwanglosen Verabredung, durch den Raum eilten, auf dem Weg zur Sojaküche oder zur *Eternity Lounge*, und mich Satzfetzen wie «Weiche Strategie» und «Schadensreduzierung», «ROFLAARP», «PPKM», «IGIMGK» und «Rubenstein arschficken» hören ließen, schließlich, von weiblichem Lachen begleitet, auch «Rhesusäffchen». Mein Spitzname! Jemand hatte sich meiner besonderen Beziehung zu Joshie und der Tatsache erinnert, dass ich hier mal wichtig war.

Es war Kelly Nardl. Kelly Nardl, mein Schatz. Eine geschmeidige, kompakte Frau meines Alters, der ich unrettbar verfallen würde, wenn ich es nur ertragen könnte, mein Leben in unmittelbarer Nähe ihres nicht deodorierten, animalischen Geruches zu verbringen. Sie begrüßte mich mit einem Kuss auf beide Wangen, als wäre sie und nicht ich gerade aus Europa zurück, und zog mich an der Hand zu ihrem leuchtend weißen, keilförmigen Schreibtisch in dem Raum, der einmal das Büro des Kantors gewesen war. «Ich mache dir einen Teller Kreuzblütler-Gemüse, Liebling», sagte sie, und allein dieser Satz halbierte meine Angst. Man wird bei den Posthumanen Dienstleistungen nicht erst mit Kohl gefüttert und dann gefeuert. Gemüse ist ein Zeichen von Respekt. Andererseits war Kelly eine Ausnahme unter all den Hartgesottenen hier: in Louisiana zu Freundlichkeit und Lebensart erzogen, eine jüngere, weniger hysterische Ausgabe von Nettie Fine (möge es ihr wohl ergehen, wo immer sie sich aufhält).

Ich stellte mich hinter sie, während sie goldene Kressetupfen auf einer Steppe von Schnittkohl arrangierte. Ich legte ihr die Hände auf die kräftigen Schultern, sog ihre säuerliche Vitalität ein. Sie schmiegte ihre heiße Wange an eins meiner Handgelenke, und die Geste wirkte so vertraut, als hätten wir uns schon vor unserem derzeitigen Leben gekannt. Ihre bleichen Schenkel erblühten aus züchtigen Khakishorts, und ich erinnerte mich daran, dass ich *feiern* wollte, in diesem Fall jeden Quadratzentimeter von Kellys Unvollkommenheit. «Hey», sagte ich, «Vasily Greenbaums Zug fällt aus? Er hat Gitarre gespielt und ein bisschen Arabisch gesprochen. Er war so was von ‹bereit, sich einzubringen›, wenn er nicht gerade total depressiv gewesen ist.»

«Er ist letzten Monat vierzig geworden», sagte Kelly und seufzte. «Hat die Quoten nicht erreicht.»

«Ich bin auch fast vierzig», sagte ich. «Und wieso taucht mein Name nicht auf den Tafeln auf?»

Kelly schwieg. Sie zerteilte mit einem stumpfen Sicherheitsmesser Blumenkohl, Tropfen perlten auf ihrer weißen Stirn. Kelly und ich hatten uns einmal in einer Tapas-Bar in Brooklyn eine ganze Flasche Wein – oder «Resveratrol», wie wir Posthumanen ihn nennen – geteilt, und nachdem ich sie zu ihrem Mietshaus im Problemviertel Bushwick begleitet hatte, fragte ich mich, ob ich mich wohl je in eine so unaufdringlich und fast zwanghaft anständige Frau würde verlieben können (Antwort: nein).

«Wer ist denn von der alten Gang noch da?», wollte ich mit zitternder Stimme wissen. «Jami Pilsners Namen habe ich auch nicht gesehen. Oder den von Irene Po. Wird man uns alle feuern?»

«Howard Shu macht sich bestens», teilte mir Kelly mit. «Ist grad befördert worden.»

«Na toll», sagte ich. Von all jenen, die noch in Lohn und Brot standen, musste es ausgerechnet dieser stromlinienförmige 56-kg-Drecksack Shu sein, der mit mir an der New York University studiert und mich in den letzten zehn, zwölf Jahren in allen gnadenlosen Wettbewerben des Lebens übertrumpft hatte. Um ehrlich zu sein, finde ich die Beschäftigten von Posthumane Dienstleistungen ein bisschen traurig, und in meinen Augen personifiziert der forsche, fehlerfrei funktionierende Howard Shu diese Traurigkeit. Die Wahrheit ist doch: Wir halten uns vielleicht für die Zukunft, aber wir sind sie nicht. Wir sind Bedienstete und Lehrlinge, keine unsterblichen Klienten. Wir halten unsere Yuans zusammen, wir schlucken brav unsere Nährstoffe, wir stechen uns und bluten und messen die dunkelrote Flüssigkeit auf tausenderlei Arten, wir tun alles außer beten, aber am Ende sind wir doch dem Tod geweiht. Ich könnte mein Genom und mein Proteom auswendig lernen, ich könnte Nahrungskrieg gegen meine schadhaften ApoE4-Allele führen, bis ich selbst zu einem wandelnden Kreuzblütlergemüse werde, doch nichts kann meinen schlimmsten genetischen Defekt heilen:

Mein Vater ist ein Hausmeister aus einem armen Land.

Howard Shus Vater verkauft in Chinatown auf der Straße winzige Schildkröten. Kelly Nardl immerhin ist reich, aber nicht reich genug. Die Reichtumsskala, mit der wir aufgewachsen sind, greift nicht mehr.

Kellys Äppärät leuchtete auf und tauchte sie in Licht, die Bedürfnisse von hundert Klienten überspülten sie. Nach der alltäglichen Dekadenz Roms wirkten unsere Büros karg. Alles war in sanften Farben und dem gesunden Glanz natürlicher Hölzer gehalten, die Bürotechnik, sofern sie nicht gerade benutzt wurde, von Tschernobyl-artigen Sarkophagen abgeschirmt, und hinter japanischen Wandschirmen verbargen sich Alphawellen-Simulatoren, die unsere hyperaktiven Hirne mit besänftigenden Strahlen streichelten. Hier und da hingen humorvolle Ratschläge in kleinen Rahmen. «Sag einfach nein zu Speisestärke.» – «Kopf hoch! Pessimismus bringt einen um.» – «Zellen mit verlängerten Telomeren machen's möglich.» – «DIE NATUR KANN VIEL VON UNS LERNEN.» Und in der Brise über Kelly Nardls Schreibtisch flatterte ein Steckbrief, auf dem einem Cartoon-Hippie mit einem Brokkolistrunk eins übergebraten wurde:

GESUCHT
wegen Elektronendiebstahl
DNS-Zerstörung und
böswilliger Zellbeschädigung

ABBIE «FREIER RADIKALER»
HOFFMAN
WARNUNG: Der Gesuchte ist womöglich
bewaffnet und gefährlich
Versuchen Sie nicht, ihn festzusetzen
Benachrichtigen Sie umgehend die
zuständigen Behörden und steigern Sie
die Zufuhr des Koenzyms Q-10

«Vielleicht gehe ich mal an meinen Schreibtisch», sagte ich zu Kelly.

«Schätzchen», sagte sie und schlang ihre langen Finger um meine. In ihren blauen Augen könnte man ein Kätzchen ertränken.

«O Gott», sagte ich. «Verschone mich.»

«Du hast keinen Schreibtisch mehr. Ich meine, jemand anders hat ihn. Dieser neue Junge von der Brown-Yonsei-Universität. *Darryl*, glaube ich.»

«Wo ist Joshie?», fragte ich unwillkürlich.

«Auf dem Rückflug von Washington.» Sie sah auf ihrem

Äppärät nach. «Sein Jet hatte einen technischen Defekt, also fliegt er Linie. Gegen Mittag wird er zurück sein.»

«Was soll ich tun?», flüsterte ich.

«Es würde schon helfen», sagte sie, «wenn du ein bisschen jünger aussähst. Pass besser auf dich auf. Geh in die Eternity Lounge. Schmier dir Hylexin unter die Augen.»

Die Eternity Lounge war knüppelvoll mit unschön riechenden jungen Leuten, die ihre Äppäräte vor der Nase hatten oder sich auf Sofas weit zurücklehnten, das Gesicht zur Decke, richtig atmend, Stress abbauend. Der harmonisch nussige Duft ziehenden grünen Tees würzte mein allgemeines Angstklima mit ein wenig Nostalgie. Ich war dabei gewesen, als wir die Eternity Lounge vor fünf Jahren im ehemaligen Speisesaal der Synagoge eingeweiht hatten. Drei Jahre hatten Howard Shu und ich gebraucht, den Geruch nach saurem Rindfleisch zu beseitigen.

«Hi», sagte ich zu allen, die es hören wollten. Ich ließ den Blick über die Sofas schweifen, aber es war kaum noch Platz, sich irgendwo dazwischen zu quetschen. Ich zog meinen Äppärät heraus, bemerkte jedoch, dass die jungen Leute alle das neue kieselsteinartige Modell hatten, das auch Eunice um den Hals trug. Mindestens drei der jungen Frauen im Raum waren bildschön auf eine Weise, die übers rein Körperliche hinausging und sowohl ihre glatte, weiche, ethnisch uneindeutige Haut als auch ihre traurigen braunen Augen bis ins frühste Mesopotamien zurückreichen ließ.

Ich ging zur Minibar, wo es den ungesüßten grünen Tee gab, dazu alkalisiertes Wasser und die 231 täglichen Nahrungsergänzungsmittel. Gerade wollte ich mich, der entzündungshemmenden Wirkung wegen, über Fischöl und Kurkuma hermachen, als jemand über mich lachte, weibliches Gelächter, was also noch viel vernichtender war. Meine Kollegen, leger über die üppige Sofalandschaft verteilt, sahen aus wie die Akteure einer Sitcom über junge Menschen in Manhattan, die ich in meiner Jugend wie besessen verfolgt hatte. «Bin grad von einem Jahr in Roma zurück.» Ich versuchte, Kühnheit in meine Stimme zu pumpen. «Nichts als Kohlenhydrate da drüben. Muss wie *bescheuert* Essentials nachlegen. Schön, wieder hier zu sein, Leute!»

Schweigen. Doch als ich mich wieder den Ergänzungsmitteln zuwandte, sagte jemand: «Was geht denn ab, Rhesusäffchen?»

Es war ein junger Typ mit spärlichem Bartwuchs auf der Oberlippe und in einem grauen Einteiler, auf dessen Brustpartie der Markenname SUK DIK gestickt war, um den Hals trug er eine Art rotes Kopftuch. Wahrscheinlich Darryl von der Brown, der sich meinen Schreibtisch geschnappt hatte. Konnte kaum älter als fünfundzwanzig sein. Ich lächelte ihn an, schaute auf meinen Äppärät, seufzte, als läge zu viel Arbeit vor mir, und wollte mich dann lässig aus der Lounge schleichen.

«Wo willst du denn hin, Rhesus?», fragte er und versperrte mir mit seinem mageren, dünnarschigen Leib den Weg, schob mir seinen Äppärät ins Gesicht und vernebelte mir mit seinem schweren Bio-Geruch die Nase. «Willst du uns nicht mal ein bisschen Blut testen lassen, Kumpel? Ich sehe hier, die Triglyceride sind bei 135, und das war schon so, *bevor* du dich wie eine kleine feige Schlampe nach Europa verpisst hast.» Im Hintergrund wieder lautes Johlen, die Frauen genossen das verbale Gift offenbar.

Ich wich zurück und murmelte: «Eins fünfunddreißig ist noch im Normbereich.» Wie ging noch die Abkürzung, die Eunice verwendet hatte? «BGM», sagte ich. «Bloß gefickt, Mann.» Wieder Gelächter, ein zinngraues Kinn blitzte im Hintergrund auf, haarlos glänzende Hände hielten schnittige, mit den richtigen Daten bestückte Technologie-Anhänger. Einen Moment stand mir Tschechows Prosa vor Augen, seine Beschreibung des Moskauer Kaufmannssohnes Laptew, der «wusste, dass er nicht schön war, und nun schien es ihm, als spüre er diese Hässlichkeit am ganzen Körper».

Noch wehrte sich das in die Enge getriebene Tier in mir. «Alter», sagte ich, denn die Anrede des unhöflichen Jungspunds im Flugzeug fiel mir wieder ein, der sich über den Geruch meines Buches beschwert hatte. «Alter, ich *spüre* förmlich deine Wut. Klar mache ich einen Bluttest, kein Thema, aber wo wir schon dabei sind, können wir auch gleich deinen Cortisol- und Ephedrinspiegel bestimmen. Ich werde deinen Stresspegel auf die Anzeigetafeln schalten. Du bringst dich nicht gut ein.»

Doch niemand hörte meine empörten Worte. Der auf meiner Höhlenmenschenstirn glitzernde Schweiß sprach eine deutliche Sprache. War eine offene Einladung. Lasst die Jungen die Alten fressen. Der SUK-DIK-Typ schubste mich sogar, bis ich die Kälte der Loungewand am dünn behaarten Hinterkopf spürte. Er schob mir wieder seinen Äppärät ins Gesicht. Darauf blinkten meine Blutwerte von vor einem Jahr.

«Wie kannst du dich trauen, hier mit so einem Body-Mass-Index einfach reinzuspazieren?», fragte er. «Meinst du, du könntest einfach einem von uns den Schreibtisch wegnehmen? Nachdem du in Italien ein Jahr lang einen Scheiß geleistet hast? Wir wissen alles über dich, Äffchen. Ich schieb dir gleich eine kohlenhydratsatte Makrone in den Arsch, wenn du dich nicht *sofort* verpisst.»

Hinter ihm stieg ein gewaltiges Sitcom-Gelächter auf – ein mächtiges *huuuuuu* aus fröhlicher Wut und überschwänglichem Entsetzen, die Selbstbestätigung des Stammes im Triumph über sein schwächstes Mitglied.

Zweieinhalb Herzschläge später verstummte das Geheul abrupt.

Ich hörte, wie Sein Name gemurmelt wurde, und das Klipp-Klapp, als Er sich näherte. Die eben noch lautstarke Menge teilte sich, die SUK-DIK-Krieger schlichen von dannen, all die Darryls und Heaths.

Und da war er. Jünger als zuvor. Die anfänglichen Dechronifizierungsbehandlungen – die Beta-Behandlungen, wie wir sie nennen – strömten bereits durch seinen Körper. Sein Gesicht war faltenlos und von stiller Harmonie, abgesehen von der dicken Nase, die gelegentlich unkontrolliert zuckte, weil eine Muskelgruppe falsch verkabelt war. Die Ohren standen am geschorenen Schädel wie zwei Wächter.

Joshie Goldmann gab sein Alter niemals preis, aber ich nahm an, dass er Ende sechzig war: Ein weit über sechzigjähriger Mann mit einem Schnauzbart, so schwarz wie die Ewigkeit. In Restaurants hatte man ihn schon irrtümlich für meinen attraktiveren Bruder gehalten. Wir hatten die ungeliebten fleischigen Lippen gemeinsam, die dichten Augenbrauen und die wie bei einem Terrier vorstehende Brustpartie, aber das war es auch schon. Denn wenn Joshie einen ansieht, wenn er seinen Blick zu einem senkt, dann steigt einem Hitze in die Wangen, und unweigerlich fühlt man sich seltsam gegenwärtig.

«Ach, Leonard», sagte er und seufzte kopfschüttelnd, «machen dir die Burschen das Leben schwer? Armer Rhesus. Na komm. Lass uns reden.» Ich folgte ihm scheu auf die Treppe nach oben (keine Fahrstühle, *niemals*) zu seinem Büro. Joshie hat ein orthopädisches Problem, über das er noch nie gesprochen hat und das dazu führt, dass er etwas unausgewogen, abgehackt, trippelnd, ruckweise von einem Fuß auf den anderen tritt, als würde ihn ein Klavierstück von Philip Glass antreiben.

In seinem Büro drängte sich ein Dutzend junger Angestellter, die ich noch nie gesehen hatte und die alle durcheinanderredeten. «Homies», sagte er zu seinen Jüngern. «Gebt ihr mir mal eine Minute? Wir steigen gleich wieder ein. Nur eine Sekunde.» Kollektives Seufzen. Sie zogen an mir vorbei, überrascht, erregt, verwundert, und ihre Äppäräte spuckten schon Daten über mich aus, erzählten ihnen vielleicht, wie wenig ich bedeutete, verrieten meine neununddreißigjährige Überflüssigkeit.

Er fuhr mit der Hand durchs volle Haar in meinem Nacken und drehte meinen Kopf. «So viel Grau», sagte er.

Fast schreckte ich vor seiner Berührung zurück. Was hatte Eunice in einem unserer letzten gemeinsamen Augenblicke gesagt? *Du bist alt, Len.* Doch stattdessen ließ ich mich von ihm genauestens inspizieren, betrachtete im Gegenzug das scharfe Adlerprofil seiner Brust, die muskulöse Präsenz seiner Nase vom Kaliber Nettie Fine, das unsichere Gleichgewicht, mit dem er sich überm Erdboden hielt. Seine Hand war tief in meinem Schopf vergraben, und seine Finger fühlten sich ungewöhnlich kalt an. «So viel Grau», wiederholte er.

«Liegt an den Kohlenhydraten der Pasta», stammelte ich. «Und an den Stressfaktoren des italienischen Lebens. Ob du's glaubst oder nicht, es ist da drüben nicht so einfach, von einem amerikanischen Gehalt zu leben. Der Dollar –»

«Wo liegt dein pH-Wert?», unterbrach mich Joshie.

«Oje», sagte ich. Die Astschatten einer herrlichen Eiche krochen über die Fensterscheibe und zierten Joshies rasierten Schädel mit einem Geweih. Die Fenster in diesem Teil der ehemaligen Synagoge waren so angeordnet, dass sie die Gesetzestafeln mit den Zehn Geboten darstellten. Joshies Büro lag im obersten Stockwerk, und die Worte «Du sollst nicht andere Götter haben neben mir» waren noch auf Englisch und Hebräisch in die Scheibe graviert. «Acht Komma neun», sagte ich.

«Du musst entgiften, Len.»

Vor seiner Tür hörte ich Lärm. Eifrige Stimmen buhlten um seine Aufmerksamkeit, die Tagesgeschäfte breiteten sich in alle Richtungen aus wie die endlosen Datenkorridore, die sich durch Manhattan zogen. Auf Joshies Schreibtisch zeigte eine glatte Glasscheibe, ein eleganter digitaler Bilderrahmen, eine Diashow aus seinem Leben – der junge Joshie im Maharadschakostüm bei seiner kurzlebigen Einmannshow auf einer Off-Broadway-Bühne; fröhliche Buddhisten in dem laotischen Tempel, den er mit eigenen Mitteln von Grund auf wieder errichtet hatte, flehentlich vor der Kamera kniend; der unwiderstehlich lächelnde Joshie mit kegelförmigem Strohhut während seiner kurzen Laufbahn als Sojafarmer.

«Ich werde täglich fünfzehn Becher alkalisiertes Wasser trinken», sagte ich.

«Dein androgenetischer Haarausfall bereitet mir Sorgen.»

Ich lachte. Ich machte tatsächlich «haha». «Mir auch, Grizzlybär», sagte ich.

«Ich spreche nicht von Ästhetik. Dieses ganze russisch-jüdische Testosteron wird unmittelbar in Dihydrotestosteron verwandelt. Richtiges Killerzeug. Prostatakrebs im Anmarsch. Du brauchst mindestens achthundert Milligramm Sägepalmenextrakt pro Tag. Was ist los, Rhesus? Du siehst aus, als müsstest du gleich weinen.»

Dabei wollte ich bloß zuhören, wie er sich weiter um mich kümmerte. Ich wollte, dass er mein Dihydrotestosteron genau im Blick behielt und mich vor den gnadenlosen Schönlingen in der Eternity Lounge rettete. Joshie hat die Beschäftigten bei Posthumane Dienstleistungen immer dazu angehalten, Tagebuch zu schreiben, sich darauf zu besinnen, wer wir *sind*, denn unsere Hirne, unsere Synapsen würden jeden Augenblick unter erschütternder Nichtachtung unserer Persönlichkeit neu erschaffen und verkabelt, sodass wir uns jedes Jahr, jeden Monat, jeden Tag in einen anderen Menschen verwandelten, was eine ganz und gar unzuverlässige Weiterführung unseres ursprünglichen Charakters, des sabbernden Kindes im Sandkasten sei. Nur ich nicht. Ich bin immer noch ein Faksimile meines Kindheits-Ichs. Ich suche immer noch einen liebenden Vater, der mich hochhebt und mir den Sand vom Hintern klopft, aus dessen Mund ruhig und wohltuend Englisch purzelt. Meine Eltern waren von Nettie Fine erzogen worden, wieso konnte ich mich nicht von Joshie großziehen lassen? «Ich glaube, ich habe mich in ein Mädchen verliebt», sprudelte es aus mir heraus.

«Erzähl es mir.»

«Sie ist superjung. Supergesund. Asiatin. Sehr hohe Lebenserwartung.»

«Du weißt ja, was ich von Liebe halte», sagte Joshie. Die lärmenden Stimmen von draußen wechselten von Ungeduld zu abgründigem Teenagerunglück.

«Du meinst, ich sollte mich nicht auf romantische Beziehungen einlassen?», fragte ich. «Ich könnte nämlich noch aufhören.»

«Ich mach nur Spaß, Lenny.» Er boxte mich schmerzhaft gegen die Schulter – unterschätzte seine neue, jugendliche Kraft. «Herrgott, entspann dich mal ein bisschen. Liebe ist toll für den pH-, ACTH-, LDL-Wert, ganz egal, was dir fehlt. Solange es gute, *positive* Liebe ist, ohne Misstrauen oder Feindseligkeit. Jetzt musst du es nur noch hinkriegen, dass diese Asiatin *dich* genauso sehr braucht wie du *mich*.»

«Lass mich nicht sterben, Joshie», sagte ich. «Ich brauche

Dechronifizierungsbehandlungen. Wieso steht mein Name nicht auf den Anzeigetafeln?»

«Die Dinge ändern sich gerade, Äffchen», sagte Joshie. «Hättest du in Rom stündlich CrisisNet abgerufen, wie du es hättest tun sollen, wüsstest du genau, wovon ich rede.»

«Der Dollar?», fragte ich zögernd.

«Vergiss den Dollar. Der ist bloß ein Symptom. Dieses Land erwirtschaftet kein Geld. Unsere Vermögenswerte sind wertlos. Die Nordeuropäer überlegen, wie sie sich von unserer Wirtschaft abkoppeln, und wenn uns die Asiaten den Geldhahn zudrehen, sind wir geliefert. Und weißt du, was? Das ist alles ganz großartig für die Posthumanen Dienstleistungen! Angst vor finsteren Zeiten macht uns umso attraktiver. Vielleicht kaufen uns die Chinesen oder Singapur komplett auf. Howard Shu spricht ein bisschen Mandarin. Vielleicht solltest du Mandarinkurse belegen. *Ni hao* und so.»

«Tut mir leid, dass ich dich enttäuscht habe, weil ich so lange in Rom geblieben bin», flüsterte ich beinahe. «Ich dachte, ich könnte womöglich meine Eltern besser verstehen, wenn ich in Europa lebe. An einem wirklich geschichtsträchtigen Ort ein bisschen über Unsterblichkeit nachdenken. Ein paar Bücher lesen. Ein paar Gedanken aufschreiben.»

Joshie wandte sich von mir ab. Aus diesem Blickwinkel sah ich eine andere Facette: leicht angegraute Bartstoppeln, die von seinem sonst vollkommen ovalen Kinn abstanden – die zarte Andeutung, dass sich nicht *alles* an ihm in Richtung Unsterblichkeit umkehren ließ. Noch nicht.

«Diese Gedanken, diese Bücher, die sind doch das Problem, Rhesus», sagte er. «Du musst aufhören zu denken und anfangen zu verkaufen. Deshalb wollten diese jungen Besserwisser in der Eternity Lounge dir eine kohlenhydratsatte Makrone in den Arsch schieben. Ja, das habe ich gehört. Ich habe ein neues Beta-Trommelfell. Wer kann es ihnen verübeln, Lenny? Du lässt sie an den Tod denken. Du erinnerst sie an eine andere, ältere Version unserer Gattung. Und jetzt werd nicht sauer auf mich. Vergiss nicht, ich habe auch mal angefangen wie du. Schauspielerei. Geisteswissenschaften. Das ist der ‹Trugschluss der bloßen Existenz›. TBE. Später bleibt noch genug Zeit zum Grübeln und Schreiben und Schauspielern. Jetzt heißt es: *Verkauf um dein Leben.*»

Die Flut stieg. Die Rechnung wurde präsentiert. Ich hatte mich nicht als würdig erwiesen, wie immer. «Ich bin so egoistisch, Grizzlybär. Wenn ich dir doch in Europa wenigstens ein paar mehr VPPs zugeschanzt hätte. Meine Güte. Bin ich noch angestellt?»

«Wir wollen dich erst mal wieder eingewöhnen», sagte Joshie. Als er hinausging, berührte er mich kurz an der Schulter. «Ich kann dir nicht sofort wieder einen Schreibtisch besorgen, aber ich kann dich im Willkommens-Zentrum in die Aufnahme versetzen.» Eine Degradierung im Vergleich zu meinem vorherigen Posten, aber erträglich, solange mein Gehalt unverändert blieb. «Wir müssen dir einen neuen Äppärät beschaffen», sagte er. «Du musst lernen, besser auf den Datenströmen zu surfen. Leute schneller zu bewerten.»

Ich erinnerte mich an Punkt 2: *Beschwöre väterliche Bindung als Reaktion auf politische Situation. Sprich über das, was im Flugzeug passiert ist; ruf jüdische Gefühle von Schrecken und Ungerechtigkeit wach.* «Joshie», sagte ich. «Du solltest deinen Äppärät immer bei dir haben. Da war so ein armer Dicker im Flugzeug –»

Aber er war schon aus der Tür und warf mir einen kurzen Blick zu, der mir bedeutete, ihm zu folgen. Die Horden von

Brown-Yonsei- und Reed-Fudan-Absolventen stürzten sich auf ihn, jeder versuchte, die anderen an Vertraulichkeit zu übertreffen («Joshster! Budnik!», «*Papi chulo!*»), jeder hielt die Lösung für alle Probleme unseres Planeten parat. Er schenkte ihnen winzige Teilchen seiner selbst. Er strubbelte Haare. «*Jah, right, man!*», sagte er zu einem jamaikanisch wirkenden Typen, der genauer betrachtet gar kein Jamaikaner war. Ich merkte, dass wir nach unten gingen, hinunter zum wilden Wasserloch der Personalabteilung, direkt zu Howard Shus Schreibtisch.

Shu, ein verdammt verbissener Einwanderer nach Art meines Hausmeister-Vaters, allerdings der englischen Sprache mächtig und mit guten Arbeitsresultaten, bediente gleichzeitig drei Äppäräte; unter seinen schwieligen Fingerspitzen und in seinem Chinatown-Stakkato summten Daten und die stumpfsinnige, starke Hoffnung, dass er alles unter Kontrolle hatte. Bei seinem Anblick fiel mir ein, dass ich mal zu einer Konferenz zum Thema Langlebigkeit in einer chinesischen Provinzstadt gereist war. Ich landete auf einem gerade erst erbauten Flughafen, so schön wie ein Korallenriff und auch nicht weniger komplex, warf auf die eilenden Massen, den in ihren Augen glitzernden Wahnsinn einen kurzen Blick – am Taxistand traf ich mindestens drei Männer, die mir einen raffinierten neuen Nasenhaarschneider verkaufen wollten (war zu Beginn des zwanzigsten Jahrhunderts etwa New York so gewesen?) – und dachte bei mir: «Meine Herren, die Welt gehört Ihnen.»

Was die Sache noch schlimmer machte: Shu war nicht unattraktiv, und als er und Joshie sich mit hocherhobenen Händen abklatschten, spürte ich reinen, unverfälschten Neid, eine Emotion, die meine Füße einschlafen und mich kurzatmig werden ließ. «Kümmere dich um unseren Len hier», sagte Joshie zu Howard Shu mit einem Minimum an

Überzeugung. «Und vergiss nicht, er ist ein OG.» Ich hoffte nur, er meinte *Original Gangster* und nicht bloß *Old Guy*. Doch bevor ich über sein jugendliches Gehabe und seine Lockerheit lachen konnte, war er verschwunden, zurück in die offenen Arme, die ihn überall empfangen würden, egal wo und wann er ihre Umarmung brauchte.

Ich setzte mich Howard Shu gegenüber und versuchte Gleichgültigkeit zu verströmen. Unter seinem glänzend schwarzen Haarhelm tat er das Gleiche. «Leonard», sagte er, und seine Knopfnase leuchtete, «ich hole mir deine Akte.»

«Bitte, tu das.»

«Du stehst mit 239 000 Yuan-gekoppelten Dollar in der Kreide», sagte Shu.

«Was?»

«Deine Spesen in Europa. Du bist überallhin First Class geflogen. Und für 13 000 Nordeuro Resveratrol?»

«Nicht mehr als zwei Glas pro Tag. Nur Rotwein.»

«Das macht zwanzig Euro pro Glas. Und was zum Teufel ist ein Bidet?»

«Ich habe nur versucht, meinen Job zu machen, Howard. Du kannst doch nicht wirklich –»

«Bitte», sagte er. «Überhaupt nichts hast du getan. Bloß Scheiß gebaut. Wo sind die Klienten? Was ist mit diesem Bildhauer passiert, den du schon ‹im Sack hattest›?»

«Dein Ton gefällt mir nicht.»

«Und mir gefällt deine Unfähigkeit nicht.»

«Ich habe versucht, unser Produkt zu verkaufen, aber die Europäer waren nicht interessiert. Die stehen unserer Technologie total skeptisch gegenüber. Und manche von ihnen *wollen* sogar sterben.»

Die Immigrantenaugen starrten mich wütend an. «Kein Freifahrtschein, Leonard. Keine Deckung hinter Joshies

Gutwilligkeit. Du reißt dich am Riemen, oder wir führen Entlassungsgespräche. Du kriegst dein Gehalt vorläufig weiter, wir stecken dich in die Aufnahme, und du wirst jeden verfluchten Fleischkloß bezahlen, den du in Rom gegessen hast.»

Ich schaute hinter mich. «Nicht hinter dich schauen», sagte Shu. «Dein Papa ist weg. Und was soll *der* Scheiß?» Ein roter Code blinkte im stetigen Chromfluss der Äppärätdaten auf. «Die Amerikanische Restaurationsregierung teilt mit, du bist in der Botschaft in Rom kaltgestellt worden. Hast du jetzt auch noch die ARR am Arsch? Was hast du bloß verbrochen?»

Noch einmal drehte sich die Welt und fing dann an zu taumeln. «Nichts!», rief ich. «Nichts! Ich habe gar nicht erst versucht, dem Dicken zu helfen. Und ich kenne keine Somalier. Mit Fabrizia habe ich bloß ein paarmal geschlafen. Der Otter hat alles falsch verstanden. Alles ist abgekartet. Der Typ im Flugzeug hat mich auf Video aufgenommen, und ich habe bloß ‹Warum?› gefragt. Und jetzt kann ich Nettie Fine nicht mehr erreichen. Weißt du vielleicht, was sie mit ihr gemacht haben? Ihre GlobalTeens-Adresse ist gelöscht. Und mit GlobalTrace kann ich sie auch nicht finden.»

«Otter? Nettie *wer*? Hier steht ‹böswillige Angabe unvollständiger Daten›. Scheiße, noch mehr Mist, den ich ausbügeln muss. Zeig mal deinen Äppärät. Herr im Himmel, was ist das denn? Ein iPhone?» Er sprach in seine Hemdmanschette: «Kelly, bring mir einen neuen Äppärät für Abramov. Buch ihn auf die Aufnahme.»

«Wusste ich's doch», sagte ich. «Es liegt an meinem Äppärät. Ich habe Joshie grade gesagt, dass er seinen immer bei sich haben sollte. Scheiß-Restaurationsregierung.»

«Joshie braucht keinen Äppärät», sagte Shu. «Joshie

braucht *überhaupt* nichts.» Er starrte mich mit einem Blick unvorstellbaren Mitleids oder unvorstellbaren Hasses an, in jedem Fall waren seine Züge zu animalischer Reglosigkeit erstarrt. Kelly Nardl kam mit einem neuen Äppärät die Treppe herauf gekeucht, dessen Verpackung selbst ein Regenbogen blinkender Daten und Geräusche war, und eine nasale Stimme mit mittelatlantischem Akzent versprach mir «das Allerneuste auf dem Gebiet der Bewertungstechnologie: RateMe Plus».

«Danke», sagte Shu und winkte Kelly fort. Vor sieben Jahren, bevor die mächtige Staatling-Wapachung Corporation Joshies Unternehmen für eine groteske Summe aufgekauft hatte, bekleideten Kelly, Howard und ich den gleichen Rang, denn in der «flachen Organisationsstruktur», wie das damals hieß, gab es weder Titel noch Hierarchien. Ich versuchte Kellys Blick zu erhaschen und sie im Kampf gegen dieses Ungeheuer, das nicht einmal «Bidet» richtig aussprechen konnte, auf meine Seite zu ziehen, doch sie floh Howards Schreibtisch, ohne auch nur ihren freundlichen Hintern zu schwingen. «Lern *sofort*, mit diesem Ding umzugehen», wies Shu mich an. «Vor allem mit dem RateMe-Kram. Du musst es draufhaben, jede Person in deiner Umgebung zu bewerten. Bring deine Daten auf die Reihe. Geh auf CrisisNet und verfolge die neusten Nachrichten. Ein schlecht informierter Verkäufer ist heutzutage so gut wie tot. Bring dich mental auf Linie. Dann wollen wir mal sehen, ob wir deinen Namen wieder auf die Anzeigetafeln schalten. Das ist alles, Leonard.»

Nach meinen Berechnungen war immer noch Mittagszeit. Ich ging zum East River, während das Äppärät-Paket unter meinem Arm ständig nach mir rief. Ich beobachtete die nicht gekennzeichneten, waffenstarrenden Schnellboote, die eine graue Kette von der Triborough Bridge bis hinunter zur Williamsburg Bridge bildeten. Nach Berichten der Medien sollte der chinesische Zentralbankchef in etwa zwei Wochen eintreffen, um sich ein Bild von unserem verschuldeten Land zu machen, und ganz Manhattan würde während seines Besuchs zur Hochsicherheitszone werden. Ich setzte mich aufs harte Drahtgeflecht einer Sitzbank und starrte auf die beeindruckende gläserne Beta-Skyline von Queens, die weit vor der letzten Dollarentwertung erbaut worden war. Ich öffnete den Karton und nahm den glatten Kiesel des neuen Äppäräts heraus, schon lag er warm in meiner Hand. Eine Asiatin von Eunice' Kaliber baute sich auf Augenhöhe vor mir auf. «Hallo», sagte sie. «Willkommen beim Äppärät 7.5 mit RateMe Plus. Möchten Sie loslegen? Möchten Sie loslegen? Möchten Sie loslegen? Sagen Sie einfach ‹ja›, dann können wir loslegen.»

Ich schuldete Howard Shu 239 000 Yuan-gekoppelte Dollar. Mein erster Schritt in Richtung Dechronifizierung – gestrichen. Mein Haar würde weiter ergrauen und eines Tages ganz ausfallen, und dann müsste ich, an einem Tag, der dem heutigen sinnlos nah sein, dem heutigen sinnlos gleichen würde, von dieser Erde verschwinden. Und all diese Gefühle, all diese Sehnsüchte, all diese *Daten*, falls dieses Wort das ungeheure Ausmaß dessen anschaulicher macht, was ich meine, würden ebenfalls weg sein. Das ist es, Joshie, was Unsterblichkeit für mich bedeutet: Egoismus. Der Glaube meiner Generation, dass jeder Einzelne von uns wichtiger ist, als jeder andere es für möglich hält.

Auf dem Wasser entstand Bewegung, eine notwendige Ablenkung. Mit einem Aufschäumen warmer weißer Gischt startete ein Wasserflugzeug Richtung Norden, so anmutig, scheinbar so bar jeder Mechanik und Verzweiflung, dass ich mir einen Augenblick ausmalte, unser aller Leben würde einfach ewig weitergehen.

DEN NÄCHSTEN FLUG NACH HAUSE
Aus Eunice Parks GlobalTeens-Account

9. Juni

CHUNG.WON.PARK AN EUNI-DIOTIN UNTERWEGS:

Eunhee,

heute ich aufwachen traurig. Aber kein Problem! Kommt wieder OK! Nur dein Vater ist sehr böse auf dich. Er sagt du «bohem». Was ist das? Er sagt, du gehst nach Rom und bewarst nicht das Geheimnis. Er nennt dich schlimmes Wort auf Koreanisch. Er sagt, wahrscheinlich du mit schwarze Mann zusamen. So ein Schock! Er sagt, nur Bohemleute gehen nach Europa und Bohemleute sind schlechte Menschen. Er sagt, vieleicht er hört auf mit Podiatrie und wird Maler, weil das was er immer gewollt, aber er ist erzogen als älteste Sohn, darum er hat Verantwortung für Eltern und Brüder. Du bist älteste Schwester. Darum du hast Verantwortung. Hab ich schon gesagt. Wir sind nicht wie Amerikaner, vergiss nicht! Darum Korea ist jetzt sehr reiches Land und Amerika alles verschuldet an China. Daddy sagt, du sollst nach Hause und machen nochmal Aufnametest, aber lernen diesmal, aber vieleicht Daddy ein klein bischen unrecht, weil jetzt ist Armee auf der Straße und alles gefährlich. Reverend Cho sagt Daddy, er ist Sünder und muss von sich werfen, damit er wird innen leer und sein Herz nur voll von Jesu. Auch sagt er das er soll gehen zu Spezialdoktor und reden und vieleicht nehmen Medezin, damit er schlägt nicht. Aber Daddy sagt, Drogen nehmen ist Schande. Eunhee! Bereite dich für Aufnametest, Daddy glücklich zu machen, damit wir können wieder gute Familie sein. Bitte vergib mir weil ich schlechte Mutter und schlech-te Ehefrau.

Liebe,

Mommy

EUNI-DIOTIN UNTERWEGS: Sally, ich nehme den nächsten Flug nach Hause.

SALLYSTAR: So schlimm ist es doch gar nicht. Hör nicht auf Mommy. Sie versucht, dir ein schlechtes Gewissen einzure-den. Ich schlafe die ganze Woche bei Eunhyun. Ich muss so viel für Chemie büffeln, dass ich gar keine Zeit habe, mich damit zu beschäftigen.

EUNI-DIOTIN UNTERWEGS: Wenn du keine Zeit hast, wer kümmert sich dann um Mom? Wenn wir beide nicht da sind, gibt er ihr für JEDE KLEINIGKEIT die Schuld. Er wird sagen, dass sie uns aus dem Haus getrieben und gegen ihn aufgehetzt hat. Sie ist vollkommen schutzlos. Du weißt doch, sie würde nie die Polizei rufen, nicht mal Cousin Ha-rold, wenn er sie schlägt.

SALLYSTAR: Achte bitte auf deine Wortwahl.

EUNI-DIOTIN UNTERWEGS: Auf meine Wortwahl? Dass er sie SCHLÄGT?

SALLYSTAR: Hör auf damit. Übrigens esse ich jeden Abend bei ihnen, ich kriege also mit, was passiert. Er hat nichts Schlimmes getan.

EUNI-DIOTIN UNTERWEGS: Du meinst, er hat ihr nichts getan. Und was ist mit dir?

SALLYSTAR: Mir geht's gut. Chemie macht mich fertig.

EUNI-DIOTIN UNTERWEGS: Ich weiß genau, dass du lügst, Sally. Ich setze mich in den nächsten Flieger nach Hause, und dann werde ich sehen, was er getan hat.

SALLYSTAR: Bleib in Rom, Eunice! Du hast dir nach dem College ein bisschen Vergnügen verdient. Wenigstens eine von uns sollte glücklich sein. Und nächste Woche bin ich sowieso in Washington wegen dieser Sache, da sehe ich ihn überhaupt nicht. Mach dir keine Sorgen wegen Mommy. Solange ich weg bin, wohnt Cousine Angela bei ihnen. Sie hat Bewerbungsgespräche in der Stadt.

EUNI-DIOTIN UNTERWEGS: Was für eine Sache in Washington? Die Demo gegen die ARR?

SALLYSTAR: Ja. Aber nenn es nicht so. Ein paar Professoren haben gemeint, wir sollten es auf GlobalTeens nicht erwähnen, weil sie alles überwachen.

EUNI-DIOTIN UNTERWEGS: Hat Daddy mich eine *gyegeo-be* genannt?

SALLYSTAR: Es gab so einen verrückten Abend, da dachte er, du würdest mit einem Schwarzen schlafen. Er hat gesagt, er hätte davon geträumt. Als ob er zwischen Traum und Realität nicht mehr unterscheiden könnte.

EUNI-DIOTIN UNTERWEGS: Hast du Daddy erzählt, dass ich in Rom in der Flüchtlingsunterkunft helfe? Aber erzähl ihm nicht, dass die vor allem für albanische Frauen ist, die von Menschenhändlern verkauft wurden. Sag einfach, sie ist für Einwanderer, ja?

SALLYSTAR: Wieso?

EUNI-DIOTIN UNTERWEGS: Er soll wissen, dass ich etwas Gutes tue.

SALLYSTAR: Ich dachte, es kümmert dich nicht, was er denkt. Na egal, ich muss jetzt ein paar Texte für Euro-Klassiker überfliegen. Mach dir keine Sorgen, Eunice. Man hat nur ein Leben. Genieß es, solange du kannst! Ich sorge für Moms Sicherheit. Und bete für uns alle.

SALLYSTAR: Ach übrigens, der zinngraue Badeanzug von Cullo ist bei Padma im Angebot. Der mit dem Brustschutz, den du haben wolltest.

EUNI-DIOTIN UNTERWEGS: Ich biete schon drauf bei Ass-

Luxury. Wenn er da 100 Yuan-gekoppelte übersteigt, sag ich dir Bescheid, dann kannst du ihn bei Padma kaufen, falls er noch im Angebot ist.

11. Juni

Hi, liebstes Pony.

Ich weiß, du bist in Tahoe, ich will dich auch gar nicht belästigen, aber mit meinem Vater wird es richtig schlimm, darum komme ich nach Hause, glaube ich. Irgendwie ist es so: Je weiter ich weg bin, desto mehr meint er, sich erlauben zu können. Dass ich nach Rom gegangen bin, war ECHT ein Fehler. Ich weiß nicht, ob ich Fort Lee ertragen kann, darum dachte ich, ich schlage mein Lager erst mal irgendwo in New York auf und fahre bloß an den Wochenenden hin. Weißt du noch, diese Freundin, die du mal hattest, die mit dieser richtigen Old-School-Dauerwelle? Joy Lee oder so? Kann ich mich wohl bei der einquartieren? Ich kenne eigentlich niemanden in New York, die sind alle in L.A. oder im Ausland. Vielleicht muss ich bei diesem alten Knacker einziehen, Lenny. Er schickt mir ständig so lange Teens, in denen steht, wie toll er meine Sommersprossen findet und dass er mir Auberginen braten will.

Von Ben habe ich mich getrennt. Es war einfach zu viel. Er hat einen so schönen Körper, ist so klug und so ein aufsteigender Stern im Kreditwesen, dass er mir total Angst macht. Ich könnte ihm nie zeigen, wer ich wirklich bin, da würde er kotzen. Ich weiß, zum Teil muss er von meinem viel zu fetten Körper völlig angewidert sein. Und wenn ich ihn mies behandle, dann guckt er manchmal so in die Gegend, als ob er denkt: «Ich glaube, ich habe genug von dieser verrückten Schlampe.» Es ist so traurig. Ich heule schon seit Tagen. Heule wegen meiner Familie und heule wegen Ben. O Gott, tut mir leid, Pony. Ich ziehe dich total runter.

Das Komische ist, ich habe in letzter Zeit oft an Lenny gedacht, den alten Knacker. Ich weiß, körperlich ist er eklig, aber er hat auch was ganz Süßes, und ehrlich gesagt brauche ich jemanden, der sich um mich kümmert. Bei ihm fühle ich mich sicher, weil er so ganz und gar nicht mein Traumtyp ist, und kann ich selbst sein, weil ich ihn nicht liebe. Vielleicht geht es Ben ja mit mir genauso. Ich hatte so eine Sexphantasie, dass ich mit Lenny schlafe und dabei versuche, seine Peinlichkeit einfach auszublenden und bloß seine sehr ernsthafte Liebe zu genießen. Hast du so was schon mal gemacht, Pony? Verkauf ich mich etwa unter Wert? Als wir in Rom so eine wunderhübsche Straße entlangspaziert sind, fiel mir auf, dass Lenny sein Hemd total falsch geknöpft hatte, und da habe ich es einfach richtig geknöpft. Ich wollte ihm bloß helfen, weniger trottelig zu sein. Ist das nicht auch eine Form von Liebe? Und als er beim Essen mit mir geredet hat, also normalerweise höre ich ja genau zu, wenn ein Typ redet, versuche mir eine Antwort zu überlegen oder mich jedenfalls angemessen zu verhalten, aber bei ihm hab ich irgendwann einfach nicht mehr hingehört, sondern bloß noch geschaut, wie sich seine Lippen bewegen, auf die Speichelblasen an seinen Lippen, auf seinen dämlichen Bartstoppeln, weil er beim Erzählen so ERNSTHAFT war. Und ich dachte bei mir, wow, Lenny, irgendwie bist du schön. Du bist das, was Prof. Margaux im Selbstsicherheits-Seminar immer «einen echten Menschen» genannt hat. Ach, ich weiß auch nicht. Bei ihm überlege ich immer hin und her. Manchmal denke ich: Auf keinen Fall, das kann niemals funktionieren, ich finde ihn einfach nicht aktiv. Aber dann denke ich daran, wie er mich geleckt hat, bis er kaum noch Luft kriegte, der Arme, und wie ich einfach die Augen schließen und so tun konnte, als wären wir beide jemand anders. O Gott, hör mich bloß an. Jedenfalls vermisse ich dich so sehr, Pony. Echt. Komm bitte nach New York. Ich brauche im Augenblick alle Liebe, die ich kriegen kann.

RATEME PLUS
Aus dem Tagebuch des Lenny Abramov

12. Juni

Liebes Tagebuch,

Gott, wie ich sie vermisse. Noch keine Nachricht von meiner Euny, keine Antwort auf meine Aufforderung, hierherzuziehen und sich mit knoblauchigen Auberginenleibern verwöhnen zu lassen, mit meinen geübten Erwachsenenzärtlichkeiten, mit allem, was mein Konto noch hergibt, nachdem Howard Shu mir 239 000 Yuan-gekoppelte Dollar abgebucht hat. Aber ich gebe nicht auf. Jeden Tag hole ich meine handgeschriebene Checkliste hervor und erinnere mich an Punkt 3, der mir auferlegt, Eunice zu lieben, bis der gefürchtete «Lieber Lenny»-Brief auf GlobalTeens erscheint und sie mit irgendeinem heißen Kredit- oder Medientypen durchbrennt, irgendeinem hirnlosen Deppen, der so auf ihr Aussehen abfährt, dass er gar nicht erkennt, wie sehr diese winzige Frau vor seiner Nase Trost und Heilung nötig hat. Auf der anderen Seite der Medaille hinterlassen die Abramovs inzwischen lauter trostlose Botschaften auf GlobalTeens, und die analphabetischen Betreffzeilen wie «ich und mammi traurich» oder «ich sorge» oder «ohne sohn lebn einsahm» erinnern mich daran, dass es für Punkt 5 – Nett zu den Eltern sein – fast schon Zeit ist. Ich muss mich bloß erst ein bisschen selbstsicherer fühlen, mein Leben und vor allem meine Finanzen in den Griff kriegen – immer ein heikles Thema bei den geizigen Abramovs –, ehe ich mich nach Long Island aufmache und sie in ihrer florierenden reaktionären Umgebung aufsuche.

Apropos Geld, ich war bei meiner HSBC-Filiale am East Broadway, wo mir eine hübsche, junge Dominikanerin mit faulenden Zähnen einen Überblick über die Entwicklung meiner Finanzinstrumente gab. Die war, kurz gesagt, beschissen.

Mein AmericanMorning-Portfolio wurde zwar an den Yuan gekoppelt, hatte aber dennoch zehn Prozent an Wert verloren, weil die Idioten von Fondsmanagern ohne mein Wissen den Rohrkrepierer ColgatePalmoliveYum!Brands-ViacomCredit eingestreut hatten, und BRIC, mein risiko-armer Mischfonds aus Unternehmen wirtschaftsstarker Nationen (*B*rasilien, *R*ussland, *I*ndien, *C*hina), hatte wegen der Unruhen um Putingrad im April und wegen der brasilianischen Wachstumsdelle nach der amerikanischen Invasion in Venezuela nur 3 Prozent zugelegt. «Ich glaub, ich scheiß gleich ein BRICett», sagte ich zu Maria Abriella, meiner Depotmanagerin.

Ms. Abriella bat mich, auf einen alten Computerbildschirm zu schauen. Ich ignorierte die kapriziös flackernden Dollarsummen und konzentrierte mich auf die stetigeren, an Euro oder Yuan gekoppelten Werte. Ich nannte etwa 1 865 000 Yuan mein Eigen; vor meinem Aufbruch nach Europa waren es noch fast 2,5 Millionen gewesen. «Sie ham Spitznkredit, Mr. Lenny», sagte sie mit ihrer heiseren Kettenraucherinnenstimme. «Wenn Sie Patriot sein wolln, sollten Sie Geld leihn und sich noch ne Wohnung zulegn, so als Inves'tion.»

Noch eine Wohnung? Meine Fonds bluteten aus. Ich wandte mich von Ms. Abriellas schönen, wie Möwenflügel geschwungenen Lippen ab, als hätte sie mich geohrfeigt, und ließ mich vom Tod überschwemmen: Der Corned-Beef-Duft meines feuchten Nackens würde erst einem wie Dampf von meinen Schenkeln und Achselhöhlen aufsteigenden Altmänneraroma weichen und dann dem finalen, überreifen Gestank der Hospizjahre in Arizona, wo man mich mit Putzmittel abreibt, als wäre ich ein kranker alter Elefant.

Geld ist gleich Leben. Nach meiner Schätzung würden sogar die vorbereitenden Beta-Behandlungen, zum Beispiel die Transfusion von SmartBlood in meinen lachhaften Blutkreislauf, im Jahr an die drei Millionen Yuan kosten. Mit jeder in Rom verbrachten Sekunde, in der ich mich herzlich an der Architektur erfreut, hingerissen Fabrizia gevögelt und täglich genug Glukose zu mir genommen hatte, um einen kubanischen Zuckerrohrfarmer umzubringen, hatte ich die Mautstraße zu meinem Ableben weiter gepflastert.

Und jetzt gab es nur noch einen Menschen, der meinem Leben eine Wende geben konnte.

Was mich wieder zu Punkt 1 bringt: Sich für Joshie ins Zeug legen. Ich glaube, diesbezüglich liege ich ganz gut im Rennen. Die erste Woche bei den Posthumanen Dienstleistungen ist vorbei, und es hat sich nichts Schreckliches ereignet. Howard Shu hat mich noch nicht aufgefordert, in der Aufnahme tatsächlich irgendwelche Dinge zu tun; stattdessen habe ich die Woche in der Eternity Lounge abgehangen und mit meinem kieselglatten neuen Äppärät 7.5 mit RateMe-Plus-Technologie herumgespielt, den ich jetzt stolz wie einen Anhänger um den Hals trage, habe von CrisisNet endlose Updates zum Kampf meines Landes um Zahlungsfähigkeit bekommen und nebenbei vor meinen jungen Todfeinden all meine Ängste und Hoffnungen abgeladen – habe von der Liebe meiner Eltern erzählt, die immer entweder zu viel oder zu wenig war, und davon gesprochen, wie sehr ich Eunice Park *will* und *brauche*, obwohl sie so viel hübscher ist, als ich es verdiene –, ja im Großen und Ganzen versuchte ich, diesen Kindern der Open-Source-Generation zu zeigen, wie viele Informationen so ein alter «Intro» wie ich mit ihnen zu teilen bereit ist. Bisher ernte ich vor allem Zurufe wie «eklig» oder «krank» oder «IGIMGK», was, wie ich inzwischen ja weiß, so viel wie «Ich glaub, ich muss gleich kotzen» heißt, aber ich habe auch herausgefunden, dass Darryl, der Typ im SUK-DIK-Einteiler mit dem roten Halstuch, in seinem GlobalTeens-Stream «101 Leute, die uns leidtun sollten» nette Sachen über mich gepostet hat. Gleichzeitig hörte ich das Ticker-ticker-ticker der Anzeigetafeln, wo gerade Darryls Stimmungsbarometer von «positiv/kreativ/bringt sich ein» auf «nervt Joshie schon die ganze Woche zu Tode» in den Keller fiel. Sein Cortisolspiegel ist ebenfalls untragbar. Noch ein bisschen mehr Stress für ihn, und ich kriege meinen Schreibtisch wieder. Das alles jedenfalls kann man als Fortschritt werten, und bald fange ich in der Aufnahme an, stelle meinen Wert unter Beweis und versuche, Joshies Zuneigung zu monopolisieren und rechtzeitig zur traditionellen Tempeh-Gemüsepfanne am Labor Day meinen Status als Schwergewicht im Haus zurückzuerlangen. Außerdem habe ich eine ganze Woche lang keine Bücher gelesen oder allzu laut über sie geredet. Ich lerne, das Display meines neuen Äppäräts zu verehren, sein farbenfroh pulsierendes Mosaik, die Tatsache, dass er jedes hinterletzte Detail über die Welt weiß, während meine Bücher doch immer bloß die Gedanken ihrer Autoren kennen.

Zwischendurch kam das Wochenende, und halleluja! – ich beschloss, den Samstagabend dem Punkt 4 meiner Liste zu widmen: Sich um Freunde kümmern. Mit einem hat Joshie recht: Gute Beziehungen machen einen gesünder. Und es geht nicht nur darum, sich umsorgen zu lassen, sondern diese Sorge erwidern zu lernen. Für mich hieß das vor allem, dass ich das Widerstreben des Einzelkinds überwinden musste, sich vollkommen auf die Welt anderer Menschen einzustellen. Seit ich zurück bin, habe ich meine Kumpel nicht gesehen, weil sie wie alle, die noch in New York arbeiten, völlig wahnwitzige Arbeitszeiten haben, aber schließlich fassten wir den Plan, uns im «Cervix» zu treffen, einer neuerdings hippen Bar im neuerdings hippen Staten Island.

Ehe ich die 70 Quadratmeter meiner Wohnung verließ, gab ich den Namen meines ältesten Medienfreundes, Noah Weinberg, in meinen Äppärät ein und erfuhr, dass er unser Wiedersehen live auf seinem GlobalTeens-Stream «The Noah Weinberg Show!» übertragen wollte, was mich zuerst nervös machte, aber andererseits muss ich mich genau an solche Dinge ja gewöhnen, wenn ich es in dieser Welt zu etwas bringen will. Also zog ich schmerzhaft enge Jeans und ein flammend rotes Hemd an, auf dessen Brustpartie ein gestickter Strauß weißer Rosen prangte. Ich wünschte, Eunice wäre da, um mir zu sagen, ob das meinem Alter angemessen war. Für natürliche Grenzen scheint sie ein gutes Gespür zu haben.

Unten im Foyer bemerkte ich die Blaulichter eines Rettungswagens stumm auf der Grand Street blinken, was auf einen weiteren Todesfall im Gebäude hindeutete, eine weitere Einladung, in Teaneck oder New Rochelle im Haus eines trauernden Sohnes Schiwa zu sitzen, eine weitere Wohnung, die auf der Pinnwand der Eigentümergemeinschaft zum Verkauf angeschlagen war. Ein einsamer Rollstuhl stand im antiseptischen cremefarbenen 1950er-Jahre-Dekor des Foyers. Hier in der Natürlich Gewachsenen Ruhestands-Gemeinschaft ist Immobilität ein Dauerthema, ich stellte mich also auf eine generationenübergreifende Begegnung ein, rechnete damit, den alten

Burschen in die frühabendliche Sonne hinausschieben und ein paar Brocken vom Jiddisch meiner Großmutter ausgraben zu müssen.

Ich wich zurück. Im Rollstuhl saß eine Leiche, nachlässig in einen undurchsichtigen Plastiksack gehüllt, der Kopf gekrönt von einer spitz aufragenden Lufttasche. Der Leichensack klebte fest an schmalen Männerhüften, und der Verstorbene war leicht vornübergebeugt, wie beim vergeblichen christlichen Gebet.

Empörend! Wo waren seine Pfleger? Wo die Rettungssanitäter? Ich wollte mich hinknien und, entgegen meinen unmittelbaren Impulsen, dem ehemaligen Lebewesen, das in seiner widerlichen Plastikhülle erkaltete, Trost schenken. Ich betrachtete die kleine, über dem Kopf des Toten eingeschlossene Luftblase, als wäre sie sein sichtbar gemachter letzter Atemzug, und spürte Brechreiz aus dem Bauch aufsteigen.

Schwindelig ging ich hinaus in die stickige Junihitze, auf die Sanitäter zu, die beide neben ihrem blinkenden Fahrzeug mit der Aufschrift «Amerikanische Medezinische [sic] Versorgung» rauchten. «Bei mir im Foyer sitzt ein Toter», sagte ich zu ihnen. «In einem Scheißrollstuhl. Habt ihr einfach da stehenlassen. Was von Respekt gehört, Jungs?»

Ihre Gesichter waren unerheblich, beschädigt, irgendwie lateinamerikanisch. «Nächster Verwandter?», fragte einer und nickte vage in meine Richtung.

«Spielt das eine Rolle?»

«Er will ja nirgendwo hin, Sir.»

«Es ist widerwärtig», sagte ich.

«Ist bloß der Tod.»

«Trifft jeden, Paco», fügte der andere hinzu.

Ich versuchte, ein wutverzerrtes Gesicht zu machen, doch man sagt mir immer, dabei sähe ich wie eine wahnsinnige Alte aus. «Ich rede davon, dass ihr *raucht*», sagte ich, doch mein Vorwurf erstarb rasch in der feuchten Luft.

Nichts auf der Grand Street konnte mir Trost bieten. Nichts veranlasste mich zu feiern, was ich hatte (Punkt 6). Weder das pralle inwendige Leben der spärlich bekleideten Latinokinder noch der Geruch des frisch zubereiteten *arroz con pollo*, der aus dem altehrwürdigen Castillo del Jagua II wehte. Ich rief noch einmal «Die Noah Weinberg Show!» auf und hörte, wie mein Freund sich über die jüngste Niederlage unserer Armee in Venezuela lustig machte, doch ich konnte den komplizierten Einzelheiten nicht folgen. Ciudad Bolívar, der Orinoco, durchschossene Panzerung, ein Blackhawk am Boden – was sollte mir das alles sagen, da ich jetzt ein mögliches Ende meines Lebens vor mir sah: allein, in einem Sack, in meiner eigenen Wohnanlage, vornübergebeugt in einem Rollstuhl, zu einem Gott betend, an den ich nie geglaubt hatte? Just in dem Moment ging ich an der ockerfarbenen Großspurigkeit von St. Mary's vorbei und sah eine hübsche, wenn auch ein wenig rundliche, breithüftige Frau, die sich vorm Kirchenportal bekreuzigte und ihre Faust küsste; ihre Bonität blinkte auf dem nächsten Kreditmast auf: abgrundtiefe 670. Ich wollte sie ansprechen, ihr die Narrheit ihrer Religion vor Augen führen, ihre Ernährungsweise ändern, ihr helfen, weniger für Make-up und andere Nebensächlichkeiten auszugeben, sie dazu bringen, statt einer schlimm durchlöcherten Gottheit jeden biologischen Augenblick zu ehren, der ihr vergönnt war. Außerdem wollte ich sie aus irgendeinem Grund küssen, das Leben spüren, das durch diese vollen katholischen Lippen pulsierte, mich an den Primat des Animalischen erinnern, an meine Zeit in Rom.

Ich musste meinen Stresspegel herunterfahren, bevor ich meine Freunde traf. Auf dem Weg zur Fähre skandierte ich Punkt 4 vor mich hin, sich um Freunde kümmern, sich um Freunde kümmern, denn ich brauchte sie an meiner Seite, wenn der Rettungswagen der «Amerikanischen Medezinischen [sic] Versorgung» irgendwann meinetwegen vor der Grand Street 575 halten würde. Im Widerspruch zu meiner Überzeugung, dass jedes Leben, das mit dem Tod endet, im Grunde sinnlos ist, war es mir ein Anliegen, dass meine Freunde den Plastiksack öffneten und einen letzten Blick auf mich warfen. Irgendjemand musste sich an mich erinnern, und waren es im riesigen Wartesaal der Zeit auch nur ein paar weitere Minuten.

Mein Äppärät machte *ping*.

CrisisNet: DOLLAR VERLIERT AN DER LONDONER BÖRSE ÜBER 3% UND SCHLIESST AUF HISTORISCHEM TIEFSTWERT VON $8,64 PRO EURO VOR US-BESUCH DES CHINESISCHEN ZENTRALBANKCHEFS; LIBOR-SATZ FÄLLT UM 57 BASISPUNKTE; DOLLAR GEGENÜBER YUAN UM 2,3% ABGEWERTET AUF 1¥ = $4,90

Ich musste wirklich mal herauskriegen, was dieses LIBOR-Dings war und wieso es um 57 Basispunkte fiel. Aber mal ehrlich: wie wenig mich diese komplizierten ökonomischen Details interessierten! Wie gern ich mich anstelle dieser Fakten einem stinkigen alten Buch oder dem Schoß eines hübschen jungen Mädchens widmen würde! Warum war ich nicht in eine bessere Welt hineingeboren worden?

Die Nationalgarde war in großer Stärke am Fährterminal der Staten Island Ferry aufmarschiert. Eine Horde armer Sachbearbeiterinnen in weißen Turnschuhen, die knackenden Knöchel von durchsichtigen Strumpfhosen bedeckt, wartete geduldig vor den Sandsäcken eines Checkpoints am Einstieg zur Fähre. Ein Schild der Amerikanischen Restaurationsregierung warnte uns, es sei «VERBOTEN, DIE EXISTENZ DIESES CHECKPOINTS (DES «OBJEKTS») ZUR KENNTNIS ZU NEHMEN. INDEM SIE DIESES SCHILD LESEN, LEUGNEN SIE DIE EXISTENZ DES OBJEKTS UND STIMMEN DIESER VEREINBARUNG ZU.»

Gelegentlich wurde jemand von uns an die Seite gezerrt, und ich machte mir Sorgen wegen des Otters, der mich in Rom kaltgestellt hatte, wegen des Arschlochs, von dem ich im Flugzeug gefilmt worden war, wegen des Sternchens, das sich weiterhin zeigte, wenn auf den Kreditmasten meine stattliche Bonität aufleuchtete, wegen der immer noch verschwundenen Nettie Fine (keine Antwort auf meine täglichen Nachrichten, und wenn sie meine amerikanische Mama drankriegen konnten, wie viel eher dann noch meine *wirklichen* Eltern?). Männer in Zivil scannten unsere Körper und unsere Äppäräte mit einem Gerät, das wie ein kleiner Schlauchfortsatz eines altmodischen Electrolux-Staubsaugers aussah, und forderten uns auf, ihr Tun gleichzeitig zu leugnen und ihm zuzustimmen. Die Passagiere nahmen das offenbar ganz selbstverständlich hin, besonders still und folgsam die coolen Kids aus Staten Island, die in ihren Kapuzenpullovern ein wenig bibberten. Ich hörte, wie einige junge Farbige einander zuflüsterten: «Leugnen, Mann, und zustimmen», aber die älteren Frauen brachten sie rasch zum Schweigen, indem sie «Restau'tions'gierung!» und «Gibt gleich was aufs Maul, Junge» zischten.

Vielleicht hatte Howard Shu es hingebogen, jedenfalls wurde ich am Checkpoint nicht angehalten.

Nachdem ich auf der anderen Seite von Bord gegangen war, holte ich tief Luft für den Fußmarsch über Staten Island. Die Hauptstraße, der Victory Boulevard, steigt steil an wie die Straßen von San Francisco. Diese Teile von Staten

Island – St. George und Tompkinsville – waren mal total abgemeldet gewesen. Hier wurden bloß arme Immigranten angespült, aus Polen, Thailand, Sri Lanka und vor allem Mexiko. Sie arbeiteten in den Restaurants der jeweiligen Landesküche und betrieben außerdem staubige Lebensmittelgeschäfte, Geldwechselstuben und 20-Centavo-die-Minute-Telefonläden. Davor lungerten Schwarze in dicken Daunenjacken herum und stolperten schlaftrunken über Milchflaschenkisten. Ich erinnere mich so gut an diese Gegend, weil meine Kumpel und ich gleich nach dem Examen immer die Fähre genommen haben und in so ein sri-lankisches Restaurant mit scharfer Küche eingefallen sind, wo man für neun Dollar einen unfassbaren Garnelenpfannkuchen und irgendeinen himmlischen roten Fisch bekam, während einem Babykakerlaken an den Hosenbeinen hochkrabbelten und einem das Bier wegtrinken wollten. Inzwischen waren das sri-lankische Restaurant, die Kakerlaken, die schläfrigen Minderheiten natürlich verschwunden, verdrängt von Bohemiens, die – halb Mensch, halb Handy – ihre Kinderwagen den Buckel des Victory Boulevard hinauf- und hinunterschubsen, während die Jugendlichen aus dem nahen New Jersey in ihren Hyundai-Reisraketen an den unverschämt teuren viktorianischen Häusern entlang cruisen und sich wünschen, sie hätten einen Job in Medien oder Kredit.

Das Cervix ist genau so, wie man es von einer der bescheuerten Altherren-Bars auf Staten Island erwartet, die zu einem Treff für Medien- und Kreditfiguren aufgehübscht und rausgeputzt wurden: unechte Ölgemälde aus uralten Hobbykellern, heiße Bräute Anfang zwanzig, die nach Zusatzreizen für ihr elektronisches Leben suchen, halbhippe Typen in verzweifelt coolen Klamotten, die auf Ende dreißig zugehen oder schon tief ins Folgejahrzehnt vorgedrungen sind. Meine Jungs passten genau ins Bild. Da saßen sie um einen Tisch, ihre Äppäräte in der Hand, sprachen in den Hemdkragen und tippten gleichzeitig Content in ihre perlenglatten Geräte, zwei dunkel gelockte Köpfe, die der Welt um sie her keinerlei Beachtung schenkten: Noah Weinberg und Vishnu Cohen-Clark, wie ich ehemalige Studenten der Institution, die früher New York University hieß, dieser unverzichtbaren lokalen Bildungsanstalt für einigermaßen kluge Männer und Frauen, wie ich Liebesleidende, wie ich Freunde würziger Worte und endloser Obskuritäten, wie ich Reisende ins dunkle, schlecht geschmierte Drecksloch des Lebens.

«Meine Nee-ger!», rief ich. Sie hörten mich nicht. «Meine *Nee*-ger!»

Noah sprang auf, nicht mehr so wie früher an der Uni mit ehrgeizigem Sprintersprung, aber doch schnell genug, dass er den Tisch beinahe umwarf. Mit dem unvermeidlichen dämlichen Grinsen – den gleißenden Zähnen, dem schwadronierenden Lügenmaul, den begeistert glänzenden Augen – drehte er das Kameraauge seines Äppäräts in meine Richtung, um mein schwerfälliges Eintreffen aufzunehmen. «Hoch die Köpfe, *manitos*, da kommt er!», brüllte er. «Zieht den Finger aus dem Arsch und macht euch locker. Das hier gibt es *exklusiv* in der ‹Noah Weinberg Show!› Die Ankunft unseres ganz persönlichen Spitzen-Nee-gers, zurück von einem Jahr schwachsinniger Selbstfindung in Rom, Italia. Wir streamen euch das live, Leute. Er kommt hier in Echtzeit zu uns an den Tisch! Das alberne Lächeln besagt: ‹Hey, ich bin auch bloß einer von euch!› Dreiundsiebzig Kilo Aschkenase der zweiten Generation, Marke ‹Meine Eltern sind arme Einwanderer, deshalb müsst ihr mich einfach lieben›: Lenny ‹Der clevere Freak› Abramov!»

Ich winkte Noah und, zögerlich, auch seinem Äppärät

zu. Vishnu kam mir mit ausgebreiteten Armen und reiner Freude im Gesicht entgegen – ein Mann, dessen knapp unterdurchschnittliche Größe (ein Meter dreiundsiebzig) und moralische Wertvorstellungen meinen eigenen ungefähr entsprachen, ein Mann, dessen Frauengeschmack – eine zurückhaltende, intelligente junge Koreanerin namens Grace, die ebenfalls eine gute Freundin von mir ist – ich nur begrüßen kann. «Lenny», sagte er und verweilte bei den beiden Silben meines Namens, als wären sie bedeutsam. «Wir haben dich vermisst, Kumpel.» Diese einfachen Worte trieben mir die Tränen in die Augen und veranlassten mich, ihm etwas leicht Peinliches ins Ohr zu flüstern. Er trug den gleichen SUK-DIK-Einteiler wie mein junger Kollege bei den Posthumanen Dienstleistungen, allerdings war sein Kinn unrasiert und grau, und seine Augen waren müde und blutunterlaufen, sodass man ihm sein Alter ansah. Wir drei umarmten einander irgendwie übertrieben, mit Händen auf dem Hintern und Gewedel der Geschlechtsteile. Als wir Heranwachsende waren, hatten Jungsfreundschaften strenge Regeln und enge Grenzen, was wir in heutigen permissiven Zeiten kompensieren können, und oft schon habe ich mir gewünscht, dass unsere derben Sprüche und rohen Posen in Wirklichkeit ein Code für Zuneigung und Verständnis sind. In manchen Männergesellschaften besteht ja die gesamte Kultur aus Slang und rituellen Umarmungen, ergänzt durch gelegentliche Rufe zu den Waffen.

Während ich also meinen beiden Jungs auf die Schultern klopfte, bemerkte ich, dass wir uns heimlich gegenseitig nach Zeichen des Verfalls beschnüffelten und dass Noah und Vishnu ein herbes Deodorant aufgelegt hatten, vielleicht um ihren veränderten Geruch zu kaschieren. Wir alle hatten die vierzig fast erreicht, ein Alter, in dem das Draufgängertum der Jugend und das Versprechen glorreicher Taten, das uns einst zusammengehalten hatte, langsam verblassten und unsere Körper allmählich Haare verloren, erschlafften, schrumpften. Wir waren immer noch so freundlich und besorgt umeinander, wie man das von einer Gruppe Männer nur erwarten kann, aber ich nahm an, selbst das Schlurfen in Richtung Erlöschen würden wir als Wettbewerb betreiben, ja dass manche von uns schneller schlurfen würden als andere.

«Zeit für Schadensreduzierung», sagte Vishnu. Ich konnte mir immer noch nicht vorstellen, was zum Teufel diese «Schadensreduzierung» bedeuten sollte, obwohl die Jugendlichen in der Eternity Lounge von nichts anderem sprachen. «Was will der Wanderjuden-Nee-ger haben? Leffe Brune oder Leffe Blonde?»

«Für mich ein Blondes», sagte ich und warf ihm einen Zwanzig-Dollar-Schein mit Silberfaden und dem holografischen Aufdruck *«Backed by Zhongguo Renmin Yinhang/ People's Bank of China»* hin, in der Hoffnung, dass man die Getränke hier mit nicht an den Yuan gekoppelten Dollars bezahlen könnte, sodass mir ordentlich Wechselgeld herausgegeben würde. Doch Vishnu warf das Geld sofort zurück und schenkte mir sein freundliches Lächeln.

«Mein Nee-ger, ich bitte dich.»

Noah holte wie ein geübter Redner tief und demonstrativ Luft. «Okay, *putas* und *huevóns*. Ich streame euch das weiterhin direkt zu. Punkt acht Uhr. Rubenstein-Zeit in Amerika. Ein verfickter überparteilicher Abend hier in der Volksrepublik Staten Island, und Lenny Abramov hat gerade ein belgisches Bier für sieben an den Yuan gekoppelte Dollar bestellt.»

Noah richtete das Kameraauge seines Äppäräts auf mich und etablierte mich damit als Thema seiner Abendnachrichten. «Der Nee-ger muss uns alles erzählen», sagte Noah.

«Der zurückkehrende Nee-ger muss unsere Zuschauer auf-
klären. Fang am besten mit den Frauen an, die du in Italien
gepoppt hast.» Er wechselte ins Falsett: «‹Fick-e mich-e,
Leonardo! Fick-e mich-e gleich, du starrrker Jud!› Dann
wollen wir Pasta-Tipps hören. Texte mich voll, Lenny.
Entwirf mir das Bild vom einsamen Abramov, der in seiner
Stamm-Trattoria Nudeln schlürft. Und dann den ganzen
Scheiß über die Rückkehr des verlorenen Nee-gers. Wie
fühlt sich das an, wenn man als sanfter, nichtsahnender
Lenny Abramov in Rubensteins Einparteien-Amerika zu-
rückkommt?»

So wütend und bitter war Noah nicht immer gewesen,
seine Bemühungen wirkten inzwischen etwas unverhältnis-
mäßig, als merkte er nicht mehr, wie deutlich die Parallele
zwischen seinem persönlichen Abstieg und dem Niedergang unserer Kultur und unseres Gemeinwesens war. Bevor
die Verlagsindustrie zusammenbrach, hatte er einen Roman
veröffentlicht, einen der letzten, den man tatsächlich in
einem Medienladen kaufen konnte. Neuerdings machte
er «Die Noah Weinberg Show!», finanziert von insgesamt
sechs Sponsoren, die er im Laufe seiner Tiraden nebenbei
zu erwähnen versuchte – einem mittelgroßen Escort-Ser-
vice in Queens, mehreren ThaiSnak-Filialen im gepflegten
Teil von Brooklyn, einem ehemaligen überparteilichen
Parteipolitiker, der inzwischen Sicherheitsberatung für WapachungKrise, die schwerbewaffnete Sicherheitsabteilung
meines Arbeitgebers, machte, und der Rest fällt mir jetzt
nicht ein. Die Show wurde täglich etwa fünfzehntausend-
mal aufgerufen, was bei professionellen Medienschaffen-
den untere Mittelklasse hieß. Seine Freundin Amy Greenberg ist eine ziemlich bekannte Medienhure, die ungefähr
sieben Stunden täglich live über ihre Gewichtsprobleme
streamt. Vishnu hingegen ist Schuldenbomber für Colgate-

PalmoliveYum!BrandsViacomCredit, lungert also an Stra-ßenecken herum und bespielt die Äppäräte von Passanten mit Images ihrer selbst, wie sie sich neu verschulden.

Auf Rechnung des Schuldenbombers wurden jetzt drei Weizenbiere mit hohem Triacylglycerinanteil auf den Tisch geknallt. Ich legte also mit meiner Nachbereitung los und versuchte, die Jungs mit Geschichten über meine komische, schmutzige, interkulturelle Romanze mit Fabrizia zu unter-halten, zeichnete mit den Fingern die Umrisse ihrer Mu-schi nach. Ich schwärmte poetisch über das frische Knob-laucharoma des altweltlichen *ragù* und bemühte mich, in ihnen die Liebe zum römischen Triumphbogen zu wecken. Doch in Wahrheit war es ihnen egal. Die ganze Welt, die sie brauchten, lag direkt um sie her, flackerte und piepte, und sie verlangte all ihre Kraft und Konzentration. Noah, der Einmal-Romancier, konnte sich Rom wahrscheinlich auch anders als unmittelbar heutig vorstellen, konnte Seneca und Vergil, den *Marmorfaun* und *Daisy Miller* vor seinem geistigen Auge heraufbeschwören. Doch selbst er schien kaum beeindruckt, linste ungeduldig auf seinen Äppärät, der von mindestens sieben verschiedenen Informations-strömen überquoll, Zahlen, Buchstaben, Images stapelten sich auf seinem Display, glitten und strudelten umeinander wie früher einmal die Wasser des Tiber. «Wir verlieren Zu-schauer», flüsterte er mir zu. «*Niente* über Roma, *capisce?*» Und dann, mit ganz leiser Stimme: «Humor und Politik. Klar?»

Ich kürzte also meine Beschreibung der weiten, von der frühmorgendlichen Sonne durchfluteten Pantheon-Kuppel ab, da drehte Noah die strähnigen Überreste seiner Vorder-kopfbehaarung in meine Richtung und sagte: «Na schön, Nee-ger, folgende Situation. Du musst entweder Mutter Teresa oder Margaret Thatcher ficken …»

Vishnu und ich lachten im richtigen Maß und lächelten unserem Wortführer zu. Mit erhobenen Händen erkannte ich die Niederlage an. Nur so konnten Männer noch miteinander reden. So zeigten wir einander, dass unsere Freundschaft noch echt, dass unser Leben noch nicht ganz zu Ende war. «Maggie Thatcher in Missionarsstellung», sagte ich. «Von hinten definitiv Mutter Teresa.»

«Du bist *so* medien», sagte Noah, und wir hieben die Fäuste gegeneinander.

Von dort wechselte das Gespräch zu *Threads*, einem BBC-Kultfilm über den atomaren Holocaust, dann weiter zur Musik des frühen Dylan, dann zu einem neuen Smart-Schaum gegen Genitalwarzen, zu Verteidigungsminister Rubensteins jüngstem Gestümper in Venezuela («Gibt doch nichts Paradoxeres als einen jüdischen Despoten, habe ich recht, *pendejos*?», sagte Noah), zum Beinahebankrott der AlliedWasteCVSCitigroupCredit, zum daraufhin fehlgeschlagenen Rettungsversuch durch die Bundesbank, zu unseren schwächelnden Portfolios, zum «Wah-Woh»-Geräusch der sich schließenden Zugtüren der Linie 6 im Vergleich zum resignierten «Schiiisch»-Gezisch der «L»-Bahn, zum Leben und bizarren Tod des abseitigen Komikers Pee-wee Herman und schließlich zu dem unlösbaren Problem, dass wir bald wie die meisten anderen Amerikaner auch unseren Job verlieren und zum Sterben auf die Straße geworfen würden.

«Ich könnte jetzt echt so ein Dutzend von diesen Larp-Hühnchensalaten von ThaiSnak essen», bediente Noah einen seiner Sponsoren.

Während die Retro-Musikanlage ein altes Stück von Arcade Fire anspielte, machte ich es mir mit einem weiteren schäumenden Bier gemütlich und beobachtete die Jungs auf einer Meta-Ebene. Noah war am schlimmsten gealtert. Offenbar war Gewicht von seiner fleischigen Denkerstirn in die Wangen hinabgesackt, wo es unschön schwabbelte, was ihm eine Aura von Wut und Unzufriedenheit verlieh. Früher war er mal eindeutig der Attraktivste und Erfogreichste von uns gewesen, hatte uns mit der Hälfte all unserer Freundinnen bekannt gemacht (so viele waren das allerdings nun auch wieder nicht), hatte uns mit angesagtem ethnischem Vokabular ausgestattet und uns stündlich mit einem Dutzend Nachrichten darüber versorgt, wie wir uns benehmen und was wir denken sollten. Doch es wurde jedes Jahr schwieriger, Vishnu und mich auf Linie zu halten. Die Jahre Ende dreißig, einstmals der Zenit des Erwachsenenlebens, waren inzwischen eine Zeit des Forschens und Probierens, und seine beiden Jungs hatten ihre eigenen Wege eingeschlagen.

Vishnu richtete sich auf ein Leben als cooler, schicker Loser ein, wie man es am SUK-DIK-Einteiler und den Vintage-Sneakers von Bathing Ape erkennen konnte, die sicher mindestens fünfhundert Yuan gekostet hatten, und auch an seinem übereifrigen, zu lauten Lachen über Witze, das sich anders als früher anhörte – ein seltsam hupender Laut, den er sich in meiner Abwesenheit angewöhnt hatte, ha-*haah*, ha-*haah* –, einem Lachen, das einem Leben schwindender Einkünfte entsprang, welches allerdings, sagte man mir, wie durch ein Wunder in die Heirat mit einer liebenden und vergebenden Frau namens Grace münden würde.

Was mich anging, war ich jetzt das fünfte Rad am Wagen. Die Jungs würden eine Weile brauchen, sich an meine Rückkehr zu gewöhnen. Sie warfen mir seltsame Blicke zu, als hätte ich die englische Sprache verlernt oder unserem gemeinsamen Lebensstil abgeschworen. Ich war ohnehin schon ein bisschen absonderlich, weil ich so weit draußen in Manhattan wohnte. Und nun hatte ich auch noch ein ganzes Jahr und einen guten Teil meiner Ersparnisse in

Europa verschwendet. Als Freund, als angesehenes Mitglied der technologischen Elite und, ja, als einer der «Nee-ger» musste ich meine Spitzenstellung unter ihnen als eine Art Gegenpart zu Noah wiedergewinnen. Ich musste in der Heimaterde neue Wurzeln schlagen.

Drei Dinge sprachen dabei für mich: meine angeborene russische Bereitschaft, mich zu betrinken und auf Kumpel zu machen, meine angeborene jüdische Bereitschaft, strategisch über mich selbst zu lachen, und, am beeindruckendsten, mein neuer Äppärät. «Gottverdammt, *cabrón*», sagte Noah mit einem Blick auf meinen Kiesel. «Wasndas, ein 7.5er mit RateMe Plus? Das Scheißding werde ich in *Groß*-aufnahme streamen.»

Er filmte meinen Äppärät mit seinem Äppärät, während ich einen weiteren Becher Triacylglycerin hinunterstürzte. Ein paar Mädchen von Staten Island in trendigen Retro-Klamotten aus den Tagen meiner Jugend waren aufgetaucht und sahen mit ihren schaffelligen Ugg Boots und strassbesetzten Halstüchern total medien aus; einige kombinierten die Old-School-Mode mit Onionskin-Jeans, die durchsichtig an ihren dünnen Beinen und runden rosaroten Hintern klebten und uns all ihre rasierten Geheimnisse enthüllten. Außerdem schauten sie, auf ihren Äppäräten scrollend, in unsere Richtung, unter ihnen eine hübsche Brünette mit herrlichem Schlafzimmerblick.

«Los, ficken wir», sagte Vishnu und zeigte auf die Mädchen.

«Meine Güte, mal langsam, Nee-ger», sagte ich schon leicht schleppend. «Du hast doch eine süße Maus zu Hause.» Ich schaute direkt in das Kameraauge von Noahs Äppärät: «Alles klar, Grace. Lange nicht gesehen, Baby. Siehst du das hier live?»

Die Jungs lachten mich aus. «Was für ein Idiot!», rief

Noah. «Habt ihr das gehört, meine lieben Schwanzlutscher da draußen? Lenny Abramov hat gedacht, Vishnu Cohen-Clark hätte gerade ‹Los, ficken wir› gesagt.»

«Es heißt FECen, mit F-E-C», erklärte Vishnu. «‹Los, FECen wir›, habe ich gesagt.»

«Und was soll das heißen?»

«Der klingt ja wie meine Oma in Aventura!», grölte Noah. «‹FEC? Was ist das denn? Wer bin ich? Wo ist meine Windel?›»

«Es heißt ‹Forme eine Community›», sagte Vishnu. «Was so eine Möglichkeit ist, andere Leute zu beurteilen. Und sich selbst beurteilen zu lassen.» Er nahm mir meinen Äppärät ab und schob ein paar Einstellungen hin und her, bis ein Icon mit den Buchstaben FEC auf das Display glitt. «Wenn du dieses Icon siehst, drückst du dir das EmotePad ans Herz oder sonst wohin, wo es deinen Puls fühlen kann.» Vishnu deutete auf eine Art Saugnapf hinten an meinem Äppärät, mit dem man, so hatte ich vermutet, das Gerät an den Kühlschrank oder ans Armaturenbrett heften konnte. Mal wieder daneben.

«Dann», fuhr Vishnu fort, «schaust du ein Mädchen an. Das EmotePad registriert jede Veränderung deines Blutdrucks. Daran kann sie ablesen, wie sehr du es ihr besorgen willst.»

«Also, Medienhengste und Medienhuren», sagte Noah. «Wir streamen live, wie Lenny Abramov zum ersten Mal zu FECen versucht. Das ist von zukünftiger Bedeutung, also erhöht mal bei euch die Bandbreite. Es ist wie damals, als die Brüder Wright das Fliegen lernten, nur dass keiner von beiden leicht zurückgeblieben war wie unser Lenny hier. BG, Nee-ger. Sag Bescheid, wenn ich zu weit gehe. Nein, Moment. In Rubensteins Amerika gibt es kein ‹zu weit›. Zu weit wäre das: Jemand schießt dir irgendwo im

Hinterland in den Hinterkopf, die Nationalgarde fackelt deine Leiche ab und schüttet deine Asche in das winterlich kalte Außenklo einer sicheren Beobachtungseinrichtung in Troy. Lenny glotzt mich ahnungslos an, so nach dem Motto: *Was redest du denn da?* Hier die Kurzfassung dessen, was du in deinem ‹Austauschjahr› verpasst hast, Lenny-Boy: Die Überparteilichen bilden das Amerikanische Rückerstattungsregime oder wie der Scheiß heißt, und diese ARR hat die Infrastruktur und die Nationalgarde im Sack, und die Nationalgarde hat *dich* im Sack. Huch: So was sollte man auf GlobalTeens wohl besser nicht erwähnen. Vielleicht bin ich *jetzt* zu weit gegangen!»

Mir fiel auf, dass Vishnu den Kopf aus dem Kameraaugenausschnitt von Noahs Äppärät herausbewegte, als der die ARR und die Überparteilichen erwähnte. «Na schön, Nee-ger», sagte er zu mir. «Stell deine Community-Parameter ein. Und zwar auf ‹Unmittelbare Umgebung 360°› – das deckt die ganze Bar ab. Jetzt guck ein Mädchen an und drück dir das Pad ans Herz.»

Ich schaute die hübsche Brünette an, den haarlosen Schritt, der aus ihrer durchsichtigen Onionskin-Jeans hervorleuchtete, den geschmeidigen Körper, der gebieterisch auf zwei seidenglatten Beinen thronte, ihr beunruhigtes Lächeln. Dann hielt ich mir die Rückseite meines Äppäräts ans Herz und versuchte, ihn mit meiner Wärme, meiner naturgegebenen Liebessehnsucht aufzuladen.

Das Mädchen am anderen Ende der Bar lachte sofort, ohne sich überhaupt nach mir umzudrehen. Eine Reihe Zahlen erschien auf meinem Display: «FICKFAKTOR 780/800, CHARAKTER 800/800, VORLIEBEN ANAL/ORAL/VAGINAL 1/3/2.»

«Fickfaktor 780!», sagte Noah. «Charakter 800! Der kleiiiiine Lenny Abramov ist totaaaaal verschossen.»

«Aber ich kenne ihren Charakter doch gar nicht», sagte ich. «Und woher kennt das Teil meine analen Vorlieben?»

«Der Charakterwert richtet sich danach, wie ‹extro› sie ist», erklärte Vishnu. «Guck dir das an. Über das Mädchen gibt es mehr als dreitausend Images, achthundert Streams und dazu noch so ein langes Multimediadingsbums darüber, wie ihr Vater sie missbraucht hat. Dein Äppärät vergleicht das mit all dem Zeug, das du über dich selbst eingegeben hast, und bildet daraus einen Punktwert. Du hast zum Beispiel oft was mit missbrauchten Mädchen gehabt, also weiß dein Äppärät, dass du auf so was stehst. Komm, lass mich mal dein Profil sehen.» Vishnu schob wieder ein paar Einstellungen hin und her, und schon schimmerte auf meinem warmen, kieselglatten Display mein Profil.

LENNY ABRAMOV ZIP Code 10002, New York, New York. Jahreseinkommen im Fünfjahresschnitt $ 289 420, Yuan-gekoppelt, damit unter den oberen 19 % der US-Einkommensverteilung. Derzeitiger Blutdruck 120 zu 70. Blutgruppe 0. Alter 39 Jahre, geschätzte Lebenserwartung 83 Jahre (47 % der Lebensspanne verstrichen, 53 % verbleiben). Beschwerden: hoher Cholesterinspiegel, Depressionen. Geboren: ZIP Code 11367, Flushing, New York. Vater: Boris Abramov, geboren in Moskau, HeiligPetroRussland; Mutter: Galija Abramov, geboren in Minsk, Vasallen-Staat Weißrussland. Beschwerden der Eltern: hoher Cholesterinspiegel, Depressionen. Akkumulierter Besitz: $ 9 353 000, nicht Yuan-gekoppelt, Immobilie, 575 Grand Street, Wohnung E-607, $ 1 150 000, Yuan-gekoppelt. Verbindlichkeiten: Hypothekenkredit, $ 560 330. Kaufkraft: $ 1 200 000 pro Jahr, nicht Yuan-gekoppelt. Kundenprofil: heterosexuell, Nichtsportler,

Nichtautofahrer, nichtreligiös, nicht überparteilich. Sexuelle Vorlieben: sozial inkompetente Asiatinnen/Koreanerinnen und Weiße/Irisch-Amerikanerinnen mit vermögensschwachem Familienhintergrund; Kindesmissbrauch-Anzeiger: auf Empfang, Niedriges-Selbstwertgefühl-Anzeiger: auf Empfang. Letzte Einkäufe: gebundenes, gedrucktes, nicht streambares Medienerzeugnis, € 35; gebundenes, gedrucktes, nicht streambares Medienerzeugnis, $ 126, Yuan-gekoppelt; gebundenes, gedrucktes, nicht streambares Medienerzeugnis, € 37.

«Du musst aufhören, Bücher zu kaufen, Nee-ger», sagte Vishnu. «Diese ganzen Türstopper reißen deine CHARAKTER-Werte in den Keller. Wo treibst du diesen Mist überhaupt auf?»

«Lenny Abramov, der letzte Leser auf dem Planeten!», rief Noah. Dann starrte er direkt in das Kameraauge seines Äppäräts: «Wir FECen hier jetzt ziemlich heftig, Leute. Wir bringen Lennys RateMe auf *Touren*.»

Datenströme machten sich um uns herum Zeit und Raum streitig. Das hübsche Mädchen, das ich gerade geFECt hatte, gab meine MÄNNLICHE ATTRAKTIVITÄT mit 120 von 800 Punkten an, meinen CHARAKTER mit 450 und etwas, das NACHHALTΥGKEIT hieß, mit 630. Die anderen Mädchen sendeten mir ähnliche Werte. «Verdammt», sagte Noah. «Unser verlorener Nee-ger Abramov wird niedergemacht. Sieht so aus, als ob die *chicas* hier den hebräischen Riesenzinken nicht leiden können, mit dem unser Junge geboren wurde. Und die schwabbeligen Hadassah-Arme auch nicht. Na dann, Vishnu, bewerte ihn mal.»

Vishnu drückte an meinem Äppärät herum, bis sich ein paar RANKINGS aufbauten. Er half mir, durch die Daten zu navigieren. «Von sieben Männern in dieser Community», er machte eine raumgreifende Geste, «ist Noah der drittschärfste, ich der viertschärfste, und Lenny ist Siebter.»

«Soll das heißen, ich bin der hässlichste Typ hier?» Ich fuhr mir mit den Fingern durch die Haarreste.

«Aber du hast einen anständigen Charakter», tröstete mich Vishnu, «und in Sachen NACHHALTẎGKEIT liegst du insgesamt an zweiter Stelle.»

«Immerhin ist unser Lenny ein guter *Ernährah*», sagte Noah. Mir fielen die 239 000 Yuan-gekoppelten Dollar ein, die ich Howard Shu schuldete, und ihr drohender Verlust deprimierte mich noch mehr. Geld und Bonität waren so gut wie alles, was mir derzeit geblieben war. Und natürlich mein hinreißender CHARAKTER.

Vishnu deutete mit dem Zeigefinger auf die Mädchen und übersetzte die Datenströme, die inzwischen unsere gesamte Aufmerksamkeit beanspruchten: «Die ganz links mit der Narbe am Knöchel und der kleinen Landebahn auf der Muschi, Lana Beets, hat an der Chicago Law School Jura studiert, macht jetzt eine Konsum-Ausbildung bei Saaami, dem BH-Hersteller, und verdient achtzigtausend, Yuan-gekoppelt. Die mit dem Schamlippen-Piercing heißt Annie Shultz-Heik, arbeitet im Konsum, benutzt den Smart-Schaum gegen Genitalwarzen und nimmt die Pille, und letztes Jahr hat sie dem ‹Junge Köpfe für Amerikas Zukunft – Gemeinsam werden wir die Welt verblüffen›-Fonds der Überparteilichen Partei 3000 Yuan gespendet.»

Annie war das Mädchen, die ich als Erste geFECt hatte. Die angeblich von ihrem Vater missbraucht worden war und mir für MÄNNLICHE ATTRAKTIVITÄT magere 120 von 800 Punkten gegeben hatte.

«So ist's recht, Annie», sprach Noah in seinen Äppärät. «Wähl die Überparteilichen, dann schmilzt jede deiner

Warzen schneller dahin als die Bonitätsbeurteilung unseres Landes. Sie werden so schnell verschwinden wie unsere Truppen unten in Ciudad Bolívar. Rubenstein-Zeit in Amerika, Leute. Rubenstein-Zeit.»

Ich ging Bier holen und kam an den Mädchen vorbei, aber sie waren zu beschäftigt mit den Rankings. Die Bar füllte sich langsam mit Kredittypen aus dem höheren Management in Karotten-Chinos und Oxford-Hemden. Ich fühlte mich ihnen überlegen, aber meine ATTRAKTIVITÄT· blieb auf dem letzten Rang von 37, 38, 39, 40 Männern. Als ich an Annie vorbeiging, klickte ich die Multimedia-Präsentation ihres Missbrauchs an und ließ mir die Trommelfelle von ihrem Geschrei durchbohren, während eine gepixelte, körperlose Hand über einem Image ihres nackten Körpers schwebte; ihr Geschrei ging schließlich in eine Art Litanei über, die wie das von hundert Mönchen gesungene Mantra «*Hier* hat er mich angefasst, *hier* hat er mich angefasst, *hier* hat er mich angefasst, *hier hat er mich angefasst*» klang.

Den linken Mundwinkel traurig gekräuselt, die Brauen schwer von Mitgefühl, drehte ich mich zu Annie um, doch sofort erschienen die Worte «Guck schnell woandershin, Trottel» auf meinem Äppärät. «Braucht der RAG ne Haartransplantation?», schrieb ein anderes Mädchen. (Das bedeutete nach Auskunft meines elektronischen Kiesels «Rasch alternder Greis».) «Ich kann das SA bis hierher riechen.» («Schwanz-Aroma», informierte mich mein hilfsbereiter Äppärät.) Und schließlich ein schwach tröstliches «Nette ¥¥¥, Opa».

Durch die ganze Bar waberte jetzt Datenrauch aus insgesamt neunundfünfzig Äppäräten, von denen 68 Prozent den männlichen Vertretern der Gattung gehörten. Die Männerdaten rollten über mein Display. Unser Durchschnittseinkommen pendelte sich auf respektable, aber nicht gerade erhebende 190000 Yuan-gekoppelte Dollar ein. Wir waren auf der Suche nach Frauen, die uns um unserer selbst willen mochten. Unsere Väter waren abwesend, manchmal nicht abwesend genug. Ein Mann, der als noch hässlicher als ich eingestuft wurde, rechnete sich beim Hereinkommen seine Chancen aus und machte auf dem Absatz kehrt. Ich wollte seinem kahlen, faltigen Schädel in die alles verzeihende Sommerluft hinaus folgen, doch stattdessen holte ich mir einen doppelten Whiskey und den beiden anderen ein Leffe Brune.

«Nachdem Lenny Abramov vom RateMe Plus so richtig den Arsch versohlt gekriegt hat, sucht er Trost im Alkohol», tönte Noah. Doch als er die tiefe Trübsal auf meinen Zügen sah, sagte er: «Es wird schon wieder, Lenny. Wir werden dir schon noch eine der Schlampen in die Arme treiben. Du wirst in diesem dreckigen Datenstrom noch Gnade finden.»

Vishnu legte mir die Hand auf die Schulter und sagte: «Du bedeutest uns wirklich was, Kumpel. Wie viele von diesen Kreditmanagern kriegen das schon zu hören? Wir bringen dich im Ranking nach oben, und wenn wir dafür zwei Fingerbreit deiner Nase absäbeln müssen.»

Noah: «Und deinen Johannes damit verlängern.»

«Ha-*haah*», lachte Vishnu traurig.

Ich wusste ihr Mitgefühl zu schätzen, aber gleichzeitig fühlte ich mich schlecht, weil sie so freundlich waren. Es ging doch darum, dass *ich* mich um *sie* kümmerte. Das würde dazu beitragen, mein Stressprofil zu senken, und bei meinem ACTH-Wert Wunder wirken. Inzwischen waren der doppelte Whiskey und der damit sich ankündigende schleichende Tod durch Triacylglycerin in den letzten Winkel meines Magens gesickert, und die ganze Welt trommelte wütend auf mich ein. «Eunice Park!», heulte ich in Noahs Äppärät. «Eunice, Süße. Hörst du mich da draußen? Ich vermisse dich so.»

«Wir streamen diese Emotionen live, Leute», sagte Noah. «Wir streamen Lennys Liebe zu diesem Mädchen namens Eunice Park in Echtzeit. Wir ‹spüren› die verschiedenen Ebenen seines Schmerzes im selben Augenblick wie er.»

Und da fing ich an zu schwadronieren, wie viel sie mir bedeutete. «Wir haben in einem Restaurant in der Via Giulia oder so gesessen …»

«Zuschauerrückgang», flüsterte Noah. «Keine ausländischen Eigennamen. Komm zur Sache.»

«… Und sie hat … hat mir einfach zugehört. Sie hat mir tatsächlich Beachtung geschenkt. Hat nicht mal auf ihren Äppärät geschaut, während ich mit ihr geredet habe. Ich meine, die meiste Zeit haben wir sowieso gegessen. *Bucatini all'* …»

«Zuschauerrückgang!»

«Nudeln. Aber wenn wir nicht gegessen haben, haben wir uns *alles* übereinander erzählt, wer wir sind, wo wir herkommen. Sie ist ein zorniges Mädchen. Wärt ihr auch, wenn ihr sie wärt. Was für einen Mist sie ertragen musste. Aber sie will mich besser kennenlernen, und sie will mir helfen, und ich will für sie sorgen. Ich glaube, sie wiegt ungefähr fünfunddreißig Kilo. Sie sollte mehr essen. Ich werde ihr Aubergine braten. Sie hat mir beigebracht, wie man sich die Zähne putzt.»

«Wir streamen diese Emotionen live», wiederholte Noah. «Ihr hört sie als Erste, *patos*. Direkt von Abramovs Lippen. Er textet. Er *gefühlt*. Aber hier kriege ich grade eine Message von einem Kerl aus Windsor, Ontario. Er will wissen: Hast du sie gefickt, Lenny? Hast du dein Ding in ihre enge Spalte geschoben? Fünfzehntausend Seelen da draußen müssen das jetzt unbedingt wissen, sonst holen sie sich ihre Neuigkeiten woanders.»

«Wir passen überhaupt nicht zusammen, überhaupt gar nicht», jammerte ich, «sie ist nämlich schön, und ich bin der hässlichste von allen vierzig Männern in dieser Bar. Aber was soll's! Was soll's! Und wenn sie mich nun eines Tages wieder jede einzelne ihrer Sommersprossen küssen lässt? Sie hat ungefähr eine Million davon. Und jede einzelne bedeutet mir was. Ist das nicht so, wenn Leute sich verlieben? Ich weiß, wir leben in Rubensteins Amerika, sagst du ja dauernd. Aber sind wir deshalb nicht noch mehr für das Schicksal des anderen verantwortlich? Ich meine, was wäre, wenn Eunice und ich einfach zu all dem Kram ‹nein› sagen würden? Zu dieser Bar. Zum F E C en. Wir beide. Wenn wir einfach zu Hause blieben und einander Bücher vorläsen?»

«O Gott», stöhnte Noah. «Du hast gerade mein Publikum halbiert. Du bringst mich um, Abramov … Na schön, Leute, wir streamen hier live aus Rubensteins Amerika, Stunde null für unsere Wirtschaft, Stunde null für unsere Militärmacht, Stunde null für alles, worauf wir einmal stolz waren, und Lenny Abramov will uns nicht erzählen, ob er die zierliche asiatische Perle gefickt hat.»

Auf der Toilette, neben dem Spruch «Lieber überflüssig als überparteilich» und dem rätselhaften «Schadensreduzierung hat meinen Schwanz reduziert», gab ich literweise belgisches Bier und die fünf Gläser alkalisiertes Wasser von mir, die ich noch vor meinem Aufbruch getrunken hatte.

Vishnu pirschte sich an mich heran. «Mach deinen Äppärät aus», sagte er.

«Hä?»

Er griff nach meinem Anhänger und schaltete ihn selbst ab. Unsere Blicke trafen sich, und sogar durch den Nebel meiner Trunkenheit bemerkte ich, dass mein Freund im

Grunde genommen nüchtern war. «Ich glaube, Noah könnte von der ARR sein», flüsterte er.

«Was?»

«Ich glaube, er arbeitet für die Überparteilichen.»

«Bist du verrückt?», fragte ich. «Und was ist mit seinem ‹Rubenstein-Zeit in Amerika›? Mit ‹Stunde null›?»

«Ich meine ja nur: Pass auf, was du in seiner Gegenwart sagst. Vor allem, wenn er seine Show streamt.»

Mein Urinfluss versiegte ganz von selbst, und meine Prostata schmerzte heftig. *Sich um Freunde kümmern, sich um Freunde kümmern,* so klang das Mantra in meinem Kopf. «Verstehe ich nicht», murmelte ich. «Aber er ist immer noch unser Freund, oder?»

«Die Leute werden heutzutage zu allem Möglichen gezwungen», sagte Vishnu. Er senkte die Stimme noch weiter. «Wer weiß, wofür sie ihn drangekriegt haben. Seine Bonität ist total den Bach runter, seit er Amy Greenberg sticht. Halb Staten Island kollaboriert. Jeder sucht Unterstützung, Schutz. Du wirst schon sehen, wenn die Chinesen ans Ruder kommen, wird Noah denen in den Arsch kriechen. Du hättest in Rom bleiben sollen, Lenny. Scheiß auf diesen Unsterblichkeitsquatsch. Wird bei dir sowieso nichts mehr. Guck uns doch an. VPPs sind wir bestimmt nicht.»

«Aber auch keine Vermögensschwachen!», protestierte ich.

«Spielt doch keine Rolle. Wir sind Paradebeispiele für die Schadensreduzierung. Diese Stadt kann uns nicht brauchen. Letzten Monat haben sie den öffentlichen Nahverkehr privatisiert. Die Sozialwohnungen werden abgerissen. Auch deine schicken jüdischen Genossenschaftswohnungen. Ende des Jahrzehnts werden wir in Erie, Pennsylvania wohnen.»

Er musste die tödliche Wehmut bemerkt haben, die meine Züge entstellte. Er zog seinen Reißverschluss hoch und klopfte mir auf die Schulter. «Das eben über Eunice war echt gut gefühlt», sagte er. «Das lässt dich im CHARAKTER-Ranking steigen. Und wer weiß, was mit Noah ist? Vielleicht irre ich mich ja. Habe mich schon oft genug geirrt. Sehr oft, mein Freund.»

Ehe mich die Melancholie übermannen konnte, tauchte Vishnus Freundin Grace Kim auf, um ihn nach Hause zu schleifen, in ihr beschauliches, klimatisiertes Heim auf Staten Island, und weckte meine herzzerreißende Sehnsucht nach Eunice. Ich starrte Grace mit einem Verlangen an, das schon an Trauer grenzte. Da stand sie: intelligent, kreativ und zurückhaltend gekleidet (keine Onionskin-Jeans, um *ihre* schlanken Schätze zu präsentieren), den Kopf voller einprogrammierter guter Absichten und interessanter Langzeitvorhaben, dazu vorherbestimmt, ihren glücklichen Galan zu heiraten, und allzeit bereit, hübsche eurasische Kinder zu gebären – andere schien es in der Stadt ohnehin nicht mehr zu geben.

Zusammen mit Noah wurde ich zu ihnen nach Hause auf einen Schlummertrunk eingeladen, aber ich schützte Jetlag vor und verabschiedete mich. Sie waren so reizend, mich zur Fährstation zu begleiten, aber nicht reizend genug, um mit mir dem Checkpoint der Nationalgarde zu trotzen. Ich wurde von müden, gelangweilten Soldaten vorschriftsmäßig durchsucht und befühlt. Ich leugnete alles und stimmte allem zu. Irgendeine metaphysische Frage beantwortete ich mit den Worten: «Ich möchte bloß nach Hause.» Das war nicht die richtige Antwort, aber ein Schwarzer, dem ein kleines goldenes Kreuz zwischen den spärlichen Brusthaaren baumelte, hatte Mitleid und ließ mich an Bord der Fähre gehen.

Das Ranking anderer Passagiere streifte über den Bug, als die hässlichen, abgewirtschafteten Männer ihr Verlangen und ihre Verzweiflung über die Reling in die dunklen, gnadenlosen Wellen gefühlten. Rosa Nebel schwebte über dem Wohngebiet, das früher mal Finanzdistrikt hieß, und tauchte alles ins Imperfekt. Ein Vater küsste seinen winzigen Sohn immer und immer wieder mit trauriger Beharrlichkeit auf den Schädel, und wir alle, die wir schlechte oder gar keine Eltern hatten, waren noch einsamer.

Wir betrachteten die Silhouetten von Öltankern, versuchten, die Wärme ihrer Tankräume zu erahnen. Die Stadt kam näher. Die drei Brücken, die Brooklyn und Manhattan verbinden, *eine* lange Halskette aus Licht, wurden allmählich einzeln erkennbar. Das Empire State Building knipste seine Stahlkrone aus und verbarg sich hinter einem unwichtigeren Gebäude. Auf der Brooklyn-Seite zeigte uns die Goldspitze der Williamsburg Savings Bank, umzingelt von halb fertiggebauten gläsernen Riesen, still den Finger. Nur der bankrotte «Freedom» Tower, leer und streng im Profil wie ein zorniger Mann, der aufgestanden war, um zuzuschlagen, feierte sich selbst die ganze Nacht.

Jeder zurückkehrende New Yorker stellt sich die Frage: Ist das noch meine Stadt?

Ich habe eine in störrische Verzweiflung gehüllte Antwort parat: Ja, das ist sie.

Und wenn nicht, werde ich sie umso mehr lieben. Ich werde sie so lange lieben, bis sie wieder zu meiner wird.

HAU DIE AUBERGINE IN DIE PFANNE
Aus Eunice Parks GlobalTeens-Account

13. Juni

LEONARDO DABRAMOVINCI AN EUNI-DIOTIN UNTERWEGS:

Ah, hallo. Hier ist Lenny Abramov. Schon wieder. Tut mir leid, wenn ich dich belästige. Ich habe dir neulich mal geteent, aber nichts von dir gehört. Ich nehme also an, du bist beschäftigt, und bestimmt wirst du auch ständig von lästigen Typen genervt, und ich will ja nicht der nächste Loser sein, der alle paar Minuten frohe Botschaften schickt. Ich wollte dich jedenfalls nur vorwarnen: Ich bin im Stream eines Freundes zu sehen, *Die Noah Weinberg Show!*, und da war ich richtig, richtig BESOFFEN und habe alles Mögliche über deine Sommersprossen gesagt und dass wir bei da Tonino miteinander *Bucatini all'amatriciana* gegessen haben und ich mir vorstelle, dass wir einander eines Tages Bücher vorlesen werden.

Eunice, es tut mir wirklich leid, dass ich deinen Namen so durch den Schmutz gezogen habe. Ich habe mich einfach hinreißen lassen und war ziemlich traurig, weil ich dich vermisse und mir wünsche, wir hätten mehr Kontakt. Ich muss immer an unsere gemeinsame Nacht in Rom denken, an jede einzelne Minute, und ich habe das Gefühl, sie ist für mich zu einer Art Gründungsmythos geworden. Also versuche ich, damit aufzuhören und an was anderes zu denken, zum Beispiel meine berufliche/finanzielle Lage, die im Moment sehr kompliziert ist, und an meine Eltern, die zwar nicht so schwierig sind wie deine, aber ich will es mal so sagen: Wir sind auch keine unbedingt glückliche Familie.

Meine Güte, ich weiß gar nicht, warum ich dir ständig mein Innerstes eröffnen muss. Nochmal: Es tut mir leid, wenn ich dich mit diesem albernen Stream und dem Quatsch übers Bücherlesen in Verlegenheit gebracht habe.

(Immer noch) Dein Freund (hoffentlich)

Lenny

14. Juni

EUNI-DIOTIN UNTERWEGS AN LEONARDO DABRAMOVINCI:

Okay, Leonard. Hau die Aubergine in die Pfanne, ich glaube, ich komme nach New York. Für mich heißt es «Arrivederci, Roma». Tut mir leid, dass ich mich so lange nicht gemeldet habe. Irgendwie habe auch ich an dich gedacht, und ich freue mich echt drauf, kurze Zeit bei dir zu wohnen. Du bist ein süßer und witziger Typ, Len. Du solltest aber wissen, dass mein Leben im Moment richtig scheiße läuft. Ich habe mich gerade von jemandem getrennt, der total mein Fall war, und dann noch Ärger mit meinen Eltern, bla bla bla. Es ist also vielleicht nicht immer leicht mit mir, vielleicht springe ich nicht immer nett mit dir um. Mit anderen Worten: Wenn du mich nicht mehr aushältst, setzt du mich einfach auf die Straße. So machen es doch alle. Hahaha!

Ich schicke dir die Flugdaten, sobald ich kann. Du musst mich nicht abholen oder so. Sag mir einfach, wo ich hinmuss.

Ich hoffe, es ist dir nicht unangenehm, Lenny Abramov, aber meine Sommersprossen vermissen dich echt.

Eunice

PS: Putzt du dir inzwischen die Zähne, wie ich es dir

gezeigt habe? Ist besser für dich und verhindert Mundgeruch.

PPS: Ich fand dich in dem Stream deines Freundes Noah ganz goldig, aber du solltest wirklich versuchen, aus diesem «101 Leute, die uns leidtun sollten» rauszukommen. Der Typ im SUK-DIK-Einteiler ist bloß fies zu dir. Du bist kein «schmieriger alter Schmock», was auch immer das heißt, Lenny. Du solltest mehr Rückgrat zeigen.

TOTALE HINGABE
Aus dem Tagebuch des Lenny Abramov

Liebes Tagebuch,

o mein Gott, o mein Gott, o mein Gott! Sie ist da. Eunice Park ist in New York. Eunice Park ist in meiner Wohnung! Eunice Park sitzt NEBEN MIR auf der Couch, während ich das hier schreibe. Eunice Park: ein winziges Teilchen Mensch in lila Leggings, über irgendwas Schreckliches schmollend, das ich womöglich verbrochen habe, Ärger auf ihrer gerunzelten Stirn, der Rest von ihr völlig von ihrem Äppärät absorbiert, auf dem sie teure Klamotten bei Ass-Luxury anschaut. Ich bin ihr nah. Ich schnüffele heimlich den Knoblauchduft ihres Atems, Tagebuch. Ich rieche malaysische Anchovis, die es zum Mittagessen gab, und kriege bestimmt gleich einen Herzinfarkt. Ach, was ist bloß los mit mir? Alles, mein süßes Tagebuch. Alles ist los, und ich bin der glücklichste Mensch auf Erden!

Als sie mir geteent hat, dass sie nach New York kommt, rannte ich sofort zum Eckladen und verlangte eine Aubergine. Sie meinten, so was müssten sie über ihren Äppärät bestellen, also habe ich zwölf Stunden am Eingang gewartet, und als sie dann eintraf, zitterten meine Hände so sehr, dass ich nichts damit anfangen konnte. Ich habe sie einfach (aus Versehen) ins Gefrierfach gesteckt, bin auf den Balkon gegangen und habe geweint. Natürlich vor Freude!

Am Morgen des ersten Tages meines richtigen Lebens warf ich die gefrorene Aubergine weg und zog mein sauberstes, konservativstes Baumwollhemd an, das jedoch von monsunartigem Schweiß durchtränkt war, ehe ich überhaupt die Tür erreicht hatte. Um ein wenig zu trocknen und den Überblick zu behalten, setzte ich mich hin und bedachte Punkt 3: Eunice lieben – so wie meine Eltern sich vor einer längeren Reise immer hingesetzt und auf ihre primitive russische Art gebetet haben. *Lenny!*, sagte ich laut. *Du wirst es nicht versauen. Du hast die Chance bekommen, der schönsten Frau der Welt zu helfen. Du musst ein guter Mensch sein, Lenny. An dich darfst du gar nicht denken. Nur an dieses kleine Wesen, das vor dir steht. Dann wird auch dir geholfen werden. Wenn du das nicht hinkriegst, wenn du diesem armen Mädchen in irgendeiner Weise wehtust, dann bist du der Unsterblichkeit nicht würdig. Doch wenn du ihren warmen kleinen Körper an deinen bindest und sie zum Lächeln bringst, wenn du ihr zeigst, dass erwachsene Liebe Kindheitsqual überwinden kann, dann werdet ihr beide das Reich erblicken. Joshie mag dir die Tür vor der Nase zuschlagen, dein Herz mag im Bett eines öffentlichen Krankenhauses stotternd verstummen, aber wie könnte irgendjemand Eunice Park abweisen? Wie könnte irgendein Gott ihr etwas anderes wünschen als ewige Jugend?*

Ich wollte Eunice am JFK-Flughafen abholen, aber offenbar kommt man ohne Ticket nicht mal mehr in seine Nähe. Der Taxifahrer setzte mich am dritten Checkpoint der Amerikanischen Restaurationsregierung auf dem Van Wyck Expressway ab, wo die Nationalgarde einen Willkommenstreffpunkt eingerichtet hatte, eine sechs Meter breite Tarnleinwand, unter der sich eine Horde armer Mittelschichtler drängte und auf Verwandte wartete. Fast hätte ich ihren Flug verpasst, denn ein Teil der Williamsburg Bridge war eingestürzt, und eine Stunde lang hatten wir versucht, auf der Delancey Street zu wenden, gleich neben einem hastig errichteten Schild der ARR, auf dem «gemeinsam werden wir diese Brücke reperieren [sic]» stand.

Als wir uns dem Checkpoint näherten, kamen wundervolle Neuigkeiten über meinen Äppärät herein. Nettie Fine lebt, es geht ihr gut! Sie hatte mir von einer neuen, sicheren Adresse aus geteent. «Lenny, es tut mir so leid, wenn ich dir bei unserem Treffen in Rom den Tag verdorben habe. Meine Kinder sagen immer, dass ich manchmal eine wirklich ‹Nervöse Nettie› sein kann. Ich wollte dir nur sagen, dass alles gar nicht so schlimm ist! Ich kriege ständig gute Nachrichten auf den Schreibtisch. Zu Hause ändert sich richtig viel. Die armen Leute, die aus ihren Wohnungen geworfen werden, organisieren sich wie damals in der Depressionszeit. Die ehemaligen Nationalgardisten bauen Holzhütten in Parks und protestieren dagegen, dass sie ihre Bonuszahlungen aus Venezuela nicht gekriegt haben. Ich spüre geradezu das Aufbrechen umwälzender Energie! Die Medien berichten nicht darüber, aber du kannst es dir selbst im Central Park anschauen und mir schreiben, was du siehst. Vielleicht liegt die Herrschaft von Jeffrey Otter ja endlich bald hinter uns! xxx, Nettie Fine.» Ich teente ihr gleich zurück, dass ich mir die Vermögensschwachen im Park anschauen werde und dass ich mich in ein Mädchen namens Eunice Park verliebt hätte, die zwar (ich ahnte Nettie Fines erste Rückfrage) nicht jüdisch sei, aber in allen anderen Belangen vollkommen.

Erfüllt von diesen guten Nachrichten über meine amerikanische Mama, wartete ich auf den UnitedContinental-Deltamerican-Bus, indem ich aufgeregt hin und her lief, bis die Männer mit den Gewehren mir misstrauische Blicke zuwarfen, und verzog mich dann zur provisorischen Konsumfläche neben dem Müllcontainer, wo ich einen Strauß verwelkende Rosen und eine Flasche Champagner für dreihundert Dollar kaufte. Meine arme Eunice sah so erschöpft aus, als sie keuchend mit ihren vielen Taschen aus dem Bus stieg, dass ich sie mit meiner aufmunternden Umarmung beinahe umwarf, doch ich gab mir Mühe, keine Show abzuziehen, wedelte mit Rosen und Champagner den Bewaffneten zu, um zu zeigen, dass ich für Konsum genug Kredit hatte, und küsste sie leidenschaftlich auf die Wange (sie duftete nach Flug und Feuchtigkeitscreme), dann auf die gerade, dünne, seltsam unasiatische Nase, dann auf die andere Wange, dann wieder auf die Nase, dann wieder auf die erste Wange, folgte dem Bogen ihrer Sommersprossen also hin und her, überquerte die Nase zweimal wie eine Brücke. Dabei fiel mir die Champagnerflasche aus der Hand, aber – wer weiß schon, aus was für futuristischem Mist sie die jetzt machen – sie zerbrach nicht.

In Anbetracht dieses Liebeswahnsinns wich Eunice weder zurück, noch erwiderte sie meine Leidenschaft. Sie lächelte mich mit ihren vollen, dunkelroten Lippen und ihren müden jungen Augen verlegen an und bedeutete mir mit einer Armbewegung, dass ihre Taschen schwer seien. Und das waren sie, Tagebuch. Es waren die schwersten Taschen, die ich je getragen habe. Spitze Absätze von Damenschuhen stachen mich ständig in den Bauch, und eine runde, harte Metalldose ungeklärter Herkunft prellte meine Hüfte.

Die Taxifahrt verlief fast schweigend, die Situation machte uns beide ein wenig betreten, wahrscheinlich hatten wir ein schlechtes Gewissen (ich wegen meiner relativen Macht über sie, sie wegen ihrer Jugend) und waren uns bewusst, dass wir bisher nicht mal einen ganzen Tag miteinander verbracht hatten und Gemeinsamkeiten erst noch entdecken mussten. «Ist dieser ARR-Scheiß nicht der totale Irrsinn?», flüsterte ich, als wir vor dem nächsten Checkpoint im Stau standen.

«Von Politik verstehe ich nicht viel», sagte sie.

Von meiner Wohnung war sie enttäuscht: zu weit weg von der U-Bahn-Linie F, die Gebäude zu hässlich. «Sieht so aus, als würde ich auf dem Weg zur U-Bahn ein bisschen Training kriegen», sagte sie. «Haha.» Das hängte ihre Generation immer gern an Sätze dran, es wirkte wie ein Tick. «Haha.»

«Ich bin echt froh, dass du hier bist, Eunice.» Ich wollte, dass alle meine Worte so klar und ehrlich wie möglich waren. «Ich habe dich richtig vermisst. Das klingt zwar irgendwie komisch …»

«Ich hab dich auch vermisst, Nerd», sagte sie.

Dieser Satz blieb zwischen uns in der Schwebe, als mit Zärtlichkeit vermählte Beleidigung. Sie hatte sich damit offenbar selbst überrascht und wusste nicht weiter – ob sie ein «Ha!» oder ein «Haha» dranhängen oder ungerührt die Achseln zucken sollte. Ich beschloss, die Initiative zu ergreifen, und setzte mich neben sie auf die Chrom-Leder-Couch von der Sorte, wie sie in den 1920ern und 30ern auf luxuriösen Kreuzfahrtschiffen zu finden war und in mir den Wunsch weckte, jemand anders zu sein. Sie sah meine Bücherwand ausdruckslos an, auch wenn jeder Band inzwischen vor allem nach Wildblumen-Raumspray und nicht mehr nach seiner natürlichen Druckessenz roch. «Tut mir leid, dass du dich von diesem Mann in Italien getrennt hast», sagte ich. «Auf GlobalTeens hast du gesagt, er wäre total dein Fall gewesen.»

«Über den möchte ich im Augenblick nicht reden», sagte Eunice.

Gut, ich auch nicht. Ich wollte sie einfach nur im Arm halten. Sie trug ein sandfarbenes Sweatshirt, unter dem ich die Träger des BHs erspähte, den sie nicht brauchte. Ihr grobgewebter Minirock aus einer Art Sandpapierstoff lag auf einer lila leuchtenden Strumpfhose auf, die bei dem warmen Juniwetter ebenfalls unnötig schien. Wollte sie sich vor meinen hemmungslosen Händen schützen? Oder war ihr bloß innerlich sehr kalt? «Du musst von dem langen Flug müde sein», sagte ich und legte ihr die Hand aufs lila Knie.

«Du schwitzt ja wie verrückt», sagte sie lachend.

Ich wischte mir über die Stirn, hatte prompt den Speckglanz meines Alters an mir. «Tut mir leid», sagte ich.

«Errege ich dich so sehr, Nerd?», fragte sie.

Ich sagte nichts. Ich lächelte.

«Es ist nett von dir, mich hier wohnen zu lassen.»

«Unbefristet!», rief ich.

«Wir werden sehen», sagte sie. Als ich auf ihr Knie etwas Druck ausübte und eine kleine Bewegung aufwärts machte, griff sie nach meinem haarigen Handgelenk. «Lassen wir es langsam angehen», sagte sie. «Mir wurde gerade das Herz gebrochen, schon vergessen?» Das überdachte sie kurz und hängte noch ein «Haha» dran.

«Hey, ich weiß, was wir machen können», sagte ich. «Das ist sozusagen meine Lieblingsbeschäftigung, wenn der Sommer kommt.»

Ich ging mit ihr zum Cedar Hill im Central Park. Sie wirkte leicht verstört angesichts der abgerissenen Siedlungsbewohner, die meinen Teil der Grand Street entlangschlurften oder -rollten, der alten Leute aus der Dominikanischen Republik, die sie begafften und «Chinita!» oder «Gib mal ein bisschen Geld aus, China-Maus!» hinter ihr herriefen, auf eine Weise, so hoffte ich, die nicht allzu bedrohlich war. Ich mied die Stelle, an der unser ortsansässiger Straßenscheißer immer sein Geschäft verrichtete.

«Wieso wohnst du hier?», fragte Eunice Park, die womöglich nicht begriff, dass Immobilien überall sonst in

Manhattan immer noch grotesk unbezahlbar waren, trotz der letzten Dollarentwertung (oder vielleicht auch gerade wegen ihr; ich verstehe einfach nicht, wie das mit der Währung funktioniert). Deshalb, als Wiedergutmachung für meine schlechte Wohnlage, zahlte ich an der Haltestelle der «F» jeweils zehn Dollar mehr für den Business-Class-Wagen. Wie Vish mir neulich Abend angetrunken erzählt hatte, wird der verkümmernde Nahverkehr unserer Stadt jetzt von einer der ARR nahestehenden Firmengruppe profitorientiert betrieben, unter dem Motto «Gemeinsam werden wir irgendwo hinkommen». In der Business Class hatten wir alle gemütlichen, schon leicht bräunlich gewordenen Sofas für uns, dazu die unförmigen, an einen Couchtisch geketteten Äppäräte, die von verschütteten Drinks und Fingerabdrücken schmuddelig waren. Schwerbewaffnete Nationalgardisten schirmten unseren Waggon von den unvermeidlichen singenden Schnorrern, Breakdancern und mittellosen Familien ab, die um Gesundheitsgutscheine bettelten, der zerlumpten Horde Vermögensschwacher Privatpersonen, die alle regulären Waggons in eine Bühne für ihre Talente und Beschwerden verwandelt hatte. In der Business Class wurden uns tausend diskrete Augenblicke unterirdischen Friedens geschenkt. Eunice überflog *The New York Lifestyle Times* und machte mich damit glücklich, denn auch wenn die *Times* nicht mehr das legendäre Qualitätsblatt früherer Tage ist, so ist die Website doch immer noch textlastiger als alle anderen, bieten das Display nur zur Hälfte füllende Berichte über bestimmte Produkte gelegentlich eine subtile Analyse der Welt im Allgemeinen, wirft ein Essay über einen neuen Kajalstift einen Absatz lang ein Schlaglicht auf die Intelligenzökonomie im indischen Bundesstaat Kerala. Es ließ sich nicht leugnen: Die Frau, in die ich mich verliebt hatte, war nachdenklich und klug. Ich konnte den Blick nicht von ihr abwenden, ihren sonnengebräunten, schmalen Armen, die über den aufgerufenen Daten schwebten, bereit zuzustoßen, wenn ein begehrter Konsumartikel sich auf dem Display auftat, das grüne «Kauf mich»-Icon unter ihren geschäftigen Zeigefingern flimmerte. Ich beobachtete sie so konzentriert, dass die grell beleuchteten Haltestellen bedeutungslos vor den Fenstern vorbeirauschten, wir die richtige verpassten und ein Stück zurückfahren mussten.

Cedar Hill. Hier beginne ich meine Spaziergänge im Central Park. Vor vielen Jahren ging ich nach einer heftigen Trennung von einer früheren Freundin (einer traurigen Russin, mit der ich aus einer Art perverser ethnischer Solidarität zusammen gewesen war) immer zu einer jungen, gerade erst akkreditierten Sozialtherapeutin, nur eine Straße weiter an der Madison Avenue. Für weniger als hundert Dollar die Woche kümmerte sich jemand hier in dieser Gegend um mich, auch wenn Janice Feingold mich trotz ihres Universitätsabschlusses am Ende nicht von meiner Nichtexistenzangst heilen konnte. Ihre Lieblingsfrage: «Wieso glauben Sie, Sie wären glücklicher, wenn Sie ewig leben könnten?»

Nach den Sitzungen bei ihr pflegte ich langsam Druck abzulassen, mit einem Buch oder einer Printausgabe einer Zeitung inmitten des leuchtenden Grüns des Cedar Hill. Ich versuchte, Ms. Feingolds therapeutische Einschätzung zu übernehmen, ich sei der Farbe und der Anmut des Lebens würdig, und dieser Abschnitt des Central Park unterstrich ihre freundlichen Bemühungen auf das schönste. Je nach Blickwinkel kann der Hügel wie ein Campusrasen in Neuengland oder wie ein dichter Nadelwald aussehen, graue Felsen ragen gletscherartig hervor, Zedern, die sich vorsichtig unter Kiefern mischen. Nach Osten hin läuft der Hügel in ein winziges grünes Tal aus, wo sich Kinderwagen und Langhaardackel mit gepunkteten Halstüchern tummeln, gewandte angelsächsische Kinder unter der Aufsicht ihrer dunkelhäutigen Betreuungspersonen schaukeln, Touristen auf folkloristischen Decken das Wetter genießen.

Was für ein Tag! Mitte Juni, die Bäume in voller Pracht, die Zweige üppig begrünt. Überall Jugend zum Greifen nah. Wie sollte man sich dem natürlichen Reflex widersetzen, sich auf die Hinterbeine zu stellen und sehnsuchtsvoll nach Sonnenwärme zu schnüffeln? Wie sollte man seine Lippen daran hindern, Eunice' Mund zu finden und sich hineinzugraben?

Ich zeigte auf ein Hinweisschild mit der Aufschrift PASSIVE AKTIVITÄTEN ERWÜNSCHT. «Witzig, oder?», sagte ich zu Eunice.

«*Du* bist witzig», sagte sie. Zum ersten Mal seit ihrer Landung sah sie mich direkt an. Wie üblich war ihre Unterlippe auf der linken Seite spöttisch gekräuselt, doch das nur, wie das Schild es verlangte, vollkommen passiv. Sie streckte die Hände aus, und die Sonne strich darüber, ehe sie in den Schatten meiner eigenen gerieten. Wir hielten uns kurz, dann schaute sie weg. *Kleine Schritte*, dachte ich. *Das reicht für den Moment.* Doch dann fing mein Mund an zu reden. «Mann», sagte er, «ich könnte dich wirklich lieben lern–»

«Ich will dich nicht verletzen, Lenny», unterbrach sie mich.

Ganz ruhig. Immer mit der Ruhe. «Weiß ich doch», sagte ich. «Wahrscheinlich bist du immer noch in diesen Typen in Italien verliebt.»

Sie seufzte. «Alles, was ich anfasse, wird zu Scheiße», sagte sie kopfschüttelnd, und ihr Gesicht wirkte plötzlich älter und gnadenlos. «Ich bin eine Katastrophe auf zwei Beinen. Was ist *das* denn?»

Es schmerzte meine Augen, sich von ihrem Gesicht zu

lösen, doch ich sah dorthin, wo ich hinsehen sollte. Jemand hatte sich auf dem Hügelkamm eine kleine Holzhütte gebaut, was den rustikalen Charme nur erhöhte. Träge schlenderten wir hinauf, um mehr herauszufinden, und ich genoss die Gelegenheit, ihren Hintern zu betrachten, der bescheiden, fast nutzlos auf zwei kräftigen Beinen thronte. Ich fragte mich, wie sie ohne Arsch in dieser Welt überleben sollte. Jeder Mensch braucht ein Polster. Vielleicht konnte ich ihr Kissen sein.

Die Hütte war gar nicht aus Holz, sondern aus Wellblech, allerdings so verwittert und farblos geworden, dass es vorsintflutlich wirkte. Darauf war eine Sonnenblume gemalt, außerdem die Worte: «ich heiße aziz jamie tompkins ich busfahrer gearbeitet vorgestern aus wohnung geworfen das ist mein haus nicht schießen.» Vor der Baracke saß ein Schwarzer auf einem Backstein, graue Koteletten wie ich selbst, eine etwas affige Mütze, die sich beim zweiten Hinsehen als Uniformmütze der *Metropolitan Transportation Authority* entpuppte, ansonsten eher unauffällig – weißes T-Shirt, Goldkette mit übergroßem Yuan-Symbol –, bis auf seinen Gesichtsausdruck. Der fassungslos war. Er schaute mit offenem Mund zur Seite, atmete sachte, wie ein erschöpfter Fisch, die herrliche Luft ein, völlig entrückt von der kleinen Gruppe Einheimischer, die sich in respektvollem Abstand von einigen Metern gebildet hatte, um seine Armut zu betrachten, und den äppärätschwingenden Touristen wiederum ein paar Schritte dahinter, die ein gutes Bild schießen wollten. Ab und zu hörte man aus dem Inneren der Hütte eine Metallpfanne scheppern oder die Auftaktmelodie eines uralten Computers, der sein Betriebssystem hochzufahren versuchte, oder eine leise, unfrohe Frauenstimme, doch der Mann ignorierte das alles, sein Blick war leer, eine Hand hielt er in der Luft wie bei einer stummen Kampfsportübung, die andere kratzte missmutig an einem Fleckchen trockener Haut, der sich an seiner Wade ausbreitete.

«Ist er arm?», fragte Eunice.

«Schätze schon», sagte ich. «Mittelschicht.»

«Er ist Busfahrer», sagte eine Frau.

«War», entgegnete eine andere.

«Sie haben ihn wegen dem Besuch dieses Zentralbankheinis vertrieben», sagte eine dritte.

«Des *chinesischen* Zentralbankchefs.» Das war wieder die Erste, eine ältere Frau in übelriechendem T-Shirt, die eindeutig zu einer Randgruppe gehörte (was hatte sie überhaupt in diesem Teil Manhattans zu suchen?). Mehrere aus ihrer Kohorte warfen Eunice nicht sehr freundliche Blicke zu. Ich überlegte, ob ich der wachsenden Menge nicht erklären sollte, dass meine neue Freundin keine Chinesin war, aber Eunice war ganz in ihren Äppärät versunken, jedenfalls tat sie so. «Hab keine Angst, Süße», flüsterte ich ihr zu.

«Er hat am Van Wyck Expressway gewohnt», sagte die randständige Klugscheißerin. «Sie wolln nich, dass der *chinesische* Banker aufm Weg vom Flughafen hierher irgendwelche Armen zu sehn kriegt. Würde nen schlechten Eindruck machen.»

«Schadensreduzierung», sagte ein junger Schwarzer.

«Was zum Teufel macht er dann hier *im Park?*»

«Wird der Restau'tions'gierung nich gefalln. Mm-hm.»

«Hey, Aziz», rief der junge Schwarze. Keine Antwort. «Hey, Brother. Verzieh dich lieber von hier, ehe die Nationalgarde kommt.» Der Mann mit der MTA-Mütze blieb sitzen, kratzte sich und meditierte. «Du willst doch nicht in Troy enden», fügte der Jüngere hinzu. «Deine Lady holen sie sich auch. Du weißt doch, was die tun.»

Dieser Aziz gehörte bestimmt zu der neuen Umsturz-

Bewegung, von der Nettie Fine erzählt hatte. Nur ein paar Stunden zusammen, und schon wurden Eunice und ich Zeugen historischer Ereignisse! Ich zog meinen Äppärät hervor und fing an, Images von dem Mann zu machen, doch der junge Schwarze schrie: «Was soll denn der Scheiß, Freundchen?»

«Eine Freundin hat mich gebeten, Images aufzunehmen», sagte ich. «Sie arbeitet fürs Außenministerium.»

«*Außenministerium?* Willst du mich verarschen? Steck das Ding weg, du überparteiliches Bonität-1520-Arschloch mit deiner zwanzig Jahre jüngeren Nutte!»

«Ich bin kein Überparteilicher», sagte ich, tat aber wie geheißen. Jetzt war ich völlig verwirrt. Und ein bisschen verängstigt. Wer waren all diese Leute um mich herum? Amerikaner wahrscheinlich. Aber was bedeutete das überhaupt noch?

Hinter mir wandte sich die Unterhaltung dem heiklen Thema der chinesischen Weltmacht zu. «Verdammter Chinesenbanker», rief jemand. «Wenn er kommt, zerschnippele ich alle meine Kreditkarten und schmeiße sie ihm wie Konfetti an den Kopf. Ich schieb ihm seine Scheißstäbchen in den Arsch.»

Die chinesischen Touristen am Rand der Menge verdrückten sich, und ich dachte mir, es wäre wohl klüger, auch mit Eunice das Feld zu räumen. Ich legte ihr den Arm um die Schultern und schob sie sanft den Hügel hinunter, weg von allen, die ihr Schaden zufügen könnten, hinunter zum Model Boat Pond. «Mir geht's gut, alles in Ordnung», sagte sie und wand sich aus meiner Umarmung.

«Ein paar von den Leuten sahen ziemlich nach Straße aus», sagte ich.

«Und du wolltest sie mit ein paar Nerd-Manövern beeindrucken?» Eunice lachte hell auf.

Eine verschüttete Erinnerung aus Teenagertagen traf mich in den Eingeweiden und bereitete mir Krämpfe. Ich war in der Mittelschule das womöglich am wenigsten beliebte Kind. Nie hatte ich gelernt, zu kämpfen oder mich wie ein Mann zu behaupten. «Hör bitte auf, mich so zu nennen», flüsterte ich und rieb mir den Bauch.

«Ha! Ich mag das, wenn mein Nerd den Trotzigen spielt.»

Ich grollte ein bisschen, doch ihre Verwendung des Possessivpronomens entging mir nicht. *Mein* Nerd. Wollte sie wirklich Besitzansprüche anmelden?

Wir gingen langsam und nachdenklich weiter, ohne ein Wort zu sagen, beide ein bisschen unglücklich und auch zufrieden. Ein Frühsommerabend senkte sich über die Stadt. Der Himmel war geisterfarben. Die Atmosphäre, warm, aber windig, duftete nach bestäubter Süße und frischgebackenem Brot. Um den Modellbootteich drängten sich junge europäische Paare, verspielt wie Kinder, verliebt wie Teenager, und drückten den T-Shirt- und Souvenirverkäufern entwertete Dollars in die Hand, erregt vom Dämmerland um sie her. Asiatische Jugendliche, die gerade erst lernten, sich laut und ungestüm zu verhalten, jagten ihre funkgesteuerten Boote über das stille grüne Wasser des Teichs.

Über uns röhrten drei Militärhubschrauber in gleichmäßigem Abstand über den belagerten Himmel. Der vierte kam kaum mit und schien einen riesigen Speer im Maul zu haben, der an der Spitze gelblich glomm. Nur die Touristen schauten nach oben. Ich dachte an Nettie Fine. Ich musste ihrem Optimismus einfach Glauben schenken. Sie hatte sich noch nie geirrt, während meine Eltern sich in *allem* geirrt hatten. Alles würde besser werden. Irgendwann. Sollte ich mich in Eunice Park verlieben und die Welt dabei in Stücke gehen, wäre das eine Tragödie über griechisches Maß hinaus.

Inzwischen gingen wir Hand in Hand an der ausgedehnten Sheep Meadow entlang, die mir tröstlich und familiär vorkam, wie ein ausgetretener Teppich im Spielzimmer oder ein nachlässig gemachtes Bett. Dahinter lag auf drei Seiten das Ensemble früher einmal als hoch geltender Gebäude, die älteren stoisch und von Mansarden gekrönt, die neuen Träger blinkender Informationen. Wir gingen an einem asiatisch-weißen Pärchen vorüber, das ein aus Prosciutto und Honigmelone bestehendes Frühsommerpicknick aß, und ich musste Eunice' Hand kurz drücken. Sie sah mich an und fuhr mir mit der feuchtigkeitsgepflegten Hand durchs ergrauende Haar. Ich erwartete einen Kommentar über mein Alter und Aussehen. Ich erwartete, wieder zu Tschechows hässlichem Kaufmann Laptew zu werden. Diesen Schmerz kannte ich so gut, dass er tatsächlich einen seltsamen Vorgeschmack in meinem Mund hinterlassen hatte, nach Mandeln und Salz.

«Mein süßer Kaiserpinguin», sagte sie stattdessen. «Du bist so liebreizend. Du bist so klug. Und so gütig. So anders als alle, die ich kenne. So *du*. Ich wette, du kannst mich echt glücklich machen, wenn ich es bloß zulasse.» Rasch küsste sie mich auf die Lippen, als hätten wir uns schon hundertmal geküsst, und rannte auf die grüne Wiese neben uns, wo sie drei anmutige Salti schlug – einen nach dem anderen nach dem anderen. Ich stand einfach da. Im Freudentaumel. Nahm die Welt in winzigen Teilabschnitten wahr. Wie ihr bloßer Körper die Luft zerteilte, der Bogen ihres Rückgrats in Bewegung war, der offene Mund nach der leichten Anstrengung heftig atmete. Wie sie mich ansah. Sommersprossen und Hitze. Ich spannte meine Brust gegen das, was zu erwarten war. Nein, weinen würde ich nicht.

Graue, mit industriellen Rückständen gesättigte Wolken rückten in den Vordergrund; eine gelbe Substanz brannte sich in den Horizont, wurde zum Horizont, wurde Nacht. Während der Himmel sich verdunkelte, sahen wir uns auf drei Seiten vom Exzess unserer Zivilisation umringt, doch der Boden unter unseren Füßen war weich und grün, und hinter uns lag ein Hügel, bewachsen mit Bäumen, so klein wie Ponys. Wir gingen schweigend, und ich roch die säuerlichen, fruchtigen Gesichtscremes, mit denen Eunice das Alter abzuwehren suchte, gemischt mit einer Ahnung von Lebendigem, Körperlichem. Multiple Universen lockten mich mit ihrer Existenz. Ich wusste, sie würden sich als Trugbild erweisen, wie die Unveränderlichkeit Gottes oder das Weiterleben der Seele, doch ich griff weiterhin nach Glaubensstrohhalmen. Denn ich glaubte an Eunice.

Es wurde Zeit zu gehen. Wir wandten uns Richtung Süden, und als wir die letzten Bäume hinter uns ließen, gab uns der Park der Stadt zurück. Wir unterwarfen uns einem Wolkenkratzer mit grünem Mansardendach und zwei kahlen Schornsteinen. New York explodierte um uns herum, Menschen, die Waren feilboten und kauften, Forderungen stellten, streamten. Die Dichte der Stadt traf mich unerwartet, ich taumelte unter ihrer Aufdringlichkeit, ihren Alkoholdämpfen, ihrer Hybris, ihrem lauten, vergehenden Reichtum. Eunice sah in einige Schaufenster an der Fifth Avenue, auf ihrem Äppärät wimmelte es vor neuen Informationen. «Euny», ich probierte eine Kurzversion ihres Namens aus, «wie geht es dir gerade? Hast du Jetlag?»

Sie starrte auf ein Stück Krokodilhaut, das zu einem Gegenstand von beträchtlicher Größe gedehnt worden war, und antwortete nicht.

«Wollen wir zu unserer Wohnung gehen?»

Unserer Wohnung?

Sie scannte die tote Amphibie mit ihrem Äppärät, als hielte die eine Antwort parat. Ihre untere Gesichtshälfte zeigte ein Lächeln, das jedoch nur dem Namen nach ein Lächeln war. Als sie sich vom Schaufenster ab- und mir zuwandte – als sie mich betrachtete –, war ihr Gesicht ausdruckslos. Sie blickte in die glatte weiße Leere meines Halses.

«Reib dir nicht die Augen», sagte sie in diese Leere, indem sie die Worte zwischen ihren Lippen hervorpresste, jede Silbe zerhackte. «Du tötest die Zellen rings um die Augen ab, wenn du so fest reibst. Darum ist die Haut da auch so dunkel. Das macht dich älter.» Ich hoffte, sie würde «Nerd» dranhängen, damit ich merkte, dass alles in Ordnung war, aber sie unterließ es. Ich begriff nicht. Was war mit den Saltos? Was war mit «mein süßer Kaiserpinguin»? Mit diesem wundervollen, absolut unerwarteten Wort «liebreizend»?

Wir gingen zur U-Bahn zurück, ohne dass eine Silbe zwischen uns fiel, ihr Blick war auf den Boden vor ihr gerichtet wie ein erloschener Suchscheinwerfer. Das Schweigen setzte sich fort. Ich atmete so heftig, dass ich schon dachte, ich würde ohnmächtig werden. Ich wusste nicht, wie ich uns wieder dahin zurückbringen sollte, wo wir gewesen waren. Zurück in den Central Park, zurück zum Cedar Hill, zur Sheep Meadow, zum Kuss.

In meiner Wohnung, wo der hohle «Freedom» Tower besonders hell hinter den dicken Vorhängen strahlte und man hören konnte, wie sich ein leerer Bus der Linie M22 für einen schlaflosen Greis absenkte, stritten Eunice und ich uns zum ersten Mal. Sie drohte, wieder zu ihren Eltern zu ziehen.

Ich kniete vor ihr. Ich weinte. «Bitte», sagte ich. «Du kannst nicht nach Fort Lee zurück. Bleib noch ein bisschen hier bei mir.»

«Du bist jämmerlich», sagte Eunice. Sie saß auf meiner Couch, die Hände im Schoß. «Du bist so ein Waschlappen.»

«Ich habe doch bloß gesagt: ‹Ich würde eines Tages gern deine Eltern kennenlernen.› Du bist herzlich eingeladen, nächste Woche meine kennenzulernen. Das *möchte* ich sogar.»

«Weißt du eigentlich, was das für mich bedeuten würde? Wenn du meine Eltern kennenlernst? Du kennst mich kein bisschen.»

«Ich versuche, dich kennenzulernen. Ich war schon mit anderen Koreanerinnen zusammen. Ich weiß, dass die Familien konservativ sind. Und dass sie nicht gerade auf Bleichgesichter wie mich stehen.»

«Du weißt *überhaupt* nichts über meine Familie», sagte Eunice. «Wie kannst du überhaupt nur *denken* …»

Ich lag in meinem Bett und hörte, wie Eunice im Wohnzimmer wütend auf ihrem Äppärät teente, wahrscheinlich ihren Freundinnen in Südkalifornien oder ihrer Familie in Fort Lee. Drei Stunden später, als die Vögel draußen schon zu ihren Morgenliedern ansetzten, kam sie endlich zu mir ins Schlafzimmer. Ich stellte mich schlafend. Sie zog sich weitgehend aus und legte sich neben mir ins Bett, dann drückte sie mir ihren warmen Rücken und Hintern gegen Brust und Genitalien, ihr warmer Körper wie ein Löffelchen an meinem. Sie weinte. Ich stellte mich weiter schlafend. Ich küsste sie so, dass mein vorgetäuschter Schlaf dennoch glaubhaft blieb. Ich wollte nicht, dass sie mich in dieser Nacht noch mehr verletzte. Sie trug diese Sorte Slip, die komplett aufschnappen, wenn man im Schritt auf einen Druckknopf drückt. Ich glaube, sie heißen TotalSurrender. Ich hielt Eunice noch fester, und sie presste sich noch enger an mich – totale Hingabe, ganz genau. Ich wollte ihr sagen, dass alles gut sei. Dass ich ihr Freude schenken würde, so-oft ich könnte. Ich ihre Eltern nicht gleich kennenlernen müsse.

Aber das stimmte nicht. Das war eine Sache, die ich über Koreanerinnen gelernt hatte. Die Eltern waren der Schlüssel zu Eunice Park.

ETWAS SCHÖNES WÄCHST IN MIR
Aus Eunice Parks GlobalTeens-Account

18. Juni

EUNI-DIOTIN AN GRILLBITCH:

Mein liebstes Pony,

sgeht ab, fleißiges Flittchen? Ich bin wieder daaaaaaaa. Amerika, die Schöne. Wow, ich kann es immer noch nicht glauben, dass alle um mich herum wieder Englisch und nicht Italiano sprechen. Na ja, in Lennys Ghettogegend wohl eher Spanisch und Jüdisch, aber egal. Ich bin wieder zu Hause. In Fort Lee ist alles ruhig, im Moment jedenfalls. Meine Eltern werde ich bald sehen, aber ich glaube, mein Vater ist schon ruhiger, wenn er weiß, dass ich auf der anderen Flussseite bin. Langsam kriege ich das Gefühl, ich werde nie weiter als ein paar Kilometer von meiner Familie weg sein können, was ganz schön traurig ist. Außerdem glaube ich, mein Vater hat so eine Art Radar, und immer wenn mir irgendwas Gutes zustößt, wie zum Beispiel Ben in Italien, dann macht er Theater, und ich muss alles stehen- und liegenlassen und nach Hause kommen. Ich hab so die Schnauze voll von meiner Mutter, die immer «Du große Schwester. Du hast Verantwortung» sagt. Manchmal versuche ich mir vorzustellen, wie es ohne Familie wäre, wenn ich für mich allein auf eigene Faust Sachen machen könnte, so wie ich es in Rom versucht habe. Aber das sehe ich eigentlich nicht.

Und jetzt, wo Sally total politisch wird, spüre ich auf einmal doppelt so viel Verantwortung, da ich ja aufpassen muss, dass sie keine Dummheiten macht. Ganz ehrlich: Ich halte das alles für ziemlichen Quatsch. Sie hat sich doch noch nie für Politik interessiert. Als ich ans Elderbird ging, da hieß es immer bloß, Reverend Cho dies und Reverend Cho das und Reverend Cho sagt, dass es in Ordnung ist, wenn Daddy Mommy an den Haaren aus dem Bett schleift, weil Jesus Sünder HERZT, und zwar total. Dieser Politikscheiß ist bloß eine neue Art, Theater zu machen. Sie und Mom und Dad wollen die ganze Zeit Aufmerksamkeit wie verzogene kleine Gören.

Ben vermisse ich sehr. Irgendwie waren wir beide so kompatibel. Wir mussten gar nicht viel miteinander reden, wir konnten einfach stundenlang im Bett liegen, bei gelöschtem Licht, und alles Mögliche mit unseren Äppäräten anstellen. Mit Lenny ist das ganz anders. Ich meine, bei ihm läuft so vieles falsch, und ich hab den Eindruck, ich muss das alles in Ordnung bringen. Das Problem ist doch, er ist nicht mehr jung und darum der Meinung, dass er nicht auf mich zu hören braucht. Seine Zähne sind aber in viel besserem Zustand, seit ich ihm gezeigt hab, wie man sie richtig putzt, und sein Atem ist frisch wie der Frühling. Wenn er sich nur mal um seine fiesen Füße kümmern würde! Ich werde ihn zwingen, einen Termin bei einem Fußtherapeuten zu machen. Vielleicht bei meinem Vater. BGM! Mein Vater würde ausflippen, wenn ich ihm erzählen würde, dass ich einen sehr alten weißen, ähm, «Freund» habe. Haha. Und erst wie er sich anzieht! Schrecklich. Er hat eine koreanische Bekannte namens Grace (ich hab sie noch nicht kennengelernt, aber ich hasse die Zicke jetzt schon), die geht ab und zu mit ihm shoppen und sucht ihm lauter Old-School-Hipster-Klamotten aus, diese grauenhaften Polyesterhemden aus den 70ern mit Riesenkragen und so. Ich hoffe, unsere Wohnung hat Rauchmelder, er wird nämlich eines Tages darin Feuer fangen. Ich hab ihm jedenfalls von Anfang an gesagt: Hör zu, du bist NEUNUNDDREISSIG, und wir wohnen zusammen, deshalb musst du dich jetzt mal wie ein Erwachsener anziehen. Da war er total angepisst, mein kleiner Nerd, aber nächste Woche gehen wir zusammen shoppen und kaufen Klamotten, die aus TIERISCHEN PRODUKTEN sind, Baumwolle und Wolle und Kaschmir und so gutes Zeug.

Also, an meinem ersten Tag zurück in Amerika sind wir in den Park gegangen (Lenny hat in der U-Bahn Business-Class-Tickets gekauft! Er kann so aufmerksam sein), und da waren lauter so kleine Hütten für Obdachlose im Central Park. Das war echt traurig. Diese Leute werden aus ihren Wohnungen am Expressway vertrieben, weil der chinesische Zentralbankchef zu Besuch kommt, und Lenny sagt, die Überparteilichen wollen nicht, dass wir in den Augen unserer asiatischen Kreditgeber als Armenhaus dastehen. Da saß so ein armer Schwarzer vor einer dieser Hütten, und der sah aus, als ob er sich schrecklich darüber schämen würde, was aus ihm geworden ist, so wie mein Vater, als er dachte, er würde seine Praxis aufgeben müssen, weil es keine Krankenversicherung mehr gibt. Es nimmt einem Mann einfach die Würde, wenn er für seine Familie nicht mehr sorgen kann. Ich schwöre, ich hätte beinahe angefangen zu heulen, aber ich wollte nicht, dass Lenny den Eindruck kriegt, mir würde irgendwas nahegehen. Und dann hatte der noch so einen alten Computer in seiner Hütte, nicht mal einen echten Äppärät, man konnte richtig hören, wie er hochgefahren wurde, so laut war das. Ich will dich jetzt gar nicht mit Politik langweilen, Pony, aber ich finde es nicht richtig, dass unser Land sich nicht um diese Menschen kümmert. Das ist doch das Gute an unseren Familien: Selbst wenn es richtig schlimm zur Sache geht, werden sie sich immer um uns kümmern, weil sie in Korea so viel Schlimmeres erlebt haben. Weißt du, was witzig ist? Lenny schreibt so eine Art

Tagebuch über all die Dinge, die er zu «feiern» hat. Irgendwie idiotisch, aber ich hab auch schon drüber nachgedacht, was ich zu feiern habe, vielleicht die Tatsache, dass ich nicht in einer Blechdose im Central Park leben muss und dass du mich magst und mich vielleicht auch meine Schwester und meine Mutter mögen, und dass ich vielleicht einen echten Freund hab, der sich eine GESUNDE, NORMALE, LIEBEVOLLE Beziehung mit mir wünscht.

Na, jedenfalls haben uns Lenny und ich dann im Park geküsst. Mehr läuft bis jetzt noch nicht, aber ich hatte ein richtig gutes Gefühl dabei, so als ob etwas Schönes in mir wächst. Ich versuche, es ganz langsam anzugehen und ihn besser kennenzulernen. Im Augenblick sehe ich uns noch als ein Paar, das irgendwie nicht zusammenpasst. Ehrlich, ich habe Angst, im Vorbeigehen unser Spiegelbild anzuschauen, aber je mehr Zeit wir miteinander verbringen, desto richtiger fühlt es sich an. Er hat mir schon gesagt, dass er mich liebt, dass ich die Einzige für ihn bin, die Frau, auf die er sein ganzes Leben gewartet hat. Und er lässt sich auch Zeit. Er hört mir zu, wenn ich ihm erzähle, was Dad mir und Sally und Mom angetan hat, und er nimmt richtig Anteil daran, und manchmal weint er sogar (er weint ziemlich oft), und nach einer Weile hab ich angefangen, ihm Vertrauen zu schenken, und bin ihm gegenüber richtig offen geworden, wie zu einer Freundin. Und irgendwie küsst er auch wie ein Mädchen, ganz still und mit geschlossenen Augen. HAHA. Aber am liebsten mochte ich es bisher, mit ihm einfach die Straßen entlangzugehen. Dann erzählt er mir lauter Sachen, die ich am Elderbird nie gelernt hab, zum Beispiel, dass New York mal den Holländern gehörte (was hatten die überhaupt in Amerika zu suchen?), und wenn wir irgendwas Witziges sehen, einen süßen winzigen Welpen oder so was, dann fangen wir beide total an zu lachen, und er hält meine Hand und schwitzt und schwitzt und schwitzt, weil er immer noch so nervös und froh ist, mit mir zusammen zu sein.

Wir streiten uns auch oft. Ich glaube, das ist hauptsächlich meine Schuld, weil ich seinen tollen Charakter nicht zu würdigen weiß und bloß auf sein Aussehen achte. Außerdem will er unbedingt meine Eltern kennenlernen, und das wird auf gar keinen Fall passieren. Ach ja, und er hat gesagt, er will mit mir nach Long Island, SEINE ELTERN besuchen! Nächste Woche oder so. Was hat er bloß für ein Problem? Mit dieser Elternsache bedrängt er mich bloß. Ich hab ihm gesagt, ich ziehe aus und wieder nach Fort Lee, und da ist mein armer süßer Nerd auf die Knie gefallen, hat angefangen zu heulen und mir gesagt, wie viel ich ihm bedeute. Richtig jammervoll und niedlich. Er hat mir so leidgetan, dass ich alles bis auf meine TotalSurrender ausgezogen habe und einfach zu ihm ins Bett gestiegen bin. Er hat mich ein bisschen befummelt, aber dann sind wir ziemlich schnell eingeschlafen. Verdammt, liebstes Pony. Im Moment bin ich wirklich eine geschwätzige Schlampe, was. Ich hör jetzt auf, aber hier kommt noch ein Image von mir und Lenny im Zoo vom Central Park. Er steht links vom Bären. Nicht speien!!!

GRILLBITCH AN EUNI-DIOTIN:

Mein liebster Panda,

willkommen daheim, Arschbacke! Okay, ich muss gleich wieder los, zum Schlussverkauf bei Pussy, deshalb nur ganz schnell, ähm, ich hab das Image angeguckt, dass du geschickt hast, und dieser Lenny, also ich weiß nicht. Er ist vielleicht nicht der ekligste Typ, den ich je gesehen hab, aber jedenfalls nicht die Sorte Mann, den ich neben dir vor Augen hatte. Klar, du sagst, er hat alle möglichen anderen

Qualitäten, aber kannst du dir irgendwie vorstellen, wie deine Eltern reagieren würden, wenn du den mit nach Hause oder in die Kirche bringst? Dein Vater würde ihn die ganze Zeit anstarren und sich räuspern, «ähem, ähem», und wenn er wieder weg wäre, würde er dich Hure oder Schlimmeres nennen. Ich will dir gar nichts vorschreiben, nur eins sagen: Du bist echt richtig schön und schlank, und du solltest dich nicht festlegen. Lass dir Zeit!

O Gott, ich war bei der Hochzeit meines Cousins Nam Jun, und ich musste so eine total kotzmäßige Rede auf ihn und seine fette *halmoni*-Braut halten. Sie ist ungefähr fünf Jahre älter als er und hat Waden wie Mammutbäume. Bloß noch eine Dauerwelle und so ein grünes Schirmband drauf, und fertig ist die *ajumma*! Und das Schlimme ist, sie lieben einander wirklich, haben sich die ganze Zeit heulend in den Armen gelegen, und sie hat ihn mit *ddok* gefüttert. Echt krank, ich weiß, aber ich frage mich auch, wie ich wohl lernen könnte, jemanden so zu lieben. Manchmal lauf ich rum wie in einem Traum, als würde ich bloß von draußen reinschauen, und Gopher und meine Eltern und Brüder wären so Geister, die vorbeischweben. Ach ja, und auf der Hochzeit waren lauter so supersüße kleine Mädchen, alle wie Katzen geschminkt, mit kleinen Ballkleidern an, und die haben immer so einen kleinen Jungen gejagt und versucht, ihn zu Boden zu werfen, und da musste ich an deine kleine Cousine Myong-hee denken. Die ist jetzt wie alt, drei? Ich vermisse sie so, ich glaube, ich fahr einfach mal bei ihr vorbei und nehm sie in den Arm und drücke sie zu Tode! Jedenfalls: Willkommen daheim, meine süße Muschi. Dicker kalifornischer Kuss für dich.

19. Juni

EUNI-DIOTIN: Sally, bietest etwa du bei Padma auf die grauen Halbstiefel?

SALLYSTAR: Woher weißt du das?

EUNI-DIOTIN: Mann, du bist meine Schwester. Und sie sind Größe 30. Jedenfalls, hör auf zu bieten, wir konkursieren miteinander.

EUNI-DIOTIN: Uups. KONKURRIEREN miteinander.

SALLYSTAR: Mom wollte die olivgrünen, aber die gab es nicht in ihrer Größe.

EUNI-DIOTIN: Ich schau mal im Konsumkorridor am Union Square. Hol dir bloß nicht die olivgrünen. Dein Körper ist apfelförmig, du solltest also unterhalb der Taille nur dunkle Sachen und NIE, NIEMALS kurzärmelige Hängerchen tragen, die blähen deinen Oberkörper total auf.

SALLYSTAR: Du bist wieder in den Staaten?

EUNI-DIOTIN: Nur keine Aufregung. Bist du in Washington?

SALLYSTAR: Ja, wir sind gerade aus dem Bus gestiegen. Total abgefahren hier. Lauter Nationalgardisten, die gerade aus Venezuela zurück sind und ihre Einsatzprämien nicht gekriegt haben und jetzt mit ihren Gewehren zur Mall marschieren.

EUNI-DIOTIN: MIT GEWEHREN??? Sally, vielleicht solltest du da ABHAUEN.

SALLYSTAR: Nein, ist schon okay. Die sind eigentlich ziemlich nett. Es ist nicht fair, was die Überparteilichen mit ihnen anstellen. Weißt du, wie viele von ihnen in Ciudad Bolívar gestorben sind? Und wie viele von ihnen für den Rest ihres Lebens psychisch und physisch kaputt sind? Die Regierung ist pleite, na und? Was werden sie für unsere Soldaten tun? Sie haben Verantwortung für sie. So was passiert nur, wenn eine Partei allein regiert und man in einem Polizeistaat lebt. Ja, ich weiß, so was sollte ich auf Teens nicht sagen.

EUNI-DIOTIN: Sally, das ist doch lächerlich. Wieso könnt ihr nicht in New York demonstrieren? Ich würde auch mitmarschieren, wenn du willst, aber ich möchte nicht, dass du solche Verrücktheiten allein machst.

SALLYSTAR: Warst du schon zu Hause? Ich habe noch gar nichts von Mommy gehört.

EUNI-DIOTIN: Nein. Aber bald. Noch möchte ich Dad nicht sehen. Hat er über mich geredet?

SALLYSTAR: Nein, aber aus irgendeinem Grund schmollt er, und wir wissen nicht, wieso.

EUNI-DIOTIN: Wen interessiert das?

SALLYSTAR: Ich glaube, Onkel Jun kommt.

EUNI-DIOTIN: Na toll, dann muss Dad ihm wieder Geld geben, und er fährt nach Atlantic City und haut alles auf den Kopf. Als ob Dads Praxis so gut liefe, dass er sich das leisten kann.

SALLYSTAR: Wo wohnst du denn?

EUNI-DIOTIN: Erinnerst du dich an Joy Lee?

SALLYSTAR: Das Mädchen aus Long Beach? Die mit dem Gürteltier?

EUNI-DIOTIN: Die wohnt jetzt downtown.

SALLYSTAR: Schick.

EUNI-DIOTIN: Nicht wirklich. Gleich nebenan sind so Sozialwohnungen. Aber keine Sorge, total sicher.

SALLYSTAR: Nächste Woche ist Reverend Suks Missionskreuzzug. Du solltest auch kommen.

EUNI-DIOTIN: Ich hoffe, das war ein Scherz.

SALLYSTAR: Wenn du nicht nach Hause kommen willst, könntest du wenigstens da mal die Familie treffen. Und vielleicht jemanden kennenlernen. Bei dem Kreuzzug laufen massenhaft koreanische Jungs rum.

EUNI-DIOTIN: Woher willst du denn wissen, dass ich nicht noch mit Ben zusammen bin?

SALLYSTAR: Dem Weißen aus Rom?

EUNI-DIOTIN: Genau, dem WEISSEN. Wow, ich sehe schon, das Barnard hat echt deinen Horizont erweitert.

SALLYSTAR: Sei nicht sarkastisch. Ich hasse das.

EUNI-DIOTIN: Kann ich dich nicht einfach mal treffen und mit dir reden, ohne dass ich zu so einem dämlichen Jesuskram muss? Wann kommst du zurück?

SALLYSTAR: Morgen. Wollen wir abends im Madangsui essen gehen?

EUNI-DIOTIN: Ohne Dad.

SALLYSTAR: Okay.

EUNI-DIOTIN: Ich hab dich lieb, Sally! Ruf mich sofort an, wenn du Washington verlassen hast, damit ich weiß, dass du in Sicherheit bist.

SALLYSTAR: Ich hab dich auch lieb.

EUNI-DIOTIN AN LABRAMOV:

Lenny,

ich geh jetzt einkaufen. Wenn du zu Hause bist und die Lieferung kommt, achte bitte darauf, dass die Milch diesmal nicht bloß fettfrei, sondern auch frei von Antibiotika ist und sie den Lavazza Qualità Oro nicht vergessen haben. Dann tue das Kalbfleisch und den Wolfsbarsch in den Kühlschrank und leg die weißen Pfirsiche auf die Arbeitsplatte, um die kümmere ich mich später. Vergiss nicht, Fleisch und Fisch in den Kühlschrank zu tun, Lenny! Und wenn du abwäschst, wisch bitte hinterher die Arbeitsplatte trocken. Du lässt überall Wasserlachen stehen. Du machst dir doch immer Sorgen wegen Kakerlaken, was lockt die wohl an? Feuchtigkeit! Einen schönen Tag wünsche ich dir, Nerd.

Eunice

DIE NUKLEARE OPTION
Aus dem Tagebuch des Lenny Abramov

25. Juni

Liebes Tagebuch,

diese Woche habe ich gelernt, «Elefant» auf Koreanisch zu sagen.

Wir sind in den Zoo in der Bronx gegangen, weil Noah Weinberg in seinem Stream gesagt hat, die ARR wolle ihn schließen und alle Tiere nach Saudi-Arabien verschiffen, wo sie «an Hitzschlag sterben» würden. Ich weiß nie so genau, welchen Teilen von Noahs Stream ich glauben soll, aber so wie das Leben derzeit aussieht, muss man mit allem rechnen. Wir hatten mit den Affen und «José dem Biber» und all den kleineren Tieren unseren Spaß, aber der Höhepunkt war so ein wunderschöner Steppenelefant namens Sammy. Als wir zu seinem bescheidenen Gehege schlenderten, packte Eunice mich an der Nase und sagte: «*Kokiri.*»

«*Ko*», erklärte sie, «bedeutet ‹Nase›. *Kokiri* ‹lange Nase›. ‹Elefant› auf Koreanisch.»

«Ich hab einne lange Nnase, weil ich Jude binn», sagte ich und versuchte ihre Hand von meinem Gesicht zu schieben. «Dagegn kann ich nnichds machn.»

«Du bist so empfindlich, Lenny», sagte sie und lachte. «Ich herze deine Nase *total*. Ich wünschte, ich hätte *auch* eine.» Und dann begann sie, vor den Augen des Dickhäuters meinen Zinken zu küssen, wanderte mit ihren harten kleinen Lippen sanft den endlos langen Rücken hoch und runter. Dabei starrte ich den Elefanten an und beobachtete im Spiegel des Elefantenauges, in der riesigen, haselnussbraunen, von groben grauen Augenbrauen umgebenen Linse, wie ich geküsst wurde. Sammy war fünfundzwanzig, in der Mitte seiner Lebensspanne, gerade so wie ich. Ein einsamer Elefant, momentan der einzige im Zoo, fern seiner Landsleute und der Möglichkeit der Liebe. Langsam klappte er eins der mächtigen Ohren zurück, wie ein galizischer Ladenbesitzer vor mehr als einem Jahrhundert die Arme ausgebreitet haben mochte, um zu sagen: «Ja, das ist alles, was ich anzubieten habe.» Und dann, als ich Glücklicher mich im Auge des Tieres spiegelte, ich, der glückliche Lenny, auf den Rüssel geküsst von Eunice Park, ging mir auf: *Der Elefant weiß Bescheid.* Der Elefant weiß, dass uns in diesem Leben wenig und danach nichts erwartet. Der Elefant ist sich seiner späteren Auslöschung bewusst, und das schmerzt ihn, macht ihn kleiner, lässt ihn seine Vereinzelung spüren, da er doch eigentlich am Ende durch Busch und Unterholz trampeln und sich genau dort zum Sterben niederlegen will, wo seine Mutter ihm mit zitternden Flanken das Leben geschenkt hat. Mutter, Vereinzelung, Gefangenschaft, Auslöschung. Der Elefant ist im Kern ein jüdisches Tier, aber ein durch und durch rationales – auch er will ewig leben.

«Gehen wir», sagte ich zu Eunice. «Ich möchte nicht, dass *kokiri* zuschaut, wie du meine Nase küsst. Das macht ihn bloß noch trauriger.»

«Ach», sagte sie. «Du bist so süß zu Tieren, Len. Ich finde, das ist ein gutes Zeichen. Mein Vater hatte mal eine Hündin, und um die hat er sich richtig liebevoll gekümmert.»

Jawohl, Tagebuch, so viele gute Zeichen! Eine richtig positive Woche. Fortschritte an allen Fronten. Und in den wichtigsten Punkten. Eunice lieben (Punkt 3), nett zu den Eltern sein (Punkt 5) und sich für Joshie ins Zeug legen (Punkt 1). Ich komme gleich zu unserem (ja, zu *unserem*) Besuch bei den Abramovs, aber zunächst mal ein kurzer Blick auf die Lage am Arbeitsplatz.

Als Allererstes marschierte ich bei den Posthumanen Dienstleistungen in die Eternity Lounge und redete mit dem Typen im SUK-DIK-Einteiler plus rotem Halstuch, der mich in seinen Stream «101 Leute, die uns leidtun sollten» gestellt hatte: Darryl von der Brown University, der Dieb meines Schreibtischs, als ich in Rom gewesen war. «Hey, Mann», sagte ich zu ihm. «Hör mal, ich weiß die Öffentlichkeit zu schätzen, aber ich habe eine neue Freundin mit Fickfaktor 780» – das Image von Eunice, das ich im Zoo aufgenommen hatte, hatte ich auf meinem Äppärät ganz nach vorn geschoben –, «und irgendwie versuche ich grad, es mit ihr richtig cool angehen zu lassen. Hättest du also was dagegen, mich aus deinem Stream zu nehmen?»

«Fick dich, Rhesus», sagte der junge Bursche. «Ich mache, was ich will. Du bist doch nicht mein Vater. Und selbst *wenn* du mein Vater wärst, würde ich dir trotzdem sagen, du kannst mich mal.»

Wie zuvor lachten reizende junge Menschen über unseren Schlagabtausch, und ihr Lachen war schleppend, zäh und gespickt von Bildungsbosheit. Offen gesagt war ich zu verblüfft, um zu antworten (ich war der Ansicht gewesen, ich würde mich allmählich mit dem SUK-DIK-Typen anfreunden), und noch verblüffter, als meine Kollegin Kelly Nardl hinter dem Nüchternblutzucker-Tester hervorkam, die Arme vor der Röte ihres Halsausschnitts verschränkt, das Kinn vom alkalisierten Wasser feucht glänzend. «Was fällt dir ein, so mit Lenny zu reden, Darryl», sagte sie. «Für wen hältst du dich? Bloß weil er älter ist als du? Ich kann's kaum erwarten, dass du dreißig wirst. Ich habe deine Tabellen gesehen. Schwere strukturelle Zellschäden aus der Zeit, als du dir jede Menge Heroin und Kohlenhydrate reingepfiffen hast, und deine gesamte dämliche Bostoner Familie neigt zu Alkoholismus und allem möglichen anderen Scheiß. Meinst du etwa, dein Stoffwechsel hält dich ewig so dünn? Auch ohne Training? Wann habe ich dich das letzte Mal bei ZeroMass oder NoBody trainieren sehen? Du wirst *ganz* schnell altern, mein Freund.» Sie nahm mich am Arm. «Komm, Lenny», sagte sie.

«Bloß weil er mal Joshies Kumpel war», rief Darryl hinter uns her. «Glaubst du, deshalb hast du das Recht, ihn zu verteidigen? Ich werde euch beide bei Howard Shu melden.»

«Er *war* kein Kumpel von Joshie», herrschte Kelly ihn an – wie herrlich sie aussah, wenn sie wütend war, dieser wilde amerikanische Blick, dieser ehrliche Ausdruck des enormen Kinns. «Sie sind *immer noch* Freunde. Ohne die Original Gangster wie Lenny gäbe es gar keine Posthumanen Dienstleistungen, und du hättest kein fettes Gehalt, sondern würdest gerade einen Abschluss in *Art&Design* am Purchase College machen, du kleines Stück Scheiße. Also sei deinen älteren Kollegen dankbar, sonst mach ich dich *fertig*.»

Stolz und verwirrt verließen wir beide die Eternity Lounge, als hätten wir einen durchgeknallten, gewalttätigen Jugendlichen in die Schranken gewiesen, und ich dankte Kelly eine halbe Stunde lang, bis sie mir freundlich bedeutete, den Mund zu halten. Ich machte mir Sorgen, dass Darryl bei Howard Shu petzen und der bei Joshie petzen und der sich aufregen würde, weil Kelly Darryl Stress gemacht hatte, denn das Stressen von Leuten wie Darryl ist in unserem Unternehmen absolut tabu. «Ist mir egal», sagte sie, «ich denke sowieso an Kündigung. Vielleicht ziehe ich zurück nach San Francisco.» Die Vorstellung, die Posthumanen Dienstleistungen zu verlassen und der Unbeschränkten Lebensverlängerung abzuschwören, um in der Bay Area einen mageren Lebensunterhalt zu verdienen, schien mir gleichbedeutend mit einem Sprung vom Empire State Building, und zwar mit solcher Masse und Geschwindigkeit, dass die Myriaden von Sicherheitsnetzen sämtlich reißen und die Schädelknochen Bekanntschaft mit dem Asphalt schließen würden. Ich massierte Kellys Schultern. «Lass es», sagte ich. «Denk nicht mal dran, Kel. Wir werden für immer und ewig zu Joshie halten.»

Aber Kelly wurde gar nicht getadelt. Stattdessen kam eines schwülen Morgens, als ich ins Heiligtum unserer Synagoge schritt, Little Bobby Cohen auf mich zu, der jüngste Angestellte bei den Posthumanen Dienstleistungen (ich glaube, er kann höchstens neunzehn sein), in einer Art safrangelbem Mönchshabit. «Komm mit mir, Leonard», sagte er, und seine Bar-Mizwa-Stimme klang gepresst angesichts der Bedeutung dessen, was er vorhatte.

«Ach, was ist denn los?», fragte ich, während mein Herz so heftig Blut pumpte, dass meine Zehen schmerzten.

Auf dem Weg nach hinten in ein winziges Büro, wo dem süßlich-brackigen Geruch nach zu urteilen früher der Gefilte-Fisch-Vorrat der Synagoge gelagert worden war, sang Little Bobby: «Mögest du auf ewig leben, möge fremd dir sein der Tod, mögest du wie Joshie schweben auf dem Atem der Geburt.»

Mein Gott! Die Schreibtischzeremonie.

Und da stand er, umringt von einem Dutzend Angestellten und unserem Anführer (der mich umarmte und küsste) – mein neuer Schreibtisch! Kelly legte mir eine zeremonielle Knoblauchzehe in den Mund, gefolgt von ein paar zuckerfreien Niacin-Minzdrops, und ich betrachtete all die hübschen jungen Leute, die an mir gezweifelt hatten, all die Darryls und Freunde Darryls, und ich verspürte die Übelkeit erregende, unbeständige Gerechtigkeit der Welt. Ich war wieder da! Mein Versagen in Rom war so gut wie getilgt. Nun konnte ich von Neuem beginnen. Ich lief hinaus ins Heiligtum, wo die Anzeigetafeln lautstark meine Existenz verzeichneten, hörte den eintönigen, doch tröstlichen Klang der Lettern «LENNY A.», die am untersten Rand einer der Tafeln umklappten, sah daneben mein letztes Blutbild – nicht so toll – und den vielversprechenden Stimmungsindikator «zurückhaltend, aber kooperativ».

Mein Schreibtisch. Ganze dreißig Quadratzentimeter, funkelnd und elegant, voller Texte, Images und Streams, die von seiner digitalen Oberfläche aufstiegen, ein Schreibtisch, der wahrscheinlich die 239 000 Yuan-gekoppelten Dollar wert war, die ich Howard Shu noch schuldete. Ich ignorierte fortan die Eternity Lounge, als wäre sie unter meiner Würde, und verbrachte den größten Teil meiner Arbeitswoche an meinem Schreibtisch, öffnete mehrere Datenströme gleichzeitig, wirkte wie ein Mann, der für Geselligkeit zu beschäftigt ist.

In gottähnlicher Haltung – mein von Eunice geküsster Zinken zeigte gen Zimmerdecke, beide Hände liebkosten die Daten vor mir, als wollte ich aus Lehm einen Menschen formen – durchforstete ich die Dateien unserer Lebensfreunde. Ihre weißen, glückseligen, hauptsächlich männlichen Gesichter (unsere Recherchen haben ergeben, dass Frauen sich eher um die Nachwuchspflege als um ewiges Leben Gedanken machen) blitzten vor mir auf und erzählten mir von ihrer Wohltätigkeit, ihren Plänen für die Menschheit, ihrer Sorge um unseren chronisch kranken Planeten, ihren Träumen von ewiger Transzendenz mit gleichgesinnten Yuan-Milliardären. Ich vermutete, zum letzten Mal hatten sie so dreist gelogen, als sie vor vierzig Jahren ihre Bewerbung fürs idealistisch-liberale Swarthmore College verfassten.

Ich suchte mir die Profile heraus, die mir am besten gefielen – einige aus den üblichen finanziellen, intellektuellen oder gesundheitlichen («Haltbarkeits»-)Gründen, andere, weil sie die Angst nicht aus ihrem Blick verbannen konnten, die Angst, dass trotz aller Pfründe und Reichtümer, die sie angehäuft hatten, trotz all ihrer flehenden Kinder und Enkel das Ende unumkehrbar und der Sturz ins Nichts eine Tragödie war, vor der alle anderen Tragödien skandalös banal, ihre Nachfahren ein Witz, ihre Leistungen ein Tropfen Süßwasser im salzigen Ozean sein mussten. Ich überschaute das gute und das schlechte Cholesterin, die steigenden Östrogenspiegel und die finanziellen Einbrüche, aber vor allem suchte ich nach einer Entsprechung zu Joshies Humpeln: dem Eingeständnis von Schwäche und Bedeutungslosigkeit; einer Anspielung auf die weitgehende Unfairness und die kosmische Tölpelhaftigkeit des Universums, das wir bewohnen. Und den intensiven Wunsch, es zurechtzurücken.

Einer meiner Aufnahmekandidaten, nennen wir ihn Barry, besaß ein kleines Konsumimperium in den Südstaaten. Er wirkte angemessen eingeschüchtert durch das, was Howard Shu ihm offenbar bereits eröffnet hatte, ehe er an mich weitergereicht wurde. Im Schnitt akzeptierten wir achtzehn Prozent unserer VPP-Kandidaten, und unser gefürchteter Ablehnungsbescheid wurde immer noch mit der Papierpost versandt. Die Aufnahmeprüfung dauerte eine Weile. Barry versuchte, jede Spur seines breiten Alabama-Akzents zu vertuschen und informiert zu klingen: Er fragte nach Untersuchung, Reparatur und Wiederaufbau von Zellen. Ich malte ein dreidimensionales Bild von Millionen autonom operierender Nanoboter in seinem guterhaltenen, Squash spielenden Körper, die Nährstoffe entzogen, anreicherten, zuführten, mit den Bausteinen hantierten, kopierten, manipulierten, neu programmierten, Blut austauschten, schädliche Bakterien und Viren zerstörten, Krankheitskeime identifizierten und überwachten, die Zerstörung von Weichgewebe umkehrten, bakterielle Infektionen verhinderten, Erbgut reparierten. Ich versuchte mich zu erinnern, wie enthusiastisch ich, damals Examenskandidat an der New York University, gleich nach meinem Einstieg in Joshies Unternehmen gewesen war, und gestikulierte viel, so wie es die verblühten römischen Schauspieler im da Tonino taten, dem Restaurant, in dem ich Eunice die scharfe Aubergine aufgetischt hatte. «Wie bald?», fragte Barry, sichtbar angesteckt von *meiner* Begeisterung. «Wann wird all das möglich sein?»

«Wir sind beinahe so weit», sagte ich verzweifelnd. Die 239 000 Yuan-gekoppelten Dollar, die ich Howard Shu schuldete, würden am Ersten des kommenden Monats von meinem Konto abgebucht werden. Das Geld sollte eigentlich meine Anzahlung für die erste von zahlreichen Behandlungen der Beta-Dechronifizierung sein. Scheiß auf meinen Namen auf der Anzeige. Der Zug fuhr aus dem Bahnhof, und ich rannte hinterher, der Koffer nur halb zu, weiße Unterwäsche flatterte lachhaft auf den Bahnsteig.

Ich nahm Barry mit bis zum Ödland an der York Avenue, wo unser Forschungszentrum liegt, ein zehnstöckiger Betonklotz, der früher einmal der Anbau eines großen Krankenhauses war. Es wurde Zeit, dass er unsere Indianer kennenlernte. Bei den Posthumanen Dienstleistungen machen wir so ein Cowboys-und-Indianer-Spielchen. Wir von der Abteilung Öffentlichkeitsarbeit Lebensfreunde nennen uns «Cowboys», und die Mitarbeiter der Forschungsabteilung sind die «Indianer», meist Leiharbeiter aus Indien und Ost-asien, untergebracht in einer 7500-m²-Anlage an der York Avenue und in drei Außenstellen: Austin/Texas, Concord/Massachusetts und Portland/Oregon.

Die Indianer halten den Ball flach. In den Bereichen, zu denen Besucher Zutritt haben, gibt es im Grunde nicht viel zu sehen – eigentlich das Gleiche, was man in jedem Büro sehen kann –, junge Menschen mit Äppäräten, abgekapselt vom Rest der Welt, gelegentlich ein Inkubator voller Mäuse oder irgendwelche rotierenden Gerätschaften. Zwei unse-rer geselligsten Forscher, die beide Prabal heißen, kamen aus den Krebs- und Virenlaboren, um ihn zu begrüßen, und halsten ihm noch mehr Terminologie auf, ergänzt durch ein paar gut einstudierte Werbesprüche: «Über die Alpha-Test-phase sind wir hinaus, Mr. Barry. Ich würde sagen, wir sind definitiv in der Beta-Phase.»

Als wir wieder in der Synagoge waren, ließ ich Barry den Lebenswillen-Test durchlaufen. Den «Age Scan», um das biologische Alter des Probanden zu bestimmen. Den Sind-Sie-gewillt-in-schwieriger-Lage-durchzuhalten-Test. Den Ertragen-Sie-unendliche-Traurigkeit-Test. Den Wie-reagieren-Sie-auf-den-Verlust-der-Kinder-Test. Er muss ge-spürt haben, wie viel auf dem Spiel stand, denn seine spitze angelsächsische Nase zitterte, als die Images auf seine Pu-pillen projiziert und die Ergebnisse auf meinen Äppärät ge-streamt wurden. Er würde alles tun, um durchzuhalten. Das Leben, das endlose Fortschreiten von einem Schmerz zum nächsten, stimmte ihn traurig, doch nicht trauriger als die meisten anderen Menschen. Er hatte drei Kinder, an die er sich ewig klammern würde, obwohl sein derzeitiger Konto-stand nur erlaubte, zwei von ihnen *in die Ewigkeit* zu retten. Ich gab «Sophies Entscheidung» in meinen Aufnahme-Äp-pärät ein – nach Joshies Dafürhalten ein schweres Problem.

Barry war erschöpft. Der Patterson-Clay-Schwartz-Spracherkennungstest, der letzte Gradmesser für die Auswahl, konnte bis zur nächsten Sitzung warten. Ich wusste jetzt schon, dass dieser vollkommen vernünftige, übernatürlich freundliche 52-Jährige die Prüfung nicht bestehen würde. Sein Schicksal war besiegelt, genau wie meins. Also lächelte ich ihn an, gratulierte ihm zu seiner Offenheit und Geduld, seiner Intelligenz und Reife, und mit einem Fingertippen auf meinen digitalen Schreibtisch warf ich ihn auf den lodernden Scheiterhaufen der Geschichte.

Ich fühlte mich beschissen wegen Barry, aber noch beschissener wegen meiner selbst. Joshies Büro war den ganzen Tag gerammelt voll, aber in einem ruhigen Moment erwischte ich ihn am Fenster, wo er grübelnd in einen makellos blauen Himmel starrte – nur ein dicker, einsamer Militärhubschrauber, den bewaffneten Schnabel wie ein Raubvogel auf Beutesuche gesenkt, tuckerte Richtung East River dahin. Ich trat neben ihn. Er nickte, nicht unfreundlich, aber mit müder Reserviertheit. Ich erzählte ihm von Barry, betonte das gute Wesen des Mannes und sein Problem, dass er nämlich zu viele Kinder hatte, die er liebte, und nicht genug Geld, sie alle zu retten, was Joshie bloß ein Achselzucken entlockte. «Wer ewig leben will, wird auch einen Weg finden, das zu verwirklichen», sagte er – ein Eckpfeiler der Posthumanen Philosophie.

«Hey, Grizzly», sagte ich, «meinst du, ich könnte ein paar Dechronifizierungsbehandlungen zum Sonderpreis kriegen? Bloß so eine grundlegende Weichgewebe-Wartung, um vielleicht ein paar biologische Jahre abzutragen?»

Joshie betrachtete den drei Meter hohen Glasfiber-Buddha, der sein ansonsten leeres Büro möblierte; dessen beseelter Blick sandte Alphastrahlen aus. «Die sind nur für

Klienten», sagte er. «Das weißt du doch, Rhesus. Warum zwingst du mich, es dir ins Gesicht zu sagen? Halt dich an die Diät- und Fitnesspläne. Nimm Stevia statt Zucker. Du hast immer noch ein ganzes Stück Leben in dir.»

Meine Traurigkeit erfüllte den Raum, besetzte seine einfachen, rechtwinkligen Konturen, verdrängte sogar Joshies spontanen Rosenduft.

«So habe ich es nicht gemeint», sagte er. «Nicht bloß *ein ganzes Stück*. Vielleicht auch ewig. Aber du darfst dir nicht einbilden, dass das schon sicher ist.»

«Eines Tages wirst du mich sterben sehen», sagte ich und hatte deswegen sofort ein schlechtes Gewissen. Wie so oft seit meiner Kindheit versuchte ich, Nichtexistenz zu spüren. Ich zwang Gleichgültigkeit in meinen feuchtwarmen, hungrigen Körper der zweiten Einwanderergeneration hinein. Ich dachte an meine Eltern. Wir würden alle zusammen tot sein. Nichts von unserer müden, gebrochenen Art würde überdauern. Meine Mutter hatte drei nebeneinanderliegende Grabstellen auf einem jüdischen Friedhof auf Long Island gekauft. «Jetzt können wir für immer zusammenbleiben», hatte sie zu mir gesagt, und ich war über ihren fehlgeleiteten Optimismus beinahe in Tränen ausgebrochen, über den Gedanken, dass sie ihre Vorstellung von Ewigkeit – und was für eine Ewigkeit konnte *das* schon sein? – mit ihrem Versager von Sohn verbringen wollte.

«Du wirst mich ausgelöscht sehen», sagte ich zu Joshie.

«Das würde mir das Herz brechen, Lenny», sagte Joshie, und die Stimme brach ihm vor Erschöpfung oder vielleicht auch nur Ennui.

«In dreihundert Jahren wirst du dich gar nicht mehr an mich erinnern. Dann bin ich bloß irgendein Untergebener.»

«Nichts ist garantiert», sagte Joshie. «Nicht mal *ich* kann sicher sein, dass meine Persönlichkeit ewig überlebt.»

«Das wird sie», sagte ich. Ein Vater sollte sein Kind niemals überleben, wollte ich hinzufügen, doch ich wusste, dass Joshie mir prinzipiell widersprechen würde.

Er legte mir die Hand seitlich aufs Genick und übte sanften Druck aus. Ich beugte mich ein wenig zu ihm und hoffte auf mehr Berührung. Mit leichter Hand massierte er mich. Daran war nichts Besonderes; bei den Posthumanen Dienstleistungen massieren wir einander regelmäßig. Dennoch sog ich seine Wärme auf und wollte glauben, dass sie nur mir galt. Ich dachte an Eunice Park und ihren starken, gesunden Körper mit ausgewogenem pH-Wert. Ich dachte an den warmen Frühsommertag, der vor dem Erkerfenster an Kraft gewann, an das New York vergangener Frühsommer, an die Stadt, die einst so viele Versprechen gehalten hatte, die Stadt einer Million Wechsel auf die Zukunft. Ich dachte an Eunice' Lippen auf meiner Nase, die mit Schmerz durchsetzte Liebe, den Geschmack nach Mandeln und Salz. Ich dachte, dass alles einfach zu schön war, um es jemals loszulassen.

«Wir fangen gerade erst an, Lenny», sagte Joshie, und seine starke Hand hielt mein müdes Fleisch im Klammergriff. «Jetzt heißt es: Ernährung und Sport. Konzentriere dich auf die Arbeit, um den Geist in Bewegung zu halten, aber denk nicht zu viel nach und gib dich nicht den Ängsten hin. Vor uns liegt viel *zores*. Ärger», erklärte er, als ich das jiddische Wort nicht gleich verstand. «Aber für die richtige Sorte Menschen gibt es auch jede Menge Gelegenheiten. Und, *hey*, freu dich doch, dass du deinen Schreibtisch zurückhast.»

«Der LIBOR-Satz ist laut CrisisNet um siebenundfünfzig Basispunkte gefallen», sagte ich bescheidwisserisch.

Er aber schaute auf meinem Äppärät ein Image von Eunice an, das aufdringlich oberhalb der übrigen Datenströme eingeblendet war. Es zeigte sie auf der Hochzeit einer ihrer lächerlich jungen Freundinnen vom Elderbird College im südlichen Kalifornien, in einem schwarz gepunkteten, eng anliegenden Kleid, mit dem sie verzweifelt versuchte, die Andeutungen eines erwachsenen Frauenkörpers zu präsentieren. Ihre Haut leuchtete in der warmen Nachmittagssonne, ihr Blick ließ verhaltene Freude erkennen. «Das ist Eunice», sagte ich. «Mein Mädchen. Ich glaube, sie wird dir gefallen. Gefällt sie dir?»

«Sie sieht gesund aus.»

«Danke», sagte ich strahlend. «Ich kann dir, wenn du willst, ein Image von ihr schicken. Sie ist praktisch ein Aushängeschild für die Ewigkeit.»

«Gern», sagte er und sah sich das Image länger an. «Braver Junge, Lenny», sagte er. «Gut gemacht.»

Am nächsten Tag fuhren Eunice und ich mit der Long Island Rail Road nach Westbury, Long Island, um die Abramovs zu besuchen. Die Liebe, die ich auf der Zugfahrt für sie empfand, hatte eine Hauptstadt und mehrere Provinzen, Diözesen und einen Vatikan, einen orangeroten Planeten und viele missmutige Monde – sie war ein System, und zwar ein vollständiges. Ich wusste, Eunice war noch nicht bereit, meine Eltern kennenzulernen, aber sie kam mir zuliebe trotzdem mit. Das war der erste größere Gefallen, den sie mir tat, und Dankbarkeit überschwemmte mich.

Mein süßes Mädchen war so nervös, dass sie beinahe zitterte (wie oft wollte sie noch frisches Lipgloss auftragen und ihre glänzende Nase abwischen?), was bewies, dass ich ihr etwas bedeutete. Sie hatte sich angemessen gekleidet, ihr Aufzug war noch etwas konservativer als sonst: eine himmelblaue Bluse mit Bubikragen und weißen Knöpfen, ein wollener Bundfaltenrock, der übers Knie reichte, ein schwarzes Samtband um den Hals – aus bestimmter Blickrichtung sah sie aus wie eine der orthodoxen Jüdinnen, die inzwischen mehrheitlich mein Wohnhaus bevölkern. Die übliche koreanische Elternverehrung und Elternangst weckte in mir einen eigenartigen Immigrantenstolz. Wie Eunice da so anziehend auf dem orangen Kunstledersitz des Pendlerzuges schwitzte, konnte ich mir die naturgegebene Langlebigkeit unserer Beziehung vorstellen, und wenigstens einen Augenblick lang hatte ich das Gefühl, dass wir unseren vorbestimmten Rollen als Nachkommen schwieriger ausländischer Eltern gerecht wurden.

Doch es kam noch etwas hinzu. Meine erste Liebe zu einem koreanischen Mädchen war vor gut fünfundzwanzig Jahren auf dieser Zugstrecke erblüht. Ich war gerade auf eine renommierte Highschool mit Schwerpunkt Mathe und Naturwissenschaften in TriBeCa gewechselt. Die meisten anderen Schüler waren Asiaten, und da man eigentlich in New York City wohnen musste, um angenommen zu werden, hatten einige von uns die Wohnungsangaben gefälscht und pendelten aus verschiedenen Teilen von Long Island. Die Fahrt zurück nach Westbury, gemeinsam mit Dutzenden von Nerd-Mitschülern, hatte es besonders in sich, weil an der naturwissenschaftlichen Highschool jeder wusste, dass mein Notenschnitt bei jämmerlichen 86,894 lag, während man für die Zulassung an den schwächsten Elite-Unis, an der Cornell oder der University of Pennsylvania, mindestens 91,550 Punkte brauchte (als Kinder von Einwanderern aus Hochleistungsländern wussten wir natürlich, dass es von unseren Eltern Backpfeifen setzen würde, wenn es nicht mindestens die Penn wurde). Mehrere koreanische und chinesische Jungs, die mit mir Zug fuhren – ihr hochgegeltes Haar sehe ich heute noch in den plastischsten Albträumen vor mir – tanzten um mich herum und sangen meinen Notenschnitt: «Sechsundachtzig Komma acht neun vier, sechsundachtzig Komma acht neun vier!»

«Damit kommst du nicht mal ans Oberlin.»

«Viel Spaß an der NYU, Abramov.»

«Ab an die Uni in Chicago! Wo die Lehrer lernen!»

Doch da war ein Mädchen, auch eine Eunice – Eunice Choi, um genau zu sein –, eine großgewachsene, stille Schönheit, die meine Quälgeister von mir wegschob und rief: «Lenny kann nichts dafür, dass er nicht gut in der Schule ist! Denkt dran, was Reverend Sung sagt: Wir sind alle verschieden. Wir alle haben unterschiedliche Fähigkeiten. Wisst ihr nicht mehr, der Sündenfall? Wir sind alle gefallene Geschöpfe.»

Dann setzte sie sich neben mich und half mir, ohne dass ich sie gebeten hätte, bei der unlösbaren Chemiehausaufgabe, schob die seltsamen Buchstaben und Zahlen in meinem Heft hin und her, bis die Gleichungen aus irgendeinem Grund «aufgingen», während ich, der ich neben diesem Zaubermädchen, neben ihrer seidigen Haut, die unter sommerlichen Turnhosen und orangem Princeton-Trikot schimmerte, völlig das Gleichgewicht verlor, den Versuch unternahm, kurz an ihrem Haar zu schnuppern oder mich von ihrem harten Ellbogen streifen zu lassen. Zum ersten Mal war eine Frau für mich in die Bresche gesprungen und hatte mir eine Ahnung davon vermittelt, dass es sich tatsächlich lohnte, mich zu verteidigen, dass es kein schlechter Mensch war, nur eben nicht so lebenstüchtig wie andere.

In Westbury stiegen Euny und ich vor einem gepanzerten Truppentransporter aus, der neben dem gedrungenen Bahnhofsgebäude parkte und dem wieder abfahrenden Zug mit nickendem Browning-M2-Maschinengewehr eine Art freundlichen, herzlichen Abschiedsgruß nachwinkte. Nationalgardisten prüften die Äppäräte der bunt durchmischten Fahrgäste, der Salvadorianer, Iren, Südostasiaten, Juden und all der anderen, die beschlossen hatten, aus dieser Ecke von Long Island das farbenfrohe, geruchsintensive Mosaik werden zu lassen, das es derzeit ist. Die Soldaten wirkten sonnenverbrannter und wütender als üblich; vielleicht waren sie gerade aus Venezuela abkommandiert worden. Zwei Männer – einer mit brauner Haut, der andere nicht – wurden aus der Schlange geholt und ins Fahrzeug geschoben. Zu hören war nur das Sirren und Klicken unserer Äppäräte, von denen Daten heruntergeladen wurden, und damit wetteifernd das Zirpen der Zikaden, die aus siebenjährigem Schlummer erwachten. Und wie erst meine Landsleute aussahen – die passiven Häupter gebeugt, die Hände an der Hosennaht, alle schuldig des Vergehens, nicht das Beste aus sich zu machen, nicht ihr täglich Brot zu verdienen, eine Unterwürfigkeit, die ich von Amerikanern niemals erwartet hätte, nicht mal nach so vielen Jahren des Abstiegs. Hier sah man die *Erschöpfung*, die aus dem Versagen erwuchs und sich auf ein Land legte, das nur ans Gegenteil glaubte. Hier sah man das Endprodukt unserer tiefen moralischen Ermattung. Beinahe hätte ich Nettie Fine eine Nachricht geteent und sie angefleht, mir etwas von ihrer funkelnden Einheimischen-Hoffnung abzugeben. Glaubte sie wirklich ernsthaft, alles würde besser werden?

Ein bierbäuchiger, ziegenbärtiger *Muschik* mit Tarnhelm kontrollierte meinen Äppärät, wobei er mir den Anblick einer unerfreulichen Zahnreihe und einen Hauch morgendlichen Mundgeruchs gewährte, der sich offenbar bis tief in den Nachmittag gehalten hatte. «Bö-öswillige Angabe unvollständjer Daatn», bellte er in einem Akzent, den ich irgendwo zwischen den Appalachen und dem tieferen Süden ansiedelte, wo das kurze «bös» ein bedrohlicher Zweisilber war. (Wie hatte aus diesem falschen Kentuckianer ein *New Yorker* Nationalgardist werden können?) «Sollndas, Freundchen?»

Das ließ mir sofort die Luft raus. Augenblicklich zog sich die Welt in ihre Umrisse zurück. In erster Linie hatte ich Angst, vor Eunice Angst zu zeigen. Ich war in dieser Welt doch ihr Beschützer. «Nein», sagte ich. «Nein, Sir. Das wird in Ordnung gebracht. War ein Irrtum. Ich habe auf dem Flug von Rom hierher mit einem dicken Aufrührer im Flugzeug gesessen. Ich habe zu dem Otter ‹So Italiener› gesagt, und er hat ‹Somalier› verstanden.»

Der Soldat hob eine Hand. «Sie arbeitn für Staatling-Wapachung?», fragte er und sprach dabei den komplizierten Namen meines Arbeitgebers an mehreren Stellen falsch aus.

«Ja, Sir. Posthumane Dienstleistungen, Sir.» Das Wort «Sir» kam mir wie eine kaputte Waffe zu meinen Füßen vor. Wieder wünschte ich, meine Eltern wären näher, obwohl sie nicht mal mehr drei Kilometer entfernt waren. Aus irgendeinem Grund fiel mir Noah ein. Konnte er wirklich mit der ARR kollaborieren, wie Vishnu angedeutet hatte? Und wenn ja, könnte er mir jetzt helfen?

«Leugn' und zustimm'?»

«Was?»

Der Mann seufzte. «Leugn' Sie die *Egg*-sistenz unsres Gesprächs und stimm' inhaltlich zu?»

«Ja. Natürlich!»

«Hier, den Fingerabdruck.»

Ich streifte das Pad seines dicken braunen Äppärätes mit dem Daumen.

Ein Schwenk des Handgelenks. «Weitergehn.» Als ich ihm Folge leistete, fiel mir eine Aufschrift auf dem Transporter ins Auge: «WAPACHUNG KRISE – AUSRÜSTUNG LEASEN/KAUFEN.» WapachungKrise hieß das erschreckend profitable Sicherheitsunternehmen unserer Mutterfirma. Was zum Teufel war hier los?

Zum Haus meiner Eltern nahmen wir ein Taxi und kamen an verschiedenen Beispielen bescheidener zweistöckiger Cape-Cod-Häuschen mit Aluminiumverkleidung vorbei, ein Wimpel der New York Yankees hing an jedem zweiten Eingang – die Sorte blühendes Viertel, wo das gesamte Haushaltsgeld in die zehn mal dreißig Quadratmeter Rasenfläche fließt, die selbst jetzt, in der überreifen Hitze des Ostküstensommers, in sorgsam kultiviertem Grün erglänzte. Es war mir ein bisschen peinlich, dass Eunice' Eltern so viel besser dastanden als meine, aber ich war zufrieden, wie sich die Sache mit dem näselnden Nationalgardisten entwickelt hatte – dass es so aussah, als wären mir als Angestelltem der mächtigen Staatling-Wapachung Corporation, die inzwischen offenbar sogar die Nationalgarde ausrüstete, Kraft und Gnade zuteilgeworden. «Hast du eben Angst gehabt, Euny?», fragte ich.

«Ich weiß doch, dass mein *kokiri* kein abartiger Krimineller ist», sagte sie, rieb meine Nase und beugte sich vor, damit ich ihre Stirn küssen und die Tatsache feiern konnte, dass ihr auch in solch schwierigen Zeiten noch Witze gelangen.

In wenigen Minuten erreichten wir Washington Avenue Ecke Myron Road, die wichtigste Straßenecke meines Lebens. Schon konnte ich das Haus meiner Eltern sehen, halb Backstein, halb Stuck, den goldenen Briefkasten vorne, daneben die Nachbildung einer Leuchte aus dem 19. Jahrhundert, die billigen Gartenstühle, die auf der als Veranda dienenden Betonfläche gestapelt waren, das Pferdekutschenmotiv auf der stählernen Fliegengittertür (ich will ihren Geschmack ja gar nicht heruntermachen, dieser ganze Mist gehörte schon beim Kauf zum Haus) sowie die riesigen Flaggen der Vereinigten Staaten von Amerika und des SicherheitsStaates Israel, die an zwei Masten vorm Haus wehten. Die aromatisch vertrocknete Hülle von Mr. Vida, dem Nachbarn meiner Eltern und besten Freund meines Vaters, winkte von der Veranda gegenüber und rief mir etwas Aufmunterndes und Eunice etwas womöglich Schlüpfriges zu. Mr. Vida und mein Vater waren beide in ihrer Heimat Ingenieure gewesen und hier in die Arbeiterklasse abgestiegen: große, schwielige Hände, kleine, mit Hornhaut überzogene Körper, kluge braune Augen, ein liebevoll gepflegter Konservatismus und aufstrebende, eilige Kinder, Mr. Vida hatte drei, mein Vater nur eines. Sein Sohn Anuj und ich hatten zusammen an der NYU studiert, und jetzt war das kleine Arschloch Chefanalyst bei der Allied-WasteCVSCitigroup.

Ich nahm Eunice am Arm und führte sie über den tadellosen Rasen meiner Eltern. Meine Mutter erschien im üblichen Aufzug an der Tür – weißer Schlüpfer und zweckmäßiger BH … eine Frau, die sich seit ihrer Pensionierung intensiv dem Leben im Haus widmet und die ich viele Jahre nicht mehr anständig bekleidet gesehen habe.

Sie wollte mir gerade in typisch übertriebener Manier die Arme um den Hals werfen, als sie Eunice bemerkte, ein verblüfftes russisches Gebrabbel ausstieß und sich ins Haus zurückzog, wobei mir wie immer der Anblick ihrer vollen, der Schwerkraft nachgebenden Brüste und des kleinen runden Bauchhügels im Kopf blieb. Rasch nahm mein Vater, ohne Hemd, in fleckigen sandfarbenen Shorts, ihren Platz ein, gaffte Eunice ebenfalls an, fuhr sich, vielleicht aus Verlegenheit, mit der Hand über die nackte, muskulöse Brust, sagte «Oh!» und umarmte mich dann dennoch. Haar drückte gegen mein neues Oberhemd – der graue Brustteppich, den mein Vater mit eigenartigem Statusbewusstsein zur Schau stellte, als wäre er ein Mitglied des Königshauses in einem tropischen Kleinstaat. Er küsste mich auf beide Wangen, und ich tat es ihm gleich, spürte den Strom der Intimität, der plötzlichen Nähe zu einem Menschen, der normalerweise so weit von mir entfernt seine Kreise zieht. Die Richtlinien, der fast konfuzianische Code der russischen Vater-Sohn-Beziehungen entrollten sich in meinem Geiste: Vater, das heißt, ich muss ihn lieben, muss ihm zuhören, darf ihn nicht beleidigen, darf ihn nicht verletzen, darf ihn nicht für vergangene Fehler zur Rechenschaft ziehen; er ist jetzt ein wehrloser alter Mann, der alles verdient, was ich ihm bieten kann.

Meine Mutter tauchte in Shorts und Herrenunterhemd wieder auf. «*Synotschek* (Söhnchen)», rief sie und küsste mich ebenso innig. «Sieh nur, wer gekommen ist! *Nasch ljubimez* (Unser Liebling).»

Sie schüttelte Eunice die Hand, und meine beiden Eltern taxierten sie rasch, stellten fest, dass sie wie ihre Vorgängerinnen nicht jüdisch war, nahmen jedoch still erfreut zur Kenntnis, dass sie schlank und attraktiv aussah und eine dichte schwarze Mähne hatte. Meine Mutter wickelte ihre eigenen kostbaren blonden Locken aus dem grünen Kopftuch, das sie vor der amerikanischen Sonne schützte, und lächelte Eunice reizend an, wobei mir auffiel, dass ihre Haut immer noch bleich und zart, nur um den hektisch sich bewegenden Mund ein wenig gealtert war. Sie legte in ihrem tapferen Rentner-Englisch los und sagte, wie froh sie doch sei, eine potenzielle Schwiegertochter zu haben (ein immer wiederkehrender Traum – zwei Frauen gegen zwei Männer, Chancengleichheit am Essenstisch), und umriss ihre Einsamkeit mit Schnellfeuerfragen über mein geheimnisvolles

Leben im fernen New York. «Hält Lenny Wohnung sauber? Saugt er Staub? Einmal, ich kam in Studentenwohnheim, och, schrecklich! Solcher Geruch! Toter Ficus im Topf! Alter Käse auf Tisch! Socken hängen am Fenster.»

Eunice lächelte und verteidigte mich. «Er ist sehr ordentlich, Mrs. Abramov. Sehr sauber.»

Ich sah sie zärtlich an. Irgendwo unter dem hellen Vorstadthimmel spürte ich die Gegenwart eines Browning-M2-Maschinengewehrs, das sich einem ankommenden Zug der Long Island Rail Road entgegendrehte, doch hier war ich umgeben von den Menschen, die mich liebten. «Ich habe vom Drogerie-Discounter Tagamet mitgebracht», sagte ich zu meinem Vater und zog die fünf Schachteln aus der Tasche.

«Vielen Dank, *malenki* (mein Kleiner)», sagte mein Vater und griff nach seiner Lieblingsmedizin. «Magengeschwür», sagte er ernst zu Eunice und deutete auf seine gequälte Bauchregion.

Meine Mutter hatte mich bereits am Hinterkopf gepackt und strich mir wie wahnsinnig übers Haar. «So grau», sagte sie mit übertriebenem Kopfschütteln wie eine amerikanische Komödiendarstellerin. «So alt er wird. Fast vierzig. Ljonja, was ist los mit dir? Zu viel Stress? Haare fallen auch aus. O mein Gott!»

Ich schüttelte sie ab. Wieso machte mein Verfall allen solche Sorgen?

«Sie heißen Eunice?», fragte mein Vater. «Wissen Sie, woher kommt so ein Name?»

«Meine Eltern …», hob Eunice brav an.

«Kommt vom Griechischen, *eu-nii-kää*. Heißt ‹siegreich›.» Er lachte erfreut, weil er zeigen konnte, dass er, bevor er in Amerika zum Hausmeister werden musste, am Arbat in Moskau als Halbintellektueller und kleiner Dandy unterwegs gewesen war. «Ich hoffe also», fuhr er fort, «dass Sie im Leben werden auch siegreich sein!»

«Wen interessiert Griechisch, Boris», sagte meine Mutter. «Sieh doch, wie sie ist schön!»

Dass meine Eltern Eunice' Aussehen und ihre Siegchancen so positiv beurteilten, hellte meine Laune erheblich auf. Nach all den Jahren lechzte ich immer noch nach ihrer Anerkennung, sehnte mich nach Zuckerbrot und Peitsche ihrer Erziehungsmethoden aus dem 19. Jahrhundert. Ich nahm mir vor, meine hitzigen Gefühle herunterzukühlen, Gedanken zu fassen, ohne dass mir das Familienblut in den Schläfen pochte. Doch alles umsonst. Sobald ich an der Mesusa am Eingang vorbeiging, wurde ich wieder zwölf Jahre alt.

Eunice errötete wegen der Komplimente und sah mich ängstlich und überrascht an, als mein Vater mich zum üblichen Vier-Augen-Gespräch Richtung Wohnzimmersofa zog. Meine Mutter kam mit einer Plastiktüte angerauscht, die sie über die Stelle breitete, auf die ich mich mit meiner zweifelhaften Manhattan-Kleidung setzen wollte, dann führte sie Eunice in die Küche, wo sie der potenziellen Schwiegertochter und Verbündeten fröhlich vorschwatzte, dass «Männer können so schmutzig sein, wissen Sie», und sie gerade eine neue Lagermöglichkeit für ihre vielen Wischmopps eingerichtet habe.

Auf dem Sofa legte mir mein Vater den Arm um die Schultern – da war sie, die Nähe – und sagte: «*Nu, rasskaschi* (Na los, erzähl mal).»

Ich atmete im Takt mit ihm, als wären wir verbunden. Ich spürte sein Alter in mich einsickern, als wäre er die Vorhut meiner eigenen Sterblichkeit, obwohl seine Haut erstaunlich faltenfrei war und ein Odeur von Vitalität verströmte, begleitet von einem leisen Hauch Verfall. Ich sprach Englisch mit verlockenden Anklängen des Russischen, das ich unregelmäßig an der NYU studiert hatte, und die fremden Worte ragten wie Rosinen aus einem Brotlaib hervor. Im Geist notierte ich einige der schwierigeren Wörter, die ich daheim in meinem nichtdigitalen Oxford Russisch-Englisch-Wörterbuch nachschlagen wollte. Ich redete über die Arbeit, über meine Vermögenswerte, über die 239000 Yuan-gekoppelten Dollar, die ich Howard Shu schuldete (*swolotsch kitaitschonok* [kleine Chinesensau], lautete die Meinung meines Vaters), über die jüngste, ziemlich positive Taxierung meiner 70-m²-Wohnung in der Lower East Side, über all die Finanzfragen, die uns in Angst und in Verbindung hielten. Ich gab ihm eine Fotokopie meiner selbst, ohne ihm zu sagen, dass ich unglücklich, gedemütigt und oft, genau wie er, ganz auf mich gestellt war.

Er hielt meinen neuen Äppärät-Anhänger hoch. «Wie viel?», fragte er und drehte das Ding zwischen den haarigen Fingern, über die verschiedenfarbige Daten flossen. Als ich ihm erklärte, das Gerät hätte ich gratis bekommen, schnaubte er zufrieden und sagte in unvermengtem Englisch: «Neue Technologie gratis lernen ist gut.»

«Wie steht's mit deiner Bonität?», fragte ich.

«Ach.» Er winkte ab. «Ich gehe nie in Nähe dieser Masten, also was soll es?»

Der Boden unter meinen Füßen war sauber, einwanderersauber, so sauber, dass man merkte, jemand hatte sein Bestes gegeben. Mein Vater hatte zwei altmodische *Televisor*-Bildschirme über dem von meiner Mutter fanatisch polierten Kaminsims an die Wand gehängt. Einer war auf einen FoxLiberty-PrimeStream eingestellt, der gerade die wachsende Zeltstadt im Central Park zeigte – inzwischen reichte sie vom Metropolitan Museum über Berg und Tal bis hinab zur Sheap Meadow («*obesjani* [Affen]» nannte mein

Vater die vertriebenen und obdachlosen Demonstranten). Auf dem anderen Schirm strahlte FoxLiberty-Ultra gnadenlos die Ankunft des chinesischen Zentralbankchefs auf dem Luftwaffenstützpunkt Andrews aus, unsere Nation, die vor ihm im Staub lag, unseren Präsidenten und dessen hübsche Frau, die den Versuch unternahmen, nicht zu sehr zu bibbern, als ein kalter Platzregen sich über Maryland ergoss und den in der Hitze aufgeplatzten Asphalt reinwusch.

Als ich meinen Vater fragte, wie es ihm gehe, deutete er auf sein Sodbrennen und seufzte. Dann begann er über die Nachrichten auf «dem Fox» zu reden. Wenn er sprach, hatte ich manchmal das Gefühl, dass er – zumindest nach seinem Empfinden – bereits aufgehört hatte zu existieren, dass er sich bloß noch für eine Leerstelle hielt, die durch eine lächerliche Welt herumtrieb. Mit komplizierten Sätzen, die ihm das Englische verweigert hatte, pries er auf Russisch Verteidigungsminister Rubenstein und alles, was der und die Überparteilichen für unser Land getan hatten, und sagte, dass der SicherheitsStaat Israel jetzt mit Rubensteins Segen die nukleare Option gegen die Araber und Perser ergreifen solle, «vor allem gegen Damaskus, von wo, wenn der Wind richtig steht, *s boschej pomoschtschu* (mit Gottes Hilfe) die giftigen Wolken und nuklearen Niederschläge in Richtung Teheran und Bagdad treiben werden» statt nach Jerusalem und Tel Aviv.

«Ach, übrigens, ich habe in Rom Nettie Fine getroffen», sagte ich. «In der Botschaft.»

«Und wie geht es unserer amerikanischen Mama? Meint sie immer noch, dass wir ‹grausam› sind?» Er lachte irgendwie grausam.

«Sie meint, die Leute im Park werden sich erheben. Die Ex-Nationalgardisten. Es wird eine Revolution gegen die Überparteilichen geben.»

«*Tschusch kakaja!* (Was für ein Blödsinn!)», rief mein Vater. Aber dann dachte er einige Augenblicke nach und breitete die Arme aus. «Was soll man mit jemandem wie ihr anfangen?», sagte er. «*Liberalka.*»

Zwanzig Minuten lang spürte ich den Atem meines Vaters an der Wange, während er von seinem komplexen politischen Leben erzählte, dann entschuldigte ich mich, wand mich aus seiner feuchtwarmen Umarmung und ging nach oben ins Bad, weshalb mir meine Mutter aus der Küche nachrief: «Lenny, zieh im Bad oben nicht die Schuhe aus. Papa hat *gribok* (Fußpilz).»

Im kontaminierten Badezimmer bewunderte ich den seltsamen Plastikklops mit Holzspeichen, der die beeindruckende Wischmoppkollektion meiner Mutter in ständiger Griffbereitschaft hielt. Obwohl meine Eltern nie ein gutes Wort über HeiligPetroRussland verloren, hingen im Flur lauter gerahmte sepiafarbene Postkarten vom Roten Platz und dem Kreml, von der schneebestäubten Reiterstatue des Prinzen Juri Dolgoruki, der Moskau gegründet hatte (auf den Knien meines Vaters hatte ich ein bisschen russische Geschichte gelernt), und von den Zuckerbäckertürmen der renommierten Lomonossow-Universität aus der Stalinzeit, die keines meiner Elternteile je besuchen konnte, weil, so schilderten sie es, damals keine Juden zugelassen gewesen waren. Was mich anging, so war ich nie in Russland gewesen. Ich hatte keine Gelegenheit, es so lieben und hassen zu lernen wie meine Eltern. Ich muss schon mit *einem* sterbenden Imperium fertigwerden, da brauche ich nicht noch eins.

Mein Zimmer war fast leer; alle Spuren meiner Bewohnung, die Poster und kleinen Reisemitbringsel, hatte meine Mutter in sorgfältig beschrifteten Kartons in den Wandschränken verstaut. Ich genoss die Enge, die Gemütlichkeit eines Zimmers im ersten Stock eines traditionellen Cape-

Cod-Hauses, die Dachschräge, unter der man sich ducken muss, ja gar nicht anders kann, als sich wieder klein und naiv zu fühlen, zu allem bereit, nach Liebe dürstend, der Körper wie ein Schornstein voller seltsamem schwarzem Rauch. Diese quadratisch gedrungenen, unwohnlichen Zimmer sind eine Art Lobgesang auf die Teenagerzeit, auf das Erwachsenwerden, auf den ersten und letzten Geschmack der Jugend. In Worten kann ich kaum ausdrücken, wie viel der Kauf dieses Hauses, jedes winzigen Schlafzimmers darin, für meine Familie und mich bedeutet hatte. Ich erinnere mich an die Vertragsunterzeichnung im Büro des Notars, bei der wir drei uns anstrahlten, einander im Geiste die Sünden von anderthalb Jahrzehnten vergaben, die vom Vater verabreichten Prügel meiner jungen Jahre, die Ängste und Manien meiner Mutter, meine eigene pubertäre Übellaunigkeit, denn endlich hatten der Hausmeister und seine Frau etwas richtig gemacht! Jetzt würde alles in Ordnung kommen. Jetzt gab es kein Zurück mehr, ein glorreicher Besitz mitten auf Long Island war uns beschert worden, und nichts von den sorgfältig beschnittenen Büschen vorne am Briefkasten (unsere eigenen Büsche, ABRAMOV-Büsche) bis hin zu der oft erwähnten kalifornischen Möglichkeit eines oberirdisch aufgestellten Swimmingpools hinten im Garten, die zwar wegen unserer prekären Finanzlage nie umgesetzt, jedoch auch nie ganz zu Grabe getragen wurde, konnte uns wieder genommen werden. Und auch nicht das hier, mein Zimmer, dessen Privatsphäre meine Eltern nie respektiert hatten, wo ich aber dennoch im Sommer überhitzte Zuflucht auf dem besseren Feldbett fand und meine dünnen Teenagerarme das Einzige taten, zu dem sie außer Selbstbefriedigung fähig waren, nämlich einen großen roten Band der Werke Joseph Conrads hochzuhalten, wobei sich meine weichen Lippen zu den dichten Worten bewegten und die verzogene Holzvertäfelung das gelegentliche Schnalzen meiner Zunge schluckte.

Draußen im Flur entdeckte ich eine weitere gerahmte Erinnerung. Einen Aufsatz, den mein Vater auf Englisch für das Mitteilungsblatt des wissenschaftlichen Labors, in dem er arbeitete, geschrieben hatte (zum Stolz unserer Familie hatte er es auf die Titelseite des Blattes geschafft) und der von mir, damals Student mit Hauptfach Englisch, redigiert und Korrektur gelesen worden war.

DIE FREUDEN DES BASKETBALLSPIELS
VON BORIS ABRAMOV

Manchmal ist das Leben schwierig, und man hat den Wunsch, sich vom Druck und den Sorgen des Lebens zu erleichtern. Manche Menschen laufen zum Psychiater, manche springen in einen kalten See oder reisen um die Welt. Ich jedoch finde nichts erfreulicher, als Basketball zu spielen. Im Labor gibt es viele Männer (und Frauen!), die gern Basketball spielen. Sie kommen aus aller Welt, aus Europa, aus Lateinamerika, von überall sonst. Ich kann nicht behaupten, dass ich der beste Spieler wäre, ich bin nicht mehr der Jüngste, meine Knie schmerzen, ich bin außerdem eher klein, das ist ein Handicap. Aber ich nehme das Spiel sehr ernst, und wenn sich in meinem Leben ein großes Problem auftut und ich das Gefühl habe, nicht mehr weiterleben zu wollen, dann stelle ich mir manchmal vor, ich wäre auf dem Platz und würde versuchen, einen Ball aus großer Entfernung in den Korb zu werfen oder einen agilen Gegner auszuspielen. Ich bemühe mich, mit Bedacht zu spielen. Das Ergebnis ist, dass ich oft auch gegen viel größere oder schnellere Gegner siegreich bin, sagen wir aus Afrika oder Brasilien.

Aber ob gewinnen oder verlieren – was zählt, ist der Geist dieses wundervollen Spiels. Wenn Sie also dienstags oder donnerstags zur Mittagszeit (12.30 Uhr) nichts vorhaben, dann kommen Sie doch Ihrer Gesundheit zuliebe zu mir und Ihren Kollegen ins Sportzentrum. Sie werden sich wohler in Ihrer Haut fühlen, und die Sorgen des Lebens werden «dahinschmelzen»!
Boris Abramov arbeitet als Hausmeister in der Abteilung Gebäude- und Grundstücksbetreuung.

Ich erinnere mich noch, wie ich meinen Vater zu überreden versuchte, die Stelle wegzulassen, in der er sich als «eher klein» beschrieb, genauso die Sache mit den schmerzenden Knien, doch er antwortete, er wolle ehrlich sein. Ich sagte ihm, dass die Menschen in Amerika gern ihre Schwächen ignorierten und ihre unglaublichen Leistungen betonten. Wenn ich jetzt darüber nachdenke, habe ich ein schlechtes Gewissen, weil ich in Queens geboren wurde und jede Menge nahrhaftes Essen auf den Teller bekam, das mich zu einer halbwegs normalen Größe von ein Meter fünfundsiebzig heranwachsen ließ, während mein Vater kaum eins fünfundsechzig erreicht hatte. Er, der Sportler, hätte diese paar Zentimeter besser gebrauchen können als ich, der Schlaffe, Unbewegliche, um den Basketball an einem riesenwüchsigen Brasilianer vorbeisegeln zu lassen.

Der vertraute Ruf meiner Mutter schallte von unten herauf: *«Ljonja, gotowo!* (Lenny, Essen ist fertig!)»

Unten im Esszimmer mit den glänzenden rumänischen Möbeln, die die Abramovs aus ihrer Moskauer Wohnung mitgebracht hatten (in ihrer Gesamtheit könnte man sie in ein kleines amerikanisches Zimmer quetschen), war der Tisch mit russischer Gastlichkeit gedeckt – von vier ver-

schiedenen Sorten pikanter Salami über eine Platte Rinder-
zunge bis zu jedem noch so kleinen Fisch, der in der Ostsee
zu finden ist, ganz zu schweigen vom heiligen Häufchen
schwarzen Kaviars, gab es einfach alles. Eunice saß wie
Königin Ester in ihrer orthodoxen Aufmachung feierlich
auf einem aufgeschüttelten Pessachkissen am Tischende,
runzelte angesichts all der Aufmerksamkeit die Stirn, wusste nicht recht, wie sie mit den Strömungen der Liebe und
ihres Gegenteils umgehen sollte, die in der fischgeschwän-
gerten Atmosphäre zirkulierten. Meine Eltern setzten sich
hin, und mein Vater brachte einen jahreszeitlichen Trinkspruch auf Englisch aus: «Auf den Schöpfer, der erschaffen
hat Amerika, das Land von Freien, und beschert uns Rubenstein, der Araber totschlägt, und auf die Liebe, die erblüht
in solcher Zeit zwischen meinem Sohn und *Eu-nii-kää*, die
[auffälliges Zwinkern in ihre Richtung] wird siegreich sein
wie Sparta über Athen, und auf den Sommer, der ist för-
derlichste Jahreszeit für Liebe, auch wenn manche sagen,
der Frühling …»

Während er mit seiner dröhnenden Stimme so daher-
redete, in der vor Sorge zitternden Hand ein Wodkaglas von
einem komischen Garagenflohmarkt, beugte sich meine ge-
langweilte Mutter zu mir und sagte: «*Kstati, u twojej Eunice
otschen krasiwyje suby. Moschet byt ty schenischsja?* (Übrigens,
deine Eunice hat sehr schöne Zähne. Vielleicht wirst du
heiraten?)»

Ich sah, wie Eunice die grundlegenden Gedanken der
Rede meines Vaters aufnahm (Araber – schlecht; Juden –
gut; chinesischer Zentralbankchef – vielleicht in Ordnung;
Amerika – immer Nummer eins in seinem Herzen), während sie gleichzeitig bemüht war, vom Gesicht meiner Mutter, die russisch mit mir redete, deren Absicht abzulesen.
Eunice' Verstand ging in Windeseile Gefühle und Gedan-

ken durch, doch die Angst, die aus ihren Zügen sprach, ließ auf ein Leben schließen, das schneller an ihr vorbeizog, als sie es erfassen konnte.

Als der Trinkspruch beendet war, verebbt in fröhlich verworrenem politischem Gemurmel, schaufelten wir das Essen ohne Zurückhaltung in uns hinein, denn alle stammten wir aus Ländern, die in ihrer Geschichte im Würgegriff des Hungers gesteckt hatten, und Salz und Lake waren keinem von uns fremd. «Eunice», sagte meine Mutter, «vielleicht kannst du für mich beantworten. Wer ist Lenny von Beruf aus? Ich begreife nie. Er hat an der NYU Wirtschaft studiert. Ist er also … Geschäftsmann?»

«Mama», sagte ich und ließ Atemluft entweichen, «bitte.»

«Ich rede mit Eunice», sagte meine Mutter. «Frauengespräch.»

Ich hatte Eunice' Gesicht noch nie so ernst gesehen wie jetzt, als der Schwanz einer baltischen Sprotte zwischen ihren Lipgloss-Lippen verschwand. Ich überlegte, was sie wohl sagen würde. «Lenny macht sehr wichtige Arbeit», antwortete sie meiner Mutter. «Es ist, glaube ich, so was wie Medizin. Er hilft Menschen, ewig zu leben.»

Mein Vater schlug mit der Faust auf den Esstisch, nicht so fest, dass das rumänische Machwerk zerbrach, aber fest genug, dass ich zurückzuckte, fest genug, dass ich mir Sorgen machte, er könnte mich verletzen. «Unmöglich!», rief er. «Bricht alle Gesetze von Physik und Biologie, zum einen. Zum anderen ist unmoralisch, gegen Gott. Pfuh! Ich würde nicht wollen solches.»

«Arbeit ist Arbeit», sagte meine Mutter. «Wenn dumme reiche Amerikaner wollen ewig leben und Lenny verdient Geld, was geht dich an?» Sie winkte ab. «Dumm», war ihr Schlusswort.

«Ja, aber was weiß Lenny von Medizin?», brauste mein Vater auf und schwenkte die von einem eingelegten Pilz gekrönte Gabel. «Hat nie gelernt in Highschool. Was war sein Notenschnitt? Sechsundachtzig Komma acht neun vier.»

«Die Stern-Wirtschaftsfakultät von NYU steht auf Rang elf in Marketing, was war Lennys Spezialisierung», erinnerte ihn meine Mutter, und ich freute mich, dass sie mich verteidigte. Sie attackierten und verteidigten mich abwechselnd, als wollte jeder nur eine bestimmte Menge Liebe abschöpfen, während der andere in verschorften Wunden stocherte. Meine Mutter wandte sich an Eunice. «Also, Lenny sagt, Sie sprechen Italienisch perfekt.»

Eunice wurde noch röter. «Nein», sagte sie, senkte den Blick und umfasste ihre Knie. «Ich habe schon alles vergessen. Die unregelmäßigen Verben.»

«Lenny verbringt ein Jahr in Italien», sagte mein Vater. «Wir kommen ihn besuchen. *Nichts!* Blablabla. Blablabla.» Er machte Körperbewegungen, als wollte er darstellen, wie ich durch die Straßen Roms lief und mit den Einheimischen zu reden versuchte.

«Du bist Lügner, Boris», sagte meine Mutter gelassen. «Er hat uns gekauft wunderschöne Tomate auf Markt Piazza Vittorio. Er handelte Preis herunter. Drei Euro.»

«Aber Tomate ist leicht!», rief mein Vater. «Auf Russisch *pomidor*, auf Italienisch *pomodoro*. Weiß sogar ich! Wenn er uns gehandelt hätte vielleicht Gurke oder Kürbis …»

«*Satknis usche, Borja* (Jetzt sei schon still, Boris)», sagte meine Mutter. Sie zupfte ihre Sommerbluse zurecht und sah mich durchdringend an. «Lenny, Nachbar Mr. Vida zeigt uns, du bist auf Stream ‹101 Leute, die uns leidtun sollten›. Warum tust du das? Dieser DikSuk-Junge macht sich lustig. Sagt, du bist fett und dumm und alt. Du isst schlechtes Essen und hast keinen Beruf, und dein Fickfaktor ist auch sehr niedrig. Außerdem sagt er, *tebja ponisili* [du wurdest degradiert] in Firma. Papa und ich sind sehr traurig darüber.»

Mein Vater wandte vor Scham das Gesicht ab, während ich unterm Tisch die Zehen krümmte und wieder streckte. Das also war der Grund für ihren Ärger. *So oft* hatte ich ihnen gesagt, sie sollten keine Streams oder Daten über mich abrufen. Ich war Privatmann in meiner eigenen kleinen Welt. Ich wohnte in einer Natürlich gewachsenen Ruhestands-Gemeinschaft. Ich hatte gerade erst F E C en gelernt. Wieso fanden sie im Rentenalter keine bessere Beschäftigung als diese schmerzlich genaue Begutachtung ihres einzigen Kindes? Wieso verfolgten sie mich mit ihren Tomaten und Notenschnitten und ihrem «Wer bist du von Beruf aus»?

Und dann hörte ich Eunice reden, ihr schnörkelloses amerikanisches Englisch tönte durch die Enge unseres Hauses. «Ich habe ihm auch schon gesagt, er soll da nicht mehr auftauchen», sagte sie. «Und das wird er auch nicht. Stimmt doch, oder, Lenny? Du bist so gut und so klug, du brauchst so etwas doch nicht.»

«*Genau*», sagte meine Mutter. «Genau, Eunice.»

Ich erzählte ihnen nicht, dass ich meinen Schreibtisch wiederhatte. Ich sagte gar nichts. Ich lehnte mich zurück und beobachtete, wie die beiden Frauen meines Lebens über einen rumänischen Hochglanztisch schauten, der unter einer Plastikdecke und einem Zentner Mayonnaise und Dosenfisch ächzte. Sie sahen sich in stiller Eintracht an. Manchmal wetteifern Mutter und Freundin miteinander, aber in meinem Fall war das nie so gewesen. Es ist ganz leicht für zwei kluge Frauen, unabhängig von Alter und Herkunft zu völligem Einverständnis über mich zu gelangen. *Dieses Kind*, schienen sie zu sagen …

Dieses Kind muss immer noch erzogen werden.

MÄSSIGUNG, LIEBE, GLAUBE, HOFFNUNG
Aus Eunice Parks GlobalTeens-Account

25. Juni

EUNI-DIOTIN AN GRILLBITCH:

Hi, liebstes Pony!

Sgeht, du Loch? O Mann. Oder «Oj Mann», wie mein jüdischer Freund sagen würde. Ich fühl mich im Augenblick
so komisch. Wenn du doch herfliegen könntest, dann könnten wir uns bei Padma die Haare machen lassen. Meine werden so lang, sieht total abgedreht aus. Uäh. Vielleicht sollte ich mir so eine *ajumma*-Dauerwelle machen lassen, wie
sie unsere Mütter haben, die föhnt man einfach morgens,
und dann wird es so ein Helm. Ich kriege auch schon die
berühmten *ajumma*-Hüften! Toll, was? Ich sehe aus wie eine
Kreuzung aus meiner Tante Suewon und einer Ente. Und
mein Arsch ist so SCHEISSRIESENGROSS, bald größer als
Lennys, der hat so einen plattgedrückten, wie er für Männer
mittleren Alters typisch ist, aber ich will dich nicht schon
wieder anekeln. Du siehst, er und ich sind füreinander geschaffen! Nenn mich einfach Fatty McFat, okay?

Ach, mein Pony. Was mache ich bloß mit Lenny? Er ist
irgendwie so kopfklug, es schüchtert mich ein. Bei Ben in
Rom fühlte ich mich immer eingeschüchtert, weil er so gut
aussah, und deshalb war ich auch im Bett nie supersicher.
Bei Lenny ist es leichter. Ich kann ich selbst sein, denn alles,
was er macht, ist total süß und ehrlich. Ich hab ihm einen
geblasen, mit Im-Mund-Kommen und so, würg, und er war
so dankbar, dass er angefangen hat zu weinen. Wer macht
denn so was? Manchmal wünsche ich mir, ich würde ihn so

sehr wollen wie er mich. Er spricht schon von Heirat, mein süßer kleiner Trottel! Ich möchte doch bloß, dass er entspannt und vielleicht nicht immer so süß und liebevoll und aufmerksam zu mir ist, damit ich vielleicht auch mal ein bisschen um ihn werben kann. Oder rede ich Unsinn?

Bin übrigens mit nach Long Island zu seinen Eltern gefahren. Im Grunde hat er mir ein schlechtes Gewissen gemacht. Sein Dad ist komisch und nur schwer zu verstehen, aber seine Mutter mag ich. Sie lässt sich von Lenny oder ihrem Mann nichts bieten. Wir haben uns sogar darüber unterhalten, dass Lenny sich besser kleiden und bei der Arbeit selbstsicherer auftreten sollte, und als ich ihr erzählt hab, dass ich mit ihm atmungsaktive Klamotten kaufen gehe, hat sie mir tatsächlich einen Kuss gegeben. Sie ist total emotional, was mich irgendwie an Lenny erinnert. Hm, und sonst? Sie leben in einem ziemlich ärmlichen Haus. Sieht aus wie die Häuser der mexikanischen Patienten, die Dad früher in L. A. hatte. Weißt du noch – Mr. Hernandez, der Diakon mit dem steifen Bein? Die haben uns nach der Kirche immer in ihr winziges Haus in South Central eingeladen. Ich glaube, seine Tochter Flora ist an Leukämie gestorben.

Aber richtig geschockt war ich, als ich gesehen hab, wie Len ein Buch liest. (Nein, GESTUNKEN hat es nicht. Er besprüht sie mit Kiefernduft.) Und damit meine ich nicht etwa einen Text scannen, so wie wir das in Euro-Klassiker mit dieser *Kartusche von Parma* gemacht haben, sondern ernsthaft LESEN. Er hatte ein Lineal in der Hand und schob es ganz langsam die Seite runter und flüsterte so vor sich hin, als ob er versucht hätte, jede Kleinigkeit zu verstehen. Ich wollte grade meiner Schwester teenen, aber ich war so was von verlegen, dass ich einfach stehen blieb und ihm beim Lesen zuschaute, was ungefähr EINE HALBE STUNDE dauerte, bis er endlich das Buch hingelegt hat und so tat, als wäre gar nichts gewesen. Dann hab ich heimlich nachgeguckt, und da war es dieser Russe Tolsoi, den er gelesen hatte (passt ja irgendwie auch, seine Eltern kommen aus Russland). Ich dachte eigentlich, Ben wäre kopfklug, weil er in diesem Café in Rom die Chroniken von Narnia gestreamt hat, aber dieser Tolsoi war ein echtes, tausend Seiten langes BUCH, kein Stream, und Lenny war schon auf Seite 930, also fast durch damit.

Und er ist viel zu nett, um damit anzugeben, wie viel er weiß, ich krieg es also nicht ständig um die Ohren gehauen, aber manchmal redet er über Politik oder Kredit oder so was, und ich denke, wie? Ich hab total SCHISS vor dem Tag, an dem ich seine ganzen Medienfreunde treffen muss, die werden nämlich alle so reden, sogar die Frauen. Wenn ich Jura studieren würde, wie meine Mutter es will, würde ich vermutlich auch so werden, aber wer zum Teufel will schon Jura studieren? Vielleicht sollte ich wieder Images machen, wie am Elderbird. Prof. Margaux vom Selbstsicherheits-Seminar meinte, ich hätte ein «Supertalent», und schon auf der Katholischen sind die Nonnen ja alle ausgetickt wegen meiner «räumlichen Fähigkeiten».

Ist doch komisch, dass mit Lenny alles so nett ist, aber manchmal fühle ich mich irgendwie allein. Als ob ich ihm nichts zu sagen hätte und er mich heimlich, hinter meinem Rücken, für eine Idiotin halten würde. Er findet mich klug, weil ich Italienisch gelernt habe, aber das war gar nicht mal so schwer. Das ist bloß Auswendiglernen und dann Nachmachen, wie die Italiener sich benehmen, und so was ist ganz leicht, wenn man aus einer Einwandererfamilie kommt, denn wenn man zum ersten Mal in einen Kindergarten geht und noch kein Englisch kann, muss man die ganze Zeit alles nachmachen. Schon klar, es ist trotzdem lieb von Lenny, dass er mein Selbstwertgefühl fördern will, indem er mich für klug erklärt, aber manchmal will ich bloß raus aus seinem Leben und zurück nach Fort Lee ziehen, wo ich hingehöre, und dort versuchen, meiner Familie zu helfen, damit nicht bloß Sally und meine Mutter mit dem Schwarzen Loch im Wohnzimmer alias Dad fertigwerden müssen. Ach ja, und wenn Lenny NOCH EIN EINZIGES MAL ein Treffen mit meinen Eltern erwähnt, dann versohle ich ihm den Arsch mit einem *nunchuck*, das schwör ich. Manchmal rafft er es einfach nicht. Und er WILL es auch nicht raffen, was mich überhaupt erst so wütend macht. Er meint, wir stammen beide aus «schwierigen Familien», was absolut nicht stimmt. Ich hab seine kennengelernt, und das ist gar kein Vergleich.

Dann hab ich noch mit Sally Mittag gegessen und Echtzeit-Shopping gemacht, und jetzt bin ich irgendwie besorgt um sie. Sie hat so einen leeren Blick, und egal, worüber ich geredet hab, sie hat immer bloß «Mm-hm» gebrummt. Sie hat irgendwie gar keine Vorstellung, wer sie ist. Einerseits will sie diese nippelfreien BHs von Saaami, andererseits soll ich mit ihr zu irgendeiner blöden Kirchengruppe am Barnard College gehen. Und sie hat ziemlich zugenommen, noch mehr als die fünfzehn Pfund aus dem ersten Semester, ein richtiger Trauerkloß ist sie, darum hab ich ihr gesagt, sie soll mal drauf achten, was sie isst, und da hat sie mich bloß angeguckt, als wäre ich gar nicht da. Das Einzige, was sie in Fahrt bringt, ist Politik. Sie und die anderen dicken Mädchen sind alle am Demonstrieren und reden über Rubenstein und dass wir kein freies Land mehr sind und so. Und wenn ich sie dran erinnere, dass sie doch eigentlich religiös und nicht politisch ist, dann antwortet sie, das Christentum sei «ein Glaube für Aktivisten». Wer ihr das erzählt hat, den würde ich gern mal treffen, um ihm in die Fresse zu hauen. Liebstes Pony, ich hab sie so gern, neben Mom ist sie, glaube ich, der wichtigste Mensch in meinem Leben, und ich weiß überhaupt nicht, wie ich ihr helfen soll, ich bin ja schließlich auch nicht gerade das beste Vorbild, oder?

Jedenfalls bin ich mit Sally in so einen richtig hübschen Park im East Village gegangen, Tompkins Square heißt er, und da hängen lauter so Vermögensschwache rum, die campen da mit ihren schmuddeligen Sachen, haben kein Essen und kein sauberes Trinkwasser und lauter so uralte Computer, die sie hochzufahren versuchen, aber darauf laufen überhaupt keine Images oder Streams. Als Sally dann weg war, bin ich schnell nach Hause und hab alle meine alten Äppäräte geholt und an ein paar Leute im Park verteilt, vielleicht können sie damit ja Arbeit suchen oder ihre Familien kontaktieren. Die waren so froh, meinen alten Kram zu kriegen, dass ich ganz traurig wurde, weil ihr Leben so auf den Hund gekommen ist, dabei haben manche noch vor einem Jahr im Kredit oder als Ingenieure gearbeitet. Einer sah tatsächlich ganz gut aus, groß und irgendwie germanisch, hatte aber nicht mehr alle Zähne. Er war in der Nationalgarde gewesen und nach Venezuela geschickt worden, und als er wiederkam, haben sie ihm seine Prämie nicht gezahlt. David hieß der. Er war echt nett und hat mich in den Arm genommen und gesagt, wir säßen alle im selben Boot. Und ich hab gedacht, ich wünschte, es ginge euch besser, aber im selben Boot sitzen wir nicht. Als ich dann wieder gegangen bin, hab ich so einen alten Brunnen gesehen mit einer Art viereckigem Pavillon darüber, und an den vier Ecken stand jeweils ein Wort: «Mäßigung, Liebe, Glaube, Hoffnung». Ich weiß nicht, warum, aber irgendwie musste ich bei diesen Worten an meinen Vater denken, wie er mir früher, als ich klein war, mit seinen großen Wurstfingern immer Pflaster auf die Knie geklebt und, genau wie zu seinen Kinderpatienten, «Jetzt alles bessa, jetzt alles bessa» gesagt hat, und da hab ich angefangen zu heulen wie ein Idiot. Dann dachte ich an

Lenny und den Elefanten, den wir im Zoo gesehen haben, daran, wie ich seine Riesennase geküsst hab und er dabei geguckt hat. Wie er dabei geguckt hat, Pony! Ich weiß ja nicht, was ich von Mäßigung und Glauben halte, aber Liebe und Hoffnung? Brauchen wir das nicht alle?

Ach, wieso jammere ich dich eigentlich immer voll? Tut mir leid, dass ich so depri bin. Wenn wir uns sehen, geb ich dir einen dicken, feuchten Kuss genau zwischen deine kleinen Titten, meine allerliebste Spermaschlampe, du Prinzessin alles Guten und Richtigen dieser Welt!

GRILLBITCH AN EUNI-DIOTIN:
Mein liebster Panda,
waka-waka, Arschkacka! Was läuft so? Tut mir leid, bin ein bisschen verkatert und selber depri. Ich war auf einer Party bei Ha Ng, dieser süßen Vietnamesin aus der Katholischen, die hat sich damals den Magen tackern lassen. Wir haben uns mit Mai Tais zugekippt, und so ein Flippo-Mädchen von der Guangdong-Riverside-Uni hat sich vollgekotzt. FIES! Aber depri bin ich, weil Gopher, glaub ich, fremdgeht. Und zwar nicht mit Wendy Snatch, sondern mit so einer mexikanischen Schlampe, ich hab gesehen, wie sie ihm im Auto vor dem Fisch-Taco-Laden in Echo Park einen geblasen hat. Ja, genau, ich hab ihn beschattet, und dann hab ich sein Passwort bei Teens geknackt (es lautet «POPPadobe», falls du den ganzen Scheiß selber streamen willst, haha!), und sie schicken sich schon seit drei Wochen so analfebetische Liebesgrüße. Er nennt sie *chuleta*, und sie kann auf Englisch bloß «Hi, Babiiie» sagen. Da bin ich auf so eine neue Teens-Seite, die heißt «D-grade», da kann man digitalisierte Images von sich machen lassen, mit Scheiße beschmiert oder von vier Typen auf einmal gefickt, und ich hab Gopher lauter Images von mir geschickt, wo ich von vier Typen auf

einmal gefickt werde. Wie du gesagt hast, ich muss meinen Gefühlen für Gopher selber treu bleiben, nur so wird er mich je respektieren und nicht mit irgendeiner ekligen ilegalen Dummfickerin rummachen, die wahrscheinlich am Kreditmast bloß 300 Punkte kriegt. Ich hoffe, man schiebt den Arsch von der bald ab. Jedenfalls, er hat mich im Haus meiner Eltern besucht und in den Arsch gefickt, was wohl ein gutes Zeichen ist, das haben wir nämlich schon eine Weile nicht gemacht, aber vor drei Stunden hat er dann der Nutte auf Teens geantwortet, darum starre ich bloß noch auf meinen Äppärät und warte, dass noch mehr belastendes Material auftaucht.

Was läuft bloß falsch bei uns, liebster Panda? Wieso finden wir nicht die richtigen Typen? Immerhin liebt dein Lenny dich so sehr, dass er dich nie betrügen wird. Ich verstehe gar nicht, wieso du dich bei ihm unsicher fühlst. Okay, er ist kopfklug. Wen juckt das schon??? Er ist ja kein Medien-Superstar oder Vizepräsident von Kraft. Okay, er LIEST RICHTIG und scannt nicht bloß. Riesensache. Vielleicht könnt ihr euch im Bett was vorlesen oder so. Und du kannst anfangen, dir deine Klamotten selber zu nähen. HAHAHA. Aber egal, Aussehen ist das neue Hirn, und ich finde, du solltest auf keinen Fall Kinder mit ihm haben, die würden nämlich echt hässlich werden.

Tut mir leid, dass du im Park Arme sehen musstest, mein süßer, dünnhäutiger Panda, aber du hast recht, wir sitzen nicht alle im selben Boot. Trotzdem finde ich echt cool, was deine Schwester macht. Irgendwer muss mal aufstehen und diesen Dumpfbacken da oben die Meinung sagen. Super, Sally! Ach du Scheiße. Rückzieher. Wieso bringt einen Alkohol immer so zum Quatschen? Ist das wissenschaftlich untersucht?

26. Juni

CHUNG.WON.PARK AN EUNI-DIOTIN:

Eunhee,

warum du antwortest nicht Mommy? Drei Mal ich rufe an und schreib. Wir essen Abend mit Onkel Jun, ich mache *dolsot bap* genau wie du magst, mit extra knusprich Reis vom Topfboden. Als ich klein war, wir haben Reis vom Boden nicht gegessen, weil wir von gutem Haus, und *noo-roonggi* wir haben nur Bettlern gegeben, aber jetzt ich weiß, dass du magst, darum ich koche *dolsot bap* immer zu lange, auch wenn du nicht da bist, weil ich vermisse dich so sehr!! ☺ Ha, ich wollte machen unglücklich Gesicht, aber ist gekommen glücklich, vieleicht Jesus will mir etwas sagen! Sei dankbar und wirf weg von dir, weil du bist gesegnet in Christus. Wir sind jetzt viel glücklichere Familie, weil du bist nah und passt auf Sally. Daddy liebt dich sehr, aber ich hab Sorge im Herz. Ich gesehen Joy Lee Mutter in Supermarkt. Du sagst, du wohnst in Joy Wohnung in Manhattan, aber Mrs. Lee sagt ist nicht wahr. Warum du lügst Mommy? Sowieso ich finde alles raus. Vieleicht du wohnst mit *miguk*-Junge in schmutzige Wohnung? So schockieren. So schockieren. Du kommst sofort nach Hause und bei uns wohnen. Daddy geht viel besser. Sally braucht dich als 1-a-Vorbild, darum Hände weg von schmutzige *miguk*-Junge. Ich weiß, mein Englisch schlecht, aber du verstehst ich glaube was ich schreibe.

Ich liebe dich,

Mommy

Ach, was ist 3200 Yuan-Koppel-Dollar «Sonstige anfallene Gebühr» auf AlliedWasteCVS-Konto?? Zusätzlich zu reguläre Finanzierungskosten? Ich versuche Link einzuladen zu neue Aufnametest-Vorbereiten-Kurs in Fort Lee, weil

Mrs. Lee gesagt, macht Joy beste Ergebnis. 174 Punkte und vorher sie hatte 154. Ich frage andere Mommys in Kirche, was sie hatten, und das sehr gute Ergebnis.

EUNI-DIOTIN: Lenny, ich dachte, ich hätte dich gebeten, die Badewanne zu putzen. Die Wohnung ist EKELHAFT VER-DRECKT. Ich habe schon die Küche und das Badezimmer gewischt und den Teppich im Flur gesaugt. Mach das heute noch! Ich wohne nicht gern in einem Schweinestall.

LABRAMOV: Tut mir leid, Euny, wir müssen heute länger arbeiten. Es gibt noch ein Pflicht-Meeting wegen der Schuldenkrise und der Vermögensschwachen-Proteste im Central Park und in Washington. Man vermutet, dass die Bundesbank den Dollar in diesem Jahr (!) nicht mehr garantieren kann, und nicht alle unsere Klienten haben ein Yuan-gekoppeltes Vermögen. Ich muss bis sechs Uhr irgendwie tausend Klientendateien aufrufen. Ich glaube, Joshie wird den chinesischen Zentralbankchef treffen! Es ist jedenfalls echt gut für meine Karriere, dass sie mir so was zutrauen.

EUNI-DIOTIN: Und? Was hat das mit der Badewanne zu tun?

LABRAMOV: Vielleicht können wir ja am Wochenende eine kleine Putzparty machen.

EUNI-DIOTIN: Es sind ja vor allem deine Haare in der Wanne. Du verlierst schließlich den ganzen Tag welche.

LABRAMOV: Ich weiß. Ich habe bloß die Badewanne noch nie so richtig geputzt, vielleicht können wir das nächste Mal ja tauschen.

EUNI-DIOTIN: Ich habe es dir schon dreimal gezeigt. Wenn es um Dollarentwertung und so was geht, bist du kopfklug genug, aber die Badewanne zu putzen ist dir zu hoch?

LABRAMOV: Vielleicht kannst du mich ja kontrollieren, wenn ich sie am Wochenende putze.

EUNI-DIOTIN: Schon gut. Ich mache es einfach selbst. Letzten Endes ist es einfacher, wenn ich alles selber mache.

LABRAMOV: Nein, lass das! Warte doch, bis ich ein bisschen freie Zeit habe. Tut mir leid, dass im Büro gerade so viel zu tun ist.

LABRAMOV: Hallo? Bist du noch da?

LABRAMOV: Bist du sauer auf mich?

LABRAMOV: Eunice!

EUNI-DIOTIN: Würg.

LABRAMOV: Was?

EUNI-DIOTIN: Ich hasse so was.

LABRAMOV: Was kann ich tun, damit es dir bessergeht? Ich werde das ganze Wochenende akribisch putzen.

EUNI-DIOTIN: Nichts. Nichts kannst du tun. Ich kann dich nicht ändern. Also muss ich wohl allen Verpflichtungen selbst nachkommen.

LABRAMOV: Das stimmt doch nicht, Eunice.

LABRAMOV: Ich ÄNDERE mich doch. Es dauert bloß ein bisschen.

LABRAMOV: Komm, wir gehen in diesem netten brasilianischen Restaurant im Village essen. Ich lade dich ein.

EUNI-DIOTIN: Vergiss nicht, auf dem Heimweg ZWEILAGIGES Toilettenpapier mitzubringen.

LABRAMOV: Vergesse ich nicht.

EUNI-DIOTIN: Vergisst du immer. Ein Hirn wie ein Thunfisch.

LABRAMOV: Haha. Bin ich froh, dass du nicht sauer bist.

EUNI-DIOTIN: Freu dich bloß nicht zu früh, du Nerd.

LABRAMOV: Tu ich doch gar nicht.

EUNI-DIOTIN: Ich möchte eben eine schöne, saubere Wohnung, Lenny. Möchtest du nicht auch in eine schöne, saubere Wohnung heimkommen? Möchtest du nicht stolz darauf sein, wo du wohnst? Heißt das nicht Erwachsensein? Das heißt nicht bloß Tolsoi lesen und klug reden. Riesensache.

LABRAMOV: Was lesen? Riesenwas?

EUNI-DIOTIN: Vergiss es. Ich muss zur Reinigung. Wer soll sonst deine Unterwäsche abholen? Du sollst übrigens Pants tragen und nicht bloß so normale altmodische Unterhosen. Die stützen besser. Du beschwerst dich doch immer, dass dir nach einem langen Spaziergang die Eier wehtun. Was glaubst du, woran das liegt?

LABRAMOV: Dass ich schlechte Unterhosen trage.

EUNI-DIOTIN: Wer liebt dich, *kokiri*?

AMY GREENBERGS HÜFTGOLDSTUNDE
Aus dem Tagebuch des Lenny Abramov

30. Juni

Liebes Tagebuch,

also, nach dem Riesenerfolg bei meinen Eltern habe ich Eunice gebeten, mit mir nach Staten Island zu fahren und meine Freunde zu treffen. Meine Absichten waren wohl eher oberflächlich und selbstgefällig. Ich wollte Eunice meinen Jungs vorführen, wollte die beeindrucken, weil sie so jung und hübsch ist. Und ich wollte Eunice beeindrucken, weil Noah und seine Freundin Amy so medien sind.

Ersteres gelang auch – wenn man Eunice kennenlernt, kann man gar nicht anders, als ihre Jugend und ihre coole, glitzernde Gleichgültigkeit zu bewundern. Das andere eher nicht.

Der fragliche Abend war das, was wir Familienabend nennen, ein Abend, an dem die Jungs ihre jeweiligen Partnerinnen mit ins Cervix bringen, wobei ich normalerweise ohne Freundin auftauchte und mich wie das fünfte Rad am Wagen fühlte. Aber an jenem Abend sollten nicht nur Noah mit seiner emotionalen Freundin Amy Greenberg und Vishnu mit Grace kommen, sondern auch Eunice und ich, das werdende Paar.

Schon auf dem Weg zur U-Bahn, den wir Arm in Arm zurücklegten, versuchte ich mit Eunice vor den Bewohnern der Grand Street anzugeben, doch die Auswahl an Eunice-Bewunderern blieb an jenem Tag etwas dünn. Ein verrückter Weißer, der sich im hellen Tageslicht die Zähne putzte. Ein jüdischer Rentner, der einen Plastikbecher Cola auf eine abgelegte Matratze schmiss. Ein streitendes Aztekenpärchen, das sich hinter den unnachgiebigen Backsteinmauern einer Sozialsiedlung gegenseitig mit gelben Plastikmargeriten eins überzog.

Fast hätte ich uns ohne Zwischenfall bis zur U-Bahn gelotst. Doch am klingendrahtumzäunten Bauplatz neben der Billigdrogerie RiteAid, wo unser ortsansässiger Straßenscheißer manchmal am helllichten Tag hockte, bemerkte ich etwas Seltsames. Eine neue Plakattafel war von meinem Arbeitgeber, der Staatling-Wapachung Corporation, aufgestellt worden. Es zeigte das weidlich bekannte Gitterwerk aus Glas und Größenwahn: eine Reihe dreigeschossiger Wohnungen, die in sonderbaren Winkeln aufeinanderprallten wie halbgeschmolzene Eiswürfel in einem Drink. «HABITAT OST» verkündete das Schild neben den Flaggen der Vereinigten Arabischen Emirate, ChinaWeltweit und der Europäischen Union.

HIER ENTSTEHT EINE EXKLUSIVE
TRIPLEX-WOHNANLAGE FÜR
NICHT-US-BÜRGER
Verkauf über StaatlingImmobilien

Sieben DREIGESCHOSSIGE Wohneinheiten zu
Preisen ab 20 000 000 Nordeuro/33 000 000 Yuan

«Zwanzig Millionen Euro!», sagte ich zu Eunice. «Das sind fünfzig meiner Jahresgehälter. So viel Geld haben nicht mal mehr Ausländer!»

«Ist das nicht die Stelle, wo dieser Typ immer scheißt?», fragte Euny nonchalant, offenbar an die Eigenheiten meines *quartiers* gewöhnt. Ich las weiter:

ACHTUNG AUSLÄNDISCHE MITBÜRGER!
KAUFEN SIE HEUTE EINE DREIGESCHOSSIGE
WOHNEINHEIT UND BEKOMMEN SIE DAFÜR

- Freistellung von Leibesvisitationen, Daten- und Hausdurchsuchungen der Amerikanischen Restau-rarationsregierung (ARR)
- Preisgekrönte Sicherheit durch WapachungKrise
- EXKLUSIVE Unsterblichkeitshilfe durch unsere Abteilung Posthumane Dienstleistungen
- Sechs Monate frei Parken

Bewerbungen bitte erst ab einer Bonität von 1500 GESAMTE Gegend für Schadensreduzierung vorgesehen

«EXKLUSIVE Unsterblichkeitshilfe»? Wie bitte? Bei den Posthumanen Dienstleistungen musste man *nachweisen*, dass man würdig war, dem Tod ein Schnippchen zu schlagen. Nur 18 Prozent der Bewerber kamen für unser Produkt in Frage. So hatte Joshie es auch beabsichtigt. Daher die Gespräche, die ich in der Aufnahme führen sollte. Daher die Spracherkennungstests und die Aufsätze darüber, wie es sein würde, die eigenen Kinder zu überleben. Daher – die ganze Philosophie. Und jetzt wollten sie die Unsterblichkeit einer Horde fetter, ölig glänzender Milliardäre aus Dubai hinterherwerfen, die sich eine «dreigeschossige Wohneinheit» von StaatlingImmobilien leisten konnten?

Ich wollte gerade zu einer energischen Standpauke zum Thema «Die Welt im Allgemeinen» ansetzen (ich glaube, Eunice lässt sich neue Sachen ganz gern von mir erklären), als ich einen vertrauten Krakel in der Ecke des Schildes entdeckte.

In einem an den Rändern verlaufenden Schablonenstil,

der zur Jahrhundertwende cool war, erblickte ich – nein, das konnte doch nicht wahr sein! – eine pseudokünstlerische Version von Jeffrey Otter, meinem Inquisitor in der US-Botschaft in Rom, mit seinem dämlichen rot-weiß-blauen Halstuch, und auf seiner haarigen Oberlippe befand sich ein Fleck, der so etwas wie ein Herpesbläschen sein mochte. «Oh», sagte ich und wich tatsächlich zurück.

«*Kokiri?*», fragte Eunice. «Was ist denn los, Nerd?»

Ich atmete hörbar.

«Panikattacke?», fragte sie.

Ich hob die Hand und signalisierte eine Auszeit. Mein Blick wanderte an diesem Graffito auf und ab, als könnte ich es in eine andere Dimension wischen. Der Otter starrte zurück: üppig, eigentümlich sexuell, lebenspräll, das Fell zu kleinen schwarzbraunen Hügeln geglättet, die eindeutig warm und weich wirkten. Er erinnerte mich an Fabrizia. An meinen Verrat. Was hatte ich ihr angetan? Was hatten *sie* ihr angetan? Wer hatte das hier gemalt? Was wollte man mir sagen? Ich sah Eunice an. Sie nutzte meine vierzig Sekunden Auszeit, um sich in ihre Äppärätdaten zu versenken. Was tat ich hier eigentlich mit diesem aalglatten digitalen Wesen? Zum ersten Mal, seit sie in mein Leben getreten war, glaubte ich mich gründlich geirrt zu haben.

Aber der Tag war noch nicht mit mir fertig.

Als wir ins Cervix kamen, war es meine Freundin Grace, die Einspruch erhob.

«Sie ist zu jung für dich», flüsterte sie mir zu, nachdem Eunice sich von uns abgewandt hatte, um bei AssLuxury zu shoppen. Das war gar nicht mal besonders ungesellig von ihr – die Jungs schauten auf ihren Äppäräten den Besuch des chinesischen Zentralbankchefs Wangsheng Li in Washington an, und Noahs Freundin Amy stellte gerade Handcremes und andere Sponsorenprodukte für ihren Livestream «Amy Greenbergs Hüftgoldstunde» auf.

Eine Sekunde dachte ich, Grace sei eifersüchtig auf Eunice, was mir auch sehr recht gewesen wäre, denn um ehrlich zu sein, war ich immer ein bisschen verknallt in Grace. Sie war nicht besonders hübsch, ihre Augen standen zu weit auseinander, die untere Zahnreihe sah wie eine Massenkarambolage aus, und wenn das überhaupt möglich ist, war sie von der Hüfte aufwärts zu dünn, sodass sie bei allem, was sie tat, wie ein Vogel wirkte, selbst beim Treppensteigen oder wenn sie einem eine Brieplatte reichte. Aber sie war lieb – so lieb und aufrichtig, so gebildet und ernsthaft, dass ich in Rom, wenn ich glaubte, ich sei in Fabrizia verliebt, nur daran denken musste, wie Grace über ihre freudlose Kindheit im abgelegensten Wisconsin sprach oder von ihrer großen Leidenschaft Joseph Beuys erzählte, um zu begreifen, dass alles an meiner Beziehung zur armen, todgeweihten Fabrizia vergänglich und gelogen war.

«Wieso magst du Eunice denn nicht?», fragte ich Grace und hoffte, sie würde mir stotternd und unter Schmerzen ihre Liebe gestehen.

«Es ist gar nicht mal so, dass ich sie nicht mag», sagte Grace. «Ich habe nur das Gefühl, dass sie noch eine Menge Sachen zu klären hat.»

«Was auch für mich gilt», sagte ich. «Vielleicht können Eunice und ich sie ja gemeinsam klären.»

«Lenny.» Grace rieb meinen Oberarm und zeigte lächelnd ihre gelbe Zahnreihe (wie ich ihre Unvollkommenheit genoss). «Wenn sie dich körperlich anzieht, kein Problem», sagte sie. «Daran ist nichts verkehrt. Sie ist scharf. Amüsier dich mit ihr. Eine nette Affäre. Aber erzähl mir nichts von ‹Ich liebe sie›.»

«Ich fürchte mich vorm Sterben», sagte ich.

«Und mit ihr fühlst du dich jung?», fragte Grace.

«Mit ihr fühle ich mich kahl.» Ich fuhr mir mit der Hand durch die Überreste.

«Ich mag dein Haar.» Grace zog sanft an dem Büschel, das einsam meine hohe Stirn bewachte. «Es ist ehrlich.»

«Es ist lächerlich, aber ich glaube irgendwie, dass Eunice mich ewig leben lässt. Bitte sag jetzt nichts Christliches, Grace. Damit komme ich nicht klar.»

«Wir alle werden sterben, Lenny», sagte Grace. «Du, ich, Vishnu, Eunice, dein Chef, deine Klienten, alle.»

Die Jungs johlten inzwischen vor ihren Äppäräten, und Grace und ich gesellten uns zu ihnen. Sie schauten sich den Stream von Noahs Freund Hartford Brown an, dessen Show politische Kommentare mit eigenen schwulen Hardcore-Sexszenen mischte. Der geschätzte Li – offiziell der Generaldirektor der Volksbank von ChinaWeltweit, inoffiziell der mächtigste Mann der Welt – wurde zuerst beim Schwätzchen mit unseren ahnungslosen Spitzenpolitikern der Überparteilichen auf dem Rasen vorm Weißen Haus gezeigt. Zu sehen war das Idol meines Vaters, Verteidigungsminister Rubenstein, der sich bis zur Hüfte tief verneigte: Seine stümperhaft stammelnde Wut hatte sich in stille Demut verwandelt, sein Erkennungsmerkmal, das weiße Einstecktuch, flatterte vor seiner Brusttasche wie eine billige Kapitulationsflagge. Rubenstein schenkte Li eine Art goldenen Fisch, der in die Luft sprang und sich auf wundersame Weise in die bauchigen Umrisse Chinas auffaltete: ein Hinweis darauf, dass Amerika immer noch *innovativ* produzieren konnte.

Dann wurde der geradezu aufgekratzte Hartford eingeblendet, an Deck einer Yacht in der Nähe der Niederländischen Antillen, so hieß es, wo frische Gischt Regenbogen auf seine Sonnenbrille spritzte und zwei dunkle, behaarte

Arme seine marmorhellen Schultern und Brustpartien massierten, während ihn die Stöße seines Lovers in das Sucherbild des Äppäräts schoben. «Fick mich, Brauner», säuselte er seinem Segelfreund zu, und seine Lippen waren so sinnlich und gleichzeitig so maskulin, so voller Leben und Wärme, dass mich sein Glück ganz glücklich machte.

Dann ein Schnitt zu Li und unserem jugendlichen Marionettenpräsidenten Jimmy Cortez im Weißen Haus – der Präsident saß steif, der chinesische Banker entspannter auf seinem Sessel, ungerührt von den dichtgedrängten Mikrofongalgen im Luftraum über ihm. «Ich finde total *geil*, was der Chinese anhat», kommentierte Hartford die Bilder aus dem Weißen Haus, zwischendurch aufstöhnend, weil der Antilleaner ihn weiterfickte. Die Zuschauer wurden daran erinnert, dass man Li bei einer informellen internationalen Meinungsumfrage zum bestgekleideten Mann der Welt gewählt hatte, wobei die Teilnehmer vor allem von «der Schlichtheit seiner Anzüge» und der «glamourösen übergroßen Brille» eingenommen gewesen waren.

«Wir wünschen uns, dass China eine Nation von Konsumenten und nicht von Ottern wird», flehte Präsident Cortez den Banker an.

Moment mal. Eine Nation von *Ottern*? Ich spielte die Stelle auf meinem Äppärät noch einmal ab. «Wir wünschen uns, dass China eine Nation von Konsumenten und nicht von Sparern wird», hatte der Präsident tatsächlich gesagt. Herrgott, ich drehte langsam durch. «Das amerikanische Volk braucht ChinaWeltweit als Retter unserer letzten großen und kleineren Produktionsbetriebe. China ist kein armes Land mehr. Es wird Zeit, dass die Chinesen *Geld ausgeben*.» Herr Li nickte abwesend und setzte sein breites, nichtssagendes Lächeln auf. Dann sagte Präsident Cortez einige Worte auf Chinesisch, die folgendermaßen übersetzt wurden: «Okay, jetzt Geld auszugeben! Los, Spaß haben!»

«Ach du Scheiße.» Vishnu fingerte hektisch an seinem Äppärät herum. «Da ist was im Gange, Nee-ger!» Wir konnten ihn bei dem Lärm in der Bar kaum verstehen. Die jungen Leute tranken immer mehr, ein paar Frauen entkleideten sich nervös, während Eunice Park den leichten Pullover enger um ihre Schultern zog und sich die von der Klimaanlage abgekühlte Nase rieb. «Im Central Park gibt es Unruhen», sagte Vishnu. «So ein Schwarzer kriegt von der Garde den Arsch versohlt, und lauter andere Vermögensschwache werden auch brutal verdroschen.»

Die Neuigkeiten vom Massaker im Central Park verbreiteten sich in der Bar. Noch streamte niemand live, aber es flackerten schon Images auf unsere Äppäräte und auf die in der Bar installierten Großbildschirme. Ein Teenager (jedenfalls wirkte er mit seinen unbeholfenen, schlaksigen Beinen so) mit abgewandtem Gesicht und einer roten Höhlung, die aus seiner Körpermitte geschnitten war, krümmte sich wie ein überfahrenes Tier auf dem weichen grünen Buckel eines Hügels. Die Leichen von drei Männern und einer Frau (einer Familie?) lagen auf dem Rücken, ihre nackten schwarzen Arme ungestüm über die Körper geworfen, als würden sie sich aufs Geratewohl selber umarmen. Und ein Mann, den ich zu erkennen glaubte – der arbeitslose Busfahrer, den Eunice und ich auf dem Cedar Hill gesehen hatten. Aziz Sonstwer. Ich erinnerte mich vor allem an seine Kleidung, an das weiße T-Shirt und die Goldkette mit dem übergroßen Yuan Symbol. Was für eine seltsame Verschmelzung – ich hatte ihn lebend gesehen, wenn auch nur ein paar Augenblicke lang, und darüber schob sich jetzt ein Punkt, so groß wie eine Fünf-Jiao-Münze, der die obere Hälfte seiner langgezogenen braunen Stirn durchbohrt hatte, rotes Blut färbte sich auf den Gliedern seiner schweren Kette rostbraun, die Zähne waren zusammengebissen, die Augen in ihren Höhlen schon nach oben verdreht. Ich brauchte einige Momente, bis ich in Worte fassen konnte, was ich sah – *einen toten Mann* –, und genau da schwenkte die Kamera, und auf dem Bildschirm war der Himmel über dem Park zu sehen, das erhobene Hinterteil eines Hubschraubers, dessen Spitze wahrscheinlich zum tödlichen Schuss gesenkt war, und im Hintergrund rotes Leuchtspurfeuer, das die warme Dämmerung eines Sommertags erhellte.

Schweigen senkte sich über das Cervix. Ich hörte nichts außer dem Geräusch, mit dem drei meiner gefühllosen Finger instinktiv den Deckel von meinem Xanax-Fläschchen abdrehten, und dann das Kratzen der weißen Pille, als sie durch meine trockene Kehle glitt. Wir ließen die Images auf uns einwirken und spürten als Gruppe von Menschen ähnlichen Einkommens die kurzen Ausbrüche existenzieller Angst. Diese Angst wurde zeitweise überlagert von plötzlichem Mitgefühl für diejenigen, die jedenfalls nominell unsere New Yorker Mitbürger waren. Wie war das wohl, zu den Toten oder Todgeweihten zu gehören? Mitten in der Stadt aus der Luft beschossen zu werden? Von einer Sekunde zur nächsten zu begreifen, dass die Familie um einen herum verreckte? Doch schließlich wurden Angst und Mitgefühl von einer anderen Gewissheit verdrängt. Der Gewissheit, dass es nicht uns passieren würde. Dass wir nicht Zeugen terroristischer Akte waren. Dass wir aus gutem Hause stammten. Dass die Geschosse unterscheiden würden.

Ich teente Nettie Fine: «Hast du gesehen, was im Central Park passiert????»

Trotz des Zeitunterschieds (in Rom musste es kurz nach vier Uhr morgens gewesen sein) teente sie sofort zurück:

«Hab's grade gesehen. Keine Sorge, Lenny. Das ist schrecklich, aber es wird sich GEGEN Rubenstein und seinesgleichen kehren. Im Central Park schießen sie, weil dort nicht genug Ex-Nationalgardisten sind. Auf ehemalige Soldaten werden sie nie losgehen. Die echte Action gibt es im Tompkins Square Park, und darüber berichten die Medien kein Stück. Da musst du mal hin und meinen Freund David Lorring kennenlernen. Ich habe in Washington posttraumatische Fälle betreut, und nach zwei Einsatzzeiten in Ciudad Bolívar ist er zu mir gekommen. Der organisiert da richtigen Widerstand. Toller Kerl. Na gut, ich muss mal ein bisschen schnorcheln, Süßer. Bleib stark! xxx, Nettie Fine. PS: Ich verfolge total andächtig den Stream deines Freundes Noah Weinberg. Wenn ich wieder in den Staaten bin, würde ich zu gern mit ihm zu Mittag essen.»

Als ich Netties Botschaft las, musste ich lächeln. Eine Frau Mitte sechzig, und sie war immer noch aktiv, immer noch bestrebt, unser Land verbessernd zu gestalten. Also gab es bestimmt noch *etwas* Hoffnung. Und wie zur Bestätigung meiner Gedanken plingte eine neue Meldung von CrisisNet herein: «LIBOR-SATZ STEIGT UM 32 BASIS-PUNKTE; DOLLAR GEGENÜBER YUAN UM 0,8 % AUF-GEWERTET AUF 1¥ = \$4,92.» Konnten die Märkte recht haben? War das Massaker im Central Park ein Wendepunkt? Würde es sich gegen Rubenstein und seine Freunde kehren?

Noch einmal las ich Nettie Fines Nachricht. Sie baute auf, aber irgendwie klangen die Worte leicht daneben. *Die echte Action gibt es im Tompkins Square Park.* Ich versuchte mir vorzustellen, wie die Wörter «echte Action» über Netties achtsame, intelligente Lippen kamen. Was war mit ihr geschehen? *Der Otter.* Ich teente Fabrizia in Rom. «EMPFÄN-GER GELÖSCHT.» Meinetwegen, ich musste aufhören, mir

Sorgen zu machen. Vor meiner Nase hatte sich ein echtes Massaker ereignet. Vergiss die Alte Welt. Ich war weder für Nettie noch für Fabrizia verantwortlich. Sondern einzig und allein für Eunice Park.

Im Cervix hatte sich das Schockschweigen inzwischen in allgemeine Frivolität und wohleinstudierte Empörung aufgelöst: Die Leute warfen mit fast wertlosen, nicht gekoppelten Dollars um sich und schütteten sich mit belgischen Bieren zu. Ich erinnere mich nur, dass mir etwas heiß an den Schläfen wurde und ich Euny näher sein wollte. Es hatte ein bisschen geknirscht zwischen uns nach meinem Rückfall ins Bücherlesen, bei dem sie mich erwischt hatte, nicht bloß beim Scannen nach Informationen, sondern bei der richtigen Lektüre. Da jetzt nur wenige Kilometer nördlich Gewalt ausbrach, wollte ich nicht, dass irgendwas mich von meiner Liebsten trennte, schon gar nicht eine zweibändige Ausgabe von Tolstois *K&F*.

Noah fing gleich an zu streamen, seine Freundin Amy Greenberg war schon live auf Sendung. Sie lüftete ihre Bluse, um die kaum merkliche Speckrolle vorzuführen, die oberhalb ihrer perfekten Beine aus ihrer perfekten Jeans quoll, ihr sogenanntes *Hüftgold*; sie klatschte drauf und sprach ihre Erkennungszeile: «Hey, Freundin, haste Hüftgold?»

«Es ist Rubenstein-Zeit im Central Park», sagte Noah. «Zeit der Schadensreduzierung, des Totalausverkaufs, des Alles-muss-raus, des ‹Diese Preise sind der Wahnsinn› in Amerika, und R-stein fühlt sich erst wohl, wenn alle Nigger und Chicos aus unserer Stadt gejagt sind. Er schmeißt Bomben auf unsere Mütter, so wie Chrissy Columbus Viren auf die Rothäute losgelassen hat, *cabróns*. Erst die Erschießungen, dann Razzien. Die Hälfte der Mamis und Papis in dieser Stadt werden vor Ende der Woche in einer sicheren Beobachtungseinrichtung in Utica einsitzen. Haltet eure

Äppäräte lieber von den Kreditmasten fern ...» Er machte eine Pause und sah sich die Rohdaten an, die ihm entgegenstreamten. Dann wandte er sein müdes, professionell schauspielerndes Gesicht in unsere Richtung, wusste nicht genau, welche Emotion er als Nächstes aufrufen sollte, und konnte doch den instinktiven Kitzel nicht verhehlen. «Achtzehn Leute sind tot», sagte er, als hätte er sich selbst überrascht. «Sie haben achtzehn erschossen.»

Die Erregung in seiner Stimme beschäftigte mich: Und wenn Noah sich nun heimlich freute? Und wenn wir uns alle freuten? Wenn diese Gewalt unsere kollektive Furcht nun dahingehend kanalisierte, dass wir einen Augenblick der Klarheit erlebten, der Klarheit, in einer Endzeit am Leben zu sein, der Freude, durch Zeitgenossenschaft historische Bedeutung zu gewinnen? Ich sah mich schon aufgeregt erklären, dass ich diesen toten Busfahrer Aziz im Central Park gesehen, vielleicht sogar ein Lächeln oder ein urbanes *Wasgeht* mit ihm getauscht hatte. Versteh mich nicht falsch, Tagebuch, auch ich spürte den Schrecken, aber ich fragte mich zum Beispiel, was diese sicheren Beobachtungseinrichtungen eigentlich waren, von denen Noah ständig redete. Wurde Menschen dort tatsächlich ohne Verhandlung in den Hinterkopf geschossen? Ich hatte Noah mal darauf hingewiesen, dass die *New York Lifestyle Times* früher richtige Korrespondenten beschäftigte, die loszogen und berichteten und verifizierten, aber er hatte mir bloß so einen «Fang bloß nicht damit an, Alter»-Blick zugeworfen und weiter spanischen Slang in sein Kameraauge gebrüllt. Andererseits verfolgte Nettie Fine seinen Stream *andächtig*, vielleicht entging mir also was. Vielleicht war Noah das Beste, was heutzutage drin war.

«Achtzehn Tote!», rief Amy Greenberg. Sie legte die Hand auf ihr angebliches Hüftgold, auf ihre unscheinbare

Taille und die ziemlich ernstzunehmende Muskulatur darüber, als wollte sie Rubenstein und die Regierung abkanzeln, aber durch dieses Manöver konnte sie außerdem die Umrisse ihrer linken Brust – die bei einer öffentlichen Zufallsbefragung zur besseren von beiden gewählt worden war – aus dem Dekolleté und in die Bildmitte schieben. «Riesenaufstand im Central Park, Nationalgarde erschießt alle und jeden, haut die kleinen Hütten zu Klump, und ich bin so froh, dass mein Macker Noah Weinberg gleich hinter mir sitzt, *ich krieg das nämlich alles nicht mehr auf die Reihe*. Ich meine, mal ehrlich, wenn ihr nicht aufpasst, esse ich wieder Snacks. Noah, ich habe ja so ein Glück, dass ich dich in diesen schrecklichen Zeiten an meiner Seite habe, ich weiß, ich bin nicht perfekt, aber, okay, *totaler Klischeealarm* jetzt, du bedeutest für mich die Welt, weil du so freundlich und sensibel und scharf bist, du bist *so* medien, und» – ihre Stimme begann zu zittern, sie begann absichtlich zu zwinkern, was immer Tränen fließen lässt – «ich verstehe nicht, wie du mit so einer fetten Versagerin wie mir zusammen sein kannst.»

Grace und Vishnu lehnten sich aneinander wie zwei Säulen einer antiken Ruine, während neue, anschwellende Opferzahlen die Atmosphäre rings um uns erfüllten. Ich rief mir Punkt 4 ins Gedächtnis, sich um Freunde kümmern, aber wieder waren es meine Freunde, die sich um *mich* kümmerten. Da sie bemerkt hatten, wie allein ich neben der tief in AssLuxury versunkenen Eunice stand (war sie so geschockt von der Gewalt, dass sie nicht aufhören konnte zu shoppen?), streckten sie die Arme aus und holten mich in ihren Kreis, damit ich ihre warmen Hände und den Trost ihres alkoholischen Atems spüren konnte.

Noah und Amy, nicht mal einen Meter voneinander entfernt, streamten laut, versuchten den Lärm der Bar zu übertönen.

«Rubenstein will Li was klarmachen», sagte Noah. «Wir mögen zwar keine Großmacht mehr sein und stehen vielleicht mit siebenundsechzig Yuan-gekoppelten Billionen bei euch in der Kreide, aber wir haben keinen Schiss, unsere Truppen einzusetzen, wenn unsere Mohren aufmucken, also seht euch vor, sonst geben wir euren gelben Ärschen einen atomaren Tritt, falls ihr versucht, die Wechsel einzutreiben. Spuckt bloß weiter schön Kredite aus, Schlitzaugen.»

Amy Greenberg: «Erinnert ihr euch an Jeremy Block, den Typen, von dem ich mich am letzten Pessach-Fest getrennt habe?» Ein Stream von einem nackten, masturbierenden Kerl, der Noah ähnlich sah, wurde neben Amys Äppärät aufgerufen, und sie starrte grimmig auf das Image seines ausladenden Penis, ihr hübsches postbulimisches Gesicht verriet dabei erste Anzeichen eines Damenbarts. «Wisst ihr noch, wie wenig ich mich auf den Wichser verlassen konnte, wenn es, hm, Ärger in der Welt gab? Dass er mir nie irgendwas *erklären* wollte, obwohl er doch bei Kraft arbeitete? Und dass er mich gezwungen hat, mich jeden Morgen zu *wiegen*? Und dass er …» lange Pause, dann ein fröhliches Lächelgesicht «... *keinen Respekt vorm Hüftgold hatte*?»

CRISISNET: RUBENSTEIN GIBT DEM RÄDELSFÜHRER IM CENTRAL PARK, DEM EHEMALIGEN BUSFAHRER AZIZ JAMIE TOMPKINS, DIE SCHULD AN DEN UNRUHEN. ZITAT: «ARR-BERICHTEN ZUFOLGE WURDE ‹AZIZ› IM SÜDLIBANON VON DER HISBOLLAH AUSGEBILDET.» ZITAT: «WIR HABEN ES HIER MIT EINER FRONT DES ISLAMO-FASCHISTISCHEN TERRORISMUS ZU TUN.» ZITAT: «JETZT IST ES ZEIT FÜR KONSUM, SPARSAMKEIT UND GESCHLOS-

SENHEIT. EINE PARTEI, EINE NATION, EIN GOTT.»

Vishnu war uns neues Bier holen gegangen, und Eunice und Grace shoppten gemeinsam auf AssLuxury. Grace sagte etwas, das Eunice zum Lächeln brachte, und dann begannen sie, miteinander zu sprechen, wobei Grace den Blick auf Eunice und Eunice den ihren meist auf ihren Äppärät gerichtet hielt, doch gelegentlich sah sie auch schüchtern Grace an. Ich glaubte, einige koreanische Worte zu hören – «Sun-Doubou» (oder wie man das schreibt) ist ein Tofu-Eintopf, den Grace oft auf der 32nd Street bestellt hat. Ich wollte mich an ihrem Gespräch beteiligen, aber Grace schob mich sanft beiseite. Eunice FECte ein bisschen mit drei anderen Asiatinnen im Raum, und ihr FICKFAKTOR lag, wie ich stolz und ein wenig besorgt bemerkte, bei 795, ihr CHARAKTER allerdings nur bei 500 (vielleicht war sie nicht extro genug). Aber eine sehr junge philippinische Medienhure in braver Strickjacke, klobigen Gesundheitsschuhen und Onionskin-Jeans, die still an der Jukebox streamte, lag beim FICKFAKTOR noch ein paar Punkte höher. «Das Mädchen hat einen perfekten Körper», hörte ich Eunice zu Grace sagen. «Gott, wie ich Einundzwanzigjährige hasse.»

Ich besah traurig meine eigenen Rankings. Die meisten Männer trugen an diesem Abend coole Wollstrickjacken wie früher Mr. Rogers aus dem Kinderfernsehen und betrachteten mich eher abschätzig. Über meine Bartstoppeln hatte jemand geschrieben: «Diesem Deppen neben der süßen asiatischen Samenbank wachsen irgendwie so Schamhaare aus dem Kinn», und ich rangierte an vierzigster Stelle von dreiundvierzig Männern in der Bar. Machte das Eunice was aus? Mir fiel auf, dass meine ATTRAKTIVITÄT, wenn ich den Arm um sie legte, hundert Punkte nach oben sauste und ich an respektabler dreißigster Stelle landete. Aber was sagte das über mich? Dass ich Eunice brauchte, um in der Welt da draußen anerkannt zu werden? Auf alle Fälle nahm ich mir vor, meine Stoppeln am nächsten Tag abzurasieren. So was funktionierte nur bei gewissen sehr attraktiven Männern.

Amy Greenberg zeigte auf die kleinen Hautlappen, die zwischen ihren Achselhöhlen und Brüsten hingen. «Ich hab Flügel! Erst vierunddreißig und schon Flügel wie ein Engel! Ich kann mir einfach nicht vorstellen, dass mich *irgendein* Typ mit diesem ganzen Labberkram befummeln will! Guckt mich an! Guckt mich doch an!»

Noah Weinberg: «Dreiunddreißig Todesopfer bei den Unruhen der Vermögensschwachen, Stand: 21.04 Uhr Ostküstenzeit. Und die Garde ballert immer noch im Central Park herum. Aber in Ciudad Bolívar haben wir *allein* in den letzten zwei Monaten vierhundert Nationalgardisten verloren. Das ist Rubensteins Strategie: Je mehr Amerikaner sterben, desto weniger juckt es irgendwen. Die Norm neu definieren, Gräber schaufeln.»

Amy Greenberg: «Ich erzähl euch mal im Einzelnen, was ich anhabe. Die Schuhe sind von Padma, die Bluse ist Original Marla Hammond, und der nippelfreie BH ist ein Flügelkaschierer von Saaami – hat mir meine Mutter im Konsumkorridor der Vereinten Nationen im Schlussverkauf besorgt.»

Noah Weinberg: «Und ich rede jetzt gar nicht mal vom LIBOR-Satz. Ich rede von –» Er hielt inne und sah sich um. Ein Trio aus Staten-Island-Mädchen summte fröhlich ein Lied, von dessen Text nur «Mmmmmm …» zu verstehen war. Noah hob an zu sprechen, aber am Ende sagte er nur: «Wisst ihr was, *patos*? Ich – ich habe euch nichts weiter mitzuteilen.»

Amy Greenberg: «Ich will nur eins sagen: Meine Mom ist echt *unglaublich*. Als ich mich von Jeremy Block getrennt habe, da hat sie mir geholfen, seinen ganzen Bockmist zu durchschauen. Wir haben uns zusammen seine Rankings angeguckt und fanden, wen interessiert schon sein Riesenschwanz und dass er die ganze Nacht damit stoßen kann. Zum dreißigsten Geburtstag hat er sich von mir den Arsch lecken lassen, und danach wollte er mich nicht mehr küssen. Das sagt doch wirklich *eine Menge* über einen Typen, wenn er seine Freundin nicht mehr küssen will, nachdem sie ihm die Rosette blank geleckt hat. Meine Mutter ist so süß, sie meinte gleich: ‹Du verdienst wirklich was Besseres, Aimele. Sei dein *eigener* Zuhälter, Mädchen!›»

Grace nahm mich beiseite. «Hey», sagte sie. «Ich glaube, Eunice hat echte Probleme.»

«Ach was», sagte ich. «Ihr Vater ist ein Arschloch.»

«Ich kenne diese Sorte Mädchen», sagte Grace. «Es handelt sich um die schlimmste Kombination aus misshandelt und privilegiert, erst recht, wenn man im südkalifornischen Ghetto wohlhabender asiatischer Greenhorns aufgewachsen ist, wo alle dermaßen oberflächlich und geldgeil sind. Mal ehrlich, sogar noch oberflächlicher als Noahs Freundinnen. Amy *Green*berg weiß immerhin genau, was sie tut.»

«Aber ich liebe sie», sagte ich leise. «Und ich glaube, sie shoppt bloß deshalb, weil unsere Gesellschaft Asiaten dazu *auffordert*. Auf den Kreditmasten etwa, du weißt schon. Ich habe selbst gehört, wie ein Typ Eunice zugerufen hat: ‹Hey, Ameise, kauf dir was oder geh zurück nach China!›»

«Ameise?»

«Ja, die Ameise, die zu viel spart, und der Grashüpfer, der zu viel ausgibt? Auf den Schildern der A R R? Über Chinesen und Latinos? Das ist so scheißrassistisch.»

«Leonard, es wird wirklich Zeit, dass du aufhörst, dir

ständig asiatische Mädchen oder welche aus der weißen Unterschicht zu suchen, die den Sack voller Probleme haben», sagte Grace. «Du tust ihnen damit keinen Gefallen.»

«Und du tust mir richtig weh, Grace», flüsterte ich. «Wie kannst du so schnell ein Urteil über sie fällen? Über *uns?*»

Und sofort wurde Grace weich. Das Christentum und ihre Güte gewannen die Oberhand. Tränen stiegen ihr in die Augen. «Tut mir leid», sagte sie. «Das sind einfach die Zeiten, in denen wir leben. Die lassen mich so hart werden. Vielleicht kann ich mal was mit ihr unternehmen? So was wie eine große Schwester sein?» Ich wollte schon entrüstet reagieren, aber dann fiel mir ein, wer Grace war: die Älteste von fünf ausgeglichenen Geschwisterkindern zweier Ärzte aus Seoul, die zwar eine Menge Einwandererängste hatte und sich, da in Wisconsin aufgewachsen, als Außenseiterin fühlte, aber trotzdem mit Liebe und Aufmunterungen nur so um sich warf wie die herzlichste, progressivste Einheimische. Wie konnte sie Eunice auch nur ansatzweise verstehen? Wie sollte sie begreifen, was es mit uns beiden auf sich hatte?

Ich nahm Grace ein paar Herzschläge lang in den Arm und küsste ihre warme Wange. Als ich mich umwandte, sah ich, dass Eunice uns anstarrte, wobei sie auf der unteren Gesichtshälfte wieder dieses Amphibienlächeln, dieses eigenschaftslose Grinsen zeigte, das mir direkt in die weiche Umgebung des Herzens schnitt.

«Das war's dann wohl für die Republik», sagte Hartford in seinem Antillenstream, während ihm sein junger Freund mit dem Handtuch die Spermaspritzer vom Rücken wischte. «Yibbity-yibbity, das war's, Leute.»

Schweigend setzten wir wieder nach Manhattan über. Die Checkpoints der Nationalgarde waren praktisch verlassen, die meisten Soldaten zur Niederschlagung des Aufstands wahrscheinlich in den Central Park abkommandiert. Als wir in meiner Wohnung waren, kniete ich schon wieder weinend vor ihr. Sie drohte erneut, nach Fort Lee zu ziehen.

«Deine Freunde sind furchtbar», sagte sie. «So *total* eingebildet.»

«Was haben sie dir denn getan? Du hast doch den ganzen Abend kaum ein Wort mit ihnen geredet!»

«Ich war mit Abstand die Jüngste. Sie waren alle zehn Jahre älter als ich. Was soll ich mit denen reden? Alle arbeiten in den Medien. Und alle sind witzig und erfolgreich.»

«Erstens sind sie das überhaupt nicht. Und zweitens bist du noch jung, Eunice! Eines Tages wirst auch du in den Medien arbeiten. Oder im Konsum. Und ich dachte, du hättest Grace gemocht. Ich habe gesehen, wie ihr zusammen bei AssLuxury geshoppt und über Sun-Doubou geredet habt.»

«*Sie* fand ich am *aller*schlimmsten», zischte Eunice. «Sie ist *genau* so, wie ihre Eltern sie haben wollen, und so scheißstolz darauf. Ach ja, und dass du meine Familie kennenlernst, kannst du vergessen. Die wirst du niemals zu sehen kriegen. Wie kann ich dich auf sie loslassen? Das hast du verbockt.»

Ich lag allein in meinem Bett; Eunice wieder mit ihrem Äppärät im Wohnzimmer, beim Teenen und Shoppen, während die Nacht um uns schwarz wurde und ich mit still nagendem Schmerz erkannte, dass ich, wenn man mir die 239 000 Yuan-gekoppelten Dollar, die nicht gerade unkomplizierte Liebe meiner Eltern und die wechselhaften Zuwendungen meiner Freunde wegnahm, ja wenn man mir meine stinkenden Bücher wegnahm, nichts als die Frau im Nachbarzimmer hatte.

Mein Kopf war voller beängstigender jüdischer Sorgen –

der innere Pogrom und der äußere. Ich weigerte mich, an Fabrizia, Nettie oder den Otter zu denken. Ich verharrte im gegenwärtigen Moment. Ich versuchte herauszufinden, was mit den vermögensschwachen Demonstranten im Central Park passierte. Ein paar der reichen jungen Medienleute an der Central Park West und der Fifth Avenue streamten live von ihren Balkonen und Dachterrassen, einige wenige hatten die Kordons der Nationalgarde durchbrochen und gefühlten tief aus dem Park heraus. Ich schaute an ihren wütenden und erregten Gesichtern vorbei, den Mündern, die von Eltern und Geliebten und Gewichtszunahme kreischten, und versuchte Hubschrauber zu entdecken, die im Hintergrund vorbeischwebten und ins grüne Herz der Stadt feuerten. Ich dachte an den Cedar Hill – den Ground Zero meines Lebens mit Eunice Park – und stellte mir vor, dass er jetzt mit Blut besudelt war. Dann bekam ich ein schlechtes Gewissen, weil ich mit solcher Medienbesessenheit nur an mein eigenes Leben dachte und so rasch die neuen Toten vergaß. Grace hatte recht. Die Zeiten, in denen wir leben.

Aber eins wusste ich: Niemals würde ich Netties Ratschlag folgen. Niemals würde ich mir diese Armen im Tompkins Square Park ansehen gehen. Wer wusste schon, was mit ihnen passieren würde? Wenn die Nationalgarde Leute im Central Park erschoss, warum sollte sie es dann nicht auch downtown tun? «Sicherheit geht vor», heißt es bei den Posthumanen Dienstleistungen. Unsere Leben sind wertvoller als die anderer Menschen.

Eine Hubschrauber-Armada flog Richtung Norden. Das ganze Gebäude erzitterte unter ihrer Wucht, Porzellan klirrte im Küchenschrank des Nachbarn, kleine Kinder weinten. Das schien Eunice zu erschrecken, und bald lag sie neben mir im Bett, suchte nach einer bequemen Lage an meinem größeren Körper, drückte sich so fest an mich, dass es wehtat. Ich bekam Angst, nicht so sehr wegen des Militäreinsatzes draußen (letztlich würden sie Menschen mit meinen Vermögenswerten schon nichts tun), sondern weil ich wusste, ich könnte sie nie verlassen. Egal, wie sie mich behandelte. Egal, wie schlecht es mir ihretwegen ging. Weil in ihrem Zorn und ihren Ängsten auch viel Vertrautes und Tröstliches lag. Weil ich diese südkalifornischen asiatischen Greenhorns besser verstand als die rechtschaffene Herzland-Verwandtschaft von Grace, dieses Verlangen nach Geld und Respekt, diese Mischung aus Ansprüchen und Selbstekel, diesen Hunger danach, bemerkt, bestaunt und bewundert zu werden. Weil mir, nachdem Vishnu mir erzählt hatte, dass Grace schwanger sei («ha-*haah*», lachte er unbeholfen, als er die Neuigkeit überbrachte), klarwurde, dass die letzte Tür vor meiner Nase zugeschlagen war. Weil Eunice im Gegensatz zur gewieften, cleveren Amy Greenberg keine Ahnung hatte, was sie eigentlich tat. Und ich auch nicht.

Tut mir leid, Tagebuch, ich bin heute ein völliges emotionales Wrack. Schlecht geschlafen letzte Nacht. Nicht mal meine besten Ohrstöpsel helfen gegen den Lärm der Rotorblätter draußen, und Eunice hat im Schlaf laute koreanische Verwünschungen gemurmelt, hat die niemals endenden Gespräche mit ihrem *appa*, Vater, fortgesetzt, dem Schurken, der für einen Großteil ihrer Kümmernisse verantwortlich ist, aber ohne dessen zornige Schläge ich mich wahrscheinlich nie in sie verliebt hätte und sie sich nicht in mich.

Doch mir fällt auf, dass ich auch einiges auslasse, Tagebuch. Ich will einige der schöneren Augenblicke beschreiben, die es immerhin gab, bevor die Unruhen der

Vermögensschwachen angefangen haben und an der Linie F die Checkpoints eingerichtet worden sind.

Manchmal gehen wir in koreanische Restaurants in Midtown und schlagen uns mit Reiskuchen in Chilisoße, knoblauchsattem Tintenfisch, beängstigenden Fischbäuchen, die vor salzigem Rogen platzen, und den unvermeidlichen kleinen Schälchen mit säuerlichem Kohl, eingelegten Steckrüben, Seegras und leckerem getrocknetem Rindfleisch die Bäuche voll. Wir essen auf asiatische Art – die Augen auf dem Teller, kräftiges Schlürfen am Tofu-Topf, leises Rülpsen, um unsere Freude am Essen zu erkennen zu geben, meine Hand greift nach einem Glas alkoholhaltigem *soju*, ihre nach einem zarten Tässchen *mugicha*, Gerstentee. Eine friedvolle Familie. Worte sind nicht nötig. Wir lieben einander und füttern einander. Sie nennt mich *kokiri* und küsst mich auf die Nase. Ich nenne sie *malischka*, «Kleine» auf Russisch, das nur darum ein verfängliches Wort ist, weil es früher meinen Eltern über die Lippen kam, damals, als ich noch keinen Meter groß und ihre Liebe zu mir wahr und unkompliziert war.

Und dazu noch die Wärme in koreanischen Restaurants, die endlose Prozession von Tellern, als könnte das Mahl nicht enden, ehe die ganze Welt verzehrt ist, das Geschrei und Gelächter nach dem Essen, die ungehemmte Trunkenheit der älteren Männer, das kichernde Geschnatter der jüngeren Frauen, und überall Familienbande. Wundert mich nicht, dass Juden und Koreaner sich so leicht auf Liebesbeziehungen einlassen. Sicher, wir wurden in verschiedenen Töpfen gekocht, aber in beiden Töpfen blubbern Nestwärme und die Vertrautheit, Neugier, Neurosen, die eine solche Nähe schafft.

Als wir in einem der lauteren Restaurants an der 32nd Street zu Mittag aßen, sah Eunice einen Mann, der allein an einem Tisch saß und zum Essen Coca-Cola trank. «Das ist so traurig», sagte sie, «einen Koreaner zu sehen, der weder Frau noch Freundin hat, die ihm sagen, dass er diesen Dreck nicht trinken soll.» Sie hob ihre Tasse Gerstentee, als wollte sie ihm eine gesündere Alternative zeigen.

«Ich glaube, er ist gar nicht aus Korea», sagte ich zu Eunice. «Meinem Äppärät zufolge kommt er aus Shanghai.»

«Ach so», sagte sie. Kaum waren die Blutsbande zum einsamen asiatischen Cola-Trinker abgeschnitten, erlosch ihr Interesse.

Als wir nach Hause gingen, die Mägen voller Knoblauch und Chili, um uns herum die Sommerhitze, in uns die Hitze von scharfen Pfefferschoten, die beide auf unsere Leiber einen schönen Schimmer legten, begann ich über das zu grübeln, was Eunice gesagt hatte. Ihrer Ansicht nach war es traurig, dass der Asiat keine Frau oder Freundin hatte, die ihn ermahnen konnte, keine Cola zu trinken. Einem erwachsenen Mann musste *gesagt werden*, wie er sich benehmen sollte. Er brauchte die Gegenwart von Frau oder Freundin, um seine niedersten Instinkte zu bändigen. Was für eine monströse Missachtung der individuellen Selbstbestimmung! Als würden wir nicht alle bei Gelegenheit nach einem Tropfen künstlich gesüßter Flüssigkeit auf der Zunge lechzen.

Doch dann versuchte ich, das Ganze aus Eunice' Blickwinkel zu betrachten. Die Familie war immerwährend. Ihre Bande konnten nie zerrissen werden. Du achtest auf die anderen deines Stammes, und sie achten ebenso auf dich. Vielleicht war *ich* nachlässig gewesen, hatte mich zu wenig um Eunice gekümmert, sie nicht korrigiert, wenn sie knoblauchig frittierte Süßkartoffeln bestellte oder einen Milchshake ohne den erforderlichen Vitaminzusatz trank. Hatte sie nicht erst gestern, als ich unseren Altersunterschied ansprach, ganz ernsthaft gesagt: «Du darfst nicht vor mir sterben, Lenny.» Und dann, nach kurzem Nachdenken, hinzugefügt: «Bitte versprich mir, dass du immer auf dich aufpassen wirst, auch wenn ich nicht da bin, um dir zu sagen, was du tun sollst.»

Als wir nun so die Straße entlangliefen, unser Atem von *kimchi* und sprudeligem *OB*-Bier schwer, begann ich unsere Beziehung zu überdenken. Ich fing an, sie mit ihren Augen zu sehen. Wir waren einander nun verpflichtet. Unsere Familien hatten uns im Stich gelassen, und jetzt mussten wir eine ebenso starke und haltbare Verbindung miteinander knüpfen. Jede Distanz zwischen uns hieß Versagen. Erfolg hieße, dass keiner von uns beiden mehr wusste, wo der eine aufhörte und der andere begann.

Mit diesen Gedanken im Hinterkopf kroch ich auf sie, als wir zu Hause waren, und presste mich mit großer Dringlichkeit an ihr Schambein. «Lenny», sagte sie. Sie atmete sehr rasch. Ich kannte sie jetzt einen Monat, und immer noch hatten wir unsere Beziehung nicht vollzogen. Was ich als Beweis großer Geduld und traditioneller Moral meinerseits betrachtet hatte, schien mir nun wie ein Versagen auf der Bindungsebene.

«Eunice», sagte ich. «Meine Liebste.» Doch das klang nach zu wenig. «Mein Leben», sagte ich. Eunice hatte die Beine gespreizt und versuchte, mich aufzunehmen. «Du bist mein Leben.»

«Was?»

«Du bist –»

«Schhh», sagte sie und rieb meine bleichen Schultern. «Still, Lenny. Sei still, mein süßes, süßes Thunfischhirn.»

Ich bohrte mich weiter in sie hinein, versuchte an einen Ort zu gelangen, von dem ich nie wieder weggehen würde. Als ich dort ankam, als ihre Muskeln sich spannten und mich festhielten, als ihr Schlüsselbein heraustrat, als das spektakuläre Dämmerlicht des Frühsommers in meinem einfachen Schlafzimmer explodierte und sie vor Lust – so hoffte ich – stöhnte, da erkannte ich, dass es in meinem Leben mindestens zwei Wahrheiten gab. Die Wahrheit meiner Existenz und die Wahrheit meines Ablebens. Mein geistiges Auge schwebte in die Höhe, und ich sah meine kahle Stelle am Hinterkopf und darunter die kräftigen Ranken ihres schwarzen Haars, die sich über drei stützende Kissen ausbreiteten, sah ihre starken, lebendigen Beine mit den Halbmonden ihrer Waden und, dazwischen verankert, meine kalkweiße Masse, festgehalten fürs Leben. Ich sah den gebräunten, knabenhaften Körper unter mir, die noch frischen, von der Sonne aufgeweckten Sommersprossen, die hellwachen Brustwarzen, die wie feste kleine Kapseln zwischen meinen Fingern waren, und ich spürte die Melodie ihres knoblauchsüßen, leicht säuerlichen Atems – und da begann ich mit der Beharrlichkeit, die bei sechs Jahre älteren Männern zu Herzinfarkten führt, mich in Eunice' Enge heftig hin und her zu bewegen, raus und rein, und ein verzweifeltes, animalisches Grollen entrang sich meiner Lunge. Eunice' feuchte, mitfühlende Augen sahen mich tun, was ich tun musste. Im Gegensatz zu vielen anderen aus ihrer Generation war sie noch nicht völlig von Pornografie durchdrungen, weshalb ihr sexueller Instinkt von irgendwoher in ihr drinnen kam; er zeugte vom Bedürfnis nach Nähe, nicht nach Erniedrigung. Sie hob den Kopf, hüllte mich in ihre eigene Hitze und biss in meine weich vorstehende Unterlippe. «Verlass mich nicht, Lenny», flüsterte sie mir ins Ohr. «Bitte verlass mich nie.»

DER STILLE AMERIKANER
Aus Eunice Parks GlobalTeens-Account

2. Juli

CHUNG.WON.PARK AN EUNI-DIOTIN:

Eunhee,

wir sorgen schrecklich gerade, weil es hört sich an nach schlimme politische Lage in Manhattan. Du solltest zurück nach Fort Lee und Familie sein. Das ist sogar wichtiger als Lernen für Aufnametest. Nicht vergessen wir sind alte Leute und haben Geschichte gesehen. Daddy und ich haben erlebt schlimme Zeiten in Korea, wo viele Leute gestorben auf Straße, junge Leute wie du und Sally, die studieren. Pass auf das du nicht politisch. Pass auf das Sally nicht politisch. Manch mal sie redet. Wir wollen dich kommen besuchen nächste Dienstag. Reverend Suk der Lehrer von unserer Reverend Cho bringt aus Korea seinen besonderer Sünderkreuzzug in den Madison Square Garden, und wir denken ganze Familie soll hingehen und beten und später wir gehen essen und treffen diesen *miguk*-Junge der bloß Mitwohner wie du sagst. Ich bin entäuscht das du lügst mich an das du wohnst bei Joy Lee aber ich danke Jesu das du und Sally leben und sicher. Sogar Daddy ist jetzt so still weil er ist dankbar und auf Knien vor Gott. Ist schwierige Zeit. Wir kommen nach Amerika und jetzt was passiert mit Amerika? Wir sorgen. Wofür war das alles? Als wir gekommen, bevor du geboren, alles war nicht so leicht. Du weist nicht wie Daddy gekämpft um Patienten, sogar arme Mexikaner mit keine Versicherung, wo er zahlt fünfzig Dollar für hundert Dollar. Sogar jetzt er muss kämpfen. Vieleicht wir machen großer Fehler.

Also bitte schenk uns Zeit am Sonntag. Zieh schön an, nicht billig oder wie «nuttig» aber ich vertraue immer was du ziehst an. Daddy sagt ist jetzt Straßensperre auf George-Washington-Brücke und auch bei Hollandtunnel. Wie sollen Menschen kommen jetzt von New Jersey?

Liebe dich,

Mommy

EUNI-DIOTIN: Sally, alles in Ordnung bei dir?

SALLYSTAR: Ja. Und bei dir? Ist doch Wahnsinn. Man «rät» uns, den Campus nicht zu verlassen. Ein paar Erstsemester aus dem Mittelwesten drehen schon durch. Ich organisiere grad eine Info-Stunde, damit alle besser klarkommen.

EUNI-DIOTIN: Ich will nicht, dass du IRGENDWAS Politisches machst! Hast du gehört? Dieses eine Mal finde ich, Mom hat 100-prozentig recht. Bitte, Sally, versprich es mir.

SALLYSTAR: Okay.

EUNI-DIOTIN: Das meine ich ERNST. Sally, ich bin deine ältere Schwester.

SALLYSTAR: Ich habe doch OKAY gesagt.

SALLYSTAR: Eunice, warum hast du mir nicht erzählt, dass du einen Freund hast?

EUNI-DIOTIN: Weil ich nach Moms Meinung ein «1-a-Vorbild» für dich sein muss.

SALLYSTAR: Das ist nicht witzig. Wenn du mir so was nicht erzählen kannst, ist das ja, als ob du gar nicht meine Schwester wärst.

EUNI-DIOTIN: Na, wir sind ja auch keine normale Familie, oder? Wir sind eine besondere Familie. Haha. Außerdem ist er gar nicht richtig mein Freund. Geht ja nicht drum, dass wir heiraten wollen. Mom hab ich gesagt, er ist mein Mitbewohner.

SALLYSTAR: Wie ist er denn so? Ist er *meo-si-seo*?

EUNI-DIOTIN: Spielt das eine Rolle? Ich meine, bei ihm geht es echt nicht ums Aussehen. Und Koreaner ist er auch nicht, nur dass du's weißt und dir schon mal Vorwürfe zurechtlegen kannst.

SALLYSTAR: Na, solange er dich anständig behandelt.

EUNI-DIOTIN: Argh, so ein Gespräch will ich nicht führen.

SALLYSTAR: Kommt er denn am Dienstag zum Kreuzzug?

EUNI-DIOTIN: Ja. Darum möchte ich, dass du dich kopfklug anstellst. Weißt du irgendwas über Klassiker? Texte und so?

SALLYSTAR: Ich habe grad Euro-Klassiker gescannt, aber ich kann mich an nichts erinnern, das waren so viele Seiten Text. Irgendwas von so einem Grayham Green über ein vietnamesisches Mädchen namens Phuong, das mich an das Mädchen erinnert hat, das in Gardena bei Lee's Banh Mi Sandwiches belegte. Wieso müssen wir ihn beeindrucken?

EUNI-DIOTIN: Müssen wir nicht. Er soll bloß merken, dass wir eine intelligente Familie sind.

SALLYSTAR: Ich bin mir sicher, Mom wird nett zu ihm sein und hinter seinem Rücken dann richtig gemeine Sachen sagen.

EUNI-DIOTIN: Sie werden stumm dasitzen, und Dad wird trinken und so Räuspergeräusche von sich geben.

SALLYSTAR: Mohochohhomm.

EUNI-DIOTIN: Ha! Ich finde es immer toll, wenn du Dad nachmachst. Du fehlst mir.

SALLYSTAR: Wieso kommst du dann nicht am Freitag zum Abendessen mit Onkel Jun? Vielleicht *sans* Freund.

EUNI-DIOTIN: Das «sans» gefällt mir. Es ist kopfklug. Aber Onkel Jun will ich lieber nicht sehen. Der ist doch ein Scheißversager.

SALLYSTAR: Das ist gemein.

EUNI-DIOTIN: Letztes Jahr an Thanksgiving, als sie zu Besuch aus Korea gekommen sind, hat er mich angeschrien, weil Mom und ich einen zu großen Truthahn gekauft hatten. Und seine Frau ist in Topanga shoppen gegangen und hat Dad für etwa sechzehn Dollar, die nicht mal gekoppelt waren, eine Zange gekauft und dauernd gesagt: «Dein Vater soll unbedingt wissen, dass dies Geschenk von mir.» Weißt du eigentlich, wie viel Geld Dad ihrem idiotischen Mann gegeben hat, und da kauft sie ihm zum Dank eine Zange?

SALLYSTAR: Sie gehören zur Familie. Und ihr Taxiunternehmen läuft nicht gut. Der gute Wille zählt.

EUNI-DIOTIN: Die sind aber auch die einzigen Menschen in Korea, die im Moment kein Geld verdienen. Vollidioten.

SALLYSTAR: Warum bist du eigentlich immer so wütend? Wie heißt übrigens dein Freund?

EUNI-DIOTIN: Ich bin von Natur aus wütend. Und ich kann es nun mal nicht ausstehen, wenn jemand andere Menschen ausnutzt. Er heißt Lenny. Aber ich hab doch schon gesagt, dass er nicht richtig mein Freund ist.

SALLYSTAR: Hat er im gleichen Jahr wie du Examen gemacht?

EUNI-DIOTIN: Ähm, er ist fünfzehn Jahre älter.

SALLYSTAR: Ach, Eunice.

EUNI-DIOTIN: Ist doch egal. Er ist klug. Und er kümmert sich um mich. Und wenn du und Mom ihn nicht leiden könnt, werde ich ihn bloß noch lieber haben.

SALLYSTAR: Wer sagt denn, dass ich ihn nicht leiden kann. Ist er Christ oder Katholik?

EUNI-DIOTIN: Weder – noch! Er ist beschnitten. Haha.

SALLYSTAR: Versteh ich nicht.

EUNI-DIOTIN: Er ist Jude. Ich nenne ihn *kokiri*. Du wirst schon sehen, warum!

SALLYSTAR: Klingt ja interessant.

EUNI-DIOTIN: Was isst du heute so?

SALLYSTAR: Bloß ein paar Mangos mit frischem griechischem Joghurt, den es jetzt in der Cafeteria gibt.

EUNI-DIOTIN: Zum Mittagessen? Oder zwischendurch?

SALLYSTAR: Zu Mittag hatte ich eine Avocado.

EUNI-DIOTIN: Die sind gesund, aber sehr fetthaltig.

SALLYSTAR: Na. Vielen Dank.

EUNI-DIOTIN: Lenny sagt mir Sachen, die sind richtig süß, ohne dass ich gleich kotzen muss. Nicht wie so ein Medien- oder Kredittyp, der bloß Sex haben und dann weiterziehen will. Lenny kümmert sich um mich. Er ist jeden Tag für mich da.

SALLYSTAR: Ich hab doch gar nichts gesagt, Eunice. Du musst ihn nicht verteidigen. Achte nur darauf, dass er die Schuhe auszieht, wenn er jemals zu uns nach Hause kommt.

EUNI-DIOTIN: Haha. Ich weiß schon. Da sind die Weißen echt eklig. Sie könnten doch grade in Hundekacke oder auf einen Obdachlosen getreten sein.

SALLYSTAR: ÜBEL!

EUNI-DIOTIN: Lenny sagt, ich hätte meine Gefühle nicht unter Kontrolle, weil Dad genauso sei. Er meint, ich sehne mich nach negativer Aufmerksamkeit.

SALLYSTAR: Du hast einem Fremden von Dad erzählt????

EUNI-DIOTIN: Er ist kein Fremder. Diese Denkweise musst du dir abgewöhnen. Darum geht es doch in einer Beziehung. Mit dem anderen reden.

SALLYSTAR: Deshalb werde ich ja auch nie eine Beziehung haben. Ich werde einfach gleich heiraten.

EUNI-DIOTIN: Vermisst du nicht manchmal Kalifornien? Ich vermisse das In-N-Out. Für einen richtigen Tier-Burger würde ich töten. Mhmm. Gegrillte Zwiebeln. Auch wenn man rotes Fleisch ja eigentlich nicht essen sollte. Aber manchmal hätte ich gern alles wieder so wie damals, als wir klein waren. Weißt du, was das Schlimmste ist – wenn man gleichzeitig glücklich und traurig ist und nicht rausfindet, was was ist.

SALLYSTAR: Kann schon sein. Ich muss jetzt für Chemie lernen. Erzähl anderen nicht zu viel von unserer Familie, okay, Eunice? Die werden es nie verstehen, und es interessiert auch keinen.

EUNI-DIOTIN: Sally, bitte pass gut auf dich auf. Mach einfach dein Studium und ernähre dich gesund. Ich hab dich so lieb.

EUNI-DIOTIN AN GRILLBITCH:
Mein liebstes Pony,
was für eine Woche. Ich bin SO am Ende. Meine Mutter hat rausgefunden, dass ich gar nicht bei Joy Lee wohne, also hab ich ihr endlich erzählt, dass ich einen weißen «Mitbewohner» habe. Jetzt will sie, dass ich zu so einer dämlichen Kirchensache komme, damit sie ihn kennenlernen kann. Uäh, das ist echt mein schlimmster Albtraum. Lenny liegt mir schon die ganze Zeit damit in den Ohren, dass er meine Eltern kennenlernen will, und jetzt denkt er bestimmt, ich knicke ein und er hat mich in der Hand und kann tun und lassen, was er will, zum Beispiel die Wohnung nicht putzen oder mich im Restaurant das Trinkgeld geben lassen, obwohl er doch weiß, dass Kredit bei mir am LIMIT ist. Jo, mein Ranking ist grad unter die magische Grenze gerutscht: unter 900! So viel zu «Chinesen», die kein Geld ausgeben. Haha.

Und jetzt soll auch noch meine Mutter mitkriegen, dass ich mit einem haarigen alten Weißen zusammen bin. Ich hab also zu Lenny gesagt, er darf meiner Mutter auf keinen Fall erzählen, dass wir zusammen sind, und da hat er sich richtig aufgeregt, als ob ich mich für ihn schämen würde oder so was. Er sagt, ich würde versuchen, ihn stellvertretend für meinen Vater wegzustoßen, aber dass er das nicht zulassen würde; ziemlich frech für so einen Nerd.

Bei uns gab es ein ziemliches Auf und Ab, allerdings hat er jetzt endlich mal die Zaubermuschi penetrieren dürfen, und es war gar nicht mal so schlecht. Was ihm an Aussehen abgeht, macht er durch Leidenschaft locker wett. Ich dachte echt, er explodiert gleich! Was noch? Die Unruhen waren ziemlich schrecklich, und jetzt braucht man ewig, um in der Stadt von hier nach dort zu kommen. Lenny bemüht sich, ganz ritterlich zu sein, als ob er mich vor den Nationalgardisten beschützen wollte, aber die schießen doch nicht auf Asiaten, oder?

Ach ja, ich hab seine Freunde kennengelernt. Dieser eine Typ, Noah, war ganz süß, so die Sorte groß und ganz normal attraktiv. Seine Freundin ist die echt scharfe Amy Greenberg mit diesem eigenen Stream, der ungefähr eine Million Zuschauer erreicht. Sie hat einen echt tollen, so pseudosmarten Charakter und ein ziemlich hübsches Gesicht. Sie streamt darüber, dass sie nicht gerade zierlich ist, ganz schön traurig, was, aber sie ist nun mal nicht so gebaut. Jedenfalls, ich hab gemerkt, wie Noah mich mit Blicken abgetastet hat, und als ich den Pullover auszog, hat er mir voll in die Bluse GESTARRT, was schmeichelhaft für mich war, aber ich hab dadrin ja nicht gerade viel zu bieten. Dann war er ganz begeistert von meinem «galligen Humor», und ich bloß so «haha», aber ich konnte nicht anders, ich musste Lenny in Gedanken ein bisschen betrügen. Und dann war da noch eine Koreanerin namens Grace, die stundenlang auf mich eingeredet hat. Sie ist echt lieb und gibt dir das Gefühl, dass sie auf deiner Seite ist, aber ich glaube, das war bloß gespielt. Unter dem Vorwand, mit mir befreundet zu sein, hat sie mir lauter Informationen aus der Nase gezogen, etwa dass mein Vater meine Mutter schlägt, weil sie ihm verdorbenen Tofu vorgesetzt hat und so was. Ich weiß gar nicht, warum ich ihr überhaupt davon erzählt hab, und den ganzen Abend hab ich mich echt verletzlich und schutzlos gefühlt. Egal. Ich hasse sie alle.

Am nächsten Tag bin ich dann mit ein paar Kisten Wasserflaschen in den Tompkins Square Park, weil ich gehört hatte, es gibt dort keins, nachdem die ARR die Wasserspender und Toiletten in allen Parks gesperrt hat. Da rannten lauter so Hipster rum und streamten über die Unruhen, aber keiner hilft den Vermögensschwachen wirklich. Ich hab ein bisschen mit David rumgehangen, dem süßen Typen, der mit der Nationalgarde in Venezuela war. Der hat bloß noch so an die vier Zähne im Mund, weil er keine Zahnversicherung und bei einer Explosion welche verloren hat. Aber es baut trotzdem richtig auf, mit ihm zu reden, weil er nämlich immer sagt, was er denkt (im Gegensatz zu Lenny und seinen Freunden). Zum Beispiel sagt er «Halt den Mund!» oder «Da liegst du falsch, Eunice» oder «Du hast doch keine Ahnung, wovon du redest» oder «So können das auch nur Vermögende sehen». Das mag ich, wenn Leute einem keinen Mist durchgehen lassen.

Ich hätte jedenfalls nie gedacht, dass ich mich mal für Politik interessieren würde, aber David kann ich stundenlang zuhören. Er meint, viele der Gardisten, die wie er nach Venezuela keine Prämie gekriegt haben, überlegen, ob sie sich nicht zusammentun sollen, um sich im Falle eines Angriffs gegen die Nationalgarde zu wehren. Er meint, in der Garde sind heutzutage bloß noch ein paar Arme, die im Süden von diesem Wapachung-Krisendings angeheuert wurden, für das auch Lenny arbeitet, und denen ist egal, wen sie töten. Er und seine Freunde nennen sich Aziz' Armee, wegen des Busfahrers, der im Central Park erschossen wurde, das ist der, den ich mit Lenny zusammen gesehen hab. Ich hab David gesagt, ich möchte nicht politisch werden, aber dann hat er mir aufgeschrieben, was sie an Vorräten brauchen, z.B. Thunfischdosen und Bohnen und Feuchttücher für Babys und so Zeugs, und ich frage mich, ob ich sie ihm nicht besorgen soll, obwohl mein AlliedWaste-Konto total am Limit ist. Vielleicht sollte ich Lenny um Hilfe bitten, aber aus irgendeinem Grund möchte ich nicht, dass er von David erfährt, auch wenn wir bloß ganz normal befreundet sind.

Wie sie das da jedenfalls auf die Beine gestellt haben, ist echt erstaunlich. Es ist ein winzig kleiner Park, aber irgendwie wird jede Ecke genutzt. Auf der ehemaligen Hundewiese spielen jetzt lauter NIEDLICHE und ERSTAUNLICH SAUBER AUSSEHENDE Kinder mit einem alten Basketball Fußball. Vielleicht sollte ich ihnen mal einen richtigen Fußball bei Paragon besorgen. Das Essen wird aus Nahrungsresten in Mülleimern recycelt, was zwar ein bisschen eklig ist, aber im Grunde schmeißen Leute wie Lenny so viel weg, dass David sagte, man könne von dem, was ein Kredittyp aus dem East Village von seinem Abendessen wegwirft, zehn Mahlzeiten zubereiten. Die sind so gut organisiert, es erinnert mich an meine Familie, als ich klein war. Jeder, egal wie alt oder jung, hat eine Aufgabe, jeder muss seinen Beitrag leisten, auch die versnobten Kredit- und Medientypen, die ihre Jobs verloren haben und jetzt im Park leben. Und wenn nicht – Pech gehabt, dann fliegt man raus.

Irgendwie dachte ich dabei ganz nostalgisch an diese Unterkunft für verschleppte Albanerinnen, in der ich in Rom gearbeitet habe. Lenny sagt, er ist deswegen stolz auf mich, aber dann redet er immer von ALGERIERINNEN oder AFRI-KANERINNEN anstatt von Albanerinnen, als ob das cooler klingt. David jedoch wusste gleich, wovon ich rede. Interessant: Leute, die eine Menge durchgemacht haben, haben immer so einen kindlichen Gesichtsausdruck.

Jedenfalls hat David gemeint, ich bräuchte keine weiteren Selbstsicherheits-Seminare belegen, wie ich es eigentlich an der Columbia vorhatte, sondern sollte lieber im Park helfen. Ich habe ja gesagt, aber irgendwie will ich da nicht meine Schwester treffen, ich weiß auch nicht, wieso. Vielleicht weil «Die Heilige spielen» eher IHR Revier ist, in mir soll sie lieber die Beschützerin der Familie sehen.

Aber es gibt so viel zu tun, mir wird ganz schwindlig. Die Nagetiere sind sie fast gänzlich losgeworden, aber Gesundheit ist immer noch das Hauptproblem, deshalb stehen in verschiedenen Ecken des Parks so Zelte mit Stoffschildern, «DIPHTHERIE» (TOTAL ansteckend), «TYPHUS» (rote Flecken auf der Brust, igitt), «PELLAGRA» (Selbsterinnerung: muss mir von Lenny Vitamin B_3 holen), «ASTHMA» (werde Lennys alte Inhalatoren nehmen, in manchen ist noch was drin), «DEHYDRATION» (so schnell wie möglich weitere Wasserflaschen), «KLEIDERWÄSCHE UND HYGIENE» (da werde ich nächste Woche aushelfen), «UNTERERNÄHRUNG». Die Unterernährung kommt vor allem von Straucherbsen und Reis, das ist beides nämlich billig, und hier sind so viele Leute aus der Karibik, aber als Spende können sie natürlich alles gebrauchen. Sie haben sogar einen GlobalTeens-Account unter «aziz armee», falls du ein paar ¥ spenden willst.

Vielleicht sollte ich meinen Vater herschleppen, damit er ihnen ein bisschen helfen kann, weil er doch Mediziner ist? Als ich noch zur Schule ging, wollte ich mal in seiner Praxis aushelfen, aber er fand, ich würde nichts taugen, obwohl ich mich doch so angestrengt und alle seine Krankenakten in den Computer eingegeben hatte, niemand kann nämlich seine Handschrift lesen, und ich hatte sogar das Praxis-WC von oben bis unten geputzt, weil meine Mutter manchmal so fahrig ist und irgendwelche Winkel übersieht.

Weißt du, Lenny ist so nett zu mir, dass ich manchmal

nicht mehr wachsam bin und mit ihm rede wie mit einem Freund, aber du bist immer noch meine allereinzigste beste und treuste Freundin, Pony. Aber trotzdem liebe ich ihn so. Argh. Jetzt habe ich es gesagt. Manchmal bringe ich es fertig, ihn morgens, wenn er schläft, eine halbe Stunde anzuschauen, und lege den Arm um ihn und ziehe ihn ganz dicht an mich ran, und er sieht so friedvoll und niedlich aus, seine haarige Hühnerbrust hebt und senkt sich wie bei einem Welpen. Oj weh. Du glaubst hoffentlich nicht, dass ich dich für selbstverständlich halte, liebstes P. Dauernd denke ich an dich, und du bist immer noch ein ganz BEDEUTENDER Bestandteil meines Lebens. Ach ja, ich habe die Fotos von dieser mexikanischen Nutte gesehen, die Gopher gefickt hat, die hat ja wohl ein totales Armengesicht! Pony, du bist superhübsch im Vergleich zu der! Lass dich von dieser Schwanzlutsche nicht entwerten. Er versucht bloß, dich fertigzumachen, weil er weiß, dass er nicht in deiner Liga spielt. Na ja, ich muss jetzt die Badewanne putzen, weil mein superkluger Freund nicht weiß, wie das geht. Melde mich später, Schmierbacke.

GRILLBITCH AN EUNI-DIOTIN:

Panda, ich muss gleich los zu Juicy zur Vag-Verjüngung, aber was zum Teufel ist «galliger Humor»? Ich habe versucht, es auf Teens zu finden, aber da kam bloß «Gallentumor», und das ist doch nicht das Gleiche? Vergiss nicht, was Prof. Margaux uns beigebracht hat: Haltet euch von Typen fern, die zu schlau klingen wollen.

PS: Ich hab auch nach deiner Amy Greenberg gesucht, und die könnte TATSÄCHLICH zwanzig Pfund abnehmen, auch wenn sie ein paar Extrapunkte kriegt, weil sie schon alt ist.

PPS: Streamst du heute Abend *American Spender*? Weißt

du noch, dieses Mädchen mit dem Gerstenkorn im Auge aus dem Biokurs, Kelli Nozares? Die ist Kandidatin, und ich hab gehört, sie kriegt Kredit satt, weil ihre drei Brüder ALLE Schuldenbomber sind. Wenn die gewinnt, dann werde ich ernsthaft irgendwen erdrosseln.

PPPS: Wenn es bei euch zu gefährlich wird, solltest du vielleicht ECHT wieder nach Kalifornien ziehen. Hier sehe ich zwar auch arme Leute auf den Mittelstreifen zelten, aber so schlimm ist es noch nicht. Bloß die Geschäfte meines Vaters laufen schlecht, obwohl Abflussreiniger doch eigentlich krisenfest sein sollten, aber heute Morgen bin ich ins Bad meiner Mutter gekommen, und da saß sie heulend auf dem Boden, und überall um sie rum lagen zwanzig Jahre alte Golfzeitschriften. O Gott. Vielleicht sollte ich ausziehen? Aber jetzt brauchen sie mich wahrscheinlich am allermeisten, und mein Bruder macht ja sowieso nichts. Es bleibt immer an den Mädchen hängen, die Familie über Wasser zu halten. Wir sind so was wie die Opferlemmer.

Leck dich später, Panda-ga-tor.

AZIZARMEE-INFO AN EUNI-DIOTIN:

Hi, Eunice. Hier David. Hör mal, in zwei Tagen ist der 4. Juli, und Cameron von «Moral, Soziales und Erholung» sagt, wir brauchen 120 Einheiten *Hebrew National Hot Dog*, dazu 120 Hot-Dog-Brötchen, 90 Dosen *Root Beer* (egal welche Marke), 50 Einheiten *AfterBite Original* gegen Mückenstiche und 20 Einheiten *Clinique Skin Supplies for Men M Protect* mit Sonnenschutzfaktor 21. Kannst du das alles pronto rüberbringen?

Hab über unser Gespräch über Eltern und Geschwister nachgedacht. Das hier ist mir klargeworden, als ich Student an der UT war, nachdem ich mit der Garde irgendwo im venezolanischen Sumpf gehockt und mit meiner Truppe gegrillte Wasserschweine gegessen hatte, vierundzwanzig Stunden am Tag unter Beschuss aus Bolívar: Das soziale Umfeld spielt keine Rolle, wir sind immer eine Armee. Du bist eine Armee, und dein Vater ist eine Armee, und ihr liebt einander, aber ihr müsst Krieg führen, um so was wie Vater und Tochter zu sein.

LEHRBEISPIEL: Mein Vater ist ungefähr achtzig K nördlich von Karatschi gestorben. Er war Schütze, das sind immer die härtesten Hunde. Aber in seiner letzten Botschaft, die er mir schickte, ehe sein Arsch in einen Hinterhalt geriet, da hat er im Grunde gesagt: David, du bist ein Träumer und eine Schande, und du wirst nie was auf die Reihe kriegen, und alles, woran du glaubst, werde ich immer bekämpfen, aber ich werde niemals jemanden mehr lieben als dich, wenn mir also irgendwas passiert, dann mach einfach weiter wie bisher.

Ich glaube, an dem Punkt haben wir als Land die falsche Richtung eingeschlagen. Wir hatten Angst, uns richtig zu bekämpfen, und so sind wir in diesen Mist mit den Überparteilichen und der ARR reingerutscht. Als wir nicht mehr mitkriegten, wie sehr wir einander hassen, haben wir auch die Verantwortung für unsere gemeinsame Zukunft verloren. Ich glaube, wenn sich der Rauch verzieht und die Überparteilichen Geschichte sind, dann werden wir so leben: als kleine Einheiten, die nicht übereinstimmen. Ich weiß nicht, wie wir die nennen werden, politische Parteien, Soldatenräte, Stadtstaaten, aber so wird es jedenfalls sein, und diesmal werden wir es nicht verbocken. Das wird wieder genau wie 1776. Zweiter Akt für Amerika. Na dann, Eunice, ich mach Schluss für heute. Vergiss nicht die Vorräte für den Vierten.

Grüße,

David

DER SÜNDERKREUZZUG
Aus dem Tagebuch des Lenny Abramov

Liebes Tagebuch,

ich hasse den 4. Juli. Da bricht für den Sommer das mittlere
Alter an. Alles ist noch quicklebendig, doch der allmähliche
Niedergang in den Herbst hat sich bereits in Bewegung ge-
setzt. Ein paar der kleineren Sträucher und Büsche, von der
Sonne versengt, erinnern schon an billig blondierte Haare.
Die Hitze erreicht ihren glühenden Höhepunkt, aber der
Sommer belügt sich selbst, verheizt sich wie ein alkohol-
krankes Genie. Und man kommt ins Grübeln – was habe ich
mit dem Juni angefangen? Die Ärmsten der Gegend – die
Bewohner der Vladeck Houses neben meiner Wohnanlage –
nehmen den Sommer offenbar ganz selbstverständlich hin;
sie stöhnen und schwitzen, trinken die falsche Sorte Bier,
lieben sich, und ihre dicklichen Kinder, zu Fuß oder auf
Mountainbikes, kreisen wild um sie herum. Doch für die ehr-
geizigeren New Yorker, zu denen sogar ich mich zähle, ist der
Sommer etwas, das genossen werden muss. Wir wissen, der
Sommer ist der Gipfel des Lebendigseins. Die meisten von
uns glauben nicht an Gott oder die Aussicht auf ein Leben
nach dem Tod, darum wissen wir, dass uns nur etwa achtzig
Sommer pro Leben beschieden sind, und jeder muss besser
werden als der letzte, muss nicht nur die Fahrt zu diesem
Kulturzentrum am Bard College beinhalten, sondern auch
eine dem Anschein nach ganz entspannte Partie Badminton
am Landhaus irgendeines Banausen oben in Vermont und
einen kalten, nassen, vergleichsweise gefährlichen Kajak-

trip auf einem gnadenlosen Fluss. Wie sollte man sonst auch sicher sein, dass man das Beste aus dem Sommer gemacht hat? Und was, wenn einem irgendein Eckchen schattigen Nirwanas durch die Lappen gegangen ist?

Ehrlich gesagt bevorzuge ich jetzt, wo meine Unsterblichkeit in immer weitere Ferne rückt (die 239 000 Dollar sind hin; zuletzt hatte ich nur noch ¥1 615 000), ohnehin den Winter, wenn um mich herum alles tot ist, wenn nichts knospt, wenn die Ewigkeit – so kalt, so dunkel – sich den unglücklichen Anhängern des Wirklichen als Wahrheit offenbart. Und am allerwenigsten kann ich gerade diesen Sommer ertragen, der uns schon hundert Leichen im Park beschert hat.

«Ein instabiles, kaum regierbares Land, das fürs internationale System unternehmerischer Staatsführung und Wechselkursmechanismen ein ernstes Risiko darstellt», so hatte Zentralbankchef Li uns genannt, als sein Arsch wieder wohlbehalten in Peking gelandet war. Vor den Augen der Welt waren wir gedemütigt worden. Das Feuerwerk zum Nationalfeiertag wurde abgesagt. Die Parade zur Krönung des *American Spender* wurde verschoben, weil ein Abschnitt des Broadways in der Nähe der City Hall in der Hitze Blasen geschlagen hatte. Die übrigen Straßen blieben leer, die Bürger hielten sich klugerweise in den eigenen vier Wänden auf, die Züge der Linie F fuhren nur noch einmal die Stunde (kein so großer Unterschied zum regulären Fahrplan, wie ich sagen muss). Die einzige merkliche Veränderung sind die neuen ARR-Schilder, die an einigen Kreditmasten hängen und einen Tiger zeigen, der mit der Pranke nach einem winzigen Globus greift, darunter die Worte: «Amerika ist wieder da! Grrrr … Schreibt uns nicht ab. Jetz [sic] hält uns nichts mehr auf! Gemeinsam werden wir die Welt verblüffen!»

Am Dienstagmorgen, nach dem langen Wochenende, schickten die Posthumanen Dienstleistungen eine Hyundai-Limousine, um mich zur Arbeit abzuholen. Es dauerte ewig, bis wir zur Upper East Side vorgedrungen waren. An fast jeder Kreuzung der First Avenue war mit viel Stacheldraht ein Kontrollpunkt aufgebaut. Rotäugige, überarbeitete Gardisten mit diesem schleppenden Alabamississippi-Akzent winkten uns raus, durchsuchten das Fahrzeug vom Kühler bis zum Kofferraum, spielten mit meinen Daten herum, demütigten den dominikanischen Fahrer, indem sie ihn die amerikanische Nationalhymne singen ließen (den Text kenne ich selber nicht; wer kennt den schon?) und ihm dann befahlen, vor einem Kreditmast auf und ab zu marschieren. «Bald kommt die Zeit, Grashüpfer», grölte ein Soldat ihn an, «wo wir deinen braunen Arsch nach Hause schicken.»

Im Büro musste Kelly Nardl wegen der Unruhen weinen, während die jungen Leute in der Eternity Lounge tief in ihre Äppäräte versunken waren – mit den Zähnen knirschend, die Turnschuhfüße übereinandergeschlagen, unsicher, wie sie all diese neuen Informationen interpretieren sollten, die wie lauwarmer Sommerpop über sie hinwegspülten, so warteten alle auf Joshies Stichwort. Die Garde hatte einen Teil des Parks geräumt und die Medien hineingelassen. Ich schaute mir Noahs Stream an, in dem er den Cedar Hill hinauf- und wieder hinabschlenderte, vorbei an den verblichenen Zeltplanen und düsteren, amöbenförmigen Flecken Echtzeit-Blutes auf dem müden Gras, was Kelly an ihrem mit Tempeh übersäten Schreibtisch weiter wimmern ließ. Sie war wirklich ein Gradmesser für aufrichtige Emotionen, unsere Kelly. Jetzt war es an mir, sie auf die Wange zu küssen und ihren Duft einzuatmen. Wenn unsere Rasse überleben soll, müssen wir eines Tages herausfinden, wie wir Kellys Güte herunterladen und unseren Kindern installieren können. Inzwischen wechselten meine Stimmungsindikatoren an den Anzeigetafeln von «zurückhaltend, aber kooperativ» zu «kreativ/verschmust/lernt gern Neues».

Joshie hatte eine Vollversammlung der Abteilung einberufen, für Cowboys *und* Indianer. Wir gingen hinüber zum Auditorium der Indianer an der York Avenue, die deutlich größer als das Hauptheiligtum unserer Synagoge ist, und Joshie führte uns mit erhobener Hand an den Kontrollpunkten vorbei, als wäre er ein Lehrer beim Schulausflug. «Sinnloser Verlust von Menschenleben», sagte er, sobald er am Rednerpult stand, und nippte beredt an seinem Thermosbehälter mit ungesüßtem grünem Tee, während wir aus unseren weichen Liegesitzen multikulturell zu ihm aufsahen. «Prestigeverlust für unser Land. Einnahmeverlust wegen ausbleibender Touristenyuans. Gesichtsverlust für unsere Führung, wenn sie denn noch ein Gesicht zu verlieren hätte. Und wofür? Im Central Park ist nichts erreicht worden. Wann werden die Überparteilichen begreifen, dass sich die Handelsbilanz nicht ausgleichen, die Zahlungsbilanz nicht verbessern lässt, indem man Vermögensschwache umbringt?»

«Die Wahrheit an die Macht», schleimte Howard Shu hinter ihm, doch wir anderen schwiegen, vielleicht zu geschockt von der jüngsten Wendung der Geschichte, um selbst in Joshies Worten Kraft zu finden. Immerhin lächelte ich schüchtern und winkte in der Hoffnung, er möge mich bemerken.

«Der Dollar ist das Opfer drastischer, unfasslicher Misswirtschaft», fuhr Joshie fort, und seine übliche, leicht verwunderte Plaudermiene war von einem Zorn verzerrt, der eigentlich bei den Posthumanen Dienstleistungen nicht geduldet wurde, einem eindeutig *prä*humanen Zorn, der die Partien seines Kinns auf unterschiedliche Weise zucken ließ, sodass er aus einem Blickwinkel wie dreißig, aus einem anderen wie sechzig aussah. «Die ARR hat in zwölf Monaten ebenso viele Wirtschaftsprogramme ausprobiert. Privatisierung, Entprivatisierung, Sparanreize, Konsumanreize, Regulierung, Deregulierung, Ankerwährung, frei konvertierbare Währung, kontrollierte Wechselkurse, unkontrollierte Wechselkurse, mehr Einfuhrzölle, weniger Einfuhrzölle. Und das Ergebnis: *bobkes* – nichts. Um unseren beliebten Notenbankchef zu zitieren: ‹Die Wirtschaft ist immer noch nicht in Tritt gekommen.› In diesem Augenblick führen China und die EU in HSBC-London Abschlussgespräche zur vereinbarten Partnerschaft. Es ist so weit: Wir spielen für die Weltwirtschaft keine wichtige Rolle mehr. Der Rest der Welt ist stark genug, sich von uns abzukoppeln. Wir, unser Land, unsere Stadt, unsere Infrastruktur, befinden uns im freien Fall. Aber –» An dieser Stelle holte Joshie tief Luft und lächelte verbindlich, die Dechronifizierungsbehandlungen zeigten auf seinen Zügen Wirkung, die schimmernden Augen, die schimmernde Glatze, die schimmernde Haut – wir schoben uns bis zu den Sitzkanten vor, fummelten vielsagend an unseren Getränkehaltern herum. «… wir dürfen nicht vergessen, dass unsere erste Verpflichtung unseren Klienten gilt. Wir dürfen nicht vergessen, dass all jene, die in den letzten Tagen im Central Park gestorben sind, auf lange Sicht NK, nicht konservierbar, waren. Anders als bei unseren Klienten war ihre Zeit auf diesem Planeten begrenzt. Wir müssen uns an den Trugschluss der Bloßen Existenz erinnern, der unsere Hilfsmöglichkeiten für einen großen Teil der Bevölkerung stark einschränkt. Doch auch wenn wir uns von direkter Verantwortung freisprechen, können wir als technologische

Elite doch ein gutes Beispiel liefern. Darum sage ich zu allen Schwarzsehern: Das Beste kommt erst noch. Denn wir sind die letzte, die größte Hoffnung für die Zukunft dieser Nation. Wir sind die Kreativwirtschaft. Und wir werden unsere Ziele erreichen!»

Zustimmendes Gemurmel der Cowboys, während die Indianer unbedingt wieder an die Arbeit wollten. Ich gestehe, auch meine Gedanken schweiften ab, trotz der Wichtigkeit von Joshies Worten, trotz meines (fast schon patriotischen) Stolzes, zu dieser Kreativwirtschaft dazuzugehören, trotz meiner Schuldgefühle wegen der armen Toten: Am Abend jenes Tages sollte ich Eunice Parks Eltern kennenlernen.

Ich hatte mich noch nie für einen Kirchbesuch angezogen, und meine Synagogenzeiten, gepriesen sei Jahwe, lagen auch schon ein Vierteljahrhundert zurück. Keiner meiner Freunde hatte bisher genau den Richtigen oder die Richtige kennengelernt (Grace und Vishnu einmal ausgenommen), sodass ich mich nie für eine Hochzeit hatte schick machen müssen. Ich forschte also in den Tiefen des einen Schrankabteils, das noch nicht an Eunice' Schuhe abgetreten worden war, und fand eine Anzugjacke, die möglicherweise aus Polyurethan bestand, ein silbriges Teil, das mir bei Debattierwettbewerben in der Highschool gedient und immer Sympathiepunkte der Preisrichter eingetragen hatte, weil ich darin wie ein Zuhälterlehrling aus einem degentrifizierten Teil von Brooklyn aussah.

Eunice prüfte meinen Aufzug mit ungläubigem Blick. Ich beugte mich zu ihr, um sie zu küssen, doch sie schob mich weg. «Benimm dich wie ein Mitbewohner, okay?», sagte sie.

Das Protokoll des Treffens, diese ganze Mitbewohnerfarce, belastete mich, aber ich beschloss, mir keine

Sorgen zu machen. Die Parks waren Immigranteneltern. Ich würde sie von meinem finanziellen und sozialen Wert überzeugen. Ich würde ihre emotionalen Alarmknöpfe mit einem Eifer bedienen, den ich sonst der Eingabe meiner PIN-Nummer am Geldautomaten vorbehalte. Ich würde ihnen zu verstehen geben, dass sie sich in derart unruhigen Zeiten auf einen Weißen wie mich verlassen könnten, wenn es darum ging, ihre Tochter in sicheres Fahrwasser zu steuern.

«Kann ich wenigstens deiner Schwester erzählen, dass wir nicht bloß Mitbewohner sind?», fragte ich Eunice.

«Die weiß es.»

«Sie weiß es?» Ein kleiner Triumph! Ich knöpfte die seidig weiße Hemdbluse zu, die Eunice angezogen hatte, und sie küsste mich auf beide Hände, während ich die Knöpfe durch die raffinierten Schlaufen zog.

Der Gottesdienst sollte in einem Saal des Madison Square Garden abgehalten werden, einem zu hell ausgeleuchteten und dennoch grundsätzlich düsteren Amphitheater für ungefähr dreitausend Besucher, heute jedoch nur zur Hälfte gefüllt. Die aufdringliche Beleuchtung hob die Schäbigkeit des Ambientes hervor, die sanitären Einrichtungen waren seit der letzten Veranstaltung, die womöglich ein Lakritz-Kongress gewesen war, kaum gefegt. Die meisten Anwesenden waren Koreaner, mit Ausnahme einiger weniger jüdischer oder angloamerikanischer junger Männer, die von ihren Freundinnen mitgeschleift worden waren. Teenager mit hellgrünen Schärpen, auf denen «Willkommen bei Reverend Suks Sünderkreuzzug» stand, begrüßten uns und verbeugten sich vor den Älteren. Ordentlich gekleidete Kinder, deren Äppäräte die Eltern beschlagnahmt hatten, krabbelten friedlich zwischen unseren Beinen herum und spielten, beaufsichtigt von einer einzigen dazu abgestellten Großmutter, einfache Lernspiele mit Klebeband und Knete.

Ich spürte, wie mein grässliches Jackett an meinen Schultern glühte, doch angesichts der vielen Damen mittleren Alters mit ihren aufwendigen Dauerwellen und an den Schultern gepolsterten Blazern, ich meine die Ajummas – eine gelegentlich abwertende Bezeichnung für verheiratete Frauen, die ich von Grace gelernt hatte –, fühlte ich mich wohler. Zusammen sahen wir aus, als hätte uns jemand aus dem fernen vorletzten Jahrzehnt des zwanzigsten Jahrhunderts gepflückt und in dieser trüben, unbehaglichen Zukunft schlecht gekleideter Sünder abgesetzt, die sich der Gnade Christi unterwarfen, eines Mannes, der selber immer blendend und gepflegt aussah, anmutig im Schmerz, wohlwollend im Himmel. Ich hatte mich schon oft gefragt, ob der Sohn Gottes nicht insgeheim, ungeachtet seiner freundlichen Lehren, alle hässlichen Menschen hasste. Seine wasserblauen Augen hatten mir immer tiefe Stiche versetzt.

Eunice und ich traten den Weg zu unseren Plätzen an, zwischen uns ein anständiger Mitbewohner-Abstand von mindestens einem Meter staubiger Luft. Männer mittleren Alters, erschöpft von Neunzig-Stunden-Arbeitswochen, saßen zusammengesunken auf den Sitzen, ohne Schuhe, und holten sich wertvollen Schlaf, ehe der Gebetsmarathon begann. Ich hatte den Eindruck, Erste-Klasse-Koreaner waren das nicht, die nämlich waren zumeist in ihre Heimat zurückgekehrt, als das ökonomische Pendel wieder in Richtung Seoul ausschlug. Die Menschen hier mussten aus den ärmsten Provinzen stammen, hatten daheim keinen Zugang zu den besseren Universitäten erlangt oder auf schreckliche Weise mit ihren Familien gebrochen. Die Ära der koreanischen Gemischtwarenhändler, die ich als Kind noch erlebt hatte, war so ziemlich am Ende, doch die Leute, die mich hier umgaben, waren kaum assimiliert, waren dem zitternden Herzschlag der Einwanderungserfahrung nach ganz nah. Sie hatten kleine Geschäfte außerhalb der Goldgruben Manhattans und des viktorianischen Brooklyns, sie mühten sich ab und rechneten, sie trieben ihre Kinder bis über die Grenze des Schlafentzugs an – bei ihnen gab es keinen beschämenden Notenschnitt von 86,894, kein Gerede vom Boston-Nanjing College für Metallkunde oder der Tulane University.

Ich war auf eine Weise nervös, wie ich es seit meiner Kindheit nicht mehr gewesen war. Bei meinem letzten Besuch in einem Gotteshaus hatte mich die wütende, bejahrte Gemeinde der Synagoge Beit Kahane ausgeschimpft, weil ich das Kaddisch der Waisen für meine Eltern gesungen hatte, die ganz offensichtlich gar nicht tot waren, sondern ahnungslos neben mir standen und mit den Lippen die hebräischen Worte formten, die wir alle nicht im Geringsten verstehen konnten. «Wunschdenken», hatte meine Sozialtherapeutin zehn Jahre später gesagt, während ich in ihrer vollgestopften Praxis in der Upper East Side schluchzte. «Ein schlechtes Gewissen, weil du dir ihren Tod gewünscht hast.»

Mein silbriges Jackett glitt an den Reihen ausgelaugter Koreaner vorbei. Ich musste verhindern, dass ich noch mehr schwitzte, denn die Verbindung von Salz und dem Poly-was-auch-immer meines Jacketts hätte uns alle vorzeitig in Jesu wartende Arme treiben können. Und dann sah ich sie. Gut platziert, saßen sie mit gesenkten Köpfen da, entweder aus Scham oder weil sie schon vorzeitig mit Beten loslegen wollten. Die Familie Park. Der Misshandler, die Ermöglicherin, die Schwester.

Mrs. Park sah zwanzig Jahre älter aus, als Eunice es mir

gesagt hatte – knapp über fünfzig. Fast hätte ich sie mit einer anderen von Grace gelernten Bezeichnung angesprochen – «*halmoni*» –, aber ich war mir ziemlich sicher, dass sie nicht die Großmutter war, sondern dass Eunice' Großmutter längst irgendwo am Rand von Seoul in der Erde lag. «Mommy, das ist mein Mitbewohner Lenny», sagte Eunice mit einer Stimme, wie ich sie noch nie gehört hatte, ein gerufenes Flüstern, das in Richtung Flehen ging.

Mrs. Park hatte ihre Augenbrauen à la Eunice bis auf einen winzigen Überrest ausgezupft, und auf ihren vollen Lippen lag ein Hauch von Rot, doch das war auch schon alles an Verschönerung. Ein weites Spinnennetz der Resignation hatte sich über ihr Gesicht gebreitet – als lebte in ihrem Leib ein Parasit, der langsam, aber entschlossen alle Komponenten verzehrte, die bei anderen Menschen Zufriedenheit und Glück hervorrufen. Sie war hübsch – klare Züge, gleichmäßig ausgerichtete Augen, kräftige und gerade Nase –, doch ihr Anblick erinnerte mich an aus Scherben zusammengesetzte griechische oder römische Töpferkunst. Man wollte sich auf die Schönheit und Eleganz der Gestaltung konzentrieren, doch der Blick blieb immer wieder an den mit dunklem Klebematerial ausgefüllten Rissen und Sprüngen, an den fehlenden Henkeln und wahllosen Schrammen hängen. Es brauchte Phantasie, sich Mrs. Park als die Person vorzustellen, die sie gewesen war, ehe sie Dr. Park kennengelernt hatte.

Ich beugte den Oberkörper zur Begrüßung, nicht so tief, dass es die Sitte ins Lächerliche gezogen hätte, aber doch tief genug, um zu zeigen, dass ich um die Tradition wusste. Ich schüttelte Dr. Park die Hand und fühlte mich sofort minderwertig und beschämt. Seine Hände waren so stark wie alles andere von ihm. Er war ein außergewöhnlich gut aussehender Mann, offenbar war er es, dem Eunice ihre

Schönheit verdankte. Er war leger gekleidet – jedenfalls im Vergleich zu den anderen Gottesdienstbesuchern –, ein Polohemd von Arnold Palmer, das Jackett über den Arm gehängt. Er hatte einen kräftigen Unternehmernacken, und seine Haut war noch von ledriger, kalifornischer Konsistenz. Noch nie hatte ich ein so kantig hartes, so unverkennbar männliches Kinn gesehen, und seine untere Körperhälfte schien über ungeheuren Antrieb zu verfügen. Seine Brille, die er ein wenig nach unten schob, um mich zu betrachten, hatte leicht getönte Gläser, die in dieser Umgebung etwas unpassend, wenn nicht gar blasphemisch wirkten. Trotz seiner Herkunft waren seine Augen fast so hell wie die von Jesus, und sie schauten mich gleichgültig an. Ich setzte mich neben Sally Park, Eunice' Schwester, die mir schüchtern die Hand reichte.

Sally war hübsch, doch hatte sie äußerlich mehr von der Mutter als vom Vater geerbt; in gewisser Weise öffnete sie mir ein Fenster, sodass ich eine Vorstellung davon bekam, wie hübsch diese Mutter einmal gewesen sein musste. Das flachere Gesicht und die breiteren Schultern unterschieden sie vom lässigen Glamour ihrer Schwester, in meinen parteiischen Augen jedenfalls, doch weil sie ihrer Mutter ähnelte, strahlte sie sogleich Freundlichkeit und Wärme aus. Die Schatten unter den Augen ließen auf eifriges Studieren, endlose Sorge, harte Arbeit schließen. Der imaginäre Parasit, der das Glück ihrer Mutter und ihrer Schwester untergrub, hatte sich in ihrem Leib noch nicht eingenistet. Eunice hatte mir erzählt, Sally sei das sanfteste und liebevollste Mitglied ihrer Familie, und ich konnte nicht anders, als es ihr zu glauben.

Und dennoch machte Sally mir zu schaffen. Den ganzen Gottesdienst über führten sie und Eunice einen Tanz der Blicke auf, als wären sie zwei geschiedene Eheleute, die sich seit Jahren nicht gesehen hatten und einander nun abschätzen und bewerten mussten. Bei den wenigen Malen, die Eunice mir von Sally erzählt hatte, war ihre Stimme zu einem resignierten Murmeln herabgesunken, im Gegensatz zur hohen, spöttischen Tonlage, mit der sie ihre Eltern umzirkelte. Wenn sie von ihrer Schwester sprach, wirkte Eunice verunsichert und vage. Manchmal schilderte sie Sally als rebellisch, dann wieder als religiös, manchmal als politisch engagiert, dann wieder als abgehoben, manchmal sprach sie von ihrer knospenden Sexualität, immer aber von ihrem Übergewicht, was für Eunice die größte Beschämung war, der offenkundigste Gesichtsverlust, den man sich vorstellen konnte. Auf den ersten Blick mochte Sally all das sein (nur nicht dick), und noch etwas anderes. Der Tanz der Blicke zwischen den Schwestern – Sallys Attacken und Eunice' Paraden – legte alles bloß. Sally war verletzt und allein. Sie liebte ihre Schwester, konnte aber die Mauern nicht durchbrechen, die aus Eunice ein strenges, hübsches Schloss in zerstörter Landschaft machten.

Wir saßen schweigend da. Die Familie war zu verlegen, um ein Gespräch zu beginnen; ohne Alkohol können Koreaner sehr furchtsam sein. Ich war stolz auf mich. Ich kannte Eunice erst knapp über einen Monat, und schon saß ich neben ihrer Sippe. Ich besänftigte sie ebenso, wie sie mich domestiziert hatte. Wie hatte sich mein Leben in so kurzer Zeit verändert! Mit nur wenigen morgendlichen Küssen auf die Lider, ungebetenen, aber willkommenen Küssen, konnte Euny mich für den Rest des Tages in das Gegenteil des hässlichen Laptew verwandeln. Schon begrüßte ich den Essenslieferanten in Unterhose, vergaß die übliche Schüchternheit meiner behaarten Beine wegen, genoss die Vorstellung, dass hinter mir auf der Couch dieses Mädchen saß, shoppte, teente, einer verhassten ehemaligen Schulkameradin zusah, die sich bei *American Spender* immer neue Kreditlimits erschlich, ja vollkommen in ihrer digitalen Realität versunken war, doch es sich gleichzeitig in *meinen* vier Wänden bequem machte. Mit vorgeschobener Brust reichte ich dem Boten meine zehn Yuan-gekoppelten und lächelte dazu ein joshieeskes Lächeln, das Lächeln von jemandem, der zu den mühelosen Gewinnern des Lebens zählt. *Ich bin ein Mann, dies ist mein Geld, das dort ist meine zukünftige Frau, und ich bin ein Glückspilz.*

Der Gottesdienst begann. Ein Cello, zwei Oboen, mehrere Geigen, ein Klavier und ein kleiner, entzückender Chor, der in der Hauptsache aus jungen Frauen in ziemlich eng anliegenden Kleidern bestand, besetzten die Bühne und hoben zu einem Potpourri an, das vom Sakralen bis zum Bizarren reichte. Wir hörten ein Violinkonzert von Mahler, dann die erhebende koreanische Pophymne «Forever Young» von Alphaville, die von entkräftet wirkenden Teenagern mit schlechten Haarschnitten und engen Jeans gesungen wurde, und eine Power-Rock-Hommage an die Epheser, welche die ältere Hälfte der Gemeinde sichtlich überforderte. Den Schluss bildete «Leise und inniglich mahnet der Heiland». Dieses letzte Lied rüttelte die Gemeinde auf, die nun laut und kraftvoll zu singen begann, während sich als eine Art PowerPoint-Präsentation der koreanische und englische Text auf einer großen Leinwand aufbauten, vor einem Hintergrund aus Orchideen, die einen Fluss hinabtrieben, und einem überdeutlichen Copyright-Zeichen, das unser gesetzestreues Wesen zu beruhigen schien. Alle sangen die richtige Melodie, und sogar die Älteren formten die englischen Worte gekonnter als meine Eltern, wenn sie in ihrer Synagoge versuchten, Sch'ma Jisrael (Höre, Israel) anzustimmen.

Unvermittelt traf mich die Zeile «Kannst du noch war-

ten?/Ach, siehe, dein Heiland flehet so innig und warm.»
Überall um uns herum lag die englische Sprache im Sterben,
und das Christentum war und blieb eine unbefriedigende
Wahnvorstellung, doch die Wirkkraft dieses Satzes – der
clevere Mix aus Kitsch, Schuldgefühl und herzzerreißender
Symbolik: der Heiland, der um die Aufmerksamkeit und
Liebe dieser ausgenutzten Asiaten *fleht* – ließ mich erschau-
ern. Das Schlimme war: Es waren wunderschöne Worte.
Zum ersten Mal im Leben tat mir Jesus leid. Leid, weil die
Wunder, die ihm zugeschrieben wurden, im Grunde nichts
verändert hatten. Weil wir allein waren in einem Universum, wo selbst unsere Väter uns an ein Stück Holz nageln
ließen, wenn ihnen danach war, oder uns die Kehle durchschnitten, wenn man es ihnen befahl – man denke nur an
Isaak, auch so ein trauriger jüdischer Schmock.

Ich sah Eunice an, die ihr biederes Schuhwerk betrachtete, und dann Sally, die mit großem Ernst bei der Sache
war, die Lippen in Bewegung, den Blick auf der Leinwand,
auf die weitere pastorale Bilder projiziert wurden, ein amerikanischer Hirsch, der an zwei amerikanischen Birken vor-
übersprang. Ich spürte nichts als den so jammervollen wie
hoffnungsfrohen Hauch, der aus ihrem Mund wehte.

«O welche Wunder der göttlichen Liebe,/Die uns in
Jesus erscheint.»

Einige der Älteren hatten angefangen zu weinen, ein
tiefsitzendes, blutendes Geräusch, das nur den Leidenden
Linderung bringt. Weinten sie um sich selbst, um ihre Kinder, um die Zukunft? Oder gehörte dieses Weinen einfach
dazu? Bald schon verließen zur allgemeinen Enttäuschung
Chor und Musiker die Bühne, und Reverend Suk trat ans
Podium.

Er war ein adretter Mann mit täuschend freundlichen
Zügen, breiten Schultern, die einen dunkelblauen Mittel-

klasseanzug ausfüllten, und einem unschuldigen Lächeln, das er nach einer Strafpredigt wie eine Belohnung einsetzte – als wäre er ein Vater, der die Liebe seines Kindes wiedergewinnen will, nachdem er ihm das Spielzeug weggenommen hat. Für die Bürger eines unsicheren, sich rasend entwickelnden Landes, wie es Korea bis vor kurzem gewesen war, schien er der perfekte Prediger zu sein.

Reverend Suk und einige seiner jüngeren Mitstreiter wechselten sich darin ab, uns auf Englisch und Koreanisch anzubrüllen. Ich warf Dr. Park einen Blick zu, der stumm, mit im Schoß gefalteten Händen dasaß, die dunkle Brille hatte er abgenommen, ich sah jetzt tiefe Falten sowie einen Anflug unterdrückter Wut. Es würde mich nicht überraschen, wenn er den Reverend hasste oder sich für klüger hielt. Eunice hatte mir erzählt, dass er ab vier Uhr morgens in der Heiligen Schrift las und auch den Koran und Hindutexte studierte. Ein kluger Mann, hatte sie stolz gesagt, aber dann wieder das starre Lächeln aufgesetzt, als wollte sie sagen: *Siehst du, wie wenig mir «klug» bedeutet?*

«Warum so viele Plätze sind leer?», brüllte Reverend Suk uns anklagend entgegen, denn wir hatten unsere Pflicht nicht erfüllt, wir waren in seinen und Gottes Augen Versager. «So viele Leute auf der Straße, aber so viele Plätze leer! Dieses Land war einmal tief und fest in der Schrift! Wo alle sind jetzt?»

Zu Hause, die ducken sich, wollte ich ihm antworten.

«Akzeptiert nicht eure Gedanken!», rief der Reverend, und aus den Kupferkreisen seiner Augen strahlte schmerzfreies Feuer. «Akzeptiert nur Welt von Christus, nicht eure Gedanken! Ihr müsst von euch werfen! Warum? Weil wir sind schmutzig und verderbt!» Da vor ihm saß das Publikum – niedergeschlagen, zurückhaltend, willfährig. Ich will ja nicht zu kleinlich sein, aber diese makellos frisierten und

herausgeputzten Frauen, jede Haarpracht wie ein Heiligen-
schein, die Schulterpolster wie Rangabzeichen, waren genau das Gegenteil von schmutzig.

Doch sogar die ameisengleichen Kinder, selbst diejenigen, die noch nicht sprechen konnten, begriffen, dass sie
Sünder waren und es um einen Kreuzzug ging; dass sie etwas unermesslich Falsches getan und sich zu einem unpas-
senden Zeitpunkt besudelt hatten, ja dass sie ihre armen,
hart arbeitenden Eltern bald schon vielfach enttäuschen
würden. Ein kleines Mädchen fing an zu weinen, eine Art
rotzverstopftes Schluckauf-Schluchzen, bei dem ich sofort
hin- und sie trösten wollte.

Jetzt setzte Reverend Suk zum tödlichen Stoß an. Drei
Worte hatte er als Pfeile im Köcher: «Herz», «Last» und
«Scham».

Und zwar: «Mein Herz ächzte unter schwere Last.»

«Solch ein Herz ich habe. Dscheschusch, hilf mir, es
wegzuwerfen!»

«Wenn du mich siehst in einer Position von Scham» –
das war anscheinend eine wörtliche Übersetzung aus dem
Koreanischen, und das Fremdwort sprach er unter großen
Schwierigkeiten *Po-shi-tschon* aus –, «so erfülle mein belas-
teter Herz mit Deiner Gnade! Denn nur Dscheschu Gnade
kann retten euch. Nur Dscheschu Gnade kann retten dieses gefallene Land und schützen vor Aziz' Armee. Denn ihr
wertschätzt nicht. Denn ihr seid stolz. Denn ihr seid Christi
nicht würdig.»

Mein Blick schweifte zurück zum Copyright-Zeichen
am unteren Rand der Leinwandbilder von springenden
Hirschen und schwimmenden Orchideen, die von Kern-
sätzen aus Reverend Suks Predigt auf Englisch und Koreanisch überblendet wurden («WEGWERFEN STOLZ», «JE-
SUS GNADE RETTET DICH», «GROSSE SCHAM»). Wie

tröstlich das Copyright-Zeichen vor religiösem Hintergrund wirkte. Wie beruhigend der Gedanke, dass wir nominell ein Land der Gesetze waren.

Ich fragte mich, ob die jungen Leute, die die PowerPoint-Präsentation machten, wirklich an Gott glaubten. Schon immer habe ich mir gewünscht, ich könnte das, was Korea mit dem Christentum verband, besser verstehen. Einer meiner Freunde unter den Indianern der Posthumanen Dienstleistungen, einer unserer besten Nanotechnologen, der außerdem Überlebender nicht bloß eines, sondern zweier koreanischer Bibelcamps war, hatte mir mal gesagt: «Eins musst du dir klarmachen – im Vergleich mit der koreanischen Abart des Konfuzianismus ist das Christentum ein Zuckerschlecken. Im Vergleich zu dem, was ihm vorausging, ist der Protestantismus geradezu eine Befreiungstheologie.»

Ich musste an Grace denken, deren Intelligenz außer Frage stand, doch deren Frömmigkeit mich verstörte. «Das ist bloß eine Phase», hatte Vishnu über den Glauben seiner Freundin zu mir gesagt. «So machen das die nun mal, die sich im Westen assimilieren wollen. Das ist wie ein Verein oder so was. Noch eine Generation, dann ist es vorbei.» Ich mochte nicht glauben, dass Grace' zutiefst persönlichen Erfahrungen – das mit zahlreichen Unterstreichungen versehene Neue Testament, das sie mir einmal gezeigt hatte, die wöchentlichen Besuche in einer Episkopalkirche voller Jamaikaner – bloß Aspekte einer Assimilation waren, doch ich wusste instinktiv, dass jenes Kind, das sie austrug, den Herrn nicht preisen würde.

«Vergesst alles, was ihr Gutes habt getan!», rief Reverend Suk. «Wenn ihr stolz auf Gutes, wenn ihr nicht wegwerft Gutes, werdet ihr nie treten vor Gott. Akzeptiert nicht das Gute vor Gott! Akzeptiert nicht eure Gedanken!» Ich sah Eunice an. Sie spielte mit den Riemen ihrer hellbraunen

JuicyPussy-Handtasche, die fast so groß war wie sie selbst, ließ die Riemen über ihre Finger wandern, schnürte sich flüchtige rote-weiße Muster in die kalkweiße Haut, bis ihre Mutter nach ihrer Hand griff und ein kurzes, kräftiges Schnauben in ihre Richtung schickte.

Ich wollte aufstehen und zum Publikum sprechen. «Ihr müsst euch für nichts schämen», wollte ich sagen. «Ihr seid anständige Menschen. Ihr gebt euch Mühe. Das Leben ist sehr beschwerlich. Wenn euer Herz eine Last trägt, wird sie euch hier nicht abgenommen werden. Schätzt das Gute nicht gering. Seid stolz auf das Gute. Ihr seid besser als dieser zornige Mann. Ihr seid besser als Jesus Christus.»

Und dann wollte ich noch hinzufügen: «Wir Juden, wir haben uns das alles ausgedacht, wir haben diese ‹große Lüge› erfunden, aus der das gesamte Christentum, die gesamte westliche Zivilisation erwachsen sind, weil auch wir uns geschämt haben. So viel Scham. Die Scham, von stärkeren Völkern überwältigt worden zu sein. Das endlose Märtyrertum. Das Klagen am Grab der Vorfahren. Wir hätten mehr für sie tun können! Wir haben sie enttäuscht. Der Zweite Tempel ist verbrannt. Korea ist verbrannt. Unsere Großeltern sind verbrannt. So viel Scham! Erhebt euch von den Knien. Werft euer Herz nicht weg. Behaltet euer Herz. Euer Herz ist das Einzige, was zählt. Werft eure Scham weg! Werft eure Bescheidenheit weg! Werft eure Vorfahren weg! Werft eure Väter und die selbsternannten Väter weg, die behaupten, die Statthalter Gottes zu sein. Werft eure Schüchternheit weg und euren Zorn, der nur wenige Zentimeter darunter liegt. Glaubt die judochristliche Lüge nicht! Akzeptiert eure Gedanken! Akzeptiert eure Wünsche! Akzeptiert die Wahrheit! Und wenn es mehr als eine Wahrheit gibt, dann lernt das Schwierige – lernt zu wählen. Ihr seid gut genug, ihr seid *Mensch genug*, um zu wählen!»

Ich war so sehr im Rausch meiner eigenen Wut, einer Wut, die in der simplen Bitte, «Dr. Park, bitte schlagen Sie Ihre Frau und Ihre Töchter nicht», wohl viel besser kanalisiert worden wäre, dass ich gar nicht bemerkt hatte, wie die Gemeinde um mich herum aufgesprungen war und nun «Rose of Sharon» schmetterte. Es zeigte sich, dass dies der Abschluss des Sünderkreuzzugs war. Mein Blick streifte den eines Mithebräers, den es ebenfalls juckte, aus dem Saal zu gelangen, weg von den Schwiegereltern und in die Arme seiner Süßen. Inniglich erzürnt flehte Jesus um unsere Seele selbst, aber wir waren zu müde, zu hungrig, ihm bis zum Ende zuzuhören, sogar zu hungrig, die Fragen von Reverend Suks Predigtquiz zu beantworten («Nur zum Spaß! Nicht benotet!»), das die jungen Leute mit den Schärpen in den Reihen verteilten.

Dienernd verließen wir den Madison Square Garden und zogen in ein neues Restaurant auf der 35th Street, dessen Spezialität *nakji bokum* war, mit Chilipaste, Chilipulver und anderen mörderischen Scharfmachern gewürzter, gebratener Tintenfisch. «Vielleicht für Sie zu scharf?», fragte Eunice' Mutter, die übliche Frage an Weiße.

«Ich habe es schon sehr oft gegessen», sagte ich. «Sehr lecker.»

Mrs. Park sah mich höchst misstrauisch an.

Man führte uns in einen kleinen leeren Nebenraum, wo wir unsere Schuhe ausziehen und uns im Schneidersitz um einen Tisch drängen mussten. Mit harntreibendem Entsetzen fiel mir auf, dass einer meiner Socken ein riesiges Loch hatte, durch das alle meine milchweiße Haut betrachten konnten. Ich bedachte Eunice mit einem Warum-hast-du-mir-nichts-gesagt-Blick, doch sie war durch die Kollision ihrer beider Welten zu verängstigt, um mein eindringliches Starren zu bemerken. Sie warf ihre spitzen Kirchenschuhe von sich und machte es sich am Tisch unbequem. Die Älteren drängten sich auf einer Tischseite; Eunice und Sally saßen uns demütig gegenüber. Mrs. Park begann zu bestellen, doch ihr Mann unterbrach sie und schleuderte einem pickligen jungen Kellner mit einer glänzenden Haarparabel auf der Stirn eine Reihe von Grunzlauten entgegen. Sofort wurde ihm eine Flasche Soju, koreanischer Schnaps, serviert. Ich versuchte, nach der Flasche zu greifen und ihm einzuschenken, denn in dieser Kultur obliegt es den Jüngeren, die Älteren zu bedienen (als wären die Alten irgendwie besser als wir und nicht bloß der Auslöschung näher), doch er schob meine Hand energisch weg und goss sich selber ein. Er nahm mein Glas, stellte es vor sich hin und schenkte es mit einer präzise abgemessenen Bewegung voll. Dann schob er es mit dem Zeigefinger wieder in meine Richtung. «Oh, vielen Dank», sagte ich. Ich schwenkte die Flasche vor Eunice und Sally herum. «Möchte noch jemand von dem guten Zeug?» Beide wandten den Blick ab. Dr. Park schluckte schweigend seine Medizin.

«Na dann», sagte ich. «Ich muss schon sagen, es ist wirklich toll, Eunice seit einer Woche als Mitbewohnerin zu haben, gerade jetzt, wo so viel –»

«Hee-young!», bellte Dr. Park Sally an. «Was macht das Studium?»

Sally wurde rot. Ein kalter Rettichwürfel entglitt ihren Stäbchen. «Ich», sagte sie. «Ich –»

«Ich, ich», äffte Dr. Park sie nach. Kurz wandte er sich zu mir, wie zu einem Mitverschwörer. Ich lächelte ihn an, denn es war mir unmöglich, irgendeine Geste dieses Mannes zu ignorieren, selbst wenn ich dabei gegen die unschuldigen Frauen am Tisch mit ihm gemeinsame Sache machte. Das ist wohl etwas, wozu Tyrannen fähig sind. Sie lassen einen um ihre Aufmerksamkeit buhlen; sie lassen einen

Aufmerksamkeit mit Gnade verwechseln. «Das ganze Geld fürs Elderbird, fürs Barnard, und wofür noch?», fragte der Doktor. «Sie haben nichts zu sagen. Die eine demonstriert, die andere gibt mein Geld aus.» Er sprach mit dem Anflug eines britischen Akzents, den er sich während einer Ausbildungsstation in Manchester angeeignet hatte. Die Gediegenheit seiner Aussprache verängstigte mich erst recht. Er war ein formvollendet kleiner Mann, der uns auf seine besondere Weise turmhoch überragte.

«Ehrlich gesagt», wandte ich ein, «sind es auch gerade keine guten Zeiten fürs Sprechen und Schreiben. Junge Menschen drücken sich auf andere Arten aus.»

«Ja, ja.» Mrs. Park nickte mir zu, eine winzige Hand vorm ebenso winzigen Gesicht, das rot wurde wie vorher das ihrer Töchter, die andere Hand nervös über ihrer Reisschüssel schwebend. «So ist Zeit, die wir leben», sagte sie. «Dies ist Endzeit.» Und dann zu ihren Töchtern: «Daddy will nur Bestes. Hört auf ihn.»

Ich überging den erschreckenden Bibelbezug und fuhr fort, die Frau, die ich liebte, zu preisen. «Es überrascht Sie vielleicht, aber Eunice spricht ganz hervorragende Sätze. Neulich erst haben wir über –»

Dr. Park begann, leise auf Koreanisch mit Eunice und Sally zu reden. Zwanzig Minuten lang redete er, verschanzt hinter seiner dunklen Brille, auf sie ein, unterbrach sich nur kurz, um innerhalb einer Sekunde sein Glas zu füllen und wieder zu leeren. Die beiden saßen da und wurden wieder rot, schauten einander gelegentlich an, um einzuschätzen, wie wohl die andere mit der Strafpredigt fertigwurde. Niemand aß außer mir. Ich war hungrig wie noch nie, spürte schon, wie ich schwach wurde, unterzuckert. Die Kellner brachten enorme, dampfende Mahlzeiten. Eine große Schüssel Baby-Tintenfisch wurde vor mich hingestellt,

scharf und süß, umgeben von *ddok*, kleinen runden Reiskuchen, die die Gewürze wie ein Schwamm aufsogen. Mit
so viel Würze im Mund wurde ich nervös, zumal sich aus
dem von Dr. Park weiter Worte ergossen. Ich nahm mir eine
Schüssel mit sauer eingelegtem Gemüse und Senfeiern, um
mich abzukühlen; die Aromen des Tintenfischs, der Frühlingszwiebeln, der Chilischoten, der in Sesamöl getränkten,
orange gefärbten Zwiebeln verstärkten sich gegenseitig.
Ich konnte nicht aufhören zu essen. Ich versuchte nach der
Flasche Soju zu greifen, doch Dr. Park schob meine Hand
weg und schenkte mir selbst ein, ohne die Tirade an seine
winzig kleinen Töchter zu unterbrechen, die durch den
weiten Sund des Tischs von ihm getrennt waren.

Ich glaubte das Wort *hananim* zu hören, das auf Koreanisch
«Gott» bedeutet, und den zutiefst beleidigenden Ausdruck
michi-nnoen, bei dem Eunice so verletzt, traurig und lang an-
haltend ausatmete, dass ich mich fragte, ob sie überhaupt je
wieder Luft in die Lungen bekommen würde. Die Hand
von Mrs. Park schwebte weiter über ihrer metallenen Reisschüssel und berührte gelegentlich den Rand. Nach meiner
Erfahrung war es für Koreaner höchst ungewöhnlich, vor
einer Mahlzeit zu sitzen und nichts zu sich zu nehmen. Ich
schloss die Augen und ließ zu, dass mein Gaumen Feuer
fing. Ich driftete über den Tisch und hinaus in die stickige
Luft von Midtown. Ich wünschte mir, stärker zu sein und
Eunice helfen zu können – oder mich zumindest vor sie zu
stellen und einen Teil der Qualen abzufangen. Ich wollte
mein Gesicht in der Wärme ihrer Haare vergraben, in deren
Duft nach Moschus und Ölen, weil das mein Zuhause war.
Weil ich wusste, sie war körperlich und seelisch zu klein
und verehrte ihre Familie, die Vorstellung von ihrer Familie viel zu sehr, als dass sie diesen Schmerz allein ertragen
konnte. War sie etwa deshalb nach Rom geflohen und hatte

Italienisch gelernt, hatte sie sich etwa aus diesem Grund einen freundlichen und gefügigen, wenn auch nicht schönen Gefährten gesucht und ein anderer Mensch werden wollen? Doch den Dr. Parks dieser Welt entkommt man nie. Joshie hatte uns gebeten, ein Tagebuch zu führen, weil die Funktionsweise unseres Hirns sich ständig verändert und wir uns mit der Zeit in ganz andere Menschen verwandeln. Genau das wünschte ich mir für Eunice: dass die Synapsen, die auf ihren Vater reagierten, abstarben und neu geboren wurden, ausgerichtet auf jemanden, der sie bedingungslos liebte.

Etwas zog mich zurück, ein kühler Hauch an meiner Stirn. Ich öffnete die Augen, und Eunice sah mich schüchtern flehend an, wie bei unserer ersten Begegnung in Rom, als sie mit diesem lachhaften Bildhauer geredet hatte. Wie ich sie damals liebte und wie ich sie jetzt liebte! Selten entstand Zuneigung so augenblicklich und ging so tief. Eine Millisekunde lang trafen sich unsere Blicke, doch das reichte, um eine Million Sympathie-Bytes herunterzuladen und ihr zu sagen: *Bald bist du zu Hause und in meinen Armen, und die Welt wird sich um dich herum neu gestalten, und da wird so viel Mitgefühl sein, dass es dir Angst machen könnte, wie viel du mir bedeutest.* Inzwischen setzte Dr. Park mit seinem Monolog zur Landung an. Die Kampfkraft wich aus seinem Körper. Er spuckte noch ein paar Brocken aus und wurde dann still, so still, dass es mir vorkam, als wäre ihm vor meinen Augen die Luft abgelassen worden und bliebe nur das verdichtete, vergiftete Mark eines Menschen übrig, dessen ganzes Leben darauf reduziert gewesen war, zu verletzen und verletzt zu werden. Wer hatte ihm was auch immer angetan, fragte ich mich, oder liefen nur die üblichen Neurotransmitter Amok? Dr. Park leerte ein weiteres Glas Soju, beugte sich dann über den Tintenfisch und schaufelte große Mengen davon in sich hinein. Die Mädchen und Mrs. Park fingen ebenfalls an zu essen, und innerhalb fünf intensiver Augenblicke war das gesamte Essen verschwunden.

«Also, Lenny», sagte Mrs. Park, als wäre nichts geschehen. «Eunice sagt, Sie haben guten Job Wissenschaft.»

Dr. Park schnaubte.

Ich wollte meinen Status bei den Parks verbessern, aber gleichzeitig meine Stellung bei den Posthumanen Dienstleistungen nicht zu sehr in den Vordergrund spielen, weil ich wusste, dass fromme Christen mit der Idee ewigen Lebens hier auf Erden nicht viel anfangen konnten, da sie ihre himmlischen Träume gnadenlos entwertete.

«Ich arbeite für eine Abteilung der Staatling-Wapachung Corporation», sagte ich. «Sie haben vielleicht in New York schon einige unserer neuen Wohnbauten entstehen sehen. Das macht StaatlingImmobilien. Und dann gibt es noch WapachungKrise, ein Riesen-Sicherheitsunternehmen. Immobilien, Sicherheit und Lebensverlängerung, das sind unsere drei Standbeine. Alles sehr wichtig in Krisenzeiten.»

So redete ich noch eine Weile, darauf bedacht, unpolitisch zu bleiben, mich an dem bei meinen Eltern so beliebten Konservatismus von FoxLiberty-Prime auszurichten. Manchmal, wenn ich WapachungKrise erwähnte, sah Sally mich mit kaum verhohlenem Ärger an, als könnte sie meinem Arbeitgeber nicht viel abgewinnen, doch selbst in ihrem Unmut war sie noch reizend und mild, und am liebsten wäre ich ihre Eltern losgeworden und hätte direkt mit ihr gesprochen, auf eine entspannte, freundschaftliche Weise. «Natürlich», sagte ich zu ihrem Vater, «bin ich kein Mediziner, kein Wissenschaftler, wie Sie es sind, Sir. Ich versuche lediglich, Geschäft und Forschung zu –»

Dr. Park zeigte auf meinen Fuß, wo weiße Haut aus dem Sockenloch hervorleuchtete wie ein beschämendes burleskes Spektakel. «Ich sehe», sagte er, «dass Sie dort am inneren Zehengrundgelenk eine Knochen- oder Gewebewucherung haben. Könnte ein Hallux valgus werden. Sie sollten sich anderes Schuhwerk zulegen, das den Zehen mehr Spielraum lässt. Das ist ein echtes Krankheitsbild, und Sie sollten etwas unternehmen, denn mit der Zeit bleibt als einzige Option nur noch ein chirurgischer Eingriff.» Er wandte sich an Eunice, die nickte.

«Neue Schuhe», sagte sie.

«Sich kümmern umeinander in schwierige Zeit», sagte Mrs. Park. «Gute Mitbewohner, ja?»

«Vielen Dank», sagte ich. Ich wollte wieder von meiner beruflichen Laufbahn sprechen, davon, wie ich Eunice in den kommenden Unwägbarkeiten beistehen könnte, doch das Gitter vorm Fahrkartenschalter war gerade wieder zugeklappt. «Ähm.»

Mrs. Park zog einen alten Äppärät hervor und stellte ihn zwischen zwei eben erst aufgetragenen Schüsseln mit Babyfarn-Salat und gesalzenem Rindfleisch auf den Tisch. «Seht», sagte sie zu Eunice und Sally. «Video von Myonghee ihre Mutter gerade geschickt.» Zu mir sagte sie: «Cousine aus Topanga.»

Ein asiatisches Mädchen, nicht älter als drei, rannte auf die Kamera zu, hinter ihr ein gedrängtes Durcheinander aus billigen kalifornischen Stadthäusern und einem meerblauen Swimmingpool. Sie trug einen mit Gummimargeriten verzierten Badeanzug, lächelte auf zutiefst echte Weise über das breite Gesicht. «Hi, Eunice *emo*. Hi, Sally *emo*», rief sie in die Kamera, «ich vermisse dich, Eunice *emo*», und beim Rufen zeigte sie uns ihr bereits vollständiges Stummelgebiss.

«Sieh», sagte Mrs. Park. «Sie hat ein bisschen Reis über Auge.» Tatsächlich hing über ihrem Auge irgendein Korn.

Alle lachten, sogar Dr. Park, der ein paar Worte auf Koreanisch sagte, die ersten anerkennenden Worte des Abends, zum ersten Mal hatte sein Kiefer aufgehört zu mahlen, war die Kriegshymne verstummt, hatten die Angriffsbataillone in die Kaserne zurückkehren müssen. Eunice wischte sich die Augen, und mir fiel auf, dass sie es nicht vor Lachen tat. Sie entfaltete die Beine und sprang mit einem Satz vom Tisch auf, rannte barfuß aus dem Raum. Ich wollte aufstehen und ihr folgen, doch Mrs. Park sagte bloß: «Sie vermisst Cousine in Kalifornien. Keine Sorge.»

Aber ich wusste, dass nicht nur das süße Mädchen auf dem Display ihre Tränen hatte fließen lassen. Es war ihr lachender, freundlicher Vater, die für einen Augenblick intakte und liebende Familie – ein grausamer Seitenblick ins Unmögliche, in eine virtuelle Realität. Das Essen war zu Ende. Die Kellner räumten ergeben und ohne ein Wort den Tisch ab. Ich wusste, die Tradition verlangte, dass ich Dr. Park fürs Essen zahlen ließ, doch mit meinem Äppärät überwies ich ihm dreihundert Yuan, den Gesamtbetrag der Rechnung, von einem anonymen Konto. Ich wollte sein Geld nicht. Selbst wenn mein Traum wahr werden und ich Eunice eines Tages heiraten sollte, würde Dr. Park mir immer fremd bleiben. Nach neununddreißig Lebensjahren hatte ich meinen eigenen Eltern vergeben, dass sie keine Ahnung vom Umgang mit einem Kind hatten, aber weiter reichte meine Vergebung nicht.

ICH LIEBE IHN NUR NOCH MEHR
Aus Eunice Parks GlobalTeens-Account

10. Juli

EUNI-DIOTIN AN CHUNG.WON.PARK:

Mom, du hast mir schon eine Weile nicht geantwortet. Bist du immer noch böse wegen Lenny? Mach dir keine Sorgen wegen des «Geheimnisses», ja? Mach dir lieber Sorgen um Sally. Du musst auf ihr Gewicht achten. Lass sie nie *pidscha* bestellen. Koch nur Gerichte mit viel Gemüse. Ich werde ihr ein paar schöne Sommerschuhe von FootsieGalore kaufen, die sie auch zu Vorstellungsgesprächen tragen kann.

Ich bin im Moment zu sehr damit beschäftigt, mir eine Stelle im Konsum zu suchen, als dass ich mich auf den Aufnahmetest vorbereiten könnte, aber defenitiv nächsten Sommer. Die «sonstige anfallende Gebühr» bei AlliedWaste CVS hat sicher mit diesem neuen «effektiven Mindestjahreszins» zu tun, den sie jetzt berechnen. Das bedeutet, die monatliche Zinsbelastung ist ein bisschen niedriger, dafür müssen wir aber sofort diesen neuen Abschlag zahlen, sonst wird er aufs Kreditvolumen draufgerechnet, sodass der Jahreszins hochgeht, was uns in den nächsten beiden Abrechnungszyklen nochmal zusätzlich sechstausend oder mehr kosten würde. Ich finde, es wird sowieso Zeit, zu KRAFT zu wechseln, die haben nämlich diesen Monat gerade spezielle Werbeangebote, man muss allerdings erst mal zehntausend extra aufnehmen, nur um «hinein zu wechseln». Na ja, wir sollten das jedenfalls mal durchrechnen und dann entscheiden.

Mein liebstes Pony,

hallo da draußen im Fernsehland! Oj. Ich glaube, ich hab zu viele alte Sendungen mit Lenny gestreamt. Echt schräg. Na, jetzt ist auch noch meine Mutter sauer auf mich. Das Essen mit la famiglia war eine Katastrophe, wie du ganz richtig vorhergesagt hast. Wie ist Lenny bloß darauf gekommen, er könnte meine Eltern um den Finger wickeln? Weißt du, manchmal ist er ECHT von sich eingenommen. Er hat diesen Tick von amerikanischen Weißen zu glauben, dass das Leben am Ende immer fair ist und nette Leute allein schon deshalb respektiert werden, weil sie nett sind, und alles schon in Ordnung geht. Er hörte überhaupt nicht mehr auf, davon zu reden, dass ich ganze Sätze bilden kann und immerzu erkläre, auf Sally aufpassen zu wollen, und die ganze Zeit ballt mein Vater unterm Tisch die Faust. Glaub mir, Sally und ich konnten bloß an diese Faust denken, während der gute alte Len mit seiner kleinen Terade weitermachte.

Ich weiß ja, er hat das Herz auf dem rechten Fleck. Immer auf dem rechten Fleck. Aber irgendwann ist einem das auch egal, stimmt's? Wieso versteht er mich nicht? Als ob er es nicht mal schafft, zwei und zwei zusammenzuzählen. Er hat versprochen, weniger zu lesen und mehr Zeit auf unsere Wohnung zu verwenden, aber sein Kopf steckt voll von diesen Texten. Ich habe mal *Krieg und Frieden* nachgeguckt, da geht es um so einen Typen namens Pierre, der in Frankreich kämpft, und dann passieren ihm lauter schreckliche Dinge, aber am Ende schafft er es mit seinem Charme, dass er mit der Frau zusammen ist, die er wirklich liebt und die ihn auch liebt, obwohl sie ihn betrogen hat. Das ist Lennys Lebenseinstellung in Kurzform: Am Ende sind Nettigkeit und Klugheit immer die Gewinner.

Aber am schlimmsten war meine Mutter. Die ist sofort auf

mich los. Nach dem Motto: *yae, neo-mu han-da*. Du könntest es doch viel besser haben. Er ist alt, er ist unattraktiv, seine Haut sieht nicht gesund aus, er hat schlimme Füße, er ist gar nicht so groß, wie du behauptet hast, er verdient bloß 25 000 Yuan im Monat. Wenn du schon mit einem Älteren zusammen sein willst, dann gibt's da so einen Gemmologen aus Palisades, der macht fast eine Million im Jahr, und Daddy meint, dieses Posthumane-Dings, wo Lenny arbeitet, ist totaler Betrug und wird vollkommen den Bach runtergehen. Ständig hat meine Mutter mir geteent: «Optionen offen halten, Optionen offen halten.»

Ich hab versucht, nicht verletzt zu sein, aber das ging nicht. Es ist irgendwie genau wie mit Lenny – so, wie der mich nicht sieht, so sehen sie IHN nicht. Für sie ist er bloß so ein unattraktiver Nichtreicher mit einem Loch im Socken (ich hab echt gedacht, dafür bring ich ihn um).

Aber dann sind wir nach Hause, und da kam diese beschissene Message von Mom, und dann hatte ich das Gefühl, ich liebe Lenny nur noch mehr. Irgendwie so: Je mehr sie ihn verabscheut, desto mehr liebe ich ihn. Er war so müde vom Essen und dem bescheuerten Gottesdienst, dass er einfach schlappgemacht hat und auf der Couch eingeschlafen ist, und er hat sogar geschnarcht, was er sonst nie tut. Offensichtlich hatte er alles gegeben, mein süßes, sorgenvolles Thunfischhirn, hatte sich, wie es nun mal seine Art ist, so sehr bemüht, nett zu meinen Eltern zu sein und mich gegen mein Arschloch von Vater zu verteidigen, dass er einfach völlig platt war. Und da dachte ich mir, wenn jemand nicht merkt, was für ein guter Mensch er ist, was kann ich dann schon von dem erwarten? Ich denke mal, dass ich damit nur sagen will, Lennys Empfindlichkeiten nerven mich jetzt nicht mehr so, und für diese Erleuchtung muss ich mich bei meiner durchgedrehten Mutter bedanken. Das ist nämlich das Besondere bei Lenny: Wenn man länger mit ihm zusammen ist, merkt man, dass er einfach sehr *yam-cheon-hae* ist. Ich finde es jedenfalls total koreanisch, dass man jemanden wertschätzen kann, der so nett und sanft und freundlich ist.

Tut mir leid, dass ich so lange rumsülze. Im Großen und Ganzen läuft alles ganz gut. Wir haben viel miteinander rumgehangen, geredet, Spaß gehabt. Wir waren in einer Galerie, um uns ein paar Images anzugucken, und dann haben wir bei *bürgr* in Bushwick Burger gegessen, die waren ganz okay (wieso gibt es kein In-N-Out hier in New York?). Wir hatten ungeschützten Sex, und er meinte, er könne sich vorstellen, ein Kind mit mir zu haben. Und ich so: WAS??? Aber irgendwie klang es ganz einleuchtend. Ich WILL ein Kind mit ihm haben, auch wenn es in der Welt gerade echt schlimm aussieht. Wenn wir eines Tages eine richtige Familie sein sollten, bin ich, glaub ich mal, die glücklichste Fee im ganzen Wald. Ach ja, und dann waren wir noch in einem sri-lankischen Restaurant essen, und da saß Lacy Twaät direkt neben uns. Als wir klein waren, hat sie doch diese ganzen Pornos gemacht, so mit Rachenfick und vom Arsch in den Mund und so, weißt du das noch? Sie trug jedenfalls einen Blazer von Parakkeet, Größe 32, mit Perlen drauf, und eine durchsichtige Onionskin-Jeans, und selbst in ihrem Alter kann sie sich das noch total leisten. Insgesamt ein gepflegter Nuttenlook mit Klasse. Und ihr Begleiter war so ein älterer, germanisch aussehender Typ, sehr attraktiv.

Apropos, ich war wieder im Tompkins Square Park und hab weitere Vorräte hingebracht, außerdem ein bisschen bei KLEIDERWÄSCHE UND HYGIENE ausgeholfen und mit David rumgehangen. Der ist echt witzig. Einmal hat er mich einfach gepackt und über die Schulter geworfen und durch den ganzen Park getragen, damit ich allen zuwinken konnte. Fühlt sich gut an, wenn so ein starker Mann einfach das Kommando übernimmt, und David ist ECHT stark, und das nicht bloß, weil er als Soldat in Venezuela war. Und seine kleine Hütte ist immer so ORDENTLICH (ganz im Gegensatz zu einer gewissen Wohnung, haha), das hat er bei der Armee gelernt, sagt er. Er bereitet sich schon drauf vor, dass die Garde bald anrückt, um den Park zu räumen, und das macht mich nervös. Wenn du irgendwelche alten Äppäräte hast, sogar Laptops, dann schick sie mir doch bitte, die Leute da sind nämlich total verzweifelt. Ich wollte ihn überreden, wenigstens mit mir Mittag essen zu gehen, aber er will den Park nicht verlassen. Er fühlt sich seinen Leuten genauso verpflichtet wie mein Vater seinen Patienten, und ich glaube, das finde ich richtig bewundernswert. Ich gucke ihm immer auf den Mund, denn dass er ein paar Zähne verloren hat, hat so was Charismatisches. Er ist ein echt kerniger Typ, der genau weiß, wann er den Körper und wann den Geist einsetzen muss. Jedenfalls wette ich, dass er noch attraktiver aussehen würde, wenn er eine Krankenversicherung hätte. Manchmal redet er drüber, wie es sein wird, wenn die Überparteilichen gestürzt sind, dann denke ich mir, hmmm, klingt gar nicht so schlecht. Er ist gegen die Kreditleute, aber Konsum, findet er, wird immer zu unserm Leben gehören, und Mädchen, die im Konsum arbeiten, können genauso gut Kreative sein. Seine Ideen sind zwar ein bisschen abgedreht, aber immerhin glaubt er an irgendwas, das ist doch gut, oder?

Seufz. Na dann, Prinzessin P, ich muss jetzt den Balkon wischen, der ständig voll ist mit Vogelkacke. Wir sind eben in New York, wo einen jeder ständig bescheißt. Haha.

12. Juli

Tut mir leid, Panda, dass ich nicht gleich geantwortet habe.
Hier passiert grade was ECHT Schlimmes. Als die Fabrik
meines Vaters zu war, sind so Vermögensschwache rein und
haben sie besetzt, und die Polizei in L.A. hat ja letzten Monat
endgültig dichtgemacht, und die Nationalgarde will nichts
unternehmen, und jetzt sieht es so aus, als ob wir unsere Firma
verlieren oder was? Grad hab ich gehört, wie meine Eltern in
ihrem Schlafzimmer TOTAL LEISE GETEXTET haben, und
ich hab Schiss gekriegt, weil ich nicht weiß, was vor sich geht
und wie ich ihnen helfen soll. Normalerweise erzählen sie
mir alles, aber der Gesichtsausdruck meines Vaters war eher
äähhhhhhhhhh, und sie haben sogar davon gesprochen,
eine Zeitlang zurück nach Korea zu gehen. Ich wollte zu Padma, aber auf der I-405 gab's eine Straßensperre, da standen
Leute so mit Händen hinterm Kopf, also bin ich einfach auf
die nächste Tankstelle eingebogen und hab angehalten und
den Motor laufen lassen und WIEDER UND WIEDER UND
WIEDER aufs Lenkrad gehauen. Was soll das???????????
Was fällt denen ein, unsere Firma nicht zu beschützen? Wieso
lassen sie diese Aziz-Armee einfach machen, was sie will?
Als ob sie wollen, dass wir uns nicht mehr sicher fühlen. Ich
finde, du solltest nicht mit diesem David rumhängen, Eunice.
In meinen Augen ist der einer von den Wichsern, die meine
Familie zerstören. Und mit Gopher will ich auch nicht mehr
zusammen sein, der ist nämlich genauso wenig einer von
uns und begreift GAR NICHTS, und seine Eltern haben so
richtiges Old-School-Geld, für ihn ist das alles bloß ein WITZ.
Ich hab ihm von Dads Fabrik erzählt, und er so: «Ist doch
gut, dann sollen eben die Armen den Laden schmeißen.»
Ich glaube, in solchen Zeiten sollten wir vergessen, wer wir

sind, und wieder zu unserer Familie gehören, alles andere ist nur dieses komische Rauschen, das man hört, wenn Leute, die man nicht so richtig kennt, miteinander texten. Stimmt schon, um mich rum sind bloß noch Geister, außer wenn ich dich am Äppärät hab. Dieses Land ist echt dumm. Bloß verwöhnte Weiße können was so Gutes so verkommen lassen. Tut mir leid, dass dein Essen mit der Familie scheiße war, und ich freue mich, dass du Lenny noch mehr liebst als vorher, aber du solltest auch bedenken, was deine Eltern zu sagen haben, die sind nämlich schon lange auf der Welt. Ich sag ja gar nicht, dass du nicht mit Lenny zusammen sein sollst, du sollst bloß abwägen, was du für ihn fühlst und was du letztlich tun musst. Süßkartoffel, ich hab dich lieb.

EUNI-DIOTIN: Hi, Sally. Hast du gehört, dass die Vermögensschwachen die Abflussreinigerfabrik der Kangs besetzt haben?

SALLYSTAR: Nein. Das ist ja schrecklich.

EUNI-DIOTIN: Mehr hast du dazu nicht zu sagen?

SALLYSTAR: Was willst du denn hören?

EUNI-DIOTIN: Möchtest du Burger essen gehen? Du kriegst ein bisschen rotes Fleisch, wenn du versprichst, eine Woche lang nur Gemüse und Joghurt zu essen.

EUNI-DIOTIN: Hallo? Erde an Sally Park.

EUNI-DIOTIN: Anscheinend hast du viel zu tun. Du hast mir immer noch nicht gesagt, was du von Lenny hältst.

SALLYSTAR: Alle machen sich Sorgen um dich.

EUNI-DIOTIN: SORGEN? Das ist ja allerliebst.

SALLYSTAR: Mommy und Daddy wollen nicht, dass du irgendwas überstürzt.

EUNI-DIOTIN: Und du bist jetzt ihre Mediensprecherin?

SALLYSTAR: Wir sind keine perfekte Familie, aber wir sind immer noch eine Familie, oder?

EUNI-DIOTIN: Keine Ahnung, sag du's mir.

SALLYSTAR: Wir brauchen neuen Teppichboden fürs Wohnzimmer und einen neuen Läufer für die Treppe. Willst du nach New Jersey kommen und uns beim Aussuchen helfen?

EUNI-DIOTIN: Kann ich Lenny mitbringen?

SALLYSTAR: Du kannst tun, was du willst, Eunice.

EUNI-DIOTIN: War ein Witz.

SALLYSTAR: Du kommst also?

EUNI-DIOTIN: Ich komme. Aber ich werde mich nicht neben Dad setzen oder auch nur ein Wort mit ihm reden. Lenny hat das Wort «trotzig» gebraucht. Dad ist wie ein trotziges Kind, am besten, man beachtet ihn gar nicht.

SALLYSTAR: Sei ein bisschen gnädiger. Er gibt sich Mühe. Es geht ihm nicht so richtig gut, und darum müssen wir ihm verzeihen.

EUNI-DIOTIN: Wenn du meinst.

SALLYSTAR: Im Ernst. Es geht dir bestimmt viel besser, wenn du ihm vergibst, Eunice. Dann kannst du dich endlich mal umschauen, was im Rest der Welt so passiert. Vielleicht kannst du mir ja helfen, ein Nahrungsmittel-Komitee für die Zeltstädte zu organisieren, die wir mit der Columbia und der NYU aufbauen. Im Tompkins Square wird die Lage richtig schlimm.

EUNI-DIOTIN: Woher willst du wissen, dass ich nicht längst helfe?

SALLYSTAR: Hä?

EUNI-DIOTIN: Ach nichts. Dad werde ich vergeben, wenn er 70 wird und Onkel Jun das ganze Geld von ihm verspielt hat und er obdachlos und wahnsinnig geworden ist und Lenny und mich um Hilfe anbettelt. Dann sage ich zu ihm: Du hast Mom und Sally und mich wie Dreck behandelt, aber hier hast du ein bisschen Geld, damit du nicht verhungerst.

SALLYSTAR: Ist das ekelhaft. Ich kann gar nicht fassen, dass du so was überhaupt denken kannst.

EUNI-DIOTIN: Hey, war doch bloß ein Scherz. Kein Humor?

EUNI-DIOTIN: Sally, bist du noch da? Ich weiß auch nicht, was heute mit mir los ist. Na ja, Myong-hee vermisse ich wirklich. Als ich das letzte Mal in L.A. war, hab ich versucht, ihr Zöpfe zu flechten, und sie hat «Nein, Eunice *emo*!» gekreischt, so sinngemäß: Lass mich in Ruhe, du hast doch nicht über mein Haar zu bestimmen!!! Sie ist so ein süßer kleiner Quieker. Ich wette, wenn wir uns das nächste Mal sehen, ist sie schon wieder zehn Zentimeter größer. Ich will nicht, dass sie erwachsen wird.

EUNI-DIOTIN: Sally? Ach komm! Ist es wegen dem, was ich über Dad gesagt habe?

EUNI-DIOTIN: Na gut. Mein FREUND kommt gleich nach Hause, und wir kochen zusammen einen Wolfsbarsch.

EUNI-DIOTIN: Sally, liebst du mich?

SALLYSTAR: Wie bitte?

EUNI-DIOTIN: Das mein ich ernst. Liebst du mich wirklich? Ich meine, so als Mensch. Nicht als ältere Schwester, zu der du aufschauen sollst.

SALLYSTAR: Ich möchte darüber nicht reden. Natürlich liebe ich dich.

EUNI-DIOTIN: Vielleicht hab ich ja nicht genug getan.

SALLYSTAR: Was redest du denn da? Würdest du bitte ENDLICH MAL DEN MUND HALTEN. Ich hab so die Schnauze voll von dir. FRÜHER, FRÜHER, FRÜHER!!!

SALLYSTAR: Hallo? Eunice.

SALLYSTAR: Eunice?

SALLYSTAR: Hallo.

ENTZÜNDUNGSHEMMUNG
Aus dem Tagebuch des Lenny Abramov

20. Juli

Liebes Tagebuch,

Noah hat mir erzählt, in jedem Sommer gebe es einen Tag, an dem die Sonne in so einem Winkel auf die breiten Avenuen fällt, dass man das Gefühl hat, die ganze Stadt sei von einem melancholischen 20.-Jahrhundert-Licht durchflutet, ja selbst die prosaischsten, ungeliebtesten Gebäude würden einem dann am Rande des Blickfelds strahlend nuklear vorkommen, und wenn das geschehe, wolle man sowohl um Verlorenes weinen als auch hinausrennen und das Verlöschen des Tages willkommen heißen. Bei ihm klang das nach urbaner Verzückung, und sein alterndes Gesicht fing verhalten an zu strahlen, als borgte er sich etwas von dem Licht, das er beschrieb. Ich dachte zuerst, er gefühlte, aber sein Äppärät war auf Standby, er streamte gar nicht: Es war echt. Wir saßen in irgendeinem beschissenen Café in St. George, eigenartig berührt von der Tatsache, dass es draußen in der Welt überhaupt noch Cafés gab, erst recht auf Staten Island. «Das würde ich zu gern sehen», sagte ich. «Wann genau passiert es?»

«Haben wir verpasst», sagte Noah. «Das war Ende Juni.»

«Dann eben nächstes Jahr», sagte ich.

Daraufhin verriet mir Noah – ganz die Medien-Drama-Queen –, dass er erwarte, nächstes Jahr um diese Zeit tot zu sein. Erzählte irgendwas von der Restaurationsregierung, den Überparteilichen, dem Preis von BioBenzin, dem

Rückgang der Gezeiten – wer kann da eigentlich noch den Überblick behalten? Jedenfalls verdarb es die Wirkung seiner Schilderung vom Licht, das auf ganz bestimmte Weise die Avenuen beschien. Ich wollte ihm sagen, dass er sich meinetwegen nicht so anstrengen müsse, dass ich ihn genau so mögen würde, wie er sei: absolut überdurchschnittlich, wütend und trotzdem anständig, gerade klug genug. Ich dachte an Sammy, den Elefanten, im Zoo in der Bronx, seine gelassen deprimierte Miene, die Art und Weise, wie er gleichmütig und zugleich unaufdringlich verzweifelt der drohenden Auslöschung entgegensah. Womöglich darüber hatte Noah lamentiert, als er dem Licht quer durch die Stadt gefolgt war. Das verlöschende Licht sind wir, und für einen Augenblick – so kurz, dass er nicht mal auf den Displays unserer Äppäräte registriert wird – sind wir schön.

Von wegen Licht, einen leuchtenden Augenblick hatte ich auch mit Eunice diese Woche. Ich ertappte sie dabei, wie sie einigermaßen neugierig meine Bücherwand betrachtete, vor allem den verblichenen Umschlag der alten Taschenbuchausgabe eines Romans von Milan Kundera – eine schwarze Melone, die über dem Prager Stadtbild schwebt –, die beiden Zeigefinger erhoben, als wollte sie auf ihrem Äppärät KAUF MICH JETZT anklicken, die übrigen Finger um das Buch gelegt, so als erfreute sie sich an seinem Volumen und ungewöhnlichen Gewicht, an seiner relativen Stille und Bescheidenheit. Als sie mich näher kommen sah, schob sie das Buch rasch wieder ins Regal und zog sich auf das Sofa zurück, wo sie, die Wangen heftig errötet, an ihren Fingern nach dem Bucharoma schnüffelte. Doch ich wusste, die Neugier meiner widerstrebenden Satzschmiedin war geweckt, und vermerkte einen weiteren Triumph – den zweiten nach dem, wie ich fand, äußerst erfolgreichen Abendessen mit ihren Eltern.

Das Zusammenleben mit Euny verlief bisher ganz okay. Aufregend, manchmal verstörend. Wir stritten uns täglich. Sie gab nie nach. Eine Kämpferin bis zum Letzten. So bildet sich eine menschliche Persönlichkeit nach einem unglücklichen ersten Lebensabschnitt heraus. Die Unabhängigkeit des Erwachsenwerdens, des Einstehens für sich selbst, auch wenn es sich gegen einen Phantomfeind richtet.

Am meisten stritten wir uns über gesellschaftliche Verpflichtungen. Ihre Freundinnen vom Elderbird, die gerade wieder nach New York gezogen waren, reichten ihr völlig. Ganz anständige Mädchen, so schien es, überschäumend, aber ihrer selbst nicht sicher, scharf auf teure Dinge und irgendeine Form von Identität, alles durcheinanderbringend – vor allem aber hatten sie es mit dem Erwachsenwerden nicht besonders eilig. Eine von ihnen, die wirklich Nahrung zu sich nahm, kam beim Fickfaktor bloß auf magere 500+, darum gaben die anderen ihr Tipps zum Abnehmen. Ständig kniffen sie sie irgendwohin, beschmierten sie mit Cremes, bis sie traurig auf meiner Wohnzimmercouch vor sich hin glänzte, und wogen sie, als wäre sie ein preisverdächtiger Weißer Thunfisch an einem Kai in Tokio. Ein anderes Mädchen versuchte sich am neuerdings angesagten «Nackte Bibliothekarin»-Look – ihren Körper verhüllte praktisch nichts außer einer Brille, die so dick wie meine Sicherheitsverglasung war, was ich ziemlich albern fand, denn sogar eine erstklassige Bildungseinrichtung wie das Elderbird hatte vor kurzem seine real-existierende Bibliothek geschlossen, worauf zum Teufel also bezog das Mädchen sich? Dann betranken sie sich draußen auf unserem (unserem!) Balkon mit Rosé, diese süßen, aufgedunsenen, trunkenen Gesichter, und erzählten sich lange, im Kreis taumelnde Geschichten, die witzig sein sollten, aber stattdessen höchst verstörend waren, Erzählungen aus einer ordinären, oberflächlichen Welt, wo jeder ganz selbstverständlich jeden hinterging und enttäuschte und wo Frauen manchmal vor aller Augen angepisst wurden. Ich war gleichzeitig neidisch auf ihre Jugend und erschrocken, wenn ich an ihre Zukunft dachte. Kurz gesagt, ich fühlte mich zugleich väterlich und erregt, was keine gute Kombination ist.

Ganz nebenbei und mit meinem süßesten Schnabeltier-Lächeln hatte ich Eunice gesagt, dass uns in den beiden nächsten Wochen gesellschaftlich einiges bevorstehe. Joshie hatte darum gebettelt, sie kennenzulernen, und erwartete uns am Samstag bei sich zu Hause. Grace und Vishnu gaben am Montag danach eine Party in Staten Island, um die Schwangerschaft von Grace offiziell zu verkünden. «Ich weiß ja, dass du irgendwie nicht so der gesellige Typ bist», sagte ich.

Aber sie hatte sich schon von mir abgewandt, die wütenden Spitzen ihrer Schulterblätter hielten meiner besänftigenden Hand stand.

«Dein Chef», sagte sie, «will *mich* kennenlernen?»

«Er steht auf junge Leute. Er verwandelt sich selbst in einen Teenager.»

«Und diese Zicke Grace will uns auch einladen? Wieso? Damit sie sich noch mehr über mich lustig machen kann?»

«Machst du Witze? Grace mag dich!»

«Will wahrscheinlich meine große Schwester sein. Nein danke, Len.»

«Sie mag dich, Eunice. Sie möchte dir einen Job im Konsum besorgen. Sie meinte, ihre frühere Zimmergenossin in Princeton wüsste vielleicht was über ein Praktikum bei Padma.» Dreimal hatten wir darüber gesprochen, dass Eunice sich einen Job sucht und an der steigenden Klimaanlagen-Rechnung beteiligt (8230 nicht gekoppelte Dollar allein für den Monat Juni), und jedes Mal hatte sie gesagt, im Konsum arbeiten zu wollen. Alle ihre Freundinnen vom Elderbird wollten das Gleiche. Keine große Überraschung. *Kredit für Jungs, Konsum für Mädchen.*

«Du ver*stehst* einfach nicht, Leonard.»

Der Satz, den ich von allen auf der Welt am meisten hasse. Ich verstehe sehr *wohl*. Nicht alles, aber eine ganze Menge. Und was ich nicht verstehe, möchte ich auf jeden Fall besser verstehen lernen. Würde Eunice mich je darum bitten, nähme ich mir eine ganze Woche frei und würde irgendeine familiäre Notlage vorschieben (was es ja im Grunde auch ist), um ihr zuzuhören. Ich würde eine Groß-packung Taschentücher und eine beruhigende Misosuppe zwischen uns hinstellen, meinen Äppärät zücken, alles fest-halten, den Schmerz lokalisieren, vernünftige, auf meinen eigenen Erfahrungen gründende Vorschläge machen und in allen Park-Angelegenheiten kundig werden.

«Ich bin pleite», sagte sie.

«Was?»

«Ich habe nichts anzuziehen. Und mein Hintern ist fett.»

«Du wiegst achtunddreißig Kilo. Jeder Mensch auf der Grand Street starrt bewundernd auf deinen Arsch. Du hast drei Schränke voller Schuhe und Kleider.»

«Neununddreißig. Und ich habe nichts für den *Sommer*, Lenny. Hörst du mir überhaupt zu?»

Wir stritten uns noch ein wenig weiter. Sie ging ins Wohnzimmer und fing an zu teenen, mit übereinander-geschlagenen Beinen, das starre Lächeln im Gesicht, und seufzte angestrengt, während meine Vorhaltungen immer schriller wurden. Schließlich fanden wir eine Art Kompro-miss. Wir würden zum Konsumkorridor der Vereinten Na-tionen gehen und uns beiden neue Kleidung kaufen. Ich würde sechzig Prozent der Kosten ihrer Einkäufe tragen, den Rest würde sie vom Kredit ihrer Eltern decken. Wie gesagt, ein Kompromiss.

Ich war noch nie im UN-KK gewesen. Konsumkorridore haben mich immer schon eingeschüchtert, und dieser ist angeblich der bisher größte überhaupt. Als ich vor zwei Jahren in den Korridor gegangen bin, den sie aus dem Union Square herausgehauen haben, sahen alle besser und viel jünger aus als ich. Am liebsten gehe ich mit Grace in die kleinen, schrägen Läden auf Staten Island, auch wenn die Kundschaft dort älter und grauer ist, lauter Leute, die in herrlichen Vierteln Brooklyns aufgewachsen sind, Greenpoint oder Bushwick, sich inzwischen aber nach Staten Island zurückziehen mussten.

Kaum waren wir bei der UN angelangt, da packte mich auch schon die Panik: die erstickende Masse Mensch, die aus den sieben unterirdischen Parkebenen nach oben drängte; die Stockwerk-Infos überfluteten meinen Äppärät mit Impulsivdaten; die Schuldenbomber, die sich meiner beeindruckenden Bonität wegen auf mich stürzten; die riesigen ARR-Banner mit der Aufschrift «Amerika feiert seine Konsummenten [sic]», auf denen nun dieses Mädchen zu sehen war, das Eunice aus der Highschool kannte und sich alle möglichen Kredite erschlichen hatte, sodass sie sechs Frühjahrskollektionen und ein Haus erwerben konnte.

Der Abglanz der untergehenden Sonne strömte durchs Glasdach des UN-KK, und die Stahlträger hundert Meter über uns glitzerten wie die Rippen eines furchterregenden Tiers. Ich glaube, hier hat sich früher der Sicherheitsrat versammelt, aber vielleicht irre ich mich da. Während meines Auslandsjahrs in Rom hatte Amerika offenbar in Sachen Betriebskosten dazugelernt und die traditionellen Shopping-Malls geschlossen. Diese sparsamen Konsumkorridore waren an die nordafrikanischen Basare aus grauer Vorzeit angelehnt, ihr Sinn und Zweck bestand einzig und allein im raschen Waren- und Dienstleistungsaustausch, nur ohne die widerhallenden Rufe der Verkäufer und die Ausdünstungen der Clementinen.

Eunice brauchte keinen Lageplan. Sie führte, und ich folgte ihr, vorbei an den Waren, die sich eher planlos in den endlosen Räumen stapelten, den Läden, die ineinander übergingen, Kleiderständer neben Kleiderständer neben Kleiderständer, jeder aus der Nähe in Augenschein genommen, bedacht, verworfen. Hier gab es die berühmten nippelfreien Saaami-BHs, die Eunice mir bei AssLuxury gezeigt hatte, und die legendären Mieder von Padma, die von der polnischen Pornoqueen bei AssDoctor getragen wurden. Wir blieben stehen und schauten uns bei JuicyPussy biedere sommerliche Cocktailkleider an. «Ich brauche zwei», sagte Eunice. «Eins für die Party bei deinem Chef und eins für diese Zicke Grace.»

«Bei meinem Chef ist es eigentlich keine Party», sagte ich. «Wir trinken zwei Gläser Wein und essen ein paar Möhren und Blaubeeren.»

Eunice ignorierte mich und machte sich an die Arbeit. Mit Hilfe ihres Äppäräts kriegte sie zunächst heraus, wie sich verschiedene Sachen weltweit verkauften. Dann ging sie zu einem Rundständer voller identisch aussehender schwarzer Kleider und klickte sich durch. Klick, klick, klick, ein Bügel schlug gegen den davor, ein Geräusch wie bei einem Abakus. Sie verweilte nicht länger als eine Sekunde bei jedem Kleid, doch jede dieser Sekunden schien mehr zu zählen als die Stunden, die sie den gleichen Waren online bei AssLuxury gewidmet hatte; jede einzelne eine Begegnung mit dem Wirklichen. Ihr Ausdruck war stählern konzentriert, der Mund leicht geöffnet. Dies war die Qual der Wahl, der Kummer über ein geschichtsloses Leben, der Schmerz höherer Bedürfnisse. Ich stand in Demut vor dieser Welt, in Ehrfurcht vor ihrer Religiosität, vor dem Versuch, Bedeutung aus einem Gegenstand zu extrahieren, der vor allem aus Fäden gemacht war. Wenn Schönheit doch die Welt hinweg erklären, wenn ein nippelfreier BH doch alles wieder funktionieren lassen könnte.

«Entweder haben sie Größe 32 nicht da», sagte Eunice, als sie das letzte Sommerkleid von JuicyPussy wegklickte, «oder es hat so komische Stickereien am Saum. Die versuchen sich stilvoller zu geben als TotalSurrender, die immer diesen Schlitz im Schritt haben. Komm, gehen wir zu Onionskin.»

«Sind das nicht die durchsichtigen Jeans?», fragte ich. Ich stellte mir vor, wie Eunice mit entblößten Schamlippen und Hinterbacken die besonders belebte Delancey Street überquerte, sodass die Fahrer von Autos mit New-Jersey-Kennzeichen ungläubig die getönten Scheiben herunterließen. Instinktiv wollte ich ihre halbe Portion beschützen, aber gleichzeitig spürte ich auch den erotischen Reiz, ganz zu schweigen vom Sozialprestige. Andere würden ihren kleinen Landestreifen sehen und zu mir aufblicken.

«Nein, Dumpfbacke», sagte Eunice. «In solchen Jeans würde ich mich nicht mal tot erwischen lassen. Die machen auch ganz normale Kleider.»

«Ach so», sagte ich. Die Phantasie zerbarst, dennoch war ich mit dem biederen Mädchen an meiner Seite eigenartig glücklich. Wir schlängelten uns einen halben Kilometer zwischen Kleiderständern hindurch, ehe wir endlich die Onionskin-Kollektion fanden. Tatsächlich, da gab es mehrere Ständer mit Cocktailkleidern – ein bisschen gewagt am Ausschnitt, aber ganz gewiss nicht transparent. Müde, bedrückte Frauen wühlten sich durch das Flaggschiff der Marke, die durchsichtigen Jeans, die wie steife, leere Zwiebelhäute im Zentrum der Verkaufsfläche hingen.

Als Eunice begann, sich durch die Kleider zu klicken, kam eine Konsumangestellte herüber und sprach sie an. Mein Äppärät wich sofort den Datenauswürfen der anderen Kundinnen aus, die wie verschmutzte Wellen auf einen noch unberührten Strand trafen, und konzentrierte sich auf McKay Watson. Dieses Konsummädchen war wunderschön. Ein großgewachsenes Wesen mit Nofretete-Hals und klaren, wachen Augen, die von einheimischer Redlichkeit zeugten, als wollten sie sagen: *Mit einer Herkunft wie der meinen, wer muss sich da schon neu erfinden?* Ich liebkoste McKays Daten, während ich die Onionskin-Jeans begutachtete, die sich an ihren schmalen, wenn auch breithüftigen Körper schmiegte – sie trug die halbtransparente, die ihre unteren Regionen teilweise verhüllte und ihnen eine impressionistische Qualität verlieh, sodass man einen Schritt zurücktreten musste, um das richtig zu bewundern. Sie hatte ihr Examen an der Tufts University gemacht und im Hauptfach Internationale Politik, im Nebenfach Konsumwissenschaften studiert. Ihre Eltern, Universitätsdozenten im Ruhestand, lebten in Charlottesville, Virginia, wo sie auch aufgewachsen war (Baby-Images von einer selbstvergessenen, aber anhänglichen McKay, die eine Packung Orangensaft umklammert hielt). Derzeit war sie ohne Freund, doch mit dem letzten, einem aufstrebenden Medienhengst aus Great Neck, hatte ihr vor allem die «umgekehrte Reiterstellung» Spaß gemacht.

Eunice und McKay texteten miteinander. Sie sprachen über Kleidung auf eine Weise, der ich nicht vollständig folgen konnte. Sie diskutierten über die Details eines bestimmten Kleides, das *nicht* aus Naturfasern bestand. Redeten von Taillen, mit Stretchanteil und ohne. Von der Zusammensetzung: 7 % Elasthan, 2 % Polyester, Größe 32/33, 50 % Kunstseide/Viskose.

«Es ist nicht mit Natronlauge behandelt.»

«Ich habe das mit dem Schlitz auf der linken Seite gekauft, und es hatte einen Stretchanteil.»

«Bestreichen Sie die Innenseite des Saums mit Vaseline.»

Eunice hatte eine Hand auf den leuchtend weißen Arm des Konsummädchens gelegt, eine Geste der Intimität, die ich bisher erst einmal an ihr beobachtet hatte, gegenüber einer Freundin vom Elderbird, dem molligen, matronenhaften Mädchen mit dem niedrigen Fickfaktor. Ich hörte einige witzige Retro-Ausdrücke wie «WEW», was «War ein Witz» bedeutet, oder «amtlich», wenn es keiner war. Ich hörte das vertraute «BGM» und «IGIMGK!», aber auch «TPR!» und «CFG!» und «TMS!» wie auch das eher universelle «Süß!». So reden die Leute eben, sagte ich mir. Spür das Wunder des Augenblicks. Sieh die Frau, die du liebst, wie sie mit ihrer Umwelt in Kontakt tritt.

Sie kaufte zwei Cocktailkleider für 5240 Yuan-gekoppelte Dollar, von denen ich dreitausend übernahm. Ich spürte, wie meine Bonität ein wenig ächzte, ein paar Punkte abschüttelte, die Unsterblichkeit ein paar Grade unwahrscheinlicher wurde, aber das war nichts im Vergleich zu dem 239 000-Dollar-Tritt in die Eier, den mir Howard Shu neulich verpasst hatte.

«Wieso hast du das Mädchen nicht gefragt, ob du bei Onionskin einen Job kriegen kannst?», fragte ich Eunice, als wir die Verkaufsfläche verlassen hatten.

«Machst du Witze?», fragte Eunice zurück. «Weißt du etwa nicht, was für *Noten* man braucht, um im UN-KK zu arbeiten? Und einen perfekten Körper hatte sie auch noch.

Ein schöner runder Hintern, aber obenherum total knabenhaft. Das ist im Moment das Schärfste.»

So hatte ich es noch gar nicht gesehen. «Dein Äußeres und deine Noten sind nicht schlechter als die von ihr», sagte ich. «Wenigstens hättest du dir ihre Teens-Adresse geben lassen können. Es wäre bestimmt gut, sie zur Freundin zu haben.»

«Danke, Dad», sagte Eunice.

«Ich meine –»

«Ist ja schon gut, schhh ... jetzt bist du dran mit Shoppen. Atmungsaktives Gewebe wird bei meinem *kokiri* Wunder wirken.»

Wir fanden die glänzende, mit Mahagoni furnierte Behauptung, die da lautete: JuicyPussy4Men. «Du hast ein fliehendes Kinn», sagte Eunice zu mir, «und die Hemden mit Riesenkragen, die du immer trägst, unterstreichen diese Schwäche noch. Wir werden dir ein paar Pullover mit V-Ausschnitt besorgen, und T-Shirts in soliden Grundfarben. Wenn du ein bisschen weiter geschnittene gestreifte Baumwollhemden trägst, fallen deine Hängebrüste nicht so auf. Und tu dir selbst einen Gefallen, ja? Kaschmir. Das bist du wert, Len.»

Sie ließ mich die Augen schließen und verschiedene Gewebe befühlen. Sie gab mir bequem geschnittene JuicyPussy-Jeans zum Anziehen und steckte mir die Hand in den Schritt, um sich zu überzeugen, dass mein Geschlechtsteil genug Bewegungsfreiheit hatte. «Es geht um Komfort», sagte sie. «Es geht darum, dass du dich wie ein Neununddreißigjähriger fühlst und auch benimmst. Denn so alt bist du doch, wenn ich mich recht erinnere.» Ich konnte ihre Familie in ihr spüren – rüde, abfällig, unfreundlich, aber effektiv, sie tat, was nötig war, sorgte für die Bewegungsfreiheit meiner Genitalien, wahrte das Gesicht. Hinter den

Bergen, besagte ein altes koreanisches Sprichwort, das ich mal von Grace gehört hatte, lagen weitere Berge. Wir hatten gerade erst angefangen.

Als ich in die Umkleidekabine ging, sagte einer der jugendlichen Verkäufer zu mir: «Ich sage Ihrer Tochter, dass Sie hier drin sind, Sir», und anstatt beleidigt zu sein, weil er mich womöglich für Eunice' Adoptivvater hielt, erfüllte mein Mädchen mich mit Ehrfurcht, weil sie jeden Tag, den wir zusammen waren, über das furchtbare ästhetische Gefälle zwischen uns hinwegsah. Wir kauften hier nicht etwa nur für sie oder für mich ein. Sondern für uns, als Paar. Für unsere gemeinsame Zukunft.

Ich verließ JuicyPussy mit Kleidung im Wert von zehntausend Yuan. Auf meinem Kreditrechner blinkten heftig die Worte NEUBERECHNUNG LÄUFT, was die Schwärme von Schuldenbombern vertrieb, die mir mehr Geld andrehen wollten. Als ich auf der 42nd Street an einem Kreditmast vorbeikam, war meine Bonität um zehn Punkte auf 1510 gesunken. Ich war vielleicht ärmer, aber zumindest nicht mehr mit dem überalterten Möchtegern-Hipster zu verwechseln, der drei Stunden zuvor den UN-Konsumkorridor betreten hatte. Jetzt ging ich als Mann durch.

Aber das war nicht alles. Ich sah auch gesünder aus. Die atmungsaktiven Stoffe machten mich etwa vier Jahre jünger. Auf der Arbeit fragte man mich in der Aufnahme, ob ich selbst Dechronifizierungsbehandlungen bekäme. Ich unterzog mich einer körperlichen Untersuchung, und meine Ergebnisse flappten über die Anzeigetafeln, mein ACTH-Wert und mein Cortisolspiegel waren rapide gefallen, und in der Spalte *arrivi* stand bei mir nun «sorgloser, anregender älterer Herr». Sogar Howard Shu kam zu meinem Schreibtisch und wollte mit mir zu Mittag essen. Joshie schickte Shu inzwischen jede Woche mit seinem Privatjet nach Washington. Es ging das Gerücht, dass Shu fürs Weiße Haus oder für noch Höheres bestimmt war. «Rubenstein», krächzten die Leute hinter vorgehaltener Hand. Wir verhandelten also direkt mit den Überparteilichen! Worüber, wusste ich allerdings immer noch nicht.

Aber vor Shu hatte ich keine Angst mehr. Bei unserer Mittagsverabredung hielt ich seinem Blick länger stand als er meinem, während ich mit den Manschetten meines neuen, längsgestreiften Hemdes herumspielte, das meinen schwellenden Brustansatz tatsächlich verbarg. Wir saßen in der belebten Kantine, tranken Schweizer Mineralwasser, das wir persönlich alkalisiert hatten, und aßen ein paar gepresste Kügelchen Fischiges.

«Tut mir leid, dass wir so einen schlechten Start hatten, als du aus Rom zurückgekommen bist», wagte Shu sich vor, und seine durchdringenden Augen sichteten den Datennebel seines Äppäräts.

«Kein Prob», sagte ich.

«Ich verrate dir jetzt was Vertrauliches.»

«Wie du meinst», sagte ich. «Texte los, mein Freund.»

Shu wischte sich den Mund ab, als hätte ich darauf gespuckt, fuhr aber dann im kollegialen Ton fort. «Gut möglich, dass uns Unruhen bevorstehen. Eine Neuaufstellung. Umfassender als die Aufstände neulich. Ist nicht sicher, wann. Aber so viel kriegen wir über ‹WapachungErkennung› mit. Die spielen ein paar Kriegsspiele durch.»

«Sicherheit geht vor», sagte ich mit gelangweiltem Blick. «Was geht ab, Shu-ster?»

Shu versank wieder in Äppärätdaten. Ich tat es ihm gleich und versuchte den Eindruck zu erwecken, als ginge es um ernste berufliche Dinge, dabei checkte ich bloß Eunice' Standort mit GlobalTrace. Wie immer war sie in der Grand

Street 575, Apartment E-607, meiner Wohnung, ebenfalls tief in ihren Äpparät versunken, doch der Umstand, dass meine Bücher und die Designermöbel aus der Mitte des 20. Jahrhunderts sie umgaben, sickerte in ihr Unterbewusstsein ein. Es freute mich auf ganz spießige Weise, dass ich mich darauf verlassen konnte, sie immer dort zu finden. Meine kleine Hausfrau! Und sie spürte mich genauso auf, alle paar Augenblicke, und wurde misstrauisch, wenn ich vom Tagesrhythmus abwich – ein spontanes Treffen in einer Bar mit Vishnu oder Noah, ein Spaziergang durch den unblutigen Teil des Central Park. Dass sie mich argwöhnisch überwachte, sich um mich sorgte – auch das gefiel mir.

«Wir wollen nicht über das reden, was passieren *könnte*», sagte Shu. «Du sollst nur wissen, dass du für Posthumane Dienstleistungen wichtig bist.» Er schluckte zu viel Wasser und hustete in die Hand. Er hatte den gleichen Bildungs- und Berufshintergrund wie ich, doch ich bemerkte Schwielen an seinen Fingerspitzen, als würde er an den Wochenenden freiwillig in einer Strickfabrik arbeiten. «Wir wollen dich in Sicherheit wissen.»

«Ich bin gerührt», sagte ich, und das meinte ich auch so. Eine Erinnerung an die Highschool kam wieder hoch, an den Tag, an dem ich herausfand, dass eine zerbrechliche Neuntklässlerin, auf die ich stand, ein Mädchen, das noch dazu attraktiv hinkte und eine Vorliebe für Lyrik hatte, mich ebenfalls mochte.

Howard nickte. «Wir haben deinen Äpparät auf den neusten Stand gebracht. Wenn du Nationalgardisten siehst, richte den Äpparät auf sie. Erscheint ein roter Punkt, bedeutet das, sie gehören zu WapachungKrise. Du weißt schon» – er versuchte zu lächeln –, «die Guten.»

«Versteh ich nicht», sagte ich. «Was ist denn mit der *echten* Nationalgarde passiert?»

Darauf antwortete Shu nicht. «Das Mädchen da auf dem Äppärät», sagte er und zeigte auf das Image von Eunice, das über mein Display schwebte.

«Eunice Park. Meine Freundin.»

«Joshie sagt, du solltest dafür sorgen, dass du in Notfällen immer bei ihr bist.»

«Klar, Mann», sagte ich. Aber es war schön, dass Joshie nicht vergessen hatte, wie verliebt ich war.

Shu erhob sein Glas alkalisiertes Wasser zu einem scherzhaften Trinkspruch. Dann lehnte er sich zurück und trank es mit so heftigen Schlucken leer, dass unser geäderter Marmortisch bebte, und die Geschäftsleute, die sich die Kantine mit uns teilten, sahen den einer kleinen braunen Mandel nicht unähnlichen Mann mitten unter ihnen an und wollten über seine Kraftdemonstration schon loskichern, aber auch sie hatten Angst vor ihm.

Nach meinem Mittagessen mit Shu ging ich, erfüllt von neuerwachter Größe, zu Fuß von der U-Bahn-Station Essex Street zu meiner weitentfernten Wohnung am Fluss. Kaum waren mir von Eunice neue Klamotten ausgesucht worden, hatte ich wie besessen alle Mädchen in Reichweite geF E Ct: hübsche, durchschnittliche, dünne, dürre, weiße, braune, schwarze. Es muss wohl an meinem Selbstvertrauen gelegen haben, denn mein CHARAKTER war auf über 700 und meine ATTRAKTIVITÄT auf knapp über 600 gestiegen – sodass ich in einem geschlossenen Raum wie dem Inneren eines Busses der Linie M14, wo eine kleine Herde Trendies zwischen sterbenden Alten graste, gelegentlich bis in die Mitte der Rangliste vordringen konnte, also der fünftheißeste Typ von neun oder zehn Anwesenden war. Ich würde dir, Tagebuch, dieses absolut neue Gefühl gern beschreiben, aber ich fürchte, ich würde allzu schwärmerisch klingen. Es fühlte sich an wie eine Wiedergeburt. Als hätte

Eunice mich auf einem Bett aus Baumwolle und Kaschmir neu zum Leben erweckt.

Jedoch Eunice zum Treffen mit Joshie zu bewegen war alles andere als leicht. In der Nacht vor unserer Verabredung konnte sie nicht schlafen. «Ich weiß nicht, Len», flüsterte sie. «Ich weiß nicht, ich weiß nicht, ich weiß nicht.»

Sie trug ein langes Nachthemd aus Satin, sehr 20. Jahrhundert, ein Geschenk ihrer Mutter, das alles der Phantasie überließ, anstelle ihres üblichen Ensembles von TotalSurrender.

«Ich habe das Gefühl, du zwingst mich dazu», sagte sie.

«Ich habe das Gefühl, ich werde gedrängt.»

«Ich habe das Gefühl, alles geht zu schnell.»

«Vielleicht sollte ich wieder nach Fort Lee ziehen.»

«Vielleicht solltest du lieber mit einer richtig erwachsenen Frau zusammen sein.»

«Wir haben doch beide gewusst, dass ich dir irgendwann wehtun würde.»

Zärtlich strich ich im Dunkeln über ihren Rücken. Auf der Matratze machte ich mein patentiertes In-die-Enge-getriebene-Ratte-scharrt-hektisch-mit-der-Pfote-Geräusch, und dazu stieß ich einen vage tierischen Laut aus.

«Lass das», sagte sie. «Der Zoo ist zu.»

Ich flüsterte, was von mir verlangt wurde. Klassiker der Küchenpsychologie. Ermutigungen. Ich nahm die Verantwortung auf mich und machte mir Vorwürfe. Es war nicht ihre Schuld. Vielleicht war es meine Schuld. Vielleicht war ich bloß ein verlängerter Arm ihres Vaters. Die Nacht gehörte ihrem Seufzen und meinem Flüstern. Als die Sonne gerade über den Sozialwohnungen der Vladeck Houses aufging, wo eine erschöpfte amerikanische Flagge im Sommerwind sich selber schlug, schliefen wir endlich ein. Nachmittags um fünf wachten wir auf und hätten beinahe den Wagen verpasst, den Joshie uns geschickt hatte, um uns die Anfahrt zur Upper West Side zu erleichtern. Schweigend kleideten wir uns an, und als ich in der glänzend neuen Hyundai-Limousine, die wahrscheinlich gerade ihre Jungfernfahrt absolvierte, ihre Hand ergreifen wollte, zuckte sie zusammen und schaute weg. «Du siehst wunderschön aus», sagte ich. «Dieses Kleid.»

Sie schwieg.

«Bitte», sagte ich. «Für Joshie ist es wichtig, dich kennenzulernen. Für mich auch. Sei einfach du selbst.»

«Und wie soll das sein? Stumpf. Langweilig.»

Wir durchquerten den Central Park. Bewaffnete Helikopter drehten über uns ihre Wochenendrunden, doch unten war der Verkehr entspannt und flüssig, und eine schwüle Brise wiegte die Spitzen der unvergänglichen Bäume. Ich musste daran denken, wie wir uns auf der Sheep Meadow geküsst hatten, am Tag, als sie bei mir eingezogen war, wie ich ihre winzige Gestalt hundert Herzschläge lang an mich gedrückt hielt und die ganze Zeit dabei dachte, der Tod sei nicht der Punkt.

Joshies Wohnhaus lag an einer Straße zwischen der Amsterdam und der Columbus Street – ein zwölfstöckiges Gebäude mit Eigentumswohnungen, das abgesehen von den beiden Nationalgardisten, die rechts und links vom Eingang standen und Passanten mit ihren Gewehren vom Bürgersteig scheuchten, für die Upper West Side typisch war. An der Straßenmündung forderte uns ein Schild der A R R auf, seine Existenz zu leugnen und dem Ganzen zuzustimmen. Joshie hatte mir erzählt, die Leute überwachten ihn, aber selbst ich erkannte, dass sie ihm vielmehr Schutz gewährten. Auf meinem Äpparät erschien ein roter Punkt, begleitet von den Worten «WapachungKrise». Die Guten.

Ein leutseliger, dicker Mann aus der Dominikanischen Republik in einer verblichenen grauen Uniform stand in der winzigen Lobby, und zusammen mit dem Atem, der sich mühevoll seiner Kehle entrang, füllte er sie völlig aus. «Hallo, Mr. Lenny», sagte er zu mir. Früher hatte ich ihn ständig gesehen, damals, als Joshie und ich enger befreundet waren, als unsere Arbeit noch nicht alle Zeit in Anspruch nahm und wir ohne weiteres gemeinsam einen Bagel im Park aßen oder uns einen anstrengenden iranischen Film im Lincoln Center anschauten.

«Hier hat früher die jüdische Intelligenz gewohnt, vor langer, langer Zeit», erzählte ich Eunice im Aufzug. «Ich glaube, deshalb gefällt es Joshie auch so gut hier. Ist so eine Art Nostalgie-Trip.»

«Wer waren die denn?», fragte sie.

«Wer?»

«Die jüdische Intelligenz.»

«Ach, bloß so Juden, die viel über die Welt nachdachten und dann Bücher darüber schrieben. Lionel Trilling und solche Leute.»

«Haben die das Unsterblichkeitsunternehmen deines Chefs gegründet?», fragte Eunice.

Ich hätte ihre kalten, rotgeschminkten Lippen küssen können. «In gewissem Sinne», sagte ich. «Sie kamen aus armen, zählebigen Familien und hatten eine realistische Einstellung zum Tod.»

«Siehst du, genau deshalb wollte ich nicht mitkommen», sagte Eunice. «Weil ich keine Ahnung von alldem habe.»

Die altmodischen Lifttüren öffneten sich symphonisch. Vor Joshies Tür zerrte ein muskulöser junger Mann in Jeans und T-Shirt mit dem Rücken zu uns eine schwere Mülltüte nach draußen, die matte Innenbeleuchtung der Upper West Side schimmerte auf seinem rasierten Schädel. Ein

Cousin, wenn ich mich recht entsann. Jerry oder Larry aus New Jersey. Ich streckte die Hand aus, als er sich umdrehte. «Lenny Abramov», sagte ich. «Ich glaube, wir haben uns auf der Hanukkafeier Ihres Vaters in Mamaroneck kennengelernt.»

«Rhesusäffchen?», sagte der Mann. Der vertraute schwarze Pelz seines Schnauzers zuckte zur Begrüßung. Das war kein Cousin aus Matawan. Ich sah Dechronifizierung am Werk. Ich sah Joshie Goldmann höchstpersönlich, sein Körper zurückgestaltet zu einer jungen Masse aus Sehnen, Bändern und Vorwärtsdrang. «Großer Gott», sagte ich. «Da war wohl jemand bei den Indianern. Kein Wunder, dass ich dich die ganze Woche nicht im Büro gesehen habe.»

Aber der verjüngte Joshie nahm mich gar nicht mehr wahr. Er atmete so schwer wie gleichmäßig. Sein Mund öffnete sich langsam. «Hallo-o», sagte der Mund.

«Hi», sagte Eunice. «Lenny», hob sie an.

«Lenny», echote Joshie abwesend. «'tschuldigung. Ich bin –»

«Eunice.»

«Joshie. Kommt rein. Bitte.» Er betrachtete sie eingehend, als sie durch die Tür trat, verschlang die leicht gebräunten Schultern unter den schwarzen Trägern des Cocktailkleids und sah mich dann mit dumpfem Begreifen an. Jugend. Ein anscheinend ungehinderter Energiefluss. Schönheit ohne Nanotechnologie. Wenn er nur wüsste, wie unglücklich sie war.

Wir gingen durch bis ins Wohnzimmer, das, wie ich wusste, ebenso bescheiden war wie der Rest der Wohnung. Art-déco-Sofas in blauem Samt. Poster aus seiner Jugend – Science-Fiction-Filme, darin Frauen mit hochtoupierten Haaren und Männer mit kantigem Kinn –, konservativ in Eichenholz gerahmt, wie um zu verdeutlichen, dass sie die

Zeitläufte unbeschadet überstanden hatten und daraus, wennschon nicht als Meisterwerke, so doch als kraftvolle Kulturgüter hervorgegangen waren. Allein schon die Titel. *Jahr 2022 ... die überleben wollen.* Und *Flucht ins 23. Jahrhundert.* Das waren Joshies Anfänge: eine dystopische Wohlstandskindheit in verschiedenen elitären amerikanischen Vorstädten. Völliges Eintauchen in *Isaac Asimov's Science Fiction Magazine.* Als Zwölfjähriger erste Erkenntnis der Sterblichkeit, denn das wahre Science-Fiction-Thema ist nicht Leben, sondern Tod. Alles ist endlich. Die Totalität davon. Die Selbstliebe. Nicht sterben wollen. Leben wollen, ohne zu wissen, wieso. Zum Nachthimmel aufschauen, zur schwarzen Ewigkeit des Weltraums – erstaunt. Die Eltern hassen. Ihre Liebe wollen. Schon da ein beklommenes Bewusstsein der vergehenden Zeit, abgehacktes Badezimmergeheul aus Trauer um einen verstorbenen Spitz, Gefährte und einziger Freund des jungen Joshie, hingestreckt vom Hundekrebs auf einer Rasenfläche in Chevy Chase, Maryland.

Eunice stand mitten im Wohnzimmer und errötete heftig, das Blut schoss ihr in Wellen in die Wangen. Ich tat etwas, womit ich selbst nicht gerechnet hatte. Ich verletzte den Anstand, ging zu ihr und küsste sie aufs Ohr. Aus irgendeinem Grund wollte ich Joshie klarmachen, wie sehr ich sie liebte und dass diese Liebe nicht allein auf ihrer Jugend gründete, die wahrscheinlich das Einzige war, was er an ihr wahrnahm. Die beiden Menschen, die mein Universum bildeten, wandten verlegen den Blick von mir ab. «Ich freue mich so», murmelte Joshie. «Ich bin so froh, Sie endlich kennenzulernen. Gott. Lenny redet so viel von Ihnen.»

«Lenny redet ohnehin sehr viel», scherzte Eunice gelungen.

Ich legte ihr den Arm um die Schultern und spürte sie atmen. Joshie richtete sich auf, und ich sah seinen Muskeltonus, die von Adern durchzogene Realität dessen, was aus ihm werden sollte, die winzigen Maschinen, die in ihm wühlten, alles in Ordnung brachten, was falsch gelaufen war, neu verkabelten, neu zuordneten, den Tacho jeder Zelle auf null stellten, ihn mit dem Glanz eines frühreifen Kindes leuchten ließen. Von den drei Anwesenden war allein ich es, der aktiv starb.

«Na, ich hol mal was von dem superleckeren Wein», sagte Joshie. Er lachte untypisch aufgesetzt und rannte in die gut bevorratete Pantryküche.

«So habe ich ihn noch nie gesehen», sagte ich zu Eunice.

«Er erinnert mich an dich», sagte Eunice. «Ein großer Nerd.» Darüber lächelte ich und freute mich, dass sie an uns Gemeinsamkeiten entdeckte. Mir kam der Gedanke, dass wir eine Art Familie bilden könnten, auch wenn mir nicht klar war, welche Rolle ich dabei spielen sollte. Eunice zupfte mir ein paar Haare vom Gesicht, ihr eigenes glühte von der Aufmerksamkeit, und tupfte mir Fettcreme auf die Lippen. Sie zog mein kurzärmliges Hemd nach unten, damit es unter dem leichten Kaschmirpullover mit V-Ausschnitt besser saß. «Mach mal so mit den Armen», sagte sie und schüttelte ihre. «Und jetzt zieh die Ärmel runter.»

Joshie kehrte zurück und reichte Eunice ein Glas Wein; ich bekam einen Kaffeebecher dunkelroten Wohlgeruchs. «Hoffe, der Becher macht dir nichts aus, Lenny», sagte er. «Meine Putzfrau ist nicht durch den ARR-Checkpoint auf der WB gekommen.»

«Auf der *was*?», fragte ich.

«Der Williamsburg Bridge», erklärte Eunice. Sie und Joshie verdrehten die Augen und lachten über meine Begriffsstutzigkeit, wenn es um Abkürzungen ging. «Sie haben so eine schöne Wohnung», sagte Eunice. «Diese Poster müssen doch eine Milliarde wert sein. Das ist alles so alt.»

«Wie der Besitzer», sagte Joshie.

«Nein», widersprach Eunice. «Sie sehen toll aus.»

«Sie auch.»

Ich zog noch einmal an meinen Hemdsärmeln.

«Ich führe euch dann mal rum», sagte Joshie. «Zweiminütige Wohnungsführungen sind meine Spezialität.»

Wir betraten sein vollgerümpeltes «Kreativarbeitszimmer». Ich bemerkte, dass Eunice ihren Pinot schon fast ausgetrunken hatte und sich daran versuchte, das dunkle Rot von ihren Lippen mithilfe eines grünen Gels zu entfernen, das sie sich aus einer Tube auf den Finger drückte. «Das sind Bühnenfotos von meiner Einmannshow.» Joshie zeigte auf ein gerahmtes Image von sich in gestreifter Gefängniskleidung, ein riesiger ausgestopfter Albatros hing ihm am Hals. So wie er vor mir stand, sah er dreißig Jahre jünger aus als auf dem Image, das mindestens zehn Jahre alt war. Er hatte also vierzig Jahre abgeschüttelt. Ein halbes Leben.

«Das Stück hieß *Die Sünden der Mutter*», half ich weiter. «Sehr witzig und sehr tiefsinnig.»

«Lief es am Broadway?», fragte Eunice.

Joshie lachte. «Ja, klar», sagte er. «Ist nie über den beschissenen Supper Club im Village hinausgekommen. Aber Erfolg hat mich kein bisschen interessiert. Kreatives Denken, geistiges Arbeiten, das ist meine allererste Empfehlung für ein langes Leben. Wenn man aufhört zu denken, aufhört zu staunen, dann stirbt man. So einfach ist das.» Er schaute auf seine Füße, weil ihm vielleicht auffiel, dass er sich eher wie ein Vertreter als wie ein Unternehmensführer anhörte. Ich stellte fest, Eunice machte ihn nervös. Bei den Posthumanen Dienstleistungen gab es nicht wenige attraktive Frauen, aber ihr selbstsicheres Auftreten ließ sie alle zu einem Charaktertyp verschmelzen. Und überhaupt hatte Joshie immer gesagt, für Romantik habe er erst dann Zeit, wenn die Unsterblichkeit «unter Dach und Fach» sei.

«Haben Sie das selber gemalt?», fragte Eunice und deutete auf ein Aquarell einer alten, nackten Frau, die von einer unsichtbaren Kraft in drei Teile gerissen worden war, die leeren Brüste flogen in verschiedene Richtungen, der dunkle Schamhügel hielt die Drittel in der Mitte zusammen.

«Sehr schön», sagte ich. «Frei nach Egon Schiele.»

«Es heißt *Splittergruppe*», sagte Joshie. «Davon habe ich ungefähr zwanzig Fassungen gemalt, die alle genau gleich aussehen.»

«Die ähnelt Ihnen irgendwie», sagte Eunice. «Mir gefällt die Schattierung um die Augen.»

«Na ja …» Joshie ließ ein schüchternes Räuspern hören. Mir war es immer ein wenig peinlich, Joshies Bilder von seiner Mutter anzuschauen, so als wäre ich ins Bad geplatzt und hätte meine Mutter dabei erwischt, wie sie gerade ihren müden Hintern von der Klobrille hob. «Malen Sie auch?»

Eunice hüstelte. Sie setzte ihr Großes-Unwohlsein-Lächeln auf, die Scham ließ ihre Sommersprossen deutlicher hervortreten. «Ich habe einen Kurs belegt», hauchte sie kaum hörbar. «Am Elderbird. Einen Zeichenkurs. Aber das war nichts. Ich hatte es nicht drauf.»

«Wusste ich ja gar nicht», sagte ich. «Dass du einen Zeichenkurs belegt hast.»

«Weil du mir nie zuhörst, Dumpfbacke», flüsterte sie.

«Ich würde zu gern eine von Ihren Zeichnungen sehen», sagte Joshie. «Das Malen vermisse ich. Es hat mich echt ruhig werden lassen. Vielleicht können wir uns ja mal zusammentun und ein bisschen üben.»

«Oder du könntest Kurse an der Parsons belegen», sagte

ich zu Eunice. Mir vorzustellen, wie die beiden – lebendig und unsterblich – gemeinsam etwas erschufen, ein Image, ein «Kunstwerk», wie man früher sagte, erfüllte mich mit Selbstmitleid. Hätte ich doch auch die Neigung, zu malen oder zu zeichnen. Wieso litt ich an dieser uralten jüdischen Krankheit der Worte?

«Vielleicht können wir ja *beide* Kurse an der Parsons belegen», sagte Joshie zu Eunice. «Zusammen, ja?»

«Aber wer hat schon Zeit dafür?», warf ich ein.

Wir kehrten ins Wohnzimmer zurück, und Joshie und Eunice landeten auf einem gemütlichen, kurvigen Sofa, während ich mich gegenüber auf einer ledernen Ottomane krümmte. «Cheers», sagte Joshie und stieß seinen Becher gegen Eunice' schönes, langstieliges Glas. Sie lächelten einander an, dann wandte Eunice sich mir zu. Ich musste von der Ottomane aufstehen und zu ihnen gehen, um dem Ritual Genüge zu tun. Dann musste ich mich wieder hinsetzen. Allein.

«Cheers», sagte ich und zerschlug beinahe Joshies Becher. «Auf die Menschen, die ich am meisten liebe.»

«Auf Frische und Jugend», sagte Joshie.

Sie fingen an, sich zu unterhalten. Joshie fragte sie nach ihrem Leben aus, und sie antwortete wie immer ausweichend – «Klar», «Kann sein», «Irgendwie schon», «Vielleicht», «Hab ich versucht», «Ich bin da nicht so gut drin», «Hab ich nicht drauf». Aber sie freute sich, einbezogen zu werden, war aufmerksamer, als ich sie je gesehen hatte, hielt mit einer offenen Hand einen Strang Haare, der von ihrer Schulter fiel. Sie wusste nicht, wie man sich richtig mit einem Mann unterhält, ohne zu flirten oder wütend zu werden, aber sie versuchte es, filterte Informationen, gab so wenig wie möglich preis, wollte aber auch gefallen. Gelegentlich sah sie mich besorgt an, die Augen zusammengekniffen, weil ihr der Zwang zum Denken und Reagieren Mühe bereitete, doch die Sorge wich, als Joshie mehr Wein nachschenkte – wir waren inzwischen alle über das Resveratrol-Maximum von zwei Gläsern hinaus – und ihr einen Teller mit Blaubeeren und Möhren hinstellte. Er schlug vor, in einer Kanne grünen Tee auch etwas Gras aufzugießen, was ich ihn schon seit Jahren nicht mehr hatte tun sehen, doch Eunice entgegnete höflich, sie konsumiere kein Marihuana, weil es sie, paradoxerweise, traurig mache.

«Ich hätte nichts dagegen», sagte ich, aber das Angebot war offensichtlich schon vom Tisch.

«Wieso nennen Sie Lenny ‹Rhesusäffchen›?», fragte Eunice.

«Weil er wie eins aussieht», sagte Joshie.

Eunice ließ ihren Äppärät rotieren, und als das fragliche Tier auf dem Display auftauchte, warf sie den Kopf zurück und lachte, wie ich sie nur mit ihren ältesten Freundinnen vom Elderbird hatte lachen sehen, ausgelassen und unverstellt zugleich. «Total», sagte sie. «Diese langen Arme und diese irgendwie geknautschte Mitte. Es ist so schwer, für ihn Klamotten kaufen zu gehen. Ständig muss ich ihm beibringen, wie man sich …» Sie konnte es nicht ausdrücken, streckte zur Demonstration die Arme aus.

«Anzieht», brachte ich den Satz zu Ende.

«Aber er lernt schnell», sagte Joshie, sah sie an und angelte abwesend nach einer zweiten Flasche Wein, die ergeben zu seinen Füßen wartete. Ich hielt meinen Becher zum Auffüllen hin. Wir tranken mehr und mehr. Ich streckte mich auf der ledernen Ottomane aus und staunte, wie wenig Joshie sich offenbar um seine Einrichtung scherte. Seit ich ihn kannte, hatte er kein einziges neues Möbelstück dazugekauft. In all den Jahren, allein und ohne Kinder, hatte er sich nie amerikanischer Überfülle hingegeben, sondern sich allein einer Idee verschrieben, die, Fleisch geworden, keinen halben Meter neben ihm saß, auf einem angewinkelten Bein, Zeichen dafür, dass ihr Unwohlsein schwand. Etwas konnte Joshie immer ausstrahlen: Er würde einem nicht wehtun. Sogar dann, wenn er es doch tat.

Sie führten ein Jugendlichengespräch: AssDoctor, Mädchenlecken, Phuong «Heidi» Ho, der neue vietnamesische Pornostar. Sie verwendeten Wörter wie «Arschnutte» und Teenager-Abkürzungen wie TGV und ICE, bei denen man an europäische Hochgeschwindigkeitszüge denken musste. Der faltenfreie, vom Wein erhitzte Joshie, dessen Körper von neuen Muskeln und gehorsamen Nervenenden durchzogen war, neigte sich vor wie eine Rakete im Parabelflug, sein Hirn wahrscheinlich geflutet von jugendlichen Instinkten, dem Bedürfnis, um jeden Preis Kontakt aufzunehmen. Mir stellte sich die ketzerische Frage, ob er das Ältersein jemals vermissen, ob sein Körper sich je nach einer Geschichte sehnen würde.

«Ich möchte sehr gern zeichnen, aber ich kann es einfach nicht», sagte Eunice gerade.

«Ich wette, Sie können es doch», sagte Joshie. «Sie haben so viel – Stilgefühl. Und ein Gespür für Ökonomie. Das merke ich schon, wenn ich Sie nur ansehe!»

«Eine Lehrerin am College hat gesagt, ich wäre gut, aber das war bloß so eine Lesbe.»

«Verdammt, wieso kritzeln Sie nicht einfach mal schnell was hin?»

«Auf gar keinen!»

«Aber total. Los. Ich hole Papier.» Er stemmte die Fäuste ins Sofa, drückte sich hoch und rannte ins Arbeitszimmer.

«Warten Sie», rief sie ihm nach. «Heilige Scheiße.» Sie wandte sich zu mir. «Ich hab viel zu viel Schiss, was zu zeichnen, Len.» Aber sie lächelte. Sie spielten ein Spiel.

Wir waren betrunken. Sie rannte hinter Joshie her, und ich hörte einen jähen jugendlichen Aufschrei – ich hätte kaum sagen können, wer von beiden ihn ausgestoßen hatte. Ich ging zum leeren Sofa und setzte mich auf den Platz, der eben noch Joshies gewesen war, und kostete die Wärme aus, die mein Herr und Meister hinterlassen hatte. Es wurde dunkel. Vorm Fenster erkannte ich Wassertürme und die schmucklosen Rückseiten einstmals hoher Gebäude, die zu dem Glas-und-Beton-Gitternetz überleiteten, das den Hudson zu beiden Seiten wie ein schmutziger Doppelspiegel säumte. Mein Äppärät lieferte geduldig Informationen zu verschiedenen Immobilientaxierungen und verglich sie mit denen in HSBC-London oder Shanghai. Ich setzte die Weinflasche an die Lippen und ließ das Resveratrol durch meinen Stoffwechsel strömen, betete für ein paar zusätzliche Jahre auf der Countdownuhr meines Lebens. Joshie kam zurück ins Wohnzimmer. «Sie wollte mich nicht zusehen lassen», sagte er.

«Sie zeichnet tatsächlich?», fragte ich. «Mit der Hand? Nicht auf dem Äppärät?»

«Ja, verdammt, Homie! Kennst du deine eigene Freundin so schlecht?»

«In meiner Gegenwart ist sie immer so bescheiden», sagte ich. «Nur zur Info, kein Mensch sagt mehr ‹Homie›, Grizzly.»

Joshie zuckte die Achseln. «Jugend ist Jugend», sagte er. «Wie ein Junger reden heißt wie ein Junger leben. Wie sehen eigentlich deine pH-Werte aus?»

Mit roten Wangen, aber glücklich kam Eunice aus dem Arbeitszimmer, hielt einen Skizzenblock an die Brust gepresst. «Ich kann nicht», sagte sie. «Es ist zu blöd. Ich werde es zerreißen!»

Wir erhoben angemessen Protest, überboten einander mit

unserem donnernden Bariton; Joshie knallte seinen Becher wie ein ungehobelter Verbindungsbruder auf den Tisch. Schüchtern, wenn auch mit einem Anflug von Koketterie, die sie sich wahrscheinlich in einer alten Fernsehserie über junge Frauen in Manhattan abgeschaut hatte, reichte sie ihm den Skizzenblock.

Sie hatte einen Affen gezeichnet. Ein Rhesusäffchen, wenn ich mich nicht irrte. Eine gewölbte, graubehaarte Brust, lange, herzförmige Ohren, ganz dunkle kleine Pfoten, die sich gerade noch so an einen Ast klammerten, oben auf dem Kopf ein grauer Haarwirbel, darunter drückte die Miene spielerische Intelligenz und Zufriedenheit aus. «Wie akribisch», sagte ich. «Wie detailliert. Guck dir diese Blätter an. Du bist wunderbar, Eunice. Ich bin wirklich beeindruckt.»

«Sie hat dich gut getroffen, Len», sagte Joshie.

«Mich?» Noch einmal sah ich dem Affen ins Gesicht. Die roten, rissigen Lippen und die wuchernden Stoppeln. Die übertriebene Nase, glänzend an Spitze und Rücken, die frühen Falten, die sich zu den nackten Schläfen hinaufzogen; die buschigen Augenbrauen, die man für eigenständige Lebewesen halten konnte. Wenn man das Bild aus einem anderen Blickwinkel betrachtete, wenn man den Block in den Halbschatten hielt, konnte die Zufriedenheit, die ich auf dem etwas dicklichen Gesicht des Affen zuerst entdeckt hatte, auch Verlangen sein. Es war ein Bild von mir. Als Rhesusäffchen. Verliebt.

«Wow», sagte Joshie. «Das ist *so* medien.»

Eunice fand es furchtbar und sagte, das würden Zwölfjährige besser können, aber ich sah, sie war nicht ganz überzeugt. Wir beide umarmten ihn zum Abschied. Er küsste sie eine ganze Weile auf die Wangen, dann schlug er mir rasch auf die Schultern. Er bot uns noch einen Digestif an und ein paar Erdbeeren aus dem Umland für den Weg. Er bot außerdem an, uns im Fahrstuhl nach unten zu begleiten und mit den Bewaffneten vorm Eingang zu reden. Er stand in der Tür, klammerte sich am Rahmen fest, sah uns bis zum Schluss nach. In diesem letzten Moment, im Augenblick des Gehenlassens, sah ich sein Gesicht im Profil und bemerkte den Zusammenfluss violetter Venen, der ihn einen Wimpernschlag lang wieder alt wirken ließ, ja ein erschreckendes Röntgenbild dessen zeigte, was unter dem schönen neuen Hautgewebe und den strahlenden jungen Augen brodelte. Der dämlich-männliche Schulterklaps reichte nicht. Ich wollte die Arme nach ihm ausstrecken, ihn trösten. Wenn Joshie bei seinem Lebenswerk scheitern sollte, wem würde dann eher das Herz brechen, dem Vater oder dem Sohn?

«Siehst du, das war doch gar nicht mal so schlimm», sagte ich in der Limousine, als Eunice ihren süßen, nach Alkohol stinkenden Kopf an meine Schulter lehnte. «Hat doch Spaß gemacht, oder? Er ist ein netter Mann.»

Ich hörte sie an meinem Hals gemäßigt atmen. «Ich liebe dich, Lenny», sagte sie. «Ich liebe dich so sehr. Ich wünschte, ich könnte es besser in Worte fassen. Aber ich liebe dich mit allem, was ich habe. Lass uns heiraten.» Wir küssten einander auf die Lippen, auf den Mund, auf die Ohren, während wir sieben Checkpoints der ARR passierten und den gesamten FDR Drive hinunterfuhren. Ein Militärhubschrauber schien uns bis nach Hause zu folgen, sein einzelner gelber Lichtstrahl strich über die weißen Schaumkronen vom East River. Wir sprachen darüber, in die City Hall zu gehen. Eine standesamtliche Trauung. Vielleicht nächste Woche. Warum es nicht offiziell machen? Warum je wieder getrennt sein? «Du bist der, den ich will, *kokiri*», sagte sie. «Du bist der Einzige.»

DER ALTE SPRITZER
Aus Eunice Parks GlobalTeens-Account

20. Juli

GOLDMANN-FOREVER: Hi, Eunice. Hier Joshie Goldmann. Wasss geeeeht?

EUNI-DIOTIN: Joshie?

GOLDMANN-FOREVER: Du weißt schon, Lennys Chef.

EUNI-DIOTIN: Ah. Hi, Mr. Goldmann. Woher haben Sie denn meine Profilinfos?

GOLDMANN-FOREVER: Hab einfach rumgeteent. Und was soll der Mr. Goldmann? So heißt mein Vater. Nenn mich Joshie. Oder Grizzlybär. So nennt mich Lenny.

EUNI-DIOTIN: Haha.

GOLDMANN-FOREVER: Ich schreibe, um dich an unsere kleine Verabredung zu erinnern.

EUNI-DIOTIN: Wir hatten eine Verabredung?

GOLDMANN-FOREVER: Wir wollten doch zusammen einen Malkurs besuchen. Also wirklich!

EUNI-DIOTIN: Echt? Tut mir leid. Ich war diese Woche wahnsinnig beschäftigt. Ich müsste mich eigentlich um Konsum-Jobs bewerben und so.

GOLDMANN-FOREVER: Viele unserer Klienten arbeiten im Konsum. Was für einen Job suchst du denn? Dieser Typ von AssDingsda ist grad zu uns gestoßen. Das ist übrigens vertraulich.

EUNI-DIOTIN: Aber nein, ich will mich nicht aufdrängen.

GOLDMANN-FOREVER: Also bitte! Wer drängt sich denn hier auf? Ha! Ich bin sicher, wir können einen crazy Job für dich klarmachen.

EUNI-DIOTIN: Okay. Vielen Dank.

GOLDMANN-FOREVER: Ich habe uns also für einen Sommer-Malkurs an der Parsons-Ewha eingeschrieben.

EUNI-DIOTIN: Das ist sehr nett, aber die Sommerkurse haben doch schon angefangen.

GOLDMANN-FOREVER: Die machen eine Ausnahme. Der Kurs ist nur für uns zwei. Das solltest du allerdings Lenny nicht unbedingt erzählen. Haha.

EUNI-DIOTIN: Vielen Dank, aber das kann ich mir wirklich nicht leisten.

GOLDMANN-FOREVER: Was soll das denn? Das geht natürlich auf mich.

EUNI-DIOTIN: Sehr freundlich von Ihnen, Mr. Goldmann, aber ich glaube, ich sollte mich diese Woche ganz auf die Jobsuche konzentrieren.

GOLDMANN-FOREVER: Wie hast du mich gerade genannt?

EUNI-DIOTIN: Entschuldigung!!!! Ich meinte Joshie.

GOLDMANN-FOREVER: Also wirklich! Na, jedenfalls war diese Rhesusäffchen-Zeichnung derart gut, dass dein Talent nicht einfach so verkümmern sollte. Eunice, du bist superbegabt. Es klingt vielleicht komisch, aber irgendwie erinnerst du mich an mich, als ich noch jünger war. Außer dass du süßer bist. Ich war ein sehr zorniger junger Mann, bis mir klarwurde, dass ich ja gar nicht sterben muss. Manche von uns sind so besonders, Eunice, dass sie sich nicht dem Trugschluss der Bloßen Existenz unterwerfen müssen. Vielleicht bist du ja auch was Besonderes, hm? Jedenfalls kann ich dir helfen, einen Job zu finden, darüber musst du dir also schon mal nicht mehr den Kopf zerbrechen. Und ich mache den Kurs mit dir. Das wird so toll!!!! Du kannst noch mehr Tierbilder von Lenny zeichnen und sie ihm im Herbst zum Geburtstag schenken.

EUNI-DIOTIN: Ich habe mich tatsächlich schon gefragt, was ich ihm schenken soll.

GOLDMANN-FOREVER: Perfetto! Na dann, muss zum Jet, aber melde dich schnell wegen des Kurses. Sie wollen extra für uns einen Lehrer aus Paris einfliegen.

EUNI-DIOTIN AN GRILLBITCH:

Mein liebstes Pony,

HEILIGE VERFLUCHTE SCHEISSE!!! Okay, mein Spermaäffchen, du musst mir helfen. Also, hast du dich irgendwo hingesetzt? Wir sind zu Lennys Chef nach Hause, der hat so eine großartige Old-School-Wohnung, sieht aus wie eine in Paris. Total schick eingerichtet, aber auch nicht à la Medienhengst, sondern eher so, als hätte er lange drüber nachgedacht. Man hat sogar die Straße für ihn abgesperrt. Und der Typ ist SOOOOO hinreißend. Er hat ein Riesenunternehmen, das Leute jünger aussehen lässt. Und er ist schon über siebzig, sieht aber aus wie Lennys jüngerer, attraktiverer Bruder. Weißt du noch, diese Pornos, die wir im Kindergarten immer geguckt haben? Mit dem alten Mann, der Teenies am Strand belästigt? Wie hießen die noch? *Der alte Spritzer*, oder? So ähnlich sieht er aus, mit rasiertem Schädel, aber jünger und mehr zum Anbeißen.

Na, jedenfalls sagt Lennys Chef, er hat lauter so Mikro-Roboter in sich drin, die seine toten Zellen reparieren, aber das klingt irgendwie nach Quatsch. Ich glaube, er hat einfach eine Menge plastische Chirurgie machen lassen, achtet außerdem auf sein Äußeres und trainiert dreimal am Tag (IM GEGENSATZ ZU LENNY!). Als wir also da waren, habe ich so viel Wein getrunken wie zuletzt in Rom, ich war ein bisschen beschwipst, und der Typ, Mr. Goldman, der hat mich die ganze Zeit so freundlich und lüstern angeguckt, als ob er mich flachlegen will, aber auch ganz zart, als ob ich seine Tochter und gleichzeitig seine Sexsklavin bin. Er kam mir total albern und spackig vor (früher machte er mal eine Ein-Mann-Show, live auf einer Bühne, und er hat lauter komische Bilder von einer alten Frau mit kolossal viel Schamhaar gemalt – KRANK!), aber ich wollte bloß noch auf seinen Schoß hüpfen oder so was. Ich wurde sogar ein bisschen feucht, weil er so entwaffnend war, so klug und locker und einfach bloß WITZIG, wie Lenny eben überhaupt nie mehr ist. Ich fing ein bisschen an zu schwitzen, und dann werde ich immer TOTAL unsicher. Als ob meine blöden Oberschenkel derart fett sind, dass sie sich die ganze Zeit aneinander reiben und dabei so ein feuchtes Kussgeräusch machen. SCHMATZ! SCHMATZ! IGIMGK!!!! Ich muss SO-FORT abnehmen, keine Ausreden mehr. Ich bin so was von fertig mit Eiweiß und Kohlenhydraten, auch wenn Mr. Goldman ständig über Proteinspitzen geredet hat. Jedenfalls, diese Woche esse ich bloß noch dieses kalorienarme Rote-Bohnen-Stieleis aus dem koreanischen Supermarkt und trinke zum Abendessen fünf Glas Wasser.

Und dann bin ich mit Lenny nach Hause und hab mit ihm rumgemacht, mit Zaubermuschi und allem, aber die ganze Zeit hab ich bloß an Joshie Goldman gedacht. ARGH! Was ist bloß los mit mir? Ist Lenny nicht schon alt genug? Ich hab wohl echt einen *ha-ra-buh-gee*-Komplex! Haha! Vielleicht sollte ich Sally fragen, ob ich nicht ein Praktikum in der Altenpflegestation des Krankenhauses machen kann, wo sie freiwillig aushilft. Und ich glaube, weil ich so ein schlechtes Gewissen hatte, hab ich zu Lenny gesagt, dass ich ihn heiraten will! Jedenfalls kommt am nächsten Tag eine Message von Joshie (so und nicht anders soll ich ihn nennen), dass WIR ZUSAMMEN EINEN MALKURS an der Parsons belegen, und zwar bloß er und ich mit irgendeinem französischen Kunstlehrer. Und ich soll Lenny nichts davon sagen, dass der Kurs nur für uns beide ist. Was meinst du, ist das eine Anmache? Was soll ich tun? Er ist der Chef meines Freundes, Pony!

Ach ja, und dann hat er noch gesagt, er könnte mir einen Job im Konsum besorgen, vielleicht bei AssLuxury oder so. Er ist ein echt mächtiger Mann. Das Komische ist, dass er sich, obwohl er in etwa 40 Jahre älter ist als Lenny, trotzdem ein bisschen wie ein Kind benimmt, aber wie ein total weit entwickeltes Kind. Er ist lebenslustig und hat alles im Griff, und ich wette, er kann meine offenen Rechnungen bei AlliedWaste begleichen – HAHAHA! Totaler Scherz. Andererseits kann ich mich mit ihm leichter unterhalten als mit Lenny, obwohl er aus irgendeinem Grund keinen Äppärät hat und ich an sein Profil nicht rankomme. Herrgott, liebe Minimuschi – bitte sag mir einfach, dass ich ein schlechter Mensch bin, und wasch mir den Kopf, bevor ich schon wieder auf einen alten Sack abfahre.

Also, die andere große Neuigkeit ist wohl, dass ich meinen Vater gesehen hab, und das war komisch, aber andererseits hat es meinem Herzen auch ein bisschen gutgetan. Er hat tatsächlich keine Patienten mehr, also hat er Sally gefragt, ob er nicht in einem der Vermögensschwachen-Lager in den Parks aushelfen könnte, und sie hat ihn zum Tompkins Square geschickt und es dann irgendwie so «arrangiert», dass wir uns dort begegnen. Immer muss sie die brave Tochter spielen und die Familie wieder zusammenbringen.

Plötzlich hat es so heftig angefangen zu schütten, dass das ganze Essen auf den Tischen komplett weggespült wurde, dabei hatte irgendwer gerade drei Schinken gespendet, weshalb einige losheulten. So eine alte Frau ist letzte Woche an einem Herzinfarkt gestorben, Rettungswagen kommen da schon gar nicht mehr hin, und es hat sowieso keiner mehr Gesundheitsgutscheine. Also war Dad gewissermaßen der Rettungsdienst. Den ganzen Nachmittag hat er umsonst in den Zelten Leute untersucht. Zuerst hat David ihm immer so Befehle zugebrüllt, dies hat Priorität, oder das hat Priorität, aber Dad hat ihn immer bloß still angeschaut, wie er mich auch immer anstarrt, nur ohne ein Wort zu sagen. Und David dann so: Okaaaaaay. Dad hatte seinen ganzen medizinischen Kram mitgebracht, und es war echt seltsam, ihn wie einen kleinen alten *ha-ra-buh-gee* durch den Park laufen zu sehen, mit der riesengroßen braunen Ledertasche, die Mommy ihm zum Sechzigsten geschenkt hat, so harmlos und unschuldig, und ich dachte: DAS soll der Mann sein, der mein Leben zerstört hat?

Er meinte, die Unterernährung sei ein ernstes Problem, also sind wir zu dem neuen H-Mart an der Second Avenue und haben lauter Zeug gekauft, das nicht schlecht werden kann, eintausend Ddok zum Beispiel und Großpackungen Kimchi (die nicht so gute Sorte) und Wagenladungen von diesen Nori-Kräckern, und das haben wir alles im Taxi in den Park transportiert. Das war schon komisch, denn im Kindergarten hab ich mich immer geschämt, solches Essen in der Frühstücksbox zu haben, und jetzt füttern wir arme Amerikaner damit. Es hat Spaß gemacht, mit Dad einkaufen zu gehen, nicht ein einziges Mal hat er mich angeschrien. Und du weißt ja, wie gut er mit Patienten, die kein Geld haben, umgehen kann. Er hat sogar mit allen Kindern im Aktivitäten-Zelt das Spiel gespielt, das er mit Myong-hee spielt, wenn wir in Kalifornien sind: Er ist ein Flugzeug auf dem Rückflug nach Seoul, und sie steigt an Bord, und dann wird sie angeschnallt, und dann wird das Essen serviert (natürlich auch ddok!), und wenn es ans Landen geht, dann sagt er: «Vielen Dank, dass Sie mit Air Onkel geflogen sind. Bitte überprüfen Sie, ob Sie SÄMTLICHES Handgepäck wieder an sich genommen haben, ja?» Er und David haben sich ungefähr zehn Stunden lang über die Bibel unterhalten, und ich hab gemerkt, David war ganz schön beeindruckt, weil Dad diese ganzen Römerbriefe und so parat hatte und sagte, den Vermögensschwachen zu helfen sei genau so, wie «gen Jerusalem zu reisen und den Heiligen zu dienen», und dieser Bibelspruch hat mir gefallen, weil es sich dadurch so anhörte, als wären David und die ganzen Armen Heilige, jedenfalls viel besser als diese eingebildeten Mediendeppen, mit denen Lenny rumhängt. Dann mussten sie lauter Planen heranschaffen, um den Mais vom Vierten Juli vorm Regen zu schützen, und David versuchte Leute aufzutreiben, die ihnen helfen würden, aber Dad gab die dickköpfige kleine Bulldogge und lehnte jede Hilfe ab, also machten bloß David und er die ganze Arbeit, zwei verlässliche starke Männer, obwohl ich mir Sorgen machte, dass Dad sich erkälten könnte.

Das war echt komisch, zumal ich fast dachte, das hier könnte doch vielleicht meine Familie sein, ohne Mom oder Sally. Vielleicht wäre ich besser als Junge zur Welt gekommen, was? Ich weiß, du kannst David und diese ganze Aziz-Armee nicht ausstehen, aber als sie fertig waren, hat Dad zu mir gesagt, dass er David richtig intelligent findet und dass es eine Schande sei, wie dieses Land Männer wie ihn behandelt – sie nach Venezuela schickt und ihnen dann weder Prämien noch Krankenversicherung bietet.

Ich denke mal, in mancher Hinsicht hat mein Vater mehr mit David gemeinsam als mit Lenny. Weil unsere Väter nach dem Krieg in Korea aufgewachsen sind, wissen sie nämlich, wie es ist, wenn man nichts hat und nur durch Klugheit überleben kann. Ich hatte jedenfalls echt Schiss, dass Dad von Lenny anfängt, und einmal dachte ich auch, jetzt ist es so weit, denn da waren wir allein, und wenn wir beide allein sind, wird er ganz anders, dann lässt er die Maske fallen und hält mir bloß noch vor, wie sehr ich ihn und Mom enttäuscht habe, aber diesmal sagte er nur: «Wie geht es dir, Eunice?»

Und Scheiße, beinahe hätte ich angefangen zu heulen, das hat er mich nämlich mein ganzes Leben noch nicht gefragt. Ich hab bloß so «Äh-hm, gut, mm-hm» gesagt, und dann hatte ich das Gefühl, ich kriege keine Luft mehr, aber ich wusste nicht, ob das vor Glück war oder vor Schreck, weil seine Frage so endgültig klang, als würde er mich nie mehr wiedersehen. Ich überlegte, was er wohl machen würde, wenn ich ihm einfach um den Hals fiele. Ich hab jedes Mal solchen Schiss, wenn ich das Haus meiner Eltern für länger verlasse, weil er immer in letzter Minute auf mich losgeht, immer sagt er im Auto auf dem Weg zum Flughafen irgendwas Schreckliches, aber ich habe mir auch schon überlegt, ob er nicht insgeheim bloß irgendeine Verbindung mit mir herstellen will, ehe ich abfliege und ihn wegen jemandem wie Lenny im Stich lasse. Genau so fühlte es sich an, als wir aus dem Park raus sind, und es ist einfach aus mir rausgeplatzt: «Wiedersehen, Daddy, ich liebe dich», und dann bin ich zu unserer Wohnung gerannt, und Gottseidank war Lenny nicht da, weil ich nämlich drei Stunden am Stück geheult hab, bis er zum Abendessen nach Hause gekommen ist, und an dem Abend wollte ich ihn echt nicht um mich haben.

Aber ich will auch gar nicht zu viel darüber nachdenken, dann werde ich bloß depressiv. Was gibt's denn bei dir Neues, mein kleines *churro frito*? Hat dein Vater seine Pümpelfabrik wieder? Wie war die Vag-Verjüngung? Und Gopher, der Dummficker? Jeden Tag, den wir getrennt sind, vermisse ich dich mehr. Ach ja, meine Mutter antwortet IMMER NOCH NICHT auf meine Messages. Wie zur Strafe, weil ich mit Lenny zusammen bin. Vielleicht sollte ich mal meinen neuen siebzigjährigen Freund Joshie GOLDMAN mit in die Kirche bringen! Haha.

22. Juli

GRILLBITCH AN EUNI-DIOTIN:
Mein liebster Panda,

ich krieg im Moment echt kein Wort raus. Wir können meinen Vater nicht finden. Er ist rein in die Fabrik, und seitdem kann ich ihn über GlobalTrace auf meinem Äppärät nicht mehr orten. Wir haben vermutet, dass er sich ins Gebäude geschlichen hat, obwohl es von Nationalgardisten umstellt ist und drinnen lauter Vermögensschwache sind, die einfach machen, was sie wollen. Mommy und ich haben versucht, den Checkpoint zu passieren, aber sie haben uns nicht durchgelassen, und als meine Mutter anfing, einen der Soldaten anzuschreien, da hat er sie mit der Faust ins Gesicht geschlagen. Jetzt sind wir zu Hause, und ich mache ihr kalte Umschläge, weil das Auge so geschwollen ist und sie nicht ins Krankenhaus will. Wir wissen überhaupt nicht mehr, was los ist. So ein Medientyp, Pervaiz Silverblatt vom *Levy Report*, hat gestreamt, dass es in der Fabrik brennt, aber von dem hab ich noch nie gehört. Tut mir leid, dass ich keine gute Freundin bin und dir bei deinen Problemen im Augenblick nicht helfen kann. Du musst stark sein und für deine Familie alles tun, was du tun musst.

EUNI-DIOTIN: Sally, hast du gehört, was in Kalifornien los ist? Mit den Kangs?

SALLYSTAR: Frag doch deinen Freund.

EUNI-DIOTIN: Wie bitte?

SALLYSTAR: Frag ihn nach WapachungKrise.

EUNI-DIOTIN: Versteh ich nicht.

SALLYSTAR: Dann denk nicht drüber nach.

EUNI-DIOTIN: Fick dich, Sally. Wieso bist du so? Was hat Lenny dir oder Mom getan? Damit du es weißt: Lenny arbeitet nicht für WapachungSoundso, sondern für Posthumane Dienstleistungen. Ich hab seinen Chef kennengelernt, und der ist echt nett. Das ist bloß so ein Unternehmen, das Leuten hilft, jünger auszusehen und länger zu leben.

SALLYSTAR: Klingt ziemlich egoistisch.

EUNI-DIOTIN: Klar, nur du und Dad könnt ja Heilige sein, die gen Jerusalem dienen.

SALLYSTAR: Hä?

EUNI-DIOTIN: Schlag's nach, steht in deiner Bibel. Hast du wahrscheinlich mit zwanzig verschiedenen Farben unterstrichen. Weißt du was? Auch ich hab Hilfe geleistet. Ich geh schon seit Wochen in den Park. Und ich habe mich mit David angefreundet, der findet, dass du bloß so ein verwöhntes Gör vom Barnard College bist.

SALLYSTAR: Wie lange willst du eigentlich noch so ein kleiner Klumpen Wut bleiben, Eunice? Eines Tages wird dein gutes Aussehen verblassen, und diese ganzen dämlichen alten Weißen werden dir nicht mehr nachsteigen, und was dann?

EUNI-DIOTIN: Wie nett, Sally. Na, wenigstens bist du zum ersten Mal in deinem Leben ehrlich.

SALLYSTAR: Tut mir leid, Eunice.

SALLYSTAR: Eunice? Es tut mir leid!

EUNI-DIOTIN: Ich muss zu David in den Park. Ich besorge ihnen Vitamintabletten, weil sie stark sein müssen, falls ein Angriff kommt.

SALLYSTAR: Okay. Ich hab dich lieb.

EUNI-DIOTIN: Klar.
SALLYSTAR: Eunice!
EUNI-DIOTIN: Weiß ich doch.

24. Juli

AZIZARMEE-INFO AN EUNI-DIOTIN:

Hi, Eunice. War gut, deinen Vater kennenzulernen und mit ihm zu reden. Er ist dir ähnlich, denn ihr seid beide hart drauf. Freut mich, dass ihr euch wieder nähergekommen seid, nachdem ihr zusammen bei der «Tompkins Square Nation» wart. Ich vermisse meinen Vater, weil ich deinen gesehen habe. Als wir klein waren, da sind sie härter mit uns umgesprungen als nötig, und deswegen sind wir Kinder stärker geworden als nötig. BEOBACHTUNG: Du maulst und stänkerst zwar viel rum, Eunice, das ist dein Standardprogramm, aber du bist auch eine sehr starke Frau, manchmal erschreckend stark. Nutze diese Stärke, um Gutes zu tun. Entwickle dich weiter.

Heute abend ist es KALT vom Regen. Alle schlafen, zu hören ist nur Marisols kleine Tochter Anna, die am Wasserspender alte R&B-Songs singt. Ich mache mir Sorgen wegen der Verteidigungssituation. Meine Wachposten sagen, um den Park herum gebe es keine ARR-Aktivitäten, und das kommt mir für einen Freitag doch seltsam vor. Ich werde eine Einheit zum Waschsalon am St. Mark's Place schicken. Vielleicht werden die Überparteilichen ja langsam vernünftig. Vielleicht kriegen wir ja jetzt unsere Venezuela-Prämien.

BEOBACHTUNG: Du hast insgesamt richtig Glück, Eunice, weißt du das? Es würde helfen, wenn du jetzt hier wärst, damit wir uns im stillen Zelt unterhalten könnten (ich hab versucht, dich anzutexten, aber du schläfst wahrscheinlich schon), und dann wäre es wieder wie damals im Studium, bloß dass in Austin keine so hübsch war wie du. Nur zur Info, Chauncey von der «Unterernährung» sagt, wir brauchen 20 Dosen Mückenabwehrspray, und wenn wir noch 100 Einheiten Avocado mit Krebsfleisch kriegen könnten, würde das unser Ernährungsprofil erheblich verbessern.

Hoffe, du bist im Trockenen und dein Körper und Geist sind wohlauf. Lass dich nicht vom Denken der Vermögenden anstecken diese Woche. Übernimm sinnvolle Aufgaben, auf die dein Vater stolz sein würde. Aber außerdem: Entspann dich ein bisschen. Was auch passiert, ich geb dir Deckung.

David

DER BRUCH
Aus dem Tagebuch des Lenny Abramov

29. Juli

Liebes Tagebuch,

Grace und Vishnu haben die Party zur Verkündung der Schwangerschaftsneuigkeit auf Staten Island gegeben. Auf dem Weg zum Fähranleger sahen Euny und ich eine Demonstration, einen richtigen Old-School-Protestmarsch, die Delancey Street runter und auf den zusammengebrochenen Überbau der Williamsburg Bridge zu. Anscheinend war sie von der Restaurationsregierung genehmigt worden, denn die Marschierenden skandierten ungehemmt und schwenkten falsch beschriebene Schilder, auf denen eine bessere Wohnsituation gefordert wurde: «Wir sind das Folk!» – «Eine Wonung ist Menschenrecht.» – «Schmeist uns nicht ins Meer.» – «Alle Kreditmasten vabrennen!» – «Bin kain Grashüpfer, *huevón*!» – «Nenn mich nich Ameise!» Sie skandierten auf Spanisch und Chinesisch, und ihre Akzente verstopften das Ohr – so viele kraftvolle Sprachen, die sich in unsere nachlässige Muttersprache drängen wollen. Man sah kleine Männer aus Fujian neben breitschultrigen Latina-Müttern, und aus dem Getümmel ragten hier und da schlaksige weiße Medienleute, die von eigenen Problemen zu streamen versuchten, von Anzahlungen auf Eigentumswohnungen und selbstherrlichen Wohneigentumsverwaltungen. «Wir werden von Immobilien plattgemacht!», riefen gebildete Demonstranten. «Schluss mit den Ausweisungsdrohungen! Buh! Wohnraum für LSBT-Jugendliche ist unverkäuflich! Gemein-

325

sam sind wir stark! Holen wir uns die Stadt zurück! Ohne Gerechtigkeit kein Frieden!» Ihre Kakophonie beruhigte mich. Solange es noch Demonstrationen wie diese gab, solange Menschen sich noch für Dinge wie *bessere* Wohnungen für transsexuelle Jugendliche einsetzten, waren wir als Nation vielleicht doch noch nicht am Ende. Ich überlegte, ob ich Nettie Fine die gute Nachricht teenen sollte, doch das Vorhaben, nach Staten Island zu gelangen, nahm meine volle Aufmerksamkeit in Anspruch. Nach Auskunft meines Äppäräts waren die Nationalgardisten am Checkpoint des Fähranlegers nicht von WapachungKrise, also unterwarfen wir uns der üblichen halbstündigen Erniedrigung des «Leugnen und Zustimmen» so wie alle anderen auch.

Grace und Vishnu bewohnten im hippen Viertel St. George ein Stockwerk einer Villa im Holzschindelstil; die dorischen Säulen vorm Eingang drückten anmaßende Überheblichkeit aus, das Türmchen diente der humoristischen Auflockerung, Buntglasfenster sorgten für eine hübsche Art Kitsch, aber der Rest war wettergegerbtes Selbstbewusstsein – eine einheimische Variante des Historismus, erbaut auf einer Insel nur einen Steinwurf von dem entfernt, was damals gerade zur bedeutendsten Stadt im bedeutendsten Land der Erde wurde.

Reich waren sie nicht, meine Freunde Vishnu und Grace – sie hatten das Haus zwei Jahre zuvor, als die letzte Krise ihren Höhepunkt erreichte, fast umsonst gekauft –, und schon jetzt war die Wohnung ein Chaos, auch ohne das sich ankündigende Baby, ein Durcheinander beschädigter Shaker-Möbel, die zu reparieren Vishnu niemals die Zeit finden würde, und tatsächlich streng riechender Bücher aus einem anderen Lebensabschnitt, die er niemals mehr würde lesen wollen. Vishnu stand auf der hinteren Terrasse, grillte Tofu und Gemüse. Diese Terrasse mit ihrer freien Sicht auf Downtown-Manhattan hob die Wohnung übers Alltägliche hinaus, auch wenn die Skyline, die da aus der Sommerhitze ragte, müde, abgenutzt, reinigungsbedürftig wirkte. Vishnu und ich begrüßten uns mit Nee-ger-Abklatschen und -Umarmung. Ich wich meinem Freund nicht von der Seite, laberte ihn mit großem Bedacht voll, wie ich früher, als ich noch jung und Single war, in einer Bar eine Frau vollgelabert hätte; Eunice stand schüchtern in einiger Entfernung, ein Glas Pinot-Irgendwas in der Faust.

CrisisNet: KREDITMARKTDEFIZIT ÜBER-STEIGT DIE GRENZMARKE VON 100 BILLIO-NEN NORDEURO.

Ich war mir nicht ganz sicher, was das bedeutete. Vishnu starrte abwesend in die Ferne, während ein Wurzelgemüse durch den Grillrost fiel und ein leichtes Zischen von sich gab.

Die Terrasse füllte sich langsam. Da war Noah, offenbar erhitzt und vom Sommer erschöpft, aber dennoch bereit, die Verkündung von Vishnus und Grace' kleinem Kind zu moderieren, das bald schon, mit schwerer Schuldenlast beladen, auf unsere seltsame neue Welt kommen sollte, und da war Noahs Freundin Amy Greenberg, die humoristische Abwechslung, da sie bereits wieder heftig ihre «Hüftgoldstunde» streamte: Ausbrüche krampfhaften Gelächters und wenig subtilen Ärgers darüber, dass Noah sie nicht auch schwängern wollte, sie nichts hatte als ihre *Turbokarriere*.

Meine Freunde. Meine Lieben. Wir plauderten auf die typisch witzig-traurige Weise aller Enddreißiger über Dinge, die uns früher mal jung gemacht hatten, während Amy einen echten Joint kreisen ließ, schön feucht und ohne

Samen, wie ihn nur Medienleute kriegen. Ich versuchte, auch Eunice einzubeziehen, doch sie beschäftigte sich die meiste Zeit am Rand der Terrasse mit ihrem Äppärät, eine Frau, deren umwerfendes Cocktailkleid wie aus einem alten Film wirkte, eine hochmütige Prinzessin, die nur ein einziger Mann versteht.

Noah trat zu Eunice und ließ seinen Retro-Charme auf sie los («Na, junge Dame, so ganz allein?»), und ich sah, wie sie sich ihm zuwandte, sah die Bewegung ihrer Lippen, die kurze Silben des Einverständnisses und der Ermutigung formten, während eine heftige Röte wie Ausschlag ihren schimmernden Hals hinunterkroch, doch sie sprach so leise, dass ich sie wegen des spritzenden, zischenden und verkohlenden Gemüses und des gemeinsamen Gelächters alter Freunde nicht hören konnte.

Weitere Gäste tauchten auf: die jüdischen und indischen Kolleginnen von Grace, Konsum-Anwältinnen, die mühelos von freundlich auf streng, von still auf sprunghaft umschalten konnten, Vishnus sommerhübsche Exfreundinnen, die immer noch Kontakt zu ihm hielten, weil er einfach so ein famoser Kerl war; und ein paar Leute, die mit uns an der NYU studiert hatten, die meisten schmierige Kredittypen, einer mit modischem Irokesenschnitt und Perlenohrring, der es Noah in Lautstärke und Wichtigtuerei gleichtun wollte.

Ich trank ein paar schnelle Wodkas mit Noah, der seinen Äppärät ausschaltete und mir anvertraute, Grace' Schwangerschaft mache ihn «total nervös» und er wisse nicht, was er als Nächstes tun solle, die meisten Leute fänden seinen Alkoholismus zwar charmant, Amy Greenberg aber sei allmählich besorgt. «Tu, was sich richtig anfühlt», riet ich ihm leichthin, ein Ratschlag aus einer Zeit, als der erste Boeing Dreamliner, noch unter amerikanischer Flagge, vom Erdboden abhob und in den bleiernen Himmel über Seattle stieg.

«Aber *nichts* fühlt sich mehr richtig an», wies Noah mich zurecht, während sein Blick träge Eunice' feste Formen abtastete. Ich schenkte ihm reichlich nach, der Wodka schwappte über und nässte meine grillschwarzen Finger. Ich war ja schon froh, dass er heute wenigstens nicht über Politik redete, froh und ein wenig überrascht. Wir tranken und ließen geschehen, dass der kreisende Joint unseren schwankenden Stimmungen einen angenehm feuchtgrünen Beigeschmack verlieh, Gefahr pulsierte hinter meiner Hornhaut, doch mein Sichtfeld war klar und hell, zumindest was meine Zuneigung betraf. Solange ich meine Freunde und Eunice für immer und ewig um mich haben konnte, hatte ich kein Problem.

Eine Gabel klirrte an ein Sektglas, das Einzige im Besitz des Paares, was nicht aus Plastik war. Noah stand im Begriff, seine gut einstudierte «Spontanrede» zu halten. Vishnu und Grace befanden sich mitten unter uns, und meine Sympathie für sie beide strömte in ungezügelten Wellen. Wie schön sie war, in ihrem nichtssagenden weißen Folklore-Top und ihren undurchsichtigen Jeans, diese freundliche, unbeholfene Gans, und genauso Vishnu, dessen dunkle Züge unter der Last der dräuenden Verantwortung immer hebräischer wurden (unsere beiden Volksstämme sind wirklich einzigartig auf Fortpflanzung getrimmt), dessen Garderobe unaufgeregter und gesetzter geworden war, der jugendliche SUK-DIK-Scheiß abgelöst von Stoffhosen ohne Markenzeichen und einem stinknormalen «Rubenstein muss langsam sterben»-T-Shirt. Grace und Vishnu, meine beiden Erwachsenen.

Noah sprach, und obwohl ich erwartet hatte, seine Worte widerwärtig zu finden – die oberflächliche Redeweise, immer auf Stream, die Medienleute nie abstellen können –, ging es mir anders. «Ich liebe diesen Nee-ger», er zeigte auf Vishnu, «und seine Nee-ger-Braut hier, und ich finde, die beiden sind die Einzigen überhaupt, die Kinder bekommen sollten, die Einzigen mit der *Qualifikation*, eins gebacken zu kriegen.»

«Und wie!», gaben wir den Gospelchor.

«Die Einzigen, die sich ihrer selbst so sicher sind, dass ihr Kind, komme, was wolle, geliebt und versorgt und beschützt sein wird. Sind eben gute Leute. Ich weiß, das sagt man dauernd – ‹Yo, das sind gute Leute› –, aber es gibt so ein Plastik-‹gut›, so ein ‹gut›, das jeder von uns zustande bringt, und dann gibt's das echte, tiefe, das heute nur noch schwer zu finden ist. Verlässlichkeit. Tag für Tag. Sich weiter entwickeln. Bilanz ziehen. Nie in die Luft gehen. Alles kanalisieren, die ganze Wut, die Riesenwut über das, was uns als Nation widerfahren ist, alles kanalisieren in scheißegal was. Es von den Kindern fernhalten, meine ich.»

Eunice taxierte Noah mit warmem Blick und schloss dabei unbewusst die Finger fest um ihren Äppärät und das vor ihr pulsierende AssLuxury. Ich dachte, Noah sei schon fertig mit seiner Rede, aber jetzt musste er noch ein paar Witze reißen, um auszugleichen, dass wir alle Vishnu und Grace zwar liebten, aber auch furchtbare Angst um sie und ihre zwei Monate fortgeschrittene Familienplanung hatten, und Amy musste über die Witze lachen, und wir mussten alle mitlachen – was ganz okay war.

Der Joint kehrte wieder, weitergegeben von einer schlanken, unbekannten Frauenhand, und ich zog heftig daran. Ich versenkte mich in eine Erinnerung an die Zeit, als ich vielleicht vierzehn war und an einem der damals neu errichteten Wohnheime der NYU an der First oder Second Avenue vorbeiging, diesen vielfarbigen Blob-Bauten, denen demonstrativ irgendeine hühnerflügelartige Modernität vom Dach hing, und vorm Foyer saßen so schick gekleidete Mädchen, die einfach bloß jung waren, und lächelten mich im Tandem an – nicht zum Scherz, sondern weil ich ein normal aussehender Junge und es ein herrlicher Sommertag war und weil wir alle lebten. Ich weiß noch, wie glücklich mich das machte (auf der Stelle beschloss ich, an der NYU zu studieren), aber erinnere mich auch daran, dass ich schon einen halben Block weiter erkannte, dass sie sterben würden, und ich auch, und dass dieses Endergebnis – Nichtexistenz, Auslöschung, umfassende Bedeutungslosigkeit auf diese «längste» Sicht – mir immer den Frieden und auch die Freude am Glück meiner Freunde rauben müsste, die ich, wie ich annahm, eines Tages haben würde, Freunde wie diese Menschen hier vor meinen Augen, die eine bevorstehende Geburt feierten, die lachten und tranken und mit intakter Bindungsfähigkeit und ungebrochenem Anstand in eine neue Generation übergingen, obgleich doch jedes Jahr das Undenkbare näher brachte, die wachen Stunden, die um neun Uhr abends begannen und um drei Uhr morgens endeten, diese pochenden, von Mücken zerstochenen Stunden der Furcht. Wie weit hatte ich mich von meinen Eltern entfernt, die in einem auf Leichen errichteten Land geboren waren, wie weit von ihrer endlosen Anspannung und Angst – ah, welch blinde Laune des Schicksals! Und wie wenig war ich ihnen doch entronnen, wie unmöglich war es mir, diesen gegenwärtigen Augenblick zu ergreifen, Grace an den Schultern zu packen und ihr zu sagen: «Dein Glück ist auch meines.»

CrisisNet: CHINESISCHE INVESTMENTHOLDING STÖSST US-STAATSANLEIHEN AB.

Ich sah, wie Vishnu angesichts der neuesten Nachrichten, die über unsere Äppäräte scrollten, ein paarmal blinzelte und einige Kredittypen miteinander zu flüstern begannen. Vishnu zog seine Verlobte zu sich heran und legte die Hand auf ihren noch flachen Bauch. Wir konzentrierten uns wieder auf unsere Pflicht, über Noahs Nacherzählung von Vishnus erstem Uni-Jahr zu lachen – als Landei aus dem Bundesstaat New York wäre er beinahe von einem Kleinlaster überfahren worden und musste mit Reifenspuren auf der Brust ins Krankenhaus.

Hubschrauber sammelten sich in zwei Linien – wie ein aufgebrochenes V ziehender Wildgänse – über dem Hudson-Seitenarm Arthur Kill auf der einen Seite und dem poetischen Bogen der Verrazano Bridge auf der anderen, zumindest stellte ich mir das so vor. Wir alle schauten von der tränenreichen Dankesrede auf, die Grace uns gerade hielt – dass wir ihr alles bedeuteten, dass sie sich um nichts Sorgen mache, solange sie uns um sich habe –

«Heilige Scheiße», sagten da zwei Kredittypen zueinander, und das *Corona*-Bier in ihren Händen schwappte.

CrisisNet: CHINESISCHER ZENTRALBANK-CHEF WANGSHENG LI SPRICHT WARNUNG AUS: «WIR HABEN VIEL GEDULD BEWIESEN.»

«Lasst uns einfach –», hob Vishnu an. «Kümmert euch nicht darum. Lasst uns einfach den Tag genießen. Leute! Da wandert jetzt ein frischer Joint in diese Richtung!»

Unsere Bonitäts- und Vermögensdaten fingen an zu blinken. NEUBERECHNUNG LÄUFT. Der Herr mit dem Irokesenschnitt bewegte sich schon zum Ausgang.

CrisisNet: DRINGEND: AMERIKANISCHE RESTAURATIONSREGIERUNG ERHÖHT ALARMSTUFE FÜR NEW YORK, LOS ANGELES, WASHINGTON AUF ROT +++ UNMITTELBARE BEDROHUNG.

Jetzt schrien wir uns alle gegenseitig an. Schrien und packten einander, erregt von dem, was wir immer hatten auf uns zukommen sehen und das nun von der Realität eingeholt worden war, nämlich der, dass wir alle am Ende mitten in dem Film waren, unfähig, das Multiplex zu verlassen und uns in die Autos zu retten. Wir alle schauten einander in die Augen – in die *richtigen* Augen, manche blau und hellbraun, doch die meisten dunkelbraun bis schwarz –, als wollten wir unsere Bündnisfähigkeit prüfen: Würden wir zusammen überleben können, oder fuhren wir getrennt besser? Noah reckte den Hals, immer weiter aufwärts, als wollte er sowohl die Lage überschauen als auch seine Vorrangstellung als großgewachsener Mann behaupten. «Wir müssen zusammenhalten», sagte ich zu Amy Greenberg, aber die war ganz woanders, an einem Ort, wo Berechnungen angestellt wurden und Daten und Images strömten wie *Vinho Verde* im Juli. Während ich Eunice zu finden versuchte, arbeitete ich meine eigenen Daten durch.

CrisisNet: WEITERHIN ERHEBLICHE FEUERGEFECHTE IN NEW YORK, SPERRGEBIETE MIT SOFORTIGER WIRKUNG UNTER KONTROLLE DER NATIONALGARDE: CENTRAL PARK, RIVERSIDE PARK, TOMPKINS SQUARE PARK.

DRINGENDE MITTEILUNG VOM MITTEL-ATLANTISCHEN KOMMANDO DER AMERI-

KANISCHEN RESTAURATIONSREGIERUNG (18.04 Uhr EST) Text folgt – Aufständische haben den Konsumenten-Kreditnehmer-Finanz-Wohn-Komplex im südlichen Manhattan angegriffen. Einwohner MÜSSEN sich für weitere Instruktionen/Umsiedlung umgehend am Hauptwohnsitz einfinden. *Indem Sie diese Nachricht lesen, leugnen Sie ihre Existenz und stimmen ihr zu.*

Jetzt gab es auch Streams. Von den Medienleuten, die um den Tompkins Park herum wohnten und ihre Äppäräte vorsichtig auf die Fensterbank hielten. Das grüne Rechteck war im Qualm erstickt; selbst die robustesten Bäume waren vom Artilleriefeuer entlaubt, und ihre kahlen Äste zitterten stumm im Helikopterwind. Die Vermögensschwachen waren umzingelt worden. Ihr Anführer, in den Medien nun als David Lorring bekannt, zwei *r*, ein *n*, war schwer verwundet. Nationalgardisten trugen ihn aus dem Park zu einem gepanzerten Truppentransporter. Sein Gesicht konnte ich nicht erkennen, abgesehen von einem roten Fleischklumpen, der durch einen hastigen Verband lugte, doch er trug noch seine dschungelgrüne Venezuela-Uniform, und ein Arm baumelte in unnatürlichem Winkel von der Trage, als hätten Psychotiker ihn abgerissen und wieder angesetzt. Durch den Rauch erhaschte ich kurze Blicke auf Körper, die zu entstellt waren, um eingeordnet zu werden, sah die Umrisse von bewaffneten Männern, die tiefer ins Chaos eindrangen, und hörte von überall das Knallen explodierender Wasserflaschen. Ein Stoffschild mit der überraschenden Aufschrift «DIPHTHERIE» wehte direkt vor das Kameraauge eines Äppäräts.

Eunice kam rasch auf mich zu. «Ich will nach Manhattan!», sagte sie.

«Wir wollen alle nach Hause», sagte ich, «aber sieh doch, was los ist.»

«Ich muss in den Tompkins Park. Ich kenne da jemanden.»

«Bist du verrückt? Da werden Leute getötet.»

«Ein Freund von mir steckt in Schwierigkeiten.»

«Da stecken eine Menge Leute in Schwierigkeiten.»

«Vielleicht ist meine Schwester auch da! Sie hilft oft dort im Park. Bring mich zur Fähre.»

«Eunice! Wir gehen im Augenblick *nirgendwo*hin.»

Das starre Lächeln verzerrte ihre Züge so plötzlich, dass ich schon dachte, ihr Jochbein sei gebrochen. «Ist ja gut», sagte sie.

Grace und Vishnu packten bereits Essenstüten für Leute, die zu Hause nicht kochten, denn mit der Schlauheit ihrer Vorfahren sahen sie den kommenden Belagerungszustand voraus. Mein Äppärät fing an zu trillern; ein beträchtliches Datenpaket traf ein.

AN: Aktionäre und Führungskräfte der Posthumanen Dienstleistungen
VON: Joshie Goldmann
BETREFF: Politische Lage
TEXTKÖRPER FOLGT: Wir befinden uns momentan in einem tiefgreifenden Wandlungsprozess, aber wir bitten alle Mitglieder der Posthumanen Familie mit Nachdruck, ebenso ruhig wie wachsam zu bleiben. Der erwartete Zusammenbruch des Rubenstein/ARR/Überparteilichen-Regimes eröffnet uns ungeahnte Möglichkeiten. Wir bei Staatling-Wapachung stehen bereits in Verbindung mit den Staatsfonds anderer Länder, die nach Investitionsmöglichkeiten und Bündnispartnern suchen. Wir rechnen mit sozialen Umbrüchen, von denen alle Ak-

tionäre und Führungsmitarbeiter profitieren werden. Im Anfangsstadium dieser Umwälzung gilt unser vorrangiges Interesse der Sicherheit aller Aktionäre und Mitarbeiter. Wenn Sie sich derzeit außerhalb New Yorks befinden, begeben Sie sich bitte unverzüglich in die Stadt zurück. Trotz des Eindrucks, dass in einigen Bereichen von Downtown und Midtown Gesetzlosigkeit herrscht und die öffentliche Ordnung zusammengebrochen ist, kann Ihre Sicherheit am ehesten in Ihren eigenen Apartments, Triplex-Wohnungen oder Häusern in Manhattan oder im viktorianischen Teil Brooklyns garantiert werden. Die Mitarbeiter von WapachungKrise sind angewiesen, Sie vor aufständischen Vermögensschwachen und marodierenden Nationalgardisten zu schützen. Sollten Sie Fragen haben oder unmittelbare Hilfe benötigen, kontaktieren Sie bitte Howard Shu von der Öffentlichkeitsarbeit Lebensfreunde. Sollte die normale Äppärät-Übertragung aus irgendwelchen Gründen unterbrochen werden, achten Sie bitte auf die Ausnahmenachrichten von Wapachung-Krise und folgen Sie den darin gegebenen Anweisungen. Aufregende Zeiten stehen uns und der Kreativwirtschaft bevor. Wir können uns alle glücklich schätzen und sind, abstrakt gesprochen, gesegnet. Vorwärts!

Eunice hatte sich von mir abgewandt und vergoss gelegentlich versiegende, aber üppige Tränen, die an ihrer Nase entlangrollten und immer größere Tropfen bildeten. «Eunice», sagte ich, «Süße. Alles wird gut.» Ich legte den Arm um sie, doch sie schüttelte ihn ab. In der Nähe hallte der Erdboden wider, und ich vernahm einen vollkommen surrealen Klang von jenseits der ungepflegten Hecken, die den kleinen Palazzo von Vishnu und Grace umstanden – den zutiefst verstörenden Alt schreiender Angehöriger der Mittelschicht.

CrisisNet: UNBEKANNTE QUELLEN: DIE VE-
NEZOLANISCHE LENKWAFFENFREGAT-
TEN MARISCAL SUCRE & RAUL REYES
MITSAMT GELEITZUG 300 SEEMEILEN
VOR DER KÜSTE VON NORTH CAROLINA
GESICHTET. ST. VINCENT'S UND ANDERE
KRANKENHÄUSER DER REGION NEW YORK
IN HÖCHSTER ALARMBEREITSCHAFT.

Die Wenigen von uns, die aus Manhattan oder den besseren
Gegenden Brooklyns kamen, reihten sich jetzt vor Vishnu
und Grace auf, um einen Schlafplatz bei ihnen zu ergattern;
andere Bewohner von Staten Island boten Klappbetten und
ofenwarme Schlafplätze auf dem Dachboden an. Namen
und Nummern von Taxiunternehmen sprangen von Äppärät zu Äppärät, und einige versuchten herauszufinden, ob
die Verrazano Bridge noch passierbar war.

Mein Äppärät fiepte wieder, und ohne Vorwarnung er-
füllte Joshies Stimme so drängend wie nie zuvor meinen
Kopf. «Wo bist du, Len?», fragte er. «GlobalTrace zeigt
Staten Island an.»

«St. George.»

«Ist Eunice bei dir?»

«Ja.»

«Sorg dafür, dass sie in Sicherheit ist.»

«Ist sie. Wir werden hier in Staten Island übernachten
und abwarten, bis das Schlimmste hinter uns liegt.»

«Übernachten? Hast du die Nachricht nicht gekriegt?
Du musst nach Manhattan zurück.»

«Hab ich gekriegt, aber das ergibt doch keinen Sinn.
Sind wir hier nicht sicherer?»

«Lenny.» Die Stimme machte eine Pause, damit mein
Name mir durchs Unterbewusstsein hallen konnte, als

würde Gott persönlich mich zu sich rufen. «Diese Nachrichten kommen nicht von ungefähr. Die da kam direkt von WapachungKrise. Verlass *sofort* Staten Island. Begib dich umgehend nach Hause. Nimm Eunice mit. Sorg für ihre Sicherheit.»

Ich war immer noch bekifft. Die Fenster meiner Seele waren rötlich beschlagen. Dieser Übergang von relativer Glückseligkeit zu allumfassender Angst leuchtete mir überhaupt nicht ein. Dann erinnerte ich michs an den Grund meines relativen Glücks. «Meine Freunde», sagte ich. «Sind die, wenn sie hier auf Staten Island bleiben, sicher?»

«Kommt drauf an», sagte Joshie.

«Worauf?»

«Ihre Vermögenswerte.» Ich wusste nicht, wie ich darauf reagieren sollte. Mir war nach Weinen zumute. «Deinen Freunden Vishnu und Grace wird dort, wo sie sind, nichts zustoßen», sagte Joshie. *Woher wusste er die Namen meiner Freunde? Hatte ich ihm die gesagt?* «Dein Hauptaugenmerk sollte darauf liegen, Eunice zurück nach Manhattan zu bringen.»

«Und was ist mit meinen Freunden Noah und Amy?»

Eine Pause. «Von denen habe ich noch nie gehört», sagte Joshie dann.

Es wurde Zeit für den Abgang. Ich küsste Vishnu auf beide Wangen, klatschte die anderen ab und nahm von Grace, die uns zu bleiben bat, einen kleinen Behälter mit Kimchi und Seetangwickeln entgegen.

«Lenny!», rief sie. Dann flüsterte sie mir ins Ohr, sodass Eunice es nicht hören konnte: «Ich liebe dich, Süßer. Pass auf Eunice auf. Passt beide auf euch auf.»

«Red doch nicht so», flüsterte ich zurück. «Wir sehen uns wieder. Morgen schon.»

Noah und Amy fand ich nebeneinander streamend, er

schrie, sie weinte, die Luft zwischen ihnen war von Panik und Medien dick. Ich griff nach Noahs Äppärät und schaltete ihn aus.

«Du und Amy, ihr müsst mit uns nach Manhattan kommen.»

«Bist du verrückt?», sagte er. «Da wird gekämpft. Die Venezolaner sind auf dem Weg.»

«Mein Chef sagt, wir müssen nach Manhattan. Da wären wir sicherer. Hat er von WapachungKrise gehört.»

«WapachungKrise?», rief Noah. «Was ist los, bist du jetzt etwa Überparteilicher geworden?» Und dieses eine Mal hätte ich meinem Freund am liebsten die Empörung aus dem Gesicht geschlagen.

«Wir müssen uns in Sicherheit bringen, Arschloch», sagte ich. «Da ist ein Riesenaufstand im Gange. Ich versuche, dir das Leben zu retten.»

«Und was ist mit Vishnu und Grace? Wenn es hier nicht sicher ist, wieso kommen die dann nicht mit?»

«Mein Chef meint, die würden hier keine Probleme kriegen.»

«Wieso, weil Vishnu kollaboriert?»

Ich packte ihn am Arm wie noch nie zuvor – sein kräftiges Muskelfleisch knautschte unter meinem festen Griff – und machte deutlich, dass jetzt ich das Sagen hatte. «Hör mal gut zu», sagte ich. «Ich mag dich. Du bist mein Freund. Wir müssen das für Eunice und Amy tun. Wir müssen dafür sorgen, dass ihnen nichts geschieht.»

Er sah mich mit dem wohlfeilen Abscheu der Selbstgerechten an. Ich war mir über seine Gefühle für Amy Greenberg nie im Klaren gewesen, aber jetzt gab es keinen Zweifel mehr. Er liebte sie nicht. Sie waren aus einem offensichtlichen und zeitlosen Grund zusammen: Es war etwas weniger unangenehm, als allein zu sein.

CrisisNet: UNBEKANNTE QUELLEN: 18 KRE-
DITMASTEN IN MANHATTANS KREDIT-
DISTRIKT VON VERMÖGENSSCHWACHEN
DEMONSTRANTEN IN BRAND GESETZT.
NATIONALGARDE WIRD MIT «RASCHEM
HANDELN» REAGIEREN.

Wie zwei schöne Paare traten wir auf die herrliche grüne,
viktorianische Straße St. Mark's Place hinaus, Noahs Arm
um Amy, meiner um Eunice. Doch die hübsche Zwei-
samkeit und die ansehnlichen Trauerweiden stellten eine
Lüge dar. Übelkeit erregende europäische Ängste, gemähtes
tes Gras und gemäßigter Sex, vermischt mit einem überraschenden Schuss Dritte-Welt-Schweiß, drängten sich auf
der elegantesten Straße des Bezirks, wo die hippe weiße
junge Menschheit zurück zur Staten-Island-Fähre eilte,
Richtung Manhattan und weiter nach Brooklyn, während
eine gegenläufige Menge wieder nach Staten Island übersetzen wollte – keine Seite wusste, ob sie die richtige
Eingebung hatte; glaubte man den Medien, die aus unseren Äpparäten schnatterten, war unsere gesamte Stadt
in Gewalt versunken, eine reale oder auch erfundene. Wir
stapften aneinander vorbei, die Medienleute streamten im
Gehen, Amy gab einen knappen Abriss ihrer Garderobe
und ihres jüngsten Frustes über Noah zum Besten, und
Eunice, deren formidabler Fickfaktor rings um uns im
Wind wehte, beobachtete die Umgebung mit wachsamem
Blick. Eine weitere Hubschrauberarmada überflog uns aus-
gerechnet in den Momenten, als sich ein echtes Gewitter
ankündigte.
    Ich erhielt einen Notruf-Teen von Nettie Fine: «LEN-
NY, BIST DU IN SICHERHEIT? ICH MACH MIR
SOLCHE SORGEN! WO BIST DU?» Ich schrieb zu-

rück, dass Noah, Eunice und ich auf Staten Island seien und gerade versuchten, zurück nach Manhattan zu gelangen. «LASS MICH WISSEN, WAS PASSIERT, AUF SCHRITT UND TRITT», schrieb sie und beschwichtigte meine Ängste. Alles ging den Bach runter, aber meine amerikanische Mama passte noch immer auf mich auf.

Ich bog links in die Hamilton Avenue, der Fähranleger war nur noch einen steilen Abstieg zur Bucht entfernt. Ein Medienhengst im Laufschritt, ganz Zähne, Sonnenbrand und offenes Guayabera-Hemd, lief uns fast über den Haufen. «Sie schießen auf Medienleute», posaunte er in seinen Äppärät und zu jedem, der es hören wollte.

«Wo?», riefen wir.

«Hier. In Manhattan. Brooklyn. Die Vermögensschwachen brennen Kreditmasten nieder! Die Garde schießt zurück! Die Venezolaner fahren den Potomac hinauf!»

Noah riss uns zurück, schlang die Arme um Eunice und mich, seine verhältnismäßig große Kraft und die massige Trägheit seines Körpers quetschten uns zusammen, weckten meinen Hass. «Wir müssen einen Bogen schlagen!», rief er. «Auf keinen Fall dürfen wir die Hamilton runter. Da sind überall Kreditmasten. Die Garde wird das Feuer eröffnen.» Ich sah, wie Eunice ihn lächelnd ansah, ihm zu seiner fadenscheinigen Entschlussfreudigkeit gratulierte. Amy streamte über ihre geliebte Mutter – einen von der Sonne ausgedörrten Prototyp der heutigen Medienhure –, die momentan in Maine urlaubte, und wie sehr sie die vermisse, wie sehr sie sich wünsche, sie hätte sie dieses Wochenende dort besucht, aber Noah, *Noah* habe ja darauf bestanden, zur Party von Vishnu und Grace zu gehen, und jetzt sei das Leben richtig scheiße, oder?

«Kannst du mich zum Tompkins Park bringen?», fragte Eunice Noah.

Er lächelte. Inmitten all der Hysterie *lächelte er*. «Mal sehen, was ich tun kann.»

«Seid ihr denn alle geisteskrank?», schrie ich. Aber Noah zerrte Eunice und Amy schon Richtung Victory Boulevard. Auch dort rannten Leute umher, weniger als auf der Hamilton Avenue, aber immer noch mindestens ein paar hundert, verängstigt und orientierungslos. Ich bekam Eunice zu fassen und entwand sie Noahs Griff. Mein zwar schlabbriger, aber realer Körper, fast doppelt so schwer wie ihrer, wickelte sich um sie und lotste uns alle gegen den Strom, meine Arme wehrten die Wucht der vorrückenden Horden ab, die Parade erschreckter junger Menschen, den frontalen Ansturm ihrer blumigen Waschlotionen, die Dichte ihrer Überlebensunfähigkeit. Vor uns schwelten zwei Kreditmasten in der grauen Vorgewitterhitze, die L E D-Anzeigen herausgeschlagen, Funken sprühten aus den elektronischen Innereien.

Ich schob mich voran, und mein angeborenes Russischsein, Hässlichsein, Jüdischsein pulste durch meine Adern – Ernstfall, Ernstfall, Ernstfall –, während ich meine wertvolle Fracht vor Schaden schützte, ihr Schminktäschchen von Padma mir in die Rippen stach, der Schmerz der scharfen Kanten mir Tränen in die Augen trieb.

Ich flüsterte Eunice zu: «Süße, Süße, alles wird gut werden.» Aber das war nicht nötig. Eunice kam klar. Wir fassten uns an den Händen. Noah führte Amy, Amy führte Eunice, und Eunice führte mich durch die kreischende Menge, die mal hierhin, mal dorthin wogte, wenn Gerüchte sich mit Äppärätgeschwindigkeit ausbreiteten. Auch das Wetter schlug um, als wollte es uns weiter reizen, heftiger Wind peitschte uns zunächst aus Osten, dann aus Westen.

Hinter dem alten Gerichtsgebäude lag ein städtisches Grundstück, das zum Stützpunkt der Nationalgarde geworden war: Hubschrauber, die von dort starteten, Truppentransporter, Panzer, sich drehende Browning-Maschinengewehre und ein kleiner Bereich, der als Gitterkäfig abgezäunt war, ein paar ältere Schwarze waren darin interniert. Wir rannten. Das alles bedeutete nichts mehr. Nichts. Die ganzen Schilder. Die Straßennamen. Die Wahrzeichen. Selbst hier, im Reich meiner Angst, konnte ich nur daran denken, dass Eunice mich nicht liebte, dass sie ihren Respekt vor mir verlor, dass Noah ausgerechnet in dem Augenblick zum entscheidungsstarken Führer wurde, wo sie eigentlich *mich* brauchen sollte. Staten Island Bank & Trust. Friseursalon «Gegen den Strich». Stiftung Kinder-Evangelisation. Gesellschaft für psychische Gesundheit Staten Island. Die Verrazano Bridge. A&M Kosmetikwaren. Planet Pleasure. Tagesbetreuungszentrum «Wir wachsen». Füße, Füße. Überall um uns herum Datensplitter, nutzlose Rankings, nutzlose Streams, nutzlose amtliche Verlautbarungen aus einer Welt, die nicht mehr war, an eine Welt, die es nie geben würde. Ich roch den Knoblauch, der aus Eunice' Atem und Poren dünstete. Ich verwechselte ihn mit Leben. Ich spürte das kleine Gewicht eines Gedankens, den ich auf ihren Rücken richten konnte. Der Gedanke wurde zu einem Mantra, das ich rezitierte: «Ich liebe dich, ich liebe dich, ich liebe dich.»

«Tompkins Park», sagte sie, und ihre Sturheit nagte an mir. «Meine Schwester.» Ein Strom schwarzer Menschen aus dem nicht gentrifizierten Viertel direkt hinter St. George mischte sich mit unserem, und ich merkte, wie die Hipster sich von den Schwarzen abzusetzen versuchten, ein amerikanischer Überlebensinstinkt, den es seit der Ankunft des ersten Sklavenschiffes gab. Sich von den Verdammten distanzieren. Schwarz, weiß, schwarz, weiß. Aber nun war auch das egal. Am Ende waren wir alle eins. Waren wir alle verdammt. Ein neuer Regenschauer benetzte unsere Gesichter, eine rollende Hitzewelle folgte auf den Regen, Noahs vom Wetter mitgenommenes Gesicht schaute in meines, verfluchte meine Langsamkeit und Unentschiedenheit, Amy streamte nur noch ein einziges Wort, «Mommy», immer und immer wieder zu den Satelliten über uns, in die windige Wirklichkeit von Maine, und Eunice' Gesicht war geradeaus gerichtet, ihr Arm um mich geschlungen, ich hielt sie fest.

Noah und Amy rannten durch ein Tor aus fein zersplittertem Glas ins Fährterminal. Eunice hatte meinen Arm gepackt und zog mich auf unser Ziel zu. Zwei Fähren hatten gerade ihre letzten kreischenden Passagiere aus Manhattan ausgespuckt. Wer steuerte diese Fähren? Warum überquerten sie noch die Bucht? Bot ständige Bewegung Sicherheit? Gab es noch sichere Anlegestellen?

«Lenny», sagte sie. «Jetzt mal klipp und klar: Wenn du mich nicht zum Tompkins Park begleitest, dann gehe ich eben mit Noah hin. Ich muss meine Schwester finden. Ich muss versuchen, meinem Freund zu helfen. *Ich weiß, dass ich ihm helfen kann.* Du kannst dich in unserer Wohnung in Sicherheit bringen. Ich komme zurück, das verspreche ich.»

Eine Fähre, die *John F. Kennedy*, begann in Vorbereitung der Abfahrt bereits, das Wasser aufzuwühlen, und wir steuerten auf den offenen Schiffsraum zu. Noah und Amy waren schon an Bord gegangen, kauerten unter einem Schild mit der Aufschrift «ARR Transport – *Ain't That America, Somethin' to See, Baby*».

Du kannst dich in unserer Wohnung in Sicherheit bringen. Ich musste irgendwas sagen. Ich musste sie aufhalten, oder sie würde wie die Vermögensschwachen-Aufrührer einfach erschossen werden. Ihre Bonität war schließlich schlecht genug. «Eunice!», rief ich. «Lass das! Hör auf, von mir wegzurennen! Wir müssen jetzt zusammenhalten. Wir müssen nach *Hause*.»

Aber sie schüttelte meinen Arm ab und rannte auf die *Kennedy* zu, als die Rampe sich gerade zu heben begann. Ich riss sie an einer ihrer winzigen Schultern herum, und obwohl ich stark befürchtete, ich könnte sie auskugeln, könnte das Knirschen hören, das bedeuten würde, ich hätte ihr wehgetan, zog ich sie in Richtung des zweiten wartenden Schiffs, an dessen Brücke der Name *Guy V. Molinari* prangte.

Über uns kreiste ein schwarzer Hubschrauber, sein goldener Waffenschnabel zeigte in unsere Richtung, dann auf die vor Wolkenkratzern starrende Insel in unmittelbarer Nähe. «Nein!», rief Eunice, als die *Kennedy* mit meinen Freunden, mit ihrem neuen Helden Noah an Bord ablegte.

«Kein Problem», sagte ich. «Wir treffen sie auf der anderen Seite wieder. Komm! Los!» Wir stiegen an Bord der *Molinari*, bahnten uns mit den Ellbogen einen Weg zwischen den jungen Leuten und den Familien hindurch, so vielen Familien mit neuen Tränen, getrockneten Tränen und notdürftigen Umarmungen.

«LENNY», teente mir Nettie Fine, «WO BIST DU JETZT?» Trotz der allgemeinen Verwirrung teente ich rasch zurück, wir seien auf einer Fähre nach Manhattan und im Augenblick sicher. «DEIN FREUND NOAH BEI DIR UND IN SICHERHEIT?», wollte sie wissen, die reizende, fürsorgliche Nettie Fine, die sich sogar um Menschen kümmerte, die sie noch nie gesehen hatte. Wahrscheinlich spürte sie uns mit GlobalTrace in Echtzeit auf. Ich schrieb, er sei auf einer anderen Fähre, aber ebenso sicher wie wir. «WELCHE FÄHRE?»

Ich teilte ihr mit, wie seien auf der *Guy V. Molinari* und Noah auf der *John F. Kennedy*, als hinter uns sporadisches Gewehrfeuer aufflackerte, weiter oben und weiter unten auf der Hamilton Avenue, und die darauffolgenden Schreie schlichen sich in meine Ohrmuscheln und sperrten sie vorübergehend zu. Taubheit. Völlige Stille. Eunice' Mund verzog sich zu grausamen Worten, die ich nicht verstehen konnte. Der breite Bug der *Guy V. Molinari* pflügte durchs sommerlich warme Wasser, und wir drängten heftig in Richtung Manhattan. Mehr als je zuvor hasste ich die falsche Spitze des «Freedom» Tower, hasste ihn aus jedem einzelnen Grund, der mir einfiel, vor allem aber wegen seiner Verheißung von Souveränität und brachialer Stärke, und ich wollte die Bande zu meinem Land, zu meiner grollenden, wütenden Freundin und zu allem anderen zerschneiden, was mich an diese Welt fesselte. Ich sehnte mich nach den 70 Quadratmetern, die mir von Rechts wegen gehörten, und jubelte über das Brummen der Motoren, die mich meiner Vorstellung von Heim entgegentrugen.

Ein einzelner Rabe tauchte über der Fähre von Noah und Amy auf. Er senkte den goldenen Schnabel, und sein goldener Schnabel färbte sich orange. Zwei Raketengeschosse wurden in rascher Folge abgefeuert. Eine Explosion, dann zwei; der Hubschrauber machte beiläufig kehrt und flog zurück Richtung Manhattan.

Ein Augenblick ohne Geschrei, ein Moment vollständiger Äppärätstille senkte sich über die *Guy V. Molinari*, ältere Menschen klammerten sich an ihre Kinder, die jüngeren waren verloren im Schmerz der plötzlichen Erkenntnis, dass sie selbst irgendwann sterben müssten, ihre Tränen im Seewind, stechend und kalt. Und dann, als die Flammen über die Oberdecks der Fähre schlugen, als die *John F. Kennedy* sich aufrichtete, in zwei Teile zerbrach, im warmen Wasser auseinanderfiel, als der erste Teil unseres Lebens, der falsche Teil, sein Ende fand, da wurde die Frage, die wir so viele Jahre zu stellen vergessen hatten, dann doch von einer heiseren Stimme links am Bühnenrand gerufen: *«Aber warum?»*

SICHERHEITSLAGE OFFEN
Aus dem Tagebuch des Lenny Abramov

7. August

Liebes Tagebuch,

der Otter ist mir im Traum erschienen. Nicht der Zeichen-
trickotter, der mich in Rom verhört hat, auch nicht der
Graffito-Otter von der Grand Street, sondern ein lebens-
echter Otter, ein Säugetier in HD, mit Schnurrhaaren und
Fell, vom Flusswasser noch nass. Er drückte seine weiche,
feuchte schwarze Nase an meine Wange, in mein Ohr,
küsste mich damit, bedachte mein hungriges Gesicht mit
seinem heißen, vertrauten, familiären Lachsatem, seine
kleinen schlammigen Pfoten ruinierten das saubere weiße
Oberhemd, das ich für Eunice angezogen hatte, denn im
Traum wollte ich, dass sie mich wieder liebte, zu mir zu-
rückkam. Und dann sprach er zu mir mit Noahs Stimme,
mit dieser gereizten, überdrehten, im Grunde aber menschlichen Stimme eines verhinderten Akademikers. «Sie wissen ja, Amerikaner fühlen sich im Ausland manchmal einsam», sagte er und hielt inne, um meine Miene zu lesen.
«Passiert dauernd! Darum verlasse *ich* nie meine schöne
Heimat.» Er sah mich von oben bis unten an, prüfte, ob
ich ihn unterhaltsam fand. «Haben Sie während Ihres Auslandsaufenthaltes irgendwelche netten *Ausländer* kennengelernt.» Keine Frage, eine Feststellung. Noah hatte für
Fragen keine Zeit. «Ich warte immer noch auf den Namen,
Leonard oder Lenny.» Ich spürte, dass sich mein Traum-
mund bewegte, um Fabrizia noch einmal zu verraten, aber
diesmal bekam ich ihn nicht auf. Der Noah-Otter lächelte,

als wüsste er genau, was für eine Sorte Mann ich war, und wischte sich mit einer Menschenhand über die Schnurrhaare. «Sie sagten ‹DeSalva›.»

Noah. Drei Tage nach dem Bruch. Statt zu trauern, statt zu leiden, nur oberflächliche Erinnerungen an einen gemeinsam gerauchten Joint auf den Schotterbergen am Washington Square, als unsere frühe Freundschaft noch so zerbrechlich und albern war wie eine junge Liebe. Politik auf der Zunge, Mädchen im Kopf, zwei Jungs aus der Vorstadt eben, Erstsemester an der NYU, Noah schon mit einem der letzten Romane beschäftigt, die jemals gedruckt werden sollten, ich vor allem damit beschäftigt, mit jemandem wie Noah Freundschaft zu schließen. Sind diese Erinnerungen überhaupt echt? Darin besteht jetzt mein Leben. Träume, nichts als Träume.

Ich schlafe auf der Couch. Eunice und ich haben kaum miteinander gesprochen, seit ich sie nach Hause gezerrt habe, weg von ihrem verdammten Tompkins Park, von den Dingen oder Leuten, die sie da retten wollte. Ihr geheimnisvoller Freund? Ihre Schwester? Was zum Teufel sollte Sally mitten auf einem Schlachtfeld zu suchen haben?

«Ich glaube, so kann das nicht funktionieren», hatte ich zu Eunice über unsere Beziehung gesagt, nachdem sie den größten Teil des blutgetränkten nächsten Tages schmollend im Schlafzimmer verbracht hatte. «Wenn wir *jetzt* nicht füreinander da sind, wo die Welt sich in die Scheiße reitet, wie sollen wir es dann sonst hinkriegen? Eunice! Hörst du mir überhaupt zu? Ich habe einen meiner besten Freunde verloren! Willst du mich nicht trösten oder so?» Keine Antwort, starres Lächeln, Rückzug ins Schlafzimmer. *E basta.*

Das Dröhnen, laut und leise, weit weg und ganz nah, das Hämmern in meinem Kopf, Leuchtspursalven vorm wolkenverhangenen Mond, Leuchtspursalven, die geheime, versteckte Teile der Stadt erhellen, ein ganzes Gebäude voller weinender Babys und, noch erschreckender, das vorübergehende Verstummen ihres Geschreis. Unablässig. Unablässig. Unablässig. Selbst bei ganz zugezogenen Vorhängen sieht man die magentafarbenen Blitze, hört sie mit der Haut. Und nachts ein metallisches Knirschen vom Fluss her, als würden zwei Frachtkähne langsam ineinanderkrachen. Sobald ich ein Fenster öffne, steigt mir der eigenartige Duft von Blüten und verbrannten Blättern in die Nase – ein süßliches, dichtes Vergehen, wie nach einem Gewitter auf dem Land. Seltsamerweise keine Auto-Alarmanlagen. Ich horche, ob ich den tröstlichen Klang der Rettungswagen höre, die vermutlich mit großem Tempo unterwegs sind, um Menschen am Leben zu erhalten – am ersten Tag nach dem Bruch alle paar Minuten, dann alle paar Stunden, dann gar nicht mehr.

Mein Äppärät kriegt keine Verbindung zustande. Und ich auch nicht. Kein einziger Äppärät funktioniert noch. «Das ist ein NNEMP», erklären die dreißigjährigen Mediencracks, die im Foyer unserer Wohnanlage herumhängen, entschieden. Ein Nicht-Nuklearer Elektromagnetischer Puls. Die Venezolaner müssen ihn hoch über der Stadt erzeugt haben. Oder die Chinesen. Als ob das jemand wüsste. Als gäbe es einen Qualitätsunterschied von «Nachrichten», seit die Medien verstummt sind.

Venezolaner, die mal was anderes als einen Maisfladen erzeugen.

Auch *egal*, würde Eunice sagen, wenn sie noch mit mir spräche.

Ich halte meinen Äppärät aus dem halbgeöffneten Fenster und versuche, ein Signal aufzufangen. Ich kann meine Eltern nicht erreichen. Ich kriege keine Verbindung nach Westbury zustande. Keine Verbindung zu Vishnu. Zu Grace.

Und höre nichts von Nettie Fine. Komplette Funkstille, seit Noahs Fähre in die Luft gegangen ist. Das Einzige, was bei mir eingeht, sind diese Ausnahmenachrichten von WapachungKrise. «SICHERHEITSLAGE OFFEN. WOHNUNG NICHT VERLASSEN. WASSER: VERFÜGBAR. STROM: SPORADISCH. ÄPPÄRÄT WENN MÖGLICH VOLLSTÄNDIG AUFGELA-DEN HALTEN. WEITERE ANWEISUNGEN AB-WARTEN.»

Im Nebenzimmer weint sie.

Ich habe solche Angst.

Ich habe niemanden.

Eunice, Eunice, Eunice. Warum brichst du mir immer und immer wieder das Herz?

Fünf Tage nach dem Bruch: Anweisungen.

WAPACHUNG-KRISE AUSNAHMENACH-RICHT: SICHERHEITSLAGE SÜDLICHES/ MITTLERES MANHATTAN VERBESSERT. BITTE IN DER HAUPTGESCHÄFTSSTELLE IHRER ABTEILUNG MELDEN.

Ich zog Hemd und Hose an und war zugleich verängstigt und in Feierlaune. Die Klimaanlage war ausgefallen, wes-halb ich nur in Unterwäsche herumgelaufen war, und jetzt kam mir die Hose wie eine Rüstung und das Hemd wie ein Leichentuch vor. Eunice saß am Küchentisch und starrte abwesend auf ihren nicht funktionierenden Äppärät. Sie hatte noch nie nach ungewaschenen Haaren gerochen, aber jetzt war der Geruch eindeutig, so streng wie das meiste im halb lahmgelegten Kühlschrank. Aus irgendeinem Grund besänftigte mich das, ich wollte ihr vergeben, sie wiederfinden, denn was auch zwischen uns geschehen war, es hatte nichts mit mir zu tun. «Ich muss zur Arbeit», sagte ich und küsste sie auf die Stirn, atmete unerschrocken ein, was sie jetzt ausmachte.

Zum ersten Mal seit hundert Stunden sah sie zu mir auf. «Um Joshie zu treffen?», fragte sie.

«Ja», sagte ich. Sie nickte. Ich stand neben ihr wie ein japanischer Büroangestellter in zu warmer Hose und beengendem Hemd und wartete auf mehr. Aber mehr kam nicht. «Ich liebe dich immer noch», sagte ich. Keine Reaktion, aber auch kein starres Lächeln. «Ich finde, wir haben beide versucht, was draus zu machen. Aber wir sind einfach zu verschieden. Findest du nicht?» Und ehe sie ein Gefühl heraufbeschwören und es im gleichen Atemzug leugnen konnte, ging ich.

Draußen waren die Straßen so gut wie leer. Alle Taxis hatten sich dahin geflüchtet, wo auch immer Taxis herkommen, und durch diese Abwesenheit umherfahrenden Gelbs kam einem Manhattan so still und stumm wie Kabul während des Freitagsgebetes vor. Auf der Grand Street waren in beiden Richtungen die Kreditmasten verbrannt und sahen aus wie prähistorische Bäume nach dem Rückzug der Gletscher, die bunten Lampen hingen schlaff herab, eine Reihe umgekehrter Flugkurven, und die rassistischen Kreditsprüche waren abgerissen und zerfetzt, bedeckten wie alte Wischlappen die Windschutzscheiben. Auch ein alter Ford-Econoline-Lieferwagen mit dem Aufkleber «Meine Tochter ist als US-Marine in Venezuela» war aus irgendeinem Grund abgefackelt worden – mitten auf der Straße lag er mit den Rädern nach oben, erinnerte an eine tote Kakerlake. Der A-OK Pizza Shack war offen, hatte jedoch die Fenster verrammelt, genau wie der arabische Imbiss, wo man quer über das Sperrholz «WIR ACKZEPTIEREN NUR YUAN SORRY

ABER WIR MÜSSEN AUCH ESSEN» geschrieben hatte. Ansonsten sah die Gegend bemerkenswert unbeschädigt aus, die Plünderungen schienen minimal gewesen zu sein. Von den Straßen stieg wie am Morgen nach einem gescheiterten Staatsstreich in der Dritten Welt eine tiefe Stille auf und ummantelte die Hochhäuser. Mehr denn je war ich stolz auf New York, denn es hatte etwas überlebt, was keine andere Stadt überlebt hätte: seine eigene Raserei.

Der Eingang zur Linie F war übersät von Müll und Papier, die U-Bahn fuhr offensichtlich nicht. Zu Fuß ging ich die Grand Street hinauf, ein einsamer Mann, der das Drückende des August wie auch den seltsamen Hunger des Lebendigseins verspürte und darüber nachdachte, was wohl als Nächstes kommen würde. Auf alle Fälle brauchte ich echtes Geld, keine Dollars.

Vor meiner Filiale der HSBC in Chinatown wartete ein Drachenschwanz armer chinesischer Mittelschichtsangehöriger auf das Urteil über ihre Ersparnisse. Ich fragte mich, ob diese ruinierten älteren Damen und Herren mit ihren leberfleckigen Halbglatzen, die im Seward Park in Turnschuhen für drei Yuan Tai-Chi-Übungen machten, einen Weg zurück in ihr nun reicheres Geburtsland finden könnten. Würde man sie dort überhaupt willkommen heißen? Wie würde es Eunice' Eltern ergehen, falls sie beschlossen, nach Korea zurückzukehren?

Ich stand eine Stunde an und lauschte einem Mann aus der Karibik, der, von Kopf bis Fuß in Jeansstoff gekleidet, die rissige Haut von Patschuli-Öl glänzend, uns seine Weltsicht vorsang. «Diese ganzen Wapachung-Typen, diese Staatling-Typen, die greifn sich doch nur das Geld und haun ab. Sie machen die Wirtschaft kaputt, sie räumen unsre Taschen leer. Das is doch Erpressung. Das sind doch Mafiamethoden. Wieso ham sie die Fähre abgeschossen? Wer kontrolliert hier wen? Das möcht ich mal wissen. Und wisst ihr was, wir werdens nie erfahrn, weil wir kleine Leute sind.»

Ich wollte dem Mann eine Antwort geben, mit der er leben könnte, doch meine Kehle blieb stumm, obwohl mein Kopf fieberhaft arbeitete. Nicht jetzt, nicht jetzt. Heb dir die Fragen für Joshie auf.

Mein Konto war immer noch voll genug, dass ich an einen besonderen Schalter gebeten wurde, zu einer alten Griechin, die sie von einer geplünderten Filiale in Astoria herversetzt hatten und die mir nun alles erläuterte. Alle meine Yuan-gekoppelten Vermögenswerte waren relativ stabil geblieben, doch mein AmericanMorning-Portfolio – Kraft, AlliedWasteCVS und das ehemalige Konglomerat aus Stahl, Beton und Dienstleistungen, das früher die fortschrittliche Wirtschaft repräsentiert hatte – war jetzt ohne Wert. Vierhunderttausend Yuan, zwei Jahre der Selbstverleugnung und miesen Trinkgelder in Restaurants: alles weg. Wenn man die mit Eunice zusammenhängenden Ausgaben des letzten Monats abzog, war mein Vermögen auf 1 190 000 Yuan geschrumpft. Unterm Gesichtspunkt Unsterblichkeit lag ich schon auf dem Leichentisch. Unterm Gesichtspunkt Überleben, dem neuen Goldstandard für alle Amerikaner, stand ich ziemlich gut da. Ich hob zweitausend Yuan ab, das massige Gesicht des Vorsitzenden Mao mit dem erstaunlichen Haaransatz starrte von den Hundertern zurück, und versteckte die Scheine im Socken. «Sie sind der reichste Mann in Chinatown», sagte die Frau am Schalter. «Gehen Sie nach Hause zu Ihrer Familie.»

Meine Familie. Wie gelang ihr das Überleben? Was war auf Long Island geschehen? Würde ich je wieder ihr nervöses Singvogelgeträller hören? An einer Straßenecke sah ich einen Mann ein Auto anhalten und mit dem Fahrer einen Preis fürs Mitnehmen aushandeln. Mein Vater hatte mir erzählt, dass er sich als junger Mann immer so durch Moskau fortbewegt und einmal sogar einen Streifenwagen angehalten hatte, dessen Fahrer sein Polizistengehalt aufbessern wollte. Ich streckte die Hand aus, und ein Hyundai Persimmon, über und über mit kolumbianischen Insignien behängt, kam neben mir zum Stehen. Ich vereinbarte zwanzig Yuan für eine Fahrt in die Upper East Side, und in den nächsten paar Minuten glitt die Stadt ernst und leer an mir vorüber, was im Kontrast zur empörend fröhlich-beschwingten Salsa-Musik stand, die das Wageninnere erfüllte. Mein Fahrer war so etwas wie ein kleiner Unternehmer und verkaufte mir unterwegs einen hypothetischen Sack Reis, den sein Cousin Hector mir nach Hause liefern sollte. «Früher hatte ich vor allem Möglichen Angst», sagte er und schob die Sonnenbrille nach unten, um mir seine schlaflosen Augen zu zeigen, in denen die braune Iris in den beiden äußeren Farben der kolumbianischen Flagge schwamm, «aber jetzt sehe ich, was unsere Regierung wirklich ist. Nichts drinnen! Wie Holz. Du brichst es auf, *nichts*. Jetzt werde ich mein Leben leben. Und ich werde Geld verdienen. Echtes Geld. *Chinesisches* Geld.» Ich versuchte, für die Dauer der Fahrt sein Freund und ökonomischer Vertrauter zu werden, indem ich gelegentlich «Mh-mm, mh-mm» machte, im üblichen unverbindlichen Ton, den ich bei Leuten anschlage, mit denen ich nichts gemein habe, doch als wir unser Ziel erreichten, stieg er heftig auf die Bremse. «*Salte, hijueputa!*», rief er. «Raus! Raus! Raus!» Ich kletterte hastig aus dem Wagen, der sofort mit quietschenden Reifen in die entgegengesetzte Richtung davonbrauste, ohne dass der Fahrpreis entrichtet worden wäre.

Die Straße war voller Nationalgardisten.

Ich hatte keine Soldaten auf den Straßen gesehen, seit ich meine Wohnung verlassen hatte, doch die Synagoge der

Posthumanen Dienstleistungen war vollständig von bewaffneten Truppentransportern und Gardisten umstellt, die mein Äppärät wohlgemut als Kontingent von Wapachung-Krise identifizierte. (Bei näherem Hinsehen erkannte ich, dass die Flaggen und Abzeichen der Nationalgarde fast gänzlich von Fahrzeugen und Uniformen entfernt worden waren; diese Männer waren ausschließlich von Wapachung.) Sie schützten die Eingangstüren des Gebäudes vor einer tobenden Horde junger Menschen, anscheinend unsere frisch entlassenen Mitarbeiter, unsere schönen Daltons, Logans und Heaths, unsere Avas, Aidens und Jaidens, die mir in der Eternity Lounge zugesetzt hatten und jetzt Joshies Synagoge bedrängten, den Urgrund ihrer Identität, ihrer Egos, ihrer Träume. Meine Nemesis Darryl, der SUK-DIK-Typ, sprang herum wie eine brennende Heuschrecke und versuchte, meine Aufmerksamkeit zu erhaschen. «Lenny!», rief er mir nach, als ich auf die Gardisten am Eingang zuging, meinen Äppärät zum Scannen hinhielt und mit einem knappen Nicken durchgelassen wurde. «Sag Joshie, das ist nicht fair! Sag Joshie, ich arbeite auch fürs halbe Gehalt! Tut mir leid, wenn ich dich verletzt habe! Ich wollte mich beim Miso-Gelage im November für dich einsetzen. Ach komm, Lenny!»

Von der obersten Stufe der Treppe vorm Synagogeneingang warf ich einen Blick auf sie. Wie vollkommen sie aussahen. Wie absolut blendend und topaktuell und jung. Selbst mitten im Unglück arbeiteten ihre neuro-verstärkten Hirne noch messerscharf, versuchten etwas auszutüfteln, damit sie wieder eingelassen wurden. Aus evolutionärer Warte waren sie dafür geschaffen, ein herausragendes Leben zu führen, und jetzt ging die Zivilisation um sie herum in die Knie. Was für ein unglaubliches Pech!

Und dann war ich drinnen; im Hauptheiligtum drängten

sich weitere Gardisten in voller Kampfmontur. Die Anzeigentafeln tickten wie wahnsinnig, da der größte Teil unserer Belegschaft ein ZUG FÄLLT AUS verpasst bekam. Das gleichzeitige Flappen der Klappen auf fünf Tafeln klang, als wären verschiedene Taubenbanden in unsere Hauptgeschäftsstelle eingedrungen und bekämpften sich jetzt im Flug. Ich stand vor einem der Buntglasfenster, das den Stamm Juda darstellte, verkörpert von einem Löwen und einer Krone, und machte mir zum ersten Mal überhaupt bewusst, dass dies einmal für mehrere tausend Menschen ein Tempel gewesen war.

Ein kleiner Überrest unseres Personals spukte noch durch die Büros, doch die Gespräche waren düster und angespannt. Keine Erwähnung von pH-Werten oder «Smart-Blood» oder «Beta-Behandlungen». Das Wort «Triglyzeride» hallte nicht durch die Toiletten, wo wir Posthumanen Dienstleister unseren in die Länge gezogenen biologischen Stuhlgang hatten, uns das Grünzeug aus dem Leib pressten, das uns gerade quälte. Auf dem Weg hinauf zu Joshies Büro blieb ich an Kelly Nardls Schreibtisch stehen. Leer. Weg. Instinktiv griff ich nach meinem Äppärät, um ihr eine Nachricht zu schicken, doch dann fiel mir ein, das alle Datenübertragungen nach außen hin gekappt waren. Ohne besonderen Anlass fürchtete ich wieder um meine Eltern.

Zwei Nationalgardisten standen vor Joshies Büro. Der Ausnahmemodus meines Äppäräts musste ihnen meine Bedeutung verraten haben, denn sie traten zur Seite und öffneten mir die Tür. Da war er. Joshie. Budnik. *Papi chulo.* Belagert in seinem eigenen minimalistischen Büro, denn draußen schrien die jungen Stimmen nach *seinem* Smart-Blood. Ich konnte ein unkreatives, unreifes «Sieben, acht/Neun, zehn/Joshie Goldfuck muss jetzt gehn» her-

aushören, außerdem das viel verletzendere «Unsere Jobs
sind weg/unsere Träume versaut/Aber bald, du Arsch/bist
auch du ergraut». Joshie trug ein goldenes Yuan-Zeichen
an einer Halskette, wollte jugendlich aussehen, doch seine
Haltung wirkte abgekämpft, die Haut seiner Ohrläppchen
eigenartig schlaff, und über den linken Nasenflügel verlief
ein Nildelta violetter Venen. Als wir uns umarmten, trommelte das leichte Zittern seiner Hände gegen meinen Rücken. «Wie geht's Eunice?», fragte er sofort.

«Sie ist durch den Wind», sagte ich. «Aus irgendeinem
Grund glaubt sie, ihre Schwester sei vielleicht im Tompkins
Park gewesen. Sie erreicht ihre Familie in New Jersey nicht.
Auf der George Washington Bridge ist ein Checkpoint, da
lassen sie niemanden durch. Und sie ist wütend auf mich.
Will sagen, eigentlich sprechen wir überhaupt nicht mitein-
ander.»

«Gut, gut», murmelte Joshie und starrte aus dem Fenster.

«Was ist mit dir? Wie wirst du mit alldem fertig?»

«Kleiner Rückschlag», sagte er.

«Kleiner Rückschlag? Da draußen geht das Römische
Reich unter.»

«Sei nicht so theatralisch, Streifenhörnchen», sagte Joshie. «Ich werde diese jungen Hüpfer mit Vorzugsaktien
auszahlen, und sobald wir wieder auf die Beine kommen,
stelle ich sie alle wieder ein.»

Beim Sprechen kehrte seine Energie zurück, tatsächlich,
seine Ohrläppchen strafften sich und nahmen wieder Haltung an. «Hey, hör mal zu, Rhesus!», sagte er. «Ich wette,
auf lange Sicht wird das Ganze sogar gut für uns sein. Es
handelt sich doch um eine kontrollierte Abwicklung des
Landes, eine Art geplante Insolvenz. Arbeitskraft liquidieren, Aktien liquidieren, alles bis auf Immobilien liquidieren.

Rubenstein ist im Augenblick bloß noch eine Galionsfigur. Auch der Kongress ist bloß Show: ‹Seht her, wir haben noch ein Parlament!› Jetzt werden verantwortungsbewusstere Kräfte eingreifen. Das ganze Gerede von venezolanischen und chinesischen Kriegsschiffen ist Quatsch. Niemand wird einmarschieren. Aber eins wird in der Tat passieren, das weiß ich aus zuverlässiger Quelle: Der Internationale Währungsfond wird aus Washington verduften, womöglich nach Singapur oder Peking, und dann arbeiten sie einen IWF-Rettungsplan für Amerika aus, teilen das Land in Konzessionen auf und übertragen die an die Staatsfonds. Norwegen, China, Saudi-Arabien, die ganze Soße.»

«Kein Amerika mehr?», fragte ich, auch wenn mir die Antwort im Grunde egal war. Ich wollte nur in Sicherheit sein.

«Scheiß drauf. Ein *besseres* Amerika. Die Wikinger und Chinesen, die wollen doch aus ihren Investitionen Rendite erzielen. Die werden unsere Vorzeigestädte von allem kreditunwürdigen Abschaum befreien wollen und echte Lifestyle-Center daraus machen. Und wer wird davon profitieren? Natürlich Staatling-Wapachung. Eigentum, Sicherheit, und dann auch wir. Unsterblichkeit. Der Bruch hat eine ganz neue Nachfrage nach dem Nichtsterben generiert. Ich kann mir vorstellen, dass StatoilHydro, also Norwegen, sich mit Staatling zusammentut. Vielleicht fusioniert! Ja, genau, so muss es laufen. Die Norweger haben Euros und Renminbi-Yuans ohne Ende.»

«Was meinst du mit ‹vom kreditunwürdigen Abschaum befreien›?»

«Umsiedeln.» Erregt nahm er einen Schluck grünen Tee. «Diese Stadt ist nicht für alle. Wir müssen konkurrenzfähig werden. Also mehr mit weniger erreichen. Die Bilanz ausgleichen.»

«Ein Schwarzer in meiner Bank hat gesagt, schuld an allem sei Staatling-Wapachung.» Ich versuchte, die Autorität von «Volkes Stimme» anzuzapfen.

«Schuld woran?»

«Ich weiß auch nicht. Wir haben die Fähre bombardiert. Dreihundert Tote. Mein Freund Noah. Weißt du noch, was du mir direkt vor dem Bruch erzählt hast? Dass Vishnu und Grace nichts zu befürchten haben. Aber du hast auch gesagt, du wüsstest nicht, wer Noah ist.»

«Was willst du damit sagen?» Joshie beugte sich vor, die Ellbogen auf dem Schreibtisch. «Willst du mir irgendwas vorwerfen?»

Ich blieb stumm und spielte die Rolle des verletzten Sohnes.

«Es tut mir leid, dass dein Freund tot ist», fuhr Joshie fort. «Die ganzen Todesfälle waren tragisch. Die Fähre, die Parks. Logisch. Aber gleichzeitig stellt sich auch die Frage: Wer *waren* all die Medienleute eigentlich, was hatten sie Konstruktives beizutragen?»

Ich hustete in meine Hand, eine schmerzhafte Kälte breitete sich in meinem Körper aus, als wäre mir ein Eisberg in den After gerammt worden.

Ich hatte Joshie nie erzählt, dass Noah ein Medienmann war.

«Sie verbreiten bloß unnütze Gerüchte. Von wegen sichere Beobachtungseinrichtungen im Hinterland. Ja klar. Rubensteins Regierung hätte nicht mal eine Tippgemeinschaft organisieren können. Lenny, du hast doch Durchblick. Bist doch nicht blöd. Wir arbeiten hier an wichtigen Dingen. Wir haben so viel hineingesteckt. Du und ich. Und jetzt schau es dir an. Eine ganz neue Wendung. Egal, wer morgen das Sagen hat, Norweger oder Chinesen, sie werden wollen, was *wir* erreicht haben. Hier geht es nicht um ein albernes Äpparät-App. Sondern um die Ewigkeit. Das hier ist das *Herz* der Kreativwirtschaft.»

«Scheiß auf die Kreativwirtschaft», sagte ich, ohne nachzudenken. «Downtown gibt es nichts zu essen.»

Ein Augenblick. Seine Hand. Meine Wange. Die Parameter der Welt hatten sich sechzig Grad nach links bewegt und waren dann summend zur Ruhe gekommen. Ich spürte, wie meine eigene Hand sich zu meinem Gesicht hob, ohne dass ich bemerkt hätte, wie.

Er hatte mich geschlagen.

Ich nehme an, die Erinnerung an meine erste väterliche Ohrfeige stieg aus irgendeinem vergessenen Winkel meiner Seele auf – Papa Abramovs die Luft zerteilende Hand, seine breitbeinige Boxerhaltung, als hätte er einen Hundert-Kilo-Brummer vor sich und kein neunjähriges Kind –, aber irgendwie konnte ich nur daran denken, dass ich im November vierzig wurde. In drei Monaten würde ich ein vierzigjähriger Mann sein, der gerade von seinem Freund, seinem Chef, seinem Ersatzvater geohrfeigt worden war.

Und dann ging ich auf ihn los. Über den Schreibtisch, dessen scharfe Kanten mir in den Bauch schnitten, packte ich ihn mit beiden Händen am Schlafittchen seines seidig schwarzen T-Shirts, sein Gesicht, sein feuchtes, erschrecktes Gesicht ganz dicht an meinem, die sanfte Bräune seiner Augen, diese Ausdruckskraft, das schalkhafte jüdische Gesicht, das im Handumdrehen traurig werden konnte, all das, was wir zusammen auf die Beine gestellt hatten, all die Schlachtpläne, die über Platten in Distelöl frittierter veganer Samosas ausgeheckt worden waren.

Eine Hand ließ sein T-Shirt los, eine Faust wurde geballt. Entweder tat ich es, oder ich tat es nicht. Entweder entschied ich mich für diesen letzten Weg, oder ich ließ die Faust sinken. Was hatte ich außer Joshie? Konnte er den Karren nach allem, was geschehen war, wieder aus dem Dreck ziehen? War auf den Fall Roms nicht die Renaissance gefolgt?

Konnte ich diesem Mann wirklich einen Fausthieb versetzen?

Ich hatte zu lange gewartet. Behutsam löste Joshie meine andere Hand von seinem T-Shirt. «Es tut mir leid», sagte er. «Sehr leid. O Gott. Nicht zu glauben, was ich da getan habe. Das ist der Stress. Ich bin gestresst. Mein Cortisolspiegel. Herrgott. Ich versuche, Fassung zu bewahren. Aber natürlich habe auch ich Angst.»

Ich wich zurück. Wie ein bestraftes Kind wurde ich an den Rand des Zimmers geführt und spürte die Alphastrahlen von Joshies Glasfiber-Buddha, die meine Seele streichelten. «Okay, okay», sagte Joshie. «Geh für heute nach Hause. Grüß Eunice ganz lieb von mir. Sag Joe Schechter draußen, dass ich ihn fürs halbe Gehalt wieder einstellen kann, aber Darryl ist raus. Komm morgen wieder. Vor uns liegt so viel Arbeit. Du weißt ja, ich brauche dich auch. Sieh mich nicht so an. Natürlich brauche ich dich.»

Ich machte am A-OK Pizza Shack halt und kaufte das wenige, was sie noch dahatten, drei kostbare Pizzas und Calzones, noch ofenwarm und alles zusammen für sechzig Yuan. Als ich herauskam, fiel auf mich das Licht, das Noah-Licht, das die Stadt durchflutet und alles vereinnahmt, und die urbane Verzückung erfasste mich. Ich schloss die Augen und dachte, dass ich sie nur wieder zu öffnen bräuchte und die letzte Woche wäre nicht geschehen. Stattdessen sah ich die abscheuliche Kreatur. Diesen beschissenen *Otter*, mitten auf der Grand Street, er kaute an irgendetwas auf dem Asphalt herum. Ich packte eine besonders dicke Calzone, um meinen pelzigen Gegenspieler damit niederzuschlagen. Aber nein, es war kein Otter. Es war bloß ein entlaufenes Hauskaninchen, das sich an der neugewonnenen Einsamkeit und einer Straßenmahlzeit erfreute und dabei die

Ohren mit einer Pfote zuckend zurückstrich, was mich an Noah erinnerte, der sich genüsslich durchs volle Haar gefahren war. Wolken zogen auf, und Noahs urbanes Licht verwandelte sich in Schatten, dicht und grau wie Schiefer. Mein Freund war weg.

Zwei mit Schuhen gefüllte Koffer erwarteten mich an der Tür, doch Eunice selbst war weder im Wohn- noch im Schlafzimmer. Zog sie jetzt doch aus? Ich durchsuchte 65 der 70 Quadratmeter meines Nests – vergeblich. Schließlich brachte mich das laufende Wasser im Bad auf die Spur, und als ich angestrengt lauschte, weil gerade ein sirrender Hubschrauber vorüberflog, hörte ich auch das leise Klagen einer gebrochenen Frau.

Ich öffnete die Tür. Sie erschauerte und verschluckte sich, zu ihren Füßen standen zwei leere Flaschen *Presidente*-Bier und eine halb ausgetrunkene Flasche Wodka. Lass dich nicht zu Mitleid hinreißen, sagte ich mir. Halt dich an deinen Zorn der letzten Woche, bewahre ihn in deiner Brust. Erhebe dich über die üblichen Demütigungen. Du bist der reichste Mann in Chinatown. Sie hat nichts für dich getan. Du kannst was Besseres haben. Lass die Welt in Stücke gehen, jetzt ist durch Einsamkeit mehr zu erreichen. Mach dich frei von diesem 39-Kilo-Unglücksraben. Denk dran, dass sie dich nach Noahs Tod nicht trösten wollte.

«Ich dachte, wir dürfen keinen Alkohol auf Getreidebasis trinken.» Ich deutete mit einem Nicken auf die geleerten Flaschen, so viel hatte ich sie noch nie trinken sehen.

Das «Fick dich», das ich als Antwort erwartet hatte, blieb aus. Sie zitterte weiter, gleichförmig wie ein sterbendes Tier, das auf die billigen Fußbodenfliesen des Badezimmers tappte. Sie flüsterte auf Englisch und Koreanisch. «*Appa*, warum?», beschwor sie ihren Vater. Oder vielleicht auch nur ihren nicht funktionierenden Äppärät. Nie zuvor war mir die Ähnlichkeit zwischen dem Wort für das Gerät, das unsere Welt beherrschte, und dem koreanischen Wort für Vater aufgefallen. Sie trug ein T-Shirt mit der ironischen Aufschrift «Baghdad Tourist Authority», das mir gehörte, und diese eigenartige Verknüpfung – Eunice in meiner Kleidung – weckte in mir den Wunsch, sie in die Arme zu schließen, mich selbst an ihr zu spüren. Ich hob sie hoch – schon ihr geringes Gewicht versetzte meiner Prostata einen Stich, doch sonst fühlte ich mich beneidenswert – und hievte sie auf unser Bett, sog den Duft ihres alkoholisierten Atems und die Erdbeerreinheit ihrer frischgewaschenen Haare ein. Gewaschen hatte sie sich für mich. «Ich habe Pizza mitgebracht», sagte ich. «Und Spinat-Calzones. Mehr gibt's da draußen im Augenblick nicht. Keine Bio-Ware.»

Sie zitterte so heftig, dass ich mir Sorgen um ihre Gesundheit machte. Ihr Körper, dieses *Nichts*, erbebte von stoßweise verbrauchter Energie. Ich legte die Hand auf ihre glühende Stirn.

«Ist schon gut», sagte ich. «Nimm eine Ibuprofen. Iss eine Pizza. Trink Wasser. Alkohol dehydriert.»

«Das weiß ich selbst», flüsterte sie zwischen den Schauderschüben, und ich nahm das als hoffnungsvolles Zeichen, dass ihr Missmut zurückkehrte. Aber sie zitterte weiter, ihr Gesicht war eine bleiche, sommersprossige Maske, zur linken Seite hin verzerrt wie bei einem Krampfanfall. Ein Kind, bloß ein Kind. «Len», sagte sie. Wasser sammelte sich in ihrem Kinngrübchen. «Lenny. Ich … Es …» Ihr tat es leid. Wie Joshie. Eine Entscheidung reifte in mir. Eine endgültige. Meine Lippen spitzten sich, um die ersten Worte eines schicksalhaften Satzes zu bilden. Ich ließ sie fürs Erste gespitzt. Ich konnte ihr natürlich erzählen, was sich alles an ihrem Verhalten ändern müsste, damit wir zusammen glücklich werden könnten, aber das wäre sinnlos.

Entweder ich akzeptierte das Mädchen, das ich in den Armen hielt, oder ich verbrachte den Rest meiner Zeit damit, nach etwas anderem zu suchen.

Ihr Zittern wurde stärker, und sie drehte sich in meinen Armen um, ließ mich das heftige Beben ihres Rückgrats an der Brust spüren. Ich sah ihre in mein T-Shirt gehüllten Knochen, entdeckte in ihren Krämpfen die beweglichen Aspekte ihres Skeletts. Sie klagte aus solcher Tiefe, dass ich es nur mit einem Ort jenseits des Ozeans in Verbindung bringen konnte, mit einer Zeit, da unsere Nationen sich noch gar nicht formiert hatten. Zum ersten Mal, seit wir uns kannten, fiel mir auf, dass Eunice Park im Gegensatz zu anderen ihrer Generation nicht völlig unhistorisch war. Ich umfasste ihr weiches Hinterteil, ihr einziges Zugeständnis ans Frausein. Die Berührung meiner flachen Hände beruhigte sie. Ich glitt nach unten und ließ ihren TotalSurrender-Slip aufschnappen. Sie schmeckte wie immer – nicht honigsüß, wie manche großstädtischen Musiker behaupten mögen, sondern schwer nach Moschus und ein wenig nach Urin. Ich umschloss sie mit dem Mund und lag einfach so da, wartete darauf, dass ihr Schaudern nachließ, dass der Schlaf uns beide übermannte, und vergaß den nagenden Pizzahunger in meiner Körpermitte. Ich dachte über das Wort Wahrheit nach. Man konnte über Eunice Park alles Mögliche sagen, doch eins stand fest, sie war vollkommen wahr.

DATING-TIPPS
Aus Eunice Parks GlobalTeens-Account

4. August

EUNI-DIOTIN AN AZIZARMEE-INFO:

David, bist du da? O mein Gott! Ich hab die letzten Medienberichte gesehen. Du hast geblutet. Im Gesicht. Und dein Arm. Mein armer David. Ich bin fast in Ohnmacht gefallen. Ich hab versucht, mich zum Tompkins Square durchzuschlagen, das schwöre ich, aber es ging einfach nicht. Man hat mich nicht hingelassen. Geht es dir gut? WAR MEINE SCHWESTER BEI DIR IM PARK??? Ich weiß, dass sie an Wochenenden manchmal hingeht. Bitte antworte, so schnell du kannst. Ich glaube immer noch an dich. Muss immer noch daran denken, was du mir über mein Leben und meinen Vater beigebracht hast, an deine lehrreichen «Beobachtungen». Du hattest mit allem recht. Es ist nicht so leicht, sich nicht vom Denken der Vermögenden anstecken zu lassen. Aber ich werde Dinge tun, auf die du stolz sein kannst. Ich bin ein Kämpfer, und ich werde nie aufhören zu kämpfen. David, melde dich!

Alles Liebe,

Eunice

GLOBALTEENS AUTOMATISCHE FEHLERMELDUNG 01121111:

Die Unanemlichkeiten tun uns echt TOTAL LEID. Wir erleben momentan Verbindungsprobleme in folgenden Regionen: NEW YORK, New York, USA. Bitte haben Sie Geduld, das Problem sollte sich so irgendwann lösen.

Gratis GlobalTeens-Dating-Tipp: Typen finden es toll,

wenn du über ihre Witze lachst. Überhaupt nicht sexy ist aber, sie übertreffen zu wollen und selbst Witzbold zu sein! Wenn er einen Witz macht, lächle so, dass er deine Zähne sieht und mitkriegt, wie sehr du ihn «willst», dann sag: «Du bist ja so witzig!» In null Komma nix lutschst du Schlampe seinen Schwanz.

EUNI-DIOTIN AN GRILLBITCH:

Pony, bist du da? Was ist los? Ich versuche schon seit einer Woche, dich anzutexten, mein Äppärät kann keine Verbindung herstellen, weder über TALK noch STREAM, ich kriege bloß so eine bescheuerte Fehlermeldung, die mich in den Wahnsinn treibt. Antworte bitte. Du fehlst mir. Ich mach mir Sorgen um dich. Du fehlst mir SO SEHR. Was ist los bei euch da drüben? Wurde in Hermosa auch geschossen? Was ist mit der Fabrik deines Vaters? Schreib mir JETZT! Ich mach mir Sorgen, Jenny Kang. Mein liebstes Pony, melde dich. Ich heule nur noch. Ich hab keine Ahnung, was mit meiner Familie ist. Und über meinen Freund David weiß ich auch nichts. Ich glaube, Lenny will mich nicht mehr. Ich glaube, wir haben uns definitiv getrennt, er kann mich bloß nicht rausschmeißen, wegen der allgemeinen Lage. Bitte schreib mir oder REDE mit mir. Ich will nicht allein sein, und ich habe Angst. Du bist meine beste Freundin.

GLOBALTEENS AUTOMATISCHE FEHLERMELDUNG O1121111:

Die Unanemlichkeiten tun uns echt TOTAL LEID. Wir erleben momentan Verbindungsprobleme in folgenden Regionen: HERMOSA BEACH, Kalifornien, USA. Bitte haben Sie Geduld, das Problem sollte sich so irgendwann lösen.

Gratis GlobalTeens-Dating-Tipp: Verschränk nie die Arme

vor dem, mit dem du dich triffst. Das deutet an, dass du ihm in dem, was er sagt, nicht voll und ganz zustimmst oder dass du vielleicht nicht so auf sein Profil stehst. Streck stattdessen die Arme aus, Handflächen nach oben, als ob du seine Eier wiegen willst! Hol dir ein Diplom in Körpersprache, Freundin, und alle werden dich flachlegen.

EUNI-DIOTIN AN CHUNG.WON.PARK:

Mom! Hallo. Mom, ich mache mir Sorgen. Ich habe versucht, dich und Sally anzutexten, aber ich kriege keine Verbindung. Du sollst nur wissen, dass es mir gutgeht. Unser Gebäude wurde nie beschossen, es ist jüdisch. Ich brauche dich jetzt, Mom. Ich weiß, du bist wegen Lenny noch sauer auf mich, aber ich muss wissen, ob es euch gutgeht. Sag mir nur, ob es dir und Dad und Sally gutgeht.

GLOBALTEENS AUTOMATISCHE FEHLERMELDUNG O1121111:

Die Unanemlichkeiten tun uns echt TOTAL LEID. Wir erleben momentan Verbindungsprobleme in folgenden Regionen: FORT LEE, New Jersey, USA. Bitte haben Sie Geduld, das Problem sollte sich so irgendwie bald lösen.

8. August

EUNI-DIOTIN AN GRILLBITCH:

Hi, Jenny. Wahrscheinlich werde ich bloß wieder so eine Fehlermeldung kriegen, aber ich schreib dir trotzdem, weil ich hoffe, du kriegst die Message, wenn nicht jetzt, dann irgendwann. Ich kann nämlich nicht glauben, dass du wie Lennys Freund Noah einfach weg bist. Ich kann und werde es nicht glauben, weil du mir so viel bedeutest. Darum erzähl ich dir jetzt mal, was in meinem Leben so passiert.

Hier ging es echt zur Sache, aber ich glaube, ich hab Lenny verziehen. Ich muss eben akzeptieren, dass David und alle anderen aus dem Park weg sind, auch wenn ich weiß, es einfach WEISS, dass Sally nicht dabei war. Ich muss akzeptieren, dass ich nichts hätte tun können, um David und seine Leute zu retten, und dass das alles nicht auf Lennys Konto ging, er wollte uns bloß in Sicherheit bringen. Ach, mein süßes liebstes Pony. Ich glaube, David hab ich auf eine Art geliebt, die ich nicht mal beschreiben kann. Natürlich passten wir überhaupt nicht zusammen, aber Lenny und ich passen auch nicht zusammen. Mein Vater war sehr freundlich zu mir, nachdem er mich und David im Park gesehen hatte, weil wir da alle drei gemeinsam auf ein größeres Ziel hingearbeitet haben, und irgendwie hat mein Vater wohl GE-SEHEN, dass ich trotz meiner Macken grundsätzlich auch ein guter Mensch bin und es keinen Grund gibt, mich zu hassen. Das klingt jetzt so christlich, aber irgendwie hab ich da wohl so einen Spleen wie Sally. So einen Helferinstinkt, nehm ich an.

Ich weiß auch nicht, keine Ahnung, aber als Lenny und ich gestern Sex hatten, da konnte ich ihm nicht in die Augen sehen. Mit seinem kleinen Kugelbauch rutschte er auf mir rum, und ich musste die ganze Zeit daran denken, wie viel ich verloren habe und wie viel ich noch verlieren werde, und es tat mir richtig LEID wegen David, so als ob ich ihn betrügen würde. Und deshalb wollte ich Lenny betrügen, denk ich mal.

Dabei hat Lenny gar nichts Schlimmes gemacht. Er hat Yuan auf dem Konto, also gibt es Pizza und Calzone, und mein Arsch wird tatsächlich immer fetter. Wir überleben, und das haben wir nur Lenny zu verdanken. Süßes Pony, hoffentlich sorgt irgendjemand so für dich, wie er für mich gesorgt hat. Außerdem leben hier im Gebäude lauter Alte, von denen die meisten Juden sind, und niemand kümmert sich richtig um sie, dabei sind diese Woche so um die 38 Grad, und der Strom reicht nicht für die Klimaanlage, darum müssen wir rumgehen und ihnen Wasser bringen. Ich wollte, dass Lenny mir hilft, in verschiedenen Läden der Gegend Wasserflaschen zu besorgen, weil hier alles rationiert ist. Er versucht wohl auch zu helfen, aber er kriegt es nicht hin, weil er zu viel Schiss hat. Weiße kümmern sich einfach nicht so um alte Leute, außer David, der hat versucht, einfach allen zu helfen. Und dann haben sie ihn abgeknallt wie einen Hund.

GLOBALTEENS AUTOMATISCHE FEHLERMELDUNG

WAPACHUNG-KRISE AUSNAHMENACHRICHT:

    Absender: Joshie Goldmann, Posthumane Dienstleistungen, Geschäftsleitung

    Empfänger: Eunice Park

    Eunice, ich werde dir von nun an diese Nachrichten auf einer Ausnahmefrequenz senden, die wir heimlich über Lennys Äppärät leiten. Aber das ist jetzt nur zwischen uns, okay? Sag Lenny nichts davon, der hat im Moment genug um die Ohren. Ich möchte im Augenblick bloß, dass du bestätigst, diese Nachricht erhalten zu haben, und dass du in Sicherheit bist. Lass mich wissen, ob ich IRGENDWAS für dich tun kann. Küsse und Umarmung,

    Joshie

20. August

Tut mir leid, dass ich eine Weile nicht geschrieben hab. Bin wohl ein bisschen deprimiert. Zwischen Lenny und mir läuft es viel besser, aber ich hab immer noch das Gefühl, das Blatt hat sich gewendet. Nachdem er beinahe mit mir Schluss gemacht hätte, entgleitet mir offenbar alles. Mir ist, als ob ich nackt wär oder so, ohne Panzer. Ich fürchte, er wird mich dafür bestrafen, dass ich ihn so oft nicht richtig geliebt habe. Vielleicht sollte ich ihn zuerst bestrafen? Sein Chef Joshie schickt mir ständig so Messages über diese Wapachung-Ausnahmefrequenz, weil er rausfinden will, wie es mir geht, aber ich weiß nicht, was ich tun soll. Die Sache ist die, dass ich Joshie auf so eine ältere, männliche Art attraktiv finde. Vielleicht fühle ich mich körperlich von seiner starken Persönlichkeit angezogen. Er ist wie David, immer bereit, das Ruder in die Hand zu nehmen, wenn die Leute, die er liebt, in Gefahr sind. Jedenfalls warte ich den halben Tag auf eine Ausnahmenachricht von Joshie. Ist das total falsch? Ich bin so eine schlechte Freundin.

Aber außerdem hab ich etwas nachgedacht: Vielleicht lag David am Ende doch falsch? Vielleicht gibt es gar keinen «zweiten Akt» für Amerika, wie er gesagt hat. Vielleicht hattest du, was ihn angeht, ja recht. Vielleicht war er bloß ein Träumer und hätte nie für mich und meine Familie sorgen können. Aber wenn nicht er, wer dann? Lenny?

Manchmal macht es mir ein schlechtes Gewissen, dass ich kein besonders fähiger Mensch bin, denn sonst könnte ich ja meiner Schwester und meiner Mutter helfen. Vielleicht sollte ich mal Joshie fragen, was ich tun soll oder ob er was über meine Familie rausfinden kann oder so. Igitt, wie kaputt bin ich bloß? Sag du es mir. Schreib mir oder texte mich an. Wann du willst, Tag und Nacht, egal, wann du das hier kriegst und wann es sicher ist, mir zu antworten. Ich muss deine Stimme hören, Pony meines Herzens. Sag mir, dass ich nicht allein bin.

GLOBALTEENS AUTOMATISCHE FEHLERMELDUNG

22. August

EUNI-DIOTIN AN CHUNG.WON.PARK:

Hi, Mommy. Ich wette, ich kriege eine Fehlermeldung hierauf, aber ich habe einfach das Gefühl, ich muss das schreiben. Wenn du es eines Tages kriegst, dann sollst du wissen, dass es mir leidtut. Ihr seid so nah, und doch kann ich dir und Sally und Dad nicht helfen. Ich weiß, eigentlich habt ihr mich anders erzogen. Besser. Wären wir in Korea, würdet ihr irgendeinen Weg finden, euren Eltern zu helfen, auch unter persönlichen Opfern. Ich bin eben kein guter Mensch. Ich habe keine innere Stärke und rein gar nichts vorzuweisen, und es tut mir so leid, dass ich beim Aufnahmetest nicht besser abgeschnitten habe. Wenn ich doch nur wüsste, was mein besonderer Weg ist, wie Reverend Cho gern sagt. Sollte Sally bei euch sein, dann richtet ihr bitte aus, dass es mir leidtut, sie als Schwester ebenfalls im Stich gelassen zu haben.

Deine nutzlose Tochter
Eunice

GLOBALTEENS AUTOMATISCHE FEHLERMELDUNG

Absender: Joshie Goldmann, Posthumane Dienstleistungen, Geschäftsleitung

Empfänger: Eunice Park

Hi, Eunice. Wie geht es dir? Hör mal, ich weiß, dass es Downtown Nahrungsengpässe gibt, darum werde ich euch ein großes Carepaket schicken. Halte morgen um 16 Uhr Ausschau nach einem schwarzen Staatling-Wapachung-Service-Jeep vor eurer Haustür. Irgendwelche Sonderwünsche? Ich weiß ja, ihr Mädels herzt Bio-Erdnussbutter und jede Menge Sojamilch und Müsli, stimmt's?

Also, es wird alles sehr bald besser werden, versprochen. Die ganze Lage klärt sich gerade. Tipp: Fang schon mal an, Norwegisch und Mandarin zu lernen. BG. Und weißt du was? Dieser Kunstlehrer reist nun aus Paris an, also können wir bei mir zu Hause mit den Stunden anfangen! Die Parsons hat inzwischen dichtgemacht. Na, ich kann es kaum erwarten, dich wiederzusehen. Wir werden so viel Spaß miteinander haben, Eunice. Aber wie immer soll das unser kleines Geheimnis bleiben. Wir haben es ja mit einem sehr sensiblen Rhesusäffchen zu tun, und der könnte das ganz falsch auslegen, wenn du verstehst, was ich meine. Haha.

23. August

Absender: Eunice Park

Empfänger: Joshie Goldmann, Posthumane Dienstleistungen, Geschäftsleitung

Hi, Joshie. Ich habe deine liebe Message gekriegt. Das mit dem Nahrungspaket finde ich echt toll. Seit einer

Woche essen wir nur noch Fette und Kohlehydrate. Ob Wasser aus dem Hahn kommt, ist reine Glückssache, und unserm Eckladen hier ist letzte Woche das Mineralwasser ausgegangen. Außerdem gibt es im Haus ein paar alte Leute, die Wasser und Nahrungsmittel brauchen, die Hitze ist wirklich schlimm für sie, obwohl ich mir noch mehr Sorgen mache, ob es im Winter noch WARM GENUG sein wird. Vielen Dank jedenfalls! Ja, Müsli herze ich total (am allerliebsten Smart Start) und Bio-Erdnussbutter auch. Tut mir leid, dass ich dich wegen so was belästige, aber könntest du bitte rausfinden, ob es meinen Eltern gutgeht? Ich habe nichts mehr von ihnen gehört, seit sich mein Global-Teens abgemeldet hat, und ich bin superbesorgt. Dr. Sam Park und Mrs. Chung-won Park, 124 Harold Avenue, Fort Lee, NJ 07024. Außerdem habe ich auch nichts mehr von meiner besten Freundin Jennifer Kang gehört, die wohnt 210 Myrtle Avenue, Hermosa Beach, CA, den Zipcode weiß ich nicht. Außerdem war mein Freund David Lorring am Tompkins Square, als das alles passiert ist, vielleicht kannst du irgendwie rausfinden, wie es auch dem geht. Es tut mir wirklich leid, dass ich dir so viel aufbürde, aber ich drehe beinahe durch vor Angst.

Ich fände es toll, mit dir zu zeichnen, aber ich glaube eigentlich, wir sollten Lenny davon erzählen. Wie du schon sagst, ist er ein sehr sensibles Rhesusäffchen, und ich glaube, er wäre sehr sauer auf mich, wenn er das jemals rauskriegen würde. Und immerhin IST er mein FREUND. Danke für dein Verständnis.

Deine Eunice

WAPACHUNG-KRISE AUSNAHMENACHRICHT:

Absender: Joshie Goldmann, Posthumane Dienstleistungen, Geschäftsleitung

Empfänger: Eunice Park

Smart Start! Wow, das ist auch meine Lieblingssorte! Ich freue mich, dass wir so viel gemeinsam haben. Du achtest wirklich sehr auf dich, und das merkt man schon daran, wie schön und jung du aussiehst. Ich glaube, unsere Ansichten über das Leben und Jungbleiben und Auf-sich-selber-Achten haben echt eine große Schnittmenge, und wir haben beide versucht, Lenny davon zu überzeugen, aber letztlich glaube ich, er ist dagegen immun. Ich versuche schon lange, ihn zum Nachdenken zu bewegen, was seine Gesundheit angeht, aber er ist zu sehr auf seine Eltern fokussiert, macht sich dauernd Gedanken um DEREN Tod und kann deshalb nicht recht begreifen, was es bedeutet, sein Leben so voll, so gesund, so jugendlich wie nur möglich auszukosten. In gewisser Weise stammen wir beide, du und ich, aus der gleichen Generation, Lenny hingegen aus einer anderen Welt, einer früheren Welt, besessen vom Tod und nicht vom Leben, gelähmt vor Angst und nicht beseelt von positivem Denken. Ich werde jedenfalls zwei Jeeps total mit Vorräten beladen, damit ihr genug zu essen für euch habt und auch noch die armen Alten bei euch im Haus mit Nahrung und Flüssigkeit versorgen könnt.

Ich weiß nicht, ob Lenny dir das erklärt hat, aber die Abteilung Posthumane Dienstleistungen, die ich leite, gehört zum selben Unternehmen wie WapachungKrise. Ich habe mit ein paar Leuten dort geredet, und sie werden Nachforschungen über deine Eltern anstellen. Allerdings weiß ich, dass die Lage in Fort Lee ziemlich auf der Kippe steht. Im Grunde hatte in der Woche nach dem Bruch niemand da drüben die Kontrolle, aber so schlimm wie in anderen Landesteilen ist es nun auch wieder nicht, weil es ja von hier aus gesehen gleich auf der anderen Flussseite ist. Mit anderen Worten, ich bin überzeugt, dass sie wohlauf sind. Über

Hermosa Beach konnte ich keine Informationen einholen, außer dass es von dort Berichte über heftige Feuergefechte mit leichten Waffen während des Bruchs und danach gegeben hat. Tut mir leid, Eunice. Ich weiß nicht, ob deine Freundin zur Zeit der Kämpfe in der Gegend war. Ich möchte nur, dass du aufs Schlimmste gefasst bist.

Ich komme mir ein bisschen albern vor, wenn ich das schreibe, aber ich will vollkommen ehrlich sein. Eunice, ich hege wirklich starke Gefühle für dich. Vom ersten Augenblick an, als wir uns kennenlernten, war ich so aufgeregt, dass mein Hirn kurz vorm Aussetzen war. Ich habe gut zehn Minuten gebraucht, eine Flasche Resveratrol zu öffnen, bloß weil mir so die Hände zitterten! Als ich dich sah, erinnerte ich mich an einige der schlimmsten Abschnitte meines Lebens, an Dinge, die ich hier über die Ausnahmefrequenz nicht ausbreiten sollte. Nur so viel: Es gab schwierige Momente, und womöglich braucht es mehrere Lebensspannen, um darüber hinwegzukommen (weshalb ich eben auch nicht sterben kann), aber als ich dich sah, hatte ich das Gefühl, jedenfalls NACHDEM ich wieder Luft kriegte (haha), als würde mir diese Last zum Teil von den Schultern genommen. Als wüsste ich plötzlich, was ich wollte, nicht bloß im Hinblick auf die Ewigkeit, sondern auch auf die Gegenwart. Und als sich die Dinge in der letzten Zeit schlimm entwickelten, da hat mich der Gedanke an dich durchhalten lassen. Was ist das für eine Wirkung, die du auf Menschen hast, Eunice? Wo kommt das her? Wieso macht dein Lächeln aus einem der mächtigsten Männer der westlichen Welt einen dämlichen Teenager? Ich habe irgendwie das Gefühl, dass wir gemeinsam das ganze Elend wiedergutmachen können, dem wir auf diesem Planeten begegnet sind, alle Schrecklichkeiten, denen wir als Kinder ausgesetzt waren.

Jedenfalls komme ich mir irgendwie total komisch vor,

weil ich dir so mein Herz ausschütte und meine Gefühle sowohl für DICH als auch für DEINE FAMILIE IN FORT LEE, UM DEREN WOHLERGEHEN ICH MICH SORGE, so stark und rückhaltlos sind, dass ich schon befürchte, ich könnte dich damit verjagen. Wenn das so wäre, täte es mir leid. Aber wenn nicht, dann lass es mich bitte wissen, und dann zeichnen wir einfach ein bisschen miteinander, ohne weitere Verpflichtungen. Immer noch besser, als in der elenden Grand Street Nr. 575 rumzuhängen, oder? Hahaha.

Alles Liebe,
Dein Joshie

FÜNF-JIAO-MÄNNER
Aus dem Tagebuch des Lenny Abramov

5. September

Liebes Tagebuch,

mein Äppärät kriegt keine Verbindung zustande. Und ich auch nicht.

Mein letzter Tagebucheintrag ist fast einen Monat her. Tut mir sehr leid, aber ich kriege keine Verbindung zustande, die den Namen verdient, zu niemandem, nicht mal zu dir, Tagebuch. In unserem Wohngebäude haben sich vier junge Leute umgebracht, und zwei von ihnen schrieben in ihren Abschiedsbriefen, dass sie sich kein Leben ohne ihren Äppärät vorstellen könnten. Einer schrieb ziemlich eloquent, er habe versucht, «nach dem Leben zu greifen», sei aber nur auf «Wände und Gedanken und Gesichter» gestoßen, und das habe eben nicht gereicht. Er brauche Rankings, er müsse seinen Platz in der Welt kennen. Das klingt zwar lächerlich, aber ich kann ihn verstehen. Wir sind alle zu Tode gelangweilt. Meine Hände kribbeln vor Verlangen nach Verbindung, ich will meine Eltern und Vishnu und Grace erreichen, ich will mit ihnen um Noah trauern. Doch alles, was ich habe, sind Eunice und meine Bücherwand. Also versuche ich zu feiern, was ich habe – einer meiner wichtigsten Vorsätze.

Die Arbeit läuft gut. Ein bisschen wirr und hektisch, aber immer noch besser als das langsame Mahlen der Wirklichkeit. Meist arbeite ich allein an meinem Schreibtisch, eine halb sauer gewordene Schale Miso-Suppe neben mir. Joshie habe ich seit DER OHRFEIGE eigentlich kaum gesehen. Er treibt sich irgendwo herum, verhandelt mit dem IWF oder den Norwegern oder den Chinesen oder sonst irgendwem, der sich noch für uns interessiert. Howard Shu, der Obertrottel, ist so eine Art Bannerträger für uns wenige geworden, die bei Posthumane Dienstleistungen noch übrig sind. Er hat immer ein altmodisches Klemmbrett bei sich und sagt uns tatsächlich, was wir tun sollen. Vor dem Bruch hätten wir so ein hierarchisches Benehmen niemals hingenommen, aber jetzt sind wir froh über Anweisungen, selbst über gebrüllte. Meine derzeitige Aufgabe besteht darin, Wapachung-Ausnahmenachrichten an unsere Klienten rauszuschicken, zu prüfen, ob sie in Sicherheit sind, aber auch vorsichtig in Erfahrung zu bringen, wie es um ihre Unternehmen, ihre Ehen, ihre Kinder, ihr Vermögen bestellt ist. Zu prüfen, ob *wir* in Sicherheit sind, ob unsere monatlichen Gebühren weiter reinkommen.

Das wird nicht ohne weiteres der Fall sein. Niemand arbeitet. Lehrer kriegen ihr Gehalt nicht mehr, habe ich gehört. Keine Schule. Die Kinder werden einfach auf die problematische neue Stadt losgelassen. Neben dem arabischen Imbiss sah ich ein Kind aus den Vladeck Houses sitzen, vielleicht zehn oder zwölf, das eine Plastiktüte ausleckte, in der etwas namens «Clük» gewesen war, laut Warnhinweis auf der Packung basierte es «auf echtem Hühneraroma»! Als ich mich neben den Jungen setzte, konnte er kaum die Augen zu mir heben. Instinktiv holte ich meinen Äppärät hervor und richtete den auf ihn, als könnte ich damit alles in Ordnung bringen. Dann zog ich eine braune Zwanzig-Yuan-Note aus der Tasche und legte sie ihm vor die Füße. Sofort zuckte seine Hand danach. Der Schein wurde in die Faust geknüllt. Die Faust hinterm Rücken versteckt. Sein Gesicht drehte sich langsam zu mir. Der Blick aus braunen Augen, den er mir zuwarf, zeigte keine Dankbarkeit, sondern besagte: *Lass mich allein mit meinem frischerworbenen Vermögen, sonst hau ich dir mit letzter Kraft eine rein.* Ich ließ ihn, Faust hinterm Rücken, Blick auf meinen davoneilenden Füßen, sitzen.

Ich weiß auch nicht, was los ist. Entweder ist die Stadt total am Ende, oder sie versucht schon wieder Erlösung zu erlangen. Neue Schilder werden aufgestellt. «NY-Tourismus: Sind Sie bereit für den Bruch?» und «New York für Harte: Haben Sie das Überlebens-Gen?».

Soweit ich das beurteilen kann, sind die einzigen Arbeitsplätze in und um Manhattan auf den Baustellen der «Staatling-Wapachung Arbeitsausführung» zu finden, wo mit dem Versprechen «Eine Stunde ehrlicher Arbeit = 5-Jiao-Münze. Nahrhaftes Mittagessen inklusive» geworben wird. Reihen von Männern brechen Asphalt auf, graben Gräben, füllen Gräben mit Zement. Diese Fünf-Jiao-Männer streifen, Hände in den Taschen, unnütze rudimentäre Äppärät-Kopfhörer in den Ohren, wie ein Rudel stimmloser Löwen durch die Stadt. Sie sind mittleren Alters oder jünger, ihr kümmerliches Haar ist von der Sonne gebleicht, brutale Sonnenbrände auf Gesicht und Nacken, teure, in glücklicheren Tagen gekaufte T-Shirts, ungekannte Schweißlandschaften, die sich bis zum Bauch erstrecken. Schaufeln, Spitzhacken, lautes Ausatmen, nicht mal mehr ein Grunzen, um Kraft zu sparen. Ich sah Noahs alten Freund Hartford Brown, der noch vor wenigen Monaten auf einer Yacht in den Antillen gefickt worden war und jetzt in einer Fünf-Jiao-Kolonne in der Prince Street arbeitete. Er sah zweigeteilt aus, die eine Seite braun gebrannt, die andere pellte sich, sein etwas moppeliges Gesicht hatte jede Oberflächenstruktur verloren, ähnelte einer dicken Scheibe Prosciutto. Wenn sie einen berühmten Schwulen wie ihn so zum Arbeiten bringen können, dachte ich, was können sie dann erst mit uns anderen anstellen?

Während er seine Hacke schwang, trat ich dicht an ihn heran, sein fieser Körpergeruch hieb mir in die Nase. «Hartford», sagte ich. «Ich bin's, Lenny Abramov. Noahs Freund.» Ein schreckliches Ausatmen von schrecklich tief drinnen. «Hartford!» Er wandte sich ab. Jemand mit Megaphon rief: «Jetzt *wollen* wir aber wieder an die Arbeit, Brownie!» Ich gab ihm einen Hundert-Yuan-Schein, den auch er ohne Dank an sich nahm, dann schwang er wieder seine Hacke. «Hartford», sagte ich. «Hey! Du musst jetzt nicht mehr arbeiten. Hundert Yuan entsprechen zweitausend Arbeitsstunden. Entspann dich. Ruh dich aus. Geh in den Schatten.» Aber er schwang einfach ganz mechanisch weiter, ignorierte meine Anwesenheit, war schon wieder in seine Welt eingetaucht, die mit der Hacke hinter seiner Schulter begann und mit der Hacke im Erdboden endete.

Zu Hause nahm Eunice die Organisation der Hilfsmaßnahmen für ältere Nachbarn in die Hand. Warum, weiß ich nicht. Regte sich ihre christliche Erziehung? Der Kummer, weil sie ihren eigenen Eltern nicht helfen konnte? Ich nehme es einfach mal so hin.

Sie ging in unseren vier Gebäuden von Stockwerk zu Stockwerk, also in insgesamt achtzig Stockwerke, klopfte an jede Tür, und wenn ältere Menschen aufmachten, notierte sie ihren Nahrungsmittel- und Wasserbedarf und sorgte dafür, dass die Vorräte in der nächsten Woche mit einem von Joshies Staatling-Wapachung-Service-Konvois geliefert wurden. Wieso hilft er uns? Ich vermute, dahinter stecken Schuldgefühle wegen Noah und der Fähre, vielleicht auch wegen DER OHRFEIGE. Ist auch egal, wir können jedenfalls alles gebrauchen, was er liefern kann.

Das Wasser hat sie – dann und wann mit meiner Hilfe – selbst in jede Wohnung gebracht, sie hat darauf geachtet, dass alle Fenster und Türen offen standen, um den Luftaustausch zu verbessern, sie setzte sich hin und hörte den alten Leuten zu, die darüber klagten, dass ihre Kinder und Enkel übers ganze Land verstreut waren und sie ihretwegen schlimmste Befürchtungen hegten, sie bat mich, gewisse jiddische Wörter zu übersetzen («dieser *farkakte* Rubenstein», «dieser *Schlemihl* Rubenstein», «dieser kleine *Pischer* Rubenstein»), doch vor allem saß sie einfach nur bei ihnen und nahm sie in den Arm, wenn ihre Tränen die staubigen Brücken und abgewetzten Teppiche aus dem letzten Jahrhundert benetzten. Und rochen die alten Damen (die meisten unserer greisen Nachbarn sind Witwen) einmal besonders schlecht, putzte sie ihre schmutzigen Badewannen, half den wackligen Leibern hinein und wusch sie. Diese Aufgabe fand ich besonders abstoßend – so sehr fürchtete ich, eines Tages auch für meine eigenen Eltern derart taktvoll und taktil sorgen zu müssen, wie es die russische Tradition von mir verlangte –, doch Eunice, die jeden unbekannten Geruch in unserem Kühlschrank genauso verabscheute wie meine ranzigen Fußnägel, wenn ich ein paar Pediküren ausgelassen hatte, zuckte nicht davor zurück, ließ sich von der eingesunkenen, fleckigen Haut unter ihren Händen nicht abschrecken.

Wir sahen eine Frau sterben. Oder jedenfalls tat das Eunice. Ich glaube, es war ein Schlaganfall. Sie bekam kein Wort mehr über die Lippen, diese verdorrte Kreatur, saß neben einem Couchtisch, der mit uralten und funktionslosen Fernbedienungen übersät war, und hatte hinter sich ein gerahmtes Foto des Lubawitscher Rebben stehen, der stolz seinen prächtigen Bart präsentierte. «Ikan», sagte sie immer wieder und spuckte dabei in hohem Bogen über Eunice' Schulter. Dann mit mehr Nachdruck: «Ikan, ikan, ikan!»

Wollte sie «ich kann» sagen? Ich verließ die Wohnung, denn ich ertrug es nicht, dass Erinnerungen an meine eigene Großmutter nach ihrem letzten Schlaganfall geweckt wurden, die im Rollstuhl ihre abgestorbenen Körperteile mit einem Schaltuch bedeckt hatte, weil die Sorge sie umtrieb, vor der Welt hilflos auszusehen.

Ich fürchtete die alten Leute, ihre Sterblichkeit, doch je mehr ich sie fürchtete, desto mehr liebte ich Eunice Park. Ich verfiel ihr so gründlich und hoffnungslos wie in Rom, wo ich sie für einen anderen, stärkeren Menschen gehalten hatte. Mein Problem war, ich konnte ihr nicht helfen, ihre Eltern und ihre Schwester zu finden. Nicht mal mit meinen Verbindungen zu Staatling fand ich heraus, was mit ihrer Familie in Fort Lee geschehen war. Eines Tages sagte Eunice mir, sie *spüre*, dass sie noch am Leben und wohlauf seien – eine Empfindung, die mich ihrer fast religiösen Naivität wegen beinahe umwarf, aber auch den Wunsch in mir weckte, ich könnte das Gleiche über die Abramovs glauben.

Ikan, ikan, ikan.

So viele Dinge sind geschehen, seit ich das letzte Mal etwas in dich eingetragen habe, Tagebuch, manche von ihnen waren schrecklich, die meisten banal. Wohl das Wichtigste, was mir einfällt: Die Lage zwischen mir und Eunice verbessert sich wieder, wir sind uns in unserer gemeinsamen Niedergeschlagenheit darüber, was unserer Stadt, unseren Freunden, unserem Leben zugestoßen ist, wieder nähergekommen. Weil wir mit unseren Äppäräten keine Verbindungen zustande kriegen, wenden wir uns einander zu.

Einmal, nach einem langen Wochenende des Einweichens und Schrubbens älterer Mitbewohner, bat sie mich sogar, ihr etwas *vorzulesen*.

Ich ging zu meiner Bücherwand und nahm Kunderas *Die*

unerträgliche Leichtigkeit des Seins in die Hand, dessen Umschlag Eunice, wie ich wusste, schon einmal betrachtet hatte – mit dem Finger war sie die Umrisse der schwarzen Melone nachgefahren, die über dem Prager Stadtbild schwebt. Vorn im Buch waren lobende Zitate über den Autor und sein Werk versammelt, aus Rezensionen des *New Yorker,* der *Washington Post,* der *New York Times* (der richtigen *Times,* nicht der *Lifestyle Times*), sogar aus einem katholischen Blatt namens *Commonweal.* Was war aus all diesen Zeitungen und Zeitschriften geworden? Ich erinnere mich, die *Times* in der U-Bahn gelesen, sie unbeholfen gefaltet zu haben, während ich, an die Tür gelehnt, dastand, ganz von den Worten gefangen und doch auch besorgt, ich könnte umfallen oder über irgendeine leicht bekleidete Schönheit stolpern (eine war mindestens immer in der Nähe), aber noch besorgter darüber, dass ich den Faden des Artikels, den ich gerade las, verlieren könnte, mein Rückgrat knallte gegen die Waggontür, um mich herum schepperte und dröhnte die mächtige Maschinerie, und ich, mit meinen Worten, war herrlich allein.

Beim Lesen von Kunderas Buch wuchs meine Nervosität mit jedem Wort, das auf den zerknitterten gelben Seiten stand und nun aus meinem Mund drang. Ich rang nach Atem. Als Teenager hatte ich dieses Buch wieder und wieder gelesen, hatte die Seitenecken umgeknickt, wo Kunderas Weltsicht meiner eigenen nahekam. Doch inzwischen hatte selbst ich Probleme, all die darin ausgebreiteten Gedanken zu verstehen, von Eunice ganz zu schweigen. *Die unerträgliche Leichtigkeit des Seins* war ein Ideenroman, der in einem Land spielte, das ihr nichts sagte, der Tschechoslowakei, und in einer Zeit angesiedelt war, die es nach ihrem Dafürhalten genauso gut nie gegeben haben mochte – der des sowjetischen Einmarschs 1968. Sie hatte gelernt, Italien zu lieben, doch das war ein viel leichter bekömmliches, apartes Land, ein Land der Images.

Auf den ersten paar Seiten erörtert Kundera einige abstrakt bleibende historische Gestalten: Robespierre, Nietzsche, Hitler. Um Eunice' willen wollte ich, dass endlich die Handlung losging, dass gegenwärtige, «lebendige» Charaktere auftraten – mir fiel ein, dass es eine Liebesgeschichte war – und wir die Welt der Ideen hinter uns ließen. Hier lagen wir, zwei Menschen miteinander im Bett, Eunice' sorgenvoller Kopf war auf mein Schlüsselbein gebettet, und ich wollte, dass wir gemeinsam etwas fühlten. Ich wollte, dass diese komplexe Sprache, diese Woge des Intellekts, sich in Liebe verwandelte. Hat man es nicht vor einem Jahrhundert so gemacht, haben die Menschen sich nicht früher Gedichte vorgelesen?

Auf Seite 12 hatte ich als grüblerischer, noch jungfräulicher Teenager eine Stelle unterstrichen. «Einmal ist keinmal [...]. Wenn man ohnehin nur einmal leben darf, so ist es, als lebe man überhaupt nicht.» Daneben hatte ich in schattierten Druckbuchstaben «EUROPÄISCHER ZYNISMUS oder SEHR ERSCHRECKENDE WAHRHEIT???» geschrieben. Ich las die Zeilen noch einmal, langsam, mit Betonung, direkt in Eunice' keckes, schmalzfreies Ohr, und überlegte dabei, ob dieses Buch vielleicht meine Suche nach Unsterblichkeit angestoßen hatte. Joshie selbst hatte einmal zu einem wichtigen Klienten gesagt: «Ewiges Leben ist das einzige Leben, das zählt. Alles andere ist bloß das Kreisen der Motte ums Licht.» Er hatte nicht bemerkt, dass ich in der Bürotür stand. Unter Tränen kehrte ich an meinen Arbeitsplatz zurück, fühlte mich dem Nichts überlassen, der Motte gleich, und war dennoch beeindruckt von Joshies ungewöhnlicher Poesie. Den Satzteil mit der Motte meine ich. Mit mir redete er nie so. Er unterstrich immer die positiven Aspekte meiner kurzen Existenz, dass ich zum Beispiel Freunde hätte und mir gute Restaurants leisten könne und nie lange ganz allein sei.

Ich las weiter, fühlte Eunice' feierlichen Atem an meiner Brust. Tomas, die Hauptfigur, begann mit vielen attraktiven tschechischen Damen zu schlafen. Einige Male wiederholte ich die Passage, wo seine Geliebte in Slip und BH und mit einer schwarzen Melone vor ihm steht. Ich zeigte auf die Melone des Umschlagbilds. Eunice nickte, aber ich merkte, dass Kundera zu viele Worte um den Fetisch gemacht hatte, als dass sie daraus das ziehen konnte, was ihre Generation von jeder Art Inhalt braucht: eine gebrauchsfertige Welle der Erregung, eine vorübergehend geliehene Befriedigung.

Auf Seite 64 fotografieren Tomas' Frau Teresa und seine Geliebte Sabina einander nackt, nur mit der ständig wiederkehrenden Melone bekleidet. «Sie war Tomas' Freundin ausgeliefert», las ich auf der nächsten Seite und zwinkerte Eunice zu. «Diese schöne Ergebenheit berauschte sie.» Ich wiederholte die Worte «schöne Ergebenheit». Eunice regte sich. Mit einem Schnippen entledigte sie sich ihrer TotalSurrenders und kroch aufwärts, um sich rittlings auf mein Gesicht zu setzen. Das Buch noch halb offen in einer Hand, umfasste ich mit der anderen ihre Hinterbacken und bewegte meine Zunge in der üblichen Weise an ihrer Öffnung. Eine kurze Weile zog sie sich zurück und gestattete mir einen Blick in ihr Gesicht. Ich missdeutete ihren Ausdruck als Lächeln. Doch es war etwas anderes, ein leichtes Schürzen des Mundes, die Unterlippe nach rechts verschoben. Es war Verblüffung: die Verblüffung darüber, so vollständig geliebt zu werden, die Verblüffung über das Wunder, dass man sie nicht schlug. Wieder glitt sie über mich und gab nun eine Reihe von Grunzlauten von sich, in einer Tonlage und Lautstärke, wie ich sie noch nie gehört hatte. Als spräche sie in einer fremden Sprache, die mit der Geschichte nicht Schritt gehalten hatte, sondern beim urtümlichen «Gah» verharrte. Ich hob ihren Körper an, weil ich nicht sicher war, ob sie es genoss. «Sollen wir aufhören?», fragte ich. «Tue ich dir weh?» Sie presste sich auf mein Gesicht und wiegte ihren Körper immer schneller.

Hinterher kehrte sie in ihre Ruhestellung auf meinem Schulterblatt zurück und schnüffelte kritisch an der Spur, die sie an meinem Kinn hinterlassen hatte. Ich las weiter. Las laut über die Abenteuer des fiktiven Tomas und seiner vielen Geliebten. Ich überschlug Passagen, suchte nach saftigeren Stellen, um Eunice damit zu füttern. Die Handlung verlegte sich von Prag nach Zürich und wieder zurück nach Prag. Das kleine Land Tschechoslowakei wurde von den imperialistischen Sowjets niedergemacht (die wiederum, was der Autor zur Zeit seiner Niederschrift nicht wissen konnte, nur dreiundzwanzig Jahre später selbst niedergemacht werden würden). Im Buch treffen die Figuren politische Entscheidungen, die am Ende keine Bedeutung mehr haben. Der Kitschbegriff wird zu Recht, wenn auch etwas zu heftig, attackiert. Kundera zwang mich, weiter über meine Sterblichkeit nachzugrübeln.

Eunice' Blick war weicher geworden, das Licht war aus ihren Augen gewichen, aus diesen beiden schwarzen Kreisen, die normalerweise mit einer unbändigen Kombination aus Wut und Verlangen aufgeladen waren.

«Kannst du dem Ganzen folgen?», fragte ich. «Vielleicht sollten wir aufhören.»

«Ich höre zu», flüsterte sie fast.

«Aber *verstehst* du es auch?», fragte ich.

«Ich habe nie so richtig gelernt, Texte zu lesen», sagte sie. «Bloß, sie auf Infos hin zu scannen.»

Ich stieß ein kurzes, dummes Lachen aus.

Sie fing an zu weinen.

«Liebling», sagte ich, «es tut mir leid. Ich wollte nicht lachen. Oh, Liebling.»

«Lenny», sagte sie.

«Sogar ich habe doch Schwierigkeiten, dem zu folgen. Das liegt nicht nur an dir. Lesen ist schwierig. Es wird heute von keinem Menschen mehr erwartet, dass er liest. Wir leben im nachschriftlichen Zeitalter. Im *visuellen* Zeitalter, weißt du. Wie viele Jahre hat es nach dem Niedergang Roms gedauert, bis Dante auftauchte? Viele, viele Jahre.»

So plapperte ich minutenlang weiter. Sie ging ins Wohnzimmer. Kaum war ich allein, schleuderte ich *Die unerträgliche Leichtigkeit des Seins* durchs Zimmer. Ich wollte es in Stücke reißen. Ich berührte mein Kinn, noch feucht von ihr. Ich wollte aus der Wohnung rennen, in die verarmte Nacht Manhattans. Ich vermisste meine Eltern. In Zeiten der Not sucht, wer schwach ist, die Starken.

Im Wohnzimmer hatte Eunice ihren Äppärät aufgeklappt und konzentrierte sich auf die Shoppingseite, die vor dem Zusammenbruch jeglicher Kommunikation gespeichert worden war. Ich sah, dass sie unwillkürlich einen KraftKredit-Stream zum Bezahlen geöffnet hatte, doch jedes Mal, wenn sie ihre Kontodaten eingab, warf sie am Ende nur den Kopf zurück, als hätte sie etwas gestochen. «Ich kann nichts kaufen», sagte sie.

«Eunice», sagte ich. «Du musst auch nichts kaufen. Geh ins Bett. Wir müssen nicht weiterlesen. Wir müssen nie wieder lesen. Das verspreche ich. Wie können wir lesen, wenn Menschen unsere Hilfe brauchen? Das ist Luxus. Ein dummer Luxus.»

Im hellen Schein des Morgenlichts rollte Eunice sich endlich neben mir zusammen, von Schweiß bedeckt, geschlagen. Wir ignorierten den Morgen und den Tag. Wir ignorierten auch den folgenden Tag. Doch als ich am dritten Tag aufwachte und die Hitze sich den Weg durchs offene Fenster bahnte, war sie fort. Ich lief ins Wohnzimmer; keine Eunice. Ich lief hinunter ins Foyer. Ich fragte die herumlungernden Alten nach ihrem Verbleib. Ich spürte, wie mein Herz aussetzte und mir das Blut aus Händen und Füßen wich.

Als sie zwanzig Stunden später endlich wieder auftauchte («Ich bin spazieren gegangen. Ich musste mal raus hier. *So* gefährlich ist es nun auch wieder nicht, Lenny. Tut mir leid, wenn du dir Sorgen gemacht hast»), fand ich mich in der üblichen Haltung, auf Knien, wieder und bettelte um Vergebung für eine kaum definierte Sünde, bat um die Rückkehr ihres echten Lächelns und um ihre Freundschaft, flehte sie an, mich nie wieder zu verlassen.

Ikan, ikan, ikan.

O MEIN GOTT, ICH BIN SO EINE SCHLECHTE FREUNDIN
Aus Eunice Parks GlobalTeens-Account

10. September

WAPACHUNG-KRISE AUSNAHMENACHRICHT:

Absender: Joshie Goldmann, Posthumane Dienstleistungen, Geschäftsleitung

Empfänger: Eunice Park

Hallo, mein liebes Fräulein Eunice. Wie läuft's? Na, ich muss zugeben, dass ich unsere kleine Zusammenkunft letzte Woche nicht aus dem Kopf kriegen kann. Ich fahre TOTAL auf dich ab. Diese vierundzwanzig Stunden – Zeichnen mit Monsieur Cohen (hohoho, jetzt oder nie, Farbtheorie!), Stöbern in den Restbeständen von Barneys, Austern in der Staatling-Kantine, ein bisschen, ähm, Spaß im Bett und dann diese gemeinsamen Dehnübungen –, Junge Junge, das war so was wie das perfekte Date. Was warst du süß, als du in meine Wohnung reingekommen bist. Ich kann gar nicht fassen, wie deine Hände gezittert haben, sammle immer noch Glasscherben vom Boden (wie hast du es bloß geschafft, ZWEI Gläser zu zerbrechen?), aber macht nichts, es zeigt ja bloß, wie real du bist. Danke, Eunice, dass ich mich deinetwegen so TOLL und fit und zu allem bereit fühle. Und danke, dass du mir diese ganzen Klamotten ausgesucht hast. Du hast recht, mein früherer Kleidungsstil hatte was von einem Hippie, und der Schnauzer MUSSTE einfach weg. Aus und vorbei. Mein einziges Problem ist, dass ich dich jetzt schon sooo vermisse. Können wir das bald mal wiederholen? Können wir das irgendwie zur Dauereinrichtung machen?

Ich kann mir echt nicht vorstellen, wie mein Leben ohne das Tipptapp deiner Füße neben meinem Bett weitergehen soll. Und ich habe noch eine Menge Leben vor mir, haha.

Jedenfalls erleichtert es mich SEHR, dass deine Eltern und deine Schwester am Leben sind und dass es ihnen den Umständen entsprechend gutgeht. Ich habe den Umsiedlungsantrag an die Hauptgeschäftsstelle weitergeleitet, das Problem ist nur: Selbst wenn sie deine Familie aus Fort Lee rauskriegen, wo sollen wir mit ihnen hin? Wir arbeiten gerade die zukünftigen Abkommen mit dem IWF aus, und ich glaube, der Plan ist, New York zu einer Art «Lifestyle Center» umzugestalten, wo reiche Leute ihr Ding machen können, Geld ausgeben, ewig leben, bla bla blubb. Da wird dann jeder Quadratzentimeter neu taxiert, alles wird absolutes PREMIUMSEGMENT. Und den Rest des Landes wird man zwischen ein paar ausländischen Staatsfonds aufteilen, wobei WapachungKrise das, was von Nationalgarde und Armee noch übrig ist, übernehmen und damit den Sicherheitssupport leisten soll (super für uns!). Ich weiß nicht genau, ob die Chinesen für New Jersey «verantwortlich» sein werden oder das eher in den Zuständigkeitsbereich von Norwegen oder der saudi-arabischen Zentralbank SAMA fällt, aber in jedem Fall wird alles viel besser und sicherer werden als jetzt. Auch wenn deine Schwester sich schon mal dran gewöhnen kann, eine Burka zu tragen. Natürlich bloß ein Witz. Dazu wird es nicht kommen. Die wollen bloß aus den Investitionen Rendite erzielen.

Seufz. Ich vermisse dich. Ich vermisse deinen DUFT. Ich vermisse dein süß lächelndes Gesicht, deine feste Umarmung. O Gott, was rede ich da. Jedenfalls könnte ich Lenny auf einen Wochenendbesuch zu seinen Eltern auf Long Island schicken (erzähl es ihm noch nicht, aber laut WapachungKrise haben sie überlebt), und das hieße mehr wertvolle Zeit für uns beide!!! Schmatz (Zitat von dir)! Schmatz, meine liebe, liebe Eunice, meine kühne junge Geliebte. Ist es nicht aufregend, in solchen Zeiten AM LEBEN zu sein?

12. September

WAPACHUNG-KRISE AUSNAHMENACHRICHT:

Absender: Eunice Park

Empfänger: Joshie Goldmann, Posthumane Dienstleistungen, Geschäftsleitung

Joshua,

ich habe deine Message gekriegt. Danke. Ja, Monsieur Cohen war sehr interessant. Ist er schwul oder bloß Franzose? Tut mir leid, wenn ich unser Lernpensum drücke, ich bin eben zu perfektionistisch und glaube einfach nicht, dass ich gut bin. Und wenn ich wirklich mal so gut bin, wie du und M. Cohen sagen, dann war das bloß ein glücklicher Zufall, und sehr bald werde ich wieder krachend auf dem Boden landen, darauf kannst du deinen letzten Yuan wetten. Mein Vater hat immer gesagt, meine Hände sind zu schwach für eine Künstlerin.

Ich weiß, dass wir eine schöne Zeit miteinander hatten, und ich werde diese Stunden nicht vergessen, aber gleichzeitig komme ich mir Lenny gegenüber wie eine sehr schlechte Freundin vor. Und das bin ich doch, Lennys Freundin, und ich liebe ihn, und mit dir kann es im Augenblick wirklich nicht mehr als Freundschaft sein.

Vielen Dank, dass du das über meine Familie herausgefunden hast. Ich vermisse sie wirklich sehr, und ich wünschte, es wäre möglich, sie irgendwie nach Manhattan oder sogar zurück nach Korea zu bringen. Damit beschäftige ich mich im Moment. Ich habe ein paar der alten Messages von meiner Freundin Jenny Kang gelesen, das ist die, die verschwunden ist und die du anscheinend in Hermosa Beach nicht finden kannst, und so ziemlich die letzten Sätze, die sie mir geschrieben hat, lauteten: «Tut mir leid, dass ich keine gute Freundin bin und dir bei deinen Problemen im Augenblick nicht helfen kann. Du musst stark sein und für deine Familie alles tun, was du tun musst.» Worauf ich hinauswill: Du hast ja keine Familie. Und wenn ich es richtig deute, wolltest du auch nie eine. Aber während dieser ganzen Sache mit dem Bruch habe ich, glaube ich, das hier über mich herausgefunden: dass mir meine Familie am allermeisten bedeutet und dass das immer so bleiben wird.

Grüße,

Eunice

WAPACHUNG-KRISE AUSNAHMENACHRICHT:

Absender: Joshie Goldmann, Posthumane Dienstleistungen, Geschäftsleitung

Empfänger: Eunice Park

Ich muss sagen, deine letzte Nachricht hat mir ein bisschen wehgetan. Wenn du keine Beziehung wolltest, wieso bist du dann mit zu mir nach Hause gekommen? Eunice, ich glaube, du begreifst nicht ganz, was ich für dich empfinde. Ich habe versucht, es mir selbst genau klarzumachen, und bin zu ein paar Schlussfolgerungen gelangt. Du bist sehr schön, aber das spielt für mich auf lange Sicht keine Rolle. Alles an dir ist so vollkommen, so wohlgeordnet (von deinem Kleidungsstil bis hin zum Minimalwortschatz, mit dem du dich ausdrücken kannst), aber auch das spielt keine Rolle. Wichtig ist für mich nur, dass ich WEISS, du bist zur Liebe fähig und kannst dich nicht ewig vor der Wahrheit verstecken, dass du ein ganz und gar fühlender Mensch bist, der echten

Kontakt braucht, ja dass du mit jemandem zusammen sein musst, der dich und deine Herkunft versteht, der dich respektiert, der für dich sorgt. Und das will ich sein, Eunice, ich will immer und ewig für dich sorgen. Ich möchte dir helfen, eine reife Künstlerin zu werden, auch wenn das bedeutet, dass du eine Zeitlang von mir getrennt sein musst, um am HSBC-Goldsmiths College in London Kunst & Finanzwesen zu studieren. Ich möchte dir einen Job im Konsum besorgen, falls es das ist, was du willst, und zwar sobald New York erst mal ein richtiges Lifestyle Center ist und wir wieder auf die Füße kommen. Und ich will auch deiner Familie helfen, hierher in die Stadt umzuziehen, aber bitte gib mir etwas Zeit, um herauszufinden, was ich tun kann. Im Augenblick ist alles noch viel zu sehr im Fluss.

Du sagst, Lenny ist dein Freund. Ich kenne Lenny noch aus einer Zeit, als er so jung war wie du. Er ist kein schlechter Mensch, aber er ist auch sehr zerrissen, kraftlos und depressiv. Das sind nicht gerade die Eigenschaften, nach denen man beim Partner in einer ernsthaften Beziehung suchen sollte, schon gar nicht in diesen Zeiten und bei dieser Weltlage. Ich möchte, dass du all diese Dinge bedenkst, Eunice, und dass du weißt, egal, wie du dich entscheidest, ich werde dich immer lieben.

Joshie (niemals Joshua) G.

PS: Bloß eine Vorwarnung – bei euch in der Gegend wird es in ungefähr einem Monat Aktivitäten geben, die das umfassen, was die ARR früher «Schadensreduzierung» genannt hat, nämlich in den Vladeck Houses. Glaub mir, das liegt außerhalb meines Einflussbereichs, aber es könnte zu gewaltsamen Ausschreitungen kommen. Ich möchte, dass du und Lenny in Sicherheit seid. Vielleicht werde ich ihn genau dann nach Long Island zu seiner Familie schicken, und wir beide können unsere Übernachtungsparty feiern.

ACHTUNG, GEHÖRLOSE KINDER
Aus dem Tagebuch des Lenny Abramov

12. Oktober

Liebes Tagebuch,

bitte entschuldige einen weiteren Monat Abwesenheit, aber heute muss ich die tollsten Neuigkeiten in dich eintragen. Meine Eltern sind am Leben. Das habe ich vor fünf Tagen herausgefunden, um 17.54 Uhr Ostküstenzeit, genau in dem Augenblick, als Telenor, der norwegische Telekommunikations-Multi, unser Kommunikationsnetz wiederhergestellt hat und unsere Äppäräte von Daten, Images, Preisen und Verleumdungen zu surren begannen; 17.54 Uhr Ostküstenzeit, ein Moment, den niemand aus meiner Generation je wieder vergessen wird. Sofort erfüllten die Stimmen meiner Eltern meine Ohren, der Baritonwahnsinn des väterlichen Freudengedröhns, das Zwitschern und Lachen meiner Mutter, als sie riefen: «*Malenki, malenki! Schiw, sdorow? Schiw, sdorow!* (Kleiner, Kleiner! Lebendig und wohlauf? Lebendig und wohlauf!)» Ich schrie so laut *(«Urà!»)*, dass Eunice Angst kriegte. Sie ging ins Bad, wo ich sie in monotonem Englisch, vermischt mit einer endlosen Reihe leidenschaftlicher, koreanisch quäkender Ausrufe, die an ihre Mutter gerichtet waren: «*Neh, neh, umma, neh*», in ihren Äppärät texten hörte. So feierten wir beide mit unseren Eltern, fühlten uns ihnen wieder so heftig verbunden, dass wir später, als Eunice ins Schlafzimmer zurückkehrte und wir einander anschauten, fast nichts in unserer gemeinsamen Sprache zu sagen wussten. Stattdessen lachten wir über unser verblüfftes, fröhliches Schweigen, wobei ich mir die Tränen abwischte und sie sich die Hände an die harte Brust presste.

Die Abramovs. Sie hatten überlebt, hatten Vorräte ergattert, hatten gemeinsam mit Mr. Vida und den anderen Nachbarn ihre eigenen Straßensperren errichtet, während die Welt um sie herum in Scherben ging, denn sie waren hartgesottene, von einem zornigen Gott für genau solche Großkatastrophen erschaffene Einwanderer aus der Arbeiterklasse. Wie hatte ich an ihrem zähen Lebenswillen zweifeln können? Den gestressten GlobalTeens-Nachrichten zufolge, die sie mir schickten, kaum dass wir zu texten aufgehört hatten, war die Sicherheitslage in Westbury relativ normal, nur die Drogerie war geplündert worden, und der schwer bewachte Waldbaum's-Supermarkt hatte kein Tagamet mehr, die Medizin meines Vater gegen Sodbrennen und Magengeschwüre. Darum war es eine wunderschöne Überraschung, als ich eine Botschaft, eine *handgeschriebene* Botschaft, von Joshie bekam:

Rhesusäffchen! Sei ein braver Sohn und besuch deine Eltern. Ich werde dir für Montag ein paar erstklassige Sicherheitskräfte von Wapachung vormerken. Die eskortieren dich nach Long Island. Aber halt dich vom russischen Kochfleisch fern! Und reg dich nicht zu sehr auf, ja? Ich passe wie ein Luchs auf deinen Adrenalinspiegel auf.

Vor der Synagoge der Posthumanen Dienstleistungen wurde ich von zwei gepanzerten Hyundai-Persimmon-Jeeps mit enormen, auf den Kühler montierten Feuerwaffen erwartet, wahrscheinlich Überbleibsel unseres unglückseligen venezolanischen Abenteuers. Auch unser Expeditionsleiter schien Venezuela-Veteran zu sein, ein gewisser Major

J. M. Palatino von WapachungKrise, ein kleiner, aber sehr kräftig gebauter Mann, der nach Mittelschichts-Duftwasser und Pferden roch. Er musterte mich mit professionellem Blick, entschied rasch, dass ich ein Weichei war und Schutz brauchte, klatschte sich militärisch auf die Hüften und stellte sein Team vor, zwei bewaffnete Burschen aus den Resten der Nationalgarde von Nebraska, einem der beiden fehlte ein großer Teil der Hand.

«Unsere Strategie ist die», sagte Palatino. «Wir folgen den großen Verkehrsadern und hoffen, dass es unterwegs nirgendwo Zusammenstöße gab. Die Rede ist von der Interstate 495, dem alten Long Island Expressway. Da rechne ich nicht mit Ärger. Dann machen wir einen Schlenker nach rechts zum Northern State und weiter zum Wantagh State Parkway. Das könnte kniffliger werden, je nachdem, wer zu der Tageszeit die Kontrolle hat.»

«Ich dachte, das wären wir», sagte ich.

«Hinter Little Neck gibt es immer noch sporadisch Kampfhandlungen mit feindlichen Kräften. Warlords aus dem Nassau County gegen Warlords aus dem Suffolk County. So ethnische Sachen. Salvadorianer. Guatemalteken. *Nigerianer*. Da muss man höllisch aufpassen. Aber wir sind bis an die Zähne bewaffnet, also keine Sorge. Auf dem Führungsfahrzeug haben wir ein schweres 99-mm-Maschinengewehr, das Browning M2, und beide sind gegen AT4-Panzerfäuste gerüstet. Da draußen gibt es nichts annähernd Vergleichbares. Schätze, wir werden um Punkt 14.00 Uhr in Westbury eintreffen.»

«Drei Stunden für fünfzig Kilometer?»

«Ich bin nicht Schöpfer dieser Welt, Sir», sagte Palatino. «Bin nur Ihre Begleitung. Wir haben hinten drin *Oslo Delight*-Sandwiches für Sie. Lust auf Preiselbeermarmelade? Guten Appetit.»

An der Auffahrt zum Expressway durchsuchten Wapachung-Trupps Autos nach Waffen und Schmuggelware, warfen glücklose Fünf-Jiao-Männer zu Boden, stupsten sie mit ihren Waffen an, und die ganze Szenerie wirkte eigenartig still und systematisch, erinnerte an die jüngste Vergangenheit. «Ist ja wie bei der Amerikanischen Restaurationsregierung», sagte ich zum Major. «Außer den Uniformen hat sich nichts verändert.»

«Man kann eine Armee nicht einfach über Nacht auflösen», sagte Palatino. «Sonst hat man am Ende eine Situation wie in Missouri.»

«Was ist denn in Missouri los?», fragte ich.

Er winkte ab, als wollte er sagen: *Besser, wenn Sie's gar nicht wissen.* Wir kehrten Manhattan den Rücken und fuhren am hässlichen Gigantismus der LeFrak City vorbei, einer Ansammlung von Gebäuden, die mit ihren Balkonreihen an beiden Enden wie riesige rußgeschwärzte Akkordeons aussahen. Diese Sozialwohnungen steckten voller russischer Emigranten, und meine Eltern hatten immer befürchtet, ein weiterer Schritt nach unten auf der ökonomischen Leiter würde uns direkt nach LeFrak führen, wo wir nach Ansicht meiner Mutter alle umgebracht würden. Galja Abramov war eine Art Hellseherin.

Das gesamte Gelände der LeFrak City war von provisorischen Zelten übersät. Menschen kampierten auf einer Fußgängerüberführung auf Matratzen, der beißende Geruch von minderwertigem Grillfleisch wehte zu uns herunter. Während wir an der Sozialsiedlung vorüberfuhren («Ein bisschen besser leben» lautete das ehrlich gemeinte Motto aus der Mitte des 20. Jahrhunderts), verwandelten sich die gegenüberliegenden, nach Manhattan führenden Fahrbahnen in ein schier endloses Durcheinander aus Fahrzeugen, die langsam um eine Karawane von Männern,

Frauen und Kindern jeglicher Herkunft herumkurvten, Menschen, die gefügig ihre Habseligkeiten in Rollkoffern und Einkaufswagen mit sich schleiften. «Sind eine Menge Leute nach Westen unterwegs», sagte Palatino, als wir an einer Gruppe von Mittelklassewagen vorbeikrochen, winzigen Samsung Santa Monicas und dergleichen, auf deren Rücksitzen Mütter sich schützend an ihre Kinder schmiegten. «Je näher an der Innenstadt, desto besser. Selbst wenn man in einer Fünf-Jiao-Kolonne arbeiten muss. Arbeit ist Arbeit.»

«Wo wohnen Sie?», fragte ich Palatino.

«Ecke 68th und Lexington.»

«Schöne Gegend», sagte ich. «Dicht beim Park.»

«Meine Kinder lieben den Zoo. Wapachung wird uns einen Panda besorgen.»

Davon hatte ich schon gehört.

Drei Stunden später fuhren wir die Old Country Road entlang, die Champs-Élysées von Westbury, vorbei an den zumeist zugenagelten Schatten vergangenen Konsums, der *Payless ShoeSource*, dem Tierbedarf Petco, dem Starbucks. Ein Haufen Möchtegernkunden drängte sich noch vorm *99 ¢ Paradise*. Kloakengeruch und ein heftiger brauner Dunst drangen durch die Fenster, doch ich hörte auch laut kreischendes menschliches Gelächter und Menschen, die einander eher freundlich auf der Straße etwas zubrüllten. Irgendwie kam es mir so vor, als wäre ein Vorort wie Westbury mit seinen Bewohnern aus Arbeiterschaft und Mittelschicht, all den Salvadorianern, Südostasiaten usw., so ähnlich wie früher New York, als es noch eine richtige Stadt gewesen war. Die Old Country Road hatte an diesem Tag etwas Reizendes: Leute schlenderten umher, tauschten Waren, aßen Papusas, junge Mädchen und Jungen, die nichts anhatten und einander liebevoll antexteten. «Haben die

Sicherheit hier gut im Griff», bestärkte Palatino meine Gedanken. «Die Guten haben alle Waffen, und sie haben ihre Werte strategisch gestreut.» Ich hatte nicht den geringsten Schimmer, wovon er redete.

Wir bogen von der Einkaufsstraße in die Ruhe der Washington Avenue ab. Trotz des heiteren Friedens in der Wohnstraße meiner Eltern weckte ein Schild mit der Aufschrift «Achtung, gehörlose Kinder» mein Misstrauen. Ich versuchte mich zu erinnern, ob es in meiner Jugend hier gehörlose Kinder gegeben hatte, aber mir fiel kein einziges ein. Wer waren diese gehörlosen Kinder, und welche Zukunft erwartete sie heute?

Wir näherten uns dem Haus meiner Eltern, vor dem immer noch störrisch die riesigen Flaggen der Vereinigten Staaten von Amerika und des SicherheitsStaates Israel flatterten. Hinter der Fliegentür konnte ich erkennen, wie sich die Abramovs aneinanderschmiegten, und eine Sekunde lang schien es, als gäbe es nur einen Abramov, denn obwohl meine Mutter zart und hübsch war und mein Vater nicht, wirkten sie wie Zwillinge, als würde sich einer im anderen widerspiegeln. Was in den letzten Monaten vorgefallen war, blieb ungewiss. Sie waren gealtert, grauer geworden, aber gleichzeitig sah es so aus, als hätte man beiden einen unbestimmbaren Teil chirurgisch entfernt und so eine Art trübe Durchsichtigkeit entstehen lassen. Als ich mit ausgebreiteten Armen auf sie zuging und die Reisetasche mit Tagamet-Magenpillen und anderen Mitbringseln mir gegen die Hüfte schlug, bemerkte ich, wie sich dieses Durchsichtige zum Teil wieder schloss: wie ihre zerknitterten Gesichter die Freude an meinem Überleben, an meiner körperlichen Anwesenheit, an meiner untrennbaren Verbundenheit mit ihnen begrüßten, wie überrascht sie waren, dass ich tatsächlich vor ihnen stand, und wie insgeheim verletzt und beschämt dazu, weil sie weniger für mich tun konnten als ich für sie.

Uns umwehten Eigenheiten des jeweils anderen: die Makellosigkeit meiner Mutter, der unverfälschte Moschusgeruch meines Vaters meine eigene Duftnote von vergehender Jugend und verblassender Urbanität. Ich weiß nicht mehr, ob wir einander im Eingangsflur nichts – oder alles – eröffneten, doch nachdem meine Mutter das Wohnzimmersofa rituell mit einer Plastiktüte abgedeckt hatte, damit ich es nicht mit der Fäulnis Manhattans besudelte, zog mein Vater mit der üblichen aufrichtigen Bitte nach: «*Nu, rasskaschi* (Na los, erzähl mal).»

Ich erzählte ihnen, soviel ich konnte, erzählte über alle Ereignisse der vergangenen zwei Monate, wobei ich Noahs Tod ausließ (meine Mutter hatte sich sehr gefreut, bei unserer Examensfeier «so einen gutaussehenden jüdischen Jungen» kennenzulernen) und stattdessen betonte, wie gut Eunice und ich miteinander auskämen und dass ich noch immer 1 190 000 Yuan auf dem Konto hätte. Meine Mutter hörte aufmerksam zu, seufzte und machte sich dann an die Zubereitung eines Rote-Bete-Salats. Als ich meinen Vater fragte, wie es denn ihnen ergangen sei, stellte er FoxLiberty-Prime lauter, wo gerade eine Sitzung der israelischen Knesset übertragen wurde und Rubenstein, offiziell immer noch Verteidigungsminister von was auch immer wir bald sein würden, dem rein orthodoxen Parlament Vorträge darüber hielt, wie man den Islamofaschismus bekämpfen könnte, wozu die schwarzgekleideten Männer zustimmend nickten, während einige von ihnen in eine zutiefst heilige Ferne starrten und mit ihren Mineralwasserflaschen hantierten. Auf dem anderen Bildschirm sah man bei FoxLiberty-Ultra – von wo zum Teufel sendeten die eigentlich noch solches Zeug? – drei hässliche Weiße aus allen Richtungen einen hübschen Schwarzen anschreien, eine Szene, unter die der Slogan «Schwule sollen in NYC heiraten dürfen» eingeblendet war.

Mein Vater zeigte auf FoxLiberty-Ultra und fragte mich: «Ist es wahr, dass sie in New York *gomiki* heiraten lassen?»

Rasch eilte meine Mutter aus der Küche, einen Teller Rote-Bete-Salat in der Hand. «Was? Was hast du gesagt? Sie lassen jetzt *gomiki* heiraten?»

«Geh wieder in die Küche, Galja!», rief mein Vater mit einem ordentlichen Schuss seiner sonst unterdrückten Vitalität. «Ich unterhalte mich mit meinem Sohn!» Ich gab zu, dass ich in puncto Eheschließungen in meiner Heimatstadt nicht auf dem Laufenden sei, und sagte, dass es im Augenblick drängendere Probleme gebe, aber mein Vater wollte seine Meinung zum Thema noch detaillierter ausbreiten. «Mr. Vida glaubt», sagte er und gestikulierte in Richtung seines indischen Nachbarn, «dass *gomiki* die widerwärtigsten Kreaturen auf dem Erdball sind und kastriert und erschossen werden müssen. Aber ich weiß nicht. Es heißt *naprimer* (zum Beispiel), dass der berühmte russische Komponist Tschaikowski ein *gomik* war. *On soblasnil* (Er verführte) angeblich kleine Jungs, sogar den Sohn des Zaren! Und später soll der Zar ihn in den Selbstmord getrieben haben. Vielleicht ist das wahr, vielleicht auch nicht.» Mein Vater seufzte und hob eine Hand ans Gesicht. In seinen müden schwarzen Augen lag eine Traurigkeit, die ich erst einmal gesehen hatte – beim Begräbnis meiner Großmutter, wo er auf dem jüdischen Friedhof ein Geheul von so unerhörtem, animalischem Ursprung ausgestoßen hatte, dass wir zuerst dachten, es wäre aus dem benachbarten Wald gekommen. «Doch für mich», sagte er schwer atmend, «spielt das keine Rolle. Weißt du, einem Genie wie Tschaikowski könnte ich alles vergeben, *alles!*»

Mein Vater hatte immer noch den Arm um mich gelegt, hielt mich fest, machte mich zu seinem Eigentum. Ich wusste nicht mehr, worüber er sprach. Ein verwirrter Teil von mir wollte ihn fragen: «Papa, der 99¢-Laden auf der Old Country Road wird von einem gepanzerten Jeep bewacht, und du willst über *gomiki* reden?» Doch ich schwieg. Wem würden meine Einwände auch helfen? Ich spürte den Kummer, der in diesem Haus in alle Richtungen floss, Kummer seinetwegen, ihrer beider wegen, unser dreier wegen – Mama, Papa, Lenny. «Tschaikowski», sagte mein Vater, und jede schwere Silbe entlockte seinem tiefen Bariton einen unbestimmbaren Schmerz. Er hob die Hand und dirigierte stumm einen Satz, vielleicht aus der schwermütigen Sechsten Symphonie. «Pjotr Iljitsch Tschaikowski», sagte mein Vater, in Ehrerbietung vor dem homosexuellen Komponisten versunken. «Er hat mir so viel Freude gebracht.»

Als meine Mutter mich schließlich zum Abendessen rief – nachdem ich mich oben kurz ausgeruht und festgestellt hatte, dass der Aufsatz meines Vaters über «Die Freuden des Basketballspiels» durch ein Hochglanzposter der israelischen Festung Masada ersetzt worden war –, war ich selbst den Tränen nahe. Normalerweise war der Esstisch der Länge nach von verschiedenen Fleisch- und Fischgerichten bedeckt, doch diesmal war er fast leer – bloß der Rote-Bete-Salat, Tomaten und Paprika aus dem Garten, ein Teller eingelegte Pilze und ein paar Scheiben verdächtig weißen Brotes.

Meine Mutter bemerkte meinen Verdruss. «Beim Waldbaum's gibt es Lücken, und außerdem haben wir Angst vor den Kreditmasten», sagte sie. «Was, wenn sie noch in Betrieb sind? Und wenn man uns deportieren will? Manchmal nimmt Mr. Vida uns in seinem Pick-up mit, aber ansonsten sind Nahrungsmittel schwer aufzutreiben.»

Und dann dämmerte mir eine ganz andere Wahrheit, erinnerte mich daran, wie sehr ich um mich selbst kreiste, wie viel Wut ich tief im Inneren immer noch auf die Abramovs und ihren vertrackten Haushalt hatte. Die Durchsichtigkeit, die mir zu Anfang aufgefallen war, die Verschmelzung der beiden – man musste ihre Leiber und ihre verkümmerten Bewegungen nur mal genauer unter die Lupe nehmen.

Meine Eltern hungerten.

Ich ging in die Küche und schaute in die fast leere Vorratskammer – Kartoffeln aus dem eigenen Garten, eingemachte Paprika, eingelegte Pilze, vier Packungen in Scheiben geschnittenes, schimmliges Weißbrot, zwei rostige Dosen mit so was wie Dorsch aus Bulgarien. «Das ist ja schrecklich», sagte ich zu den beiden. «Wir haben Jeeps vor der Tür stehen. Lasst uns wenigstens zusammen zum Waldbaum's fahren.»

«Nein, nein», riefen sie wie aus einem Mund.

«Setz dich», sagte mein Vater. «Da ist Rote-Bete-Salat. Es gibt Brot und Pilze. Du hast Tagamet mitgebracht. Was brauchen wir mehr? Wir sind alte Leute. Bald sind wir tot und vergessen.»

Sie wussten genau, was sie sagen mussten. Ich hatte einen Tritt in den Bauch bekommen, den Anschein hatte es jedenfalls, denn nun hielt ich mir den relativ vollen Wanst, und jede Art von Sorge wühlte sich durch meinen Verdauungstrakt.

«Wir fahren zum Waldbaum's», sagte ich und hob die Hand, um die zu erwartenden schwachen Proteste abzuwehren. Der entschlussfreudige Sohn hat gesprochen. «Darüber wird nicht diskutiert. Ihr braucht Essen.»

Wir zwängten uns in einen der Jeeps, der andere bildete die Vorhut, und Palatinos Männer richteten ihre Waffen auf eine Bande Nichtsnutze, die sich um ein Gebäude scharten, das früher einmal das *Friendly's Restaurant* gewesen war, jetzt aber offensichtlich als Hauptquartier einer lokalen Miliz diente. Hatte Russland nach dem Zusammenbruch der Sowjetunion auch so ausgesehen? Vergebens versuchte ich, das Land um uns herum nicht nur mit den Augen meines Vaters, sondern auch vor dem Hintergrund seiner persönlichen *Geschichte* zu sehen. Ich wollte mit ihm Teil eines bedeutsamen Kreislaufs sein, der nicht bloß Geburt und Tod umfasste.

Während meine Mutter mit Bedacht eine Liste der Dinge schrieb, die sie benötigten, erzählte mein Vater mir einen Traum, den er jüngst gehabt hatte. Ein paar der Ingenieure – «Chinesensäue» – in dem Labor, in dem er früher als Hausmeister arbeitete, beschuldigen ihn, bei seinen morgendlichen Kontrollrundgängen Strahlung freizusetzen, und er steht kurz vor der Verhaftung, doch am Ende wird er freigesprochen, weil zwei russische Hausmeisterinnen aus Wladiwostok auftauchen und einige Inder als Verantwortliche für das Strahlungsleck dingfest machen. «Als ich aufwache, blutet mir vor Angst die Lippe», sagte mein Vater, und sein grauer Schädel zitterte, so lebendig war noch die Erinnerung daran.

«Es heißt, dass Träume oft eine geheime Bedeutung haben», sagte ich.

«Ich weiß, ich weiß.» Er winkte ab. «Psychologie.»

Ich tätschelte das Knie meines Vaters, wollte Trost spenden. Er trug Jeans, alte Reebok-Sneaker, die ich ihm vererbt hatte, ein Ocean-Pacific-T-Shirt mit verblichenem Aufbügelmotiv von jungen südkalifornischen Surfern, die ihre Boogie-Boards präsentieren (auch das aus der Teenagerkollektion des Lenny Abramov), dazu eine Plastiksonnenbrille, die aussah, als wäre sie von einem Ölfilm überzogen. Auf seine ureigene Art war er großartig. Der letzte lebende Amerikaner.

Wir bogen auf den Parkplatz der Ladenzeile ein, in der sich der Waldbaum's-Supermarkt neben einem verrammelten Nagelstudio und einem früheren Sushi-Restaurant befand, das jetzt «WASSER VON SAUBERER STELLE» verkaufte, «1 GALLONE = 4 YUAN, EIGENEN KANISTER MITBRINGEN». Als der Jeep direkt vor dem Supermarkteingang parkte, schauten meine Eltern mich voller Stolz an – ich kümmerte mich um sie, ich ehrte sie, war endlich ein guter Sohn. Ich sah davon ab, mich ihnen dankbar an den Hals zu werfen. Seht nur, so eine glückliche Familie!

Im Inneren des Supermarkts, der in Braun- und Cremetönen gehalten war, hatte man die Lichter heruntergedimmt, wodurch eine noch traurigere Einkaufsatmosphäre entstand, als ich sie noch aus der Blütezeit von Waldbaum's kannte, auch wenn aus den Lautsprechern immer noch Enya vom *Orinoco flow* und der grausam formulierten Möglichkeit des Davonsegelns säuselte. Außerdem verblüffte mich eine Reihe uralter Fotografien, auf denen die froschäugigen, kahl werdenden Leiter der Frischwaren- oder Delikatessabteilungen vergangener Jahre zu sehen waren, die typische Westbury-Combo aus aufstrebenden Südostasiaten und Latinos, und darüber der faschistische Wahlspruch: «Was für euch gut ist, ist gut für Wahlbaum's.»

Mein Vater führte mich zum leeren Regal, in dem einmal die Tagamet-Tabletten gestapelt waren. «*Posorno* (Schändlich)», sagte er. «Um die Alten und Kranken schert sich niemand mehr.»

Meine Mutter stand im Gang mit den Backwaren neben einer alten Italienerin und hielt einen wütenden Monolog über die Rühr- und Biskuitkuchen-Backmischungen von Mix'n'Match, die exorbitante achtzehn Yuan kosten sollten. «Lass uns doch die Kuchen nehmen, Mama», sagte ich, weil ich an die süßen Vorlieben meiner Mutter dachte. «Ich zahle alles.»

«Nein, Ljonitschka», sagte sie. «Du musst für deine eigene Zukunft sparen. Und für die von Eunice, vergiss das nicht. Lass uns wenigstens nach Sonderangeboten mit rotem Punkt schauen.»

«Wir gucken mal, ob es irgendwelches frisches Obst und Gemüse gibt», sagte ich. «Ihr müsst gesund essen. Keine künstlichen Aromastoffe oder zu scharfen Gewürze. Sonst kann alles Tagamet der Welt Papa nicht helfen.»

Doch die Auslagen waren schlecht bestückt; die meiste gute Ware war längst nach New York umgeleitet worden. Also luden wir 800-Gramm-Packungen Käsebällchen in unseren Einkaufswagen (ein Rotpunkt-Angebot, dazu noch 20 % Rabatt) und einen lebenslangen Vorrat an Sodawasser, das letztlich billiger war als das Vier-Yuan-«Wasser von sauberer Stelle», das sie im Sushi-Laden verkauften. Ich fuhr mit dem Wagen alle Gänge ab. Die Hummervitrine («Nur lebend wären sie frischer!») war nicht nur leer, sondern es fehlte auch eine Glaswand. Meine Mutter erstand weitere Wischmopps und Besen in der Haushaltsabteilung, und ich bekam ein anständiges Vollkorn-Weizenbrot in der Bäckerei und kaufte zehn Pfund mageren Putenbrustaufschnitt für meinen Vater. «Nehmt die frischen Tomaten aus dem Garten und macht euch mit der Putenbrust und dem Vollkornbrot ein Sandwich», wies ich sie an. «Mit Senf, nicht Mayonnaise, der hat weniger Cholesterin.»

«Vielen Dank, *synotschek* (Söhnchen)», sagte mein Vater.

«*Sabotischsja te o nas* (Du sorgst für uns)», sagte meine Mutter und kriegte beim Streicheln eines der neuen Wischmopps feuchte Augen.

Ich wurde rot und sah weg, denn einerseits wollte ich ihre Liebe, andererseits wollte ich sie beide nicht zu nah an mich heranlassen, um nicht abermals verletzt zu werden. Denn wo meine Eltern herstammen, kann Offenheit auch Schwäche bedeuten, eine Aufforderung zum Zuschlagen sein. Lässt man sich von ihnen umarmen, kommt man vielleicht nie wieder frei.

Ich zahlte an der einzigen funktionierenden Kasse über dreihundert Yuan und half meinem Vater, die Tüten in den Jeep zu laden. Gerade wollten wir zurück nach Hause fahren, als von Norden her der laute, dumpfe Knall einer Explosion widerhallte. Palatinos Männer richteten ihre Waffen in den strahlend blauen Himmel. Mein Vater packte meine Mutter und hielt sie wie ein echter Mann im Arm. «Nigerianer», sagte er und deutete Richtung Suffolk County. «Keine Sorge, Galja. Ich habe sie beim Basketball geschlagen, ich werde sie auch jetzt schlagen. Mit den bloßen Händen bringe ich sie um.» Er zeigte uns die starken kleinen Hände, die früher jeden Dienstag und Donnerstag Bälle in Körben versenkt hatten.

«Wieso beschuldigen ständig alle die Nigerianer?», entfuhr es mir. «Wie viele Nigerianer gibt es denn auf dieser Seite des Atlantiks?»

Mein Vater lachte und hob die Hand, um mir übers Haar zu streichen. «Hört euch unsern kleinen Liberalen an», sagte er mit dem vertrauten Fox-Ultra-Pathos in der Stimme. «Vielleicht ist er auch säkular und progressiv?» Meine Mutter stimmte in sein Gelächter ein und schüttelte über meine Albernheit den Kopf. Er nahm meinen in beide Hände und küsste mich dann feucht auf die Stirn. «Na?», rief er in gespieltem Ernst. «Bist du säkular und progressiv, Ljonka?»

«Wieso fragst du nicht Nettie Fine?», sagte ich laut und auf Englisch. «Von der habe ich kein Wort mehr gehört. Auch nicht, als die Äppäräte wieder funktionierten. Wieso

fragst du nicht deinen Rubenstein? Er hat euch doch so viel
Gutes getan, dass ihr all eure Ersparnisse und eure Rente
verloren habt und euch jetzt nicht mehr traut, an einem
Kreditmast vorbeizugehen. Wenn der sagt: ‹Das Boot ist
voll›, dann meint er euch, wisst ihr das nicht?»

Mein Vater schaute mich nachdenklich an und schmun-
zelte. Meine Mutter sagte nichts. Ich kühlte meine Erregung herunter. Was sollte es? Tief im Inneren hatten meine
Eltern Angst. Und ich hatte Angst um sie. Nach einem
mageren Abendessen aus Putenbrust, Rote-Bete-Salat und
Käsebällchen verbrachte ich eine ruhelose, sexfreie Nacht
im blitzsauberen unteren Schlafzimmer, das nach Äpfeln,
sauberer Wäsche und allen weiteren Manifestationen müt-
terlicher Sorgfalt roch. Ich fühlte mich allein und versuchte
Eunice zu teenen und anzutexten, doch sie antwortete
nicht, was seltsam war. Ich zeichnete mit GlobalTrace nach,
wohin sie sich an diesem Tag überall begeben hatte – kaum
war ich weg, war sie zum Konsumkorridor am Union Square
aufgebrochen, dann weiter nach Norden in die Upper West
Side, und dann verschwand ihr Signal einfach. Was zum
Henker trieb sie in der Upper West Side? War sie so verrückt, über die George Washington Bridge nach Fort Lee
gelangen zu wollen, um ihre Familie zu besuchen? Ich
machte mir sofort heftige Sorgen um sie und überlegte sogar einen Augenblick, Palatino zu wecken und in die Stadt
zurückzufahren.

Aber ich konnte meine Eltern nicht um einen Besuch in
voller Länge bringen. Und siehe da, am Morgen erwarteten
sie mich am Treppenabsatz mit dem gleichen besorgten,
unterwürfigen Lächeln, mit dem sie sich durch ein halbes
Leben in Amerika gehangelt hatten, starrten mich an, als
existierte sonst nichts und niemand auf der Welt. Die Abramovs. Müde und alt, eine Mesalliance aus Liebe, bis zur

Halskrause angefüllt mit heimischem und importiertem Hass, Patrioten eines verschwundenen Landes, Freunde von Sauber- und Sparsamkeit, saftlose Erzeuger eines einzigen Kindes, mit problembehafteten, illoyalen Körpern Geschlagene (berufsbedingt von Industriereinigern verätzte Hände und Hände, die vom Karpaltunnelsyndrom verkrümmt waren), Monarchen der Ängste, Prinzen eines unaussprechlich grausamen Reiches, Mama und Papa, Papa und Mama, *na swegda, na swegda, na swegda,* für immer und ewig und darüber hinaus. Nein, ich hatte die Fähigkeit noch nicht verloren, unablässig, krankhaft, instinktgesteuert, kontraproduktiv für die Menschen zu sorgen, die aus mir die Katastrophe namens Lenny Abramov gemacht hatten.

Wer war ich? Ein säkularer Progressiver? Schon möglich. Ein Liberaler, was auch immer das heute noch bedeuten mag, vielleicht. Aber letztlich – am Ende des kaputten Regenbogens, am Ende des Tages, am Ende des Imperiums – war ich nicht viel mehr als meiner Eltern Sohn.

WIE SAGEN WIR ES LENNY?
Aus Eunice Parks GlobalTeens-Account

13. Oktober

GOLDMANN-FOREVER AN EUNI-DIOTIN:

Guten Morgen, mein süßes, süßes Mädchen, meine zärtliche Geliebte, mein Leben. Gestern hatten wir so viel Spaß, ich kann gar nicht glauben, dass schon Wochenende ist und ich dich an unseren kleinen Freund abgeben muss. Ich zähle die 52,3 Stunden, bis ich dich wiedersehe, und ich weiß überhaupt nicht, was ich bis dahin mit mir anfangen soll! Ohne dich bin ich ungefähr so vollständig wie ein Leopard ohne Krallen. Ich arbeite an allem, was du mir aufgetragen hast: Meinen Armen muss ich noch stärker auf die Sprünge helfen als dem Rest des Körpers, irgendwie sind die am schwersten wiederherzustellen, die verlorene Muskelspannung und so. Und es tut mir leid, wenn wir nicht genug von der Supersache gemacht haben. Ich muss mir da ein bisschen Zügel anlegen, des Herzens wegen, da bin ich nämlich genetisch echt mäßig ausgestattet worden. Die Indianer meinen, innerhalb der nächsten zwei Jahre werden sie mir das Herz komplett entfernen. Nutzloser Muskel. Idiotisch gebaut. Das ist dieses Jahr das große Projekt bei den Posthumanen Dienstleistungen: Wir wollen dem Blut beibringen, wo *genau* und wie schnell es dort hinfließen muss, und dann lassen wir es ganz von allein zirkulieren. Nenn mich herzlos. Hahaha.

Also, Howard Shu (er lässt übrigens grüßen) hat eine Menge recherchiert, und ich glaube, er hat was rausgefunden. Wir müssen deinen Eltern bessere Referenzen

besorgen, damit sie nicht bloß durchschnittliche amerikanische Einwanderer mit schlechter Bonität sind. Norwegische Papiere zu kriegen ist schwierig, aber es gibt einen
chinesischen «Lao Wai»-Ausländerpass, mit dem man einen
großen Teil derselben Privilegien zugestanden bekommt,
und man kann New York sogar jedes Jahr für sechs Monate
verlassen. Er versucht, deinen Vater als «unverzichtbare Arbeitskraft» einstufen zu lassen, denn die Fußtherapeuten-
Quote in New York ist noch nicht ganz ausgeschöpft. Der
neue IWF-Plan geht bei den Berufen sehr methodisch vor.
Das Problem ist allerdings, dass dein Vater eine New Yorker
Adresse braucht, um sich dafür zu qualifizieren; entweder
in Manhattan oder im guten Teil von Brooklyn, und die bil-
ligsten nicht dreigeschossigen Wohnungen in Carroll Gar-
dens werden an die 750 000 Yuan kosten. Ich schlage also
vor, dass ich deiner Familie eine Wohnung kaufe, und wenn
dein Vater je wieder genug Geld verdient, kann er es mir zu-
rückzahlen. Sally können wir ein Studentenvisum besorgen,
und dich kann ich selbst reinschmuggeln. Nach altem Recht
sozusagen. Haha. Ist jedenfalls eine gute Investition und
macht mir gar nichts aus, weil ich dich liebe. Ich weiß, du
kannst es nicht ausstehen, wenn Lenny dir etwas vorliest, ich
hasse Lesen auch, aber es gibt einen tollen Vers von dem
alten Dichter Walt Whitman: «Bist du der Neue Mensch, der
sich zu mir hingezogen fühlt?» Den hatte ich immer im Kopf,
wenn ich die Straßen von Manhattan entlangspaziert bin,
aber jetzt nicht mehr, denn jetzt habe ich ja dich.

Eins wollte ich noch ansprechen, auch wenn ich das Gefühl habe, dass es mich eigentlich nichts angeht. Ich weiß,
du möchtest deine Familie in Sicherheit wissen, aber in gewisser Hinsicht ist es vielleicht nicht so sinnvoll, deinen Vater
hier zu haben, so nah bei dir und deiner Schwester, oder?
Vielleicht bin ich ja altmodisch, aber wenn du erzählst, dass

er ins Bad kommt, wenn Sally unter der Dusche steht, oder dass du gesehen hast, wie er deine Mutter an den Haaren aus dem Bett geschleift hat, na ja, ich glaube, manch einer würde das körperliche und seelische Misshandlung nennen. Ich weiß, da spielen auch kulturelle Faktoren eine Rolle, ich will ja nur, dass du und deine Schwester vor einem Mann geschützt werdet, der sich offensichtlich nicht unter Kontrolle hat, der medizinische Überwachung und Medikamente bräuchte. Die Missachtung von persönlichen Grenzen ist eine Sache, aber körperliche Gewalt, das klingt grad so, als würde es selbst gegen grundlegende chinesische Gesetze verstoßen, ganz zu schweigen von den skandinavischen Hippie-Regeln, die bei den Norwegern gelten. Ich hoffe, dass du bald zu mir ziehst (oder wir wechseln in eine größere Wohnung, wenn du Platzangst kriegst), und dann sorge ich dafür, dass dir niemand je wieder zusetzt oder wehtut.

Na dann, mein kleiner Kaiserpinguin, sieht so aus, als würde ich das Wochenende durcharbeiten, noch mehr so internes Staatling-Zeugs, aber alle sieben Minuten schaue ich hoch zur Decke oder runter zum Fußboden und stelle mir dein offenes, ehrliches Gesicht vor, und dann bin ich ganz und gar heiter und gelassen und ganz und gar verliebt.

EUNI-DIOTIN AN EUNI-DIOTIN:

Das hier schreibe ich für mich. Eines Tages möchte ich auf diesen Tag zurückblicken und meinen Frieden mit dem schließen, was ich jetzt tun werde.

Mein ganzes Leben hat sich immer um Zweifel gedreht. Aber jetzt ist kein Raum mehr dafür. Ich weiß, ich bin zu jung, um eine Entscheidung dieser Art treffen zu müssen, aber so ist es eben.

Manchmal vermisse ich Italien. So völlig fremd und un-

gebunden zu sein. Amerika ist vielleicht bald völlig verschwunden, aber ich war ja nie eine richtige Amerikanerin.
Das war alles nur vorgetäuscht. Ich war immer ein koreanisches Mädchen aus einer koreanischen Familie, das Dinge auf koreanische Weise tut, und ich bin stolz darauf, was
das bedeutet. Es bedeutet nämlich, dass ich im Gegensatz
zu den meisten Leuten um mich herum weiß, wer ich bin.

Prof. Margaux hat im Selbstsicherheits-Seminar immer
gesagt: «Du darfst glücklich sein, Eunice.» Was für ein
dämlicher amerikanischer Gedanke. Jedes Mal, wenn ich in
meinem Wohnheimzimmer saß und mich umbringen wollte, dachte ich an diesen Satz von Prof. Margaux und lachte
mich kaputt. Du DARFST glücklich sein. Ha! Lenny zitiert
immer diesen Typen namens Froid, der war Psychiater und
hat gesagt, das Beste, was wir tun können, ist, unser ganzes
verrücktes Elend, den ganzen Elternscheiß, in gemeines
Unglück zu verwandeln. Das kann ich glattweg unterschrei-
ben.

So in etwa fühle ich mich, wenn ich neben Joshie aufwache. Aber es prickelt auch ein wenig. Mit M. Cohen haben
wir Pinselstrich geübt, und ich konnte kaum glauben, wie
konzentriert Joshies Gesicht dabei aussah. Seine Unterlippe hing wie bei einem kleinen Jungen runter, und er atmete
ganz sachte, als gäbe es nichts Wichtigeres auf der Welt als
Pinselstriche. Das hat etwas Kraftvolles, sich so auf etwas
einlassen zu können, das völlig außerhalb von einem selbst
ist. Ich denke, Joshie hat im Leben eine Menge Privilegien
genossen, und er weiß was damit anzufangen.

Und dann merkte er, dass ich ihn ansah, und er lächelte
wie ein ertappter kleiner Junge und zog die Lippe ein und
versuchte, seinem Alter entsprechend auszusehen, was er
gar nicht mehr hinkriegt, glaube ich. Und ich dachte mir:
Okay, ich werde Lenny verlassen und den Rest meines Le-

bens neben Joshie aufwachen, jeden Tag älter werden, während er immer jünger wird. Irgendwie kommt mir das richtig vor. Als eine Art Strafe für mich. Jeden Morgen, Nachmittag, Abend Sex, Essen, Shopping, und egal, was wir tun, Joshie ist mir nie zuwider, aber auch nie das Gegenteil. Ich möchte bloß mit ihm Pinselstrich üben und seinen vollkommen gleichmäßigen Atem hören. Er hat so alte Puschen, die ganz ordentlich neben seinem Bett stehen, sodass er morgens sofort reinschlüpfen kann, aber sie sind ihm zu groß. Er watschelt darin rum wie ein alter Mann. Und so was kann ich hinbiegen. Ich kann ihn hinbiegen. Und bin so froh, dass er Kritik annehmen kann. Als Allererstes MUSS ich ihm neue Hausschuhe besorgen. In Joshies Gegenwart bin ich wohl eine angenehmere Version meiner Mutter. Wie sagte Froid: gemeines Unglück.

Lenny. Wird er mir jemals verzeihen?

Manchmal komme ich mir vor wie eine Recycling-Tonne, weil so viele Dinge von einem Menschen zum anderen durch mich hindurchgehen – Liebe, Hass, Verführung, Anziehung, Ekel, alles. Wenn ich doch bloß stärker und selbstsicherer wäre, dann könnte ich mein Leben tatsächlich mit einem Typen wie Lenny verbringen. Er hat nämlich eine andere Art Kraft als Joshie. Die Kraft seiner süßen Thunfisch-Arme. Die Kraft, seine Nase in meine Haare zu stecken und sich dort zu Hause zu fühlen. Die Kraft zu weinen, wenn ich ihn lutsche. Wer IST Lenny? Wer TUT so was? Wer wird sich mir jemals wieder derart öffnen? Niemand. Weil es zu gefährlich ist. Lenny ist ein gefährlicher Mensch. Joshie ist mächtiger, aber Lenny ist viel gefährlicher.

Immerzu wollte ich, dass meine Eltern die volle Verantwortung dafür übernehmen, wie gestört und kaputt ich bin. Ich wollte, dass sie zugeben, dass sie was falsch gemacht haben. Aber das spielt jetzt für mich keine Rolle mehr.

Gemeines Unglück, sagte der Doktor, aber auch allgemeine Verantwortung.

Ich kann nicht immer das misshandelte kleine Mädchen bleiben. Ich muss stärker sein als mein Vater, stärker als Sally, stärker als Mommy.

Tut mir leid, Lenny.

Ich liebe dich.

EUNI-DIOTIN AN GOLDMANN-FOREVER:

Klingt ja, als wärst du ganz furchtbar beschäftigt, Süßer. Das macht mich total an, Joshie, wenn du hart arbeitest. Nichts ist so sexy wie ein hart arbeitender Mann, so bin ich erzogen worden, und für diese Lehre meiner Eltern schäme ich mich NICHT. Im Augenblick gehen mir viele Gefühle durch den Kopf. Nicht bloß Dankbarkeit für das, was du für meine Familie getan hast, sondern echte, tiefe Liebe. Bin ich der Neue Mensch, der sich zu dir hingezogen fühlt? Ja, der bin ich, Joshie. Manchmal sehe ich Männer und Frauen auf der Straße, die schön sind, aber nur so offensichtlich Medien-schön. Du dagegen bist das Wahre. Mach dir wegen Sex mal keine Gedanken, Liebling. Ich bin doch kein Sexungeheuer. Dich in den Armen zu halten, mit dir zu duschen, dich KRÄFTIG mit dem Luffa-Schwamm zu schrubben, dir Sachen zum Anziehen rauszusuchen, auf dem Sofa mit dir zu kuscheln, fettfreie Blaubeerpfannkuchen mit dir zu machen – noch mit niemandem hab ich so erfüllende Dinge getan. Schon mit dir im selben Raum zu sein erregt mich. Ich vermisse dich so. Nein, du hast KEINE Altmännerarme. Du bist viel stärker als Lenny, und du hast weiche, herrliche Lippen. Du musst nur deine Nackenmuskeln in Form halten, weil du nämlich bei mir da unten reichlich zu tun haben wirst! Hahaha.

Was meine Eltern angeht: Manchmal hab ich das Gefühl,

ich erzähle dir zu viel. Ich weiß, das ist ein Fehler von mir, manchmal denke ich einfach, ich muss jeden, den ich liebe, mit Sachen über meine Eltern volllabern. Aus meinem Leben zu plaudern ist irgendwie das Einzige, was mich davon abhält, den ganzen Tag im Kühlschrank zu verbringen und meinen Arsch noch FETTER werden zu lassen. Ich frage mich nur, ob ich ihnen und dir gegenüber fair bin, wenn ich erzähle, was Sally und Mom und mir passiert ist. Es gab nämlich auch gute Zeiten. Als ich direkt vor dem Bruch im Tompkins Park war, hat mein Vater mich gefragt, wie es mir geht. Ich weiß, dass er ganz tief drinnen ein guter Mensch ist, aber er hatte eben ein hartes Leben, und das macht mich traurig. Wenn ich dich vermisse, bin ich manchmal auf dieselbe Weise traurig, so als ob mein ganzes Leben auf dich zugeführt hat und ich gar nicht erwarten kann, dass wir endlich zusammen sind.

Argh, ich hab grad den Stream von so einem Jamaikaner gesehen, der aus New York deportiert wurde, und er hat geheult, und seine ganze Familie vergoss Tränen, und er sagte seiner Tochter, dass er zurückkommen werde und es das Beste sei, wenn sie in der Stadt blieben, in Sicherheit. Ich dachte, ich würde gleich zusammenbrechen und auch losheulen. Hab ich dir erzählt, dass ich in Rom in einer Hilfsorganisation für verschleppte albanische Frauen gearbeitet habe? Ich wünschte, wir müssten niemanden deportieren. Und ich kann gar nicht fassen, dass du gesagt hast, unsere Wohnhäuser würden geräumt werden. Lenny hat so viel Geld in seine Wohnung gesteckt, und er hat so viele Bücher. Und was wird aus den alten Leuten werden? Wohin werden die umgesiedelt? Die werden sterben. Kannst du nicht irgendwas unternehmen, Süßer? So, Lenny kommt gerade nach Hause. Ich höre ihn schon schnaufen und keuchen. Muss Schluss machen. Ich wünsche dir ein tolles

Wochenende, Joshie. Ich denke nur an dich, ich träume nur von dir. Ich vertraue dir und brauch dich so. Niemand war je so wundervoll zu mir.

21. Oktober

CHUNG.WON.PARK AN EUNI-DIOTIN:

Eunhee,

heute wir haben bekommen Antrag für Lao-Wai-Pass, danke dir! Mr. Shu ruft uns an sogar und sagt, ist nur formaler Antrag, ist schon garantiert wir umziehen nach New York. Daddy und ich, wir so stolz auf dich. Kluge Tochter! Wir immer wussten. Schon in Katholische als du gute Noten bekommen und dann ans Elderbird. Weißt du noch, Kunstlehrerin in Schule hat immer gelobt deine räumliche Fähigkeit, und wir denken, sie sagt reinliche Fähigkeit und fragen uns, was ist das? ☺ Wir haben gesehen dein neuer Freund Joshie Goldman, und er sieht sehr gut aus für alter Mann, viel jünger als Mitwohner Lenny. Wir auch sind sehr stolz, das du hast so wichtige Freund. Lenny kann nicht dir helfen. Er ist Russe. Vieleicht er ist Kommunist? In alter Zeit vor Öl alle Russen waren Kommunisten. Aber wenn du magst ältere Männer, wir kennen in Toronto Mrs. Chois Sohn, ist 31 und sehr *meo-si-seo* und arbeitet guten Job in Medezinwerkzeuge. Danke dir Eunhee, weil du denkst an deine Familie. Bitte verzeih wenn du nicht verstehst mein Englisch. Gott segne dich immer.

Alles Liebe,

Mommy

SALLYSTAR: Ich hab das Studentenvisum gekriegt. Weiß jetzt nicht, was ich sagen soll, Eunice, außer dass ich dich liebe. Ich weiß, dass du mich immer unterstützt, und das nicht bloß, weil du meine große Schwester bist. Du willst das zwar nicht hören, aber ich bete jeden Tag für dich. Ich bete, dass du glücklich und mit dir selbst im Reinen sein kannst. Weißt du noch, wie glücklich wir als Kinder waren, wenn wir nach der Kirche *ddok* aus dem H-Mart und *mandoo* kriegten? Wie du dich immer damit vollgestopft und hinterher geheult hast, weil du meintest, du hättest zugenommen?

EUNI-DIOTIN: Du musst mir doch nicht danken, Sally. Ich bin nur froh, dass du in Sicherheit bist. Ich kann immer noch nicht glauben, dass du dich eine Woche lang im Keller verstecken musstest. Und auch nicht, was mit der Tochter der Kims passiert ist, wie hieß sie noch?

SALLYSTAR: Ich glaube, darüber möchte ich jetzt nicht reden.

EUNI-DIOTIN: Ich hab einfach ein schlechtes Gewissen, weil ich nicht bei dir war.

SALLYSTAR: So eine Erfahrung hilft einem, sich aufs Wesentliche zu besinnen. Und jetzt weiß ich, wofür ich lebe. Für dich und Mommy und Daddy. Ich werde die Klappe halten, ich werde mich nicht politisch austoben, und ich werde aufpassen, dass keinem von uns je so etwas zustößt wie Sarah Kim. Du bist wirklich ein «1A-Vorbild» für mich, wie Mommy sagt.

EUNI-DIOTIN: Wirst du wieder aufs Barnard gehen?

SALLYSTAR: Das Barnard bleibt für den Rest des Jahres geschlossen, aber das ist auch gut so. Ich muss sowieso das ganze Jahr weiter Mandarin- und Norwegisch-Kurse belegen.

EUNI-DIOTIN: Das wirst du packen, Sally. Wenn du etwas wirklich willst, schaffst du es immer.

SALLYSTAR: Und du?

EUNI-DIOTIN: Hä?

SALLYSTAR: Was möchtest du jetzt mit deinem Leben anfangen?

EUNI-DIOTIN: Weiß nicht. Joshie kann mir einen tollen Konsum-Job besorgen, aber vielleicht studiere ich auch Kunst und Finanzwesen in London.

SALLYSTAR: Die Sache mit ihm ist also ziemlich ernst? Hast du es Lenny schon gesagt?

EUNI-DIOTIN: Nein.

SALLYSTAR: Du solltest ihn nicht mehr anlügen, Eunice. Ich hab dir das nie gesagt, aber ich finde, Lenny ist ein echt netter Mann, war er jedenfalls das eine Mal, als ich ihn gesehen hab. Er hat sich wirklich Mühe gegeben mit Mom und Dad.

EUNI-DIOTIN: Ich weiß. Das brauchst du mir nicht zu sagen. Aber perfekt ist er nicht. Er bemüht sich nur dann um mich, wenn ich sauer auf ihn bin. Außerdem bin ich mir sicher, dass er ein anderes koreanisches Mädchen finden wird, so wie die hundert, mit denen er vor mir zusammen war. So ein richtiges *nomo cha-kae*-Mädchen, nicht so eine wie mich. Ach, ich hab übrigens Images von den Armengesichtern seiner Exfreundinnen gesehen. Lenny ist einer von diesen Weißen, die eine hübsche Asiatin nicht von einer hässlichen unterscheiden können. Für ihn sehen wir alle gleich aus.

SALLYSTAR: Es geht mich ja nichts an, aber ich finde, du solltest richtig nett zu Lenny sein, selbst wenn du mit ihm Schluss machst. Du willst ihn doch fair behandeln.

EUNI-DIOTIN: Weiß ich doch, Sally. Ganz ehrlich: Ich frage mich, ob ich überhaupt mit ihm Schluss machen KANN.

Ich liebe ihn immer noch. Er ist bloß so ahnungslos. Mein armer Leonardo Dabramovinci. Er sitzt jetzt gerade neben mir und schneidet sich die Fußnägel, lächelt mich dabei ohne jeden Grund an. Ich weiß nicht, wieso, aber ich finde das echt traurig, wenn er mich so anlächelt. Und es macht mich auch irgendwie wütend, dass er immer noch so eine Wirkung auf mich hat.

24. Oktober

GOLDMANN-FOREVER AN EUNI-DIOTIN:

Eunice, wir müssen reden. Ich weiß, du liebst mich, aber manchmal behandelst du mich wirklich nicht gut. An einem Tag nennst du mich «den allertollsten Freund, den du je gehabt hast», am nächsten Tag bist du dir nicht mehr sicher, willst eine Auszeit, willst die Dinge ein bisschen langsamer angehen. Das gibt mir das Gefühl, als wäre ich so ein emotional bedürftiger Arsch, der dich drängt, Lenny von uns zu erzählen, und dich dazu bewegen will, bei mir einzuziehen und unsere Beziehung so ernst zu nehmen wie ich. Ich glaube, du verwechselst mich mit dem berühmten Joshie Goldmann, der versucht, die Welt zu ändern, und den jeder verehrt. Bei dir bin ich ein anderer. Bloß ein verliebter Mensch, sonst nichts.

Es gefällt mir auch nicht, dass du mir ein schlechtes Gewissen wegen all der Alten einreden willst, die aus Lennys Gebäudekomplex geworfen werden. Das ist nicht mein Zuständigkeitsbereich, Eunice. Ich kann dir helfen, was deine Eltern und deine Schwester betrifft, aber ich kann ja nicht hundert nutzlose Menschen in New York beschützen. Der IWF gibt jetzt die Richtung vor. Ich glaube, ich habe in den letzten Monaten für sie getan, was ich konnte, indem ich Essen und Wasser geschickt habe.

Hör mal: Ich weiß ja, dass ich einen enormen Schritt von dir verlange, und ich weiß auch, dass Lenny so eine Art «emotionales Sicherheitsnetz» für dich darstellt und du darum zu ihm hältst. Aber vergiss nicht, dass letztlich nur ich für deine Sicherheit garantieren kann. Außerdem weiß ich, dass Lenny dich manchmal auf seine lachhaft überhebliche Art bedrängt hat, und den Fehler will ich nicht wiederholen. Vergessen wir nicht, dass ich siebzig bin, auch wenn ich mich nicht immer so benehme. Aber eins kann ich dir aus Erfahrung sagen, Eunice: Du hast nur eine Jugend. Und die solltest du mit jemandem verbringen, der daraus das Beste für dich herausholen kann, jemandem, bei dem du dich gut und versorgt und geliebt fühlst und der, auf lange Sicht, nicht Ewigkeiten vor dir stirbt wie Lenny. (Rein statistisch gesehen, da er ein russischer Mann und du eine asiatische Frau bist, wird er ungefähr zwanzig Jahre vor dir abtreten.)

Ob ich selbst Angst kriege, weil es mit uns so schnell geht? Das kannst du mir aber glauben! Manchmal schaue ich uns beide im Spiegel an und kann gar nicht fassen, wer ich bin. Jede Woche rücken wir näher zusammen, und doch tust du jede Woche etwas, das mich glauben lässt, dass ich dich nicht verdiene. Du stößt mich weg. Wieso? Liegt es in deiner Natur, grausam zu Männern zu sein? Dann kannst du den Teil deines Charakters vielleicht ändern, bevor es zu spät ist.

Ich denke dauernd an dich, Eunice. Manchmal bist du das Einzige auf der Welt, was für mich noch irgendeinen Sinn ergibt. Und jetzt musst DU mal anfangen, an MICH zu denken. Ich sitze hier oben in der guten alten Upper West Side, schlage mir auf die Brust, stoße traurige Affenlaute aus und träume von dem Tag, da du mich so behandelst, wie ich es verdiene. Meine süße Hummel, wir haben noch viele Jahre vor uns. Lass uns keinen Wimpernschlag dieser wertvollen Zeit vergeuden. *Sogni d'oro*, wie du gern sagst. Goldene Träume für dich.

FOREVER YOUNG

Aus dem Tagebuch des Lenny Abramov

10. November

Liebes Tagebuch,

heute habe ich eine wichtige Entscheidung getroffen: *Ich werde sterben.*

Von meiner Persönlichkeit wird nichts überdauern. Mein Leben, mein gesamtes Sein, wird für immer verloren gehen. Ich werde genullt, mein Licht wird ausgeknipst werden. Und was bleibt? Schwebt durch den Äther, kitzelt den leeren Bauch des Weltraums, setzt über einigen Farmen außerhalb von Kapstadt zum Sinkflug an und kollidiert über Hammerfest, der nördlichsten Stadt dieses zerstörten Planeten, mit einem Nordlicht – meine Daten, die suppige Grundlage meiner Existenz, auf einem GlobalTeens-Account hochgetextet. Wörter, Wörter, Wörter.

Du, liebes Tagebuch.

Das hier wird mein letzter Eintrag sein.

Einen Monat zuvor, Mitte Oktober, brauste ein herbstlicher Windstoß die Grand Street entlang. Eine Frau aus unserem Wohnhaus, eine alte, müde Jüdin, die quer über den Säckchen ihrer Brüste falsche Jadetropfen trug, schaute zum drängenden Wind hinauf und sagte: «Stürmisch.» Nur ein Wort, das nicht mehr bedeutet als «eine Zeitspanne oder Wetterlage, die von starken Winden bestimmt ist», doch es traf mich unerwartet, erinnerte mich daran, wie Sprache früher einmal gebraucht wurde, an ihre Präzision und Einfachheit, an ihre Fähigkeit, Erinnerung zu evozieren. Nicht kalt, nicht kühl – stürmisch. Einhundert weitere stürmische Tage erstanden vor meinem geistigen Auge, meine junge Mutter im Kunstpelzmantel vor unserem Chevrolet Malibu Classic, die Hände schützend über meine Ohren gelegt, weil meine unzureichende Skimütze nicht ganz darübergezogen werden konnte, während mein Vater sich fluchend mit dem Autoschlüssel abmühte. Ihr sorgenvoller Atemstrom an meinem Gesicht, das aufregende Gefühl, gleichzeitig zu frieren und beschützt zu sein, den Elementen ausgesetzt und doch geliebt.

«Es ist *wirklich* stürmisch, Ma'am», sagte ich zu der alten Frau. «Ich spüre es in den Knochen.» Und sie lächelte mich mit dem an, was sie an Gesichtsmuskeln noch zur Verfügung hatte. Wir kommunizierten mit Worten.

Als ich aus Westbury zurückkehrte, war Eunice unversehrt, aber die Vladeck Houses waren zu Skeletten geworden, ihre orangeroten Rückenschilde schwarz verkohlt. Ich stand mit einer Gruppe weiterhin erwerbstätiger Medientypen in teuren Turnschuhen vor den Gebäuden, und wir bewerteten die aufgebrochenen Linien ehemaliger Fenster, verwandelten eine einsame Samsung-Klimaanlage, die in der schwachen Flussbrise an ihrem Kabel hin und her schwang, in Poesie. Wo waren die Bewohner? Die Latinos, die uns einst so froh gemacht hatten, weil wir sagen konnten, wir bewohnten «das letzte multiethnische Viertel in Downtown» – wo waren sie hin?

Ein mit Fünf-Jiao-Männern überfüllter Staatling-Lastwagen hielt vorm Haus. Die Männer kletterten heraus und bekamen sofort Werkzeuggürtel ausgehändigt, die sie eifrig, fast glücklich um ihre schmal gewordenen Taillen schnallten. Ein ländlicher Holztransporter hielt genau hinter dem Lastwagen. Doch darauf gestapelt lagen nicht etwa frisch gefällte Stämme, sondern Kreditmasten, stumpf und rund, sogar ohne den Schmuck, der die Vorgänger immerhin verziert hatte. Noch am selben Tag waren alle aufgestellt, und neue Stoffbahnen wehten von den Spitzen, darauf der an den Parthenon erinnernde Umriss des neuen IWF-Hauptsitzes in Singapur und der Slogan:

«Das Leben ist reicher, das Leben ist schöner! Vielen Dank, Internationaler Währungsfonds!»

Ich traf mich mit Grace zum Picknick im Park. Sie saß auf der Sheep Meadow auf einem bequemen Felsvorsprung, einer Art Chaiselongue aus der Eiszeit. Nicht einmal ein halbes Jahr zuvor war das Blut von hundert Menschen über die benachbarten Rasenkissen geflossen. In dem weißen Baumwollkleid, das ihr locker um die Schultern fiel, mit den Haaren, die ihr konzentriertes Gesicht in perfektem Schwung einrahmten, hochschwanger und doch in ihrer Entspanntheit elegant, wirkte sie aus der Ferne wie eine Vision, die unbegreiflich stimmig in die Welt passte. Langsam ging ich auf sie zu und ordnete meine Gedanken. Ich musste mir überlegen, wie ich einen anderen Menschen in unsere Freundschaft einbeziehen könnte, jemanden, der sogar noch kleiner und unschuldiger war als seine Mutter.

Ich sah das Kind schon vor mir. Egal, wie sehr Grace es mit ihrem Wesen formen würde (man hatte mir gesagt, es wird ein Junge), würde es auch etwas von Vishnus Pelzigkeit abbekommen, von seiner tapsigen Freundlichkeit und Naivität. Mir kam es seltsam vor, ein Kind als Produkt *zweier* Menschen zu betrachten. Trotz all ihrer Temperamentsunterschiede sind meine Eltern sich so ähnlich, dass ich sie gelegentlich für *ein* Elternteil halte, geschwängert von einem jiddischen Heiligen Geist. Und wenn Eunice und ich nun ein Kind bekommen würden? Würde sie das glücklicher machen? In letzter Zeit schien sie mir so fern. Sogar wenn sie auf AssLuxury ihre magersüchtigen Lieblings-models anschaute, sah es so aus, als würde ihr Blick sich durch diese hindurch in eine neue Dimension bohren, in der es weder Hüften noch Knochen gibt.

Grace und ich tranken Wassermelonensaft und aßen frischgeschnittenen Kimbap von der 32th Street – der ein-gelegte Daikon-Rettich knirschte laut zwischen unseren Zähnen, Reis und Seetang überzogen unsere Gaumen mit Speisestärke und Meer. Normalität, danach strebten wir. Nach einigen witzelnden Vorbemerkungen setzte Grace ihre ernste Miene auf. «Lenny», sagte sie. «Ich muss dir etwas sagen, was ein bisschen traurig ist.»

«O nein», sagte ich.

«Vishnu und ich haben eine permanente Aufenthalts-genehmigung für StabilitätsKanada bekommen. In drei Wochen ziehen wir nach Vancouver.»

Ich spürte, wie der Reis sich in meiner Kehle ausdehnte, und hustete in meine Hand. Ich bedachte das Urteil, das mir verkündet worden war. *Grace.* Die Frau, die mich am meisten geliebt hatte. Die mir die letzten fünfzehn Jahre zugehört hatte, trotz all meiner Melancholie und Dysthy-mie. *Vancouver.* Ein Stadt im Norden, weit, weit weg.

Grace umarmte mich, und ich sog ihre Haarspülung und ihre bevorstehende Mutterschaft ein. Sie ließ mich im Stich. Liebte sie mich *dennoch?* Selbst Tschechows un-ansehnlicher Laptew hatte eine Bewunderin, eine Frau na-mens Polina, «sie war sehr mager und hässlich und hatte eine lange Nase». Nachdem Laptew die junge und schöne Julija geheiratet hat, sagt Polina zu ihm:

«Sie sind also verheiratet. Aber seien Sie unbesorgt, ich bin nicht missgestimmt, ich schaffe es schon, Sie aus meinem Herzen zu reißen. Ärgerlich und bitter ist nur, dass Sie genauso ein Dreckskerl sind wie alle und dass Sie bei einer Frau nicht den Verstand, nicht den Intellekt suchen, sondern nur ihren Körper, ihre Schönheit und Jugend ... Jugend!»

Ich wollte, dass Grace mir ähnliche Worte entgegenzischte, mich noch einmal damit konfrontierte, dass ich eine so junge und unerfahrene Frau liebte, und mich vor die Wahl zwischen einem Zusammenleben mit ihr statt mit Eunice stellte. Aber das tat sie natürlich nicht.

Und das machte mich wütend.

«Wie habt ihr denn eine Aufenthaltsgenehmigung für Kanada gekriegt?» Ich versuchte gar nicht erst, die Schärfe in meiner Stimme herunterzupegeln. «Ich dachte, das ist unmöglich. Auf der Warteliste stehen über 23 Millionen Leute.»

«Wir hatten Glück», sagte sie. «Und ich habe einen Abschluss in Ökonometrie, das hilft.»

«Gracie», drang ich weiter in sie, «Noah hat mir vor einiger Zeit erzählt, dass Vishnu mit der ARR kollaboriert, mit den Überparteilichen.»

Sie sagte nichts, aß ihr Kimbap. Ein Mann und eine Frau, die sich in einer wogenden Fremdsprache unterhielten, spazierten hinter einem schmuddeligen Berg von Bernhardiner her, dessen Zunge in der Hitze des Altweibersommers am Boden schleifte. Hinter einer Baumgruppe gruben einige Fünf-Jiao-Männer einen Graben. Einer hatte offensichtlich den Gehorsam verweigert, denn sein Anführer ging auf ihn zu, etwas Langes, Glänzendes in der Hand. Der Fünf-Jiao-Mann kniete sich hin und bedeckte sein langes, verfilztes blondes Haar mit den Händen. Ich versuchte, Grace mit meinem Melonensaftbecher die Sicht zu versperren, und betete, dass es nicht zu einer Gewaltanwendung kommen würde. «Ich bin sicher, das stimmte nicht», fuhr ich fort und klaubte Grashalme von meiner Jeans, als wäre dies ein Gespräch wie jedes andere. «Ich weiß ja, dass Vishnu ein feiner Kerl ist.»

«Über solche Sachen möchte ich nicht reden», sagte Grace. «Weißt du, ihr drei wart immer ziemlich eigenartige Freunde. *Die Jungs.* Wie in Romanen. Diese ganze Groß-mäuligkeit und Kameradschaft. Das konnte nicht funktio-nieren. Jeder von euch war ein ganz normaler Mensch, aber gemeinsam wart ihr wie eine Karikatur.»

Ich seufzte und stützte den Kopf in die Hände.

«Entschuldige», sagte Grace. «Ich weiß, du hast Noah sehr gemocht. So sollte man nicht von einem Toten spre-chen. Und ich weiß auch gar nicht, was mit der ARR war, wer wofür verantwortlich ist. Ich weiß nur, dass es hier kei-ne Zukunft für uns gibt. Und für dich auch nicht, wenn du mal darüber nachdenkst. Wieso kommst du nicht mit uns nach Kanada?»

«Ich hab offenbar nicht so gute Verbindungen wie ihr», sagte ich zu grob.

«Du hast einen Abschluss in Wirtschaftswissenschaften», sagte sie. «Das könnte dich auf der Warteliste nach oben bringen. Du solltest versuchen, an die Grenze bei Quebec zu gelangen. Von da kannst du einen gepanzerten Fung-Wah-Bus nehmen. Wenn du es schaffst, legal die Grenze zu überqueren, kommst du in Kanada in eine besondere Kategorie. So was wie ‹Überland-Einwanderer›, glaube ich. Und drüben können wir dir dann einen Anwalt besorgen.»

«Eunice werden sie niemals hineinlassen», sagte ich. «Ihre Ausbildung ist wertlos. Hauptfach Images, Neben-fach Selbstsicherheit.»

«Lenny», sagte Grace. Ihr Gesicht war nah an meinem,

ihr Sprechatem im Takt mit dem Atem des Windes und der Bäume. Ihre Hand lag an meiner Wange, und alle Sorgen meines Lebens wurden darin umfangen und gehalten. Ein dumpfer Schlag hallte jenseits der Bäume, auf Kopfhaut auftreffendes Metall, aber da war kein Wimmern, nur der ferne trugbildhafte Anblick eines Körpers, der lang hinschlug. «Manchmal», sagte sie, «mache ich mir Sorgen, dass du es nicht schaffst.»

Ende Oktober. Ein paar Tage nach meinem Mittagspicknick mit Grace textete Eunice mich bei der Arbeit an und sagte, ich solle sofort nach Hause kommen. «Sie werfen uns alle raus», sagte sie. «Die Alten, alle. Dieses Arschloch.» Mir blieb keine Zeit herauszufinden, wer das Arschloch war. Ich sprang in eine Firmenlimousine und raste südwärts, wo ich den unrühmlichen Backsteinklotz meines Wohnhauses von plattärschigen jungen Männern in Khakihosen und Oxford-Hemden umstellt fand, dazu drei gepanzerte Truppentransporter von WapachungKrise, deren Besatzungen friedlich unter einer Ulme lagerten, die Gewehre vor den Füßen. Meine greisen Wohngenossen hatten das weitläufige parkähnliche Grundstück rings um die Gebäude mit einem Durcheinander von Habseligkeiten vollgeräumt, in der Mehrzahl marode Anrichten, durchgesessene schwarze Ledersofas und gerahmte Fotografien ihrer dicklichen Söhne und Enkel, die Regenbogenforellen angelten.

Ich wandte mich an einen jungen Kerl in den üblichen Chinohosen, auf dessen Dienstausweis «StaatlingImmobilien Umsiedlung» stand. «Hey», sagte ich. «Ich arbeite für Posthumane Dienstleistungen. Was soll der Scheiß? Ich wohne hier. Joshie Goldmann ist mein Chef.»

«Schadensreduzierung», sagte er und machte mit seinen dicken roten Lippen tatsächlich einen Schmollmund.

«Wie bitte?»

«Sie wohnen zu dicht am Fluss. Staatling wird die Gebäude morgen abreißen. Für den Fall, dass es zu Überflutungen kommt. Klimawandel. Jedenfalls stellt Posthumane Dienstleistungen seinen Angestellten Wohnraum weiter nördlich zur Verfügung.»

«Das ist doch gequirlte Scheiße», sagte ich. «Ihr baut hier einfach dreigeschossige Luxuswohnungen hin. Wozu lügen, Kumpel?»

Er ließ mich stehen, und ich folgte ihm durch das Getümmel alter Frauen, die sich auf Gehhilfen aus dem Foyer drängten, einige der noch beweglicheren Babuschkas schoben diejenigen in Rollstühlen, ein allgemeines Jaulen, eher depressiv als empört, bildete über dem Exodus eine Art akustischen Baldachin. Die jüngeren, zornigeren Menschen, die hier wohnten, waren wahrscheinlich alle bei der Arbeit. Deswegen warf man uns auch um die Mittagszeit hinaus.

Ich war kurz davor, den Kopf des jungen Staatling-Typen gegen den Zementputz meines geliebten Gebäudes zu schlagen, meiner schlichten Zuflucht, meines bescheidenen Heims. Ich spürte, wie die Wut meines Vaters ein gerechtfertigtes Ziel fand. Dieses Sirren in meinem Kopf hatte etwas Abramov'sches, dieses ständige Schwanken zwischen Aggression und Opferhaltung. «Die Freuden des Basketballspiels». Die Masada. Ich packte den jungen Mann an der mageren Schulter und sagte: «Sekunde mal, Freundchen. Das Haus gehört nicht dir. Das ist *Privatbesitz*.»

«Machst du Witze, Opa?», sagte er und schüttelte meinen fast vierzigjährigen Griff locker ab. «Fass mich noch einmal an, und ich reiß dir den Arsch auf, ich schwör's.»

«Na schön», sagte ich. «Dann reden wir wie Menschen darüber.»

«*Ich* rede wie ein Mensch. Der Zickige hier bist du. Du hast einen Tag, deinen Scheiß da rauszuholen, sonst wird er mit dem Haus zusammen abgerissen.»

«Ich habe Bücher dadrin.»

«Wen?»

«Gebundene, gedruckte Medienerzeugnisse. Manche davon sind sehr bedeutend.»

«Ich glaube, mir kommt grad das Mittagessen hoch.»

«Okay, aber was ist mit *denen*?» Ich zeigte auf meine alten Nachbarinnen, die ins Sonnenlicht schlurften, Sommerkleider tragende Witwen mit Strohhüten, die vielleicht nur noch ein paar Jahre zu leben hatten.

«Die werden in leerstehende Häuser in New Rochelle umgesiedelt.»

«New Rochelle? Leerstehende Häuser? Wieso schafft ihr sie nicht gleich zum Schlachthof? Ihr wisst genau, dass diese alten Leute außerhalb von New York nicht überleben können.»

Der junge Mann verdrehte die Augen. «Das kann einfach nicht wahr sein, was wir hier reden», sagte er.

Ich rannte in das mir vertraute Foyer, wo die beiden Fichten im Kreis, das Symbol der Genossenschaftsbewegung, in den sorgfältig gebohnerten, glänzenden Boden eingelegt waren. Alte Menschen saßen auf zusammengeschnürten Bündeln, warteten auf Anweisungen, warteten auf die Deportation. Zwei Uniformierte von Wapachung trugen eine alte Frau, ich musste an Bat-Mizwas denken, auf ihrem Stuhl aus dem Aufzug, und ihr verquollenes, schniefendes Gesicht konnte ich nicht ertragen. «Mister, Mister», skandierten einige ihrer Freundinnen und streckten die verdorrten Arme nach mir aus. Sie kannten mich aus den schlimmsten Zeiten des Bruchs, als Eunice zu ihnen gekommen war und sie gewaschen, ihre Hände gehalten, ihnen Hoffnung gegeben hatte. «Können Sie denn nichts tun, Mister? Kennen Sie nicht jemanden?»

Ich konnte ihnen nicht helfen. Konnte meinen Eltern nicht helfen. Konnte Eunice nicht helfen. Und auch nicht mir selbst. Ich ließ die Fahrstühle links liegen und rannte die sechs Treppen hinauf, stolperte nur noch halb lebendig ins Mittagslicht, das meine 70 Quadratmeter durchflutete. «Eunice, Eunice!», rief ich.

Sie trug eine Jogginghose und ihr Elderbird-T-Shirt, Hitze stieg von ihrem Körper auf. Überall auf dem Boden standen Pappkartons, die sie aufgefaltet hatte, manche waren schon zur Hälfte mit Büchern gefüllt. Wir umarmten einander, und ich versuchte, sie ausgiebig zu küssen, doch sie schob mich weg und deutete auf die Bücherwand im Wohnzimmer. Sie gab mir zu verstehen, dass sie noch mehr Kartons auffalten werde, die ich dann weiter mit Büchern füllen solle. Ich ging ins Wohnzimmer und stand dem Sofa gegenüber, auf dem Eunice und ich uns beim zweiten und dritten Mal geliebt hatten (die erste Runde war an das Schlafzimmer gegangen). Ich trat ans Regal und nahm einen Armvoll Bücher heraus – ein paar von den Fitzgeralds und Hemingways und dergleichen, die ich im Grundstudium an der NYU zusammen mit einem imaginären Glas Pernod verschlungen hatte; die muffigen, spröden sowjetischen Bücher (Durchschnittspreis 1 Rubel und 49 Kopeken), die mir mein Vater geschenkt hatte, um damit den unergründlichen Graben zwischen unser beider Leben zu überbrücken; die Lacan'schen und feministischen Bände, die einen guten Eindruck machen sollten, wenn potenzielle Freundinnen zu Besuch kamen (als hätte sich noch irgendjemand für Texte interessiert, als ich zu studieren anfing).

Ich ließ die Bücher in die Kartons fallen, und Eunice eilte herbei und packte sie neu, weil ich sie nicht optimal hineinstapelte, ja weil ich total unfähig war, mit Gegenständen umzugehen und aus dem Minimum das Maximum herauszuholen. Fast drei Stunden arbeiteten wir schweigend nebeneinander, wobei Eunice mir Anweisungen gab und mich schalt, wenn mir ein Fehler unterlief, während sich die Bücherwand allmählich leerte und die Kartons unter der Last von dreißig Jahren Lesestoff zu ächzen begannen, der Gesamtheit meines Lebens als denkender Mensch.

Eunice. Ihre starken kleinen Arme, das tiefe Rot der Anstrengung auf ihren Wangen. Ich war ihr so dankbar, dass ich ihr am liebsten ein klein wenig Schmerz zugefügt und sie dann um Verzeihung angefleht hätte. Ich wollte vor ihren Augen schuldig werden und es eingestehen, damit auch sie die moralische Überlegenheit des Rechthabens genießen konnte. Der ganze Zorn auf sie, der sich in den letzten Monaten angestaut hatte, löste sich auf. Stattdessen schoss ich mich mit jedem Stapel Bücher, der in ein Kartongrab purzelte, auf ein neues Ziel ein. Ich spürte die Schwäche dieser Bücher, ihre Substanzlosigkeit, spürte, dass sie es nicht geschafft hatten, die Welt zu verändern, und ich wollte nicht mehr, dass ihre Schwäche auf mich abfärbte. Ich wollte meine Energien auf andere Dinge richten, die fruchtbarer und einem bedeutsamen Leben förderlich waren.

Anstatt also einen weiteren Stapel von der Bücherwand zu holen, trat ich in einen von Eunice' Wandschränken. Ich sichtete ihre intimsten Kleidungsstücke, schaute die Etiketten an, bewegte beim Lesen die Lippen, als sagte ich ein Gedicht auf: 32A, XS, JuicyPussy, TotalSurrender, himmelblauer durchbrochener Samt. Dem Schuhschrank entnahm ich zwei glitzernde Paare und ein etwas alltäglicheres zwischen Halbschuh und Sneaker, das Eunice gern bei Parkspaziergängen trug, und nahm sie mit in die Küche.

Dort hielt ich sie Eunice lächelnd hin. «Sehr viele Kartons haben wir nicht mehr», sagte ich.

Sie schüttelte den Kopf. «Nur die Bücher», sagte sie. «Für mehr haben wir keinen Platz. Sie bringen uns in eine Wohnung irgendwo nördlich von hier, weil du für Joshie arbeitest.» Sie legte das Klebeband zur Seite und goss mir eine Tasse Kaffee aus der Cafetière ein, veredelt mit Sojamilch aus dem Kühlschrank, der bald nicht mehr mir gehören würde.

«Auf alle Fälle sollten wir dran denken, all deine Haarbürsten von Mason Pearson mitzunehmen», sagte ich, nahm einen Schluck und reichte ihr die Tasse. Zustimmend strich sie über ihre dichte Mähne. Wir küssten uns, zwei Münder, Kaffeeatem. Ihre Augen waren geschlossen, doch ich hatte meine auf; «Nicht schummeln!», hatte sie immer gerufen, wenn sie mich dabei erwischte. Ich drückte meine Nase auf ihre Sommersprossen-Galaxie, manche orange, manche braun, manche groß wie Planeten, manche nur feiner, schwebender Weltraumschutt. «Wie soll ich dich gehen lassen?», fragte ich.

Sie wich zurück. «Was meinst du damit?»

«Nichts.» Was *meinte* ich eigentlich? Meine Schläfen waren heiß, meine Füße kalt wie Eis. Die Aufzüge waren voller alter Menschen und deren Sachen, aber wir bekamen die Kisten nach unten ins Foyer, wo Eunice sich Mühe gab, den Alten mit ihren Medikamentenbeuteln, mit ihren verhakelten Strumpfwaren, mit den vielen goldgerahmten Familienfotos von vereinten großen und kleinen Juden zu helfen. Wir schoben meine eingepackte Bibliothek mit den Füßen hinaus auf den Rasen, auf die Hyundai-Limousine zu.

Erster November. Oder um den Dreh. Wir wurden in zwei Zimmer in der Upper East Side umquartiert, ein kastenförmiges Schwesternheim aus den 1950ern an der York Avenue, das an ein im Regen liegengebliebenes Puzzle erinnerte. Die Flure teilten wir uns mit anderen umgesiedelten jungen Leuten von Staatling-Wapachung, doch sobald sie einen Blick durch unsere Tür geworfen und gesehen hatten, dass jeder Quadratzentimeter unserer beiden Zimmer mit Büchern vollgestopft war, schalteten sie auf «weiträumig ausweichen» und mieden sogar Eunice, ihre Zeitgenossin in jeder Hinsicht.

An dem Tag, als in den Medien gezeigt wurde, wie die Genossenschaftshäuser an der Grand Street, meine sonnenverbrannten Backsteinschönheiten, in einer Wolke aus rotem Ziegelstaub und grauer Asche in sich zusammenfielen, fing ich an zu weinen, aber statt mich zu trösten, wurde Eunice wütend. Sie sagte, wenn ich von Gefühlen übermannt würde, erinnere sie das an ihren Vater, der auch immer die Kontrolle verliere, wenn ihm etwas Schlimmes zugestoßen sei, allerdings werde er dann gewalttätig und nicht traurig wie ich. Ich sah sie aus zugeschwollenen Augen an und fragte: «Siehst du denn nicht den Unterschied von beidem? Gewalttätig und traurig.»

Sie warf mir ihr starres Lächeln zu. «Manchmal habe ich das Gefühl, ich kenne dich gar nicht», flüsterte sie so laut, dass es kaum noch ein Flüstern war.

«Eunice», sagte ich. «Meine Wohnung. Mein Zuhause. Meine Geldanlage. In zwei Wochen werde ich vierzig, und ich habe nichts.»

Ich wollte, dass sie «Du hast doch mich» sagte, aber das blieb aus. Ich zog mich in mich selbst zurück und wartete eine Stunde lang, denn ich wusste, ihr Hass auf mich würde irgendwann in eine Art Mitleid umschlagen. Und so war es. «Na komm, Thunfischhirn», sagte sie. «Gehen wir in den Park. Ich habe noch eine Stunde, bis ich zur Arbeit muss.»

Hand in Hand gingen wir in den warmen, angenehmen Tag hinaus. Ich beobachtete sie. Erfreute mich an ihrem Entengang, der für gebürtige Südkalifornier typischen Unbeholfenheit als Fußgänger. Ich sah mich in den Zwillingskreisen ihrer Sonnenbrille und erfasste das gespiegelte Lächeln auf meinem eigenen Gesicht. Wie viele Leute auf dieser Welt haben nie erlebt, was ich im letzten halben Jahr erlebt habe? Nicht bloß die Liebe einer schönen Frau, sondern von ihr *bewohnt* zu sein.

Der Central Park war voller Menschen aus mindestens zwei Kasten – Touristen und Besetzer –, die den Tag genossen. Die Bäume blieben an Ort und Stelle, doch die Stadtlandschaft war in ständigem Fluss. Die Wolkenkratzer, die den südlichen Teil des Parks einrahmten, sahen aus, als wären sie ihrer Geschichte müde, ihres kommerziellen Treibens entblößt, denn die oberen Geschäftsführer-Etagen thronten über leeren Lobbys und verwaisten Foodcourts aus Beton, wo Lamm-Kebabs und Humuspasten einst die sagenumwobenste Angestelltenschaft der Welt mit Brennstoff versorgt hatten. Bald schon würden sie durch schroffe, smarte Wohneinheiten für Asiaten, Araber und Wikinger ersetzt werden.

«Erinnerst du dich», fragte ich Eunice, «an den Tag, als du aus Rom zurückgekommen bist? Das war der 17. Juni. Dein Flugzeug ist um zwanzig nach eins gelandet. Und als Erstes sind wir hier im Park spazieren gegangen. Ich glaube, das war so gegen sechs. Es wurde schon dunkel, und wir haben das erste Vermögensschwachen-Camp gesehen. Diesen Busfahrer, der später getötet wurde. Aziz' Armee. Was ist mit alldem passiert? Herrgott. Alles ändert sich so schnell. Na, jedenfalls sind wir mit der U-Bahn hierhergefahren. Ich habe Business-Class-Fahrscheine gelöst. Ich wollte dich *unbedingt* beeindrucken. Erinnerst du dich?»

«Natürlich erinnere ich mich, Lenny», sagte sie barsch. «Wie kommst du darauf, dass ich das jemals vergessen könnte, Thunfisch?»

Wir kauften bei einem Mann, der wie ein Marktschreier aus dem neunzehnten Jahrhundert gekleidet war, ein Eis, doch es schmolz uns schon in der Hand, ehe wir es aufmachten. Um die fünf Yuan nicht zu vergeuden, tranken wir es direkt aus der Papierverpackung und wischten uns dann die Vanille- und Schokoflecken gegenseitig aus dem Gesicht.

«Weißt du noch», versuchte ich es wieder, «wohin wir im Park zuerst gegangen sind?» Ich nahm sie an der Hand und führte sie vorbei am dicht umlagerten Bethesda-Springbrunnen mit seinem *Engel der Wasser*, der mit einer Seerose in der Hand die winzigen Seen unter sich segnet. Als der vertraute Cedar Hill in Sicht kam, wandte sie sich so schnell ab, dass mein Schultergelenk knackte. «Was ist denn los?», fragte ich. Aber sie zog mich schon weiter, weg von meiner Nostalgie, und schritt in sichere emotionale Gefilde. «Was ist denn, Schatz?», versuchte ich es noch einmal.

«Lass es, Lenny», sagte sie. «Du musst es nicht immer wieder aufs Neue versuchen.»

«Wir können von hier verschwinden!», schrie ich fast. «Wir können nach Vancouver gehen. Wir kriegen eine Aufenthaltsgenehmigung in StabilitätsKanada.»

«Aber wieso – damit du bei deiner *Grace* sein kannst?»

«Nein! Weil es hier …» Ich beschrieb mit dem zuckenden Arm einen Halbkreis von gut zweihundert Grad, um die Totalität dessen zu erfassen, was aus meiner Stadt geworden war. «Wir beide werden hier nicht überleben, Eunice. Das kann niemand mehr. Nur Leute mit Blut an den Händen.»

«Was für ein Pathos», sagte Eunice. Und wie sie es sagte, nicht bloß mitleidlos, sondern selbstsicher, ließ mich das

Schlimmste befürchten. Sie verfügte über etwas, von dem ich nichts wusste oder das ich womöglich nur zu gut kannte.

Wir gingen auf einem asphaltierten Weg in Richtung Süden, machten um die Sheep Meadow, wo wir uns in New York zum ersten Mal länger geküsst hatten, und all die anderen lauschigen grünen, herzerwärmenden Stätten unserer Liebe einen großen Bogen. An der Straße Central Park South, vor der Häuserzeile mit den neuentstandenen Triplex-Wohnungen, die vor der Umgestaltung das Plaza Hotel mit seinem Mansardendach gewesen war, schauten wir, umgeben von Pferdeäpfelhaufen, die den Übergang von Gras und Bäumen zur problembeladenen Stadt markierten, zurück in den Park.

«Ich muss los», sagte sie.

«Ich bringe dich zur Arbeit, ja?» Da stand ich, wollte nicht eine Minute mit ihr verlieren, denn ich spürte das Ende näher kommen. «Sieh mal, die Taxis sind wieder da! Halleluja! Nehmen wir eins. Ich zahle.»

An der Elizabeth Street ließ ich Eunice aussteigen, vor dem Konsumladen, in dem sie dank Joshies Beziehungen jetzt wiederverwendbare Lederarmbänder mit avantgardistischen Darstellungen enthaupteter Buddhas und der Aufschrift BRUCH NYC für zweitausend Yuan das Stück verkaufte. Ich versteckte mich hinter dem Stamm eines erschöpften Stadtbaums und beobachtete sie. Sie arbeitete mit einem anderen Mädchen zusammen, einer dunkelhaarigen, üppigen Vertreterin von Bostons irischer Diaspora, sowie der Geschäftsführerin des Ladens, einer viel älteren Frau, die gelegentlich auftauchte, um ihren beiden Untergebenen mit dem Finger vor die Brust zu stoßen und sie in argentinisch gefärbtem Englisch anzuknurren. Ich sah Eunice arbeiten – gründlich fegte sie den Laden mit einem hübschen thailändischen Strohbesen, kam den Fragen der abenteuerlustigen chinesischen und französischen Touristen, die hereinschauten, beflissen zuvor und parierte sie mit breitem Lächeln, rechnete die Verkäufe am Ende des Tages auf einem alten Äpparät zusammen und wartete dann, wenn der letzte Yuan und der letzte Euro verbucht waren, dass das Ladengitter heruntergelassen wurde, damit sie mit dem Lächeln aufhören und ihre übliche Miene tiefen, absoluten Missvergnügens aufsetzen konnte.

Eine Limousine hielt am Bordstein, schob ihre Schnauze aggressiv zwischen zwei parkende Wagen. Ein Mann sprang aus der hinteren Tür, seine kräftigen Beine trugen ihn in den Laden. War er es? Der Hinterkopf geschoren, kugelrund, rosig. Ein Sportjackett aus Kaschmir, ein bisschen zu gediegen und teuer. Der Gang? Dieses unsichere Gleichgewicht, das mich als Erstes für ihn eingenommen hatte? Ich wusste es nicht genau. Und wennschon. Aber wenn er nun hergekommen war, um sie zu sehen? Er hatte ihr schließlich den Job besorgt. Wollte einfach nur überprüfen, wie sich seine Investition entwickelte. Im Laden sah ich sie mit dem Mann sprechen, zu ihm aufschauen. Diese Augen. Wenn sie wichtige Informationen aufnahmen, verengten sie sich und zwinkerten nicht mehr. Und dann die Neigung des Kinns. Anbetend.

Ich ging in eine benachbarte Bar, die sich eines dämlichen gallischen Mottos rühmte, und fing an, mit irgendwelchen Arschlöchern zu trinken, von denen einer ebenfalls Eltern aus der ehemaligen Sowjetunion hatte und ebenfalls auf Russisch Ljonja und auf Englisch Lenny hieß. Er war Gemmologe und besaß die Staatsbürgerschaft sowohl Belgiens als auch HeiligPetroRusslands, ein großer, kräftiger Bursche mit eigenartig feinen Händen sowie dem vorhersehbaren Humor und der natürlichen Kontaktfreude, die mir schon immer abgingen. Der Abend endete damit, dass mein Doppelgänger mir wie der ältere Bruder, den ich nie hatte, zweimal in den Magen boxte – zufällig hatten wir uns über die Rolle der Familie in unserem Leben gestritten – und mich dann freundlicherweise in ein Taxi setzte, aus dem ich beim Aussteigen direkt in eine unschuldige Upper-East-Side-Hecke vor dem einstigen Schwesternheim stürzte, unserer Bleibe, und dort, in der Düsternis des Novemberanfangs, genoss ich ein kurzes Koma, den ersten richtigen Schlaf seit Wochen.

Der Herbst kam, als der Altweibersommer schließlich doch zu Ende ging, und die versehrte Stadt mühte sich, ihre verlorene Herrlichkeit wiederzuerlangen. In diesem Zusammenhang schmissen meine Arbeitgeber eine Party für die angereisten Mitglieder des Ständigen Ausschusses des Politbüros der Kapitalistischen Volkspartei Chinas. Der Empfang sollte in der Triplex-Wohnung eines der Vorstandsmitglieder von Staatling stattfinden und gleichzeitig, sehr angesagt gerade, die Vernissage einer Kunstausstellung sein.

Eunice und ich wachten am Tag der Party spät auf, und sie kroch auf mich drauf, drückte mir ihren Brustkorb ins Gesicht, wollte die letzte noch verbliebene Verbindung zwischen uns herstellen. Es war schon eine Weile nicht mehr dazu gekommen. In der Woche davor war ich zu traurig gewesen, um überhaupt an körperliche Liebe zu denken, und unsere neue, graue Umgebung war zu deprimierend. «Euny», sagte ich. «Liebling.» Ich versuchte sie umzudrehen, um sie mit dem Mund zu befriedigen, weil ich darin am besten bin und ich nicht wusste, ob ich ihr Morgengesicht so nah an meinem ertragen konnte, die leichten schlafbedingten Unvollkommenheiten um die Augen, die unkorrigierte Privatversion, *meine* Eunice Park. Doch sie umklammerte mit den Beinen meinen aufgeschwemmten Oberkörper, und sofort waren wir beisammen, zwei Liebende in einem winzigen Bett, umgeben nur von Bücherkartons, und schwaches Licht, das durchs viereckige Bullauge drang, beleuchtete nichts um uns her, nur die Tatsache, dass wir vereint waren.

Ich weiß noch, dass ich ein paar Minuten später zu mir selbst im Spiegel «Ich kann das nicht» sagte, während Eunice an der miserablen Dusche herumfummelte. Sie packte mich an der Hand und zog mich in die Badewanne, seifte die beiden großen ineinander übergehenden Ansammlungen meiner Brust- und Schamhaare ein. Ich versuchte ebenfalls, sie zu waschen, aber sie tat das auf ihre ganz eigene Weise, vorsichtig mit einem Luffa-Schwamm. Dann machte ich irgendwas mit meiner Seife und der Cetaphil Reinigungslotion falsch, und sie machte es noch einmal richtig. Sie schüttete eine große Menge Haarspülung in die Überbleibsel meiner Mähne und erweckte sie reibend zum Leben. Wie verletzlich ihr Körper unterm fließenden Wasser aussah; wie durchsichtig. «Ich kann das nicht», sagte ich noch einmal.

«Ist schon in Ordnung, Lenny», sagte sie und schaute weg. Sie kletterte aus der Dusche. «Atme», sagte sie. «Atme für mich.»

Die Vernissage/Willkommensparty für die Chinesen war offizieller, als ich gedacht hatte. Ich hätte die Einladung wohl doch ein wenig genauer studieren und etwas Schickeres anziehen sollen als die Kombination aus Oberhemd und Anzughose, die ich bei solchen Anlässen trage, seit ich mit zwanzig meinen ersten Angestelltenjob angetreten habe. An den Namen des ausstellenden Künstlers kann ich mich nicht mehr erinnern (John Mamookian? Astro Piddleby?), doch seine Werke bewegten mich. Er hatte eine Serie extrem gezoomter Satellitenaufnahmen der tödlichen Zustände in zentralen und südlichen Teilen unseres Landes auf die Leinwand gebracht. Die Leinwände waren allerdings eher so raschelnde Seidenfahnen, die wie Fleischstücke an zwei oder drei Haken von der dreißig Meter hohen Decke der Triplex-Wohnung hingen, und wenn Menschen umhergingen, flatterten sie tatsächlich ein klein wenig, sodass ihre Gegenwart einem wie die eines Freundes vorkam, der ein zartes Geheimnis hat.

Tot ist tot, wir wissen, wo wir die Auslöschung eines anderen Menschen zu den Akten legen müssen, aber der Künstler hatte sich bewusst an die Lebenden herangezoomt oder, genauer gesagt, an die zum Leben Gezwungenen, die bald tot sein würden. Körnige Nahaufnahmen von Menschen, die andere Menschen auf verschiedene Art benutzen, wie ich sie niemals offen in Betracht gezogen hatte, nicht etwa, weil mir das Morden nicht im Blut liegt, sondern weil ich in einer Ära aufwuchs, in der man das Barocke sicher unterm Deckel hielt. Ein alter Mann aus Wichita, dessen Augen gewaltsam entfernt worden sind, und eine der Augenhöhlen wird von einem lachenden jungen Mann aufgehalten. Eine Frau auf einer Brücke, nackt, kraushaarig, ein Teil unserer vergangenen Zivilisation repräsentiert durch eine uralte Public-Radio-Tragetasche zu ihren Füßen, mit eingeschlagener Nase über einem blutenden Mund, genötigt, die Arme in die Luft zu strecken, während irgendetwas aus einer ihrer Achselhöhlen rinnt, und eine ganze Horde Männer mit behelfsmäßigen Uniformen (auf einer ist das Abzeichen eines früheren Pizza-Bringdienstes zu sehen) steht johlend um sie herum, die Sturmgewehre auf ihre Nacktheit gerichtet, in den unrasierten Gesichtern eine fast bohemehafte

Begeisterung. Die Werke hatten alle völlig unverfängliche Titel wie *St. Cloud, Minnesota, 7.00 Uhr morgens*, was sie noch schlimmer, noch beängstigender machte. Eins hieß *Die Geburtstagparty, Phoenix* und zeigte fünf pubertierende Mädchen, also, ich möchte mich nicht weiter darüber auslassen, aber die Arbeiten waren höchst erstaunlich – echte Kunst mit dokumentarischer Absicht.

Die Triplex-Wohnung bestand eigentlich aus drei übereinandergeschichteten Triplex-Wohnungen, die beiden oberen um jeweils fünfundvierzig Grad gegenüber der darunter liegenden gedreht, wie drei vorsichtig aufeinandergestapelte Backsteine – ein kleiner Wolkenkratzer im Grunde –, und dann derart über den East River hinauskragend, dass die Zerstörer der Volksbefreiungsmarine auf Augenhöhe vorbeiglitten, man hätte beinahe hinauslangen und die Batterien der Boden-Luft-Lenkflugkörper berühren können, die auf ihren erhöhten Rampen wie Dosen mit Pfefferminzbonbons glänzten. Die Hälfte der Wohnung wurde von dem aus der Mitte der drei aufgeschichteten Teile herausgeschnittenen Wohnraum eingenommen, der unter einem riesigen Oberlicht eine Art modernen Souk bildete. Die Größe entsprach ungefähr der Haupthalle in der Grand Central Station, sagte man mir. Aus dem Raum waren sämtliche Möbel hinausgeschafft worden (vielleicht sah es auch immer so aus), da waren nur die furchterregenden Kunstwerke auf Schulterhöhe und so kleine transparente Würfel, die sich beim Daraufsetzen mit rotem oder gelbem Leuchten füllten, zu Ehren der chinesischen Flagge und unserer Gäste. Alles war derart von Tageslicht durchflutet, dass der Unterschied zwischen Drinnen und Draußen keine Rolle mehr spielte und ich mir manchmal wie in einer Glaskathedrale mit weggesprengtem Dach vorkam.

Ich wollte dem Künstler zu seiner Arbeit gratulieren, so großen Eindruck machte sie auf mich, und ihm empfehlen, hinaus nach Westbury zu fahren, wo meine Eltern wohnten, damit er eine andere, hoffnungsvollere Seite des Nach-Bruch-Amerikas kennenlernen konnte. Aber sie hatten da so ein Gimmick laufen: Jedes Mal, wenn sich jemand dem Künstler näherte, den er nicht kannte oder der ihm äußerlich nicht gefiel, schossen um ihn herum so Spieße aus dem Boden, und man musste sich wieder zurückziehen. Er sah an sich ganz nett aus, hatte zwar ein irgendwie kantiges Kinn, doch in den Augen etwas Milchiges, beinahe Mittelwestliches, und er trug ein Hemd mit aufgedrucktem Puma und ein Old-School-Nadelstreifenjackett von Armani, das mit zufälligen, aus Kreppklebeband gefertigten Zahlen versehen war. Er sprach mit einer wild gefühlenden Nestorin post-amerikanischer Kunstgeschichte in einem mit Drachen und Phönixen bevölkerten Cheongsam. Kaum näherte ich mich den beiden, schossen die Spitzen um ihn herum aus dem Boden, und einige der Serviermädchen in Onionskin-Jeans, die in der Nähe des Künstlers standen, warfen mir einen nur allzu vertrauten Blick zu, der besagte, dass ich kein menschliches Wesen sei. *Na gut*, dachte ich. Immerhin war die Kunst toll.

Ein Haufen junger Medienleute hing, sich gegenseitig abschirmend, miteinander herum, Grüppchen von Jungs und gelegentlich Mädchen in ordentlichen Anzügen und Kleidern, die die Höherstehenden beeindrucken wollten, sich aber in der ungeheuren Weite des Raums offenkundig verloren fühlten. Dennoch waren sie einfach glücklich, da zu sein und zu erleben, dass sie etwas zu essen bekamen, ihren Rum und ihre Tsingtaos trinken konnten, Teil der Gesellschaft waren, den Fünf-Jiao-Kolonnen damit entgingen. Wie alle in der Stadt verbliebenen Medienleute trugen sie blaue, von Staatling-Wapachung ausgegebene Abzeichen mit der Aufschrift «Wir leisten unseren Beitrag».

Die Oberen von Staatling-Wapachung waren wie Jugendliche gekleidet, jede Menge Kapuzenpullover der Firma Zoo York Basic Cracker aus den Nullerjähren, und hatten sich jeder Menge Dechronifizierungsbehandlungen unterzogen, sodass mir der Gedanke kam, es seien in Wahrheit ihre Kinder, doch mein Äppärät teilte mir mit, dass die meisten von ihnen schon über fünfzig, sechzig oder gar siebzig waren. Manchmal sah ich jemanden, von dem ich glaubte, ich hätte ihn in der Aufnahme einmal vor mir gehabt, und wollte ihn begrüßen, doch in dieser glamourösen Umgebung konnten sie mich nicht zuordnen.

Ich bemerkte, dass keiner unserer Klienten oder Vorstandsmitglieder Äppäräte am Körper trug, nur die Bediensteten und Medienleute. Howard Shu hatte es mir mehr als einmal erklärt: Die wirklich Mächtigen brauchen keine Rankings. Umso mehr wurde mir der glänzende, murmelnde Kiesel an meinem Hals bewusst. Ich ging an ein paar Medientypen in den Zwanzigern vorbei, die einander streamten, und schnappte kleine Textfetzen auf, die mich deprimierten. «Wusstest du, dass November Fahrradwoche ist?» – «Mit ihr ist alles bestens, nur dass sie total verkorkst ist.» – «Wenn es 12 *p.m.* heißt, bedeutet das dann Mittag oder Mitternacht?»

Neben einem Häufchen StatoilHydro-Direktoren, robusten, in die Länge gezogenen Norwegern und ebenso großen Indern aus oberen Kasten, sah ich Eunice und ihre Schwester Sally mit Joshie sprechen. Als ich auf die drei zuging, kam ich an einem Kunstwerk vorbei, das einen Toten auf einem Familiensofa in Omaha zeigte, einen Typen in meinem Alter mit indianischen Vorfahren offenbar, dessen Gesicht irgendwie vom Schädel wegkroch und dessen Augen auf gespenstische Weise zum Schweigen gebracht waren, als hätte man sie gerade ausgekratzt («Interessante narrative Strategie», sagte irgendjemand). Das Bild war auch nicht entsetzlicher als die anderen, der Mann war ja zum Glück schon *tot*, doch aus irgendeinem Grund wurde ich bei seinem Anblick unruhig, meine Zunge trocknete aus und klebte schmerzhaft am Gaumen. Ich tat, was alle irgendwann taten: schaute weg.

Ich möchte etwas über ihre Kleidung sagen. Das scheint mir wichtig. Joshie trug ein Sportjackett aus Kaschmir, eine Wollkrawatte und ein Oberhemd aus Baumwolle, alles von JuicyPussy4Men – eine etwas gediegenere Ausführung der Kleidungsstücke, die Eunice für mich ausgewählt hatte. Sie trug ein französisch blaues Bouclé-Kostüm von Chanel mit einer Zuchtperlenbrosche und kniehohen Lederstiefeln, sodass sie bis auf das winzige Leuchten ihrer spitzen Kniescheiben völlig bedeckt war. Sie sah nicht so sehr wie eine Frau aus, sondern eher wie ein Geschenk. Auch Sally war in ihrem Nadelstreifenkostüm mit dem kleinen Glanzpunkt eines goldenen Kreuzes um den weich gepolsterten Nacken etwas overdressed. Ich bemerkte die ersten Anzeichen zweier hart erkämpfter Lachfalten und am Kinn ein beherrschendes, entwaffnendes Grübchen. Als ich näher kam, hörten beide Schwestern auf, mit Joshie zu reden, und hielten sich die Hand vor den Mund. Und da wurde mir ganz ohne Zusammenhang klar, was mich an dem Bild des Toten auf dem Sofa in Omaha so verstört hatte. In einer Ecke des Bildes, hinter verstreuten jugendlichen Besitztümern, mehrheitlich Saiteninstrumenten und uralten Laptops, lag eine aus nächster Nähe erschossene Deutsche Schäferhündin, ein Blitzstrahl Blut ergoss sich über den gewellten Wohnzimmerboden. Ein wenige Wochen, vielleicht nur Tage alter Welpe hatte die Vorderpfoten auf den ungeschützt daliegenden Bauch des Tieres gestellt, rechts und links von den immer noch angeschwollenen Zitzen. Man konnte das Gesicht des Welpen nicht sehen, doch einem entging nicht, dass er die Ohren gespitzt und den Schwanz eingezogen hatte, aus Angst oder Trauer. Warum nahm mich ausgerechnet das so mit?

Eine Sekunde setzte mein Bewusstsein aus, ich schnappte Schnipsel von dem auf, was Joshie sagte. «Ich habe ihn über die Skaterszene kennengelernt ...» – «Ich stamme aus einer anderen Budget-Kultur ...» – «Wenn man mal drüber nachdenkt, ist das kapitalistische System eigentlich nirgendwo tiefer verwurzelt als in Amerika ...»

Und dann hatte er den Arm um mich gelegt, und wir entfernten uns von den beiden Mädchen. Ich erinnere mich nicht mehr an unsere unmittelbare Umgebung, während er mir seinen Vortrag hielt. Wir waren in einem Negativraum verloren, klammern konnte ich mich nur noch an seine Nähe. Er sprach von den siebzig Jahren, in denen er keine Liebe erfahren hatte. Wie ungerecht das gewesen sei. Wie viel Liebe er zu geben habe; auch ich hätte ja in gewisser Weise etwas davon empfangen. Aber jetzt brauche er etwas anderes: Intimität, Nähe, Jugend. Kaum sei Eunice zum ersten Mal in seine Wohnung getreten, habe er es *gewusst*. Er griff nach meinem Äpprät und zeigte mir eine Studie darüber, wie Beziehungen zwischen zwei Menschen, die vom Alter her weit auseinanderliegen, die Lebensspanne von beiden verlängern können. Er sprach von praktischen Dingen, sprach von meinen Eltern in Westbury. Er könnte sie in eine sicherere Gegend an der Peripherie bringen lassen, Astoria in Queens zum Beispiel. Er sprach davon, dass wir eine Weile getrennte Wege gehen sollten, dass wir drei uns aber irgendwann vielleicht wieder versöhnen würden. «Wir könnten wie eine Familie sein», sagte er, aber beim Wort Familie konnte ich nur an meinen Vater denken, meinen *richtigen* Vater, den Hausmeister aus Long Island mit dem undurchdringlichen Akzent und dem lebensechten Geruch. Meine Gedanken schweiften von dem ab, was Joshie sagte, und ich grübelte über die Demütigung meines Vaters nach. Die Demütigung, dass er als Jude in der Sowjetunion aufgewachsen war, in den Vereinigten Staaten vollgepinkelte Toiletten putzen musste, dass er ein Land verehrte, das ebenso simpel und plump zusammenbrach wie jenes, das er verlassen hatte.

Ich wusste nicht mehr, wo ich war, bis Joshie mich zu Eunice und Sally zurückbrachte, die Händchen haltend ins blaue Tor des Oberlichts hinaufstarrten, als erwarteten sie Erlösung. «Vielleicht solltest du jetzt einen Moment mit Lenny allein sein», sagte er zu Eunice. Aber sie ließ ihre Schwester nicht los, und sie wollte mir nicht in die Augen sehen. Schweigend standen sie beisammen, die kleinen Brüste vorgereckt, der Blick still und leer, und vor sich den scheinbar endlosen Fortgang ihres Lebens, der sich in die drei Dimensionen der Triplex-Wohnung ausdehnte.

Worte brachen aus mir hervor. Dumme Worte. Die schlimmsten Schlussworte, die mir einfallen konnten, aber immerhin Worte. «Dumme Gans», sagte ich zu Eunice. «Du hättest nicht so ein warmes Kostüm anziehen sollen. Es ist doch noch Herbst. Ist dir nicht warm? Ist dir nicht warm, Eunice?»

Geschrei in hohen Tonlagen drang aus dem Vestibül, nicht weit von der Stelle, wo wir standen, und Howard Shu sprintete voran wie ein herrlicher Windhund, schrie vielen Leuten Dinge zu.

Die chinesische Delegation war eingetroffen. Zwei riesenhafte Banner schwebten in der Luft, von einer unsichtbaren Kraft gehalten, und die Anfangstakte von Alphavilles

«Forever Young» (*«Let's dance in style, let's dance for a while»*)
dröhnten im Hintergrund.

Willkommen in Amerika 2.0:
Eine GLOBALE Partnerschaft

DAS ist New York: Lifestyle-Center, Vorzeigestadt

Mehrmals knallte es laut in der Luft, ich musste an die
Leuchtspurgeschosse während des Bruchs denken. Feuerwerkskörper wurden im Zentrum des Souk-artigen Rau-
mes und vom gewaltigen Oberlicht aus gezündet. Als die
erste Salve losging, sah ich Sally zusammenzucken und
schützend den Arm heben. Dann drängte alles nach vorn,
um die Chinesen zu sehen. Ich ließ die Körper an mir vor-
überfluten, die jungen Achtzigjährigen in ironischen John-
Deere-T-Shirts mit Truckermützen, welche die Massen
neuer seidiger Haare kaum bändigen konnten. Getrennt
von den Menschen, die ich liebte, und aus dem Glashaus
vertrieben, fand ich mich in der winterkalten Luft wieder,
neben einer Phalanx aus Limousinen mit den Insignien der
Kapitalistischen Volkspartei, vor einer Häuserzeile mit Triplex-Wohnungen, die über den East River und den FDR
Drive hinauskragten. Früher hatten hier Sozialbauten ge-
standen, an einer Straße namens Avenue D. Medienleute
rannten an mir vorbei, als würde es irgendwo brennen, als
stünden hohe Gebäude in Flammen. Ich schaute Richtung
Süden. Ich hätte an Eunice denken, um Eunice trauern
sollen, aber das war in dem Augenblick nicht der Fall.

Ich wollte nach Hause. Ich wollte zurück in die 70 Quadratmeter, die einmal mir gehört hatten. Ich wollte nach
Hause in die Stadt, die einmal New York gewesen war. Ich
wollte die Gegenwart des mächtigen Hudson und des zor-

nigen, belagerten East River spüren und auch der großen Bucht, die sich vom Pedimentsockel der Wall Street aus erstreckt und uns zu einem Teil der Welt dahinter macht.

Ich kehrte in unsere Zimmer im Schwesternheim zurück. Ich setzte mich auf das harte Bett, krallte mich in die Tagesdecke und drückte dann mein Kissen gegen meinen ebenso weichen Bauch. Aus irgendeinem Grund lief die zentrale Klimaanlage noch. Es war eiskalt im Zimmer. Kalter Schweiß rann an meinem Kinn herunter, meine Bücher fühlten sich kühl an. Die Feuchtigkeit verwirrte mich, und ich fasste mir an die Augen, um sicherzugehen, dass ich nicht weinte. Ich dachte an die Feuerwerkskörper, hörte wieder ihren harschen, unnötigen Krach. Ich sah vor mir, wie Sally den Arm hob, um sich vor dem Phantomhieb zu schützen, der sie gleich treffen würde. Ihr Blick war flehend, aber dennoch liebevoll, sie glaubte immer noch, es könnte anders sein und im letzten Augenblick würde etwas nachgeben, würde die Faust seitwärtssinken und sie wären alle eine Familie.

Im Bad waren Eunice' Allergiemedikamente, ihre Tampons und teuren Lotionen bereits verschwunden – Joshie musste jemanden hergeschickt haben, um sie abzuholen –, doch die Flasche Cetaphil Reinigungslotion stand noch in der Ecke der Wanne. Ich drehte die Dusche auf, stellte mich darunter und überschüttete mich mit Cetaphil. Ich rieb die Lotion in meine Schultern, meine Brust, meine Arme, mein Gesicht. Und in der schmerzenden Hitze des Wassers war meine Haut endlich so zart und rein, wie es die Flasche versprach.

WELCOME BACK, PARTNER

Bemerkungen zur Neuausgabe der Lenny-Abramov-Tagebücher
im «Verlag Literatur des Volkes» (北京)

LARRY ABRAHAM
Donnini, Freistaat Toskana

I.

Als ich klein war, liebte ich meine Eltern so sehr, dass man es schon als Kindesmisshandlung betrachten konnte. Jedes Mal, wenn meine Mutter wegen der «amerikanischen Chemikalien in der Atmosphäre» husten musste oder mein Vater sich an die belastete Leber griff, wurden mir die Augen feucht. Sollten meine Eltern sterben, starb ja auch ich. Und ihr Tod, so schien es mir immer, stand unmittelbar bevor und war unausweichlich. Versuchte ich, mir die Seelen meiner Eltern vorzustellen, dachte ich an diese vollkommen weißen russischen Schneewehen, die man in Geschichtsbüchern über den Zweiten Weltkrieg sah, wo auf Russlands Herz lauter Pfeile zielten, an denen die Namen deutscher Panzerdivisionen standen. Der dunkle Schandfleck auf diesen Schneewehen war ich. Noch bevor ich geboren war, hatte ich meine Eltern aus Moskau weggezerrt, einer Stadt, in der mein Ingenieurspapa sein Geld nicht mit dem Ausleeren von Papierkörben verdienen musste. Ich hatte sie weggezerrt, nur damit der Fötus im Inneren meiner Mutter, dieser *zukünftige Lenny*, es einmal besser haben konnte. Und eines Tages würde Gott mich für das, was ich ihnen angetan hatte, strafen. Er würde mich strafen, indem er sie tötete.

Mein Vater fuhr mit bezeichnenden hundertvierzig Stundenkilometern in seinem schiffsartigen Chevrolet Malibu Classic, wechselte die Spuren, wie es ihm die Laune eingab, und linste mit unverhohlener Begeisterung auf den betonierten Mittelstreifen. Tatsächlich schleuderte er einmal über diesen Mittelstreifen und krachte gegen einen Baum, brach sich die Knochen in der linken Hand und konnte deshalb einen Monat seinen Hausmeisterpflichten nicht nachkommen («Sollen die Chinamänner doch an ihrem Müll ersticken!»). Eines Wintertages verspätete er sich mehrere Stunden, als er meine Mutter von ihrem Sekretärinnenposten abholte, und ich war überzeugt, er hatte die Baumnummer noch einmal abgezogen. Da lagen sie: die Gesichter vor Schreck geweitet und erstarrt, die vollen jüdischen Lippen unnatürlich lila, Glasscherben auf der Stirn, tot in einem grausamen Graben auf Long Island. Wo würden sie hinkommen, wenn sie starben? Ich versuchte mir aus kindlichem Hörensagen einen himmlischen Ort vorzustellen. Den pubertären Weisen unter uns zufolge sah der aus wie das Märchenschloss in dem frustrierenden Zauberer-und-Schwerter-und-nackte-Jungfrauen-Computerspiel, das wir alle spielten; und dieses Schloss erinnerte komischerweise an die schäbige Gartenwohnung, in der wir wohnten, abgesehen von den Türmchen obendrauf.

Eine Stunde verging. Dann noch eine. Schluchzen und Schluckauf, meine Gedanken schweiften zum Begräbnis meiner Eltern. Synagogen haben keine Glocken, und doch läuteten welche, tief und klangvoll und absolut russisch. Ein Grüppchen gesichtsloser Amerikaner in dunklen Anzügen musste verpflichtet werden, die beiden Särge einen gewundenen Pfad entlangzutragen, den der Moskauer Bilderbuchschnee zu beiden Seiten säumte. Mehr war nicht übrig von meinen Eltern, grausamer Schnee zu beiden Seiten des Begräbniswegs, zu kalt und zu tief für meine verwöhnten amerikanischen Füße, die vor allem den warmen, langflorigen Teppichboden kannten, den ein zurückgebliebener Amerikaner namens Al mehr schlecht als recht auf unseren Wohnzimmerboden getackert hatte.

Ein Schlüssel drehte sich im Schloss. Wie eine Gazelle sprang ich zur Tür und jubelte: «Mama! Papa!», doch sie waren es nicht. Es war Nettie Fine. Eine Frau, die zu beständig, zu reizend, zu nobel für eine Abramov war, egal, wie sehr sie sich auch mühte, unsere schönen russischen Wendungen zu lernen – «*Priglaschaju was sa-stol* (Ich lade euch zu Tisch)» –, egal, wie reichhaltig und sämig ihr selbstgekochter Borschtsch auch geriet, ein Rezept, das von ihrer in Gomel geborenen Urururgroßmutter überliefert worden war (wie zum Teufel behalten diese amerikanischen Juden bloß den Überblick über ihre endlosen Ahnentafeln?).

Nein, sie war kein Ersatz. Tatsache war, dass meine Wange, wenn sie mich darauf küsste, hinterher weder wehtat noch nach Zwiebeln roch. *Zur Hölle* also mit ihren guten Absichten, hätten meine Eltern womöglich gesagt. Sie war eine Fremde, ein Eindringling, eine Frau, deren Liebe ich nicht erwidern konnte. Als ich sie in der Tür stehen sah, holte ich zum ersten und letzten Faustschlag meines Lebens aus. Ich traf sie mitten auf den erstaunlich schmalen Rumpf, wo gerade der letzte ihrer drei Söhne in weicher Behaglichkeit zu reifen begonnen hatte. Wieso boxte ich sie in den Bauch? Weil *sie* im Gegensatz zu meinen *Eltern* lebte. Weil sie jetzt alles war, was mir noch blieb.

Sie zuckte vor meiner lachhaften Attacke nicht einmal zurück. Sie setzte sich und nahm mich auf den Schoß, hielt meine winzigen Neunjährigen-Hände und ließ mich an der gebräunten Unendlichkeit ihres duftenden Halses weinen. «Entschuldigung, Missis Nettie», jaulte ich mit russischem Akzent, denn auch wenn ich in den Staaten geboren worden war, blieben doch meine Eltern meine einzigen Vertrauten, und ihre Sprache war die meine, heilig und angsterfüllt. «Ich glaube, sie in Auto gestorben!»

«Wer ist im Auto gestorben?», fragte Nettie. Sie erklärte mir, mein Vater habe sie angerufen und gebeten, eine Stunde auf mich aufzupassen, weil meine Mutter an ihrem Arbeitsplatz aufgehalten worden sei. Aber sie in Sicherheit zu wissen ließ meine Tränen nicht versiegen.

«Wir alle sterben», sagte Nettie, nachdem sie mich mit einer puderigen Kakao-Frucht-Mischung gefüttert hatte, die sie «Schoko-Banane» nannte und deren Zutaten und Zubereitung mir immer noch schleierhaft sind. «Aber eines Tages wirst du selbst Kinder haben, Lenny. Und dann wirst du aufhören, dir so viele Gedanken über den Tod deiner Eltern zu machen.»

«Warum, Missis Nettie?»

«Weil dann deine Kinder dein Leben sind.» Einen Augenblick lang klang das nachvollziehbar. Ich spürte die Gegenwart eines anderen Menschen, der sogar noch jünger war als ich, einer Art prototypischen Eunice, und die Furcht vorm elterlichen Tod wurde auf ihre Schultern abgewälzt.

Nach Auskunft der Akten des Ospedale San Giovanni in Rom starb Nettie Fine an Komplikationen im Verlauf einer «Lungenentzündung», nur zwei Tage nachdem ich ihr in der Botschaft begegnet war und wir uns im Flur lautstark über die Zukunft unseres Landes unterhalten hatten. Als ich sie damals sah, war sie bei bester Gesundheit, und die Behandlungsakten waren so dürftig, dass sie wie Satire wirkten. Ich weiß nicht, wer mir diese GlobalTeens-Nachrichten von einer «sicheren» Adresse aus geschickt hatte, darunter auch die mit der Frage, auf welche Fähre Noah gestiegen sei, Sekunden vor ihrer Zerstörung. Fabrizia DeSalva starb angeblich bei einem Motorrollerunfall eine Woche vor dem Bruch. Und Kinder habe ich nicht.

2.

Seit die erste Ausgabe meiner Tagebücher und der Textnachrichten von Eunice vor zwei Jahren in Peking und New York veröffentlicht wurde, hat man mir vorgeworfen, ich hätte meine Einträge in der Hoffnung auf eine spätere Publikation geschrieben, und noch unfreundlichere Geister beschuldigten mich der sklavischen Nachahmung der letzten Generation «literarischer» amerikanischer Schriftsteller. Ich möchte diese Fehleinschätzung den Lesern gegenüber entkräften. Als ich dieses Tagebuch vor vielen Jahrzehnten schrieb, wäre es mir nie in den Sinn gekommen, dass *irgendein* Text *jemals* eine neue Leserschaft finden könnte. Ich hatte ja keine Ahnung, dass ein Unbekannter (oder auch mehrere) in meine und Eunice' Privatsphäre eindringen und unsere GlobalTeens-Accounts plündern würden, um daraus den Text zusammenzustellen, den Sie jetzt auf Ihrem Display sehen. Das soll nicht heißen, dass ich ganz und gar in einem Vakuum schrieb. In mancherlei Hinsicht ist mein Geschreibsel ein Vorläufer der Flut von Tagebuchwerken zeitgenössischer sino-amerikanischer Autoren – beispielsweise Johnny Weis *Junge, ist mein Arsch müde* (Tsinghua-Columbia) oder Crystal Weinberg-Chas *Der Kinderzoo ist zu* (Audacious, HSBC-London) –, die verlegt wurden, nachdem die Kapitalistische Volkspartei vier Jahre zuvor ihre «Einundfünfzig Erklärungen» abgegeben hatte, deren letzte den Massen zurief: «Text zu schreiben ist ehrenvoll!»

Ungeachtet der Beschimpfungen, die ich in meiner Heimat über mich ergehen lassen muss, bauen mich einige der Rezensionen aus der Volksrepublik auf. Der stets besonnene Cai Xiangbao lobt meine Tagebücher in der 农民日报 *Bauernzeitung* als 对书籍的一种贡献；实际上对文学的一种贡献. Das trifft es genau. Ich bin kein Schriftsteller. Und doch war das, was ich geschrieben habe, wie Xiangbao es formulierte, «eine Hommage an die Literatur, wie sie einmal *war* [Hervorhebung von mir]».

Wie die Kritiker in den Staaten jedoch einhellig betonen, sind die wahren Perlen des Textes die GlobalTeens-Einträge von Eunice Park. Sie «bieten eine willkommene Erlösung von Lennys gnadenloser Nabelschau», um Jeffrey Schott-Liu von der *whorefuckrevu* zu zitieren. «Sie ist keine geborene Schriftstellerin, was man von jemandem aus einer mit Images und Konsum groß gewordenen Generation auch kaum erwarten kann, doch ihre Schreibe ist interessanter und lebendiger als alles andere, was ich aus dieser analphabetischen Epoche gelesen habe. Natürlich kann sie zickig sein, und natürlich spürt man auch die Patina einer Mittelschichts-Anspruchshaltung, doch vor allem tritt ein echtes Interesse an der Welt um sie herum zutage – der Versuch, mit dem heiklen Erbe ihrer Familie zurande zu kommen und ihre eigenen Ansichten zu Liebe, körperlicher Zuneigung, Kommerz und Freundschaft zu entwickeln, und das alles in einer Welt, deren Grausamkeiten mehr und mehr die ihrer eigenen Kindheit widerspiegeln.» Ich würde noch hinzufügen, dass Eunice Park bei allem, was man meiner ehemaligen großen Liebe vorhalten könnte, und bei all den schrecklichen Dingen, die sie über mich geschrieben hat, im Gegensatz zu ihren Freundinnen, im Gegensatz zu

Joshie, im Gegensatz zu mir selbst, im Gegensatz zu so vielen Amerikanern jener Zeit des Zusammenbruchs unseres Landes, nie der falschen Vorstellung erlag, etwas Besonderes zu sein.

3.

Nachdem ich New York verlassen hatte, lebte ich fast ein ganzes Jahrzehnt in Toronto, StabilitätsKanada, wo ich meinen wertlosen amerikanischen Pass gegen einen kanadischen eintauschte und meinen Namen von Lenny Abramov in Larry Abraham änderte, was für mich sehr nordamerikanisch klang – ein Hauch von Freizeitkleidung, ein Hauch von Altem Testament. Nach dem Tod meiner Eltern konnte ich jedenfalls den Gedanken nicht ertragen, den Vornamen zu behalten, den sie mir gegeben hatten, und auch den Nachnamen weiter zu führen, der ihnen über den Atlantik gefolgt war. Doch schließlich überquerte ich selbst diesen Ozean. Ich machte meine verbliebenen Vorzugsaktien von Staatling zu Geld, raffte alle Yuans zusammen, die ich noch hatte, und zog in ein kleines Bauernhaus im Arnotal des Freistaates Toskana. Ich wollte an einen Ort mit geringeren Datenmengen und nicht so vielen Jugendlichen, wo alte Menschen wie ich nicht verachtet wurden, nur weil sie alt waren, und wo beispielsweise ein älterer Mann als schön gelten konnte.

Einige Jahre nach meiner endgültigen Einwanderung hörte ich, dass Joshie Goldmann auf die zersplitterte Apenninhalbinsel kommen sollte. Irgendein Trottel aus Bologna hatte eine Dokumentation über die Glanzzeit der Posthumanen Dienstleistungen gemacht, und die medizinische

Fakultät der Universität flog ein, was von Joshie noch erhalten war.

«Wir alle werden sterben», hatte Grace Kim einst zu mir gesagt und damit Nettie Fines Worte wiederholt. «Du, ich, Vishnu, Eunice, dein Chef, deine Klienten, alle.» Wenn meine Tagebücher an irgendeiner Stelle so etwas wie eine Wahrheit hergeben, dann diese Klage von Grace. (Die vielleicht gar keine Klage ist.)

Auf der Bühne verzog sich das Gesicht meines Ersatzpapas zunächst zu einer ernsthaften akademischen Miene, doch schon wenig später fing er an zu zucken: der erst jüngst entdeckte Kapasische Tremor, den die Umkehr der Dechronifizierung mit sich brachte. Er besabberte großzügig seinen Dolmetscher, als er ohne Vorbemerkung oder Entschuldigung sagte: «Wir haben uns geirrt. Die Antioxidantien waren eine Sackgasse. Niemals konnten wir schnell genug neue Technologien erfinden, um die Komplikationen unter Kontrolle zu halten, die mit den alten einhergingen. Unser mörderischer Kreuzzug gegen Freie Radikale richtete mehr Schaden als Nutzen an, beeinträchtigte den Zellstoffwechsel, nahm dem Körper die Fähigkeit zur Selbstregulierung. Letzten Endes gab die Natur einfach nicht nach.»

Und wie ein Idiot empfand ich plötzlich Mitleid mit ihm. Als die Klienten zu sterben begannen, als bei vielen der Tremor einsetzte und die Organe versagten, hatte der Vorstand von Staatling-Wapachung ihn gefeuert. Howard Shu übernahm die Posthumanen Dienstleistungen und machte daraus, was er schon immer vor Augen hatte: eine riesige Lifestyle-Boutique, die Wellness-Behandlungen und Lippenvergrößerungen anbot. Eunice trennte sich von Joshie, noch ehe der Abstieg begann. Ich weiß nicht viel über den jungen Mann, dessentwegen sie ihm den Rücken kehrte, doch die Informationen, die mir vorliegen, deuten auf einen Menschen mit sehr anständigem Gemüt und gezügeltem Ehrgeiz, einen Schotten. Zeitweise ließen sie sich, wie ich weiß, vor den Toren Aberdeens nieder, einer Stadt im nördlichen Bereich von HSBC-London. Ihre Beziehung war das einzige Ergebnis des einen Semesters, das sie am Londoner Goldsmiths College zugebracht hatte, um auf Joshies Drängen hin Kunst und Finanzwesen zu studieren.

Nachdem Joshie seinen lallenden Vortrag beendet hatte, eilte ich aus dem Saal. Ich wollte ihn nicht fragen, wie es sich anfühlte, wenn man um seinen bevorstehenden Tod wusste. Selbst zu diesem späten Zeitpunkt, selbst nach seinem Verrat verhinderte der Gründungsmythos, der uns beide verband, diese Frage.

4.

Letzten Winter besuchte ich meine römischen Freunde Giovanna und Paolo in ihrem Landhaus, einer ehemaligen Natursteinscheune aus dem 14. Jahrhundert in der Nähe von Orvieto. Ich verbrachte den ersten Abend unter den breiten Deckenbalken ihres umgestalteten Wohnzimmers, trank den mir zugeteilten Sagrantino di Montefalco, bewunderte die jüngst eingebauten Alkoven und Holzregale, die in ihrer grob bearbeiteten Einfachheit gut zum Alter der Scheune passten, und betrachtete mit gütigem Blick meine hübschen jüngeren Freunde und ihren aus Russland adoptierten und bereits sowohl in Mandarin als auch in Kantonesisch versierten prachtvollen Fünfjährigen, dessen dünne blonde Strähnen die so andere, dunkle Physiognomie seiner Eltern umso mehr betonten. Holzrauch schwebte durchs Zimmer, hüllte uns in wohlriechendes Glühen. Trotz des

Weinkonsums unterhielten wir uns ruhig über den Klimawandel und das Ende menschlichen Lebens auf der Erde. Die beiden Italiener beschrieben unsere Rolle auf dem Planeten als die von lästigen Bremsen und das sich selbst regulierende Ökosystem als eine Art gigantische Fliegenklatsche. Ich konnte nicht begreifen, wie meine Freunde sich als Eltern die Auslöschung der Lebenswelt ihres Sohnes auch nur ansatzweise vorstellen konnten, und weil sie womöglich spürten, dass mich das Thema deprimierte, und sehr wohl wussten, dass ich selbst wahrscheinlich nur noch ein oder zwei Jahrzehnte zu leben hatte, standen die Dame und der Herr des Hauses rasch auf, um einer kranken preisgekrönten Ziege ein Antibiotikum zu spritzen.

Im Laufe des Abends trafen weitere Besucher ein, zwei junge Schauspielerinnen, die frisch aus Rom eingereist waren. Sie hatten keine Ahnung, wer ich war, doch bald schon erfuhren wir, dass eine der beiden glamourösen Erscheinungen gerade das Angebot erhalten hatte, in einem neuen, auf meinen Tagebüchern basierenden Cinecittà-Videospray Eunice Park zu spielen. Die Schreiberlinge der Hengdian World Studios in Zhejiang hatten mit ihrer *Lenny ♥ Euny Super Sad True Love*-Serie bereits eine künstlerische Katastrophe angerichtet, und jetzt wollten sich auch die Italiener daran versuchen.

«Ich muss mit meinem Gesicht *so was* machen!», sagte die Schauspielerin, die Eunice spielte, zog ihre Augen zu Schlitzen und schob die Schneidezähne vor. Dann stürzte sie sich in eine einigermaßen akkurate Darbietung eines verwöhnten kalifornischen Mädchens aus der Zeit vor dem Bruch, während ihre Freundin sogleich den glücklosen Abramov gab. «Mein Thunfischhirn! Meine Dumpfbacke! Mein Nerd!», deklamierte die Erste, sobald die Zweite in Abramovs Rolle sich flach auf den Boden warf und hysterisch heulte. Das veranlasste den fünfjährigen Sohn meiner Freunde, um sie herumzuspringen und die lustigen englischen Worte nachzuäffen.

Meine Freunde lächelten mich verhalten an und versuchten, den Schauspielerinnen Zeichen zu geben, damit sie ihre Vorstellung beendeten. Doch ich wollte mir nichts anmerken lassen. Ich verzog den Mund zu meiner Version von Eunice' starrem Lächeln und ließ das Lachen aus mir hervorplätschern wie die ersten Wasserspritzer aus einem zugefrorenen Rohr. Erst als ich schon eine Weile derart mechanisch gelacht hatte, fiel mir auf, dass die Eunice-Darstellerin ihren Auftritt dazu nutzte, zu einer ausgedehnten Verurteilung Amerikas anzusetzen, die bis zur Ära Ronald Reagans zurückreichte, einer Zeit, da noch nicht einmal ihre *Eltern* geboren gewesen waren.

Ach, nun lasst es doch, dachte ich. *Amerika gibt es nicht mehr.* So viele Jahre sind vergangen, und immer noch dieser tiefsitzende Hass auf ein Land, das sich so plötzlich, so spektakulär, so unwiederbringlich selbst zerstört hatte. Wann würde das endlich aufhören? Wie lange noch waren wir gezwungen, dieser boshaften Totenwache beizuwohnen? Aber noch ehe ich innehalten konnte, wurde mir klar, was mit mir los war. Ich hatte angefangen zu trauern. Um uns alle. Um Joshie und Eunice, um ihre Eltern und ihre Schwester, um Grillbitch alias Jenny Kang und um das Land, das immer noch zwischen Manhattan und Hermosa Beach zittert und bebt.

Es gab nur eine Möglichkeit, die Polemik der jungen Schauspielerin zu stoppen. «Sie sind tot», log ich.

«Cosa?»

«Sie haben nicht überlebt.» Und ich breitete ein Szenario der letzten Tage von Lenny Abramov und Eunice Park vor ihnen aus, grausamer als jede der blutrünstigen Höllendarstellungen an den Wänden der benachbarten Kirche. Die jungen Italienerinnen ärgerten sich über dieses unvermittelte Ende ihrer Heiterkeit. Sie starrten mich an, starrten einander an und dann den wunderschönen Holzfußboden, der hinaus zur Pergola führte, hinter der ein winterlich erstarrtes Tableau von Olivenbäumen und Weizenfeldern von neuem Leben träumte. Eine Zeitlang immerhin sprach niemand, und ich wurde mit dem beschenkt, was ich am nötigsten brauchte. Ihrem Schweigen, umfassend und schwarz.

DANKSAGUNGEN

Ein Buch zu schreiben ist wirklich harte, einsame Arbeit, das kann ich Ihnen sagen. Ich bin sehr dankbar, dass ich eine Anzahl großzügiger Leser um mich habe, die den Rotstift zücken und mich auffordern, es besser zu machen.

David Ebershoffs Lektorat der verschiedenen Fassungen dieses Buchs war eine echte Heldentat. Er gehört zur seltenen Spezies der Lektoren, die selbst brillante Autoren sind, übersprudelnd vor emotionaler Intelligenz und wahrer Liebe zu unserm guten alten Freund, dem Satz. Denise Shannon ist seit über einem Jahrzehnt eine großartige Agentin und phantastische Leserin, hat Geschichten von Immigrantenängsten und fetten Gangstersöhnen durchgestanden, und nun das hier. Sara Holloway von *Granta* hat nachdenkliche Ratschläge per Brieftaube über den Atlantik gesandt. Und jeder Autor bei Random House, der Jynne Martin auf seiner Seite weiß, hat wirklich Glück gehabt.

Ich möchte meinem wissenschaftlichen Mitarbeiter Alex Gilvarry danken, weil er mir begreiflich gemacht hat, wie Naturwissenschaft funktioniert. (Offenbar bestehen wir alle aus einer Vielzahl von Zellen.) Er hat mir geholfen, in die Werke zweier Denker einzutauchen, die dieses Buch beeinflusst haben: Ray Kurzweil, Verfasser u. a. von *The Singularity Is Near: When Humans Transcend Biology* und *Fantastic Voyage: Live Long Enough To Live Forever*, und Aubrey de Grey, Autor von *Niemals alt! So lässt sich das Altern umkehren. Fortschritte der Verjüngungsforschung.*

Die *American Academy* in Berlin ebenso wie das *Civitella*

Ranieri Center in Umbrien und die *Corporation of Yaddo* in Saratoga Springs haben mir Unterkunft und Gaumenfreuden geboten.

So viele mir teure Menschen haben das Buch in seinen zahlreichen Stadien durchgesehen. Ich weiß, dass ich mindestens ein halbes Dutzend übergehe, aber daran ist nur mein Gedächtnis schuld, das im Lauf der Jahre ziemlich gelitten hat. Alle, die mir bei diesem Buch geholfen haben, mögen bitte meiner Zuneigung und Dankbarkeit gewiss sein. Darunter: Elisa Albert, Doug Choi, Adrienne Day, Joshua Ferris, Rebecca Godfrey, David Grand, Cathy Park Hong, Gabe Hudson, Christine Suewon Lee, Paul LeFarge, Jynne Martin, Daniel Menaker, Alana Newhouse, Ed Park, Shilpa Prasad, Akhil Sharma und John Wray.